불교문학 연구의 모색과 전망

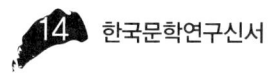14 한국문학연구신서

불교문학 연구의 모색과 전망

동국대학교 한국문학연구소 편

도서출판 역락

서문

　우리 연구소에서 간행하는 한국문학연구신서는 연구소에서 진행된 각종 연구성과를 대중화시키기 위한 방안으로 총 100권을 목표로 하는 장기적인 출판 계획 아래 추진되는 것이다. 이는 한국문학 연구의 다양한 분야에 대한 종합적인 연구자료 제시, 연구 성과의 발표를 목적으로 한다.

　그동안 우리 연구소는 60여 권의 단행본을 출간해왔다. 『미당연구』, 『시와 불교의 만남』(전 5권), 『양주동연구』, 『이광수연구』(상·하), 『한국문학지도』(상·하), 『한국문학총서』(전 5권), 『한국문헌설화전집』(전 10권), 『한국불교문학연구』(상·하), 『한국소설연구』(전 2권), 『한국시가연구』(전 4권), 『한국학연구총서』(전 10권), 한국학자료총서(총 15집), 『한국현대시연구』 등 20여 년에 걸쳐 출간해온 단행본들은 한국문학 연구의 발전에 적잖은 기여를 해 왔다고 자평한다.

　한국문학연구신서는 한국문학의 주요 과제 및 문제점들을 주제 중심으로 묶어 편집하는 것을 주된 방향으로 설정해왔다. 이미 1차년도 제1~3권, 2차년도 제4~5권, 3차년도 제6~7권, 4차년도 제8~9권, 5차년도 제10~11권, 6차년도 제12~13권을 간행한 데 이어, 이번에 제14권을 펴내게 되었다.

　제14권 『불교문학 연구의 모색과 전망』은 신서 9권 『불교문학과 불교언어』에 미처 싣지 못한 주요한 논문과 그 뒤에 이루어진 불교문학과 불교문화에 대한 다양한 연구 성과를 엮은 것이다. '불교적 상상력'

이라는 화두는 문학 작품 연구의 새로운 가능성을 열 수 있을 것이며, 사찰을 매개로 한 이야기 문화와 사상 운동, 답사 기록은 불교문화 연구의 폭을 넓히는 데 기여할 것이다. 최근의 문헌학적 성과까지 반영한 불교 경전 및 관련 문헌에 대한 서지적·어학적 접근은 텍스트 분석의 기본적인 바탕이 될 것이다.

앞서 간행된 신서의 내용에서도 알 수 있듯이, 이후에도 계속될 한국문학연구신서의 발간은 학계의 연구성과를 폭넓게 소개한다는 취지를 더욱 공고히 하고, 해당 연구의 점진적인 심화에 이바지할 것으로 믿는다. 다시 한번 연구자들을 비롯해서 독자들의 관심과 애정어린 비판을 부탁드린다.

연구신서에 논문 게재를 허락해주신 필자들께 다시 한번 감사드린다. 어려운 출판 환경 속에서도 이번 연구신서를 맡아 간행해준 역락출판사의 이대현 사장과 편집진의 노고에 감사한 마음을 전한다.

2005년 11월

동국대학교 한국문학연구소
소장 한만수

차례

|| 제1부 ■ 불교적 상상력과 문학 ||

‖ 제 2 부 ■ 불교문학과 사찰 공간 ‖

‖ 제 3 부 ■ 언해 문학에 대한 조명 ‖

‖ 제1부 ■ 불교적 상상력과 문학 ‖

元曉의 시문학

大乘六情懺悔를 중심으로

이 종 찬

1. 서론

신라문학을 다룸에 있어서 당시의 우수했던 문화 유산에 비해서 문학 유산이 많지 못한 것으로 인식되는 점을 부인할 수는 없다. 이러한 점은 여러 가지 이유가 있겠지만 기록된 자료가 많지 않은 것에 일차적 원인이 있기도 하다. 반면 문학으로 수용하기 위하여 당시의 부학석 성격과 현 시점에서 보는 문학의 정의에 약간의 차이가 있는 것도 사실이다. 오늘날과 같이 문학의 장르적 분파가 분명하지 않았던 당시의 문학을 오늘의 장르적 규정으로 볼 때 선뜻 문학으로 수용하기에 주저스러운 점이 있기 때문이다. 이러한 점이 문제가 되어 신라시대 불경의 疏에서 보이는 문체나 내용을 검정하면서 충분한 문학성을 지녔다고 보려 하였다.

圓測의『佛說般若波羅蜜多心經贊』에서 "至理幽寂 妙絶有無之境 法相甚深 能超名言之表"라 한 말에 의거하여 絶境主義 · 超表主義 또는 超絶主義의 문학이론으로 수용할 수 있다고 보았으며, 元曉의『法華宗要』에서 "文巧義深 無妙不極 辭敷理泰 無法不宜"란 대목에서 文巧 辭敷는 문학적 표현의 精緻性이고, 義深 理泰는 문학적 내용의 진실성으로 수

용해보았다.

　이렇듯 신라시대에 이미 뛰어난 문학론이 있었음에도 불구하고 여기
에 상응하는 문학의 실체가 많지 못하였음이 항시 아쉬움으로 남는 것
이다. 본 논고는 이러한 아쉬움에 조금이라도 보완이 될 수 있는 자료
로서 원효의 「大乘六情懺悔」를 문학 작품의 하나로 규정하면서 그렇게
보아야 할 타당성을 도출해보려는 것이다.

2. 4언시로 보는 근거

　「大乘六情懺悔」에 대한 논고는 여러 면에서 시도된 바가 있다.[1] 이
러한 논고는 모두 참회의 사상적 배경에 초점을 두면서 文으로 이해했
고 詩로 보는 견해는 없다.

　그러나 文이 아닌 詩로 보고자 하여 그 일부를 앞장에서 검정하였다.
4언 270구의 장시이다. 李箕永이 「中國古代佛教와 新羅佛教」에서 梁
武帝의 『慈悲道場懺悔法』과 대비하면서 전편을 4언 4구의 句讀로 하여
소개하였으나, 시로 보고자 하지는 못했다. 이 4언 4구의 구두를 바른
해독으로 수긍하면서 논의의 편의를 위하여 전편을 우선 인용한다.

　　1. 若依法界 始遊行者 於四威儀 無一唐遊
　　2. 念諸佛 不思議德 常思實相 朽銷業障
　　3. 普爲六道 無邊衆生 歸命十方 無量諸佛

---

1) 李箕永, 「中國古代佛教와 新羅佛教」, 『韓國古代文化와 隣接文化와의 關係』, 韓國精
　神文化研究院, 서울・1981.
　木材清孝, 「大乘六情懺悔の基礎的研究」, 『韓國佛教學 seminar』, 新羅佛教研究會, 東
　京・1985.
　金鉉峻, 「元曉의 懺悔思想－大乘六情懺悔를 中心으로」, 『佛教研究』 2호, 韓國佛教研
　究院, 1986.
　鄭舜日, 「大乘六情懺悔考」, 『元曉研究論叢』, 國土統一院, 1987.
　金柄煥, 「元曉의 大乘六情懺悔研究」, 東國大 大學院 碩士論文, 1987.

4. 諸佛不異　而亦非一　一卽一切　一切卽一
5. 雖無所住　而無不住　雖無所爲　而無不爲
6. 一一相好　一一毛孔　遍無邊界　盡未來際
7. 無障無礙　無有差別　敎化衆生　無有休息
8. 所以者何
9. 十方三世　一塵一念　生死涅槃　無二無別
10. 大悲般若　不取不捨　以得不共　法相應故
11. 今於此處　蓮花藏界　盧舍那佛　坐蓮花臺
12. 放無邊光　集無量衆　轉無所轉　大乘法輪
13. 菩薩大衆　遍滿虛空　受無所受　大乘法樂
14. 而今我等　同在於此　一實三寶　無過之處
15. 不見不聞　如聾如盲　無有佛性　何爲如是
16. 無明顚倒　妄作外塵　執我我所　造種種業
17. 自以覆蔽　不得見聞　猶如餓鬼　臨河見火
18. 故今佛前　深生慚愧　發菩提心　誠心懺悔
19. 我及衆生　無始以來　無明所醉　作罪無量
20. 五逆十惡　無所不造　自作敎他　見作隨喜
21. 如是衆罪　不可稱數　諸佛賢聖　之所證知
22. 已作之罪　深生慚愧　所未作者　更不敢作
23. □此諸罪　實無所有　衆緣和合　假名爲業
24. 卽緣無業　離緣亦無　非內非外　不在中間
25. 過去已滅　未來未生　現在無生　故所作
26. 以其無住　故亦無生　先有非生　先無誰生
27. 若言本無　及與今有　二義和合　名爲生者
28. 當本無時　卽無今有　當今有時　非有本無
29. 先後不及　有無不合　二義無合　何處有生
30. 合義旣壞　散亦不成　不合不散　非有非無
31. 無時無有　對何爲無　有時無無　對誰爲有
32. 先後有無　皆不得成　當知業性　本來無生
33. 從本以來　不得有生　當於何處　得有無生
34. 有生無生　俱不可得　言不可得　亦不可得
35. 業性如是　諸佛亦爾.
36. 如經說言
37. 譬如衆生　造作諸業　若善若惡　非內非外

38. 如是業性　非有非無　亦復如是　本無今有
39. 非無因生　無作無受　時節和合　故得果報
40. 行者若能　數數思惟　如是實相　而懺悔者
41. 四重五逆　無所能爲　猶如虛空　不爲火燒
42. 如其放逸　無慚無愧　不能思惟　業實相者
43. 雖無罪性　將入泥梨　猶如幻虎　還呑幻師
44. 是故當於　十方諸佛　深生慚愧　而作懺悔
45. 作是悔時　莫以爲作　卽應思惟　懺悔實相
46. 所悔之罪　卽無所有　云何得有　能懺悔者
47. 能悔所悔　皆不可得　當於何處　得有悔法
48. 於諸業障　作是悔已　亦應懺悔　六情放逸
49. 我及衆生　無始以來　不解諸法　本來無生
50. 計我我所　妄想顚倒　內立六情　依而生識
51. 外作六塵　執爲實有　不知皆是　自心所作
52. 如幻如夢　永無所有　於中橫計　男女等相
53. 起諸煩惱　自以纏縛　長沒苦海　不救出要
54. 靜慮之時　甚可怪哉　猶如眠時　睡蓋覆心
55. 妄見已身　大水所漂　不知但是　夢心所作
56. 謂實有溺　生大怖慄　未覺之時　更作異夢
57. 謂我所見　是夢非實　心性聰故　夢內知夢
58. 卽於其溺　不生其慄　而未能知　身臥床上
59. 動頭搖手　勤求永覺　永覺之時　追緣前夢
60. 水與流身　皆無所有　唯見本來　靜臥於床
61. 長夢亦爾　無明覆心　妄作六道　流轉八苦
62. 內因諸佛　不思議熏　外依諸佛　大悲願力
63. 髣髴信解　我及衆生　唯寢長夢　妄計爲實
64. 違順六塵　男女二相　並是我夢　永無實事
65. 何所憂喜　何所貪瞋　數數思惟　如是夢觀
66. 漸漸修得　如夢三昧　由此三昧　得無生忍
67. 從於長夢　豁然而覺　卽知本來　永無流轉
68. 但是一心　臥一如床
69. 若離能如是　數數思惟　雖緣六塵　不以爲實
70. 煩惱羞愧　不能自逸
71. 是名大乘六情懺悔

위와 같은 분류로 보면 4언 4구 71련의 장시가 된다. 이렇듯 시로 보았을 때 誤脫字 등의 몇 가지 의문이 제기된다(聯 앞의 숫자는 논의의 편의를 위하여 필자가 붙인 것이다).

1련의 제4구 제3자의 '唐'의 해석이 의아스러운 점을 면할 수가 없다. '황당하다'의 의미로 '황당하게 노닌다' 할 수도 있으나,[2] 선뜻 납득되지 않는 점이 있다.

2련 첫구의 2자는 빠진 자가 있는 듯하다. 제3구의 '常思實相'의 대구로 볼 수 있기에 '想念諸佛'이라 하여 '常'자일 수도 있으나, 같은 자의 중복이니 '恒'자의 탈자로 보아 '恒念諸佛'이라 할 수 있을 듯도 하나 단정할 수는 없다.

12련의 제2구 '集無量衆生'의 '生'자는 불필요한 첨가로 이해된다. 제1구 '放無邊光'의 대구로 이루어졌으므로 '集無量衆'으로서 만족하기 때문이다. '衆'자 자체로 '衆生'의 의미는 충분히 포용된다.

25련의 제3・4구의 탈자가 있는 듯하다. 제1・2구의 의미로 보아 제3구를 '現在無住'로 보고 제4구의 '故所作'의 어디엔가 탈자가 있는 것으로 보인다. '故無所作'이라 하면 '그러므로 짓다는 행위도 없다'하여 의미 연결에는 큰 무리가 없는 것 같으나, 단언하기는 어렵다.

제69련의 첫구의 '若離能如是'도 불필요한 한 자가 첨가된 듯하다. 불교 게송의 일반적인 수사로 보더라도 '若能如是'로 만족할 것 같다. 아무래도 '離'자는 의미없이 삽입된 듯하다.

위와 같은 오탈자의 가능성을 전제로 하면서 李箕永의 聯의 분류에[3] 몇 가지 다른 견해가 있었음도 아울러 밝혀 둔다. 연의 분류가 전편의 시 해석에 영향을 주기 때문이다. 李箕永은 9련의 제4구 '無二無別'을

---

2) 金柄煥, 위의 글, 42쪽에서 原文과 對譯하면서 "헛된 행동을 함이 없다"로 풀기도 하였다.
3) 李箕永의 위의 論文에서는 4句로만 나누었을 뿐 聯으로 처리하지는 않았고 연의 숫자 표시는 筆者가 편의상 사용한 것이다.

독립된 항으로 처리하였으나, 시의 흐름으로 보아 '生死涅槃 無二無別'로 이어지는 것이 자연스럽다.

65련은 '何所憂喜 何所貪瞋'의 두 구만을 두고 있으나, 그래야 할 이유를 발견할 수가 없다. 4구의 한 연으로 하여 '數數思惟 如是夢觀'까지 이어져야 다음의 69련까지 4구로서 무리없이 이어진다. 그렇게 되면 66·67·68련도 4구 1연으로 자연스럽게 이어진다. 69련도 '若離能如是' 단구로 처리하였으나, 다음 세 구를 이어 4구 1연으로 하는 것이 자연스럽다.

이와 같이 연을 구분하고 보면 다음과 같은 몇 가지 특징적인 사실이 드러난다. 제8편의 '所以者何'의 單句와 36련의 '如經說言'의 單句이니, 이것이 바로 이 시의 논리성이 정연하다는 점을 이해하게 한다.

1~8련의 서론적 주제의 제시이고, 8련의 '所以者何'로 다음에 그 이유를 설명하는 것이 되며, 36련의 '如經說言'으로 논증에 대한 확실한 예증을 경전으로써 뒷받침하고 있는 것이다.

35련과 70련에서 각각 두 구로 된 것은 위의 사실을 결론짓는 구이고, 71연을 8자 單句로 보거나 2구로 나누어 '是名大乘 六情懺悔'로 보더라도 이 시의 총결구로 삼은 것이다. 이렇게 보면 이 시는 구성에 있어서도 정연한 논리성을 지녔다고 볼 수가 있다.

3. 구성의 검토

「大乘六情懺悔」를 논고한 여러 논문들에서도 구성에 대한 검토가 시도되고 있다. 이러한 검토는 文으로서의 논리적 구성과 내용의 단락에 의한 검토이기에 각기 의미를 가지고 있는 점이 인정된다. 그러면서도 시로 본 견해가 아니기 때문에 다시 한번 검토할 필요가 있다고 생각된다. 우선 논자들의 구성을 먼저 제시하고 의견이 있는 점을 살펴보자.

金鉉峻은 7단락으로 나누었다.

	구 분	본 문	필자의 연 번호
1	大前揭	若依法界~無量諸佛	1련~ 3련
2	十方諸佛	諸佛不二~法相應故	4련~10련
3	佛國 속의 衆生	今於此處~臨河見火	11련~17련
4	元曉의 事懺	故今佛前~更不敢作	18련~22련
5	罪業의 本性	口此諸罪~諸佛亦爾	23련~35련
6	大乘의 理懺	如經說言~得有悔法	36련~47련
7	大乘六情懺悔	① 亦應懺悔~甚可怪哉	48련~54련
		② 猶如眠時~靜臥於床	54련~60련
		③ 長夢亦爾~六情懺悔	61련~끝

鄭舜日은 5단으로 구분하였다.

	구 분	본 문	필자의 연 번호
1	歸命三寶章	若依法界~大乘法樂	1련~13련
2	發心懺悔章	而今我等~更不敢作	14련~22련
3	罪業無生章	口此諸罪~還呑幻師	23련~47련
4	六情懺悔章	於諸業障~臥一如床	48련~68련
5	勸不放逸章	若離能如是~六情懺悔	69련~끝

金柄煥은 3단으로 구분하였다.

	구 분	본 문	필자의 연 번호
1	序 文	若依法界~無量諸佛	1련~ 3련
2	本 論		
	1) 諸佛의 說法	諸佛不異~大乘法樂	4련~11련
	2) 衆生의 懺悔	而今我等~得無生忍	14련~67련
	(1) 二種懺悔		
	大乘懺悔		
	六情懺悔		
	(2) 究竟覺의 成就	從於長夢~臥一如床	67련~68련
3	結 論	若離能如是~六情懺悔	69련~끝

위와 같은 분단은 시의 구성으로 본 것이 아니고 어디까지나 하나의 文으로 보아, 文意의 내용에 따른 분류이다. 따라서 논자 나름의 견해에 각기 일리가 있다.

필자는 한 편의 장시로 보기 때문에 시로서의 구성으로 분단을 시도해보고자 한다. 위에서도 언급하였듯이 이 시의 구성은 전편이 정연하게 되어 있다. 이 논리의 정연한 점 때문에 시로 보지 않고 한 편의 논문으로 보았던 諸家들의 견해가 있었던 것이다. 서론, 본론, 결론으로되어 있으면서 본론에서 歸命諸佛해야 함을 전제하고 그 이유와 예증을 들어 여러 측면에서 논증하고 방일하지 말 것을 결론지으면서 본시의 제목으로 맺었던 것이다. 다음에 각 소절의 분단을 들어본다.

① 大前提

● 1련 若依法界~2련 朽銷業障

法界에 의지하려고 한다면 行·住·坐·臥의 四威儀의 몸가짐이 헛되지 않아야 한다. 말머리의 '若'자에 유의할 필요가 있다. '만약'이라는 가정문 같지만 이것이 바로 시인의 여유있는 표현이다. '~것 같으면'은 해야 한다는 당위적 표현이기도 하다. 그럴 필요가 없는 사람에게는 어떠한 권유도 필요가 없는 것이다. 항상 모든 부처의 논의를 초월하는 덕을 생각하고 참다운 실상을 생각하여 業障을 없애야 한다는 논리이다. 이렇게 볼 때 2련으로 대전제를 삼아 한 단락을 지었다.

② 歸依諸佛

● 3련 普爲六道~7련 無有休息

위 대전제의 주제는 '朽銷業障'이다. 무엇을 참회할 것이며 어떻게 참회할 것인가, 이 대전제가 업장을 녹여 없애는 것이다. 업장을 朽銷하려면 어떻게 할 것인가. 그것이 바로 모든 부처에게 귀의하는 것이다. '普爲六道 無邊衆生 歸命十方 無量諸佛'은 앞 단락을 이으면서 六道

에 미혹한 중생을 위하여 이 미혹을 벗으려면 모든 부처에게 귀의해야
한다는 것이다. 위에서 참회해야 한다는 전제 밑에서, 참회의 첫 방편
으로서 우선 부처에게 귀의해야 한다는 권고이다. 이렇듯 부처에게 귀
의하려면 부처가 무엇인지 알아야 한다. 그래서 '諸佛不異'로 시작하여
시공을 초월하여 차별이 없는 부처의 교화가 쉬임이 없음을 말한 것이
본 단락의 구성이다.

③ 得不共法

◉ 8련 所以者何~10련 法相應故

歸依諸佛해야 하는 이유를 말한 것이다. '그 까닭이 무엇이냐所以者
何]?' 하여 먼저 설문을 해놓고 '不共法과 상응하기 때문이다[以得不共 法
相應故].'라 하여 해답을 제시한 것이니 문답식의 구성이 자연스럽다.
'何'와 '故'자의 상응에 문맥이 자연스럽게 이어진다.

④ 大乘法樂

◉ 11련 今於此處   13련 大乘法樂

위에서 제시한 '十方三世'는 초월된 시공이다. 이 초월된 시공 속에
서 항시 不共의 佛法과 상응할 수 있지만 참회해야 하는 중생의 실체는
'지금' '여기'에 있는 것이다. 그러기에 본 단락에서는 '今於此處'라 하
여 시간적으로 '지금', 공간적으로 '이 곳'이라 전제하고 지금 여기에도
蓮花臺에 앉은 盧舍那佛이 굴릴 것도 굴리는 것도 없는 大乘法輪을 굴
리고, 누릴 것도 누리는 것도 없는 大乘法樂을 누리고 있다는 것이다.

⑤ 無明衆生

◉ 14련 而今我等~17련 臨河見火

위에서 보듯이 지금 이곳에 노사나불께서 가없는 빛을 놓으시어 대
승의 법륜이나 법락을 펴지만, 우리 대중은 無明에 전도되고 있다. 단

락 서두의 '而'자를 유의하여 음미할 필요가 있다. 윗 단락을 이으면서 '그러하건만'이라는 안타까운 표현이다. 지금 우리는 함께 이 곳에 앉아 있다[同在於此]. 이곳이 어디인가. 윗 단락의 '今於此處'의 이곳이다. 노사나불이 연화대에 앉아 있는 이곳이다. 平等 無差別의 眞如 一實로 三寶의 이 허물없는 곳이다. '불성이 없는 것인가. 왜 이러한가[無有佛性 何爲如是]' 참으로 안타깝다. 무명으로 전도되고 스스로 가리웠으니 아귀가 강가에 이르러 물빛을 불로 보는 것과 무엇이 다르랴는 안타까움이다.

⑥ 誠心懺悔

● 18련 故今佛前~22련 更不敢作

위와 같은 無明顚倒를 부끄러워해야 하고, 부끄러워한다면 참회해야 하다. 참회한다면 무엇을 참회해야 한다는 말인가. 이것이 바로 19련에 이어지는 '作罪無量'이다. 한없이 지은 죄인 것이다.

衆罪와 참회의 관계를 다음과 같이 논하고 있다.

무엇을 수행으로 나아가는 방법이라 하는가 (중략) 사람들이 만약 믿는 마음으로 수행하더라도, 선세 이래로 많은 중죄의 업장 때문에 사악한 여러 마귀에게 뇌란되었거나, 세상 갖가지 일에 얽매이었거나, 혹은 병고에 시달리거나 하는 많은 장애가 있다. 이러므로 용맹 정진하여 밤낮으로 여러 부처에게 예배하고 성심으로 참회하여 기쁨으로 권하고 보리로 돌아가, 항상 쉬지 않으면 모든 장애를 벗어나 착한 밑뿌리를 북돋을 것이다.[4]

云何修行進門…中略…若人雖修行善心 以從先世來 多有重罪惡業障故 爲邪魔諸鬼之所惱亂 或爲世間事務種種牽纏 或爲病苦所惱 有如是等衆多障礙是故 應當勇猛精勤 晝夜六時禮拜諸佛 誠心懺悔 勸請隨喜 廻向菩提 常不休廢 得免諸障 善根增長故.

---

4) 『大乘起信論疏別記』, 『韓國佛敎全書 第一冊』, 東國大學校佛典刊行會, 780쪽, C.

이렇듯 모든 죄의 業障을 참회로써 면할 수가 있다 하였으니, 이 시에서 '如是衆罪 不可稱數'는 위의 기신론의 '有如是等衆多障礙'와 일치하며, '發菩提心 誠心懺悔'는 기신론의 '誠心懺悔 廻向菩提'와 일치되는 詩化語들이다. '如是衆罪 不可稱數 諸佛賢聖 之所證知'가 바로 위에 인용한 기신론과 같이 여러 經論에서 이미 말했다는 뜻이 되겠다. 본 단락의 논지는 부처 앞에 부끄러워하고 부끄러우면 참회하고, 참회하고 나면 다시 죄를 짓지 말라는 정연한 논리로 일관되어 있다.

⑦ 罪業本無

● 23련 □此諸罪~26련 先無誰生

본 단락의 서두 □로 남아 있는 빠진 자는 위아래 문맥으로 보아, '如'자로 추정해보면 어떨까 생각된다. 위에서 '모든 헤아릴 수 없는 죄를 참회하라'하였으니, '이러한 모든 죄는 실로 있는 것이 아니라'고 전제하고, 왜 없다고 말해야 하는 이유를 논증하기 때문이다. 죄의 실상이 존재하는 것이 아니라, 뭇 인연과 어울려 業이라는 가명을 얻게 된 것이다. 그래서 이 단락에서는 업장에 대한 설명을 하고 있다. 本無 今有 非有 非無의 긍정 부정의 반복 설명이다. 이렇게 볼 때 대전제에서 제시한 '업장을 녹인다'의 연속적 서술이다. 업장을 녹여야 한다 했으니 업장이 무엇인지 되풀이 설명할 수밖에 없는 것이다.

⑧ 業性本來無生

● 27련 若言本無~35련 諸佛亦爾

윗단락에서 죄업이 先有도 先無도 아닌 것으로 맺었으니, 본 단락에서 이 논리를 이으면서 '本無'와 '今有'의 두 상반된 사실이 어울려서 '生'이라는 이름을 얻었다고 가정해놓고, 모순 상배하는 여러 사실에서 긍정을 도출한 것이다. 단락을 '若'이라는 가정적 어법을 쓴 것부터가 자신의 논증을 분명히 하려는 높은 수사법이다. 원래 없었다면[本無] 이

제 있다[今有] 함이 있을 수 없고, 이제 있다 한다면 본래 없다 함도 논리의 모순이다. 이렇듯 앞뒤가 맞지 않고[先後不及], 있다 없다 함이 하나로 어울릴 수 없는[有無不合] 것이지만 삶의 현 당체에서 보는 존재, 다시 말하면 태어남[生]이라고 함은 어디에서 온 것인가. 어울림이 없다면 흩어짐은 있어야 하나 흩어짐 또한 없으니, 이것이 바로 中道의 원리라고나 해야 할 것인가. 禪詩의 反常合道적 수사성이라 해도 무방하리라.

그래서 본 단락의 결론이 '말로서 이해할 수 없다[言不可得].'하여 모든 業性이나 모든 부처가 역시 그러하다 한 것이다. 본 단락이 이 시에 있어서 가장 깊은 논리를 함축하고 있다 하겠다. 참회를 위한 깨우침을 위해서 긍정 부정의 반복되는 논리를 구사하여 두 끝에 머무르지 않는 [不落兩邊] 중도적 논증으로 모순의 궁극적 합일을 꾀하고 있다.

⑨ 果報

● 36련 如經說言~39련 故得果報

위의 8단락까지를 하나의 큰 단락으로 보아 無明衆生의 업성을 논증하고, 여기에서 문맥의 큰 흐름을 바꿔 經의 말씀을 예증으로 들어 과보에 대한 설명으로 이해된다. 23련의 '衆緣和合 假名爲業'과 본 단락의 39련 '時節和合 故得果報'를 상대적으로 이해할 때 죄업에 대한 과보를 설명한 사실임이 자명하다. ⑦, ⑧단락의 주된 내용이 무명 중생이 짓는 업성이 있음도 아니요 없음도 아니지만, 지금에 존재하고 있다 [今有]는 사실이 바로 時節和合이기에 과보를 얻는다고 하여 이 뒤에 오는 큰 단락의 전제가 되어 다음 단락으로 이어지고 있다.

⑩ 懺悔와 不懺悔

● 40련 行者若能~43련 還呑幻師

윗단락에서 본 과보가 업성의 여여한 참모습을 알지 못해서 그런 것이라면, 수행자는 이 참모습을 늘 생각하여 참회해야 할 것이다. 그러나 그 실상이 있음도 아니요, 없음도 아니니 저 허공이 불로써 태워지지 않는 것과 같다. 그렇다 해서 부끄러움이 없이 여여한 실상을 생각하지도 않으면, 죄성이 없더라도 지옥에 떨어질 것이니, 마치 마법사 자신이 마술을 부리는 호랑이에게 잡혀 먹는 것과 같다.

본 단락은 다시 전후 2분절로 되어, 앞부분은 참회의 경우, 뒷부분은 불참회의 경우를 조리 정연하게 서술하였다. 앞소절은 '行者若能'으로 시작하여 수행자가 할 수 있을 때의 경우이고, 뒷소절은 '如其放逸'로 시작하여 수행하지 않을 경우를 말했으니, 앞에서의 '若'자와 뒤에서의 '如'자의 가정적 제시의 대응이 명확하다. 한편 앞소절에서는 '思惟而懺悔者'요 뒷소절에서는 '不思實相者'로 대응된다. 그러면서 앞뒤의 결론적 비유 또한 시적 風味를 더해 주고 있다. '猶如虛空 不爲火燒'와 '猶如幻師 還呑幻師'로 수행하는 이와 수행하지 못하는 이를 대비시키고 있다.

⑪ 懺悔法

● 44련 是故當於~48련 六情放逸

윗단락에서 수행자의 참회가 마땅한 것이라 하였으니, 본 단락에서 참회의 방법을 말할 수밖에 없다. 우선 참회의 순서부터 제시하였다. 시방의 모든 부처에서 부끄러워하는 마음부터 가져야 한다. 그리고서 참회를 하되, 참회한다는 생각이나 행동을 할 것이 아니라 참회의 여여한 실상을 생각하라는 것이다. 위에서도 보았듯이 참회의 죄성이 있음도 없음도 아니라 하였으니 참회해야 할 능동적인 주체나 참회될 피동적 대상도 없게 된다는 것이다. 이럴 때 모든 업장이 참회되고, 그런 뒤에 지금 존재하여 행위되고 있는 六情마저도 떨쳐버려야 한다는 것이다.

⑫ 妄想 煩惱

● 49련 我及衆生~53련 不求出要

위에서 참회의 방법이나 효과를 말하였지만, 안되는 이유가 무엇일
까. 그것은 모든 진리[法]가 본래 남[生]이 없고 여여한 실상 그대로임을
이해하지 못하기 때문이다. 망녕된 생각으로 전도되어 나[我]인 六情과
나의 대상[我所]인 六塵에 얽매이면서, 이것이 마음이 지어내는 알음알
이의 번뇌임을 알지 못하는 것이다. 번뇌의 얽매임, 이것이 바로 고해
인데, 이 고해에 빠져 길이 헤어나지 못하고 있는 것이다.

본 단락의 구성도 정연한 논리를 가지고 있다. 우리 중생은 모든 진
리를 이해하지 못한다는 말을 전제해 놓고, 이 전제에서 전도되고 망녕
된 생각이 일게 된다는 것이다. 이어서 '我'와 '我所'의 대칭을 제시하
면서 我에 해당하는 '內立六情'과 我所에 해당하는 '外作六塵'을 말하
고, 六情에서 오는 '生識'과 六塵에서 야기되는 '執實'이 모두 '自心所
作'임을 밝혔다. 이것이 모두 망상의 전도이고, 여기에서 번뇌가 일어
고해에 빠져 헤어나지 못한다는 것이다. 이렇듯 전 단락이 대칭 인과의
관계로 정연하게 이어지고 있다.

⑬ 夢中夢

● 54련 靜慮之時~60련 靜臥於床

이 단락이 본 시에 있어서 절정을 이룬 부분으로 이해된다. 위에서
보아온 망상의 번뇌에 얽매여 참회하지 못하는 것을 꿈으로 비유하여
꿈 속에 꿈이 되풀이되는 장면을 여실하게 묘사하고 있다. 고요히 생각
하는 靜慮란 참회의 한 방편이다. 그러기는 하나 정려 자체가 괴상하다
는 것이다. 마치 졸음이 마음을 덮고 있는 것과 같다는 것이다. 이것은
45련의 '作是悔時 莫以爲作'와 연계하여 이해해야 되겠다. 참회한다는
생각을 하게 되면 이미 참회가 아니요, 그 생각이 바로 졸음이 마음을
덮은 것[睡蓋覆心]과 같은 것이다.

앞 단락의 '妄想'과 본 단락의 '妄見'이 서로 상응하면서, 앞 단락에서는 알음알이의 六識으로 상상하지만, 이 단락에서는 꿈으로 변하여 실상으로 보고 있는 것이다. 이 점이 바로 문학으로서의 구체적인 묘사가 된 것이다. 물에 빠진 꿈을 꾸고 놀라면서 꿈속에서도 이것이 꿈인 줄을 알고 겁내지 않지만, 내 몸이 침대 위에 평안이 누워 있음은 모른다. 그러다가 수족을 흔들어 꿈을 깨고 나서야 꿈속의 일이 사실이 아님을 알게 된다.

⑭ 無明覆心

◦ 61련 長夢亦爾~64련 永無實事

윗단락에서 꿈의 실례를 들고, 본 단락에서 망상전도에 사로잡힌 대중은 긴 꿈에 잠겨 있음을 말했다. 앞 단락의 비유는 본 단락의 현실을 비유한 구성이 된다. 이렇듯 긴 꿈에 잠기게 되는 것은 무명이 마음을 덮고 있기 때문이다. 이 무명을 벗으려면 안으로는 모든 부처의 생각으로도 미치지 못하는 훈습력과, 밖으로는 대자대비의 원력으로 깨우쳐져서 육진의 대상경계가 실유라고 생각하는 것이 꿈인 줄을 알아야 한다. 윗단락에서는 순간의 잠속에서 꾼 꿈이지만, 본 단락은 번뇌로 사는 대중의 긴 꿈을 깨도록 말한 것이니, 이것은 참회에서 얻은 결과의 한 단면을 말한 것이다.

⑮ 覺夢

◦ 65련 何所憂喜~68련 臥一如床

꿈을 깨는 방법과 꿈을 깨고 나면 모든 것이 한마음[一心]이 만드는 것[所造]임을 알게 된다는 것이다. 꿈이 깨려면 꿈이 무엇인지를 알아야 한다. 그러기 위하여 앞의 두 단락에서 꿈을 설명하였던 것이다. 근심이나 기쁨, 탐냄이나 성냄이 있을 이유가 무엇인가. 꿈에서 보는 如夢觀을 항시 생각하여 三昧에 들어야 하고, 이 삼매로부터 無生忍을 얻어 긴 꿈에서 활연히 깨어나 八苦에 이끌림이 없는 한마음으로 평안한 침대에 누워 있게 된다.

본 단락의 구성은 앞 단락과 표리가 되어, '永無流轉'은 앞 단락의 '流轉八苦'와 연계되고, '但是一心'이 앞 단락의 '無明覆心'과 이어져, 앞 단락의 '無明'이나 '妄計'와 같은 부정적 요소가 '三昧'나 '一心'의 긍정적 요소로 환원된 것이다.

⑯ 不放逸

● 69련 若能如是~70련 不能自逸

깨닫고 나면 다시 어두워지지 않도록 더 정진하여야 한다. 참회로 얻은 如夢觀이나 無生忍을 항시 생각하여 스스로 방일하지 말라는 결론적 敎戒이다. 본 단락은 결론에 해당하기에, 첫단락과 수미로 맞물리고 있음에 유의해야겠다. 첫단락의 '於四威儀 無一唐遊'와 본 단락의 '煩惱羞愧 不能自逸'이 유관하고 '常思實相 朽銷業障'과 '若能如是 數數思惟'가 서로 연관되어, 提示와 결론으로 짜여졌다 하겠다.

⑰ 總名

● 71련 是名大乘 六情懺悔

총결 삼아 본 시의 명칭을 제시했다. 이러한 서술법은 불경소의 일반적 서술양식이기에[5] 본 시에서의 독특한 서술 방식은 아니다. 그렇기는 하나 이 글을 시로 보는 견해에서는 독립된 연으로 설정하여 시의 한 부분으로 보아도 무방하다.

이상과 같은 분단이 정확한 것인가 하는 논의의 여지는 있을 것이나, 본 논고에서는 시의 구성으로 보아야 한다는 전제에서 내용과 연관하면서 구성의 연계점을 생각한 것이기 때문에, 앞선 논문들의 분단과는 크게 다른 점이 있을 수밖에 없다. 선행된 논문들에서는 한 편의 논저

---

5) 元曉 撰 『法華宗要』의 初述大意 "擧是大意 以標題目 故言妙法蓮華經也"; <華嚴經 疏序>의 "擧是大意 以標題目 故言道大方廣佛華嚴經也" 등.

로만 보았기 때문에 논문적 분단이나 사상적 내용에 따른 분류이므로 각기 일리가 있다고 인정된다.

「大乘六情懺悔」는 위와 같은 분류로 볼 때 4언 4구 71련의 17단락의 장시이면서 연과 연, 단락과 단락의 연계가 제시 논증 비유 등의 반복으로 일사불란한 구성을 이루어 불가시의 하나인 게송문학의 한 장을 열어주었다 하겠다. 게송으로 보았을 때, 다음과 같은 반론이 있을 수도 있다. 곧 원효의 經疏가 거의 4언체의 문장으로 이루어졌기 때문에 본 「대승육정참회」의 4언이 그러한 문체와 연계되는 일반적 疏文이지 시로 볼 수 없다고 할 수도 있다.

위와 같은 구성의 분류를 한 것도 이러한 반론을 예상하면서, 전편의 정연한 구성이 다른 疏文과는 다르다는 점을 실증하려는 의도이다. 게송이라 한다면, 행이 긴 경문을 운문으로 요약하는 重頌인가, 아니면 經文과 관계없이 法理를 서술하는 伽陀인가 하는 문제도 있다. 본 「대승육정참회」가 독립된 시로 남아 있고, 어느 경소의 일부가 아니기 때문에 伽陀로 보는 것이 옳겠으나, 이 문제도 여타의 가타와는 달리 여러 경전의 내용에 따라 침회를 중심으로 요약한 것이라 보여 단순하게 결론지을 수는 없다. 다만 독립된 시편으로 전해졌다는 사실만으로로 가타에 속하는 게송이라 해도 무방하리라 생각된다.

본 「대승육정참회」에 담겨 있는 내용을 원효의 여러 經疏의 내용과 대비한 사상적 고찰은 앞에 인용되었던 선행 논문들에서 많은 시도가 있었으므로 본 논고에서는 언급을 피하려 한다.

4. 결론

이 소론은 신라 시문학의 재정리라는 의도에서 이미 학계에 널리 알려져 있는 원효의 「大乘六情懺悔」를 시문학으로 규정해보려 한 것이다.

이 「대승육정참회」를 원효의 화엄사상이나 정토사상과 같은 종합된 사상의 깊이를 간직하고 있는 한 편의 文으로만 보아온 선행의 연구에 동의하지만 글의 이해란 내용과 아울러 형식도 소홀히 할 수 없다. 더구나 시와 문은 그 형식이 다름으로해서 같은 내용이라 하더라도 작자가 의도하는 바가 달리 표현될 수 있기 때문에, 내용의 이해에 앞서 형식도 검정되어야 할 것으로 생각한다.

이런 의도에서 검정한 결과, 4언시의 장편임이 확인되었고, 거기에서 약간의 오탈자가 있는 것을 인식했으며, 선행논자의 내용분류보다 더 세분할 필요가 느꼈다.

다음에 위에서 분류한 본절을 일목요연하게 도표로 예시해본다.

	단락구분	본 문	연 번호
1	大前提	若依法界~朽銷業障	1~2
2	歸依諸佛	普爲六道~無有休息	3~7
3	得不共法	所以者何~法相應故	8~10
4	大乘法樂	今於此處~大乘法樂	11~13
5	無明衆生	而今我等~臨河見火	14~17
6	誠心懺悔	故今佛前~更不敢作	18~22
7	罪業本無	□此諸罪~先無誰生	23~26
8	業性本來無生	若言本無~諸佛亦爾	27~35
9	果報	如經說言~故得果報	36~39
10	懺悔와 不懺悔	行者若能~還呑幻師	40~43
11	懺悔法	是故當於~六情放逸	44~48
12	妄想煩惱	我及衆生~不求出要	49~53
13	夢中夢	靜慮之時~靜臥於床	54~60
14	無明覆心	長夢亦爾~永無實事	61~64
15	覺夢	何所憂喜~臥一如床	65~68
16	不放逸	若能如是~不能自逸	69~70
17	總名	是名大乘 六情懺悔	71

※ 연 번호는 편의상 필자가 붙인 것임.

이와 같이 4언 4구의 71련 17단락임을 알게 되었다. (필자 나름의 분류이기 때문에 절대성을 강조할 수는 없지만) 이렇게 볼 때 이「대승육정참회」는 원효의 신앙세계에서 대승적 참회를 종합적으로 요약한 장편의 게송문학임을 확인한 셈이다. 본 소고의 목적이「대승육정참회」를 시문학으로 보아 원효의 문학세계의 영역을 확대시키는 것이요, 그러기 위하여 시로 보아야 할 논증의 일환으로 시적 구성의 타당성을 검증한 것이다.

따라서 자료 소개의 한 측면도 되기 때문에, 전문을 분단 번역하는 것으로 끝맺는다.

若依法界 始遊行者　만약 법계에 의지하여, 노니려 하는 자는
於四威儀 無一唐遊　行住坐臥 몸가짐을, 헛된 노님 없어야
*恒6)念諸佛 不思議德　항시 모든 부처 생각하되, 그 생각으로 미치지 못할 덕을
常思實相 朽銷業障　항상 여여한 실상 생각하여, 업장을 녹여 버려야

普爲六道 無邊衆生　널리 六道의, 한없는 중생 위하여
歸命十方 無量諸佛　시방세계의 헤아릴없는 부처께 귀의하고
諸佛不異 而亦非一　여러 부처님 다름없으되, 역시 같지도 않지
一卽一切 一切卽一　한 부처가 일체의 부처이고, 일체 부처 또 한 부처이네
雖無所住 而無不住　머무는 곳 비록 없어도, 머무르지 않는 곳도 없고
雖無所爲 而無不爲　비록 하염없으시나, 하염없음이 없으시네
一一相好 一一毛孔　하나하나의 모습 모습과, 낱낱의 털구멍까지
遍無邊界 盡未來際　가없는 경계 두루하고, 미래의 끝까지 다해
無障無礙 無有差別　막힘없고 가림없이, 차별됨이 없도록
教化衆生 無有休息　중생을 교화하시어, 쉬임이 없으시다네

所以者何　그런 까닭이 무엇인고
十方三世 一塵一念　시방의 공간 삼세의 시간, 한 경계나 한 생각이나
生死涅槃 無二無別　죽고 삶의 열반에, 차별됨이 없다

─────────────────

6) 原文에 脫字로 보고 추측으로 補完한 字임.

大悲般若 不取不捨   대자대비의 반야지혜, 잡지도 않고 놓지도 않으니
以得不共 法相應故   不共法과, 서로 일치하기 때문일세

今於此處 蓮花藏界   지금 이곳, 연화장의 세계에는
盧舍那佛 坐蓮花臺   노사나 부처께서, 연화대에 앉아 계셔
放無邊光 集無量衆   가없는 빛을 펴고, 한량없는 중생 모아
轉無所轉 大乘法輪   굴려도 굴림이 없는, 대승의 법바퀴 돌리시네
菩薩大衆 遍滿虛空   보살 대중은, 허공에 두루 가득
受無所受 大乘法樂   받아도 받음이 없는, 대승의 법 즐거움

而今我等 同在於此   그런데, 지금 우리는, 여기에 함께 있어
一實三寶 無過之處   하나의 진실과 삼보로, 허물없는 곳이나
不見不聞 如聾如盲   보도 듣도 못하니, 귀머거리인 듯 소경인 듯
無有佛性 何爲如是   불성 없음인가, 어째서 이러하지
無明顚倒 妄作外塵   무명으로 전도되어, 부질없이 바깥 경계에 끌려
執我我所 造種種業   나와 나의 대상에 집착되고, 갖가지 죄업을 지으니
自以覆蔽 不得見聞   스스로 가리움 되어, 보고 들을 수 없네
猶如餓鬼 臨河見火   마치 아귀가, 물가에 가 물빛을 불빛으로 보듯

故今佛前 深生慚愧   그러니 이제 부처님 앞에, 깊이 부끄러운 마음 내어
發菩提心 誠心懺悔   보리심 펴내어, 성심으로 참회하세
我及衆生 無始以來   나와 중생은, 시작도 없던 그때부터
無明所醉 作罪無量   무명에 취하여서, 한량없는 죄를 지어
五逆十惡 無所不造   오역이나 십악까지도, 짓지 않은 것 없어
自作敎他 見作隨喜   내 지음 남 시키고, 남의 지음 보고 좋아했으니
如是衆罪 不可稱數   이러한 뭇 죄를, 어찌 다 셀 수 있는가
諸佛賢聖 之所證知   이 모든 부처성현, 똑바로 아시는 바이니
已作之罪 深生慚愧   이미 지은 죄, 깊이 부끄러운 마음 내어
所未作者 更不敢作   아직 짓지 않았거든, 다시는 짓지 마소
*如7)此諸罪 實無所有   이러한 모든 죄, 실로 있음이 아니나

---

7) 原文에는 脫字로 되어 있어 文脈으로 추측하여 如字로 補完함.

衆緣和合 假名爲業　　뭇 인연과 어울려, 이름 빌려 업이라 하네
卽緣無業 離緣亦無　　연과 마주쳐도 업은 없고, 연을 여의어도 역시 없다네
非內非外 不在中間　　안도 아니요 밖도 아니니, 그렇다고 중간에도 없네
過去已滅 未來未生　　과거는 이미 사라졌고, 미래는 오지 않았고
現在無生 故*無8)所作　　현재는 머무르지 않으니, 그러니 업 지음 없어야지
以其無住 故亦無生　　머무름 없는 까닭에, 남[生] 또한 없는 법
先有非生 先無誰生　　애초에 있음 남[生] 아니니, 애초에 없음 어디가 남인가

若言本無 及與今有　　만약 말하기를, 원래 없음과 이제 있음도 아니니
二義和合 名爲生者　　두 뜻이 서로 합하여, 이름하여 生이라 한다면
當本無時 卽無今有　　원래 없는 때에는, 이제 있음이 있을 수 없고
當今有時 非有本無　　이제 있는 때라면, 원래 없음이 있지 않았지
先後不及 有無不合　　앞뒤가 함께 못하고, 있음 없음 화합 못하니
二義無合 何處有生　　두 뜻이 어울릴 수 없는데, 어디에 生이 있다 하나
合義旣壞 散亦不成　　어울리는 뜻 이미 무너지니, 흩어짐도 될 수가 없네
不合不散 非有非無　　어울림도 없고 흩음도 없고, 있음도 아니요 없음도 아니니
無時無有 對何爲無　　없는 때 있음 없거니, 무엇으로 없다 해야 해
有時無無 對誰爲有　　있는 때 없음 없으니, 어디에 있음 기대하리
先後有無 皆不得成　　앞과 뒤, 있음과 없음, 나 이룰 수 있으니
當知業性 本來無生　　마땅히 알라, 업성에는 원래 남[生]이 없음을
從本以來 不得有生　　원초에서부터, 남이 있음 될 수 없으니
當於何處 得有無生　　어느 곳에 다달아, 있음 없음 남 얻으랴
有生無生 俱不可得　　남이 되고 남이 없음, 둘다 될 수 없으니
言不可得 亦不可得　　될 수 없다는 말마저도, 될 수가 없구나
業性如是 諸佛亦爾　　업성이란 이와 같아, 모든 부처 역시 그러하니라

如經說言　　　　　　경에서 말씀하듯이
譬如衆生 造作諸業　　비유컨대 중생들이, 모든 업만을 만들어 지니
若善若惡 非內非外　　선하거나 악하거나, 안도 아니요 밖도 아니니
如是業性 非有非無　　이와 같은 업성은, 있음도 아니요 없음도 아니다

---

8) 原文에는 "故所作"의 3자만 있다. 脫字가 있는 것으로 가정하여 文脈으로 추측하여 無字를 삽입함.

亦復如是 本無今有　역시 이와 같으니, 본래 없고, 이제 있다 함이
非無因生 無作無受　인연 없이 남이 아니나, 지음도 없고 받음도 없이
時節和合 故得果報　시절에 어울려서야, 그래서 과보를 얻는다네

行者若能 數數思惟　수행하는 이, 자주자주 생각하되
如是實相 而懺悔者　이런 실상 알아, 참회하는 이는
四重五逆 無所能爲　사중오역의 죄업을, 할 수 없으리니
猶如虛空 不爲火燒　마치 허공이, 불에 태워지지 않음 같고
如其放逸 無慚無愧　그렇지 않고 방일해서, 부끄러워함이 없이
不能思惟 業實相者　업성의 실상을, 생각할 수 없는 이는
雖無罪性 將入泥梨　비록 죄성이 없더라도, 장차 지옥에 빠지리니
猶如幻虎 還呑幻師　마치 마법의 호랑이가, 마법사를 삼킴 같애
是故當於 十方諸佛　이러므로, 시방 모든 부처님께
深生慚愧 而作懺悔　깊이 참괴하는 마음, 내어 참회하라
作是悔時 莫以爲作　참회할 때에도, 참회한다 하지 말고
卽應思惟 懺悔實相　생각 생각에, 여실한 모습을 참회하라
所悔之罪 卽無所有　참회한 죄도, 이미 없는 것이니
云何得有 能懺悔者　어디에 참회한 자가, 있다 말하랴
能悔所悔 皆不可得　참회하는 이도 참회할 바도, 모두 없는 것이니
當於何處 得有悔法　어느 곳에서, 참회할 방도 찾으랴
於諸業障 作是悔已　모든 업장에, 참회하고 나면
亦應懺悔 六情放逸　육정 내쳐 버릴 것으로, 참회함이 옳으리

我及衆生 無始以來　나와 중생이, 처음도 없던 그 당시부터
不解諸法 本來無生　모든 진리가, 원래 없음을 몰라서
計我我所 妄想顚倒　망녕된 생각으로 전도되어, 나와 나의 대상에 매여
內立六情 依而生識　안으로 육정을 세워, 알음알이를 만들고
外作六塵 執爲實有　밖으로 육진을 정해, 그것을 실상으로 집착하고는
不知皆是 自心所作　이 모두를 모르네, 자신의 마음에서 만듦임을
如幻如夢 永無所有　허깨비 같고 꿈 같아, 영원히 있음이 아닌데
於中橫計 男女等相　마음속 잘못된 생각, 사내 계집으로 모습을 짓네
起諸煩惱 自以纏縛　모든 번뇌 일으켜, 스스로 얽매이어

長沒苦海 不救出要　　길이 고해에 빠져, 헤어날 길 찾지 못하네
靜慮之時 甚可怪哉　　고요히 생각한다는 때도, 심히 괴상하구나
猶如眠時 睡蓋覆心　　마치 잠자는 때, 졸음이 마음을 가려
妄見已身 大水所漂　　망녕되이, 물에 빠진 자신을 발견하고
不知但是 夢心所作　　이 꿈 속의 몸짓, 스스로 모르고 있어
謂實有溺 生大怖懍　　실지로 빠졌다 하여, 크게 겁을 낸다네
未覺之時 更作異夢　　꿈 깨기도 전에, 다시 딴 꿈을 꾸면서
謂我所見 是夢非實　　내가 아까 보았던 일, 꿈이지 실제가 아니라 하지
心性聰故 夢內知夢　　그래도 심성이 총명하기에, 꿈 속 꿈을 알아
卽於其溺 不生其懍　　물에 빠져도, 겁을 내지 않지만
而未能知 身臥床上　　아직도 내 몸이 침대에, 누운 줄은 모르고
動頭搖手 勤求永覺　　머리와 손을 휘저어, 영원히 깨기를 바라네
永覺之時 追緣前夢　　꿈을 깨고나, 조금 전 꿈을 더듬어
水與流身 皆無所有　　물과 떠가던 몸, 다 없었던 일이라
唯見本來 靜臥於床　　원래 조용히 침대에, 누웠음을 알게 되네

長夢亦爾 無明覆心　　긴 꿈도 이와 같아, 무명이 마음을 덮어
妄作六道 流轉八苦　　부질없이 육도를 지어, 팔고에 헤매인다네
內因諸佛 不思議熏　　안으로, 부처님의 불가사의한 훈습력과
外依諸佛 大悲願力　　밖으로, 부처님의 대자대비 원력으로
髣髴信解 我及衆生　　나와 중생 모두, 믿음으로 깨닫게 하나
唯寢長夢 妄計爲實　　오직 긴 꿈에 잠들어, 헛되이 실상인 줄 알고
違順六塵 男女二相　　육진을 어기거나 따르거나, 남녀의 두 모습 경계지으나
並是我夢 永無實事　　이 모두 나의 꿈이거니, 길이 참된 사실 없게 돼

何所憂喜 何所貪瞋　　무엇에 기쁨 슬픔 있으며, 어디에 탐내고 미워하랴
數數思惟 如是夢觀　　부지런히 사유하라, 이러한 夢觀法을
漸漸修得 如夢三昧　　점점 갈고 닦아, 如夢觀의 삼매 얻으면
由此三昧 得無生忍　　이 삼매로 해서, 무생인도 얻게 되어
從於長夢 豁然而覺　　긴 꿈으로부터, 활연히 깨어나
卽知本來 永無流轉　　원 근원을 알아, 길이 헤매임 없이
但是一心 臥一如床　　이 한마음, 一如한 침대에 누워 있네

*若能如是⁹⁾ 數數思惟   이렇듯, 자주자주 생각할 수 있다면
雖緣六塵 不以爲實   육진에 이끌려도, 실상으로 여기지 않고
煩惱羞愧 不能自逸   번뇌나 부끄러움에도, 방일되지 않으리

是名大乘 六情懺悔   이 이름, 대승육정참회.

(『韓國佛敎詩歌文學史論』, 불광출판부, 1993)

---

9) 原文에는 '若'字 다음에 '離'字가 있으나 句法이나 文脈으로 보아 필요없는 添字 같
   아 생략하였음.

禪과 詩의 상관성*

김 갑 기

1. 佛敎와 佛敎文學

禪이 佛敎의 한 종파인 이상 禪과 詩의 상관성이란 논제는 종교와 문학의 관계로 발전한다. 종교로서의 불교와 종교문학으로서의 불교문학은 매우 친근한 용어인 듯하지만, 실은 낯설기만 한 개념들이다. Buddha를 중주로 하는 불교야 외래 사상의 우리 신념화, 또는 생활화 라지만 불교문학의 정확한 개념은 무엇인가? 그리고 그것이 종교적 체험을 시의 율격이라든가 서사구조를 갖춰 표현했을 때 종교적 가치와 예술적 가치 중 우리의 관심은 어디에 더 애정을 두어야 할 것인가?

주지하는 대로 남달리 불교와 깊은 역사성을 갖고 있는 우리의 문화, 어쩌면 문화유산의 대부분이 불교문화라 해도 지나친 말이 아니다. 그 중 특히 신라 시대부터 國風格으로 두루 향유되었던 鄕歌 이래 수많은 불교문학에 대한 연구는 기껏 국문시가를 대상으로 그 소재, 혹은 주제 의, 더러는 수사적 특질 등을 다루며 다분히 관념적으로 언급해 왔을

---

* 이 논문은 한국한문학회 학회창립 20주년기념 학술대회(1996)에서 발표했던 같은 제목의 논문을 수정한 것임.

뿐 본격적 천착은 근자에야 논의되고 있는 실정이다. 불교문학에 대한 기존의 정의들은 대체로

① 불교의 경전 및 부처의 가르침에 관계되는 일체의 저작물,

② 불교 경전, 불교에 관한 문헌 및 불교적인 것을 표현한 문학 일체,

③ 불교적인 관심을 문학형식으로 창작해 낸 문학

등으로 요약된다.[1] 이에 다시 비판적 부연을 가한다면,

①은 '삼장십이분교=문학'이라는 등식논리로 문학적 요소를 문학, 특히 불교문학 그 자체로 인식하고 있다. 곧 경·률·논 삼장에 산재한 문학적 요소는 문장학 내지 수사적 방편일 뿐 문학 자체일 수 없고, 십이분교의 應訟·偈陀에 원용된 시적 표현은 기타 인연 본생 비유 未曾有法 記別 등에 쓰인 서사적 표현 기법과 흥미롭고 신비로우며 교훈적인 스토리는 다분히 문학적이다. 그러나 그것이 포교를 위한 종교와 감동을 위한 문학의 영역 사이 그 어디에 명확히 界線을 그어 확정하기 어려운, 그러므로 문학적일 수밖에 없는 한계점을 갖고 있다.

②는 '경전=문학'이라는 ①의 단순 논리를 진일보시켜 문예적 상상력을 의식함과 동시에, 불교문학을 '깨우침의 문학[悟道文學]'이라 하므로 일반 창작물인 俗文學과 구별지웠다. 이 역시 '불교문학은 깨우친 자만의 독선적 전유물일까'라는 의구심과, 문학의 본질에 '성·속의 분별이 있으며, 있다면 불이법문이라는 불교적 절대 명제에 스스로 모순 어법이 아닌가'라는 문제점이 없지 않다. 그러나 이것이 한시 발생설상 禪悟說의 일단인 셈이요, 李鍾燦 교수의 '超絶主義적 禪詩論'의 근거인 셈이다.

한편 불교적 관심을 표현한 문학으로 정의한 ③의 경우, 이른바 불교의 사상 또는 신념을, 혹은 불교화한 종교 현상 또는 종교 의식을, 더러는 불교 교리의 이해와 보급, 또는 문학적 요구를 예술적 계기로부

---

1) 홍기삼, 「불교문학이란 무엇인가」, 불교문학사연구회 편, 『한국불교문학연구신서 1』, 동화출판사, 1991.

터 소재를 불교적 현상에서 구한 것이라거나, 달리 불교라는 종교적 가치와 문학이라는 예술적 가치를 아우른 것이라고 주창한 견해들이 이에 속할 것이다.

　물론 문학이 갑자기 불교문학으로 자리매김되기 위해서는 불교와 무관한 수 없다. 문제는 불교와 문학이 어떻게 결합되었는가에 있으며, 더욱 분명한 사실은 어떤 종교문학이라 하더라도 그것은 문학이어야지 종교 그 자체여서는 아니 된다는 준엄한 인식의 전제다. 그러므로 불교문학 역시 불교의 범주에 귀속되는 불교문화나 그 영역의 산물이 아니라, 문학의 영토에서 생성된 언어 구조물이어야 한다는 홍기삼 교수의 입론은 탁견이다.[2]

　이상의 논고에서 우리는 무엇을 얻었는가? 불교문학에 대한 개념의 혼란 외에 기존의 어설픈 관념적 질서마저 실종된 것은 아닐까. 그렇다. 참다운 불교문학이란 미의 창조(예술적 가치)라는 문학 본래의 목적을 달성하기 위해 불교적 대응 논리를 용해시킨 작품이어야겠는데, 그 유형은 불가불 구비전승의 불교설화, 또는 근자의 불교 창작문학들이 선영적 모습이라 하겠다. 그러나 그럼에도 불구하고 '시외 본질은 발명'이라고 전제하고, '정서의 새로움과 표현의 새로움을 선사하는 데 있다'고 한 사무엘 존슨의 주장을 수도자의 깨우침의 순간을 통해 얻어진 경이로운 체험, 새로운 정서, 초절적 표현에 의한 선시를 불교문학의 탁월한 한 장으로 인정하지 않을 수 없다. 곧 悟道의 세계에서 발명되고 느껴지는 정서의 새로운 표현법일 때 의도적 교리를 떠나서 조요로운 언어의 질서와 예술적 문예미는 온축되고, 그러므로 종교적 숭고미마저 언어예술에 의해 승화될 것이기에 말이다.

---

2) 홍기삼, 위의 글.

2. 禪과 詩의 상보성

1) 발생론적 필연성

敎와 함께 수도의 한 방편인 禪은 '不立文字 敎外別傳 直指人心 見性
成佛'이라는 달마선사의 悟性論을 종지로 한다. 이른바 우주의 본질과
자아의 실체를 파악해 如如한 眞自我를 발견하려는 깨달음의 길이다.
그 길은 신비나 절대의 세계를 無碍한 無分別知에 근거하여 초논리적
인 직관으로 幽心玄妙한 경지에 이르고자 함이다. 그러기 위해서는 풍
부한 상상과 예리한 관찰, 그리고 무한한 투시력을 발휘해야 한다. 이
점은 그대로 꾸준한 정신적 추구와 시적인 영감을 통하여 사물과 인생
의 본질을 추구하고, 그 미적 가치를 발견하려는 시창작의 원리와도 일
치한다. 이는 에이머스 N, 와일러의 말대로 종교적 체험과 시적 체험
이 하나의 실체를 공유하는 것은 아니라 하더라도 심오하고 친밀하게
서로 연관되며, 종교는 그 담화에 있어 시를 필요로 한다거나, 시나 선
이 만유의 생명을 표현하는 것이나, 접근의 방법, 내지는 도구로 쓰여
진 것이 禪語로서의 話頭요, 詩다. 그런 의미에서 '선과 시의 일치성이
인정된다'는 이종찬 교수의 「선시론」[3]은 선과 시의 필연적 상관성을
대변한 것이라 하겠다. 이른바 선의 깨달음이요, 시의 조화경이니 선사
에서의 시와 시인에서의 선은 상보적[詩爲禪客添錦花, 禪是詩家切寶刀]이라
는 元好問의 지적이나, 선으로 시를 이야기하고, 깨우침으로 시를 논한
嚴羽의 以禪喩詩[4]는 모두 같은 문맥들이다. 그러므로 예로부터 學詩의
어려움과 그 성실성을 선 수양[學禪]의 어려움에 비유해 왔으니 한시
발생론상의 禪悟說이 그것이다. 예컨대

---

3) 이종찬, 「禪詩論」, 『한국의 선시 연구』(고려편 Ⅱ), 이우출판사, 1985, 20~21쪽 참조.
4) 嚴羽, 「答出繼叔臨吳景僊書」, 『滄浪詩話』附, "…其間說江西詩病, 眞取心肝劊子手, 以
　禪喩詩莫非親切……." 참조.

　　學詩渾似學參禪　시 배우는 일은 온전히 선을 배움과 같아
　　竹榻滿團不計年　죽탑에 앉아 햇수로 따질 수 없는 것
　　直得自家都了得　스스로 훤하게 터득될 때를 기다리면
　　等閑鮎出更超然。어렵지 아니하게 초연한 경지에 들 수 있다.

　　　　　　　　　　　　　　　　　　　　—吳可, 吳思道學詩, 詩人玉屑. —

는 吳可의 學詩法이 그 증명이요, 엄우와 같은 시대의 인물인 趙蕃 역
시 吳可의 시법을 화답하여

　　學詩渾思學參禪　시 배우기란 온전히 참선 배움과 같아서
　　要保心傳如耳傳　마음과 눈썰미로 익힐 뿐이다
　　秋菊春蘭寧易地　가을 국화와 봄 난초가 어찌 다르랴
　　淸風明月本同天。청풍과 명월은 본디 같은 자연인 것을.

　　　　　　　　　　　　　　　　　　　　—「和吳可學詩」1, 同上

라 했는가 하면, 戴復古 역시

　　欲參詩律似參禪　시를 짓고사 하면 참선하듯 할 일
　　妙趣不由文字傳　오묘한 뜻 문자로는 전할 수 없네
　　箇裡稍關心有悟　그 중에 점차 마음으로 깨달음 있어
　　發爲言句自超然。말로 펴낸다면 절로 초연할 뿐이라.

라 했음이 그것이다. 하나같이 시 배우기를 참선하듯 하라는 훈고이다.
따라서 불립문자나 교외별전이라는 선 수행의 自得의 논리일 뿐 言說
이나 논리가 아닌 心傳·耳傳의 깨달음을 강조하고 있다.
　'가을 국화니 봄 난초니' 하는 분별 자체도 무의미하거니와, '맑은
바람, 밝은 달'이야 시공을 초월하여 자연의 섭리로 거기 그렇게 있을
뿐인 논리 이전의 실체다. 이처럼 유심현묘한 사해구주의 無爲한 만상
을 어찌 인위적인 句나 聯으로 속박할 수 있으며, 어떠한 문자로 전할
수 있단 말인가? 끝내 마음의 깨달음[心有悟]이 있을 뿐이요, 그 때에 필

요한 언설이나 문자가 있다면 초연이 있을 뿐이렸다(學詩渾沙學參禪 束縛
寧能句與聯 四海九洲何歷歷 千秋萬歲執傳傳,「趙蕃 : 趙章泉學詩 3」). 이는 곧 시
와 선의 일치를 뜻함이요, 言句의 초연의 논리는 王士禎의 이른바 捨筏
登岸으로 선사의 오도의 경지요, 시객의 조화의 경지와 무관하지 않다
(捨筏登岸 禪家以爲悟境, 詩家以爲化境)함이나, 시인이 詩道에 깊어진 것을
禪悟를 얻었다 함(詩家以深於詩道 謂之得悟境)과 일맥한다.

이처럼 선과 시의 만남은 만남 이전에 같은 것[一如]이었고, 그러므로
선은 그 불가한 妙旨에 시의 옷을 입혔고, 시는 禪悟를 안아 문예미를
제고했으니 그 상보적 필연성은 물론, 고로 선시가 불교문학의 대표적
유형이자, 그 정화임을 논증한 셈이다.

2) 함축과 절제의 미학

언어의 함축과 절제가 시의 미학이라면 선은 離言節慮 不立文字, 이
른바 침묵을 그 이상으로 한다. '어떻게 절대평등[不二法門]의 경지에 들
수 있느냐'는 질문에 침묵으로 일관한 유마거사나, 더욱 그 침묵을 '훌
륭하도다, 참으로 훌륭하도다, 문자나 말 한마디 없는 것이야말로 진실
로 절대 평등의 경지에 드는 것'이라고 감탄해 마지않은 문수보살의
행적이 그렇다.5) 또한

> 만일 일체의 법이 비록 말하려 해도 말할 수 없고, 말할 만한 것도 없
> 으며, 비록 생각하려 해도 생각할 수도 없으며, 생각할 만한 것도 없음을
> 안다면 이것이 순리 그대로 따르는 것이며, 만일 생각을 여읜다면 眞如
> 門에 들 수 있다 할 것이다. 이러한 말씀의 가르침이 생각을 여읠 수 있
> 는 계기이며, 마음 진여문에 드는 것이다……이러므로 이 가르침을 들
> 은 이는 평등과 무상의 진리에 따라 말할 수도 없고, 말할 만한 것도 없
> 으며, 생각할 만한 것도 없는 이해가 된 뒤에, 이 이해와 생각마저도 여

---

5) 『維寧經講論』 제9, 「不二法門品」 참조.

의어야 진여의 문에 든다.6)

라 했는가 하면, 이해·생각마저 여의라 했으니 함축이거나 절제 이상
이 침묵이다. 어쩌면 色卽是空은 물론, 空卽是色의 법리마저 깨친 철저
한 離言絕慮다. 이는 圓側의 말대로 '법체의 실상은 심히 깊어서 이름
지어 말할 표현을 초월한다(法相甚深 能超名言之表. <敎起因緣>).'나, 진여
의 본성은 심히 깊어서 뭇 형상을 초월하여 형상된다(見性甚深 超衆象而爲
象. <解深密經疏>)함과 같은 문맥이니, 이종찬 교수의 초절주의 논리와
맥을 같이 한다.

물론 선이 달마의 「오성론」대로 불립문자 교외별전이라는 宗旨에만
잠심하여 수행으로만 끝난다면 함축도 절제일 것도 없는 침묵 그대로
족하다. 그러나 심오하고 기이한 선의 요체를 전할 수 없는 상황이면
또 불가불 말, 곧 문자에 의지할 수밖에 없으니 이 때의 말씀은 일상을
뛰어넘는 奇想(conceit)과 絕緣(depaysment)이라는 극도의 反常合道的 수사
미학을 이룬다. 이는 곧 외연과 내연의 힘의 긴장을 유도하는 고도의
비유나, 싱징에 의한 싱싱의 心法으로 시적 긴장을 학대히렴기이기도 하
다. 이 점은 오르데가의 지적처럼 현실과 인간적 시점을 배제한 현대
시, 혹은 휠라이트의 대결의 시론, 이른바 여러 긴장 속의 투쟁이라는
현대시의 긴장적 언어(tensive languare) 논리, 좀더 비약한다면 '낯설게 하
기'와도 무관하지 않다.

3. 禪과 詩의 만남

이종찬은 선시의 유형을 1) 선의 시적 원용과, 2) 시의 선적 함축으
로 나누고 1)은 오묘한 선지를 담기 위해 시의 형식을 빌어온[引詩寓禪]

---

6) 普照國師, 『看話決議論』 참조.

선사의 시라 하고, 2)는 선적 사유의 깊이를 시의 틀에 담은[援禪入詩] 佛家 및 일반 문사의 禪趣詩라고 정리한 바 있다.[7]

天頙은 "유가의 문학은 아름답게 꾸미기나 한다며, 심오하고 지극한 내용을 담은 불가의 시가 더욱 가치 있다"고 했지만, 상기 논저자의 立論이 있기에 본고는 儒家의 선시와 현대시에서의 선적 취향을 그 상관성의 예로 논하고자 한다.

1) 유가의 한시

(1) 敎理詩─無目的而合目的

일월성진은 하늘의 문이요, 산천초목을 땅의 문이라 하고, 사람의 문 중에는 성현의 글인 經術이 제일이기에 六藝의 문은 곧 모든 글의 근본이자 출처[8]라고 했던 유가의 문학관에서 본 문은 한낱 載道之器요, 貫道之器였다. 불가 역시 교리홍포를 전제로 쓰여진, 예컨대 황패강의 논고대로 균여대사의 「보현십종원가」를 위시한 「제망매가」, 「풍요」, 「원왕생가」, 「도솔가」 등 향가와, 소설 「왕랑반혼전」 및 가사의 「서왕가」, 「승원가」, 「회심곡」, 악장의 「월인천강지곡」 등 국문시가는 물론, 이종찬의 「선의 시적 원용」에 예거한 示法詩 悟道詩 偈頌詩 등 불가의 한시는 그 표면적 분류상 문예성보다는 교리적 측면을 중시한 점에서는 載道詩에 다름 아니다. 그러나 유가에서의 불교 교리홍포나 대중교화를 위한 교리시란 있을 법은 물론, 있어야 할 필요도 없고, 있다면 그는 이미 유가가 아니다. 따라서 본항의 교리시란 항목설정의 적의성 이전에 교리홍포 및 대중교화를 전제하지 않았으나, 교리를 詩化한 작품을 뜻한다.

---

7) 이종찬, 「선시의 유형」, 위의 책 Ⅱ · 5, 82~92쪽 참조.
8) 서거정의 「續東文選」 및 김종직의 「尹先生禪詩集序」 참조.

我未始知禪	내 본디 선을 알지 못했다가
因閑聊試貫	한가하기에 시험해 보았지
道本無可修	도란 본시 닦아서 되는 것이 아니니
心源早脫絆	일찍이 마음이 얽매임에서 벗어나야지
一源苟淵澄	근원(마음)이 진실로 깊고 맑으면
萬像俱氷泮	일체가 얼음처럼 녹나니
兀兀復騰騰	오뚝하고도 오롯이 살며
且作老憨漢。	그래, 어리석은 늙은이처럼 살리라.

―『三韓詩龜鑑』 上

  예종 때 학덕을 갖춘 문벌 崔惟淸의 「雜興九首」 중 마지막 작품이다.
예종 때 과거에 합격했으나, 유자가 할 일이 아니라 하고 독서로 일관
했는가 하면, 昌原崔氏 一門의 덕행으로 무신란에도 무사했다 하며,
『고려사』「열전」에 의하면 불교를 좋아하고 교리를 깊이 알아 승속간
에 질의자가 문을 메웠다 한다. 그러니 기련의 '선을 몰라 시험해 보리
라'는 겸양 이전에 진작 수미의 결련을 마련하려는 작시상의 짐짓이다.
도를 모르고 어찌 시를 지을 것인가. 그렇다. 도란 닦는다고 되는 것이
아니다. 色卽空이요 空卽色인데 도가 어디 따로 또 있는가. 만유의 一
源인 마음, 일체의 번뇌·망상으로부터 벗어난 고요하고 맑은 마음, 그
마음거울에 비춰진 眞如가 如如한 나요, 만상이 아니겠는가. 그러기 위
해서는 그 絶하려는 마음마저 잊어야 한다. 이것이 絶慮忘機니 결련의
오뚝하고도 오롯한 老憨漢은 시험에 든 것이 아니라, 진작 선의 정수를
체득하고 생활화하는 작자의 선수행임을 알겠다. 이처럼 전편이 교리,
곧 선의 요체를 시화하되, 전혀 그 영험성이나 우월성을 드세워 얻고자
는 목적이 없는 선리적 삶의 노래일 뿐이다.

…(前略)…	…(전략)…
山河本無形	산하도 본디는 형체가 없나니
未識初造端	시초에 근원을 알 수 없네

苟能循其本	진실로 근본을 따른다면
復於空可還	다시 공으로 돌아오리라
空本合天地	공은 본디 천지를 합한 것인데
剖判乃爲間	나누어 놓고 둘이라 하네
還以實相觀	돌이켜 그 실상을 볼진대
天地卽一般	하늘과 땅은 곧 하나니라
心觀不以目	육신의 눈이 아닌 마음의 눈으로 본다면
何廓亦何關	어찌 넓고 좁음의 분별이 있으랴
妙一所獨知	오묘한 이치 홀로만 아노니
凡觀安可干。	범인의 안목으로야 어찌 헤아리료.

─『東國李相國集』·1,「謙上人觀虛軒」

이규보가 겸상인의 관허헌에 쓴 五古다. 하필 觀虛라니. 虛＝空＝無
인데 무엇을 보자는 건가. '막힌 것이야 막힌 대로 보일 것이나 있다지
만, 빈 곳에서 없는 그 무엇을 볼 것인가'(碍則有所見 虛則復何觀)라고 자
못 反常의 논리로 파제하고는, 이어 觀虛의 禪理로 合을 도출해 냈다.
일체가 心條다. 山河를 보자고 軒을 마련하고는 산하가 또 어디 있다고
觀虛라 하는가. 일체가 空인데 마음의 눈으로 살피지 않고 막혔느니,
열렸느니, 좁으니, 넓으니 해서는 眞妙·唯一의 깨침을 얻을 수 없다는
一切唯心條의 禪理를 시화한 대작이다. 이는 진작 惠諶이 覺雲上人에게
보인 「示覺雲上人」에서 이른바 '보는 것과 보여지는 것이 빈 꽃과 같
아서 본디 있는 것이 아니다(見與見緣 如虛空花 本無所有).'라는 말과 그 맥
을 같이 한다.9)

한편, 배불숭유의 鮮初에 제일의 관각문사이자 이후 관인문학이 나
아갈 방향을 제시한 서거정의 「題淮月軒詩軸」에서는

月在天上水在地	달은 하늘에 물은 땅에 있어
中間九萬八千里	그 사이 구만 팔천 리라 하네

---

9) 이종찬, 「혜심의 실제적 수선 양상」, 위의 책 Ⅱ·2, 23쪽 참조.

月胡爲乎在水中	달은 어찌하여 물 속에 있는가
我自不知具所以	내 그 까닭을 몰랐네.
月亦分身千百億	달 또한 천백억으로 몸을 나누어
有水於是亦有月	물 있는 곳 어디라도 달 역시 있나니
淮之水淸且漣	회수라 물 맑고 또 잔잔하니
月來印之光更白	달이 와 인을 쳐 빛 더욱 밝아라
由來萬殊本一理	본디 만상이 근본은 한가지 이치니
一月分千理自爾	하나의 달 천으로 나뉨도 당연한 이치
師乎去讀月印千江之曲	스님아, 가서 월인천강지곡을 읽으시라
道本不一亦不二。	도란 본디 하나도 아니요, 둘도 아닌 것을.

－『續東文選』·4

라고 노래하고 있다. 그렇다. 천상의 달이 眞身이라면 千江에 비친(印) 分身의 달 역시 달이듯이 만상의 개체는 달라도(萬殊) 그 근본은 하나의 이치랬다. 이른바 석가모니불의 불성이나 항하사같은 만유의 불성에 다름이 있을 수 없다. 그 원융한 진리를 밝힌 광명한 예지의 세계 불국토에로의 이상을 집대성한 것이 『월인천강지곡』이랬다.

이상의 간략한 두 例詩는 禪이 詩의 옷을 입고(引詩寅禪) 佛家가 아닌 儒家의 禪理를 노래한 작품으로 볼 수 있다.

(2) 佛事詩

佛事의 字意的 의미는 부처님 공양을 위한 일체의 의식, 혹은 佛法·會事 등으로 쓰인다. 그러나 시문학의 소재 및 주제유형으로서의 불사는 杜松柏이 「以禪入詩」에서 이른바 선의 典籍的 내용을 다룬 禪典詩와, 조사 혹은 선가의 사적을 다룬 典迹詩를 합하여 禪事詩라 한 이종찬의 견해[10]에 동의하며 그 의미를 선가의 선시만이 아닌 불교계 한시 전반에로 확대해 본 것이다. 그러므로 작자가 교리나 종교성에 집착하

---

10) 杜松柏, 「以禪入詩」, 『禪學與唐宋詩學』, 이종찬의 위의 책 Ⅱ·5·2, 주 52) 참조.

기보다는 불교와 관련된 고사·사적 또는 불가의 현실적 사실[11] 등을
소재나, 혹은 주제로 다룬 시를 의미한다.

雲畔構精廬　　구름 낀 산허리에 암자를 얽고
安禪四紀餘　　선정으로 다지기 사오십년
筇無出山步　　석장은 산문을 나선 적 없고
筆絶入京書　　붓은 서울로 드는 소식 끊었다네
竹架泉聲緊　　대통으로 샘물은 졸졸 흐르고
松櫺日影疎　　마루엔 햇살이 성글었네
境高吟不盡　　그 법력 고고하여 다 읊기 전에
瞑目悟眞如。　눈 감은 채 진리를 깨치겠구려.

―『三韓詩龜鑑』·上

최치원이 雲門寺 智光스님의 고매한 法力과 學德을 칭송해 써 준 시
다. 흔히 律詩의 작법을 二開七闔이라 한다. 최의 이 작품은 그 대표적
인 예가 되겠다. 예컨대 1·2구에서 열린 오랜 선정(安禪四紀餘)의 시상
이 함·경련의 對句로 전개되고 7·8구에서 맺음이다. 워낙 선정이란
絶慮忘緣이다. 그러므로 出山步나 入京書는 그 자체가 이미 煩事요, 망
연이 아니다. 번사와 繫緣은 진작 선이 아니다. 또 泉聲緊과 日影疎는
의성과 의태, 청각과 시각의 교감이자, 비잠동치다. 더욱 청량한 물소
리는 새삼한 정적의 因子요, 幽深한 솔 그늘은 좌선의 적정처다. 이렇
게 벌려진 시상은 필경 지광선사의 높은 법력과 학덕으로 結句되어 그
감화로 이내 悟性의 법열을 얻으리라고 찬상해 있다. 물론 "筇無出山步
筆絶入京書"한 자기 삶의 시화라면 禪趣詩가 되겠지만, 지광선사와의
관련, 특히 그의 禪迹을 노래한 시이므로 본항에서 다루었다.
　　다음은 스스로 밝힌 대로 경학을 파하고 불경에 심취했던[12] 이규보

---

11) 이종찬, 위의 책 Ⅱ·5·2, 52쪽 참조.
12) 『東國李相國集』 卷五, 「臥誦楞嚴有作二首」, 儒書老可罷 遷就首楞王 夜臥猶能誦 衾
　　裏亦道場 참조.

의 경우를 보기로 한다. 그는 폭넓은 불가와의 교유도 그러려니와, 교리에의 깊은 경지는 정작 불가에 못지 않았던 듯하다.

> 手能司弄目能尋　손은 움직이는 것을 맡고 눈은 보는 것을 맡았으니
> 白傘觀時亦按琴　눈으론 경전, 손으론 거문고 공그르며 탄다
> 莫道臨經容剩事　경을 읽으며 딴짓한다 말하지 마오
> 我將供養以聲音。　내 장차 음악으로 공양하리라.

> ―『東國李相國集』5,「十月十四日 看楞嚴傍置琴彈之因有作」

『능엄경』을 읽으며 거문고를 탄다는 별난 생활, 그러나 불경에 심취한 작자이자, 三酷好의 一物인 거문고는 또 일탈한 초절적 삶의 상징이다. 더욱 음악공양이라니 재치 이전의 신심인가 한다.

> 欲把蓮花晝夜觀　연화를 잡고 밤낮으로 보고자 하나
> 日沈燈減見還難　해지고 등불 꺼지면 보기 다시 어렵도다
> 若於三性無昏住　만약 삼성에 혼미함이 없다면
> 明了心端倍眠看。　이내 마음 밝아져 배나 빨리 보련만.

> ―同上,「誦楞嚴經初卷偶得詩寄天其僧統」

역시 天其僧統에게 보인 삼 수 중 둘째 수다.『능엄경』첫째 권을 외다 문득 얻은 시편이라지만, 주제는 심오하되 난해한 진리에 대한 안타까움이다. 그러니 迷妄한 소견과 억측으로 저지르는 판단의 오류(偏計所執性)와, 인연에 의해 생긴 만유에의 집착(依他起性), 그리고 현상의 본체인 원만·성취·진실의 진여인 圓成實性 등 三性이 어둠에 住着함이 없으면 육안이 아닌 심안으로 훨씬 쉽게 진리를 터득하리라는 혜안을 노래하고 있다. 얼핏 생각하면 교리, 혹은 선취시의 유에 속한 듯하나, 두송백의 이른바 禪典詩요, 이종찬의 禪事詩다.

다음은「한림별곡」첫 장 元淳文의 주인공인 兪升旦의「穴口寺」시를 보기로 한다.

地縮兼旬路   빤히 보이건만 열흘 길이요
天抵近尺隣   하늘은 낮아 바로 잡힐 듯
雨宵猶見月   비 내리는 밤이건만 되려 달을 보고
風晝不蹄塵   바람 부는 한낮에도 티끌 나지 않지요
晦朔胡爲曆   조수로 그믐과 초하루 책력 삼고
寒喧草記辰   풀로써 사계의 절서를 안다오
干戈看世事   난리판에 세상사 보노라하니
堪羨臥雲人。   부럽다마다, 구름에 누우신 스님.

－『三韓詩龜鑑』・上

　年代甲子를 망연히 잊고 사는 선계다. 비오는 밤 오히려 달을 보고,
바람부는 낮에도 티끌 없음은 선문답이래도 좋다. 일체를 잊었으니 눈
에 비친 현상의 이면에서 心眼이 건져 올린 법계의 진면일 수도 있다.
그러나 혈구사의 높고도 빼어난 외경으로 스님의 초세적 학덕을 비유
하기 위한 前景이다. 그러기에 晦朔과 寒喧조차 망연한 선정과 그 주인
공인 雲人이 干戈와 臥雲이라고 하는 상대적 서술심상으로 대치될 수
있었다. 특히 경련의 대구는『禪家龜鑑』은 물론 來處도 다양하여 일찍
이 서거정은 粧點自妙라고 높이 평한 바 있다.[13]
　송강 정철의 다음과 같은 시 역시 맥락은 일반이다.

曆日僧何識   스님이 연대 갑자는 알아서 무엇해
山花記四時   산꽃의 피고 짐으로 사시를 알지
時於碧雲離   때때로 푸른 구름 속에
桐葉坐題詩。   앉아서 오동잎에 시를 쓴 다오.

－『松江集原集』・1,「題山僧軸」

削立巉巉萬仞岡 오똑하게 깎아지른 산봉우리에
歸雲一片在斜陽 석양에 돌아드는 한 조각 구름.

---

13)『東人詩話』・上 ; 俞參政穴口寺…… 참조.

居僧獨掩竹房坐　죽방을 닫고서 혼자 앉은 스님
却謂雲忙身不忙。 자신은 한가론데 구름만 바쁘다나.

　　　　　　　　　－『松江集 續集』·1,「次贈竹房僧」

　실로 세사로부터 독립하여 무사한 선가의 忘機다. "絶慮忘緣 兀然無
事坐 春來草自靑" 그대로니, 전술한 유승단의 "晦朔潮爲曆 寒喧草記辰"
이 그것이다. 산문에 든 스님이 찰라같은 세월은 헤아려 무엇하랴. 어
디로부터 와서 어디로 가렴인 줄조차 모르는 인생이요, 왔는가 싶으면
가야 함이 또 會者定離의 숙명이다. 대체 어디로 갈 것인가. 하늘과 땅
사이 일체가 공인데, 시간이니 공간이 있을 수 없다. 시·공이 없는데
예와 이제가 어디 있으며, 가고 옴이 어디 있는가. 예와 이제가 없고,
가고 옴이 없는데 연대갑자가 어디 있으며, 없는데 헤아림은 또 번뇌·
망상이 아닌가. 모름지기 저 선사는 색즉시공 공즉시색의 이치를 오동
잎에 쓴 것일까. 허망한 구름은 망령을 앓고 있음일 게다. 저렇듯 時無
碍·空無碍의 선리를 詩의 틀에 짜넣은 선과 시의 만남이다.

(3) 자욱한 禪機

　유가의 시가 내용 못지 않게 형식의 완미함을 요구한다면, 불가의
시는 형식보다 내용을 중시했다. 이른바 불립문자로되 悟性의 玄機妙旨
를 표출하기 위해 불가불 빌어온 형식이기 때문이다.[14] 이 때 선적 사
유를 통해 色과 聲의 세계마저 단절하고 초월하므로 외형적 허상을 깨
뜨리고, 이면의 실자아를 추구하고자 하는 선사의 反常合道的 유추는
수사상 극단적 상징성을 지녀 시의 시적 심도와 문예적 가치를 고양시
켜 불교문학의 꽃으로 자리하게 되었다.
　본 항은 시인(유가)의 선의 시적 함축, 예컨대 사유와, 그 허허롭고 자

---

14) 有一, 吾道之玄機妙旨 非文字所可模寫, 而亦非文字不足徵也. 故余非能文而區區爲此
　　者. 或可因此 而庶窺玄妙之筌蹄也……,「林下錄自序」,『蓮潭大師林下錄』.

적한 삶의 미적 승화류를 선취시로 나누어 구분하고자 함이다.

> 狂奔疊石吼重巒　바윗골 내닫고 깊은 골 마주 울려
> 人語難分咫尺間　지척의 말소리 분간조차 어려워라.
> 常恐是非聲到耳　옳다 그르단 시비소리 귀에 들릴세라
> 故教流水盡龍山。짐짓 물을 흘려 온 산을 감쌌다오.

―『東文選』・19,「題伽倻山讀書堂」

登仙句로 알려진 최치원의 「제가야산독서당」이다. 흔히 시대 말기에 나타나는 피세속성의 일상사이기도 하다. 반면 주제를 끌어오는 작시 자세와 근저한 삶의 양태는 시각의 초점이 가늠하기에 따라 달라질 수 있다. 모두 첫 狂자는 예사롭지 않은 이 시의 眼字다. 그 주제는 流水요, 奔과 吼는 그 의태이자 의성이니 시각과 청각이다. 教 한 자는 작자의 자재로움이니 자못 高孤 그것이다. 그것이 人語를 단절하고 世事로부터의 초월을 위함이기에 작자는 狂奔하고 吼巒하는 流水에서 오히려 정적을 얻었다. 이른바 聽於無聲 觀於無形에서 내면을 觀하는 논리의 도치, 혹은 일체유심조의 시화요, 眼耳絶見聞 聲色鬧浩浩[15]와 맥을 같이하는 證理成佛的 생활의 시화다.

이규보의 「北山雜題 四首」역시 천마산 자체를 도량으로 安心平靜해 있다.

> 高嶺不敢上　드높은 정수리엘 오르지 아니함은
> 不是憚蹄攀　오르는 수고로움 꺼려서가 아니라오
> 恐將山中眠　산사람의 탈속한 눈썰미에
> 乍復望人寰。잠시나마 속세가 보일까봐서지.
>
> 山花發幽谷　나리꽃이 그윽한 골짝에 핀 뜻은

---

15)「示覺雲上人」,『眞覺國師語錄』참조.

欲報山中春	산마을 봄 소식 알리럼이렀다
何曾管開落	뉘라서 피고 짐을 관계하랴
多是定中人。	가만한 고요에 살고 있나니.

4수 중 2·3수다. 최치원의 수사가 일상의 논리를 뒤집은 反常合이라면 이규보의 결구는 順流之舟다. '탈속한 心眠이기에 속세를 꺼린다' 했으나, 자연의 섭리조차 山花에 移入하고는 丌然無事坐한 채 회광반조하는 閑居人의 심상은 선미 그대로다. 더욱 그 4수에서는 '산인이라 허투루 산문을 나지 않아 오솔길 푸른 이끼에 덮였다(山人不浪出 古徑蒼苔沒)' 하고는 緣蘿月을 독차지한 작자다.[16] 물론 五言의 소품이지만 그 탈속한 詩趣는 李白과 맞수랬는가 하면,[17] 산의 정령이 字背에 깃든 듯하댔다.[18]

다음은 원나라 천자로부터 크게 인정받았으나 요절한 雪谷 정보의 「結廬」다. 일찍이 이색으로부터 그 시의 '청아하나 고심하지 않고, 화려하나 음설치 않으며, 그 가락이 우아 심원하여 당나라 시인에 넣어도 손색이 없다'고 평가 된 바 있다.

結廬在澗谷	시내굽이에 집을 지으니
地僻心茫然	땅은 궁벽하나 마음은 아득하네
山光滿席上	자리에 가득한 산빛이요
澗水鳴窓前	창 앞에 울리는 물소리
高歌紫之曲	자지곡 목놓아 부르고
靜撫朱絲絃	거미줄 얽힌 거문고 조요로이 탄다
門無車馬至	이 중에 찾는 이 없으니
此樂可終年。	즐거워라, 이렇게 살리라.

—『雪谷詩集』

---

16) 其四, …(인용구 생략)…應恐紅塵人 欺我然蘿月.
17) 崔滋, 文順公北山雜題云……此詩置李白集中 未知孰是……,「補閑集·中」.
18) 金宗直, "山人不浪出…, …隱然有山靈移之意",「靑丘風雅·五」.

太淸처럼 맑은 마음이다. 그러니 진여본성 아님이 없다. 자리에 든 청산도, 지게문을 울어 예는 시내도 정과 동, 시각과 청각의 교차가 섭리 그 자체일 뿐이요, 혼연한 일체일 따름이다. 거기에 수레와 말이 이르지 않기에 자지곡과 주사현의 아취가 천래의 본성과 아울렀으니 眞樂이 그것이다. 자못 최충의 "뜨락에 가득한 달빛 내없는 등불이요, 자리에 가득한 청산은 절로 온 손님(滿庭月色無煙燭 入座靑山不速賓"『동문선』19, 「絶句」)을 연상케 하는 시정이다.

한편 여말 유신으로 고향 선산에 은거하며 沈潛性理로 영남 사람의 영수가 된 길재의 「述志」는,

> 臨溪茅屋獨閑居　시냇가 띠집에 한가히 사노라니
> 月白風淸興有餘　달 밝고 물 맑아 넘나는 이 흥취
> 外客不來山鳥語　찾는 이 없고 산새들만 다정한데
> 移床竹塢臥看書。　대밭에 평상 옮기고 누워서 책을 뒤진다.
>
> ─『冶隱言行錄』·下

와 같다. 시 전편에 불가의 교리나 선어는 일자반구도 없다. 그러나 내재한 정조는 드나지 않았을 뿐 禪機로 자욱하다. 은일시의 정취가 동양의 정밀경 그것일 때 仙, 혹은 禪趣의 시가 된다. 예컨대 獨居한 띠집에 넘나는 月白風淸, 그러므로 獨과 興의 관계는 조요롬(寂靜)에서 얻어진 法悅(微動)이다. 이어 外客不來한 虛靜을 산새들의 몇 마디 조잘댐이 깨뜨려 돌연한 破寂(强動)을 마련터니 이내 더욱 적적함에로 大全의 機微조차 잠적한 중에 작자는 또 일상에 있을 뿐이다. 그의 다른 시 「大穴寺廣寒樓」의 "이 마음 맑고 고요해 티끌조차 없으니, 비로소 알겠네 참다운 삶의 맛(心源澄靜無塵態 從此方知世味甘)" 등은 모두 일맥한 시정이자, 王維의 "돌아오는 달에 놀란 산새, 이따금 봄 시내에서 운다(月出驚山鳥 時鳴春澗中)"<『王右丞集箋註』13, 「鳥鳴澗」>와 함께 한결같이 禪趣의 시편들이라 하겠다.

2) 현대시, 그 어설픈 禪趣

선시적 수사란 六相三對의 초논리적 모순 · 갈등적 대립으로부터 도출되는 합일의 절대평등인 處無碍 時無碍, 혹은 극단적 비유, 나아가 상상의 극치라 할 反常으로부터 合道를 추구하므로 힘의 언어 내지 시적 긴장을 초래하는, 이른바 있고 없음의 경지를 絶하고 이름지어 말할 표현을 초월하는 초절의 미학이다. 따라서 현대 시인이 쓸 수 있는 선시란 무엇보다 어떻게라는 수사에 의지할 뿐이고 보면 진정한 선시일 수는 없다.

그러나 동양적 정서, 아니 우리 시가문학에 면면히 이어져 온 불교적, 또는 禪定的 정조의 言表는 역시 선시와 무관하다 할 수만도 없어 이를 그 수사성과 연관하여 禪趣詩로 분문하여 가늠하고자 한다. 이는 물론 현대시를 현실의 의도적 대결19)로 파악한 맥뮬런이나, 휠라이트의 투쟁20)의 논리, 혹은 오르테가의 비인간화21)라는 진단과는 스스로 구분되어야 할 것이다. 예컨대 김춘수의,

> 사랑하는 나의 하느님, 당신은
> 늙은 悲哀다.
> 푸줏간에 걸린 커다란 살점이다.
> 시인 릴케가 만난
> 슬라브 여자의 마음 속에 갈앉은
> 놋쇠 항아리다.
>
> ―「나의 하느님」 중에서

를 그 수사의 측면으로만 보면 일상의 문법을 해체한 모순어법, 이른바 反常의 논리가 conceit와 depaysment라는 선시적 수사에 의한 시적 긴장

---

19) 김준오,『詩論』제5장,「非同一性의 原理」, 삼지원, 1993, 113쪽 참조.
20) 위와 같음.
21) 위와 같음.

으로 놀람을 불러 모으기엔 충분하다. 그러나 이는 탈서정, 또는 현실과 인간적 시점의 배제, 그리고 언어적 긴장을 꾀한 대결적 은유일 뿐 선시라거나 선취시랄 수는 없다.

우리의 현대시사에서 가장 위대한 선시 작가는 한용운이다. 침묵과 역설의 미학으로 대변되는[22] 그의 시집 『님의 침묵』의 전 88수는 우뢰와 같은 유마의 침묵(維摩一默 其響如雷)을 역설적 언어로 승화하고 있다. 예컨대,

> 님이여, 나를 책망하려거든 차라리 큰소리로
> 말씀하여 주셔요 침묵으로 책망하지 말고.
> 침묵으로 책망하는 것은 아픈 마음을 얼음바늘로 찌르는 것입니다.
>
> ―「차라리」 중에서

하고 장엄한 소리로 인식된다.

한편 진정한 사랑은 곳도 때도 없다(處無碍 時無碍)하고 진정한 사랑은 애인의 포옹만 사랑할 뿐 아니라, 애인의 이별도 사랑하는 것이라고 전제하므로 「이별」이라는 '만남과 이별의 차별성 부정', 그러므로 '포옹처럼 황홀한 이별'이라는 역설의 미학은,

> 남들은 자유를 사랑한다지만 나는 복종을 좋아하여요
> 자유를 모르는 것은 아니지만 당신에게는 복종만 하고 싶어요.
> 복종하고 싶은데 복종하는 것은 아름다운 자유보다도 달콤합니다.
> 그것이 나의 행복입니다.
>
> ―「복종」

라고 발전된다. '아름다운 자유보다도 달콤한 복종', '잊힐까 하고 생각하는' 모순어법들은 님의 존엄성을 역설적으로 유추케 하는 反常의 논

---

22) 송혁, 「만해의 불교사상과 시세계」, 『불교문학연구』 하, 324쪽.

리다. 이처럼 침묵과 역설로 대변되는 한용운 시의 대표작은 그의 「반
비례」일까 한다.

> 당신의 소리는 침묵인가요.
> 당신이 노래를 부르지 아니하는 때에 당신의 노랫가락은 역력히 들립
> 니다 그려.
> 당신의 소리는 침묵이여요.
>
> 당신의 얼굴은 黑闇인가요.
> 내가 눈을 감을 때에 당신의 얼굴은 분명히 보입니다 그려.
> 당신의 얼굴은 黑이어요.
> 당신의 그림자는 光明인가요.
> 당신의 그림자는 달이 넘어간 뒤에 어두운 창에 비칩니다 그려.
> 당신의 그림자는 광명이어요.
>
> ―「반비례」

그의 시집 『님의 침묵』을 일관해 있는 수사논리이자 反常의 논리에
외한 合道의 도출범이다. '소리=침묵, 눈 감음=분명한 현현, 그림자=
광명'이라는 모순적 도식 어법은 시적 긴장과 함께 반비례적으로 진리
에의 접인, 혹은 오도에의 황홀로 나타난다.

한편 조지훈의 高格한 시풍과 동양적 선비풍의 정조 역시 다분히 불
교적이거나 선취적 연원이 자리해 있음을 보게 된다. 서정주의 신라 회
귀적 정서, 혹은 六相의 그 능한 모음과 흐트림 속에서 얻어지는 總相
은 역시 선취적 反常이자 合道를 이룬다. 예컨대,

> 내가
> 돌이 되면
>
> 돌은
> 연꽃이 되고

연꽃은
호수가 되고

내가
호수가 되면

호수는
연꽃이 되고

연꽃은
돌이 되고

—「내가 돌이 되면」

'내'가 '돌'이 될 수도 없거니와, '나=돌=연꽃=호수', '나=호수=연
꽃=돌'이라는 연기적 이미지 고리다. 이는 결국 '나·돌·연꽃·호수'
라는 별개의 四相, 그 각각의 別相을 초극한 總相으로서의 우주 인식,
이른바 절대진리일 수 없는 분별지의 망상을 뛰어넘은 불이 법문이다.
그러기에 유한 무한의 시간개념조차 망기한 절대평등의 법계를 시화하
고 있다.

한편, 『유마경』 제5 「문수사리문질품」23)을 시화한 최승호의,

삐그덕 삐거덕거리는 소리가 며칠째 내 몸 안에서
나기는 나는데 어디서 나는지 볼 수가 없다.
이 도시의 病을 내 몸이 함께 앓는 것일까.
마음이 뒤틀리고, 금이 가며, 흔들리는 물질의 열반.

—「물질적 열반의 도시」

역시 "중생이 병을 앓을 때는 보살도 병을 앓으며, 중생의 병이 나으

---

23) 『維摩經講義』第五, 「文殊師利問疾品」, 弘法院, 1967, 218쪽.

면 보살도 낮습니다"라는 대승적 대자대비심을 법리적 인식보다는 그 서정이 자리할 짬이라곤 전혀 없는 문맥의 수용에다 일상의 언어질서를 해체한 모순어법으로 일관해 있다. 예컨대 거대한 도시와 그 병든 문명적 질환을 육신의 삐거덕거림으로, 추상체인 마음의 뒤틀리고, 금이 가는 실물 인식 하며, 悟道의 心的 法悅 내지 내세적 가치관인 열반경을 병든 도시문명에 빗대어 허하고 공함이란 부정적 시각으로 유추한 것 등은 그의 많은 시편들에서 볼 수 있는 것처럼, 불교 혹은 그 사유를 마치 부정적 현실 문명비판의 방편으로 인식 내지 수용하고 있음을 읽게 한다.

기실 선, 혹은 불교적 상상력 속에서 무나 공은 모든 욕망이나 집착을 버림으로써 정신의 완벽한 자유로움을 얻는 경지를 의미하며 혜능의 무나 『반야심경』에서의 공의 개념은 모든 현상계와 분별지의 너머에 있는, 즉 모든 이원적인 상대성 너머에 있는 궁극의 절대적 실제에 대한 최상의 긍정을 의미하는 것[24]이라 할 때, 그의 「생일」, 「휘둥그래진 눈」, 「몸」, 「붉은 뺨」, 「윤회를 위한 회전문」 등의 시편에 담긴 시정은 한결같이 無望하고 허황한 삶을 읽게 한다. 거기에 비해 심양식의 연작시 「印度」에 마련된 정서는 물론, "죽음은 향기로운 미소였는데 / 죽음은 찬란한 蘇生이었는데,"(꿈이었을까)라는 독백으로 삶과 죽음의 別相을 해체하는 노련과,

　　　가는 것이 가는 것이 아니지
　　　머무는 것이 머무는 것이 아니지
　　　사람도 짐승도 초목도
　　　항시 모두가
　　　가는 듯 그냥 머물고
　　　머무는 듯 그냥 가고
　　　하늘이 따로 어디에 있기에

---

24) 박혜경, 「최승호론」, 한국불교문학사연구회 제3차 학술회의 자료집, 40쪽.

땅이 따로 어디 있기에 그 가운데 우린
모두 가는 듯이 그냥 머물고
모두 머무는 듯이 그냥 가고.

— 「황소를 바라보며」

라는 자아 회귀적 우주관, 아니 그 總相으로서의 무념무상은 허와 공의
인식마저도 초월한 원융 그대로다. 같은 맥락으로 이성선의,

지혜의 광체가 내 안에 가득합니다.
모든 것이 이 마음으로부터 이루어졌다가 이 마음으로부터 파괴됩니
다. 일체를 내던져 허공에 깨우쳐 주심이여. 깨우침이 앉은 자리, 내가
없는 그 자리, 지혜의 빛이 달무리처럼 허공을 비칩니다. 눈을 감으면 천
체의 흐름과 동작이 화안히 비추어 보이지도 들리지도 않는 세계여.
이슬같은 지혜의 불꽃으로 이 영혼을 비치는 세계여.
모든 것이 이 영혼으로부터 일어나고 흩어집니다.

— 「하늘문을 두드리며」 55

와 같은 작품은 일체개유심조, 나아가 자아의 세계화라는 華嚴의 세계
관을 냉철한 自省을 통해 시화한 의지의 집적물로 인식된다.
아무튼 현대시 역시 일상의 사유와 관념의 틀을 해체하고 흉물스럽
게 왜곡하거나, 파괴된 추상성 내지는 인간적 시점과 현실 배제라는 비
인간화를 수단으로 하므로 난해성을 그 특징으로 하게 되었다. 이러한
현대시와 선시의 관계를 이형기는 $A = \bar{A}$의 등식으로 논의하며 이는 세
계의 확대작용을 언어화한 도식이라 하고, 이어 현대시와 선시가 밀접
한 관계를 갖는다 해도 현대시는 내용면에서 선이나 불교를 거의 의식
하지 않은 채 표현에 있어서만 선의 방법을 취하고 있다고 결론했다.25)
이는 문단의 새 바람인 선시풍의 아직은 어설픈 현주소에 대한 적절한

---

25) 이형기, 「현대시와 선시」, 이원섭·최순열 엮음, 『현대문학과 선시』, 불지사, 1992,
52쪽.

진단으로 이해된다.

이밖에도 논의되어야 할 작가, 작품이 많겠으나 현재 진행 중이고, 더 솔직한 고백으로는 필자의 능력 권외의 영역이라 오직 겸허하고 성실한 독자이고 싶다.

4. 문제의 정리

이상에서 불교와 불교문학의 관계, 선과 시의 상보성으로서의 상관성, 그리고 선사가 禪旨를 시의 용기를 빌어 표출한 시법·오도·염송·선기시가 아닌 유가(시인)의 선적 시를 그 교리·불사·선취시의 유형으로 나눠 살피고, 이어 현대시에서의 선시적 가능성을 탐색했다.

첫째, 어떠한 종교문학도 종교적 문화나 그 영역의 산물이기보다는 문학의 영토에서 생성된 언어구조물이어야 하며 교리적 영험이나 감동보다는 문예적 감명의 집적물이어야 할 것이라 했으며

둘째, 선시의 불교문학적 우수성은 시의 본질을 발명이리고 견제히고 정서의 새로움과 표현의 새로움을 선사하는데 있다고 한 새무엘 존슨의 주장을 수도자의 깨우침의 순간을 통해 얻어진 경이로운 체험, 새로운 정서, 초절적 표현과 상관하여 그 가능성을 유추했다.

셋째, 선과 시의 상관성은 발생론적 필연성을 전제로 함축과 절제라는 시문학의 수사미학적 공통점에서 찾고자 했다.

넷째, 유가의 선시 유형은

1. **교리시** : 불교리 홍포, 혹은 대중교화를 위함이 아니라, 하나의 시적 소재, 또는 주제로 하되 종교적 접근이 아닌 문학 작품으로서의 문예미 고양을 지향하므로 음풍농월, 혹은 浮薄華靡한 유가의 일상시와는 달리 사뭇 심오하고 참신한 시맛을 음미할 수 있음을 보았다.

2. **불사시** : 경전, 또는 불가와 관련된 고사·사적, 나아가 그들의 현

실적 일상사를 시화하므로 역시 시문학의 깊이와 넓이를 확대한 신선미를 읽을 수 있었다.

3. **선취시** : 불교시의 꽃이라 할 선취시는 교리 및 불사가 드러나지 않은 채 선적 의식과 사유, 나아가 그 허허롭고 자적한 삶의 선미를 시적으로 승화시킨 작품류로 천책이 이른바 불교시, 선시만의 우월성인가 한다.

다섯째, 현대시의 경우, 몇몇 작가의 작품을 제외한 많은 현대시 작가의 경우, 일상의 사유와 관념의 틀을 해체하고 흉물스럽게 왜곡하거나 파괴된 추상성 내지는 인간적 시점과 현실 배제라는 비인간화를 수단으로 하므로 난해한 시, 그 어설픈 선취성을 노정하고 있음을 읽을 수 있었다.

모름지기 현대시에서의 선시운동은 선사상을 통해 물질·속물주의와 식상한 민중·민족 운운하는 기존의 통념과 인습의 너울을 벗고, 유연 청신한 정신을 일깨워 숭고한 동양적 정신주의를 제고하는 선시운동으로 족할까 한다.

東岳 李安訥의 佛僧과의 交遊詩

김 상 일

1. 시작하는 말

불교사상이 유교사상과 더불어 우리 민족문화발전에 절대적인 영향을 끼쳤음을 부인할 수는 없을 것이다. 먼저 불교는 고등종교로서 이 땅에 전래되어 샤머니즘적 토착 신앙에 갇혀 있던 우리 민족의 신앙과 정신생활 영역을 크게 넓혔다. 그리고 우리들의 삶과 정신생활이 반영인 문학에 있어서도 신라대의 향가 이래 가사, 시조 등의 국문시가와 소설 등에 실로 많은 영향을 미쳤다.

개국 이래 崇儒抑佛의 정책 기조를 지속한 조선조에서도 사대부들 중에는 겉으로는 불교를 배척하였지만 속으로는 불교사상의 깊이를 인정하고 그것을 신앙하는 이들까지 있었다. 이들 중엔 승려들과 교류하면서 禪談을 나누고 그들의 탈속적 삶을 동경하기도 하였다. 그리고 그들과의 교유를 한시 형식으로 표출하였는데 그것은 한 양식을 이루고 있다. 물론 그것은 사대부에 따라서 그 성향과 경사도가 조금씩 다르기는 하지만, 유가 사대부와 불가 승려간의 교유를 통해서 사대부가 만들어낸 특정한 양식의 交遊詩라 할 것이다. 따라서 이들간의 교유시의 존재양식이나 세계를 밝혀내는 일은 우리 문학의 또 다른 영역을 밝혀내

는 일일 것이며, 또한 우리 문학의 양적 질적 수준을 가늠하는데도 중
요한 지침 중의 하나가 될 것이다.

　필자가 과문한 탓이겠으나 아직 유가 사대부와 불가 승려간의 교유
에서 얻어진 한시를 체계적으로 살핀 경우는 그다지 많지 않은 것으로
안다. 더구나 조선시대 사대부가 승려와의 교유에서 남긴 시를 살펴 본
경우는 흔하게 보이지 않는다.[1]

　본고의 대상인 李安訥은 조선조 선조 때에 과거에 급제하여 선조, 광
해군, 인조 대에 주로 지방의 牧民官職을 역임한 관리로 전형적인 士大
夫家 출신이었다. 그는 당대에 이미 大家로 칭송 받은 시인으로 평생 4
천여 수의 한시를 남겼는데, 그 중에 佛敎詩[2]가 250여題 300여首에 이
른다. 이는 대개 그가 목민관직에 있으면서 찾아오는 수많은 승려들과
의 교유를 통해서 얻은 것이다. 조선시대 사대부 출신 시인으로서 이만
큼 많은 승려들과 사귀고 교유시를 남긴 예도 그리 흔하지 않다. 따라
서 그의 불교시에 대한 고구는 조선시대 사대부 불교시의 성격을 파악
하는데 매우 주요한 지침적 구실을 하리라고 본다.

　이 글은 먼저 이안눌 불교 한시가 어떻게 형성되는가를 살피고, 그
것이 어떤 형식으로 존재하고 있는가를 살펴본다. 그리고 그 제재를 살
펴서 그 성격을 규명해 본다.[3]

---

1) 지금까지 '士大夫의 佛敎詩'란 이름으로 사대부의 불교시를 연구한 이는 姜錫瑾(「李
　奎報의 佛敎詩 硏究」, 동국대학교 박사논문, 1997), 정원표(「麗末 士大夫의 불교시 연
　구」, 『국문학과 불교』, 성철선사상연구원, 1997), 金甲起(「儒家의 佛敎詩」, 『한국한시
　문학사론』, 이화문화출판사, 1998) 등이 있으나, 이들 중에 조선시대 사대부들의 불
　교시를 특정화하여 다룬 경우는 보이지 않는다.
2) 논란의 여지가 있겠으나 이 글에서 불교시에 대한 개념은 편의상 불교적인 소재로
　이루어진 시를 불교시라 간주한다. 따라서 사대부가 佛寺에 대해 題한 시나 승려들과
　의 교유시 또한 불교시라 여기고 논의를 전개하고자 한다.
3) 본고는 李安訥의 불교시를 그 대상으로 하는 바, 자료는 그의 문집인 『東岳集』(韓國
　文集叢刊 78, 民族文化推進會 영인본)에서 취한다. 이하 자료를 『東岳集』에서 인용할
　경우 '문집'으로 표기한다.

2. 이안눌 불교시의 형성 배경과 존재 형식

1) 형성 배경

조선조는 성리학적 이념으로 무장된 儒家 士大夫가 통치하는 사회였다. 따라서 불교는 이단으로 배척되고 승려들은 자연 그 지위가 낮아질 수밖에 없었다. 고려시대에 번성했던 불교는 조선조에 와서는 지속적인 억압정책에 의해 그 교단이 축소되었고, 한 때는 계통이 끊어진 적도 있었다.[4] 때문에 우리는 조선시대에 유가 사대부와 불가 승려들간의 교유가 매우 드물었을 거라고 생각하기 쉽다. 그러나 조선조 사대부들의 문집을 보면 승려들에게 주는 시가 적지 않다. 그리고 그 시들 중에는 그들간의 교유를 늙도록 지속하자는 맹세를 읊은 시도 보인다.[5] 이런 점에서, 이전부터 있었던 사대부와 승려간의 전통적인 교유 관념인 '方外遊'에 의한 교유를 감안한다하더라도 그들간의 교유의 정도를 간단하게 보아서는 안 될 것이다.[6]

---

4) 김영태, 『한국불교사개설』, 경서원, 1986, 178-183쪽 참조.
5) 본고의 대상인 이안눌은 그가 금산군수로 있을 때 사귄 雲谷沖徽에게 준 시에서 "太守本好道, 上人偏愛詩. 風塵異名迹, 雲水一襟期. 古縣相邀地, 春城枉過時. 卽今支許契, 終老不磷緇."(「贈徽師」, 문집 권10, 錦溪錄)이라 하여, 늙을 때까지 지속하자고 하였다.(자세한 것 다음 장 '교유의 정'절 참조) 한편, 이안눌은 동래부사로 있을 때도 인근 범어사에 거주하던 惠晶이란 승과 교유가 깊었는데, 그들은 그들간의 교유의 의미를 바위에 새겨 영원토록 전하고자 하였다. 따라서 그들간의 교유의 정도가 얕지 않았음을 알 수 있다. 다음 시는 그러한 내용을 적은 이안눌의 시이다. "德水李居士, 萊山晶上人. 煙霞一古寺, 丘壑兩閑身. 掃石苔粘屐, 觀松露墊巾. 蒼崖百千劫, 短什是傳神."(「惠晶長老請賦一詩, 劌諸石上, 以爲後日之覽, 輒書此以示.」, 문집 권8 萊山錄)
6) 전통시대 중국이나 우리나라에서 유가의 사대부가 道家나 佛家와 교유하는 것을 方外遊라고 하여 하나의 전통적인 양식을 이루었다. 그러나 조선조는 유교를 治道 이념으로 삼아 불교를 배척하는 입장이었기 때문에 성리학을 연구하고 현양하고자 했던 道學者(성리학자)들의 경우는 말할 필요도 없고, 일반 유자들의 경우도 양반으로서 위신을 위해서라도 승려들과 내놓고 사귀기는 어려웠을 것이다. 그러나 사대부들이 남긴 문집을 보면 승려들에게 준 시가 어렵지 않게 눈에 띤다. 따라서 그들간의 교유를 간단하게 다루어서는 안 될 것이다.

　사대부와 승려간에 깊은 교유가 이루어질 수 있었던 것은 먼저 양방이 모두 漢文을 사용할 수 있었던 점이 무엇보다 크게 그 배경으로 작용하였다. 文治를 내세웠던 조선조에서 사대부들은 한문 실력을 바탕으로 권력을 독점하고 그 지배권을 틀어쥐었다. 바꿔 말하면 사대부들은 한문 실력을 쌓아야 사대부로서 구실을 할 수 있고 그것을 바탕으로 부귀공명을 누릴 수 있었다. 그러나 승려들이 한문을 익힌 것은 名利와 같은 세속적 욕망을 위해서 아니고 그들이 믿는 불교를 보다 깊이 이해하기 위한 방편을 확보하기 위해서였다. 한문으로 된 불경을 읽고 깨달음의 경지를 한문으로 펼치거나 한시 형식으로 읊어보려는 것이 본래 목적이었다. 그들은 서로 지향하는 바가 달라서 삶의 양식이 같지 않았지만 양방은 한문을 읽고 쓸 수 있는 실력을 매개로 하여 그들간에 교통할 수 있는 매우 중요한 수단을 이미 확보하고 있었던 셈이다.

　이처럼 승려가 한문을 읽고 쓸 줄 아는 것은 그들이 양반 사대부에게 접근할 수 있는 좋은 수단을 확보한 것이었다. 승려가 사대부에게 접근할 때의 명분은 자신의 詩卷이나 詩軸에 題를 부탁하는 求詩였다. 한자문화권에서 漢詩 양식은 문학의 한 장르서 감정의 환기와 순화라는 본래적 역할에 한정되는 것만은 아니었다. 그것은 때로 한 나라를 대표하는 대사끼리 서로를 가늠하는 접촉의 수단이었고, 개인간에도 서로의 교유 관계를 증진하는 매개체였는데, 이러한 필요에 따라 이미 여러 가지 양식으로 개발되어온 터였다. 聯句, 次韻詩, 酬答 등이 그 예이다. 사대부가 한 사회의 모든 영역을 독점한 조선조 사회에서 승려들은 숨조차 제대로 쉬기 어려운 상황이었기에 사대부와 교분을 트고 연결하기 위한 수단을 그냥 내버려 둘 리가 없었다. 승려들은 자신의 시축을 들고 가서 題詩를 부탁하는 것이었다. 그리하여 그것을 매개로 더 많은 사대부들을 찾을 명분을 얻었고 사귈 수 있었다. 다음 인용은 이런 사실을 짐작할 수 있는 조선 중기를 살았던 沈守慶(중종11~선조32

년 : 1516~1599년)의 기록이다.

　　승려들이 시를 縉紳과 유생에게 구하여서 몸가짐의 보배로 삼았고 이
　를 詩軸이라 하였는데, 대개 승려들의 고풍이다. 名公과 巨公들이 오히려
　모두 써주었는데 礪城君 頤菴(원주－宋寅의 호)이 가장 많이 써주었고
　나 또한 잘 써주는 편이다. 이는 승려를 사랑하기 때문이 아니며, 산을
　사랑하기 때문이다.7)

　여기서 심수경은 승려들이 벼슬아치나 유생들에게 求詩하는 행위를
승려들 세계에 전해지는 오래된 풍습이라 하였다. 그런데 이 글은 심수
경이 살던 당대에도 승려들의 구시 행위가 여전하였음을 알 수 있다.
특히 저명한 사대부들과 고관들도 승려들에게 시를 지어주는 것을 크
게 꺼리지 않는다고 하여, 당시 승려들에게 시 지어 주는 것을 양반으
로서 크게 흠으로 여기지 않았던 관념이 있었음을 짐작할 수 있다. 여
기서 심수경은 자신의 경우 승려들을 좋아해서 그러기보다는 산을 좋
아해서 그런다고 하여 한 발 물러나는 모양새를 취하고 있지만, 이 기
록은 당시 양반 사대부 사회에서 승려들의 시축에 시를 지어주는 것이
일반적인 풍토였음을 추정하게 한다.

　이안눌의 불교 한시도 이처럼 승려들의 '求詩' 행위에 대하여 반응
하는 형식으로 지어준 것이 대부분이다. 때론 佛寺를 찾은 감흥을 읊거
나, 불사에 거주하는 승려들을 만나서 題하고 贈하거나 次韻, 酬答하는
형식의 시가 없지 않지만, 대부분은 시권과 시축을 들고 찾아온 승려들
에게 주거나 제하는 형식이다. 따라서 이안눌의 불교시 역시 크게 보아
대 승려 交遊詩라고 할 수 있다.

　이처럼 이안눌의 불교시를 형성하는데 승려들의 구시 행위가 절대적

---

7) 沈守慶, 「遣閑雜錄」(『大東野乘』 卷之十三), “僧人求詩於搢紳及儒生以爲持身之寶. 謂
　之詩軸, 盖僧之古風也. 名公巨卿尙皆題之, 礪城頤菴最多. 余亦喜題, 非愛僧也, 乃出於
　愛山耳.”

인 영향을 미치기는 하였지만, 이안눌에게는 승려들을 끌어들이는 조
건과 매력이 있었다. 그것은 먼저 이안눌이 당대 저명한 시인으로서 위
치를 점하고 있었던 점이다.

> 客間相見贈新篇　나그네 길에 만났기에 새 시를 주노니
> 戒爾深藏莫浪傳　그대 깊이 간직하고 함부로 전하지 마오.
> 只爲遠來酬厚意　먼길을 찾아온 후의에 수답하는 것뿐이니
> 小才非敢較前賢　작은 재주로 감히 前賢과 견주려함이 아니라오.
>
> ―「次使相韻, 題默上人詩卷」8)

　조선조에서 중국 사신을 맞이할 때면 詩名이 있던 이들을 뽑아 接伴
의 임무를 주던 것은 상례였다. 이안눌 또한 어려서부터 문명이 있었고
시로 이미 이름이 나 있었던 때였다. 이 시는 원접사의 종사관으로 뽑
혀 접반의 일을 수행할 때 찾아온 승에게 준 시작이다. 이렇게 시를 지
어주는 것은 객지에서 만났고 게다가 먼길을 찾아와 구하기에 그 두터
운 뜻에 보답하기 위해 지어준다는 것이다. 이안눌은 작시 능력은 작은
재주이므로 지어준 시를 남들에게 함부로 돌리지 말라 경계하고 있다.
그러나 默上人은 이안눌의 시인으로서의 명성을 익히 알고 있었을 터
이기에 시 한편을 얻기 위해 먼길을 마다 않고 찾아 온 것이다.
　이처럼 이안눌의 시인으로서의 명성은 마치 꽃에 꿀샘이 있는 것과
같아서 많은 승려들이 벌처럼 그의 문전을 드나들며 시를 구하였던 것
이다. 문집을 보면 그가 부임해 가는 임지마다, 또는 벼슬을 내놓고 잠
시 쉬던 서울 도성 안의 東園이나 東谷산장, 그리고 沔川 향리에까지
많은 승려들이 찾아와 끊임없이 求詩하고 있는 것을 볼 수 있다.
　한편, 이안눌의 불교시 형성 배경에는 그 자신의 기질과 성격, 태도
와도 관련되어 있는 것으로 보인다. 이안눌은 젊은 시절부터 혼자 있기

---

8) 문집, 권3, 東槎錄.

를 좋아하고 고요한 것을 좋아하였다. 이런 점 때문에 그는 때로 山僧이라 오해를 받기도 하였다.

蒲團獨坐夜如年　방석에 홀로 앉아 있으니 밤이 일년 같아
惟有孤燈照枕邊　외로운 등불만이 잠자리를 비춘다.
老子平生偏愛靜　내 평소 고요함을 아주 좋아하다 보니
却敎人怪學參禪　사람들은 참선을 배운다고 괴이하게 여긴다.
－余當獨宿 人皆以山僧比之－
　　　　　　내가 혼자 묵으므로 사람들이 모두 그렇게 하는 것
　　　　　　을 산승에 비유하였다.

－「次使相夜坐口占十絶」9)

　이 시 또한 이안눌이 원접사 종사관으로 활약하던 때 관서지방의 어느 객관에서 지은 것이다. 使節을 맞이하려면 관련되는 사람들과 부지런히 어울려야 했음에도 밤이면 홀로 방을 지키기에 남들로부터 참선하는 산승으로 비유된 것이다. 그는 번화한 서울에서 태어났지만 성밖의 한적한 공산에 거처하는 일이 많았다. 그는 남과 어울리는 것을 그리 좋아한 것 같지 않다. 행장에도 교유가 간단해 이름 없는 선비와 다름없었다고 하였다. 그는 임지의 관청에서도 조용히 앉아 묵상하는 버릇이 있었다.

花塢雨晴紅旭昇　꽃마을에 비가 개니 붉은 빛 솟아오르고
柳堤風軟碧煙凝　버들 둑에 바람 살랑거려 푸른 안개 어리다.
跏趺鈴閣靜相對　영각에 가부좌하고 조용히 마주보니
身是使君心是僧　몸은 사군이로되 마음은 승이네.

－「題靈樹師詩卷」10)

---

9) 문집, 권3, 東槎錄.
10) 문집, 권12, 江都錄.

강화부윤으로 재임할 때 지은 시다. 승이 와서 그의 시축에 써 주는 시이기에 다소 친압하려는 뜻이 있다하겠다. 그러나 관청에 가부좌를 틀고 앉아서 주위의 자연 경물을 조용히 바라보고 있으니, 본래 한 고을을 맡아 다스리는 수령이지만 승과 같다는 표현은 억지로 하는 말이 아닐 것이다. 이안눌의 바로 이같은 면모는 승려들로 하여금 접근하기에 더 없는 매력을 제공하였을 것이다.

그런데 이안눌은 자기에게 승려들이 많이 모여드는 이유를 "내 야성은 본래 時俗과는 소원해, 주장자 승들을 관사에 모이게 한다. 野性從來時俗疎, 却敎甁錫集官居."(「戲示妙正上人」)[11]라 하여, 자신의 '野性' 때문이라 하였다. 말하자면 時俗과는 소원한 자신의 야성이 승려들을 관사에 몰려들게 한다는 것이다. 이 야성을 그는 다른 말로 '丘壑趣', '愛雲林'이라고도 표현한다. 곧 산수 자연을 좋아하고 즐기는 취향이다. 이렇게 자연을 사랑하고 그것을 즐기는 까닭에 부귀공명의 세속적 욕심을 끊고 살아가는 승려들이 찾아온다는 것이다. 그런 때문에 그의 관사 뜰이 때론 밀려드는 승려들로 인해 절간으로 착각되기도 하고, 이런 일로 수하의 아전들로부터 욕을 먹기도 하였다.[12]

이상에서 이안눌의 불교시는 승려들의 求詩 행위에 반응하는 것으로 이루어지지만, 그의 시인으로서의 명성, 그리고 그 자신의 조용함을 추구하는 기질이나 구학취와도 무관하지 않음을 보았다. 보다 자세한 사항은 다음 장에서 살펴보기로 한다.

2) 이안눌 불교시의 존재 형식

앞에서 우리는 이안눌의 불교시가 일차적으로 승려들의 구시 행위에

---

11) 문집, 권 12, 江都錄 313나.
12) 문집, 권 12, 江都錄, 「法林靈樹戒元上人來訪」, "暇日驚逢三釋子, 公庭幻出一祇園.…(中略)…州吏不知丘壑趣, 定嗔汪叟愛桑門."

기인하는 것을 보았다. 여기서는 그러한 구시 행위에 대해서 이안눌은 어떻게 반응하여 어떤 형식으로 시를 지어주는 지를 그 명칭에 주의하여 살펴보도록 한다. 그리고 승려가 특별히 題詩를 요구하는 일이 없어도 서로 교유하면서 감흥이 일어 써 주는 경우가 있는데 이러한 경우도 대개 정형적인 명칭을 보인다.

　이안눌의 문집인 『東岳集』에 실린 시편 중에 불교적 소재로 쓰여진 시를 볼 때, '題…'로 시작되는 시제를 많이 볼 수 있다. 이것은 대체로 승려가 가지고 온 詩卷이나 詩軸에 써주는 시 형식이다. 그러므로 시제는 '題…詩卷(詩軸)'이라는 명칭으로 이루어진다. 이것은 또 이안눌 자신이 새로운 운으로 지어주는 경우와 시권이나 시축의 운자를 따서 짓는 경우가 있다. 후자는 또한 시권 주인의 시운을 따서 짓는 경우와 시권에 들어 있는 유명한 이들의 시를 차운하여 짓는 경우로 나누어진다. 이런 경우에 '次韻題…詩卷(詩軸)', '次…韻題…詩卷(詩軸)', '次…詩卷(詩軸)韻'이라는 이름의 시제가 붙어 있다. 그리고 유명인들의 시를 가지고 와 보여주며 和韻을 요구하는 일이 있는데, 이 경우 시제는 대개 '…以…來示索和(請題)…'라는 이름이 붙어 있다. 이깃도 위와 같은 경우라 하겠다. 한편 佛寺에 불사에 들르거나 노닐면서 불사의 주위 경관을 묘사하여 짓는 시편이 있는데, 이 경우 시제는 '題安心寺'란 시제에서 볼 수 있듯이 '題(불사의 이름)'이란 명칭이 대부분을 차지한다.

　다음으로 승려들과 만나 그들의 특별한 구시 요구가 없이도 지어주는 시편이 있는데, 이런 경우 시제는 대개 '贈…'라는 명칭이 붙어 있다. 승려에게 자신의 뜻을 적어 주는 경우인데 이런 경우 끝에 '…書以贈之'라 쓴 것도 있다. 그리고 승려들이 방문해 준 것에 대해 기뻐하거나 감사할 때, 특별한 물건을 보내주어 그것에 대해 감사할 때, 승려들과 함께 명절을 보내거나 자연경물을 감상할 때 지은 시들은 시제에 특별히 '贈'이라는 글자를 쓰지 않았지만 이 부류에 넣을 수 있다.

　다음으로 이안눌의 불교시제로 많이 보이는 명칭은 '送…', '別…',

'贈別…' 등으로 시작되는 명칭이다. 이것은 대개 승려들을 떠나보내거나 이별하면서 주는 시편에서 볼 수 있다. 특히 명산이나 名寺로 돌아가거나 노닐러 가는 내용의 시편에 이 같은 명칭이 많은 것을 볼 수 있는데, 이런 경우 특별히 '送…還(歸, 遊)라는 명칭이 붙어 있다. 이안눌 불교시의 명편들은 대개 이 같은 명칭으로 된 시편에 많다. 한편, 스님들에게 소식을 전하는 '寄…', '簡…' 형식의 시도 있는데, 이러한 글자가 들어가 있는 시편은 대개 스님들과 송별하면서 그에게 다른 스님에게 전해주기를 부탁하며 부치는 시이다. 그러므로 이같은 명칭의 시들도 송별류시에 넣어 처리할 수 있을 것이다.

3. 이안눌 불교시의 제재적 성격

이안눌의 불교시는 대부분 당대 승려들과의 교유를 통해서 이루어진 작품들이다. 따라서 그 제재는 승려와 관련된 일로 한정된다고 할 수 있으며, 구체적으로 불교인인 승려들의 됨됨이나 태도, 생활, 그리고 그들과 교유하면서 생긴 교정과 우의 등을 제재로 한 것이 대부분이다. 따라서 이안눌 불교시의 성격은 교유시라고 할 것이다. 한편, 이안눌이 佛寺에 들르거나 노닐면서 일어난 감흥을 지은 시 몇 편이 있는데, 이 또한 넓게 보아 교유시의 영역에 넣을 수 있을 것이다. 왜냐하면 불사는 승려들과 교유 공간의 역할을 하고 있기 때문이다. 이 장에서는 이안눌 불교시의 제재를 아래와 같이 다섯 항목으로 나누어 분류해 살펴보고자 한다.

1) 승려의 인물됨에 대한 칭송

이안눌의 대 승려시에서 승려의 인물됨을 칭송하는 시편이 적지 않다. 물론 상대가 승려인 만큼 승려로서의 인물됨을 그린 시편들이다.

毘盧峯與白雲連　비로봉은 흰 구름에 싸여 있고
師在虛空不住天　스님은 허공에 있지만 하늘에 머물지 않네
佛性炯於甁裏月　佛性은 병 속의 달보다 빛나고
禪心淨似鉢中蓮　禪心은 바리때 속의 연꽃보다 맑아라.
前生未盡儒名累　전생에 儒名의 累를 다하지 못하여
見世長爲吏役牽　이생에 오래도록 벼슬 노역에 이끌리네.
願脫朝簪依丈室　원컨대 관복을 벗고서 절간에 의지하면
智燈能得照昏眼　지혜의 등불로 어두운 눈 비춰줄 수 있으면.

－「次使相韻題鑑上人詩卷韻」[13]

이 시는 鑑스님의 승려로서의 깨달음과 덕 높음을 칭송하고, 그러한 스님이 벼슬에 묶여 있는 작자를 그 지혜로서 감화를 주었으면 하는 마음을 읊은 것이다. 이 시는 의미 구조상 크게 앞 네 구와 뒤 네 구로 나뉜다. 먼저 앞 네 구에서 수련에서는 스님이 거처한 자연 공간과 걸림 없이 서처하는 태도를 그렸고, 함련은 스님의 도력을 병 속의 달과 바리때 속의 연꽃으로 비유하였다. 뒤 네 구는 작자의 처지와 바램을 말하였는데, 경련은 유가적 명분에 매여서 벼슬살이에 주체적으로 대응하지 못하고 이끌려 가는 처지를 그렸다. 미련에서는 작자 자신이 벼슬길에서 벗어나 스님이 거처하는 절에 의탁한다면 스님의 밝은 지혜로 자신의 혼미한 눈을 비춰달라는 원망을 그려 상대의 인물됨을 일종의 烘托的 수법으로 칭송하고 있다. 특별히 이 시는 虛空, 佛性, 禪心, 甁中月, 鉢中蓮, 前生, 見世, 智燈 등의 불교적인 시어를 사용하여 스님을 칭송하는 시편으로 그 형식성에 한껏 충실하고 있다. 그러나 이 작품은 무엇보다도 스님이 처한 위치와 자신의 처지를 상대화하여 역으로 상대를 칭송하는 예술적 형상화 수법을 사용하여 감동을 상승시키

13) 문집, 권3, 東槎錄.

고 있는 점이 주목된다. 물론 자신 또한 벼슬이란 노역에 시달리고 있
다. 때문에 처지에서 벗어나고 싶은 마음을 갖는 것은 당연하다.

　이안눌의 불교시 중에는 인물을 칭송하는 양식이 이처럼 상대의 모
습과 자신의 처지를 대조하여 상대의 인물됨을 칭송하는 시들이 많은
양을 차지하고 있다. 그런데 같은 칭송의 시라 하더라도 이처럼 승려로
서의 표면적인 인물됨뿐만 아니라 그 인물의 태도를 그리는 것에 중점
을 두면서 자신의 처지를 대조시키고 상대를 칭송하는 시편들이 있다.
다음 시는 그러한 예에 속한다.

杖錫凡塵外	티끌 세상 밖으로 주장자 짚고
飄然不定居	훌쩍 떠나며 머무르지 않네.
雲移關嶺遠	구름은 關嶺을 넘어 멀리 흘러가고
月出洞天虛	달은 洞天에 떠올라 虛靜하네.
覺性淸無染	覺性은 섞임이 없이 맑고
禪心炯自如	禪心은 절로 여여히 빛나네.
深慚五斗米	심히 부끄럽노니, 오두미 신세
身世似池魚	마치 못 속의 물고기와 같네.

　　　　　　　　　　－「冠岳山天印上人, 爲來索詩, 書以贈之」14)

　이 시의 의미 구조 역시 앞 시작처럼 둘로 나뉜다. 수·함·경련은
스님의 선승으로서의 인물됨을 칭송한 것이고, 미련은 시적 화자 곧 작
자의 처지를 말한 것이다. 여기서 수련은 스님의 걸림 없는 생활 태도
에 주목했다. 티끌 먼지 속 같은 세속에 안주하지 않고 마치 宇宙 萬有
의 법이 그런 것처럼 조금도 한 곳에 안주하거나 집착하는 일이 없이
자유롭게 떠나는 스님의 탈속적 면모를 그린 것이다. 함련은 스님이 잠
시 머무르거나 거처하는 공간에 대한 상징적인 묘사이다. 신선이 산다
는 洞天이나 사람들의 발길이 쉽게 닿기 힘든 關嶺 너머의 아득한 공

14) 문집, 권6, 端州錄.

간은 비세속적 공간이라 할 수 있다. 경련은 앞의 시처럼 스님의 깨달음의 경지가 높음을 말하였다. 비세속적 공간에서 아무런 걸림이 없이 살아가기에 그의 깨달음의 경지가 높다는 것이다. 이렇듯 수·함·경련이 스님의 태도와 거주공간, 수양의 정도 등을 말하면서 걸림이 없고, 넓고 텅 비어 적정하며, 밝고 맑은 깨달음에 오른 스님을 칭송하고 있는데 비해, 미련은 고을 수령을 맡고 있는 자신의 신세가 못 속의 물고기와 같다고 대조하고, 그로부터 빠져 나오지 못하고 있는 자신을 부끄럽게 여기는 도덕적 반성을 드러낸 연이다. 그런데 이 미련은 분명 표면적으로는 수령직에 매여서 꼼짝 못하는 자신의 과감하지 못한 행동에 대한 慙愧의 뜻을 표현한 것이나, 자세히 살펴보면 이러한 예술적 장치를 통해서 오히려 작자에 상대되는 스님의 인물됨을 칭송한 것으로 볼 수 있다.

한편, 이안눌의 불교시는 이렇듯 불교인물에 칭송을 의미를 드러내면서도 인물에 대한 칭송을 작자가 시적 화자로 개입하여 스님의 구체적인 면모를 드러내는 경우도 있지만, 이와는 달리 작자의 직접적인 개입 없이 물교 인불의 특이한 행위나 그 배경을 들어서 인물에 대한 긴접적 칭송의 의도를 드러내고 있는 시를 볼 수 있다.

> 不食不衣仍不言　먹지도 입지도 말하지도 않고
> 薜蘿深處避人群　댕댕이 넝쿨 깊은 곳에 사람을 피해
> 石樓終日跏趺坐　종일 바위 누각에 가부좌 틀고 앉아
> 笑看山頭飛白雲　산머리에 나는 흰 구름 웃으며 보네.
>
> 一枕松齋萬念淸　솔집에 누우니 온갖 생각이 맑은데
> 曉窓何事睡還驚　새벽 창에 무슨 일로 잠을 깨우나.
> 山中昨夜春雨急　지난 밤 산중에 봄비가 지나더니
> 雲壑忽高溪水聲　구름 낀 골짜기에 냇물 소리 높아라.
>
> －「次韻贈敬祖上人」15)

이 시는 두 수 연작으로 첫 번째 수가 스님의 수도 생활을 읊었다면, 두 번째 수는 수도자의 자연 속에 동화된 모습을 그렸다. 첫 번째 수에서 스님이 거처하면서 수도하는 공간은 人實의 거리가 아닌 숲 깊은 탈속의 자연 공간이다. 1행과 3행은 전형적인 불교 수행자의 면모를 그렸다. 4행은 깨달음의 法悅을 형상화하였다. 정처 없이 흘러가는 구름을 보면서 이 삼라만상의 근본 원리를 깨닫고 거기에서 오는 희열이다. 이는 마치 가섭이 부처님께서 들어 보인 꽃 한 송이의 의미를 잔잔한 미소로 대답한 것과 같은 인상을 주는 시행이다. 두 번째 수는 작자가 자연과 한 몸이 되었음을 보여준다. 온갖 관념이 끊어진 상태 곧 각자의 忘機的 모습을 형상화하였다. 다만 작자는 자연의 변화를 감지하면서 자연의 시간만을 의식할 따름이다. 곧 새벽 창에 들려온 것은 스님을 깨우는 동자의 목소리가 아니라 한밤에 급하게 지나가던 봄비가 내려 구름 낀 골짜기를 흐르면서 내는 평소보다 높아진 물소리이다. 역시 인위적인 시간이 배제된 탈속의 공간이다.

요컨대 이 시는 스님의 탈속적 수도생활과 자연과 동화된 모습을 읊었는데, 이를 통해서 작자는 스님의 수도자적 인간상에 대한 칭송을 언외에 비치고 있음을 알 수 있다. 따라서 이 시는 인물에 대한 직접적 칭송어를 거의 사용하지 않고 시적 묘사 대상의 생활과 거처공간의 주변 여건을 들어서 대상의 고풍스런 면모를 드러나게 하여 문학적 형상성을 끌어올리고 있다.

2) 승려들의 탈속적 삶에 대한 동경

이안눌의 승려들에 대한 칭송을 제재로 한 시편에서 이미 짐작하였겠지만, 이안눌의 고승들에 대한 칭송은 그들의 걸림 없고 탈속적 삶에

---

15) 문집, 권8, 萊山錄.

대한 동경으로 발전한다. 그러나 작자는 그러한 삶을 직접 누리기 어려운 사대부의 처지인지라 동경에 그칠 따름이다. 그러므로 늘 제 자리에 머물고 나는 자신의 모습이 부끄럽기만 하다.

浮屠蹤跡本無依	불교도는 본래 의탁하지 아니하니
萬里長空一鶴飛	만리 장공을 날아가는 한 마리의 학.
遙塞偶尋羈客至	먼 변방에서 우연히 나그네 찾아 왔다가는
短節翻逐片雲歸	짧은 지팡이로 번득 조각 구름 따라 돌아가네.
花殘銅渡回蘭棹	꽃 시든 동작나루에서 木蘭舟를 돌이킬 것이요
月滿珠臺捲石扉	달 가득한 연주대에서 돌 문을 열겠지.
自笑世緣何日了	우스워라, 세상 인연 어느 때나 마칠런가?
故山回首悟今非	고향산에 머리 돌리니 오늘 그름을 알겠어라.

－「冠岳山天印上人, 爲來索詩, 書以贈之.」[16]

이 시는 작자가 변방인 함경도 端川군수로 나가 있을 때 관악산에서 왔다는 天印스님에게 준 시다. 시상의 전개는 앞에서 다루었던 작품들과 크게 다르지 않다. 이 시도 스님의 걸림 없는 행보와 벼슬에 묶여 그렇지 못하는 자신의 처지를 대조하는 전개를 보이고 있기 때문이나. 수련에서 스님의 행적이 저 만리 장공을 나는 한 마리 학과 같다 하였다. 우리는 이 구절을 통해서 학과 같은 고고한 자태로 아무런 걸림이 없이 자유롭게 雲水行脚을 일삼는 스님의 모습을 연상할 수 있다. 그런 스님이 서울의 남쪽 관악산에서 천리 먼 변방에까지 작자를 찾아 왔다고 했다. 그리고 다시 조각구름처럼 표연히 관악산으로 돌아간다는 것이다. 여기서 함련의 '偶'자와 '翻'자의 사용에 시인은 힘을 불어넣었다. 찾아 왔으되 별 다른 목적을 가지고 온 것이 아니기에 우연히 찾았다고 하였으며, 그러므로 다시 매이거나 머뭇거림이 없이 번득 가볍게 떠나는 것이다. 그러므로 이 '偶'자와 '翻'자는 수련의 '無依', '飛'자와 서로 호응

---

16) 문집, 권6, 端州錄.

하여 걸림 없는 스님의 행보를 나타내는데 큰 힘을 보태고 있는 시어라 할 수 있다. 경련은 옛 거처로 돌아가는 스님의 앞길을 상상해 본 것이다. 작가가 수령으로 나가 있는 이 곳 변방에서 스님이 거주하는 관악산까지 가려면 서울의 남쪽인 꽃이 진 동작나루를 건너야 할 것이다. 한강에서 자유로이 목난주를 타고 돌아갈 스님, 그리고 스님은 거처인 연주대에 도착하여 밤이 되면 달이 가득한 연주대의 돌문을 닫을 것이다. 역시 스님의 자유로운 삶을 그린 구절이다. 미련은 스님의 자유로운 행보에 비해 벼슬에 묶인 자신의 처지를 돌아보며 쓴웃음을 짓고 지금 자신의 삶이 자신의 이상대로 구가되지 않고 있음을 반성하고 있는 구절이다. 이렇듯 상대의 자유로운 처지와 작자의 묶인 처지를 대비시킴으로써 스님의 자유로운 삶이 더욱 부각되는 것을 볼 수 있다.

　　스님들의 걸림 없고 자유로운 행각에 대한 동경을 담은 이안눌의 시편 중에는 대상 승려의 자유로운 삶을 여실하게 묘사하고 자신의 처지를 대비시키는 시적 의미 구조를 보이는 것이 상당수 되는데, 어떤 작품에서는 아주 노골적인 부러움을 나타내고 있다.

芒屩秋風過鶴潭	짚신 신고 갈바람 불 때 鶴潭을 지났고
又尋兜率入烟嵐	이제 또 도솔암을 찾아 연하에 든다고.
雪消海岸鴻初北	눈 녹은 해안에 기러기 처음 북으로 가고
人立梅花月正南	매화 아래 서면 달은 정남에 떠오르네.
異域雲萍淹旅館	이역에 표박하는 몸 여관에 머무는데,
淸宵玉露接禪談	맑은 밤 옥 이슬 내릴 때 禪談을 접하네.
幽蹤別後憑誰問	이별 뒤 그윽한 자취를 뉘에게 물을까?
萬二千峰八十庵	금강산 만 이천 봉 팔십 암자의 소식

家枕松溪百丈潭	우리 집은 송계의 백 길 못가에 있는데,
桃花一洞鎖靑嵐	복사꽃 핀 골짜기엔 푸른 안개 잠겼겠지.
雪中鐵馬陰山北	눈속에 철마를 달려 음산 북쪽에 벼슬하고
嶺外銅魚瘴海南	독기 어린 영남의 바닷가에서 印章 찬 신세.

蓬鬚三霜爲客恨　쑥대머리 삼 년 세월 나그네 된 이 한
茶甌十日與僧談　스님과 차 마시며 열흘 동안 이야기하네.
羨渠飛錫金剛路　부러워라, 그대 금강산 길에 지팡이 날리며
好伴靑春返古庵　푸른 봄과 짝하여 옛 암자로 돌아감이여.

―「疊用前韻別印悟沙門還楓岳舊刹」[17]

　작자가 동래부사 시절 찾아온 印悟선사에게 준 두 수 연작의 시다. 첫째 수는 스님이 전해주는 스님의 행적과 스님과의 교우, 그리고 이별에 대한 안타까움 등을 표현했다. 여기서 수련은 스님이 들려주는 스님의 걸림 없는 행적을 서술한 것이다. 가을 바람이 불 땐 지리산 청학동에 있는 鶴潭을 지났다가 이제 봄이 되어 금강산의 도솔암[18]을 찾는다 하여 남북으로 자유로이 오가는 스님의 자취를 스님의 말에 따라 옮긴 구절이다. 스님의 말을 받아 적은 것이긴 하지만 스님의 걸림 없는 자취에 대한 부러움이 드러나는 구절이다. 함련은 작자가 거처하는 자연 공간에서는 일어나는 봄날의 풍경을 읊은 것이다. 제3행은 겨울 동안 내려 쌓였던 눈이 녹는 해안에서 한겨울을 보냈던 공간을 떠나 이제 다시 북으로 막 날아오르는 기러기를 포착한 구다. 저 기러기는 이제 봄이 되어 다시 고향인 북으로 돌아가건만 화자는 지금 벼슬에 묶여 돌아갈 수 없는 처지이다. 따라서 기러기처럼 때가 되면 자유로이 떠나는 스님이 부럽다는 의미로 읽힌다. 제4행은 밤이 되어 떠오른 달을 보며 매화 아래서 고향을 그리는 정경이다. 출구의 의미를 고려할 때 자유로이 고향으로 돌아가지 못하는 화자의 안타까운 마음이 드러나는 구다. 경련은 바로 이러한 시점에서 이역에서 스님과 작자가 만나 선담을 나누는 광경을 직서한 것이다. 비록 이역을 떠도는 구름과 부평초 같은 신세지만 옥 이슬 내리는 맑은 밤 스님을 만나 선담을 들으며 위

---

17) 문집 권8, 萊山錄. 110가
18) 이 시에 붙인 작자의 自註에 의하면 "학담은 두류산 청학동에 있고, 도솔암은 풍악산에 있다.鶴潭在頭流山靑鶴洞, 兜率庵在楓岳山"고 하였다.

안을 느끼는 구절로 읽힌다. 미련은 스님이 이제 금강산으로 떠나면 금
강산 풍경을 더불어 이야기할 사람이 없다는 것이다. 스님과 이별한 뒤
스님이 없는 가운데 겪게 될 허전하고 안타까운 마음과 표연히 길을
떠나는 스님의 걸림 없는 행보에 대한 부러움이 교차하는 구절이다. 설
의법과 서술어가 없는 명사구를 사용한 것이 시적 울림을 주고 있다.

둘째 수는 작자의 지난날의 행적과 지금 스님과의 교우, 자유롭게
떠나가는 스님에 대한 부러운 감정을 표현하였다. 수련은 지금 봄날의
고향집을 연상한 것이다. 솔 시냇가 기다란 연못, 그리고 복사꽃이 흐
드러지게 피고 푸른 안개가 잠겨 있어 마치 桃花園 같은 골짜기가 눈
에 아른거리는 것을 표현한 구절로, 그러한 고향에서 봄날을 보내지 못
하고 있음에 대한 안타까움이 배어 있는 구절이다. 함련에서는 최근 몇
년 동안 거친 자연환경 속인 변방의 벼슬살이를 직서하였다. 변방을 떠
돌며 벼슬살이하는 자신의 처지에 대한 불만이 배어 있는 구절이다. 경
련은 이런 신세를 겪는 중에 스님을 만나 잠시나마 선담을 나누는 여
유를 즐긴다는 것이다. 미련은 봄날 스님이 옛 암자가 있는 금강산으로
자유롭게 떠나는 것에 대한 부러운 심정을 직서한 것이다. 몇 년이나
변방 벼슬살이에 묶여서 봄이 되어도 돌아가지 못하는 자신의 신세에
비해, 지금 곧바로 금강산으로 가볍게 지팡이를 던지며 떠나는 스님이
부럽기만 한 것이다.

이처럼 승려들의 걸림 없는 행보에 비해 자신의 벼슬에 묶인 처지를
대비하는 시상 전개 방식을 보이는 시편은 이안눌 불교시의 태반을 차
지한다. 이런 점에서 작자의 승려들의 탈속적 삶에 대한 동경이 얼마나
절실했던가를 짐작할 만하다.

3) 교유의 정

이안눌의 불교시는 승려와의 교유시가 절대량을 차지한다. 이안눌은

30대 초반 원접사 종사관을 지내며 관서지방에 머물 때 처음 대 승려
교유시를 남긴 이래 전 생애에 걸쳐 끊임없이 승려들과 교유하며 그들
에게 주거나 수답하는 시편을 남겼다. 그 가운데서도 東萊부사, 錦山군
수, 江華부사, 江華유수로 있을 때 승려들과의 교유가 성하였다.

이안눌의 불교시 중에 교유의 정을 주제로 한 시편들 속에는 여러 승
려들이 한꺼번에 등장하는 작품이 상당수다. 그것은 대체로 작자가 때
로 찾아온 승려들을 맞이하여 禪談을 나누며 교정을 다지는 장면이다.

野性從來時俗疎	내 야성은 본래 時俗과는 소원해
却教甁錫集官居	주장자 승들을 관사에 모이게 한다.
裕嚴德峻供山果	유엄・덕준 스님은 산과일을 제공하고
志敬玲琦惠澗蔬	지경・영기 스님은 산나물을 보내온다.
纔聽法林天悟偈	법림・천오 스님의 법어를 막 듣고 나면
旋看眞一義賢書	이내 진일・의현 스님의 글씨를 감상한다.
每朝笑向閣人問	아침마다 문지기에게 웃으며 묻는 말,
余愛僧耶僧愛余	"내가 중을 좋아하는가 중이 나를 좋아하는가?"

－「戱示妙正上人」[19]

이 시는 이안눌이 승려들과의 교유가 어떠했던가를 보여주는 대표작
이다. 그들과 격의 없이 담소도 하고, 혹은 그들의 불교적 가르침에 귀
를 열기도 하고, 그들의 예술품을 감상하기도 하며, 또는 그들이 철 따
라 예물로 가져온 산과일과 산나물로 시정 음식에 물린 입맛을 씻어내
기도 한다. 물론 당시 조선조 사회의 최하층으로서 온갖 불이익을 받고
있던 승려들의 신분적 위상을 고려할 때, 한 고을의 태수인 이안눌에게
승려들이 예물을 들고 찾아오는 것은 어떻게든 관계를 트려고 하는 의
도와 목적이 있었을 것이다. 그러나 이들이 이안눌에게 크게 어렵지 않
게 접근할 수 있었던 것은 무엇보다 이안눌의 관용적인 태도와 관련이

---

19) 문집, 권18, 江都錄.

깊다고 할 것이다. 이 시의 수련에서 이안눌 자신은 그 이유를 자신의
野性적 기질과 관련이 있다고 하였다. 여기서 야성은 이안눌 스스로의
언급에 의하면 산수 자연을 좋아하며 즐기는 취향인 '丘壑趣'를 말한
다. 그리고 그는 '雲林'을 좋아하고 그것이 자신의 性癖이라고까지 하
였다.20)

丘壑 또는 雲林은 어떤 공간인가? 治道의 정치 사회적 이념이 유교
사상으로 바뀐 조선조 사회에서 불교 사상을 삶의 푯대로 삼고 살아가
던 승려들로서는 그들의 주된 삶의 공간을 사람의 발길이 쉽게 닿지
않는 산속으로 삼을 수밖에 없었다.21) 운림은 바로 이러한 처지의 승
려들이 밀려가 머물던 山林 공간이었다. 이제 운림은 수도를 위한 공간
으로서 불교인들이 일시적으로 머물던 공간이 아니라 피난처처럼 된
것이다. 이안눌은 자신의 야성적 기질을 내세우며 이런 처지의 승려들
과 크게 꺼리는 일이 없이 자신의 공관에서 만나 禪談을 나누었을 뿐
아니라, 때로는 산 속 깊은 곳까지 그들을 찾아가서 우의를 교환하였던
것이다.22) 위 시의 함련과 경련에서 이안눌은 스님들의 법명을 하나하

---

20) 이안눌의 문집 권12의 江都錄 소재 「法林靈樹戒元上人來訪」시를 보면, "法林無事臥
雲根, 靈樹誰言踵戒元. 暇日驚逢三釋子, 公庭幻出一祇園. 說金剛處風生榻, 問妙香時
月上軒. 州吏不知丘壑趣, 定嗔迂叟愛桑門."이라 하여, 자신이 여러 승려들을 공관에
끌어 들여 그들과 禪談을 하는 일을 두고 수하의 고을 아전들이 '우원한 늙은이가
중들을 좋아한다'고 성을 낸다면서 이는 자신에게 구학취가 있음을 아전들이 모르
기 때문이라고 하였다. 여기서 이안눌이 말하는 '野性'이란 '丘壑趣'를 뜻하는 것임
을 알 수 있다. 그리고, 「積石寺妙正上人・傳燈寺志敬上人・淨水寺裕嚴上人・文殊
寺天悟上人,一時見訪喜甚有賦,時南漢山義賢・眞一・希安三禪師,並來見余而,去纔兩
日矣.」(문집, 권18, 江都後錄) 시에서는 "平生性癖愛雲林, 到處沙門託契深. 昨日三師
纔見過, 今晨四釋又招尋. 年荒吏哂頻留饋, 夜短僮嗔久對吟. 直欲身隨飛錫去, 秋霜滿
鬢愧朝簪."이라 하여, 그가 말하는 '野性'이 또한 '愛雲林'임을 알 수 있다.
21) 물론 운림은 본디 불교인의 전통적인 수도 공간이었다.
22) 이안눌이 佛寺를 찾아가서 승려들을 만난 경우는 몇 번 되지 않는다. 그것은 공무
때문임을 승려들에게 준 그의 시편에서 흔히 볼 수 있다. 다만 詩僧 雲谷沖徽대사와
교분이 짙어 홀로 말을 달려 덕유산 구천동 정사로 찾아 간 적이 있는데, 그 때의
기분을 나타내는 다음 시는 이안눌과 충휘대사와의 교분의 정도가 보통이 아니었음
을 짐작케 한다. "曉起木葉赤, 塞鴻號遠空. 獨騎款段馬,直訪廬山翁. 峽逕斷人跡,寺門

나 들어 그들의 호혜를 일일이 예거하나 장기를 들고 있는데, 이는 승려 개개인의 인격과 삶을 인정하는 태도가 아닐 수 없다.

그런데 이안눌의 승려들에 대한 이러한 관용적 태도를 그의 야성으로만 설명할 수 없는 점이 있다. 곧 그의 공고한 가치관 또는 처세관과도 관련이 깊다고 할 것이다. 그는 승려들을 사귈 때 상대가 文識이 없다고 해서 상대를 차별하거나 박대하지 않았다고 한다.[23] 외형적으로 지식이 많고 문장을 할 줄 아는 것보다는 그의 실천적 삶이 바른 사람을 우선하였다. 때문에 그는 "명색이 儒家냐 佛家냐를 묻지 말고, 다만 행실의 잘잘못을 살펴야 하리."[24]라고 하였던 것이다.

이렇게 이안눌이 자신의 야성적 기질을 내세우며 승려들과의 우정을 다룬 시편은 위에 보인 작품 외에도 「次天緝上人韻」(문집, 권12, 江都錄), 「志敬儀禪兩上人一時來訪, 喜而書贈」(문집, 권12, 江都錄), 「送義賢 · 眞一 · 希安三師遊白蓮 · 積石 · 傳燈 · 淨水四寺」(문집, 권18, 江都後錄), 「法林長老與天悟禪師相繼而來喜書以示」(문집, 권18, 江都後錄) 등 예거하기 어려울 정도로 상당량을 차지한다.

이상에서처럼 이안눌의 야성적 기질과 관용적 태도는 그에게 많은 승려들이 다가오게 하는 주요한 인자였다. 그런데 이안눌은 여러 승려들과 교유하면서도 당대의 詩僧들과 깊이 사귀며 우의를 다졌다. 그것

依桂叢. 片雲亦何意,隨我渡溪東."(문집 권10, 錦溪錄, 「八月二十五日早發郡城詣德裕山九千洞精舍訪沖徽師」)

23) 문집, 권18, 江都後錄, 「戲作俳諧體二絶句,贈別戒淨沙彌,兼寄希安上人. 兩師時共住南漢山寺」, "曾愛希安非在貌, 何妨戒淨且無文.(下略) 희안스님을 좋아했던 것은 겉 모습에 있지 않았으니, 계정스님 또한 文識이 없다하여 꺼릴 것이 무엇이리.(하략)" 여기서 希安은 스승 碧巖대사를 따라 남한산성을 수축했으며, 이안눌이 강화부사로 있을 때 자주 찾아가 교유한 이래로, 이안눌이 홍천에 유배되었을 때도 찾아가 위로 하였고 면천에서 잠시 귀향하여 지낼 때는 詩僧 守初와 더불어 이안눌을 찾아가 교유할 정도로 그 교유의 정이 두터웠던 당대의 시승이다. 『이안눌집』에 희안대사와 관련된 시편이 상당수 전한다.

24) 문집, 권18 江都後, 「玄悟上人以五峯相國詩來示索和謹步其韻而贈之」, "(前略)莫問名儒釋, 須觀行是非.(下略)"

은 이안눌 자신이 시인이었기 때문이다. 시는 그들과 교유할 때 가장
큰 소통수단이며 매개수단이었고, 따라서 시승의 경우 수답이 많아질
수 있는 만큼 자연히 교분이 깊어질 수밖에 없는 것이다. 이들 시승 중
에는 동래부사 시절 만났던 敬祖, 惠晶, 印悟 등과 금산군수 시절에 만
났던 沖徽, 강화유수 재임 때의 靈樹, 그리고 守初, 希安 등이 있다. 이
들 중에 충휘, 인오, 수초 등은 당대의 선승으로 고승일 뿐 아니라 시
집이 현재까지 전해지고 있는 저명한 시승들이었다. 다음 예시는 남쪽
으로 떠나는 수초에게 주는 餞別詩로 이안눌의 시승들과의 교유의 정
보와 정도를 알려준다.

> 希安曾說守初名　希安에게서 守初란 이름을 들었소
> 方丈今從覺性行　지금은 방장산의 覺性스님 따라 가신다고.
> 如爾詩僧那易得　그대 같은 시승을 어찌 쉬 보겠소
> 使余秋日不勝情　가을날 네게 정을 이기지 못하게 하오.
> 三神洞僻霜楓晚　궁벽한 삼신동에 서리 단풍 한창일 게고
> 七佛庵深霽月明　골 깊은 칠불암 비갠 뒤라 달은 밝겠지요.
> 徽老見時應問訊　충휘 선사 만나면 안부 꼭 물을 지니
> 暮年憂患飽新更　저무는 해 우환이 새로 더욱 많아지오.
>
> ―「用希安上人韻, 贈別守初上人入智異山」[25]

　이 시는 남쪽 지리산으로 떠나며 찾아온 시승 守初에게 준 것이다.
수련은 작자가 수초를 처음 만나게 된 동기와 앞으로의 여정을 말하여
破題하였다. 여기서 '名'은 수초를 지칭하는 말이겠지만, 이어지는 문
맥을 볼 때 수초의 명성, 곧 시승으로서의 명성을 의미한다고 봄이 더
자연스럽다. 수초가 시승이기에 이안눌은 그와 더욱 우의가 깊었음을
함련은 말하고 있다. 여기 수초 외에도 希安, 覺性, 沖徽 등의 승명이
등장하는 것으로 보아 작자가 승려들과의 교류가 적지 않았을 것임을

---

25) 문집, 권23 拾遺錄 下(1622년 작)

알 수 있다. 그리고, 그들과의 교정이 결코 자신이 사대부로서 체면을 의식하거나 그들을 내려다보는 태도에 의한 것이 아님을 알 수 있다. '不勝情'이나 '應問訊' 등의 시어에서 그것을 읽을 수 있다. 여기 승려들이 당대의 명승들이긴 해도 신분적으로 이안눌과는 극과 극의 위치에 있었으니 이안눌이 그들과 가슴을 열고 지낸 사이가 아니라면 이러한 표현은 쉽지 않을 것이다.

한편, 이들 시승들 중에서도 이안눌과 가장 우의가 깊고 의기가 통했던 시승은 雲谷沖徽였다.[26] 이안눌이 금산군수 시절에 금산관아 공관으로 어느 가을날 운곡이 국화를 보냄으로서 시작된 이들의 교정은 서로가 머무는 곳을 오가며 수답을 할 정도로 깊었다. 다음 시는 그들 간의 교정의 깊이를 짐작할 수 있는 작품이다.

吏散重門閉	아전들 흩어지고 중문도 닫히니
春深小院空	봄 깊어 작은 집 텅 비었네.
鳥回山影外	새는 산 그림자 밖에서 돌아오고
花謝雨聲中	꽃은 빗소리 속에서 시들어가네.
眼看浮生理	눈으로 뜬 생애의 이치를 살피고
心知造物功	마음은 조물주의 공역을 알겠어라.
岳僧能啄剝	나와 스님은 쪼아 벗길 수 있으니
應爲道情同	응당 도정은 같아라.
太守本好道	태수 본래 도를 좋아하고

26) 운곡충휘는 조선 중기 서산대사와 쌍벽을 이루던 浮休禪師의 3대 제자 중 한 분으로, 張維의 서가 들어있는 시집 『雲谷詩稿』(韓國佛教全書8, 東國大 출판부)을 남겼고, 당대의 문장 거공들인 이안눌, 이수광, 차천로, 장유 등과 교유가 깊었던 洪州 출신의 승이다. 충휘는 특히 이안눌과는 교분이 두터워 이안눌이 준 시편마다에 차운하여 30여수를 남기고 있다.(『운곡시고』에 현전하는 그의 시는 170여편임) 이안눌은 금산군수 시절에 덕유산의 산사에 머물고 있던 그와 알게되고 이때 17제 36수의 수답시를 남겼다. 『이안눌집』에는 그의 제자였던 希安대사를 통해 항상 안부를 전하거나 묻고 있는 것이 발견된다. 운곡의 제자들이 『운곡시고』를 상재할 때 이안눌에게 선시를 요청하고, 이안눌은 시로 발문을 대신하였다. 운곡의 시세계는 李鍾燦의 「道俗을 초월한 酬唱」(『韓國佛家詩文學史論』, 佛光出版部, 1993.) 참조.

上人偏愛詩	스님은 시 짓기를 편애하시네.
風塵異名迹	풍진 속에선 이름과 자취 달리하지만
雲水一襟期	운수에 둔 뜻과 기약은 똑같다네.
古縣相邀地	옛 고을은 서로를 맞이하는 땅
春城枉過時	성의 봄날은 그대 외람되이 찾아준 때로세.
卽今支許契	지금부터 허여한 이 맘 지켜서
終老不磷緇27)	늙도록 닳아지지 않도록 합시다.

이안눌이 운곡에게 준 네 수 연작 중의 두 수이다. 첫 번째 수에서
시적 시간은 늦봄 어느 날의 공무가 끝난 땅거미가 기어갈 때이며 시
적 공간은 작자의 임지인 금산관아의 작은 방이다. 화자가 자리잡은 공
간은 텅 비어서 마치 절간 같은 분위기다. 때문에 차분하고 한가롭게
잘 새가 산그림자를 등지고 돌아오고 꽃이 비오는 소리 속에서 지는
것을 알아차릴 수 있다. 경련은 함련에서 말한 자연현상의 구체적 실상
을 理語에 가까운 말로 추상하여 되 말한 것이다. 다분히 우주만유의
道를 관찰하고 체득하고자하는 스님을 의식한 서술이다. 미련은 그러
한 도를 자신과 스님만이 꿰뚫어 볼 수 있다는 자부와 동지의식을 표
출한 것이다. 두 번째 수에서 수련은 화자 자신과 스님의 명색과 기호
성향을 서술하였고, 함련은 서로의 겉모습은 다르지만 雲水 자연에 친
애하는 것은 서로가 한 마음이라 하여 역시 동지적 의식을 서술하였다.
경련에서는 역사 깊은 땅에서 서로 만나게 됨과, 만물이 소생하여 그
생명력이 절정에 이른 이 봄날 임지로 찾아준 스님에 대한 신의 깊은
존경을 표현하였다. 미련은 지금부터 서로 허여하는 동지가 되었으니
죽을 때까지 변하지 말자는 다짐이다. 이 시는 주로 서술에 기댄 표현
때문에 시적 긴박성을 이끌어내지는 못하였다. 그러나 이 작품에서 화
자는 그들이 비록 하나는 운림에 하나는 시정에 머물며 명색을 달리하
지만 자연에 마음을 두고 우주 만유의 도에 관심을 쏟는 점은 같다는

---

27) 문집, 권10, 錦溪錄 소재 「贈徽師」의 제1수와 3수.

표현을 강조하고 있는데, 이런 점은 그들간의 道伴的 友誼가 적지 않았음을 느끼게 한다.

　그들은 자신들을 저 중국 魏晉 시대의 陶淵明과 慧遠法師에 견주면서 우의를 다졌다. 운곡이 머물고 있는 덕유산 九千屯寺를 廬山 白蓮社라 하고 덕유산 아래의 시내를 虎溪에 견준 것이다.[28] 이안눌은 운곡에게 주는 많은 시편에서 자신이 처한 공간이 고적하여 心境이 고요하니 운곡더러 산사에 돌아가지 말라고 하거나, 자신이 벼슬에 묶여 운곡이 머무는 운림에 쉬이 가지 못함을 부끄러워하는 심정을 토로하고 있다.[29] 다음 시도 이런 유의 시작이다.

　　　郭西郭北皆靑山　고을의 서쪽 북쪽 모두가 청산이고
　　　蜀魄晝啼雲樹間　소쩍새 한낮에도 구름숲에서 울어대며
　　　此地人閑境亦靜　이 땅의 사람들 한가롭고 경계도 고요하니
　　　禪公不必催早還　스님은 일찍 서둘러 돌아가려 하지 마오.

　　　錦溪東望是廬山　금계의 동쪽 바라보면 廬山인데,
　　　寺在雲嵐紫翠間　절은 구름 맑기 붉고 푸른 산에 있다네.
　　　慚愧銅章抛未得　부끄럽노니, 벼슬 아직 던지지 못하고,
　　　春深獨送衲衣還　봄 깊어 스님 홀로 돌아가게 함이여!

　　　　　　　　　　　　　　　　　　　　　　　－「贈徽師」[30]

　이 시는 다섯 수 연작으로 된 칠언절구 중 두 수다. 첫째 수의 첫 연

28) 문집, 권10, 錦溪錄, 「安城倉館喜冲徽上人袖詩來訪走筆酬贈」.
29) 이안눌은 많은 승려들과 교유하였지만, 이들 중에 서로 기개가 맞았던 승려들로는 雲谷, 希安, 靈樹, 守初대사 등이다. 특히 이 중에서도 雲谷과는 관련된 작품으로 17제 36수(5절10수, 7절16수, 5율9수, 7율1수, 금계록 소재)를 남길 정도로 우정이 깊었다. 다음 시 또한 그러한 우정이 짙게 배어있는 작품으로 그와 함께 하지 못하는 안타까운 마음을 우회적으로 형상화한 작품이다. 『문집』권10, 錦溪錄의 「次徽師道中見寄韻」 "(一)虎溪春雨晚, 空送老僧歸. 吏役眞堪愧, 風塵染素衣. (二)誤被浮名繫, 滄洲久未歸. 春來釣船夢, 烟雨滿蓑衣."
30) 문집, 권10, 錦溪錄.

은 자신의 임지가 사방이 청산으로 둘러싸인 고적한 공간이며 한낮에
도 밤에 우는 소쩍새가 울어댈 정도로 구름이 짙게 드리우는 숲 속이
라는 표현이다. 그리고 사람들도 많지 않고 경계가 조용한 곳으로 스님
당신이 머무는 곳과 진 배 없으니 스님은 산으로 돌아가는 것을 재촉
하지 말라는 것이다. 스님에게 끌려서, 함께 하고 싶어하는 작자의 심
정이 짙게 배어 있다. 둘째 수의 첫 연은 작자의 임지에서 동쪽으로 바
라보는 곳에 있는 스님의 거처로 역시 구름 짙게 드리운 산 숲을 말하
였다. 둘째 연은 벼슬에 묶인 자신의 처지 때문에 스님을 따라가지 못
하는 아쉬움을 표현하였다. '不必'이나 '獨送' 등 강한 어감을 주는 허
사를 활용한 서술 구법이 시적 감정을 상승시키고 있음을 볼 수 있다.

   이상 교유의 정을 제재로 한 이안눌의 불교 시편들은 특별히 신기한
시어를 쓰거나 특별한 시상의 전개에 특별히 유의하는 것 같지 않다.
다만 평소 일상생활 속의 자신의 처지, 곧 사대부 또는 직무를 맡고 있
는 공인이라는 자신의 처지와 운림 속의 한가하고 자유로운 처지의 승
려들의 삶을 대조시키면서 운림에 머무는 승려들과의 교정을 자연스럽
게 펼치는 것이 대부분이다.

4) 雲林이 가지는 새로운 의미의 탐색

   이안눌은 사대부 신분이었다. 입신 출세하여 나라를 다스리고 백성
을 구제하는 일이 그의 이상이었다. 때문에 운림이란 자연 공간은 그에
게 있어서 궁하였을 때 물러나 거주하는 獨善其身의 공간이요, 자신의
언급에 따르면 자신의 어리석음과 졸열함을 救하는 반성과 養拙의 공
간이었다. 때문에 그는 '대장부가 뜻을 얻으면 한 세상을 다스려 건질
일이고, 뜻을 얻지 못한다면 산수 사이에 묻혀 살 일이지 어찌 영광을
차지하기 위해 아부를 하겠는가'[31]라고 하였다. 당시 儒者라면 누구나
가지던 세계관적 기초였다. 그런데 조금 특이한 것은 그의 불교시에 보

이는 그의 세계관적 입장과 태도는, 앞에서 본 것처럼 그가 벼슬자리를 내놓았을 때뿐만 아니라, 벼슬을 하는 중에 오히려 승려들과의 교유가 잦은 점을 볼 때 조금 의문스러운 점이 없지 않다. 승려는 불교적 세계관을 가지고 살 뿐 아니라 그것을 신앙하고 지도하는 사제들이다. 때문에 정통 유자인 도학자나 사대부와는 살아가는 길을 달리 하는 사람들이다. 그러므로 조선조 사회에서 운림의 주인노릇을 하고 있는 거나 다름없었던 승려들과 사대부들이 서로 만날 수 있는 때와 공간은 사대부가 궁해서 出世하지 못한 처지로 산수 자연 공간에서 독선기신하는 때였다. 물론 이러한 때 사대부는 유교적 잣대로 자신을 반성하며 독선하고 재 출세의 기회를 노렸다. 때문에 그들이 이단인 불교의 승려들과 어울리기란 쉽지 않았다. 하지만 앞서도 보았듯이, 이안눌은 유가 사대부로서 명색에 지나치게 구애되지 않았고 오히려 有道한 승려들을 찾기를 즐겼다.[32] 그리고 그는 번잡한 것보다는 조용히 지내기를 좋아하였고, 유교적 엄격한 구속으로부터 얼마간 융통을 부리는 曠達不滯型 인물이었다.[33] 그러나 이안눌의 처신은 사대부의 본분에서 크게 벗어나지는 않은 것 같다. 그가 비록 지임에 있을 때나 있지 않을 때나 승려들과 많은 접촉을 하면서 그들과 정을 나누고 교분을 두터이 하기도 하며 그들의 삶을 동경하기까지 하였지만 족적을 불가에 의탁하지는 않았다. 다만 그는 불승들이 기거하는 운림의 의미를 나름대로 파악하여 스스로의 관점을 마련하고 승려들과 보다 유연하게 교유하고 있는 것을 볼 수 있다.

---

31) 李植, 「東岳先生李公行狀」, 문집, 續集 附錄.
32) 이안눌은 "平生性癖喜尋僧, 蕭灑如師見未曾. 安得春風拂衣去, 共登皆骨入神興."(「次天綱上人韻」, 문집, 권12, 江都錄), 라고 하였듯이, 승려들을 찾는 일을 즐긴다고 하였고 그것은 평소 성벽이라고 하였다. 次韻하여 주는 시이기 때문에 다소 과장은 있겠으나 이안눌은 有道한 고승을 만날 경우 반가와 할 뿐 아니라, 자신의 혼몽함을 불교적 지혜로서 밝혀주기를 바라기도 하였다.
33) 졸저, 『東岳 李安訥詩 硏究』(보고사, 2000) 제2장 참조.

夏晝官多暇	여름 한낮 관아에 틈이 많아
空齋喜見君	빈 건물에서 그대 만나 기쁘네.
形骸兩枯木	겉모습이야 둘 다 고목과 같고
心迹一閑雲	마음길 따라감도 똑같이 한가한 구름.
竹近涼風至	대숲 가까워 시원한 바람 불어오고
桐疎夜雨聞	오동잎에 떨어지는 성긴 밤비 소리 들려온다.
處喧機已息	시끄러운 곳에 처해도 기미 이미 끊어지니
不必離人群	사람이 사는 곳을 떠날 필요는 없네.

－「用敬一上人韻」[34]

여름 한낮, 공무가 한가로울 때 화자가 빈 관아에서 스님을 만나고 있다. 화자나 상대인 스님이나 도인처럼 바짝 마른 모습이 같고 더구나 한적함과 정처 없이 떠가는 구름 같은 마음은 똑 같다. 여름이지만 대숲에서 시원한 바람이 불어오고 오동잎에 뚝뚝 떨어지는 밤비 소리가 들리는 고요한 밤을 느낄 수 있는 관아는 마치 스님이 머무는 절과 진배 없다는 것이다. 미련은 때문에 이같은 환경에서 속세의 기미가 쉬어버리니 스님처럼 굳이 사람의 무리를 떠나서 살 것까지 없다는 의미다. 비록 맡은 바 임무가 있지만 때로 한가한 틈이 있고, 빈 공간이 있으며 자연환경 또한 고요하니 이곳은 禪境과 크게 다름이 없는 곳이라는 뜻이다. 그러므로 수도자가 이러한 환경에 주체적으로 대응하여 선경에 들 수 있다면 굳이 사람의 무리를 떠날 것까지는 없다는 것이다. 요컨대, 이 시에서 말하고자 하는 뜻은 선경에 들 수 있는 환경이 갖춰지고 그곳에 살아갈 주인공의 주체적인 면모가 있다는 수도를 위해서 사람이 사는 사회를 떠날 필요는 없다는 주장이다.

다음 예시는 또한 위와 같은 종류의 시이다.

野闊官城遠	들은 툭 트여 관성이 아득하고
溪回寺逕幽	시냇물 절길을 휘돌아 그윽하다.

---

34) 문집, 권11, 月城錄.

靑山一邊雨	청산 한쪽 가에 비가 나리니
白足十分愁	스님께선 지나치게 근심하시네.
水性終無定	물은 흘러가되 정해진 곳이 없고
雲蹤本自浮	구름의 자취는 본래 떠 있는 존재.
不須催錫杖	지팡이 재촉하여 가서는
筠閣稱淹留	대집에만 머물 필요 없소이다.

— 「暎翠軒雨中留敬一上人」35)

이 시 역시 앞의 예시처럼 같은 스님에게 주는 시다. 스님이 머무는 절이 있는 청산에 비가 내리니 스님이 지나치게 걱정을 한다. 이에 화자는 스님을 나무라기라도 하는 듯, 물의 본성은 본래부터 안정되게 머물러 있는 존재가 아니고 구름 자취 또한 어느 한 곳에 머물러 있는 것이 아니라고 하여, 그러기 때문에 雲水를 따라 살아가는 스님은 대숲에 마련한 암자에 꼭 가서 머무를 필요가 없다고 의론하였다. 탈속의 공간이 따로 있을 수 없다는 聖俗不二의 입장을 읽어낼 수 있는 시이다. 이 시의 수련에서 제시한 경물은 함경련에서 펼쳐지는 묘사와 의론에 복선적 구실을 하고 있어 이 시가 단순한 의론시에 머물기 않게 하는 토대로서의 기능을 하고 있다.

昨日柳絲黃	어제 버드나무 가지 누렇더니
今日柳條碧	오늘 버드나무 가지 푸르다.
昨日杏萼紅	어제 살구나무 꽃받침 붉더니
今日杏花白	오늘 살구나무 꽃 하얗다.
以我淸意味	내 맑은 뜻으로
對此好時節	이 좋은 계절을 대하노라.
僧來不遣去	승이 왔는데 놓아보내지 않느니
山月圓仍缺	산 달이 둥글었다 이즈러지네.

| 朝對城前山 | 아침에 성 앞 산을 대하고 |

---

35) 문집, 권11, 月城錄.

暮對城前山　　　저녁에 성 앞 산을 대한다.
山雲起復滅　　　산 구름 일었다간 사라지고
山鳥去又還　　　산새도 나갔다가 돌아온다.
心靜境不喧　　　마음 고요하고 경내 시끄럽지 않으니
世忙身自閑　　　세상은 바쁘지만 이 몸 절로 한가하다.
卽此是樂地　　　여기가 곧 지상의 낙원이거니,
何必出人寰　　　하필이면 사람 세상 나가야 할까?

　　　　　　　　　　　　　　　　　　　 ―「戲留靈樹上人」[36]

　　이 시는 작자가 강화부사로 있을 때 지은 시다. 첫 번째 수에서 수련
과 함련은 임지에서 일상적으로 보면서 느끼는 節序에 따른 자연변화
를 서술하였다. 버드나무에 움이 트고 푸르게 변하며, 살구꽃 꽃부리가
붉어지더니 어느 샌가 하얗게 피었다. 경련은 자연의 변화를 맑은 경계
로 마주하고 있음을 직서한 구절이다. 미련은 이처럼 자연의 변화를 알
아차릴 수 있는 이 공간과 맑은 경계로 자연의 변화를 마주하고 있는
이 봄날에 승이 찾아왔지만 놓아주지 않는다는 것이다. 산에 떠오르고
지는 달을 볼 수 있지 않은가? 두 번째 수에서 아침 저녁으로 앞산을
마주 대한다고 함은 가시적으로 하루의 시작인 아침에서 하루의 끝인
저물 때까지, 곧 하루종일 끊임없이 변화해 가는 물상들을 바라본다는
것이다. 변화의 시각으로 보는 모든 물상은 변화 물상 그 자체일 것이
다. 그러므로 바라보는 주체자의 마음도 고요하고 보여지는 경계도 조
용하며, 세상이 바쁘다해도 내 몸은 절로 한가로울 수가 있다. 이렇듯
내 마음의 안과 밖이 제자리를 잡고 있다면 바로 이곳이 낙원이라는
말이다. 그러므로 사람들이 모여 사는 곳을 꼭 떠나갈 필요가 있는가?
의론이다. 이 또한 성속불이적 관념의 발현이라 할 수 있을 것으로 앞
에서 든 예시들과 같은 종류에 넣을 수 있을 것이다.
　　때문에 그는 세속적인 일과 탈속 공간에서 이루어지는 둘이 아니라

---

36) 문집, 권12, 江都錄.

고 보는 깨달음에 이른다. 그러므로 다음 시에서는 出家人에게조차 효라는 사회적 규범을 적용하고 있다.

有母懷鄕土	어미 있어 고향을 생각하고
爲僧避俗徒	승이 되어선 세속의 무리 피하네.
好粧書籍賣	아름답게 장정한 책을 팔아서
勤辦旨甘需	맛있는 음식을 보내는 일에 힘쓰네.
杖逐隨陽雁	석장은 학을 따라 좇아가는데
囊輸反哺烏	행낭 속에는 반포의 까마귀를 실어가네.
平生墨行者	평소 승려로 행세하는 이 중에
幾許誑名儒	名儒를 기만한 이 얼마이던가?

―「書學允上人詩卷」[37]

이 시는 출가인이지만 출가 전 인연에 대한 보답을 잘 해내고, 자신이 출가인으로서 탈속적인 면모를 보이는 학윤스님을 칭송한 노래다. 책을 장정해 팔아서 먹을 것을 마련하여 모친 봉양을 게을리 하지 않을 뿐 아니라, 출가승으로서도 큰 스승은 따라 수행을 하는 孝道・修行 겸비의 그대 같은 이는 별반 보지 못했다는 칭송이다. 여기서 우리는 이안눌이 진정한 승려는 자신이 불교인이라는 것을 핑계로 유가의 第一義的 덕목인 효를 무시해서는 안 된다는 것을 강조하고 있는데, 이런 점에서 그가 유가적 지향을 끝까지 버리지 않았음을 알 수 있다. 그러므로 그에게 있어서 산수 자연 곧 운림이 갖는 의미는 자연세계의 성실함을 깨닫게 하는 공간이며, 차분히 자신의 삶을 관조할 수 있는 곳이다.

5) 佛寺의 풍광을 묘사한 시

이안눌의 불교시 중에 佛寺를 읊은 시는 전체 수량에 비하면 그리

---

37) 문집, 권12, 江都錄.

많은 편은 아니다. 부임지의 임소 가까운 곳에 있는 절을 찾아 절의 풍경을 읊은 것이 대부분인데, 수도 공간으로서 절이 가진 幽深한 이미지를 잘 드러낸 수작들을 볼 수 있다.

千古浮屠殿	천고의 부도전
摩尼岳麓東	마니산 기슭의 동쪽에 있는데,
山回人境隔	산은 사람 사는 곳을 돌아 떨어져 있고
天豁海門通	하늘은 해문으로 널리 트여 통하네.
蜀魄啼斜月	두견새는 달이 기울 때 울어 예고
梨花墜暗風	배꽃은 어둑한 밤 바람에 떨어지네.
慙爲虎竹累	부끄러워라, 벼슬에 묶임 몸이여.
一宿別禪翁	한 밤 자고서는 스님과 이별하네.

－「題淨水寺浮屠殿」[38]

  강화부윤 시절에 지은 시다. 임지의 정수사에 제한 시로 그으한 정수사 부도전의 풍경과 이러한 풍경에 푹 젖어 보지 못하는 작자의 안타까운 심경을 표현하였다. 수련은 정수사의 역사와 지리적 위치를 말하였다. 오랜 역사와 마니산 동쪽 기슭에 위치하고 있는 점을 밝혀 안정감과 호기심을 유발케 하면서 함련으로 시상이 연결될 수 있도록 복선을 깔았다. 구문을 명사구로 처리한 것이 그 힘을 보태고 있다. 함련은 절의 위치를 주위의 지세를 그려서 나타냈다. 절은 사람들이 모여사는 곳과는 격절된 곳이지만 한쪽은 바다의 문과 통해 있어 열려 있는 곳이기도 하다. 유심하면서도 트인 느낌이 들도록 하여 표현의 묘미를 얻었다. 경련은 정수사의 한밤 풍경이다. 한밤 달이 기울 때의 소쩍새가 운다고 하고 어둑한 가운데 부는 바람에 배꽃이 진다는 묘사는 동적 현상을 빌어서 정적 상황을 표현하고 있는데, 이는 극도의 고요함을 표현한 것이다. 미련은 작자의 벼슬에 묶인 자신의 처지 때문에 이

---

38) 문집, 권12, 江都錄.

절의 주인공인 스님과 아쉽게 이별을 해야 하는 심정을 그렸다. 정수사의 그윽한 풍경과 함께 하지 못하는 자신의 처지가 부끄럽다고 하여 독자들로 하여금 상대적으로 지극히 그윽한 정수사의 풍경을 상상해보게 하고 있다.

碧巘鑱天石洞深　푸른 산 하늘을 찌르고 바위 골 깊은데
緣崖細逕入叢林　벼랑 가 가느다란 길 총림으로 들어가고,
禪關白日無人到　절 문은 한낮인데도 찾아오는 사람 없어,
坐聽松泉奏玉琴　솔숲 시내 옥소리 연주를 앉아서 듣는다.

白雲深鎖洞門幽　흰 구름 깊이 잠겨 골짜기 문 그윽한데,
松桂陰中響碧流　솔 그늘 속에서 울려오는 푸른 시냇물.
步入梵宮僧不見　들어가니 절에는 승은 눈에 띄지 않고
數枝花發古巖頭　바위 머리 서너 가지에 꽃이 피었다.

－「六月二十一日, 發梵魚寺, 遊通度寺, 寺在梁山郡北四十五里鷲栖山下.」[39]

양산 통도사 주위의 그윽하고 고요하며 맑은 풍취를 그렸다. 이안눌의 모든 불사시가 그렇듯이, 이 작품 또한 절 안의 건물이나 불교적 상징성을 가진 것들을 그리기보다는 절이 위치한 자연 풍경을 묘사하였다.[40] 두 수 연작으로 이루어진 이 작품은 통도사 주위의 자연 풍경의 그윽하면서도 고적한 이미지를 잘 표현한 수작이라 할 만하다. 첫째 수의 1연은 통도사로 들어가는 길목이 하늘을 찌를 듯이 솟구친 험한 산봉우리와 푸른 벼랑가로 좁은 길이 나 있는 깊숙한 총림으로 이루어져 있음을 묘사하여 일반인이 쉽게 범접할 수 없는 곳임을 표현하였다. 제3행은 이러한 상황을 보다 구체적으로 제시하면서 한낮인데도 사람이

---

39) 문집, 권8, 萊山錄 122나
40) 사대부의 佛寺詩에서 佛寺의 상징물들이나 불교와 직접적으로 관련된 것들을 그린 경우는 찾아보기 힘들다. 이안눌의 불사시도 예외는 아니어서 불사가 위치한 자연 풍광을 그리는 것을 주된 목표로 하고 있다.

이르지 않는다고 하여 더욱 그윽하고 고적한 분위기를 강조하고 있다. 그러므로 4행은 솔숲에서 들리는 시냇물 소리가 옥으로 만든 거문고로 연주하는 소리와 같다고 한 것이다. 맑고 깨끗하면서도 고요함이 한껏 느껴지는 묘사이다. 특히 청각을 활용해서 맑음과 고요함을 표현한 점이 돋보이는 시다. 둘째 수는 첫째 수에서 못다 그린 것을 더한 것이다. 시상의 전개 방식도 첫째 수와 크게 다르지 않다. 다만 淸澄함과 고적함을 표현하기 위해서 시청각 이미지를 동시에 활용하고 있는데, 특히 제4행에서 시각을 활용하고 있는 점이 돋보인다.

이밖에 佛寺를 소재로 하여 지은 작품으로 동래부사 시절의 梵魚寺 경치를 그린 「金井山梵魚寺次漢陰李相國韻」,[41] 「梵魚寺卽景」,[42] 「梵魚寺月夜」,[43] 「梵魚寺雨夜」[44] 등과 금산군수 시절 덕유산에 있는 安心寺를 탐방하며 지은 「題安心寺」[45] 등 몇몇 작품이 있는데, 이것들 거의가 산사의 그윽하고 맑으며 고적한 분위기를 묘사하는데 주력하고 있음을 볼 수 있다.

4. 맺는 말

조선조는 전대 고려조에서 옹호되었던 불교를 밀어내고 유교를 그 정치 사회적 이념으로 삼아 진행된 사회였다. 따라서 조선 사회를 지배하던 사대부들이 불가의 승려들과 교유가 그리 흔했을까 하는 의심을

---

41) 문집, 권8, 萊山 119나, "步入石門逢晩晴, 松林五月風冷冷. 老僧相對坐溪上, 日暮雲生山更靑."
42) 문집, 권8, 萊山錄 121나, "霏霏嵐翠濕, 瀏瀏松籟繁. 不知山雨密, 但怪溪水喧. -雨- " 외 晴·朝·夕·晝·夜景 등을 노래한 5 수.
43) 문집, 권8, 萊山錄 122가, "雨止溪響急, 山空孤月明. 中庭坐深夜, 風露不勝淸."
44) 문집, 권8, 萊山錄 122가, "古刹雲林下, 風泉雜雨聲. 本無塵世累, 中夜意彌淸."
45) 문집, 권10, 錦溪錄 157나, "獨訪安心寺, 先登積雪樓. 一峯差石勢, 雙壑殷溪流. 月上天疑近, 雲生地轉幽. 官驂戴星發, 翻向野僧羞."

갖게 한다. 그러나 전근대 동아시아 사회, 특히 중국과 한국에서 유가 사대부는 그 처세관이 다른 도가나 불가의 사람들을 흠모하여 그들과 사귀면서 구속적인 유가적 규범에서 벗어나고자 하는 행태를 보인다. 유가 사대부들은 그것을 '方外遊'라고 하였다. 이러한 방외유적 관념도 있겠으나 사대부들은 구학취 곧 산수 자연을 사랑한다는 명분을 내세워 구학의 공간에 주로 머물러 살아가던 불가의 승려들과 접하고 그들의 '求詩' 행위에 응하여 시를 지어주거나 또는 시를 주고 받으며 그들과 교유 관계를 유지하고 있었다. 이안눌 또한 이와 크게 다르지 않은 구학에 대한 관념과 교유관계를 보이고 있다. 다만 그는 다른 사대부들에 비해 승려들과의 교유의 폭이 넓고 깊었으며, 나름대로 구학 곧 '雲林'의 의미를 탐색했던 것으로 보인다. 그것은 그의 문집에 전하는 250여제 300여 수가 불교시를 통해서 짐작할 수 있다.

　이안눌은 당대인들로부터 曠達不滯한 인물이라는 소리를 들을 만큼 굳어진 禮敎的 구속으로부터 벗어나고자 하는 성격이었다. 이러한 성격은 그를 名利를 얻기 위해 동분서주하는 속세의 공간으로부터 '丘壑'과 '雲林'이라 부르는 산수 자연 공간으로 내몬 것 같다. 이들 그는 '野性'이라고 하였는데 이 야성 때문에 그는 운림의 승려들이 그의 거처에 많이 몰려들어 사귀게 되었다고 한다. 이안눌의 불교시는 주로 이러한 가운데 생산된 것이기에, 따라서 그의 불교시는 '交遊詩的 성격'을 가진다고 할 수 있다. 이안눌의 불교시는 크게 이처럼 불교시라 할 수 있는데, 이를 그 제재의 성격에 따라 세분하면 아래와 같다. 곧 승려들의 인물됨을 칭찬하고, 그들의 탈속적 삶을 동경한 삶이 있는가 하면, 그들과 교유하며 쌓은 정분을 시화한 것과 승려들이 내린 운림의 의미를 유가 사대부 자신의 처지에서 새롭게 탐색해보려는 의론적인 시작들이 있다. 한편 그는 부임지의 치소로부터 가까운 불사들을 잠깐 들러 노닐며 그 주위의 유심하고 고적하며 청정한 풍광들을 시화하고 있는데, 이 작품들 또한 수작으로서 그의 불교시의 한 영역을 차지하고 있다.

　이상처럼 살펴본 결과 이안눌의 불교시는 다음과 같은 특질을 가지고 있다 하겠다. 먼저 주제면에서 반성에 토대를 준 참괴의 자세가 주는 윤리의식의 앙양이다. 이는 시상의 전개 방식과 의미 구조면에서 그의 모든 불교시편이 승려나 불사가 만들어 내는 탈속적이며 유심청정한 경계와 벼슬에 묶인 자신의 구속적 처지를 대비하는 의미구조를 보이고 있다. 이는 독자로 하여금 자신의 처지를 돌아보게 하고 혹 지나친 세속적 영욕에 묶여 부자유한 삶을 살지는 않는가 하고 반성하게 한다. 둘째, 풍격면에서 볼 때 이안눌의 불교시는 소탈하여 막힌 데가 없고 탈속적이며, 질박하고 솔직한 맛을 느끼게 한다. 곧 이는 疏野한 풍격에 가깝다고 할 것인데, 이안눌 불교시의 소야한 미감은 작품을 구성하는 고적하면서도 맑고 트인 시상이나 그러한 시상과 혼용된 경물의 유심·청징함에서 비롯된 것 같다.

　본고는 조선조 사대부 한시의 한 영역인 불교시 연구의 일환으로 기획되었다. 그것은 그간 한편에서 사대부 문학 연구가 사대부 문학을 지나치게 유교적 세계관의 반영물로서 취급하여 탐구하려는 경향에 대한 반성에 따른 것이다. 이안눌의 불교시에 대한 이해는 조선 사대부의 불교시를 이해하는 데 한 다리의 구실을 하게 될 것이다. 특히 도학보다는 문학을 앞세웠던 이들의 시를 감상할 때 더욱 도움이 되리라고 본다. 그리고 그가 조선 중기를 살았던 만큼 조선 중기 사대부들의 불교시를 탐구하는데 일정한 몫을 할 것으로 기대되며, 아울러 당시의 불가 한시를 이해하는 데도 얼마간 도움이 될 것이다.

(『불교어문논집』 5집, 한국불교어문학회, 2000)

서정주 시의 불교적 상상력

시집 『신라초』, 『동천』을 중심으로

홍 신 선

1. 머리말

꽤 많은 논자들이 이미 합의하였듯이, 미당 서정주 시의 가장 정채
도는 대목은 불교적 세계인식과 상상력을 기반으로 한 시집 『신라초』
(1960)와 『동천』(1968) 등에 나타난 작품 세계이다. 대략 서정주 시세계
의 변모 도정에서 중기에 해당하는 이 두 시집의 작품세계는 가장 압
축된 형식미학을 보여주고 있는 것으로 가늠할 수 있다. 이와 같은 압
축된 형식미학은 서정주의 시적 역량이 원숙한 경지에 도달하였음을
뜻하는 것이면서 또한 그와 같은 미학의 성취 뒤에는 불교의 독특한
세계인식과 상상력이 뒷받침되었음을 의미하는 것이기도 하다. 굳이
해묵은 형식과 내용의 일원론을 따지지 않더라도 서정주의 이 형식미
학은 불교를 그 세계관의 기반으로 삼음으로써 비로소 가능한 것이었
다. 그것은 불교적 세계인식과 그 인식내용을 독특한 역동적 상상력으
로 작동시켜 이미지들을 생산해냄으로써 얻어진 것이기 때문이다. 이
미 알려진 바와 같이 두 시집의 작품세계는 십이연기설과 윤회전생을
세계해석의 주된 방법으로 삼고 더 나아가 이를 신라정신이라고 명명
한 독특한 정신적 비전 혹은 세계상을 보여주고 있다. 일찍이 서정주

자신은 이와 같은 신라정신이나 불교적 세계인식을 『三國遺事』나 『묘법연화경』 등의 정전을 통하여 영향받고 재구성한 것으로 밝힌 바 있었다. 그러나 그의 회고적인 발언이 그렇다는 것뿐이지, 어떻게 이들 두 정전뿐만이겠는가. 그는 아마도 『삼국유사』를 비롯하여 『三國史記』, 『大東韻府群玉』 등을 비롯한 고대, 특히 신라의 역사를 기록한 문헌들을 섭렵하고, 이들 기록 속에서 독특한 신라인들의 세계해석의 틀을 탐구하였을 것이다. 예컨대, 당시 '弗居而居者'로서 영원을 사는 사람의 전형으로 '劍君'을 들고 있는 것이라든지 '사람들 모두 대우주의 일들을 한 유기체의 일로 한 가정의 일'로 인식하고 참여한 신라인들의 영원인, 우주인으로서의 인격과 세계관 등을 설명하고 있는 것이 바로 그 것이다.1) 뿐만 아니라, 서정주는 佛典들을 두루 섭렵하는 가운데 십이연기설과 윤회전생을 주목하고 이를 기반으로 한 독특한 상상력을 자기 시세계 가운데 작동시켰다. 이는 그가 '불교의 경전 속에 매장되어 온 파천황의 상상들과 은유'들을 발견하고 그것을 작품 속에서 새롭게 재창조한 사실에서 그 본보기를 찾을 수 있을 것이다. 이와 같은 서정주 시의 독특한 세계인식과 상상력들은 거듭되는 말이지만, 일련의 역사서와 불전들을 매개로 재창조한 것이면서 그의 중기 시세계를 가장 정채 도는 대목으로 만들고 있는 핵심요소들인 것이다. 물론 서정주의 이같은 시세계에 대한 부정적인 평가와 비판이 일부 논자들에 의하여 그 두 시집이 출간된 당시는 물론 지금까지 끊임없이 지속된 것도 사실이다. 그러나, 그 비판의 핵심 담론인 과도한 관념성내지 탈현실성 등은 그동안 근대기획의 입장에서 주로 제기되고 있는 것으로서 이제는 진지하게 한번쯤 재검토되어야 할 문제이기도 하다. 가령, 19C 유럽의 C. 보오들레르의 시가 근대적 모더니티를 상당 부분 내장하면서도 스웨덴보리류의 신비주의 사상에 크게 의지하여 조응이론을 만들어 냈

---

1) 서정주, 「신라문화의 근본정신」, 『서정주 문학전집』 권2, 일지사, 1972, 303~304쪽 참조.

다라든가, 예이츠가 부인을 매개로한 영매나 순환론에 입각한 신비주의적인 역사 이해를 드러낸 점 등이 이들 시인들의 시세계를 모두 유니크하면서 부피 큰 세계로 만드는데 일정부분 기여한 사실과 견준다면, 서정주 중기시의 신라정신이라는 정신적 비전에 의한 시세계는 오히려 그의 시인적인 면모를 대가의 반열에 자리매김하고 돋보이게 하는 것이기도 하다.

이 글은 서정주 시의 중기 시세계, 특히 『신라초』와 『동천』에 나타난 불교적 세계인식과 상상력을 그 본보기로 삼는 작품들의 세밀한 분석을 통하여 살펴보고 더 나아가 그 의의를 따져보고자 씌어졌다. 그러기 위해서 시인 스스로 신라정신이라고 불렀던 독특한 세계이해와 태도 역시 범박하게는 불교적 세계관을 기반으로 한 내용 가운데 포괄되는 것으로 보고자 한다. 이는 뒤에 논의를 구체적으로 진척시키는 과정에서 좀더 상세하게 설명할 것이다. 아무튼, 그러기 위해서 이 글은 첫째, 서정주 시작품에서의 불교적 세계인식은 어떤 내용으로 나타나고 있는가. 둘째, 이와 같은 세계인식을 기반으로 한 서정주의 상상력은 실제 작품에서의 이미지 생산이나 연결에 있어 이렇게 남달리 작동되었는가, 그리고 마지막으로 이같은 서정주 중기시의 시세계와 미학은 어떻게 자리매김될 수 있는가 등의 문제를 집중적으로 살펴보게 될 것이다. 그리고 이와 같은 문제들을 설명하는 가운데 우리 현대 불교시의 양상과 그 양상이 내장하는 문제들을 아우를 수 있기를 기대한다. 두루 알려진 바와 같이 우리 현대시의 통시적 전개에서 불교적 세계인식내지 상상력은 크고 작은 많은 시적 성취와 미학을 이룩해 놓고 있다. 곧, 한용운과 서정주, 그리고 조지훈 등을 거쳐 최근의 정신주의시 등에 이르기까지 말 그대로 만만치 않은 시적 부피와 정신사적 높이를 보여주고 있는 것이다. 따라서, 이 글이 의도한 서정주 시의 불교적 상상력의 해명은 단순히 서정주 시세계의 설명 차원을 벗어나 이와 같은 현대 불교시의 지형과 미학을 점검하고 확인하는 일이기도 한 것이다.2)

2. 통합적 세계인식과 영통주의

서정주 시에 나타난 불교적 세계인식은 이미 널리 알려진 그대로 인연설과 윤회사상을 그 축으로 한다. 여기서의 십이연기설과 윤회사상은 불교경전의 철학적이고 사전적인 의미보다는 보다 세속화된 그리하여 시인의 상상력과 결합된 특이한 내용들을 보여주고 있는 것이다. 이는 특정의 종교사상이 작품 속으로 이동될 때 작품 내부의 질서에 따라 적절하게 굴절 변용한다는 문학의 일반적인 현상의 하나로 보아도 좋을 것이다. 아마도 서정주의 중기시들이 범박한 의미에서 불교시로 간주되는 까닭도 여기에 있을 것이다. 그러면 인연설이나 윤회사상이 어떻게 작품 속에 드러나 있으며 또 그 양상은 어떤 것인가. 일반적으로 불교에서의 연기설은 고통으로 규정되는 우리의 삶이 어떻게 성립되고 또 그것이 소멸되는가 하는 것을 설명하는 인식틀이다. 삶의 고통은 욕망에서 일어난다. 이들 고통의 원인은 무명에서 노사(老死)까지의 연속적인 12연기들이며 이들 원인은 그 다음의 것을 규정 짓는다. 특히 무명에서 노사를 제외한 열단계의 업은 윤회를 일으키는 중요 원인으로 해석되고 있다.[3] 그런데 이와 같은 불교의 연기설은 고통으로서의 우리 삶을 설명하고 또 그 고통으로부터 벗어나는 길을 모색하려는 사상이라고 할 것이다. 그러나 서정주 시에서의 연기는 고통으로부터의 해탈을 추구한다는 이와 같은 경전의 의미보다는 끊임없는 윤회 속에서 영속하는 삶을 누리는 일종의 불멸지향성만을 드러내 주고 있다. 그의 작품 가운데 가장 직접적으로 인연과 윤회의 양상을 형상화한 「인

---

2) 일찍이 필자는 이같은 불교시와 관련한 관심에서 「현대불교시연구」(『한국문학연구』 22집, 동국대 한국문학연구소, 2000), 「현대시에 나타난 불교적 상상력과 세계인식」(『현대시와 불교』, 불휘, 2000), 「시의 논리, 선의 논리」(『현대시』, 2000년 11월호) 등의 글들을 쓴 바 있다. 그러나 이 글들은 아직 불교시에 관한 試論的인 성격의 것으로 보아 본격적인 논의는 앞으로 씌어지는 글에서 이루어질 것이다.
3) S. 라다크리슈난, 이거룡 옮김, 『인도철학사』 권2, 한길사, 1996, 217~226쪽 참조.

연설화조」를 읽어보자.

　　언제던가 나는 한송이의 모란꽃으로 피어 있었다.
　　한 예쁜 처녀가 옆에서 나와 마주 보고 살았다.

　　그뒤 어느 날
　　모란 꽃잎은 떨어져 누워
　　메말라서 재가 되었다가
　　곧 흙하고 한 세상이 되었다.
　　그게 이내 처녀도 죽어서
　　그 언저리의 흙 속에 묻혔다.
　　그것이 또 억수의 비가 와서
　　모란꽃이 사위어 된 흙 위의 재들을
　　강물로 쓸고 내려가던 때,
　　땅 속에 괴어 있던 처녀의 피도 따라서
　　강으로 흘렀다.

　　그래, 그 모란꽃 사위 재가 강물에서
　　어느 물고기의 배로 들어가
　　그 血肉에 자리했을 때,
　　처녀의 피가 흘러가서 된 물살은
　　그 고기 가까이서 출렁이게 되고,
　　그 고기를—그 좋아서 뛰던 고기를
　　어느 하늘가의 물새가 와 채어 먹은 뒤엔
　　처녀도 이내 햇볕을 따라 하늘로 날아올라서
　　그 새의 날개 곁을 스쳐다니는 구름이 되었다.

　　그러나 그 새는 그 뒤 또 어느날
　　사냥꾼이 쏜 화살에 맞아서,
　　구름이 아무리 하늘에 머물게 할래야
　　머물지 못하고 땅에 떨어지기에
　　어쩔 수 없이 구름은 또 소나기 마음을 내 소나기로 쏟아져서 그 죽은 샐 사 간 집 뜰에 퍼부었다.
그랬더니, 그 집 두 양주가 그 새고길 저녁상에서 먹어 消化하고
이어 한 嬰兒를 낳아 養育하고 있기에,
뜰에 내린 소나기도
거기 묻힌 모란씨를 불리어 움트게 하고
그 꽃대를 타고 올라오고 있었다.

그래 이 마당에
現生의 모란꽃이 제일 좋게 핀 날,
처녀와 모란꽃은 또 한 번 마주 보고 있다만,
허나 벌써 처녀는 모란꽃 속에 있고
前날의 모란꽃이 내가 되어 보고 있는 것이다.

                                  ―「因緣說話調」의 온글4)

　옮겨온 이 작품은, 이른바 인과 연이 어떻게 얽혀서 윤회전생을 거
듭하는가 하는 것을, '모란꽃'과 '나'를 매개로 장황하게 설명하고 있
다. 화자인 나는 이 마당에 제일 좋게 핀 모란꽃을 보고 있다. 그것도
'모란꽃'과 '내'가 여러 번의 윤회전생 끝에 서로 형체를 맞바꾸어서
마주하고 있는 것을 설명하듯이 진술하고 있는 것이다. 곧, 이 작품 속
화자이기도 한 '나'는 모란꽃에서 재로, 다시 물고기 → 물새 → 두 양주
→ 영아로 삶의 형태를 바꾸고 드디어는 마당에 잘 핀 모란꽃을 보는
'나'로 되었다는 것이다. 마찬가지로, 마주 섰던 처녀는 죽어서 살과 피
는 흙과 강물로, 그리고 강물은 구름 → 소나기 → 모란꽃대로 전생을

---

4) 『서정주 문학전집』 권1, 일지사, 1972, 206~209쪽. 이 작품은 일찍이 ≪現代文學≫
　1958년 9월호에 「모란꽃과 나의 因緣의 記憶」이란 제목으로 발표되었다. 그후 시집
　에 수록되는 과정에서 제목과 내용의 일부를 크게 고쳐 지금의 텍스트로 확정되었다.
　참고로 개작 수정 이전의 작품은 다음과 같다. '언제이든가/ 나는 모란꽃을 보고 있었
　다.// 모란꽃잎은 떨어져 누어/ 메말라서 재가 되더니/ 곧 흙허고 한세상이 되었다./
　그래 이내 나도 늙어서 그 언저리의 흙속에 묻혔다.// 그것이 또 억수의 비가 와서/
　모란꽃이 사위어 된 흙 위의 재들을/ 강물로 쓸고 내려 가던 때/ 땅 속에 고여 있던
　내 피도 따라서/ 강으로 흘렀다// 그래, ……'(크게 수정된 부분만 뽑았음)

거듭하여 이제는 모란꽃 속에 있다는 것이다. 물론 모란꽃과 나와의 관계는, '작품' 문맥 속에 명시적으로 드러나 있지는 않지만, 여자와 남자 그것도 연인들의 관계로 추정할 수 있는 것. 그들 두 존재는 각자 전생을 되풀이하면서도 서로의 관계단절이나 헤어짐을 전혀 보이지 않고 있기 때문이다. 말하자면, 이 두 존재는 끈질긴 인과 연으로 서로가 멀리 떨어지거나 벗어나지를 못하고 있는 것이다.

그런데, 이들 두 존재의 전생과정은 상승/하강의 두 지향에 따른 국면들을 보여주고 있다. 작품 2연이 하강의 국면이라면 3연은 상승과 하강을, 마지막 4연은 상승의 국면으로 되어있는 것이다. 이같은 상승/하강의 두 국면은 여러 전생과정에서의 기본축이라고 할 것이다. 아마도 우리의 여느 작품에서의 상상력 역시 일반화시켜 말하자면 상승과 하강의 양축으로 이루어져 있다고 해야할 것이다. 그렇기는 하지만, 서정주의 중기시에서 유별나게 두드러지는 상상력은 상승을 축으로 삼는 것이고 이 상상력이 생산한 이미지 또한 천상적인 것이 많다고 할 수 있다. 이는 그가 '신라정신'으로 명명한 특정한 삶의 자세 때문이라고 해야할 것이다. 곧 지금 이곳의 지상적인 삶을 시향하기보다는 시간과 공간 모두를 초월한 우주인, 영원인으로서의 인격을 추구하기 위하여 끊임없이 상승의 상상력을 보이고 있었기 때문인 것이다. 아무튼, 작품 「인연설화조」에 나타난 윤회전생과정은 그 이후 작품들에서는 훨씬 축약된 형태를 띠며 그 장황스러움을 상당한 정도에서 생략하고 벗어던지고 있다. 말하자면, 시적 대상의 인식이나 이미지의 연결에 있어 인연이나 윤회설은 그 바탕으로 어김없이 놓여있지만 연기나 전생과정이 많이 생략된 간결한 형식을 띠는 것이다. 따라서 이는 이미지나 정황의 극적인 대조를 보여주며 시적 효과를 드러내는 독특한 미학원리가 되기도 한다. 예컨대, 자신의 집 뜰에 선 후박나무를 금강산쯤에서 찾아온 몇 촌 뻘의 식구로 묘사하고 진술하는 다음 작품도 그 한 본보기가 될 것이다.

> 오늘 밤은 딴 來客은 없고,
> 초저녁부터
> 金剛山 厚朴꽃나무가 하나 찾아와
> 내 家族의 房에
> 하이얗게 피어 앉아 있다.
> 이 꽃은 내게 몇 촌 뻘이 되는지
> 집을 떠난 것은 언제 적인지
> 하필에 왜 이 밤을 골라 찾아왔는지
> 그런 건 아무리 해도 생각이 안 나나
> 오랜만에 돌아온 食口의 얼굴로
> 초저녁부터
> 내 家族의 房에 끼여 들어와 앉아 있다.

—「어느 날 밤」의 온글[5]

이 작품은, 시읽기의 통념에 따르자면, 화자가 어느날 초저녁 어스름 속에 유난히 하얗게 핀 정원 안의 후박꽃 나무를, 그것도 방안에 앉아 유리창문을 통하여 보는 내용이다. 그리고 이와 같은 정황 속에서 화자는 어둠 속 희끄므레한 후박꽃의 모습을 오래 전 잊은 식구의 얼굴로 한순간 착시했을 것이다. 대강의 이러한 통념에 맞춘 시해석은, 하지만 이 작품의 중간 대목의 시문맥까지를 포괄해서 풀어내는데는 역부족이다. 곧,

> 이 꽃은 내게 몇 촌 뻘이 되는지
> 길을 떠난 것은 언제적인지
> 하필에 왜 이 밤을 골라 찾아왔는지

와 같은, 후박꽃을 가족의 한 사람으로 여기는 대목은 일반적인 시해석의 코드로는 풀리지 않는 것이다. 여기에는 작품 「인연설화조」에서 살핀 바와 같은 윤회전생의 과정을 고려한 독법이 필요한 것이다. 후박꽃

---

5) 『서정주 문학전집』 권1, 일지사, 1972, 79쪽.

과 나의 인연 내지 관계는 마치 「인연설화조」의 모란꽃과 나의 관계처럼 숱한 윤회전생의 과정을 거쳐서 오늘 몇 촌 뻘의 한 가족 식구로 만나고 있다는 독법이 그것이다. 거듭되는 설명이지만, 이 작품에서는 「인연설화조」에서 보인 바와 같은 그 전생과정이 대폭 생략되고 대신 몇 줄의 행간 속에 암시되어 있을 뿐인 것이다. 시집 『신라초』와 『동천』의 상당수의 작품들이 이와 같은 인연설과 윤회설을 통한 대상의 인식과 그에 따른 이미지의 생산을 보여주고 있다.

그리고, 이와 같은 불교적인 세계인식은 두 가지의 중요한 사실을 함축하고 있다. 우선, 모든 생명있는 것들은 죽음이라는 생물학적인 소멸로 그 목숨 내지 삶을 상실하지 않는다는 것이다. 이른바 영생주의로 불리기도 했던 이 삶의 영원성에 대한 탐구는 중기시의 중요한 핵심과제라고 해야할 것이다.[6] 이 과제를 탐구하면서 서정주가 그 원형으로 발견한 것은 신라 사람들의 삶의 자세였다. 이는 물론 그가 정독해서 읽은 『삼국유사』류의 사승들을 통해서 발견한 것이기도 했다.

> ⅰ) 사람의 생명이란 것을 現生에만 국한해서 생각하는 것이 아니라 영원한 것으로 생각하고 또 아울러서 사람의 가치를 현실적 人間社會的 존재로서만 치중해 생각하는 것이 아니라 자연의 존재로서 많이 치중해 생각해 오는 습관을 가진 것은 신라에서는 最上代부터 있어온 일이었다.[7]

> ⅱ) 영생하는 생명은 무엇으로 경영했느냐 하면, 물론 그것은 동양의 上代 큰 문명 제국에 있어 다 그랬던 것과 마찬가지로 그 「靈魂」이란 것 바로 그것에 의해서였다. 육체는 죽어 땅에 떨어지지만 영혼은 하늘에 올라가 영원히 사는 것이라는 철저한 신앙을 그들은 가지고 있었다.[8]

---

6) 서정주 · 홍신선 대담, 「영생의 문학, 무한의 삶」, 『21세기 문학』, 1999, 여름호, 2~20쪽.
7) 서정주, 「新羅의 永遠人」, 『서정주 문학전집』 권2, 일지사, 1972, 315쪽.
8) 위의 글, 위의 책, 316쪽.

옮겨온 두 글은 모두 「新羅의 永遠人」에서 임의로 뽑은 것들이다. 먼저 i)은 사람의 삶이 현세나 현세중심으로만 인식되는 것이 아님을 설명해주고 있다. 그러면 인간의 생명이 현세에서 끝나는 것이 아니라면 그것은 어떻게 영생 내지 영통을 이룩하는 것인가. 이같은 물음에 대한 대답을 인용한 글 ii)는 매우 간결한 설명으로 제시하고 있다. 곧, 인간은 육체적, 생물학적 삶만이 아닌 영혼만으로 영위되는 길고도 오랜 삶을 또한 누릴 수 있다는 것이다. 이같은 생각에 따르자면 육체는 잠시 현세에서 빌어입은 의복과 같은 것에 지나지 않는다. 오히려 우리의 삶에 있어서 영혼만이 시공을 뛰어넘어 길고 오랜 삶을 영위하는 것이다. 주지하다시피 이같은 영혼불멸설은 서양의 경우에도 소크라테스 이래 일관된 신비주의사상으로 흘러오는 것이었다.[9] 뿐만 아니라, 대부분의 종교에서도 이같은 영혼 중심의 삶에 대한 관념은 한결같이 확인되고 있는 것이었다. 서정주는 앞에서 본 바와같이 영혼으로 길고 오래 누리는 영생을 신라사람들의 삶에서 발견하고 있는 것이다. 그 예로 그는 『삼국사기』의 劍君列傳이나 김대성의 사찰연기 등을 들고 있다.

그런데, 서정주의 영생주의는 영혼/내세 중심으로 설명되는 한편으로 끊임없는 종의 계통발생으로도 설명되고 있다. 곧, 사람의 삶은 자기 혼자서만의 것으로 끝나는 것이 아니라 아들과 손자 등의 뒤를 잇는 세대 전승에 의해서도 가능하다는 설명이 그것이다. 작품 「나그네의 꽃다발」이나 「山골속 햇볕」 등은 이와 같은 세대전승에 의한 영통주의를 보여주는 예들이 될 것이다.

이상에서 살핀 바와 같은 영통 내지 영생주의와 함께 서정주의 불교적 세계인식의 또 다른 한 축을 이루는 것은 존재하는 일체의 것이 모두 유기적 연관체를 이룬다는 점이다. 그는 일찍이 존재 일체를 유기적 연관체로 해석하고 바라보는 불교적 세계인식을 다음과 같이 간결하게

---

9) 김윤섭, 『독일 신비주의 사상사』, 한남대 출판부, 1995, 30~35쪽.

설명한 바 있다.

> 宇宙全體－卽 天地全體를 不治의 等級 따로 없는 한 有機的 聯關體의
> 현실로서 자각해 살던 宇宙觀이 그것이고 또 하나는 高麗의 宋學 以後의
> 사관이 아무래도 當代爲主가 되었던 데 反해 亦是 等級 없는 영원을 그
> 歷史의 시간으로 삼았던 데 있다.10)

인용한 글은 우선 송학[유학]과 불교의 세계해석이 서로 어떻게 다른
가를 견주어 설명하고 있다. 이 글에서 서정주는 유학을 지상현실 중심
의, 그리고 당대위주의 세계관으로 보고 있으며 이에 비하여 불교는 존
재 모두를 평등한 수평관계 속에서, 그리고 영원의 시간상 아래의 유기
적 연관체로 해석하고 있는 것으로 설명하였다. 황동규의 표현대로 하
자면, 자연이 인간사에 참여하고 인간사에 자연이 적극 가담하는 형식
의 세계이해인 것이다.11) 이같은 세계이해는 작품 「국화 옆에서」를 통
하여 널리 알려진 것이지만 여기서는 시집 『동천』에 실린 「재채기」를
통하여 거듭 확인해 보기로 한다.

> 어디서
> 누가
> 내 말을 하나?
>
> 가을 푸른 날
> 미닫이에 와 닿는 바람에
> 날씨 보러 뜰에 내리다 쏟히는 재채기.
>
> 어디서
> 누가

---

10) 서정주, 「新羅文化의 根本精神」, 『전집』 권2, 일지사, 1972, 303쪽. 이하에서는 『서
　　정주 문학전집』을 『전집』으로만 약기한다.
11) 황동규, 「탈의 완성과 해체」, 『미당연구』, 민음사, 1994, 139~144쪽 참조.

내 말을 하나?

어디서 누가 내 말을 하여
어느 꽃이 알아듣고 전해 보냈나?

문득 우러른 西山 허리엔
구름 개어 놋낱으로 쪼이는 양지
옛 사랑 물결 짓던
그네의 흔적.

어디서
누가
내 말을 하나?

어디서 누가 내 말을 하여
어느 소가 알아듣고 전해 보냈나?

—「재채기」의 온글[12]

　인용한 이 작품은 작품의 표층 문맥 그대로 '누군가 내 얘기를 하면 재채기가 난다', '귀가 가렵다'라는 민간의 속설을 그대로 진술하는 형식을 취하고 있다. 이같은 진술 형식은 그만큼 우리의 보편적인 정서에 호소하는 형식이어서 울림을 크게 만드는 것이기도 하다. 이 작품 속의 화자는 가을날 날씨 보러 마당에 내려서다가 갑자기 재채기를 만난다. 그리고 그 재채기는 누군가가 내 말을 하는 탓에, 또 꽃이나 소가 그 말을 듣고 전해주는 탓에 쏟아졌다고 한다. 말하자면, 화자는 누군가와 꽃, 소, 양지, 바람 등이 내밀하게 서로 유기적 연관체를 이루고 있는 사실을 한순간의 재채기를 매개로 알아차리고 있는 것이다. 그것은 김 열규 교수의 지적대로 통합적 우주관의 전형을 보여주는 것이며 일종

---

12)『전집』, 일지사, 1972, 56~57쪽.

의 아니마 · 문디이기도 한 것이다.13) 특히 작품 5연에서 화자는 구름 개인 서산 자락의 양지를 바라보며 옛날 사랑의 기억을 떠올린다. 그 사랑은 그네로 상징되었던 사랑이다. 일찍이 시 「추천사」에 나온 바 있는 춘향의 갈등과 고통 많았던 바로 그 사랑에 관련된 기억인 것.14) 그러나, 사랑은 이미 옛사랑으로서 갈등과 고통이 모두 탈각된 그리하여 담담한 흔적만으로 존재한다. 다만, 이 작품에서는 다른 동식물이나 대기와 마찬가지로 이 사랑의 흔적도 통합적이고 유기적 연관체로서의 기능을 하고 있는 것이다. 그러면서 다른 한편으로는 꽃, 바람, 소 등등의 공시적인 상호 연관체에 통시적인 시간의 깊이를 마련해주는 역할을 하는 것이다. 더욱이 그것은 '뜰에 내리는' 하강과 '문득 우러르는' 상승의 절묘한 배치 속에 특히 상승에 따른 수직적[시간적] 높이를 드러내주고 있는 것이다.

이상의 검토에서 보듯이, 서정주의 세계이해 내지 인식은 인연설과 윤회설을 바탕으로 하는 데 따른 통합적 세계관으로 드러나는 것이다. 곧, 세계 내의 일체 생명이나 사물들이 통시적으로나 공시적으로나 상호 유기적 관계 속의 통합된 존재로 그리고 평등한 존재들로 파악되고 있는 것이다. 이는 모든 사물들이나 낱생명들을 개별 단독자들의 단절 관계로 또는 이성 중심주의에 따른 수직관계로만 파악 인식하지 않는다는 것이다. 장회익 교수가 말하듯, 우주라는 시공 속에서 온생명을 구현하고 있는 것이다.15)

뿐만 아니라, 서정주에게 있어서 온생명을 구현한 낱생명들이란 지금 이곳의 현세중심주의에서도 벗어나 전생과 내생이란 시공을 함께 사는 사멸이 없는 존재들이기도 하다. 곧 인간의 삶을 생물학적 차원의

---

13) 김열규, 『국문학사』, 탐구당, 1983, 304~316쪽 참조.
14) 시 「추천사」에 대한 작품 구조 분석은 金宗吉 『의미와 음악』과 졸고 「오늘의 시와 담화틀」을 참조할 것.
15) 장회익, 『삶과 온 생명』, 솔, 1998, 167~197쪽 참조.

육체적 삶만이 아닌 사후나 내생의 영혼이나 무형의 목숨까지를 삶으로 이해하도록 만들고 있는 것이다. 거듭 말하자면, 인간의 죽음도 형식을 달리한 삶의 일환인 것이다. 서정주는 이와 같은 세계와 삶의 인식을 우주인, 영원인의 인격이라고도 부르고 그의 종합적 개념으로 신라정신을 정립 제시했던 것이다.

3. 이미지 연결논리와 불교적 상상력

십이연기설과 윤회사상을 축으로 한 서정주의 독특한 삶과 세계에 대한 인식은 서정주로 하여금 그것을 구조화할 새로운 미학의 원리들을 모색하게 만들었다. 그 미학의 원리는 이미 앞장에서 살펴본 그대로 뭇사물들을 인연과 윤회전생의 틀 속에서 해석하도록 만드는 것이었다. 특히 이와 같은 해석을 통하여 작품 속에 나타나는 이미지[사물]들은 일쑤 일상적인 의미나 통념에서 상당한 정도 벗어난 독특한 것으로 확인되고 있다. 일반적으로 시에서의 상상력이란 존재생성의 상상력으로 심리학에서 말하는 단순한 표상작용으로서의 상상력과는 구별된다. 곧 심리학에서의 상상력이 원물이 없는 상태에서 사물의 모습을 단순 생산하여 표상성만을 내세운다면 시에서의 역동적 상상력은 이미지가 표상하는 대상을 끊임없이 변형 변질시키는 것이다.[16] 따라서 시에서의 이미지 생산과 연결은 상상력에 의하여 부가되고 창조된 여러 가지 변화의 폭을 그대로 반영한다. 마찬가지로 서정주가 인연설과 윤회전생 같은 독특한 불교적 사물인식을 통하여 이미지를 생산하고 또 그들을 연결하는 방식은 그나름의 독특한 형식미학을 구축해 놓고 있는 것이다. 아마도 우리는 이를 불교적 상상력이라고 부를 수 있을 것이다. 그

16) 곽광수·김현, 『바슐라르 연구』, 민음사, 1976, 25~73쪽 참조.

러면 이와 같은 상상력을 통하여 그는 어떠한 미학원리를 만들었는가.
먼저, 여기서는 이 문제와 관련한 서정주 자신의 설명을 들어보는 것이
좋을 터이다.

> 쉬르레알리스트가 人間의 잠재 의식의 層을 沈潛하여 뒤지다가 想像
> 의 빛나는 新開地들을 개척하고 거기 맞춰 前無한 隱喩의 새 풍토를 빚
> 어낸 사실을, 우리는 지금도 여전히 찬양하지 않을 수 없다. 그러나 내
> 생각 같아서는 쉬르레알리슴이 보여 온 그런 새 풍토들도 佛敎의 經典
> 속에 埋藏되어온 破天荒의 想像들과, 그 隱喩들의 質量에 비긴다면 무색
> 한 일이다.17)

옮겨온 글 그대로 불교의 경전 속에서 우리가 확인하고 살필 수 있
는 상상력은 매우 다양하고 진기한 것들일 터이다. 그러나, 서정주는
경전 속의 은유적 이미지나 상상력을 그대로 답습하거나 단순 변용에
머물려고 하지 않았다. 그는 인연설과 윤회전생을 바탕으로 한 대상이
나 사물의 새로운 인식에 맞추어서 새로운 이미지의 연결 원리를 모색
하였던 것이다. 그가 이와 같은 연결원리를 얼마나 신도있게 모색하고
실험했는가는 「佛敎的 想像과 隱喩」나 「새로운 詩美學의 摸索을 위한
斷想」 등과 같은 글에서도 쉽게 확인되는 사실이다. 그렇다면, 서정주
가 새롭게 모색한 시미학의 원리는 구체적으로 어떤 것인가. 우선, 앞
에 인용한 글에 따르자면 그 미학은 초현실주의 시인들이 선보인 은유
의 원리라고 할 것이다. 이미 알려진 바와 같이, 초현실주의 시인들이
보여준 시작법 내지 이미지 생산의 방법은 꽤 다양한 것들이었다.18)
이들 다양한 방법들 가운데 가장 널리 알려진 것은 '서로 거리가 먼 현
실들의 예기치 않은 접근'이라고 불린 절연(絶緣, depaysment)의 기법일
것이다.19) 이 기법은 대상이나 사물들에서 기존의 의미나 가치들을 탈

---

17) 서정주, 「佛敎的 想像과 隱喩」, 『전집』 권2, 일지사, 1972, 266쪽.
18) 이본느 뒤플레시스, 조한경 옮김, 『초현실주의』, 탐구당, 1983, 31~65쪽 참조.

각시키고 난 이른바 오브제화한 이미지들을 서로 연결시키는 것이다. 이를테면, 르베르디의 싯구 '해부대 위의 재봉틀과 우산의 만남'이 새로운 미를 생산하는 방식이 곧 그 한 본보기일 것이다.

그러면 이와 같은 쉬르레알리슴의 이미지 생산 원리보다 더 파천황의 것으로 언급한 불교적 은유의 양상은 어떤 것인가. 실제로 작품 속에 나타난 구체적인 내용들을 검토해 보도록 하자.

> 行人들은 두루 이미 제 집에서 입고 온 옷들을 벗고,
> 萬里에
> 날가가는 鶴두루미들을 입고
>
> 하늘의
> 텔레비젼에서는
> 五千年쯤의 客鬼와
> 獅子 몇 마리
> 蓮꽃인지 강 갈대를
> 이마에 여서 피우고,
>
> 바람이 불어서
> 그 갈대를 한쪽으로 기울이면
> 나는 지난밤 꿈 속의 네 눈썹이 무거워
> 그걸로 여기
> 한 채의 새 절간을 지어두고 가려 하느니.
>
> 愛人이여
> 아침 山의 드라이브에서
> 나와 같은 盞에 커피를 마시며
> 인제 가면 다시는 안 오겠다 하는가?

19) 같은 책, 80~81쪽.

그렇다.
그것도 또 필요한 일이다.

－「旅行歌」의 온글20)

   옮겨온 이 작품 속의 이미지와 그 이미지들이 그려낸 정황들은 현실
적으로 그 실체들을 가늠하기 매우 어려운 것들이다. 그만큼 비현실적
이면서도 독특한 분위기의 정황만을 암시해주는 것이다. 우리가 현실
감 있는 통상의 감각으로 이해할 수 있는 대목을 찾는다면 고작 작품
의 후반부 4, 5연만을 꼽을 수 있을 것이다. 그러면 우리의 통상적인
감각으로 이해할 수 없는 대목 가운데, 우선 서정주가 직접적으로 해놓
은 설명부터 들어보자. 그는 이 작품의 1연에 대하여 다음과 같은 설명
을 한 글에서 해놓은 바 있다. 곧, ≪삼국유사≫ 탑상 台山月精寺 五類
聖衆條의 연기설화가 이 1연의 이미지 생산의 모태임을 밝히고 있는
것이다.21) 이 설화에 따르자면, 오류성중이 학으로 변신하여 날아가는
것을 사냥꾼이 쏜 것으로 되어있다. 따라서 일종의 변신개념에 가까운
내용으로 이 설화는 건개돼서 있다. 마찬가지로 시작품 속에서 행인들
은 학두루미들을 제 옷 대신 입는 것으로 진술된다. 이 진술을 우리가
단순한 비유의 논리로만 읽는다면 의미론상의 힘의 긴장이 극대화된
확장은유로 해석할 수 있는 것이다. 곧, '행인들은 날아가는 학두루미
들을 입고'와 같은 옷=학두루미의 은유형식이 되는 것이다. 거기에다
만리 길을 가는 행인들이란 정황적 문맥은 그 은유의 힘의 긴장을 한
결 강화하는 역할까지 하고 있는 것이다.
   작품 2연은 하늘의 텅빈 공간에서 화자가 이마에 갈대들을 이고 있

---

20) 『전집』 권1, 98~99쪽.
21) 一然, ≪三國遺事≫ 塔像 第四 台山月精寺 五類聖衆條. 이 설화의 원문은 다음과 같
   다. "士求肉 出行山野 路見五鶴射之. 有一鶴落一羽而去, 士執其而因割股肉進母 (중
   략) 俄有五比丘到云 汝之持來袈裟一幅今何在 士茫然 比丘云 汝所執 見人之羽是也
   士乃出呈 比丘乃置羽於 袈裟闕幅中相合 而比羽乃布也 士與五比丘別"

는 몇 마리 사자와 객귀의 정경을 보고 있는 것으로 시작한다. 여기서
사자가 이마에 연꽃인지 갈대를 피워 이고 있다는 정경은,

> 세 마리 獅子가
> 이마로 이고 있는 房 공부는
> 나는 졸업했다

라는, 작품「蓮꽃 위의 房」에 한번 더 등장하고 있는 것이기도 하다.
이미 서정주는 이 세 마리 사자의 이미지를 법주사 석련지의 화강암
조각에서 이끌어 온 것으로 설명 한 바 있다. 곧, '몇 마리의 호법신의
사자가 이마로 이고 있는 것은 불법의 상징이고 또 그 피어있는 연꽃
속은 맑고 향기로운 불법의 조수'라는 이 이미지의 의미 해석이 그것
이다.[22] 작품「여행가」의 몇 마리 사자 또한 이같은 상징적 의미를 그
대로 함축하고 있다. 다만, 이 연에서는 연꽃보다는 강 갈대를 피워서
이고 있고 또 그 갈대들이 바람에 불려 한 쪽으로 기울어지는 것으로
묘사되어 차이를 드러내고 있을 뿐이다. 그리고 우리에게 보다 주의 깊
은 시읽기를 요구하는 대목은 ⅰ) 바람에 불려 갈대가 기울어진 탓에
ⅱ) 지난밤 꿈 속의 네 눈썹이 무겁게 느껴졌다는 진술이다. 겉으로 보
면 전혀 관련이 없을 것으로 보이는 ⅰ), ⅱ)의 두 가지 사실들 사이의
내적인 유기적 연관을 드러낸 이 진술은 얼마나 절묘한 것인가. 특히
눈썹은 작품「水帶洞詩」의 '눈썹이 검은 금女 동생'에서 「冬天」의 '우
리님의 고은 눈썹'에 이르기까지 서정주 중기시들에 반복하여 나타나
는 대표적인 이미지들 가운데 하나이다. 그 눈썹은 어느 누군가의 용모
와 윤곽이 모두 지워지고 남은, 그래서 함축적 의미를 얼굴이나 용모
정도로 풀이할 수 있는 것. 따라서, 바람에 기울어진 갈대의 모습과 꿈
속에서 무겁게 느껴진 네 눈썹(얼굴)은 내적인 유기적 연관관계뿐만 아

---

22)『전집』권2, 267쪽.

니라 어느덧 등가의 것으로 병치은유를 형성하고 있는 것이다. 그리고
또한, 화자의 새 절간을 짓는다는 진술은 저『삼국유사』속의 숱한 사
찰창건 연기설화를 떠올리게 한다. 곧 절간을 짓는다는 진술 역시 神異
하거나 독특한 불교윤리를 내장한 사건들을 기념하여 절을 짓는다는
의미에 닿아있는 것이다. 결국, 새 절간을 짓는다는 말은 이미 앞에서
검토한 바의 모든 것이 유기적 연관을 이루고 있다는 세계해석의 한
표징물을 마련하겠다는 뜻인 것이다. 이는 작품「가벼이」의 후반부, 곧

　　너 대신
　　무슨 풀잎사귀나 하나
　　가벼이 생각하면서,
　　너와 나 사이
　　절간을 짓더라도
　　가벼이 한눈 파는
　　풀잎사귀 절이나 하나 지어 놓고 가려 한다

-「가벼이」의 부분23)

와 같은, '풀잎사귀 절 하나를 짓는' 상징적 의미에도 그대로 적용될
것이다.
　이상에서 살핀 바와 같이, 삼세 인연과 윤회 전생을 축으로 작동된
불교적 상상력은 이미지 생산이나 그 연결에 있어 매우 특이한 미학을
구축하고 있는 것이다. 그 미학은 작품「여행가」나「가벼이」등과 같
이 시적 정황 전체를 이같은 상상력에 의하여 구축한 경우와 작품의
일부분 비유적 이미지 등에 국한한 경우로 다시 나눌 수 있다. 이 가운
데 작품의 일부분이 되는 비유적 이미지의 생산과 연결의 경우는 시적
정황 전체에 걸친 경우보다는 이른바 상상의 이성적 구조가 보다 뚜렷
한 것으로 나타나고 있다.24) 말하자면, 그만큼 시 읽기의 난해함이 줄

23)『전집』권1, 90쪽.

어져 있는 것이다.

> i) 피여
> 紅疫 같은 이 붉은 빛깔과
> 물의 연합에서도 헤어지자
> 붉은 피빛은 장독대 옆 맨드라미 새끼에끼나,
> 아니면 바윗속 굳은 어느 루비 새끼한테,
> 물氣는 할 수 없이 그렇지
> 하늘에 날아올라 둥둥 뜨는 구름에……25)

> ii) 어느날 언덕길을 喪輿로 나가신 이가
> 그래도 안 잊히어 마을로 돌아다니며
> 낯 모를 사람들의 마음 속을 헤매다가
> 날씨 좋은 날
> 날씨 좋은 날 휘영청하여
> 일찍이 마련했던 이 別邸에 들러 계셔.26)

옮기어 온 두 대목은 시 「無題」와 「구름다리」의 일부분들이다. 먼저 i)은 사람의 피가 물의 연합에서 헤어져 붉은 빛깔과 물기로 나뉘고 다시 그들이 어디로 옮겨가 무슨 형상으로 거듭나는가를 보여주고 있다. 곧, 붉은 빛깔은 맨드라미나 루비 새끼들에게로 가 윤회전생하듯 형태변이를 하고 물기는 구름으로 변신한다는 상상이 그것이다. 그리고 ii)는, 산에 걸린 구름이 사람 사는 다락[별저] 같은 형상을 하고 있는 것을 보고 거기에 죽은 어느 누군가가 들러 살고 있다는 상상을 보여준다. 이들 두 대목은 모두 피=맨드라미[루비], 구름다리=별저 등의

---

24) 일찍이 서정주 시의 상상적 틀이 드러내는 난해함 내지 이성적 구조를 문제 삼은 것은 金宗吉이었다. 그는 「實驗과 才能」을 통하여 이것을 문제삼았고 이를 계기로 서정주와의 본격적인 논쟁을 벌인 바 있다.
25) 『전집』 권1, 118~119쪽.
26) 『전집』 권1, 137쪽.

비유적 이미지들을 보이면서 그 연결과정을 불교적 상상력으로 풀어내고 있는 것이다. 특히, 이 같은 상상력은 사후의 육체와 영혼이 분리되는 것은 물론 시신도 살과 피 등으로 분할되고 또 그것이 일정한 인연과 전생의 과정을 통하여 다른 이미지로 태어나는 형식을 취한다.

끝으로 그러면 이와 같은 불교적 상상력에 의한 이미지 생산이나 연결이 이미 서정주 자신도 지적한 바 있는 초현실주의 시인들이 보여준 절연의 원리에 의한 이미지와는 어떻게 다른 것인가 하는 것을 지적해 보자. 널리 알려진 바와 같이, 초현실주의 시인들이 보여준 절연의 원리는 이미지 연결에 있어 무의식 속의 우연에 의하거나 그도 아니면 여러 가지 인위적 조작에 의하여 이루어지는 것이었다. 예컨대, 백일몽이나 환상, 그도 아니면 메스칼린 같은 약물복용에 의한 비합리적 방식을 통하거나 이성의 통제가 해체된 자리에서의 찰나적인 우연에 의하여 이미지를 생산하고 연결하는 것이 그것이다. 그러나, 불교적 상상력에 의하여 생산되는 이미지 내지 시적 정황은, 거듭 되풀이되는 지적이지만, 주로 연기설이나 윤회사상을 밑바탕에 깔고서 만들어진 것들이다.

4. 이성적 구조와 현실성 논쟁 — 불교적 상상력 비판

우리가 서정주 시의 가장 정채있는 대목으로 살핀 중기시의 신라정신과 그를 형상화한 독특한 상상력은 이미 지난 1960년대에도 많은 논자들에 의한 비판을 불러온 바 있다.[27] 그 비판은 크게 둘로 나눌 수 있는데 하나는 '신라정신'으로 지칭된 불교적 세계인식에 관한 것이며

---

27) 서정주의 신라정신에 대한 비판적 논의는 文德守, 「新羅精神에 있어서의 永遠性과 現實性」, 『現代文學』, 1963년 4월호, 金允植, 「歷史의 藝術化」, 『現代文學』, 1963년 10월호, 李哲範, 「新羅精神과 韓國傳統論批判」, 『自由文學』, 1959년 8월호, 元亨甲, 「徐廷柱의 神話」, 『現代文學』, 1965년 7월호, 「徐廷柱論」, 『現代文學』, 1965년 11월호 등을 들 수 있다.

다른 하나는 시적 상상력에 있어서의 이성적 구조를 둘러싼 논란이었
다. 특히 시적 상상력에 있어서의 이성적 구조를 둘러싼 논란은 ≪文學
春秋≫誌에서 서정주와 김종길 간의 치열한 논쟁으로 벌어진 것이었다.
여기서는 이들 두 가지 문제에 걸쳐 이루어진 비판적 논의들을 다시
되짚어 보고자 한다. 그렇게 함으로써 앞에서 장황하게 살핀 서정주 중
기시들이 지닌 의의와 문제점을 정리하고 더 나아가 우리시사에서의
통시적인 자리매김을 시도해 볼 수 있기 때문이다. 그러면 먼저 이른바
신라정신에 대한 논의는 어떠한 내용으로 이루어진 것인가 하는 문제
를 살펴보도록 하자. 이 논의는 文德守, 元亨甲, 李哲範, 金允植 등 당
시의 젊은 이론분자들에 의하여 이루어진 것으로서 신라정신의 영원성
과 현실성을 주로 검토한 바 있다. 문덕수는 신라정신 가운데서 영통주
의나 영원주의로 불린 영원성과 이 정신의 현실성을 규명하고자 노력
하고 있다. 그는 신라정신의 현실성은 『신라초』의 작품들이 보여준 생
활어와 작품 속에 드러난 서사구조 등을 통하여 확인되는 것이라고 말
하고 있다. 그는 그 예로서 향가 「처용가」나 「원가」 등의 배경설화 등
이 내장한 역사적 사실을 들고 있는데 이는 그가 지금 이곳의 구체적
현실과 역사적 사실이 실은 어떻게 서로 다른가 하는 문제점을 간과한
결과 도달한 논점으로 보인다. 이와 같은 문덕수의 소론에 대한 반론
형식으로 金允植은 「歷史의 藝術化」를 쓰고 있다. 그는 이 글에서 서정
주의 '신라정신' 역시 시로써 신라적 삶을 형상화한 역사문학의 일종으
로 간주함으로써 이른바 영원성과 현실성의 문제를 해결하고자 시도하
고 있다. 곧, 『三國遺事』나 『三國史節要』 등과 같은 사승(史乘)의 여러
역사적 사실을 근거로 하여 시적 상상력을 자유롭게 편 역사의 예술화
로서 처음부터 영원성과 현실성의 논의란 성립될 수 없다고 본 것이다.
그러나 이들 논의는 시집 『신라초』를 전후한 시점의 것으로서 이미 앞
에서 말한 바 지금 이곳에서의 구체적인 현실이 탈각된 문제를 비켜가
고 있는 것이다. 곧, 시에서의 현실성이 구체적인 체험과 밀착된 데서

오는 리얼리티의 문제라는 사실을 미처 살피지 못하고 있는 것이다. 아무튼 지난 1960년대의 비판적 논의들은 서정주의 불교적 세계인식이나 상상력이 현실의 세부 가운데서 이루어지거나 작동되고 더 나아가 이를 통하여 현실의 재창조가 이루어지는 근본문제들을 제대로 살피지 못한 것이었다. 오히려 이와 같은 문제는 이후의 서정주에 관한 논의들에서 두고두고 문제거리로 살펴지고 비판받고 있다.[28]

한편, 서정주의 불교적 상상력에 관한 본격적이고도 비판적인 논의는 金宗吉의 글들이 대표적이다.[29] 그의 글들은 서정주와의 논쟁을 통하여 씌어진 것이어서 그만큼 구체적이면서도 분명한 논점을 지니고 있다. 특히 그의 글이 문제 삼은 것은 시「韓國星史略」이나「이 삐인 金가락지 구멍에」등에 나타난 이미지 생산에 있어서의 시적 상상력이 결여한 이성적 구조의 문제였다. 그것은 삼세 인연설과 윤회전생설을 아무리 상상력의 기본축으로 삼는 경우일지라도 이른바 거기에는 '패러프레이즈(paraphrase) 할 수 있는 내용'을 가져야한다는 말로 요약할 수 있는 것이었다. 말하자면, 시의 이미지와 이미지의 연결에 있어서는 논리적으로 설명할 수 있는 요소들이 일정하게 들어있어야 한다는 것이었다. 이미 이 글의 앞에서 살펴본 바 있는 불교적 상상력의 이미지 연결 양상에는 그와 같은 이성적 구조라고 할 논리적 설명이 근본적으로 이루어지기 어렵다는 지적이었던 셈이다. 그러나 이와 같은 비판도 실제로 그 이후의 서정주 시에 관한 담론에서는 크게 주목받지 못하고 있는 것으로 보아, 실제 김종길이 의도했든 의도하지 않았든 그의 상상력에 관한 비판적 담론이 실은 지나치게 시 분석에서의 논리성을 강조

---

28) 이와 같은 비판의 대표적인 본보기로는 김우창의「한국시와 형이상」, 최두석의「서정주론」(이상『미당연구』, 민음사, 1994) 등을 들 수 있다. 이들의 논의는 서정주의 중기시와 관련하여 그 과도한 관념성을 집중적으로 거론하고 있다.
29) 지난 1964년『文學春秋』誌上에서 이루어진 이 논쟁의 글들은 다음과 같다. 김종길「實驗과 才能」(6월호),「詩와 理性」(8월호),「센스와 넌쎈스」(11월호), 서정주「내 詩精神의 現況」(7월호),「詩評家가 가져야 할 詩의 眼目」(9월호)

한 나름대로의 한계를 지니고 있었던 것으로 보인다.

그렇다면 이와 같은 당시의 여러 가지 비판적 논의에도 불구하고 서정주의 중기시가 지니는 의의는 무엇인가. 이 문제는 그동안 서정주 시에 관한 여러 담론들이 간과한 바 있는 곧, 서정주 문학의 출발점이자 변함없는 문학정신이기도 했던 생의 구경적 의의를 탐구한다는 기본축을 살피는 데서부터 풀어나갈 수 있을 터이다. 일찍이 서정주와 문학적 출발을 같이하고 또 ≪시인부락≫ 동인이기도 했던 김동리는 「신세대의 정신」이란 글에서 그들의 문학정신을 생의 구경적 의의를 탐구하는 일로 설득력있게 제시한 바 있다.30) 이 경우의 생의 구경적 의의란 순수문학론의 핵심을 이루는 개념이기도 한데 그것은 생명을 지닌 존재가 구경에 만나는 문제들, 예컨대 유한과 무한, 죽음과 삶, 초월과 타락과 같은 본질적인 문제의 의미이고 의의인 것이다. 그리고 이와 같은 의의를 탐구하고자 하는 문학은 육체적 본능에 따르는 동물적 삶도 직업을 통하여 자신을 구현하는 사회적 삶도 그 탐구의 대상으로 삼지 않는다는 것이다. 주지하는 바와같이, 이 순수문학론은 문학과 종교, 문학과 형이상학 혹은 철학을 같은 차원의 등가로 삼은 것이었다. 그만큼 초월지향주의적이고 관념적인 성향이 짙을 수밖에 없는 것이기도 했다. 서정주는 이와 같은 문학적 태도와 정신을 평생 지켜왔으며 특히 중기시에 이르러서는 영통과 영생주의를 표방한 관념성 짙은 생명의 구경적 의의를 탐구한 것이었다. 일찍부터 서정주 시학의 근저에 자리잡은 생명의 구경적 의의의 탐구는 그의 시적 변모에 따라 내장품목이나 세부사항을 달리해오기는 했지만 일생동안 일관되어온 문학정신이었던 셈이다. 그러나, 서정주 중기시의 성격 가운데 그 두드러진 관념적 성향을 이와 같은 문학정신과 관련지어 설명하는 것만으로 그 시세계의 의의나 가치를 빠짐없이 두루 살폈다고 할 수는 없다. 그의 중기

---

30) 이와 같은 김동리의 순수문학론과 생의 구경적 의의에 관련된 논의는 졸고 「순수문학론 고찰」(『기전어문학』 제9호, 기전어문학회, 1994)을 참고할 것.

시의 의의는 오히려 서정주가 의식하였든 하지 아니하였든 작품세계 속에 녹아들어 있는 탈근대적인 속성을 발견하고 그 의미를 되새기는 일이 될 것이다.[31] 이미 앞에서 살펴본 바 그대로 서정주 중기시의 세계인식은 통·공시적으로 일체의 사상들이 통합적 유기체로서 또 서로 피차관계를 지닌 동격의 세계를 이룩하고 있다는 독특한 것이었다. 이는 일련의 서구적 근대성 담론이 보여주고 있는 주체와 타자, 자연과 인간, 중심과 주변 등을 엄격히 구분하는 이분법적 사고와는 근본적으로 발상을 달리하는 것이다. 따라서 불교를 세계관적 기반으로 한 서정주의 세계인식은 그동안의 서구 이성중심주의에 의하여 뜻하지 않게 그리고 심각하게 불거진 여러 모순과 문제들, 특히 생태파괴의 세계관을 상당 부분 수정할 수 있으리라는 것이다. 말하자면, 그의 시가 두드러지게 보여준 불교적인 세계인식이 환경 친화적인 세계관 정립에도 일정 부분 기여하리라는 기대인 것이다. 더 나아가 현세에만 중심을 두지 않고 전세와 내세까지를 격절된 시공이 아닌 연속적인 세계와 시공으로 인식하는 태도 또한 미래를 위하여 현재의 욕망과 이윤을 유보한다는 생태학의 당위론과 맞물리는 것이리라. 그러나 이와 같은 서정주 중기시의 탈근대성을 위한 대안적 성격은 불교적 세계인식과 상상력을 집중적으로 살피고자 하는 이 글과는 다르게 또 다른 기회에 보다 본격적으로 심도있게 살펴야 할 하나의 숙제일 터이다.

5. 맺음말

우리 현대시의 시작 이후로도 불교적 세계인식이나 상상력은 여러

---

31) 이 문제에 대해서는 한만수 교수가 「서정주 시에서의 불교적 상상력」(『시와 불교』, 한국불교어문학회, 1999)에서 이미 논한 바가 있다. 상세한 논의는 그 글을 참고하기 바란다.

시인들에 의하여 각기 일정한 차이를 드러내면서도 작품적 실천을 통하여 지속적으로 펼쳐져 오고 있다. 그리고 이와 같은 시인들의 작품들인 불교시는 일정한 시적 성취와 미학을 아울러 보여주는 것으로 끊임없이 주목의 대상이 되고 있는 것이다. 미당 서정주의 시세계 역시 그 중기라고 할 수 있는 시집 『신라초』와『동천』의 세계는 그 자신에 의하여 '신라정신'이라고도 불린 각별한 세계인식과 상상력을 보여주고 있다. 그리고 이 두 시집에서 보여진 남다른 불교적 세계인식과 상상력에 대한 논의는 시집 간행이 이루어진 지난 1960년대부터 비판적이든 긍정적이든 여러 논자들에 의하여 지속적으로 이루어져 왔다. 이 글 역시 서정주의 중기시라고 해야 할『신라초』와『동천』의 두 시집에 나타난 불교적 세계관과 상상력을 우리 현대 불교시 연구의 일환으로 집중적인 작품 분석을 통하여 살펴 본 것이다. 그 결과는 대략 다음과 같은 항목별 내용으로 요약 정리되는 것이었다.

첫째, 서정주 중기시의 불교적 세계인식은 주로 십이연기설과 윤회전생사상을 축으로 한 것이었다. 물론, 이와 같은 십이연기설이나 윤회전생 사상은 경전적인 의미에 충실한 것이기보다는『三國史記』,『三國遺事』,『大東韻府群玉』 등과 같은 사승들의 문헌기록에서 확인된 것들이면서 아울러 작품 속의 내부 질서에 따라 다분히 굴절 변용된 것들이었다. 작품 「인연설화조」, 「어느 날 밤」, 「재채기」 등을 비롯한 일련의 작품에서 확인된 불교적 세계인식은 다시 둘로 나눌 수 있는 것이었다. 하나는 '영통' 내지 '영생주의'로 불리우는 우리 사람들 삶의 영원성을 현세중심이 아닌 내세까지 이어지는 것으로 인식한 것이며 다른 하나는 일체의 모든 세계 내 사물들이 상호 유기적 연관체로 존재하고 있다는 것이 그것이다. 그리고, 서정주는 이와 같은 세계인식이 인간의 여느 삶이나 생활 속에서 두루 구체화되고 육화된 예를 신라시대의 여러 기록에서 확인하고 더 나아가 이같은 세계인식 내지 태도를 '신라정신'이란 용어로 이름 붙였다.

둘째, 서정주는 이와 같은 세계인식을 작품으로 구조화하기 위하여 이미지 생산 내지 연결에 있어 독특한 미학의 원리를 정립하였다. 그것은 시인 자신이 일찍이 초현실주의의 '은유의 신개지'에다 견주었던 것으로 이미지[사물]와 이미지의 연결에 마치 절연의 법칙을 적용한 것과 같은 폭력이면서도 힘의 긴장을 극대화시키는 방법이었다. 그리고 이와 같은 실험성이 강한 독특한 이미지 생산과 연결방법은 상상력에 있어 일부 논자에 의하여 이성적 구조의 결여로 비판받을 만큼 때로는 난해성을 수반하기도 하였다. 이 글에서는 작품 「여행가」나 「가버이」 등에 나타난 이러한 미학의 원리를 가능케 한 상상력을 불교적 상상력으로 보고 이의 규명에 노력하였다.

셋째, 서정주 중기시가 가지고 있는 이와 같은 독특한 비전과 상상력은, 다르게 설명하자면, 이미 동시대의 金東里가 표방한 생의 구경적 의의를 탐구한다는 문학적 태도와 정신에 기인해서 나타난 것이었다. 따라서, 이들 중기시에서 확인되는 관념적 성향과 이에 따른 탈현실성은 서정주 자신의 일관된 문학정신의 결과로 보아야 할 내용의 것이었다.

끝으로, 시인 자신이 의식하였든 의식하지 않았든 서정주 중기시의 현대적인 의의는 서구적 근대의 이분법을 극복하고 새로운 세계관을 모색하는 탈근대성을 일정 부분 내장하고 있다는 점이다. 이는 아직은 입론의 단계에 해당되는 설명이지만 근대와 탈근대, 실험적 혁신과 전통문제와 아울러 앞으로 심도있는 고찰과 연구가 필요한 부분이기도 하다. 지난 20세기 한국 현대시의 전개 이후 미당 서정주만큼 일생을 통하여 많은 시적 변모를 보인 시인은 없었다. 그 변모는 시인 자신의 지칠 줄 모르는 시적 탐구의 소산이면서도 우리 현대시가 내장한 여러 의미망으로 그대로 해석되는 것이기도 하였다. 특히, 그가 중기시에서 보여준 불교적 세계관을 기반으로 삼은 일련의 유별한 정신적 비전은 서구의 대가 시인 누구에게 견주어도 조금의 손색이 없는 성취인 것이

었다. 서정주의 시가 앞으로 누릴 수 있는 시적 성취와 유니크한 미학
에서의 영광이 있다면 그의 이와 같은 대가적 풍모에 크게 말미암는
것이 될 터이다.

(『한국어문학연구』 43, 한국어문학연구학회, 2004)

서정주 시의 불교적 상상력과 생태적 세계관*

한 만 수

1. 들어가며

이 글은 두 개의 핵심어, 미당 서정주와 불교에 의존한다. 이 두 단어
는 한국 문학에서 매우 중요한 자리를 차지하고 있는 만큼 주목해볼 만
한 가치는 충분하다. 물론 서정주의 시에 불교적 상상력이 꽤 큰 몫을
하고 있다는 점은 이미 상식에 가깝다. 서정주를 다루는 논문들은 대부
분 불교와의 연관성을 언급하고 있으며, 그 성과 역시 주목할 만한 것
이어서 딱히 보탤 만한 이야기가 군색할 지경이다. 한마디로 동어반복
이 되기 쉬운 핵심어를 고른 셈이다. 그런데도 새삼스레 이 둘을 묶어
살펴 볼 가치가 있는가. 지금 이 시점에서 왜 하필 미당이고 불교인가.

불교와 미당, 이 둘은 모두 최근 한국사회에서 점차 주변화되고 있
다는 공통점을 지닌다. 기독교의 약진에 비해 불교는 침체의 늪에서 벗
어나지 못하고 있으며, 미당은 한국 시문학에 남긴 큰 족적에도 불구하
고 주로 정치적 발언 때문에 특히 1980년대 이후 타매의 대상으로 인
식되고 있다.

---

* 이 논문은 한국불교어문학회 연례학술대회(2000)에서 발표했던 같은 제목의 논문을
수정한 것임.

이런 흐름에는 물론 그럴만한 사정이 있으며, 역사적 의미도 있다. 또 이 둘에 대해 비판하는 사람들의 논리에 수긍할 부분이 적지 않다. 하지만, 이 글은 이 '추락하는 것'들에 '보조 날개'를 달아주려는 시도로 쓰게 됐다. 불교에서, 그것을 자신의 주요한 자양분으로 삼았던 미당에서, 마땅히 얻어내야 할 부분이 있음에도 간과하고 있다는 불만 때문이다. 요컨대 긍정과 부정 사이에서 어떤 균형을 잡아야 할 것이라고 믿으며, 현 상황에서라면 오히려 긍정적인 요소를 찾아내는 노력을 기울여야만 그 균형을 이룰 수 있다고 믿는다.

그렇다면 그 긍정적인 요소란 과연 무엇인가. 앞질러 결론부터 말하는 셈이 되지만, 불교에서는 생태적 세계관이며, 미당에서는 전통성과 대중성이라고 판단한다. 그리고 그 둘을 아울러서 말한다면, 즉 미당을 통해 재발견된 불교적 상상력의 가치라면, 서구적 근대에 대한 나름의 대응이었으며 탈근대를 모색하는 시점에서 좋은 참조가 된다는 점이다. 주된 텍스트는 불교와의 연관성을 널리 인정받고 있는 서정주의 두 시집 『신라초』와 『동천』으로 한다.

2. 미당의 불교적 상상력

1) 미당시의 불교적 상상력이 지니는 특성은 그 기원과 속성으로 나누어 생각할 수 있다. 그러나 이 글의 주제와 관련해서 좀더 주목할 만한 것은 속성이다. 먼저 미당 자신의 진술을 들어보자.

"미 구성의 표본으로서만도 불교의 경전은 앞으로 많은 관심자의 안정을 모으게 될 것이다. 삼세인연의 관계 속에서 보는 사물들의 명암과 함축미와 배열의 미는 간절한 관심가들의 새 감동의 원천이 될 줄 안다. (중략) 그리고 석가모니 식의 이런 배합에 대한 유의는 심심한 걸 많이 덜어주어서 아무래도 유리할 것 같고, 또 거기 따라 황혼의 막걸리맛도 좀더 은근해지는 것이다.

　하여간 나는 물론 무식한 표현이겠지만, 간단히 말하자면 이런 식의 배합법을 조금 요량해 보다가 쓰건 달건 간에 사는 데 감칠맛이라는 걸 좀더 느끼게 되었고 시에다가도 그걸 능력껏은 우려먹고 있는 건 사실이다."[1]

　미당의 불교수용은 종교나 철학적인 차원이라기보다는 미학적 차원이라는 판단은 널리 인정되고 있지만, 위의 진술로도 확인할 수 있다. 그 까닭은 그가 시인이라는 점, 그의 주된 관심은 토속어나 생활언어의 세계에 있었다는 점과 유관할 것이다. 여기서 말하는 생활언어란, 예컨대 이런 것이다.

어디서
누가 내 말을 하나?

가을 푸른 날
미닫이에 와 닿는 바람에
날씨 보러 뜰에 내리다 쏠리는 재채기.

어디서 누가 내 말을 하나?
어디서 누가 내 말을 하여,
어느 꽃이 알아듣고 전해 보냈나?
문득 우러른 西山 허리엔
구름 개어 놋낱으로 쪼이는 양지,
옛 사랑 물결 짓던 근네의 흔적.

어디서 누가 내 말을 하나?
어디서 누가 내 말을 하여,
어느 소가 알아듣고 전해보냈나?

　　　　　　　　　　　－「재채기」전문, 시집 『동천』에서

---

1) 『서정주 문학전집』 2권, 일지사, 1972년, 309쪽. 이하 『전집』으로 부름.

재채기를 하는 까닭은, 누가 그 사람이 듣지 않는 곳에서 그 사람에 관해 말하고 있기 때문이라는 민간의 해석에 기대고 있는 작품이다. 물론 그 해석을 그대로만 전달하는 것은 아니고 시인의 상상력이 덧붙여졌기 때문에 시적 설득력을 얻어낸다. '내 말을 하는' 사람이 '옛 사랑'이라는, 또 그 말을 '꽃'과 '소'가 알아듣고 전해준다는 개인적 상상력이 가미되면서 이 시는 읽을 맛을 얻어내는 것이다. 하지만 이 상상력조차도 기실은 온전히 미당의 것이라고 하기는 어렵다. 차라리 '낮말은 새가 듣고 밤말은 쥐가 듣는다'는 속담을 적절히 변용한 것이라고 하는 편이 타당하다. 이 작품은 민족의 생활언어에 크게 빚지고 있는 셈이다.

한국의 생활언어 속에 담겨있던, 미당이 건져내어 우리 앞에 다시 제시해 준, 이 해석은 대수로울 것 없는 이야기인 듯하지만 기실은 꽤 많은 의미를 간직하고 있다. 재채기를 단지 육체적 조건반사로 간주하느냐, 아니면 누군가의 안타까운 전언으로 해석하느냐의 문제인 것이다. 그 차이는 단지 생물학의 문제냐 미학의 차원이냐의 차이에만 있는 것이 아니며 다음과 같은 중요한 세계관의 차이를 내포한다.

첫째, 물리적 시-공간으로 보아 멀찍이 떨어져 있어 인간이 지각할 수 없는 것을 무시하느냐 아니냐의 차이가 된다. 관찰할 수 없는 것은 존재하지 않는 것으로 간주하는 것이 과학의 세계라면, 그것에 대해 오히려 더 큰 의미를 부여하는 것은 신화와 종교의 세계이다.

둘째, 감각(관찰)할 수 없는 것을 알게 되는 과정도 의미 있다. 그것을 꽃과 소가 듣고 전해준다는 표현에는 만물에 생명을 부여하는 애니미즘 또는 샤머니즘적 상상력이 자리잡는다.

기껏해야 재채기에 불과한 것이지만, 이런 작은 보기에서 나타나는 세계인식의 차이야말로 일상을 통해 반복 재생산되는 것이라는 점에서 중요하다. 이 작품이 기대고 있는 생활언어들을 만들어 쓰던 시대와, 그 표현이 한낱 관용구로 전락하여 세계와의 실질적 연관을 잃어버린 오늘날 사이에는 거의 측량하기 어려울 정도의 변화가 존재하는 것이다.

　물리적 시간과 공간이라는 범주를 벗어난 곳에서, 즉 인간의 인식범
위 밖에서 일어나는 일들에 대해서 이런 인간적인 해석을 붙이는 일은
물론 미적 상상력의 주요한 특질이지만, 미당에게서 이 현상은 단순히
그렇게만 해석하기 어렵다. 즉 모든 생명 있는 것들은 죽음이라는 생물
학적인 소멸을 맞게 되지만 그렇다고 해서 그 생명이 완전히 절멸되지
는 않는다는 인식, 그리고 존재하는 일체의 것이 모두 유기체적 연관을
맺고 있다는 인식은 미당 시의 핵심적인 특질이다. 이는 신라 이래 주
로 불교적 전통에 의해 지속되어온 '영생주의'라고 널리 인정되고 있
다.[2] 여기서 필자가 강조하고 싶은 것은 서정주의 인식은 대중들 사이
에 널리 유포되어 있는 인식과 매우 유사하며, 심지어 일부 작품은 민
간의 언어적 관습에 직접적으로 근거하고 있다는 점이다. 불교적 상상
력이 한국어 속에 녹아들고, 오래 잠자고 있다가 서정주를 만나 빛을
발하게 되었기 때문에 생기는 현상이다. 작품 「인연설화조」를 살펴보
가. 좀 긴지만 전체를 인용할 필요가 있다.

　　언제던가 나는 한 송이의 모란꽃으로 피어 있었다.
　　한 예쁜 처녀가 옆에서 나와 마주 보고 살았다.

　　그 뒤 어느날
　　모란 꽃잎은 떨어져 누워
　　메말라서 재가 되었다가
　　곧 흙하고 한세상이 되었다.
　　그래 이내 처녀도 죽어서
　　그 언저리의 흙 속에 묻혔다.
　　그것이 또 억수의 비가 와서
　　모란꽃이 사위어 된 흙 위의 재들을

---

2) 홍신선, 「서정주 시의 불교적 상상력 연구」, 『한국시와 불교적 상상력』, 역락, 2004,
　31~34쪽 참조.

강물로 쓸고 내려가던 때,
땅 속에 괴어 있던 처녀의 피도 따라서
강으로 흘렀다.

그래, 그 모란꽃 사원 재가 강물에서
어느 물고기의 배로 들어가
그 혈육에 자리했을 때,
처녀의 피가 흘러가서 된 물살은
그 고기 가까이서 출렁이게 되고,
그 고기를, ㅡ 그 좋아서 뛰던 고기를
어느 하늘가의 물새가 와 채어 먹은 뒤엔
처녀도 이내 햇볕을 따라 하늘로 날아올라서
그 새의 날개 곁을 스쳐다니는 구름이 되었다.

그러나 그 새는 그 뒤 또 어느날
사냥꾼이 쏜 화살에 맞아서
구름이 아무리 하늘에 머물게 할래야
머물지 못하고 땅에 떨어지기에
어쩔 수 없이 구름은 또 소나기 마음을 내 소나기로 쏟어져서
그 죽은 샐 사 간 집 뜰에 퍼부었다.
그랬더니, 그 집 두 양주가 그 새고길 저녁상에서 먹어 소화하고
이어 한 영아를 낳아 양육하고 있기에
뜰에 내린 소나기도
거기 묻힌 모란씨를 불리어 움트게 하고
그 꽃대를 타고 올라오고 있었다.

그래 이 마당에
현생의 모란꽃이 제일 좋게 핀 날,
처녀와 모란꽃은 또 한 번 마주보고 있다만,
허나 벌써 처녀는 모란꽃 속에 있고
전날의 모란꽃이 내가 되어 보고 있는 것이다.

ㅡ「인연설화조」 전문, 시집 『신라초』 중에서

'나'는 지금 모란꽃을 보고 있지만, 전생에는 내가 모란꽃이었고 모란꽃은 예쁜 처녀였다. 충격적인 주─객체의 자리바꿈이다. 이런 자리바꿈은 주체와 객체, 인간과 자연을 엄격하게 나누어 생각하는, 엄격한 과학적 인과율에 기대는 근대적 사고에서는 상상할 수 없지만, 서정주의 만물 유기체적 인식에서는 당연한 발상이다. 게다가 제목 자체가 시사하듯이 인연론과 강력하게 연결되므로 미당과 불교를 연결 지을 때 가장 널리 사용되는 텍스트이다. 하지만 작품 중간에서 '(죽은 처녀의) 피' '물고기를 잡아먹는 물새' '그 새를 쏘아 죽이는 사냥꾼' 등으로 이어지는 죽임과 죽음의 현장이 묘사됨을 주목하여야 한다. 불살생이라는 불교의 교리와 정면으로 부딪치고 있는 것이다.

이 죽임과 죽음의 현장에 대한 묘사는 매우 담담하다. 그 담담함은 주로 이 죽임과 죽음이 꽃 구름 소나기 등 자연현상들과 긴밀하게 결합되는 데서 비롯된다.[3] 즉 죽임이나 죽음은 모두 자연현상일 뿐이고 삶이란 것도 역시 자연현상일 뿐이라고 인식하게 만드는 것이다. 이는 '동물의 왕국' 류의 다큐멘터리를 볼 때 수용자들이 보이게 되는 정서적 반응과는 대조적이다. 이런 다큐들은 늘 누군가를 중심에 두고 나머지를 객체로 인식하는 내러티브이며, 따라서 시선을 장악하는 자를 중심으로 사건이 짜이고 수용자의 정서적 반응 또한 그 중심자의 것과 매우 근접하게 된다.[4] 미당 시에는 그 시선의 중심성과 고정성이 없다. 주체와 객체의 자리바꿈, 두 존재의 끝없는 변신을 통해 보여주는 만물

---

3) 작품에서 처녀와 꽃은 함께 죽어 같은 흙이 되고, 강물이 되고, 고기와 물살로 어울려 살고, 물새와 구름으로 함께 살고, 새고기와 소나기로 어울리다가 꽃과 처녀가 된다. 죽음과 재생을 통하여 외형은 변하지만 늘 붙어 다니는 존재이며 늘 서로 극진하고도 잔잔하게 사랑하고 있다.

4) 예컨대 초식동물을 중심(초식동물은 일종의 주인공이 된다)으로 제작된 다큐를 볼 때는 포식자의 발톱을 피하게 되기를, 그리고 육식동물 중심의 다큐를 감상할 때는 잡아먹고 살아남을 수 있게 되기를 각각 바라게 된다. 물론 누구의 눈으로 보는가에 따라서 똑같은 사건이 거의 정반대의 정서반응을 불러일으킬 수 있음을 보여주는 좋은 보기이다.

유기체적 인식이 있을 뿐이다.

더구나 이 자연현상이 현생에만 걸친 것이 아니라 여러 생에서 무한히 반복되면서 주체와 객체가 바뀌게 되므로 죽임을 당한 자는 뭐 그리 억울해 할 것도 없게 된다. 그렇게 본다면 이 작품에서 "지금 처녀('나')는 꽃을 바라보고 있지만, 전생에는 내가 꽃이었고 저 꽃이 처녀였다."는 인식이 강조되어 있지만, 그 배면에는 다른 진술들이 숨어있다. 즉 '잡아먹힌 물고기'나 '화살에 죽은 새'의 입장에서 말해보자면 "지금 나는 부당하게 죽지만 그리 억울해할 것 없다. 전생에는 내가 저 사람을 죽였던 업보 때문일 것이므로" 쯤이 된다.[5]

꽃과 사람, 살해의 주체와 객체가 서로 자리를 바꾼다는 말은 근대과학적 인식틀 속에서는 수용되기 어렵지만, 기실 우리에게는 낯익은 발상법이다. "내가 전생에 무슨 죄를 지었기에", "내가 전생에 그에게 무슨 원수를 지었기에", "자식이 아니라 원수야" 등의 관용어구만 떠올려 보면 금세 알 수 있다. 자신에게 못할 짓을 하는 사람을 만나면, 우리들은 흔히 이런 식으로 해석한다. "내가 전생에 그에게 못할 짓을 많이 해서, 현세에서 그 앙갚음을 당하는 것"이라는 것이다.[6] 이런 주체와 객체의 자리바꿈에 의해서 우리는 세계에 대한 나름의 인식을 획득하는데, 그 인식은 마음의 평안과 사회의 안정성을 확대재생산한다.

---

5) 불교에서 연기설은 고통으로서 현세적 삶을 설명하고 또 그 고통으로부터 벗어나는 길을 모색하려는 데 있다. 그러나 서정주에게서는 기묘한 투사현상으로 나타난다. 자신의 고통은 내 탓인데, 여기서의 나는 전생의 나, 즉 '업(業)'이라는 인식이다. 불교의 세속화나 지배이념화 과정, 또는 미당 특유의 '구부러짐'의 미학과 관련지을 수 있는 대목이라고 생각하지만 이 글의 목적과는 거리가 있으므로 길게 언급할 수 없다.

6) 폭을 좀 넓혀서 생각하자면, 이런 사고법은 역지사지(易地思之)를 강조하는 선인들의 가르침이라든가 황희정승의 일화에서도 나타나며, 그 현대적 표현이라면 '입장 바꿔 생각해봐'라는 서태지의 외침에서도 확인된다. 물론 이런 전통적 인연관이 현세의 정치사회적 억압을 전생의 죄업 탓으로 돌리게 됨으로써 지배이데올로기의 확대재생산에 기여한 측면도 분명히 있다. 그러나 이런 주객일여의 사고법이 지니는 탈 주체중심적, 탈근대적 성격에서 찾아 낼 수 있는 현재적 의미까지를 부정할 필요는 없다고 본다. 이 문제에 대해서는 3절에서 좀더 자세히 논의하기로 한다.

불교적 인식은 미당뿐만 아니라 한국의 일상 언어에도 깊숙이 녹아들어 있는 것이다.[7]

이런 인연론적 해석 속에서 주−객체는 구분되지 않으며, 시간은 '계량하고 예측할 수 있는 현세'로 한정짓는 근대적 서구적 시간관을 벗어나 훨씬 긴 호흡을 지향하게 된다는 점이다. 한 작품만 더 보자.

> 내가 돌이 되면
> 돌은 연꽃이 되고
>
> 연꽃은
> 호수가 되고,
>
> 내가
> 호수가 되면
>
> 호수는
> 연꽃이 되고
>
> 연꽃은
> 돌이 되고
>
> −「내가 돌이 되면」 전문, 시집 『동천』 중

이런 상상력 속에서 인간과 자연, 생물과 무생물이라는 과학적 구분은 완전히 무화되어 버린다. 대신 주체와 객체의 혼융현상, 즉 주객일여(主客一如)가 나타난다. 삼라만상과 주체가 따로 분리되는 것이 아니라 하나로 인식되는 것이다. 그런데 이 작품은 미당의 회고에 따르면 법주사에 있는 돌사자 조각을 거의 그대로 언어로 옮겨놓은 것이다.[8] 역시

---

7) 물론 이런 인식은 부정성과 긍정성을 함께 지니는 것이겠지만, 이 글의 관심은 주−객체의 자리바꿈 현상 자체에 집중할 수밖에 없다.
8) 『전집』 2권, 308쪽 참조.

전통 문화(언어적 자산은 아니지만) 속에 녹아들어 있는 불교사상에 토대를 두는 작품인 것이다.

물론 근대화가 상당히 진척되고 전통적 인연론이 상당부분 힘을 잃어가고 있는 오늘날에 와서는 이런 해석법은 한낱 관용구로만, 또는 별로 거들떠보지 않는 문화재로만 남아있음을 부인할 수 없다. 하지만 분명한 것은 서정주의 충격적 시적 인식조차도 기실은 민족의 생활언어와 매우 친연한 것이며, 그 둘은 불교적 세계관의 극명한 표현이라는 점이다. 우리가 한국어를 사용하는 한 이 세계관은 힘을 완전히 박탈당하지는 않을 것이다. 미당은 점차 화석화되어가는 이런 세계관을 갱신하여 우리 앞에 베풀어 놓는다. 뒤에 보겠지만 이에 힘입어 서정주 시를 생태적으로 읽을 수 있게 되며, 거기에서 우리는 탈근대의 씨앗을 찾아 낼 수 있다.

2) 지금까지 필자는 초기시집을 중심으로 미당 시에 나타난 불교적 상상력을 점검하였다. 불교적 상상력은 주로 인연설에 기반하는 바, 좀 더 구체적으로는 주객일여와 영원회귀적 시간관으로 나타난다는 점, 그리고 미당 시와 민족의 생활언어가 상당부분 공유하는 특질임을 확인하였다. 그렇다면 이런 특성은 어떤 의미를 지니는가. 그 의미는 미적 성취, 전통정서의 선택적 수용, 서구적 근대에 대한 나름의 대응이라는 세 가지로 요약할 수 있다.

미당 시에서 불교적 상상력의 기능은 물론 일차적으로는 서정주가 만들어낸 시적 성과 즉 그 아름다움에 있을 것이다. 하지만 서정주 시의 미적 성취에 대해서는 이미 많은 논자들이 의미를 부여한 바 있고 독자대중이 나날의 삶에서 확인하고 있으므로 중언부언할 필요가 없다. 단지 그것은 서정주의 독창성만이 강조될 것은 아니며, 앞서 보았듯이 민족어를 쓰면서 가꾸어온 수많은 언중들의 몫이 크다는 점을 지적하는 정도에서 머물고자 한다.

이때 문제가 되는 것은 미당이 민족 생활언어에 내장된 불교적 자산을 되살려 쓰면서도, 미당 특유의 편향을 보이고 있다는 점이다. 김우창이 '구부러짐'이라는 지적9)을 한 이후로도 많은 논자들이 '순응주의' '무갈등성' '초월주의' '영원주의' 등의 용어를 사용하며 비판한 바 있는 문제가 바로 그것이다. 특히 "내 고통의 자각이 일체 중생의 고통에 대한 자각으로 심화되면서 중생무변서원도(衆生無邊誓願渡)의 절규"로 나아가는 대승불교적 전통을 미당에게서는 찾아볼 수 없다는 김인환의 지적,10) 그리고 미당이 추구했던 '신라정신'에는 '중생 속에서의 해탈'을 실천하려 했던 원효대사의 중생불(衆生佛)정신이라거나 유마거사의 비원 등이 제거되어 있다는 임우기의 비판11)은 적절하다.

오늘 우리에게 미당시는 어떤 의미를 갖는가 하는 이 글의 주제와 관련하여 좀더 주목할만한 글은 김윤식, 최두석, 이광호, 최현식 등의 지적이다.12) 이들은 미당의 전통수용을 반(反)근대로 이해하면서 논의를 진행시켜가고 있기 때문이다. 예컨대 최두석은 "한국 근현대사의 파행성을 실천적으로 극복하려는 의식이 결락"된 상태에서, 즉 현실을 외면하면서 돌아간 신라정신이므로 그의 반근대주의는 근본적으로 순응주의일 수밖에 없다고 말한다. 타당한 지적이다. 하지만 미당 시의 상당부분이 민중적 생활언어와 긴밀하게 연관되어 있다는 점을 생각에 넣으면 그렇지만은 않다.

서구적 근대에 대한 대응으로서의 탈근대를 모색할 때라면 전통적

9) 김우창, 「구부러짐의 형이상학-서정주, '떠돌이의 시'」, 『궁핍한 시대의 시인』, 민음사, 1977년.
10) 김인환, 「서정주의 시적 여정」, 『문학과지성』, 1972년 여름호.
11) 임우기, 「미당 시에 대하여-'회귀(回歸)'의 아름다움」, 『그늘에 대하여』, 강, 1998.
12) 김윤식, 「문협정통파의 정신사적 소묘-서정주를 중심으로」, 『펜문학』, 1993년 가을호.
  최두석, 「서정주론」, 조연현 등, 『미당연구』, 민음사, 1994.
  이광호, 「영원의 시간, 봉인된 시간」, 조연현 등, 위의 책.
  최현식, 「서정주 초기시의 미적 특성 연구」, 1995년 연세대 석사논문.

요소(특히 민중적 전통)가 중요해질 수밖에 없다. 탈근대의 모색은 서구근 대를 상대화하는 일에서 시작될 것이며, 이를 위해서는 '참조할만한 다른 것'이 필요하기 때문이다. 미당이 빼어난 미적 성취를 통해 제시한, 그리고 생활언어 속에 여전히 살아남아 있는 불교적(전통적) 세계관13)이란 물론 '참조항'으로써 충분한 의미를 지닌다. 단지 수입종이 아닌 전통이라는 의미에서라기보다는 긍정적인 요소들이 적지 않기 때문이다. 미당이 수용한 전통은 주로 불교를 기반으로 하고 있으며, 불교적 세계관은 뒤에 보겠지만 탈근대적 지향성을 인정받을 수 있다.

이광호는 미당의 반근대적 지향을 주로 서구적 시간관에 대한 반발(영원주의)로서 이해한다. 최두석보다 적극적인 의미 부여이다. 그러나 '한국 문화는 나름의 신성한 것을 찾아내야 한다'는 결론에 이를 뿐이다. '나름의 신성한 것'이란 도대체 무엇을 뜻하는가. 내포가 불분명할 때 그 '신성한 것'은 단순히 종족적 기억의 신화화로 떨어질 가능성이 크다.

탈근대의 관점에서 오늘 우리에게 미당시가 지니는 의미는 주객일여적 인식과 영원회귀적 시간관이라고 필자는 판단한다. 그리고 그것은 불교적 세계관에 터 잡은 상상력이었고, 생활언어와 긴밀하게 연결되는 까닭에 널리 호응을 얻었으며 더 큰 의미를 지닌다고 본다.

3. 탈근대의 한 가능성―미당의 생태적 상상력

1) 90년대 들어 포스트모더니즘이 유입되면서 근대성과 탈근대성에 관한 논의가 여러 방면에서 활성화되어왔다. 문학에서 근대 / 탈근대의 문제는 거대서사 / 미세서사, 서구 / 동아시아 등의 문제틀로 이어지면서

---

13) 이렇게 본다면 순응주의라는 문책의 일정 부분은 전통에도 돌려서 공정할 터이다. 이런 인식은 미당을 변호하기 위해서가 아니라, 우리 내면에 숨겨져 있으면서 미당을 통해 잘 표현된 순응주의를 인식하기 위해서 의미 있다.

다양한 논쟁을 불러 일으켰다. 초기에는 포스트모더니즘을 '보수주의자의 신종무기' 쯤으로 간주하던 민족문학 진영에서도 그것을 적극적으로 수용하여 새로운 근대성을 찾아내야 한다는 쪽으로 점차 의견이 접근해 가고 있다. 즉 하나의 중심을 지닌 총체성 개념을 고수하면서 완결적이고 자기충족적인 근대성을 견지하던 견해에서, 탈근대성의 비판을 수용하면서 자기 비판적이고 역동적인 근대성을 찾아야 한다는 쪽으로의 선회이다.[14] 물론 여기서의 역동적인 근대성(또는 바람직한 근대성, 근대 극복)이란 아직 모색 중인 가능성이지만 자못 큰 의미를 지닌다. 어차피 역사란 목적론적으로 움직인다기보다는 오늘 우리가 함께 만들어나가는 것일 수밖에 없기 때문이다. 그렇다면 어떻게 근대극복의 실마리를 찾아낼 것인가.

현상 돌파의 실마리를 찾기 위해서는 먼저 현재와는 다른 어떤 것에 대해 눈길을 돌릴 수밖에 없다. 현재와 거리를 두면서, 상대화하고 객관화한 뒤에만, 대안을 찾아 낼 수 있는 것이다. 이렇게 생각할 때 자연스럽게 전통을 주목하게 된다. 시간, 공간적으로 서구적 근대와 맞서 있는 것이기 때문인 데나가, 실제로 한국의 문화과 생활언어에는 선동적 요소들이 남아있을 수밖에 없기 때문이다. 물론 서구적 근대의 극복을 빌미 삼아 전통에 눈 돌리려는 시도는 흔히 초월주의나 복고주의에 치우칠 우려가 크다. 복고로 연결되는 반근대가 아니라, 근대와 전통의 충돌에 의해 탈근대의 가능성을 찾아야 할 것이며, 또한 당위성뿐 아니라 현실적 여건까지를 함께 고려해 마땅하다.

서구적 근대를 극복하기 위한 대안운동 중에서 현실적으로 가장 유력한 것으로는 노동운동, 환경운동, 여성운동 등을 들 수 있다고 한다.[15] 그 중에서, 우리의 문화적 전통을 고려해볼 때, 탈근대를 위해 기

---

14) 나병철, 『모더니즘과 포스트모더니즘을 넘어서』, 소명출판, 1999, 제2부 제3장 참조.
15) 1980년대의 경우 그 중에서 노동운동의 중심성을 대체로 인정하는 것이었다면, 이제는 이 여러 부문의 독자성을 인정하면서 협력하는, '상호연결 그물망'을 형성하는

여할 수 있는 가장 유력한 가능성은 환경운동에 있다고 본다. 현실적
여건 속에서 잘 할 수 있는 일을 골라 집중해야 한다면, 우리가 물려받
은 전통의 한 중심인 불교의 세계관에는 생태적 성격이 강력하다는 점
을 감안한다면,16) 이렇게 판단할 수 있겠다는 것이다. 그렇다면 미당을
통해 재발견된 불교적 세계관이야말로 한국의 문화적 전통 중에서 탈
근대에 기여할 가능성이 매우 높은 것이라고 할 수 있다.

  2) 월러스틴은 '자본주의건 사회주의건 진보를 내걸었지만, 그 진보
란 결국은 물질적 생산력의 향상을 의미하는 것이었으며, 두 체제의 경
쟁도 역시 그 차원에서 이뤄져왔다'고 지적한다. 굳이 그의 지적을 빌
려올 것 없이 근대를 추동해온 힘이란 결국 욕망과 그 충족체계의 극
대화였다. 정치적 측면에서도 그러하다. 서구의 근대사란 부르주아가
자신의 요구를 현실정치에서 관철시키는 역사였다. 그러나, 동양은 사
정이 많이 다르다. 경제적이건 정치적이건 욕망을 부풀리고 그 충족체
계를 확대시키기보다는 욕망을 조정하려는 노력이 동양에서는 좀더 중
요하게 간주되었다. 물론 이런 선택은 매우 소극적인 것으로 비판받아
왔다. 서구적 근대성의 눈으로 본다면 동양적 세계관은 소극적이고 퇴
영적이라는 비판을 면할 길이 없으며, 서세동점 이후 동양의 시대사적
과제가 극단적인 자기부정을 통한 급속한 서구화 근대화였던 까닭 역
시 이런 인식에 기반하는 것이었다.
  하지만 근대체제의 한계가 곳곳에서 드러나고 있는 현재의 시각에서

것으로 발전해나가야 할 것이다. 물론 실제 현실 속에서라면 이 부분들은 서로 모순
되기까지 하는 관계이지만, 그 모순이 탈근대라는 공동지향보다는 작은 것이기 때
문이다. 이 문제에 대해서는 창작과비평 통권 100호 기념 학술대회 "IMF시대 우리
의 과제와 세기말의 문명전환" 중 이시재의 발제문 및 토론(『창작과비평』, 1998년
여름호) 참조.
16) 자기 먹을 만큼만 덜어서 고춧가루 하나 남기지 않고 비우도록 되어있는 발우공양
이라든가, 씻다가 물에 떠내려 보낸 배추 이파리 하나를 줍기 위해 십 리를 뛰어간
다는 일화 등을 통해서, 불교의 생태 존중은 쉽게 확인된다.

라면 이야기는 좀 달라진다. 예컨대 월러스틴은 자본주의적 근대세계 체제가 '묵시록의 네 기사'(즉 전쟁, 내전, 기근, 그리고 역병이나 재난, 맹수 등에 의한 죽음)의 퇴치를 약속했지만, 기껏해야 부분적으로만 성공했을 뿐이며, 오히려 삶의 질을 따져보면 실패한 부분이 훨씬 크다고 평가한다.[17] 월러스틴 말고도 근대성의 폐해를 지적하는 사람들은 많다. 주로 탈근대론자로 지칭되는 그들의 주장들을 일일이 살피는 일은 이 글의 목적을 멀리 벗어나는 것이니, 논자들이 대체로 의견을 같이하는 부분 중에서 이 글의 목적과 관련되는 주체와 객체 문제, 시간관 문제만을 간단하게 살펴보기로 하자.

자본주의의 절대선이란 최단 시간 내에 최소 노력으로 최대의 이윤을 창출해내는 데 있다. 시간은 돈으로 환치되며, 시간적으로 유한한 존재일 수밖에 없는 인간의 삶도 역시 돈으로 환치될 수밖에 없다. 결국 시간을 과거와 현재, 미래로 분절화하고 그 중에서 현재에 가장 커다란 가치를 매기는 것이다. 그리하여 근대 자본주의적 시간관은 직선적, 분절적이며 계서화되어 있다. 이러한 시간관 속에서는 권력과 자본이 시간을 장악하고 있으며, ㄱ 사이 없는 반복은 채플린의 '모던 타임스'에서 묘사되었듯이 인간을 기계화하고 계량적 존재로 전락시킨다. 근대에 이르러 인간은 자연의 지배로부터 벗어날 수 있게 되었지만, 그것은 자신의 진정한 행복의 터전인 내적 자연을 억압하는 일을 통해서만 가능했다는 아도르노의 지적도 이와 마찬가지의 맥락에 있다. 주체(인간)와 객체(자연)를 분리해서 객체를 대상화하고 억압하는 일은 결국 주체 자신을 억압하는 결과를 가져올 수밖에 없었다는 것이다.

그러나 불교적 세계관 속에서, 또는 미당의 '영원주의' 속에서 시간은 영원한 회귀의 맥락 속에서 파악되며, 주체와 대상도 둘이 아닌 것으로 인식된다. 불교적 세계관이, 미당의 불교적 상상력이 빛을 발할

17) I. 월러스틴, 나종일 · 백영경 옮김, 『역사적 자본주의 / 자본주의 문명』, 창작과비평사, 1993년, 제2부 참조.

수 있는 대목은 바로 이 언저리이다. 미당 시에서 드러나는 주객일여의 세계관은, 인간을 주체로 설정하고 자연을 대상으로 간주하는 근대적 이원론을 벗어날 유력한 근거이다. 또한, 영원회귀라는 몇 천 년 단위의 시간개념은 결국 시간적 계서화의 철폐를 지향하는 것이다.

게다가 미당문학은 폭넓은 대중적 호소력(대중과 함께하는, 대중에서 비롯되어 대중에게 돌려지는)을 지니고 있다. 물론 앞서 살핀 대로 그것이 한계를 노정하고 있음은 분명하다. 그러나 탈근대적 지향성이 있고 대중적 호소력을 유지하고 있는 문학 작품이 존재함은 탈근대의 모색에 분명 귀중한 자산이 아닐 수 없다.

3) 일상화한 것들은 의식되기 어려운 법, 불교적 상상력 역시 한국인의 말과 문화 속에 너무도 깊숙이 들어와 있는 것이기 때문에 우리는 의식하지 못하고 살아왔다. 압축적 근대화를 위해 매진해온 백 년이었으므로 더욱 그렇다. 앞서 살핀 바와 같이 불교는 생활언어 속에 녹아 있다가 서정주를 만나 그 절절한 표현을 얻게 되었다. 미당의 큰 공적이 아닐 수 없다.

물론 전통에 속한다고 해서 저절로 긍정성을 띠지는 못한다. 오늘 우리의 삶에 어떤 의미와 한계를 지니는가를 따져야 하는 것이다. 이제부터 이 문제에 대해 잠깐 살펴보고자 하거니와, 이 문제에 대해 어떤 결론에 도달하는지와 관계없이 미당이 이뤄낸 불교적 전통 재발견 자체만은 분명히 긍정적이다. 설사 바람직하지 못한 부분이 있다 하더라도 그렇다. 의식되지 못하면 반성조차 불가능할 노릇이므로.

반근대라거나 전통수용을 통한 근대극복이라는 문제와 미당을 연관 지어 생각할 때라면, 김화영과 윤재웅 등의 견해[18]를 주목할 만하다. 미당의 세계를 무(無) 또는 색즉시공(色卽是空)과 연결 지어 해석하려는

---

18) 김화영, 「한국인의 미의식」, 『미당연구』, 앞의 책.
  윤재웅, 「서정주 시 연구」, 동국대학교 대학원 박사학위논문, 1995.

이들의 시도는 참신한 것이었다. 그러나 그 해석에 동의하는가와 관계 없이(이런 문제는 내가 감당할 수 없기도 하고, 이 글의 주제도 아니다), 이런 식의 문제설정은 자칫 관념의 과잉이 될 위험이 있지 않을까 염려된다. 저잣거리에서 살아가는 나날의 생활감각과는 별 관련이 없는 일이 될 수 있다는 점이다. 논의가 이런 차원에만 머물게 될 때라면, '세속 한가운데서의 부처', 저 신라승들의 현세불 정신은 치명적 상처를 입게 될 우려가 크다. 또한 문학이 지니는 현실과의 관련성이나 대중 호소력 역시 현저하게 떨어지게 된다. 서정주의 미덕이 오랫동안 한국 생활언어의 기반이 되어왔던 불교적(또는 삼교 융합적) 상상력에 날개를 달아준 것이라고 보았던 이 글의 입론에 비춰볼 때라면 더욱 그렇다.

결국 미당이 오늘 우리에게 지니는 의미란, 세속의 삶을 외면하지 않으면서 새로운 사회를 향한 비전을 제시하는 것이어야 한다. 서구 근대적 잣대에 의해 한국문학을 재단해서도 안 되겠지만, 동시에 '우리의 옛 고전에 나온 이러저러한 위대한 가르침과 연결 지어 해석할 수 있다'는 식으로 오리엔탈리즘을 재생산해내도 곤란하다. '지금 여기'의 현실에 기반하면서, 서구와 전통을 혼융시켜서 만들어내는 새로운 것이어야 할 터이다.

이렇게 볼 때 미당의 불교적 상상력이 지니는 오늘 여기에서의 의미, 즉 탈근대적 가능성이란, 결국 생태적 세계관의 정립에 기여할 가능성이라고 볼 수 있겠다. 그의 시는 생태적 세계관의 발현으로도 의미가 있으며 그 확산에 기여할 수 있다. 위에서 살핀 대로 미당의 불교적 상상력은 주객일여의 양상을 보여주고 있는 바, 이는 주체와 객체, 자아와 세계, 인간과 자연을 엄격히 분리하는 서구—근대적 이분법과는 근본적인 발상을 달리한다. 근대적 이분법 속에서라면 앞의 것이 뒤의 것을 정복하고 개발(착취)하는 태도는 매우 당연한 노릇이 되지만, 주객일여를 강조하는 세계관 속에서라면 그런 일은 불가능하다.

또한 현재라는 시간에 절대적 가치를 두는 식의 계서화로서는 생태적 세계관이나 생활감각은 일궈낼 수 없다. 계서화된 근대적 시간 질서 속에서는, 미래(미래의 세대)를 위해 욕망과 이윤을 유보해야 한다는 생각이 발붙일 틈이 전혀 없는 것이다. '닫힌 에너지 체계'로서의 지구가 인간의 욕망과 자본의 축적을 무한히 충족시켜줄 수 없다면, 불교에서 강조하는 욕망의 절제란 이제 회피할 도리 없는 강제라고 할 수 있으며, 주객일여와 영원회귀적 시간관은 그 중요한 기반을 이룬다.

미당이 수용한 전통이 순연한 불교가 아니라는 점을 감안하더라도 이야기가 크게 달라지지는 않는다. 서양의 철학이 존재론적이라면 (불교를 포함한)동양철학은 관계론적이기 때문이다. 서양철학 특히 근대 서양철학이 주체와 대상을 이원적으로 파악하고 그 갈등관계를 추적하는 일이라면, 동양은 그 둘을 하나로 파악한다. 모든 생명은 고립된 존재가 아니라 관계성의 총체라는 인식(살생을 금지하는 불교의 계율도 물론 이와 유관하다) 속에서라면 자연은 정복과 개발의 대상이 아니며, 그 속에서 자신이 삶을 영위할 수 있는 물질대사의 터전이요, 근원적인 행복의 근거이다.[19]

좋은 보기로, 『미당산문』에 소개된 침향(沈香) 만들기를 들 수 있다.[20] 다 아다시피 침향이란 3, 4백년 뒤에 태어날 후손들이 좋은 향 냄새를 맡을 수 있도록 참나무를 뻘 속에 묻어둠으로써 만들어진다. 결국 몇 백 년 뒤 후손들의 '코 사치'를 위해서 노동하는, 상품성에 복속되지 않는 노동관이며 시간관인 것이다. 이는 물론 자본주의적 시간관과는 거

---

19) 이와 관련하여 서구의 '존재론'에서 벗어나 동양적 '관계론'으로 이행해야 한다는 신영복의 주장(「존재론으로부터 관계론으로」, 1998년 경주세계문화엑스포 국제학술대회 기조발제문)이나, 한국문학의 장르이론을 관계론에서 찾으려고 노력하는 최유찬의 노력(『한국문학의 관계론적 이해』, 실천문학사, 1998), 또는 J. 러브록의 가이아 이론, 장회익의 '온 생명 이론'(『삶과 온 생명』, 솔, 1998년) 등은 중요한 참조가 된다.
20) 이 침향 만들기 일화는 최근 후배작가들의 작품(예컨대 구효서의 「나무 남자의 아내」, 윤대녕의 「천지간」 등)에서 자주 모티프로 사용되고 있어 눈길을 끈다. 이 밖에도 이 둘은 미당의 시 「선운사 동구」, 「나그네의 꽃다발」 등을 주요 모티프로 삼는 작품도 발표하고 있다.

리가 먼 것이며, '후손들에게 물려주어야 할 지구'라는 생태적 발상과는 매우 친연하다. 서정주에게서, 아니 불교적 세계관에서 건져내야 할 부분이 크다는 필자의 판단은 이런 보기에서 단적인 표현을 얻어낸다.

4. 나오며

미당의 불교적 상상력이 지닌 탈근대성이란 물론 아직 가능성에 머물 뿐이다. 근대를 겪으면서 그것을 극복하기 위한 목적을 지닌 것도 아니며,[21] 앞서 살핀 대로 전통과 일정한 거리를 유지하지 않은 채 그것에 몰입해 들어감으로써 오히려 복고 취미나 현세에 대한 무관심으로 치우친 흔적도 많다.

그럼에도 불구하고 미당이 재발견해낸 불교적 세계관이란 적지 않은 가치를 지닌다. 근대 / 자본주의적 세계관만이 전일적으로 횡행하고 있는 이 시점에서라면, 모자라면 모자란 대로, 좀 극단적이면 극단적인대로, 그것만이 전부는 아니라는 다른 선택지를 보여주는 일은 중요하기 때문이다. 대중들이 절대적인 것으로 받아들이고 있는 자본주의적 근대를 상대화하고 객관화할 수 있는 참조항을 제공해줄 수 있는 것이다. 더군다나 미당이 제시한 참조항은 지금 여기의 가장 중요한 문명사적 과제인 환경문제에 대한 중요한 해결책을 제시하고 있는데다가, 전통적 사상과 생활언어에 기반한 것이라는 점에서, 또 그의 빼어난 시적 능력에 힘입어서 커다란 대중적 설득력을 발휘한다는 점에서 의미가 크다. 미당이 이만한 참조항을 제공했다면, 그것을 디딤돌로 삼아 탈근대의 비전을 시사 받고 발전시켜 나가는 일은 우리의 몫이라 하겠다.

---

21) 미당의 반근대적 사고란 이미 1930년대에 비롯되었다는 점, 식민지 한국에서 근대성을 온전히 체험하기란 불가능했다는 점을 지적할 수 있을 터이다. 하지만 그와 동시에 미당이 영향 받은 니이체, 보들레르 등이 서구의 전통에서 탈근대적 계보의 시 발점 쯤에 놓여있다는 사실도 함께 고려해야 할 것이다.

불교적 상상력과 현대시의 세계관

1. 불교적 세계관과 상상력

산중사찰의 일주문을 들어서다 보면 "입차문래 막존지해(入此門來 莫存知解)"라는 문구가 앞을 가로 막는다. "이 문을 들어서면 분별해서 알려고 들지 말라"라는 말로 세간과 출세간의 경계가 다름을 알리고 있는 것이다. 이런 문구는 모든 사찰 일주문에 다 있는 것이 아니고, 선종을 표방하는 사찰에서만 볼 수 있다. 주지하는 것처럼, 교종(敎宗)이 부처님의 가르침을 성실히 따르는 것이라면, 선종은 부처님의 정신을 직접 깨달아 성불에 이르는 것을 목적으로 삼는다. "문자에 입각하지 않으며 경전의 가르침 외에 따로 전하는 것이 있으니 사람의 마음으로 직접 터득하고 본연의 성품으로 부처가 된다(不立文字 敎外別傳 直指人心 見性成佛)"고 한 육조 혜능의 말은 선종의 정수를 가장 잘 압축한 것이라 할 수 있다.

분별은 이것과 저것을 나누어 비교 대조하는 이성적 사유 행위이다. 그것은 근본적으로 이것과 저것이 다르다는 차이를 전제로 하는 이원론에 바탕을 두고 있다. 도덕적 문제에 대한 선/악의 구별, 객관적 사실에 대한 진/위의 판단 등의 구분은 이원론의 대표적 보기에 해당한다. 선과 악을 구별하는 도덕적 태도에는 당연히 선이 악보다 우월하다는 가치판단적 사고가 밑바탕에 깔려 있다. 그것은 인간과 신, 인간과 자연의 구분에서도 마찬가지다. 과거 서구 중세는 신중심사회였으나 근대 이후 인간중심사회로 바뀌었을 뿐, 인간과 자연의 관계에서는 인간을 우월한 존재로 여겨 왔던 사실에는 변함이 없다. 인간중심적 사고는 인간의 욕망을 극대화하기 위하여 자연을 정복하고 지배하는 데 인간의 이성을 도구적으로 사용한다. 오늘날 세계적으로 문제되고 있는 생태적 위기가 인간중심주의에서 비롯된 것이라는 점에 대해서는 별다른 이견이 없어 보인다.

그러나 동양적 사고, 특히 불교의 선종에서는 인간중심주의를 용납하지 않는다. 근본적으로 불교에서는 이것과 저것이 다르며, 이것이 저것보다 우월하다는 차이와 분별을 인정하지 않는다. 도대체 인간이 개미보다 낫다는 객관적 근거가 어디 있으며 그것을 어떻게 증명해 보일 것인가. 인간과 개미는 그저 이 우주 삼라만상을 이루는 여러 다양한 개체 중의 한 존재이므로 서로 잘나고 못난 것을 따지는 일 자체가 부질없는 노릇이다. 인간의 오만한 생각으로는 자신을 만물의 영장이라 자부할 터이지만, 보기에 따라 인간이야말로 지구 생태계를 위협하는 가장 무서운 암세포일 수도 있는 것이다. '주체'와 '타자'를 구분하여 생각하는 서구적 사유 태도와는 달리 불교적 세계관에서는 '자아'와 '세계'의 관계를 연기(緣起)의 개념으로 인식한다. 우주 삼라만상의 존재 원리나 본성이 연기에 의해 이루어졌다고 이해하는 것은 이 세상 모든 것이 수많은 조건들이 서로 결합하여 발생한다는 상호의존적 개념을 세계관적 원리로 받아들임을 뜻한다.

> 이것이 있으므로 저것이 있고, 이것이 없으면 따라서 저것도 없어지며, 이것이 생겨남에 따라 저것도 생겨나는 것이며, 이것이 없어지면 곧 저것도 없어지게 된다(此有故 彼有 此無故 彼無 此生故 彼生 此滅故 彼滅).[1]

---

1) 『잡아함경』 2, 65.

이것과 저것, 주제와 타자는 서로 완전한 독립적 존재가 아니라 상호 의존적 관계에서 생겨난 존재이다. 그러므로 이 세상 만물 중에는 어느 것 하나 영원불변한 고정적 존재가 있을 수 없으며[諸行無常], 독립적 실체도 있을 수 없다[諸法無我]. 내가 고정적이고 독립적인 존재가 아니라는 생각은 주체와 타자의 절대적 평등을 전제로 한다[自他不二]. 주체와 타자, 또는 중생과 나의 관계가 서로 다르지 않다는 생각은 결국 자아와 세계가 한 뿌리에서 나온 것[物我同根]이라는 인식과 상통하는데, 이처럼 주체와 타자를 구별하지 않고 평등한 관계로 보는 연기론적 태도의 실천 행위를 자비(慈悲)라 이른다. 불교의 자비 행위는 인간의 관심이 인간과 동식물 같은 유정물뿐만 아니라 돌·흙·바람·물 같은 무정물에까지 두루 미침을 알려주는 범생명주의의 윤리관이다. 불교의 연기론과 자비론은 존재와 존재 사이의 절대적 평등을 강조하는 관계론이라 할 수 있다.

우주의 창조가 절대적이고도 일회적인 것이라는 서구 기독교적 창조론과 달리 불교에서는 우주의 창조와 파괴가 끊임없이 계속된다고 믿는다. 그러한 믿음의 기저에 윤회론이 자리하고 있다. 윤회론은 간단히 말해, 선생의 행위가 이생의 삶을 결정하고 이생의 행위가 내생을 결성하다는 '업(業, karma)'의 논리에 입각한 것이다. 업이란 조작(造作), 인위적 행위, 의지에 의한 심신의 활동, 즉 '무엇을 짓는다(산스크리트어 kri)'는 뜻을 가지고 있다. 모든 유정물(有情物)의 경험이나 사유 등 일체의 행위는 훈습(薰習)된 습기(習氣)라는 종자의 형태로 저장되어 하나의 세력을 형성하는데, 이를 '업력' 또는 '업장(業障)'이라 부르기도 한다. 이것이 원인이 되어 반드시 결과를 낳는데, 그것은 반드시 선인선과(善因善果), 악인악과(惡因惡果)로 나타난다. 따라서 업을 달리 표현하면 인과응보(因果應報), 업보(業報)로 언표화되기도 한다. 이러한 업과 윤회가 동전의 양면처럼 불가분의 관계를 유지하는 것은 두말할 필요조차 없는 일이다.

불교의 연기설과 윤회관은 우리의 일상적 삶과 의식에 다대한 영향을 미쳐 왔다. 뚜렷한 원인에 따라 결과가 발생한다는 연기설은 매우

과학적이고, 인간의 삶이 끊임없이 반복 순환한다는 윤회관은 우리의
상상력을 극대화할 수 있는 조건이 된다. 인간이 사후에 태어날 수 있
는 조건을 여섯 가지로 나누어 생각하는 '육도윤회설'은 갖가지 흥미로
운 상상을 유발하기에 족하다. 가령 육도윤회의 여섯 번째 단계인 지옥
도(地獄道)에 관한 설명은 끔찍하면서도 흥미진진한 상상력의 세계를 펼
쳐 보인다. 사방팔면이 온통 뜨거운 철판으로 둘러싸인 '열지옥'의 문
은 수백 년이 지나야 간신히 열리는데, 그곳을 나서면 분뇨지옥이 기다
린다. 또 다시 그곳에서 수백 년을 지내면 이젠 개(犬)지옥으로 옮겨지
고……. 이처럼 기발하고 놀라운 상상력이 최고조에 이른 곳은 아무래
도 선시(禪詩)의 영역이라 할 수 있다. 그곳에서는 석녀(石女)가 아이를
낳고 진흙소[泥牛]가 물속에서 밭을 갈며 구멍 없는 피리[無孔笛]가 아름
다운 선율을 토해 낸다. 또한 자아와 세계가 둘이 아니라는 세계관은
요즘 활발히 논의되고 있는 생태주의와 긴밀한 관련을 맺는다. 이 글에
서는 앞의 세 가지 관점에서 불교적 상상력과 현대시의 세계관이란 주
제에 접근하고자 한다. 하지만 주제의 폭과 깊이가 워낙 넓고 깊어 불
교의 친숙한 비유 그대로 소경 코끼리 다리 만지기와 비슷한 글이 될
수밖에 없음을 미리 고백하는 것이 좋을 터이다.

2. 불교적 세계관의 현대시 수용 양상

1) 연기와 윤회의 세계관

불교의 연기설과 윤회관은 범박하게 말해 존재의 관계학이라 할 수
있다. 연기설은 타자를 통해서 자아의 존재성을 규정하는 원리이기 때
문이다. 말하자면 타자를 전제로 하지 않는 독자적인 자아는 존재할 수
없다는 것이 연기설의 핵심이다. 불교의 연기설은 서구 근대의 기계론

적 인과론과 달리 사물들의 인과관계가 순환적이고 비선형적인 관계[2]를 이루며, 모든 존재를 평등하게 바라보는 동체대비(同體大悲)적 윤리관이다. 그것은 주체／타자, 인간／자연, 유정／무정의 구별을 부정하는한편, 이 세계를 분리된 부분들의 집합체가 아니라 하나의 통합된 전체로 보는 전일적 세계관(holistic worldview)을 지향한다.

> 내가
> 돌이 되면
>
> 돌은
> 연꽃이 되고
>
> 연꽃은
> 호수가 되고
>
> 내가
> 호수가 되면
>
> 호수는
> 연꽃이 되고
>
> 연꽃은
> 돌이 되고
>
> 　　　　　　　　　　　　ㅡ서정주, 「내가 돌이 되면」 전문

　너무 잘 알려진 미당의 이 작품은 연기설과 윤회관이 시상의 핵심을이룬다. 이 시의 화자는 호수의 돌과 연꽃을 바라보며 문득 그것들과자아가 일체가 되는 법열의 경지에 빠져든다. 거기서는 유정물인 나와

---

2) 최종석, 「생태불교의 필요성과 가능성」, 동국대 불교문화연구원, 『불교생태학 그 오늘과 내일』, 2003, 57쪽.

연꽃, 무정물인 돌과 호수[물] 사이의 경계와 구분이 완전히 없어지므
로 서로가 대등한 존재로 필연적인 관계를 맺는다. 연꽃은 호수라는 조
건이 충족되었기 때문에 존재할 수 있다. 마찬가지로 호수는 돌과 연꽃
이 있음으로써 온전한 호수가 될 수 있는 것이다. 나와 돌과 호수와 연
꽃의 관계는 그 중 어느 한 가지만 빠져도 완벽한 화음이 이루어지지
않는다는 점에서 상호 필요충분조건의 관계를 맺는다. 시의 중심화자
는 '나'로 되어 있으나 그것이 꼭 인간인 '나'를 가리킨다고 볼 것이 아
니며, '연꽃'의 속뜻 또한 관습적 상징으로서의 '연꽃'으로 이해할 필요
가 없다. 이 시에서 우리는 자아와 세계를 구별하지 않고 자유자재로
사물과 동화하는 시인의 상상력을 따라 정신의 해방을 만끽하면 그만
인 것이다.

　최승호의 다음 시는 사물과 이름의 상관관계에 대한 근본적인 성찰
과 문제의식을 보여주는 작품이다.

　　　별들이
　　　별자리 이름을 거부하는 밤이다
　　　하늘에서 큰곰이 떨어진다
　　　쌍둥이
　　　물병
　　　백조
　　　전갈
　　　모든 별자리 이름이 떨어진다
　　　점성술이 빛을 잃고
　　　이름에 얽매였던 운명이 풀려난다

　　　떨어진 별자리 이름들로
　　　이렇게 쓰고 싶은 밤이다

　　　쌍둥이 전갈이 물병 속에서 꿈을 꾸다가

큰곰되어 백조 등을 타고
은하수와 함께 흘러간다고

— 최승호, 「은하수와 함께 흘러가다」 전문

사람과 사람의 관계뿐만 아니라 사람과 사물의 관계가 더욱 친밀해
지고 의미 깊은 것으로 발전하려면 이름을 붙이고 부르는 단계를 거쳐
야 한다. 김춘수가 오래 전에 우리에게 귀띔해준 바처럼, 어떤 사물이
든 특별한 이름으로 호명(呼名)될 때 비로소 내게 특별한 존재로 다가오
기 때문이다. 하지만 하나의 사상(事象)에 특정한 이름을 붙이는 행위와
그것의 본질을 정확하게 이해하는 것과는 아무 관련이 없다. 중국 송대
의 청원유신(靑原惟信) 선사는 산을 산이라 하고 물을 물이라 하는 미망
(迷妄)의 단계와, 산을 산이라 하지 않고 물을 물이라 하지 않는 적멸(寂
滅)의 단계를 거쳐, 산은 다만 산이고 물은 다만 물일 뿐이라는 적조(寂
照)의 단계에 이르렀다고 하거니와, 일상적 삶에서의 호명은 첫 번째
'미망'의 수준에 머물고 있을 뿐이다. 태고의 어둠 속에서 빛나는 무수
한 별늘은 우무 성세 혹은 은하수를 구성하는 부분으로 한결같이 소중
한 존재들이다. 우리의 오랜 조상들은 그것들의 밝기 정도나 배열 상태
에 그럴 듯한 이름을 붙이고 그에 걸맞은 서사를 꾸며 내었다. 그것은
무척 아름답고 숭고한 상상력의 발현이었을지 몰라도 오랜 세월이 흐
르면서 애초의 신선하고 충격적인 감동은 사라지고 말았다. 현대인들
에게 특정한 별자리는 하나의 고정관념에 지나지 않는다. 인용시의 화
자가 별자리의 이름을 떼어내려는 것도 명호(名號)에 긴박되어 있는 운
명으로부터 그들의 자유를 회복시켜 주고자 하는 의도에서 기인한다.
특정한 이름을 가진 별자리는 자기 자리를 벗어날 수 없으나 이름을
버린 별은 커다란 은하수의 한 부분으로 자유롭게 흘러간다. 그것들은
서로 섞이면서 새로운 모양을 짓되 어느 하나에 구속되지 않는 채 광
막한 우주를 이룬다.

연기론과 함께 우리 현대시에서 가장 많이 차용되고 있는 불교적 상
상력(혹은 세계관)은 윤회사상이라 할 수 있다. 만해 한용운의 잘 알려진
시구절 "타고 남은 재가 다시 기름이 됩니다"(「알 수 없어요」)를 비롯하
여 서정주의 많은 시작품이 연기와 윤회사상을 다루고 있고, 최승호의
"눈사람이 녹는다는 것은 / 눈사람이 불탄다는 것, / 불탄다는 것은 / 눈
사람이 재로 돌아가고 있다는 것 // 재가 물이다 / 하얀 재 / 더 희어질 수
없는 재가 물이다"(「눈사람의 길」)도 넓게 보아 연기와 윤회의 사상 영역
에서 이해할 수 있는 작품이다. 수없이 거듭되는 삶 속에서도 서로 그
냥 스쳐 지나가는 연인의 이야기를 다룬 다음 시편은 인연과 윤회의
의미를 평이하고 진솔하게 표현한 작품이라 할 수 있다.

> ……내 한때 곳집 앞 도라지꽃으로
> 피었다 진 적이 있었는데,
> 그대는 번번이 먼길을 빙 돌아다녀서
> 보여주지 못했습니다, 내 사랑!
> 쇠북 소리 들리는 보은군 내속리면
> 어느 마을이었습니다.
>
> 또 한 생애엔,
> 낙타를 타고 장사를 나갔는데, 세상에!
> 그대가 옆방에 든 줄도
> 모르고 잤습니다.
> 명사산 달빛 곱던,
> 돈황여관에서의 일이었습니다.
>
> ─윤제림, 「사랑을 놓치다─청산옥에서 5」 전문

인용시의 화자는 어느 전생의 한때 상여를 보관해 놓은 곳집 마당에
핀 도라지꽃이었다가 또 다른 생애에는 낙타를 타고 장사를 하는 대상
(隊商)의 한 사람이었기도 했다고 고백한다. 그가 태어난 곳도 한때는

우리나라(조선 혹은 대한민국)이었다가 또 다른 한때는 중국 변방의 돈황 부근이었던 것처럼 지역의 동서를 넘나든다. 이처럼 시의 화자가 인간 의 모습과 식물의 형태로 몸을 바꾸면서 거듭 윤회하는 동안 화자가 그리는 연인 또한 그 시기에 사람의 모습으로 윤회하며 때로는 거리가 너무 멀어 만나지 못하거나 때로는 지척에 있으면서도 모르고 지나치 면서 안타까운 생을 보낸다. 여러 생을 살면서도 만나지 못하는 것은 시절 인연이 성숙되지 못했기 때문이다. 그러므로 이들의 스쳐지나가 는 인연은 앞으로도 몇 생애를 거듭해야 가혹한 윤회의 업에서 벗어날 지 아무도 모른다. 인용시의 허두가 말줄임표로 시작되고 있는 것은 시 적 화자의 윤회가 그 전에도 몇 번이고 거듭되었음을 암시하는 것이다. 화자가 하필이면 곳집 앞의 도라지꽃이나 사막을 오가는 대상으로 태 어났다는 것은 그만큼 외롭다는 징표 이외의 다른 게 아니다. 외로운 존재로 태어나서도 안타깝게 사랑하는 이와 스쳐 지나가는 것이야말로 인간에게 주어진 근본적인 운명과도 같은 게 아닐까. 그렇기에 우리는 지금도 무수한 사람과 만나고 헤어지면서도 누구에게도 완전히 마음의 닻을 내리지 못한 채 서성거리고만 있는 것이다.

2) 불립문자와 불리문자로서의 선시

시(詩)를 파자(破字)하여 풀이하면 그대로 시의 정의가 된다. 시란 언 어[言]의 경전[寺]이거나 거꾸로 사원[寺]에서 쓰는 말[言]이다. 사원의 성직자들은 세속인처럼 수다스럽지 않아 말수가 적으며 극단적인 경우 말을 거의 하지 않는[默言] 경우도 있다. 시의 언어는 때때로 압축과 상 징, 비약과 역설로 이루어진 비일상적이고 초논리적인 양상을 띤다. 시 의 그러한 비일상적 어법은 언어를 부정하되 언어로써 표현되는 선시 (禪詩)와 크게 닮아 있다. 이러한 관점은 이미 조지훈에 의해 강조된 바 있다. 그는 "시가 언어 중에는 가장 선지(禪旨)에 통하는 살아 있는 형식이요, 압축·요약된 형식이며 비약과 함축의 최대가능성의 언어"[3]라며 '시선일여(詩禪一如)'를 주장한다. 조지훈에 따르면 시의 근본원리는 '복잡의 단순화·평범의 비범화·단면의 전체화'로 요약할 수 있는데, 선의 미학이야말로 이 세 가지를 동시에 충족시키는 방법론이 된다.

> 첩첩산중 禪房에 앉은 돌호랑이,
> 이거, 방석에 진흙똥 싸놓고 앉았구나
> 그대 禪風따라
> 一喝하고 내 따귀를 갈기겠느냐
> 의심만 가득찬 이 가죽푸대야, 이게
> 똥인지 된장인지 꼭 알아야겠느냐,
> 하겠느냐
>
> 웅웅 우는 내 電氣칼, 이거
> 담방에 두 토막 내버릴 金剛칼이여
> 어서 뇌성번개 쳐다오
>
> — 황지우, 「허수아비—똥방석」 전문

오묘하고 절대적인 진리는 말로 설명되지 않는다. 석가 세존께서 팔만사천 법문을 설하시고도 한 마디도 하지 않았다[4]고 한 것이나, 제자들 앞에서 말을 끊고 문득 꽃 한 송이를 들어 보인 것도 언어나 문자로는 도저히 설명되지 않는 진리를 알려주기 위한 방편이었던 것이다. 그러나 아무리 지극한 도라 해도 말로 설명되고 문자로 표현되지 않으면 아무런 의미도 갖지 못한다. 선가에서는 불립문자·교외별전이라 하여 언어를 부정하고 있지만, 완전히 언어를 거부하는 것은 아니다. 오히려 불립문자의 의미는 언어의 분별성에 집착하지 않는다는 뜻으로 이해하

---

3) 조지훈, 「현대시와 선의 미학」, 『조지훈전집2, 시의 원리』, 나남출판, 1996, 222쪽.
4) "어느 날 밤에 정각을 이루고 / 어느 날 밤에 열반에 들지만 / 이 두 중간에서 / 나는 아무 것도 말한 바가 없다."(『능가경』 제4권, 「無所說品」)

는 게 옳다. 그것은 언어를 뛰어 넘은 초절적 언어이며 무분별의 분별
이란 역설로 언표화된다. 언어를 버린 뒤 다시 언어를 받아들여 깨달음
의 세계를 표현한다는 것은 근본적으로 의사소통수단으로서의 언어문
자가 불완전한 매체라는 사실을 방증한다. 정상적이고 관습적인 언어
구사 방식으로는 의사소통이 안 되므로 기상천외의 역설과 상징의 방
편에 의존할 수밖에 없는 것이다. 그리고 그것은 관습적 사고에 익숙한
우리들의 의식을 날카롭게 경책하면서 청정무구한 본성의 세계로 가는
길을 제시한다. 석지현은 선에 있어서 언어와의 싸움을 ① 언어의 부
정, ② 언어의 철저한 파괴, ③ 언어의 뿌리를 뽑아 버리는 것, ④ 언어
의 철저한 파괴와 그 파괴에 맞서는 창조를 다같이 잘라 버리는 것, ⑤
언어로써 본질로 돌아가게 하는 것 등 다섯 단계로 나누어 설명하고
있다.5) 이러한 석지현의 설명은 무분별, 부정, 초월, 직관의 단계를 보
다 평이하게 풀이한 것으로 볼 수 있다. 기존 언어에 대한 부정과 초월,
그리고 직관을 통해 선시는 시의 양태를 띠면서도 기존의 시와 전혀
다른 문법을 형성한다. 그 가운데 우리의 일반적 상식으로는 도저히 이
해되지 않는 비유나 상징체계를 통해 자성(自性)의 진면복을 드러내는
선가 특유의 비유적 관습이 있다. 이를테면 "무영수(無影樹)·니우(泥
牛)·석녀(石女)·몰현금(沒絃琴)·무공적(無孔笛)" 등과 같은 선구(禪句)가
그것이다. 이런 관점에서 볼 때 황지우의 시는 선시의 전통적 맥락을
모범적으로 보여준 사례라 할 수 있다. 선방에 앉은 선승이나 수좌를
'돌호랑이'로 비유한 뒤 그가 '진흙똥'을 싸놓았다고 말하는 것 자체가
선승들의 화법을 그대로 따른 것이다. 거기에 임제의 할(喝)과 덕산의
방망이[棒, 따귀], 금강검에 이르기까지 선가의 가보는 거의 모두 등장하
고 있다. 이러한 선적 어법과 비유 체계를 통해 시의 화자는 아직 똥과
된장조차 구별하지 못한 채 미혹한 삶을 살아가는 현대인의 정신에 죽

---

5) 석지현, 「문학에 나타난 선에 있어서의 언어문제」, 『문학사상』, 1976. 5, 231~234쪽.

비를 들이대고 있는 것이다.

이에 반해 다음 시는 한글로 평이하게 씌어졌다는 점이 다를 뿐 전통적 선시의 기품을 그대로 간직하고 있다.

　　　사내라고 다 장부 아니여
　　　장부 소리 들을라면

　　　몸은 들지 못해도
　　　마음 하나는 다 놓았다 다 들어올려야

　　　그 물론 몰현금(沒絃弦) 한 줄은
　　　그냥 탈 줄 알아야

　　　　　　　　　　　　　　　　　　－만악 무산, 「一色邊 3」 전문

　　　놈이라고 다 중놈이냐
　　　중놈소리 들을라면

　　　취모검(吹毛劍) 날 끝에서
　　　그 몇 번은 죽어야

　　　그 물론 손발톱 눈썹도
　　　짓물러 다 빠져야

　　　　　　　　　　　　　　　　　　－만악 무산, 「일색변 6」 전문

선시의 갈래는 크게 오도송(悟道頌), 산거시(山居詩), 선취시(禪趣詩), 선적시(禪迹詩)[6]로 나눌 수 있는데 엄밀한 의미에서 시인들의 작품은 선시라 하기 어렵다. 선시란 곧 그의 깨달음의 정도를 나타내는 것이어서 선적 분위기나 선구(禪句)의 적절한 조합만으로 깨달음의 경지를 드러

――――――――――――――――

6) 석지현, 「선시란 무엇인가」, 『선시감상사전』, 민족사, 1977, 46쪽.

내기란 용이한 일이 아니기 때문이다. 하지만 만약 무산(조오현) 스님의 「일색변」 연작은 전통 선가의 시풍을 그대로 따르면서 오랜 수행 끝에 도달한 깨달음의 경지를 진솔하게 형상화하고 있어 일반독자에게도 신선한 감동과 충격을 준다. 만약 무산 스님의 분별을 넘어선 초탈의 경지는 대부분의 승려들이 질색하는 '중놈'이란 비속어를 아무렇지도 않게 사용한다는 점에서 쉽게 간취할 수 있다. 여기서 '취모검(吹毛劍)'이란 바람에 날리는 깃털도 자를 수 있는 날카로운 칼이란 뜻으로 깨달음의 지혜를 의미한다. 줄이 없는 거문고[無弦琴]도 마찬가지다. 무산 스님의 인용시는 인간의 육신은 생로병사의 자연법칙에서 자유로울 수 없지만 깨달음의 지혜를 얻은 정신은 언제 어디서나 자재로움을 설파하고 있다. 사내대장부로 태어나 할 일이 많지만 출가승이 되는 것이 그 중 큰일이며, 육신이 허물어지더라도 흔들리지 않는 맑은 정신을 얻는 것이야말로 가장 통쾌한 사업이라는 자부가 작품 전편을 지배하고 있다. 일반인의 선취시와 달리 승려시인들의 작품은 어눌하고 질박한 어법이면서도 우리의 의식을 강하게 충격하는 작품들이 적지 않다. 이러한 세계에서는 합리적 이성과 분별적 사고는 아무런 역할을 하지 못한다. 복잡한 생각을 쉬고 호흡을 가다듬을 때 저절로 떠오르는 한 가지 느낌이 있다면 그것만으로 충분하기 때문이다.

木魚를 두드리다
졸음에 겨워

고오운 상좌아이도
잠이 들었다.

부처님은 말이 없이
웃으시는데

西域 萬里 길

눈부신 노을 아래
모란이 진다.

—조지훈, 「古寺 1」 전문

　이 시는 여느 선시처럼 파격적이거나 과격하지 않다. 고즈녁한 산사
의 풍경을 담담하게 묘사하고 있는 이 시에는 자연의 순리를 긍정하는
화자의 넉넉한 마음이 잘 형상화되어 있다. 목어를 치며 불경을 외던
어린 상좌는 졸음을 이기지 못해 잠이 든다. 그것은 배 고프면 먹고 졸
리면 자는[飯來開口 睡來合眼] 지극히 자연스러운 행동이다. 자신이 수행
자라는 신분에 얽매여 졸음을 억지로 참으며 용맹정진하는 것이 오히
려 부자연스러운 것인지도 모른다. 백운 수단 선사는 불자들의 네 가지
서원[四弘誓願]을 ① 배고프면 밥 먹고[饑來要喫飯], ② 추우면 옷을 껴입
고[寒到則添衣], ③ 졸리면 다리를 뻗고 잠자고[困時伸脚睡], ④ 더우면 바
람을 쐰다[熱處愛風吹][7]로 대체하자고 한 바 있다. 그만큼 일상생활에서
의 자연스러운 행동이 선의 수행과 직접 통한다는 의미로 해석된다. 손
에서 목어를 놓지도 못한 채 쪼그린 자세로 잠이 든 어린 상좌의 모습
은 얼마나 안쓰러우면서도 천연스러운가. 그 모습을 바라보는 부처님
이 미소를 짓고 있다고 보는 화자야말로 모든 인위와 조작을 버린 고
요하고 청정한 마음의 소유자이다. 이른바 시의 정신주의를 주창하는
일군의 시인들이 최근 몰입하고 있는 시적 경향도 이와 유사한 것으로
보인다. 가령 이성선의 다음 시,

저무는 들판에
소가
풀을 베어먹는다.

풀잎 끝

---

7) 이윤은, 「선종오가의 시가 경계 2」, 『유심』 10, 2002 가을, 105쪽.

초승달을 베어먹는다.

물가에서 소는
놀란다.
그가 먹은 달이
물 속 그의 뿔에 걸려 있다.

어둠 속에
뿔로 달을 받치고
하늘을 헤엄치고 있는 제 모습 보고
더 놀란다.

—이성선, 「달을 먹은 소」 전문

는 들판의 소와 그를 바라보는 화자 사이의 거리가 재미있게 그려져
있다. 소는 아무 생각 없이 풀을 뜯어 먹고 있지만 화자는 그 소가 풀
잎 끝에 걸려 있는 초승달을 베어 먹는 것으로 본다. 그런데 소가 먹은
달은 호수에 비친 쇠뿔에 걸려 있다. 불교에서 소는 흔히 자아의 본성
을 뜻하거니와, 인용시에서의 소는 사물의 실상과 허상을 구별 못해 혼
란스러워 하는 중생의 모습으로 나타난다. 제 그림자를 보고 놀라는 소
를 관조하는 시의 화자는 이미 그 경계를 벗어나 있다.

3) 우주와 하나가 되는 웅혼한 상상력

사찰 생활을 체험한 이들이 한결같이 털어놓는 어려움 가운데 하나
가 발우공양의 순간이다. 자기가 먹은 식기를 설거지한 뒤 남은 찌꺼기
를 물 한 방울 남기지 말고 마셔야 한다는 입승 스님의 말에 사람들은
대체로 기겁을 한다. 그 더러운 물을 어떻게 마시느냐는 것이다. 그러
나 그 물이 왜 더러운가. 다른 사람도 아닌 제 자신이 먹은 음식의 찌
꺼기를 모은 물일 뿐인 것을. 부처님 사후 백 년이 지난 뒤 담무덕(曇無

德)이 상좌부(上座部)의 근본율 중에서 자기 견해에 맞는 것만을 네 번에 걸쳐 뽑아 엮은 율문 불서(律文佛書)인 『사분율(四分律)』에는 "발우를 씻은 물을 집안에 함부로 버려서는 안 되고不得洗.鉢水棄白衣舍內, 풀이나 나물 위에 침을 뱉거나 대소변을 보아서도 안 되며不得生草茉上水大小便涕棄唾白 물 속에 대소변을 보거나 침을 뱉어서도 안 된다. 不得水中大小便涕洗唾"라는 내용이 있다. 이것은 모두 자연을 더럽히거나 훼손하는 작은 행위도 하지 말라는 엄격한 수행 규칙으로 자연과 인간을 구분하지 않고 하나로 보는 불교의 독특한 세계관을 명징하게 드러내주는 계율이라 할 수 있다.

불교에서 자연은 인간과 구분되거나 대립되는 존재가 아니다. 불교의 전통 안에는 자연에 대한 두 가지의 접근 방식이 있는데 그 하나는 인간이 이용하기 위해 환경을 인간화함으로써 얻어진 자연의 기지(機智)에 대한 숙달과 이용이고, 다른 하나는 명상적 태도로 그것을 통해 자연 속에서 평화와 평정(tranquility)을 찾아내는 것이다.[8] 자연 속에서 평화와 평정을 찾아낸다는 것은 사람이 자연과 혼연일체가 됨을 뜻한다. 평정한 마음으로 꽃을 대하면 그대로 자기 자신이 꽃이 되어 바람과 이슬을 맞으며 꽃의 타고난 본성대로 피고 지는 무상의 진리를 깨닫게 된다. 『법구경』에서 "꽃의 아름다움과 색깔, 그리고 향기를 전혀 해치지 않은 채 그 꽃가루만을 따가는 저 벌처럼 그렇게 잠깬 이는 이 세상을 살아가야 한다"고 한 말의 의미가 바로 그것이다.

　① 동자승 하나
　　배꼽 환히 드러내놓고
　　알몸으로 와선중이다

　　따가운 햇볕도 배고픔도

---

8) 파드마스트리 드 실바, 『불교 환경윤리학 Buddhist Environment Ethics』(김용정, 「생태학과 불교의 '공생'윤리」, 한국종교학회, 『종교연구』10집, 1994, 19쪽에서 재인용).

다 눌러 베고서

—나병춘, 「호박」 전문

② 나뭇잎 하나가

아무 기척도 없이 어깨에
툭 내려 앉는다

내 몸에 우주가 손을 얹었다

너무 가볍다

—이성선, 「미시령 노을」 전문

뜨거운 여름 햇볕을 받으며 탐스럽게 익어가는 호박에서 알몸뚱이로 와선하고 있는 동자승의 모습을 보는 나병춘의 시선이나, 어깨를 스치고 떨어지는 미시령 낙엽에서 우주를 느끼는 이성선의 감각은 자연과 자아가 일체를 이룬 상태가 아니면 불가능한 정신적 체험들이다. 그들은 호박이나 나뭇잎 하나에서 *그것들의* 생명력 전체를 온몸과 정신으로 느끼며 더 나아가 우주적 생명의 신비를 통찰한다. 그것은 궁극적으로 '자아'의 생명력과 본성을 확철하게 이해한다는 것을 뜻하는데, 나와 호박(나뭇잎)이 본질적으로 다르지 않기 때문이다. 자연의 실상에 대한 이와 같은 선적 접근방법은 우주를 전일적 생명으로 직관하고 그 속에서 나를 잃음으로써 무아의 자연이 됨[9]을 뜻한다.

다가서지 마라
눈과 코는 벌써 돌아가고
마지막 흔적만 남은 석불 한 분
지금 막 완성을 기다리고 있다

---

9) 김용정, 앞의 글, 20쪽.

부처를 버리고
다시 돌이 되고 있다
어느 인연의 시간이
눈과 코를 새긴 후
여기는 천 년 인각사 뜨락
부처의 감옥은 깊고 성스러웠다
다시 한 송이 돌로 돌아가는
자연 앞에
시간은 아무 데도 없다
부질없이 두 손 모으지 마라
완성이라는 말도
다만 저 멀리 비켜서거라

—문정희, 「돌아가는 길」 전문

경북 군위에 자리한 인각사(麟角寺)는 고려의 불승 일연 스님이 주석
하면서 『삼국유사』를 저술한 곳으로 유명하다. 그곳 경내에는 눈, 코,
입 등 얼굴의 형체가 거의 마모되고 배광(背光)도 얼굴 윗부분이 깨어져
달아난 석조여래좌상이 한 분 모셔져 있다. 얼굴 형태는 거의 밋밋하게
닳아졌음에도 불구하고 부처님이 입고 계신 법의의 주름과 곡선은 날
아갈 듯 선명한 것이 퍽 인상적이다. 시인은 이 석불에서 거룩한 부처
의 미소와 자비의 정신을 보는 게 아니라 원래의 본성인 돌 그 자체를
보고 있다. 돌을 조탁하여 부처 형상을 지은 것은 인간의 의식적인 조
작에 불과할 뿐 돌의 의지와는 아무런 관련이 없다. 오히려 돌의 처지
에서 보면 석불을 제작한 석공이 돌의 온전한 모습을 파괴한 것이라
할 수 있다. 불심 깊은 석공에 의해 제작된 석조여래좌상은 많은 불자
들의 환희심을 불러 일으켰을지 모르나 지금은 시간의 풍화작용에 의
해 얼굴이 문드러지고 몸에는 검푸른 돌이끼가 입혀진 돌덩어리에 지
나지 않는다. 시인은 부처의 외형을 버리고 다시 돌이 되는 석불의 그
런 모습이야말로 원래 자연으로 돌아가 완성을 이루는 순간으로 바라

보는 것이다. 돌은 돌로 족할 뿐이어서 부처의 형상으로 가공된 뒤 사람들의 예경을 받은 일이 거룩하긴 해도 다른 한편으론 감옥에 갇힌 것처럼 부자연스럽기 이를 데 없는 노릇이다. 그렇기 때문에 부처의 흔적을 지우고 다시 평범한 돌로 돌아가는 것이야말로 지극히 자연스러운 일이 된다. 돌이었던 몸이 다시 돌로 돌아가는 데 천 년의 시간이 걸렸다고 말하는 것은 잘못이다. 그것은 인간의 분별심으로 측정된 시간일 뿐 돌로서는 아무 것도 달라진 게 없기 때문이다. 천년 석불에서 시간과 부처의 개념을 지워버리고 한 송이 돌덩이로 보는 시인의 직관은 놀랍도록 신선하고 투명하다.

3. 잠정적 결론─화해와 상생의 정신

지금까지 거칠게 살펴본 것처럼, 불교적 세계관(혹은 상상력)과 현대시의 관련 양상은 매우 밀접하다. 한때 문학에서 불교적 제재나 주제를 다루는 것은 현실도피적이거나 관념적이라는 비판을 받기도 했지만, 1990년대 이후 현대시에서의 불교적 세계관과 상상력의 수용 태도는 매우 적극적인 양상을 보여준다. 그것은 90년대 이후 해체주의(혹은 포스트모더니즘)가 급속하게 유입되면서 서구 근대의 인간중심주의에서 불교의 탈인간중심주의(혹은 자연중심주의)로 패러다임의 변화가 일어났기 때문이라 할 수 있다. 서구 근대의 인간중심주의는 인간이 자신의 행동을 정당화하기 위해 상상해낸 허구여서 실상 아무런 근거도 없는 논리10)에 불과하다. 오늘날 우리가 직면하고 있는 전지구적 위기를 극복하기 위해서는 도구주의적 자연관과 인간중심적 가치관을 과감히 버리고 새로운 가치체계를 받아들여야 한다. 불교적 생태주의는 도구주

---

10) 박이문, 「21세기의 문화 : 전망과 희망」, 『이성은 죽지 않았다』, 당대, 1996, 198쪽.

적 자연관과 인간중심적 가치관을 대체할 수 있는 가장 유력한 방법론으로 거론된다.

현대시의 불교적 세계관과 상상력의 수용 양상은 갈수록 증대될 것이 분명하다. 그것은 자아와 세계의 절대적 평등이나 화해와 상생의 정신을 지향하는 불교의 근본이념이 모든 존재에 대한 생태학적 비전을 반영하는 예술(시)의 의도[11]와 정확하게 부합하기 때문이다. 뿐만 아니라 선시를 통해 살펴본 초절적 상징과 역설 등의 수사학은 현대시가 추구하는 기법의 새로움을 훨씬 뛰어넘는 것으로 인정받는다. 한 평자의 말대로 뛰어난 현대시에는 선적인 직관, 선적인 통찰과 각성, 구도자적 탐구 등이 모두 녹아들어 있으며, 시를 읽으며 의미를 탐구해 가는 과정이 참선과도 통하는[12] 부분이 많다. 자연 속에서 살아가는 모든 유정·무정물은 연기적 존재이므로 항상 타자의 도움으로 내가 존재한다는 사실을 유념해야 한다. 그것은 '주체'와 '타자'를 구분하고 전자를 보다 우월한 존재로 인식하는 서구 근대의 인간중심주의와 근본적인 차이를 드러낸다. 자연의 모든 존재는 하나의 개체이면서 전체로서의 우주와 관련되어 있다는 인식은 인간과 인간, 인간과 자연의 관계를 대립과 투쟁의 관계가 아니라 상생과 화해의 그것으로 이해하고 있음을 뜻한다. 그런 점에서 현대시와 불교의 접점은 우리가 생각하는 것 이상으로 훨씬 폭넓고 깊은 것일 수도 있다. 하지만 그것이 단순한 소재주의로 함몰하거나 잘 알려진 선구(禪句)의 무의미한 모방에 그치는 일, 또는 비슷한 유형의 작품을 붕어빵처럼 양산해내는 일 같은 것은 경계되어야 마땅하다.

(『한국어문학연구』 43집, 한국어문학연구학회, 2004)

---

11) 박이문, 「생태학과 예술적 상상력」, 위의 책, 103쪽.
12) 이숭원, 「시와 선이 만나는 길」, 『폐허 속의 축복』, 천년의 시작, 2004, 123쪽.

제2부 ▪ 불교문학과 사찰 공간

淨巖寺 연기설화의 변이양상과 그 의미

김 승 호

1. 머리말

『삼국유사』의 설화적 가치는 지금까지 삼국의 공간에서 퍼진 전승물들을 그만큼 포괄적이고 상세하게 정리한 자료가 없다는 데서 우선적으로 드러난다. 불교설화의 집대성임에도 불구하고 유사 소재의 많은 설화 중에서 집중적으로 부각되고 있는 것이 사찰연기설화라는 짐은 매우 흥미롭다.[1] 이런 까닭은 일연의 찬술동기와 연결시켜 보아야 할 터인데, 불교문화사를 염두에 둔 인물답게 불교문화에 대한 해박한 지식에다 철저한 답사와 고증을 통해 창건담은 물론 중건 및 폐사에 대한 내력까지 갈무리할 수 있었던 그의 개인적 역량과 무관치 않을 것이다.

---

[1] 『三國遺事』 소재 설화의 분류를 처음 시도한 이는 張德順이 아닌가 한다. 그가 『國文學通論』(신구문화사, 1961)의 부록으로 작성해놓은 「三國遺事所載의 說話分類」에 따르면 크게 신화, 전설, 민간전설, 불교연기설화로 4 大分이 되는 바, 이중 佛敎緣起說話의 하위분류로 寺院緣起傳說의 항목이 잡혀 있고 여기에 18개에 이르는 사찰설화가 예시되고 있다. 그러나 불교연기설화의 다른 항목으로 잡고 있는 高僧 異僧 聖徒傳說 등도 보기에 따라서는 사찰연기에 포함시킬 여지가 큰 만큼 『삼국유사』 소재 불교설화에서 사찰연기설화가 차지하는 비중은 다른 설화를 압도한다고 해도 과언이 아닐 것이다.

하지만 『삼국유사』에서 증언하고 있는 사찰 중 많은 곳이 우리시대에는 더 이상의 확인이 어렵게 되었다. 참으로 아쉬운 일이다. 사찰설화가 폐사와 동시에 전승력이 점차 약화되어 가는 것이 일반적 현상이거니와, 淨巖寺 설화는 그 점에서 예외가 된다고 해도 좋다. 다시 말해, 강원도 정선군 사북면 고한리에 위치한 이 절이 신라시대 자장에 의해 창건된 이래 현전하고 있을 뿐더러 창건이후 다양한 설화의 진앙지로서 적지 않은 설화가 채록되어 있어 연구적 대상이 되기에 부족함이 없다는 것이다. 이 절의 설화는 고려 13세기 일연의 『三國遺事』 중 慈藏定律 條를 비롯, 여러 곳에 산발적으로 기록된 창건담, 조선후기 한문으로 기록된 『江原道太白山淨巖寺事蹟』 및 『水瑪瑙塔 重修誌』, 그리고 60년대 채록된 구비 전승담 등에 올라 있어 퍽 다양하게 전개된 것을 알 수 있다.

이 글에서는 초기 단편적 창사담에서 시작하여 최근 설화에 이르기까지 다양하게 채록된 정암사 설화를 바탕으로 과거와 현재 사이의 담론적 변이양상을 살펴보는 데 우선 초점을 둘 것이다. 전승담에서 핵심 요소로서 원형설화, 전승자, 시대적 환경이라는 설화변이의 요소와 결부시켜 구비, 문헌 설화를 살펴보고자 하는 바, 사찰연기설화 일반의 담론적 특성은 물론이고 설화의 하류 형태로서 불교설화의 특질을 캐는 데 일조할 것으로 믿는다.

2. 정암사 연기설화의 각편

정암사 연기설화는 정암사의 창건, 중건에 내력을 담고 있다고 하나, 구전, 혹은 문헌으로 나누어 접근할 때, 담론적 특성을 보다 명확하게 밝힐 수 있을 것이다. 구비, 문헌 가운데 물론 구비전승이 앞서는 것이 일반적이지만, 반드시 그 선입견으로 대하는 것이 옳지만은 않다

고 본다. 정암사의 연기에 있어서도 조선후기의 설화에 이르면 전대의
기록을 바탕으로 한 구비설화임이 분명히 드러나고 있기 때문이다. 한
편 구비와 문헌으로의 구분은 설화 담당층이 지니고 있는 각각의 사
고, 세계관을 헤아리는데 퍽 유효한 잣대로 활용되기도 한다. 따라서
정암사 설화를 문헌, 구비 양면에서 수습할 수 있다는 점은 여간 다행
스럽지 않다.

정암사 연기설화도 전파의 첫 단계는 구비 전승담뿐이었을 것이다.
그러나 남겨진 정암사 설화자료에서 보듯, 연기설화는 매체를 기준으
로 '구전-기록-구전'의 순차를 지니며 길고 긴 전승의 과정을 거쳐
왔다고 생각된다. 물론 몇 가지 문헌기록들에 의한 불완전한 추론인데
다 구비전승의 양상마저도 문헌기록을 통해 우회적으로 파악했다는 한
계가 있긴 하지만, 구비, 문헌설화는 상호간 나름의 서사영역을 상보적
으로 확보해 왔다는 점에는 의심의 여지가 없다.

삼국시대에 발원한 설화가 아직도 전승력을 잃지 않고 있다는 점부
터가 놀랍거니와, 설화 발생 및 전승의 계기성을 유추하는데 도움이 될
만한 삽편 9개를 아래에 소개한 다음 논의를 이어가기로 한다.

1) 道宣 撰, 『續高僧傳』, 新羅 慈藏傳, 7세기.
2) 一然 撰, 『三國遺事』, 慈藏定律 前後所將舍利 臺山五萬眞身 五臺山
　　月精寺 五類衆生, 13세기.
3) 翠巖 性愚 撰, 『江原道太白山淨巖寺事蹟』, 1778.
4) 翠巖 性愚 撰, 『水瑪瑙塔重修事蹟』, 1778.
5) 景雲以祉 撰, 『水瑪瑙寶塔重修誌』, 1874.
6) 임석재 채록, 「정암사」, 정암사주지 제보, 1963.
7) 임석재 채록, 「정암사」, 유환성 제보, 1976.
8) 한국정신문화연구원, 영월읍설화 222, 「갈래사 자장법사와 부처소
　　내력」, 엄기복 제보, 1983.
9) 한국정신문화연구원, 영월읍설화 223, 「은탑 금탑이 물에서 노는 수
　　만호탑」, 엄기복 제보, 1983.

위에 제시된 담론들은 애초에 그 목적성을 달리해 나타났던 것들이다. 1과 2는 자장의 일대기를 정연하게 보여준다는 점에서 온전한 설화를 지향했다기보다도 僧史의 목적을 앞세운 기록의 성격이 강하다. 자연히 설화의 전기적 수용에 남다른 집착을 엿볼 수 있다. 알다시피, 傳記는 개인의 일생을 서사단위로 삼아 어느 한 군데로 생애를 편중시키는 법 없이 전 시간대를 골고루 보여줌으로써, 읽고 난 후 생의 종합적 재구를 가능케 하는 데 궁극의 목표를 두게 마련이다. 따라서 1과 2가 자장의 일생을 주목하고 있다해도, 내용적으로는 각각의 시각을 나름으로 반영하고 있다고 본다. 1은 중국유학 기간에 초점이 맞춰져 사건 상황이 비교적 상세한 반면 2에서는 성장, 수행, 그리고 유학 후 전국 곳곳에 절과 탑을 세우는 불사과정을 특히 강조해 놓고 있다. 하지만 승려의 전기라 하더라도 자장전에서는 설화를 통한 생애의 부조화라는 전기적 특성이 고스란히 반영됨으로써 설화가 지닌 담론적 특성이 완연하게 드러난다.

이렇다면 1과 2에서 사찰연기로서의 목적성은 매우 미미하게 나타날 수밖에 없게 된다. 정암사창주로서 자장의 전체적인 생에 매달리다 보니 정암사의 내력은 이야기의 핵심으로 수렴되기가 어려웠다. 3은 대신에 자장 本紀를 바탕으로 자장의 일생을 종합해주려는 의도가 좀더 반영된 경우에 해당한다. 하지만 자장의 생이 慈藏定律 條로 국한될 수만은 없을 것이다. 『삼국유사』의 東京興輪寺金堂十聖, 皇龍寺九層塔, 前後所將舍利, 布川山五比丘景德王代 條 등에 간헐적으로 여러 일화가 산견되거니와, 이를 통해 어쨌든 대사의 일생을 폭넓게 채집하기 위해 애쓰고 있다는 인상을 지울 수가 없다. 물론 산견된 일화들은 자장정률 조처럼 체계적이지도, 통일적이지도 못하다. 사실의 증언이라는 점에서 일생을 보다 온전히 재구한 화소들이라고 말하는 것이 옳을 것이다. 그렇지만 『삼국유사』에서는 정암사를 축으로 사찰연기설화로 인정하기에는 꺼려지는 부분도 없지 않다. 승전류에서 보듯, 다난한 자장의 생애

중 한 시간대에 속하는 그야말로 단편적 서술에서 크게 벗어나지 못하고 있기 때문이다. 4~5군데 언급되는 정암사 창건조차도 그 다음 전승의 원형적 재질로서의 의미 이상을 넘어서지 못하고 있다. 그런데 2와 3 사이에는 전승의 체계적 조명을 전제를 어렵게 하는 크나큰 서사적 거리가 놓여 있어, 추론을 곁들여 3에서 4로의 이행을 검토해야 할 것 같다. 4는 본격적으로 사적을 염두에 둔 기록으로 볼 수 있기 때문이다.

고래로 각 사찰에서는 창사 및 중창 등 사찰의 자취를 기록하는 것을 전통으로 여겨왔으나 조선시대에 들어와서는 내외 사정으로 그 열기가 많이 식었다고 보는 것이 일반적이다. 사찰의 역사를 기록 보전해야 한다는 의식이 새롭게 제기된 것은 16세기 이후 한동안 계속된 전란을 통해 많은 불교문화재가 소실되고 외적에 저항한 승려들의 역할이 인정되면서 부터의 일이 아닌가 추론한 이가 있다. 거기다 肅, 英, 正 3대에 이르러 문화의식의 고양과 더불어 불교계에서도 스스로의 전통과 문화를 갈무리해야 한다는 의식이 싹텄고 이런 분위기는 승단에까지 영향을 미친 것으로 파악하기도 한다. 이때 각 사찰에서는 승사의 보전과 사찰의 역사를 정리하기 위해 사지의 간행을 적극 모색하였다고 생각하는 것이다.[2]

3이 찬술된 시기가 대체로 1778년 이전임을 감안한다면『江原道太白山淨巖寺事蹟』역시 조선후기 일기 시작한 사지간행의 열기와 무관치 않은 작업이었음에 틀림없다. 신라 때 지어져 조선후기까지 당우를 보전하던 정암사로서는 전래 사적을 바탕으로 하되, 새로운 역사를 보완할 필요성을 절감했을 터이다.[3] 즉 창주로서 자장의 업적을 여전히 비

<hr/>

2) 허흥식,「사지의 간행과 전망」,『고려불교사연구』, 일조각, 1986, 795~796쪽 참조.
3) 사지찬술은 대체로 두 가지 의도에서 출발한다. 우선 전승되어온 사찰내력을 그대로 승계한다는 점이고, 다른 하나는 찬술 당시의 불사, 승사를 첨언하여 보다 총체적인 역사물이 될 수 있도록 한다는 데 있다. 大淸 同治 13년(1874) 景雲以祉가『水瑪瑙塔重修誌』의 말미에 붙여놓은 아래의 기사는 이를 잘 보여준다.

중있게 다루는 이외에도 서서히 담론의 축을 정암사에 놓지 않을 수 없게 된 것이다. 설화적 배경으로 보면, 『삼국유사』에 올라있는 정암사 관련 여러 각편을 바탕에 두고 구체적으로, 논리적으로 교직하여 서사성을 강화시켰고 말 그대로 사지의 뜻에 부합되도록 애썼다. 그 경우, 사찰을 이루는 불상, 당우, 범종, 종각, 탱화, 샘, 나무 등등, 이들에 대한 목록적 제시에 그쳐서는 곤란하고 대상에 대한 새 정보 혹은 흥미로운 화소를 벌충해야 한다는 과제를 안게되었을 터이다.

정암사설화에서 특히 주목되는 바는, 수마노탑에 관련된 이야기이다. 18세기 비교적 정연하게 정착된 정암사 연기와 별도로 수마노탑 중수지가 간행될 수 있었던 데는 그때까지 온전히 남아있던 정암사사적 때문이었을 것이라는 생각을 해보게 된다. 3은 중간에 재건된 탑의 내력을 전해주고 있는데 비해, 4에서는 정암사연기를 배경에 두고 수마노탑의 건립내력을 보다 상세히 전해주고 있다. 3, 4는 부분적으로 민중설화의 단편적들을 편입시킨 것으로 보이나, 근본에 있어 공식적 기록으로서의 의무감이 설화성이 지나치게 증폭되는 것을 제한한 것으로 이해된다. 때문에 5, 6은 바로 직전의 전승인 3, 4를 계승했다기보다는 오히려 이보다 아득한 시기에 정착된 2와 3을 기초로 하여 구비 전승된 양상을 증언하는 자료로 보는 것이 옳을 것 같다.

신라이래 현재까지 전승력을 지닌 설화를 찾기 쉽지 않은 상황에서 정암사연기설화가 지닌 담론적 의미는 결코 작다고 하기 어려울 터인데, 전승 형태도 자못 다단한 데가 있다. 대강은 초기 정암사 전승을 바탕으로 한 『속고승전』이나 『삼국유사』 자장정률 조에 정착되었다가 수마노탑의 조성이후 따로 부연된 이야기가 18세기에 들어 한문으로

"그 밖의 기이한 영이한 사적은 먼저 분들이 갖추어 기록하였으므로 중복하지 않고 대략 고금의 사적만을 기록하여 후세의 보고 듣는 이로 하여금 등불이 등불을 밝히 듯이 무궁하게 전하기를 바란다.(其餘多少靈應之迹 已備前人之述 故不敢煩之 而略記 古今所歷 因緣相感 以俟叔世見聞者之燃燈 百千而明無盡也.)"

기록되고, 이는 다시 구비설화 형성에 영향을 미치는 것으로 계통적 윤곽이 드러난다. 이렇게 본다면, 정암사만을 다루다 수마노탑이 축조되면서 따로 탑 건립과 관련한 이야기가 출현했고, 결국 정암사와 수마노탑 중에서 서사대상을 어디에 둘 것이냐 혼란을 겪는 일도 일어났을 것이다. 물론 한편으로는 구비전승의 문헌적 기록화 때문에 설화의 부분적 거세 현상도 초래되었을 터이다. 이는『수마노탑지』에서 특히 두드러지게 나타난다. 조선후기에 이르러 문헌설화로 정착된 이후에도 정암사 및 수마노탑 설화는 60~70년대까지 전승력을 유지했고, 이를 채록한 것이 6, 7, 8, 9 등의 각편이다. 본고는 이 같은 몇 가지 각편을 설화전승의 계승이라는 측면에서 담론적 구조, 주제정신이 시대에 따라 여하히 변이되어 나갔는가를 따져볼 셈이다.

3. 삼국유사 소재 정암사창건설화

설화성립의 기본적 선세로서 역사사실이 우선이며 다음에 그에 대한 이야기가 퍼지는 법이므로 정암사 설화 역시 창주인 자장의 활동 이후부터 활발하게 퍼져나갔을 것으로 생각된다. 정암사 창사를 증언하는『속고승전』과『삼국유사』소재 자장 관련기사는 지금껏 남아있는 정암사 기록 중 최고의 것이라고 해야 할 것이다. 특히 유사보다 훨씬 앞서 출현한『속고승전』은 유사의 자장정률조의 기록과 흡사한 데가 많아 일연이 자장의 전기를 쓰는데 이를 참조했으리란 예상을 가능케 한다. 『속고승전』에서 유의할 것은 이역에서의 찬술임이 믿어지지 않을 만큼 유학 이전의 사실들, 가령 탄생, 성장, 출가 등 일생을 재구할 만큼의 상세한 정보를 수습하고 있다는 것이다. 그러나 정암사와 관련해서는 특별한 것이 없고 다만 아래에서 보는 것처럼 당에서 귀국한 후 전국 10여 곳에 사탑을 세웠다는 짧막한 기사에 그치고 있어 아쉽다.

"그는 또 다른 사탑 10여 곳을 조성하였는데 한 곳을 지을 때마다 온
나라가 함께 숭상하였다. 이에 자장은 곧 '만약 내가 지은 절에 靈이 있
다면 기적이 나타날 것이다.'라고 발원하자 모든 감응이 일어나 발우에
사리가 나타났는데 대중들이 비경하여 보시하니 그 쌓이는 재보가 산더
미 같았다."4)

위의 기록 중 사탑 10여 곳 중의 하나가 정암사일 가능성은 높지만
확실히 단정하기 어렵다. 일연의 자장에 대한 관심은 어느 인물보다도
깊었음을 알 수 있는데, 가령 東京興輪寺金堂十聖, 皇龍寺九層塔, 前後
所將舍利, 布川山五比丘景德王代 등은 慈藏定律 조와 달리 이땅에 전해
지던 자장의 단편적 전승담을 적극적으로 수용한 것들로『속고승전』이
나 자장정률에서 놓치고 있던 자장의 전기적 사실을 보완해주고 있는
것이다.

1 법사는 정관 17년(643)에 강원도 오대산에 이르러 문수보살의 진신을
  보려했으나 3일 동안이나 날이 어둡고 그늘져서 보지 못한채 돌아갔다
  가 당시 원녕사에 살면서 비로소 문수보살을 뵈었다고 하였다. 뒤에
  칡덩굴이 서려 있는 곳으로 갔으니 지금의 정암사가 그곳이다. (이것도
  역시 별전에 실려 있다.)5)
2 자장법사는 오대산에 처음 이르러 진신을 보려고 산기슭에 모옥을 짓
  고 살았으나 7일 동안이나 나타나지 않았다. 이때 묘향산으로 돌아가
  정암사를 세웠다.6)
3 말년에 와서는 서울을 하직하고 강릉군에 수다사를 세우고 거기서 살
  았더니 북대에서 본 바와 같은 형상의 이상한 중이 다시 꿈에 나타나
  서 말했다. 10여일 대송정에서 그대를 만날 것이다. 자장이 놀라 일어

4)『續高僧傳』, 권24,「唐新羅國大僧統釋慈藏」, "又別造寺塔十有餘所 每一興建 合國俱
   崇 藏乃發願曰 若所造有靈 希現異相 便感舍利在諸巾鉢 大衆悲慶 積施如山"
5)『三國遺事』, 권3,「臺山五萬眞身」, "師以貞觀十七年 來到此山 欲覩眞身 三日晦陰 不
   果而還 復住元寧寺 乃見文殊云 至葛蟠處 今淨嵓寺是(亦載別傳)"
6) 위의 책, 권3,「臺山月精寺 五類聖衆」, "慈藏法師初至五臺 欲覩眞身 於山麓結而住 七
   日不見 而到妙梵山 創淨巖寺"

나서 일찍 송정에 가서 과연 문수보살이 감응하여 왔다. 법요를 물으
니 대답하되, 태백산 갈번지에서 다시 만나자 하고는 자취를 감추고
나타나지 않았다.…… 자장이 태백산에 가서 찾는데 큰 구렁이가 나무
밑에 서려 있는 것을 보고 시자에게 말했다. "이것이 바로 이른바 갈
번지이다." 이에 석남원(지금의 정암사)을 세우고 대성이 오기를 기다
렸다.[7]

　　1, 2, 3은 정암사를 짓게 되기까지의 내력을 담고 있는 각편들이다.
일연의 경우, 스스로 발굴 정리하여 지장에 관한 포괄적 담론을 지향한
탓에 무질서하고 중복된 부분도 없지 않다. 그렇다고 해도 세 각편에
공통적 요소가 없는 게 아니다. 우선 당에서 귀국한 후 문수보살을 친
견하고자 태백산에 들어왔다가 정암사를 짓게 되었다는 것이 세 각편
의 핵심을 이루고 있다. 사찰건립에서 과정 중 가장 먼저 해야할 일이
절터를 고르는 일이므로 명당잡기 화소가 흔히 앞에 보이는데, 1, 3에
는 미약하나마 이 점이 나타난다. 1에서 칡이 뻗어간 자리가 영험한 터
로 검증된 반면, 3에서는 꿈속의 전언과 같이 "큰 구렁이가 서려 있는
나무 밑(蟒蟠結樹下)"이 결국 절터로 섬시되있다는 것이다.
　　하지만 1과 3에서도 사찰연기설화로서의 전형은 잘 드러나지 않고
있다. 누가, 언제, 어디서, 어떻게 왜, 지었는지에 대한 구체성이 결여되
어 있는데다 서사성을 운위하기에는 서사량마저 빈약하다. 물론『속고
승전』,『삼국유사』의 채록을 지나 그 다음 시기에도 이 같은 정도의 서
사성에 머물렀다고 보기는 어렵다. 이는 다음에 볼 18세기 채록된 정암
사사적과 대비해 볼 때, 더욱 잘 드러나는 특징이다.

---

7) 위의 책, 권4,「慈藏定律」, "暮年辭京輦 於江陵郡(本溟州也)創水多寺居焉 復夢以僧 狀
　　北臺所見 來告曰 明日見汝於大松汀 驚悸而起 早行至松汀 果感文殊來格 諮詢法要 乃
　　曰 重期於太白葛蟠地 遂隱不現(松汀至今不生荊棘 亦不樓鷹鸇之類云) 藏往太伯山尋之
　　見巨蟒蟠結樹下 謂侍者曰 此所謂葛蟠地 乃創石南院(今淨巖寺)以候聖衆"

4. 자장전과 정암사사적

좋은 터의 발견이 창사과정에서 빼놓을 수 없는 화소라면, 마찬가지로 사찰설화의 영험성을 확보하기 위해 창주를 고르되, 널리 알려지고 덕망이 높은 고승이 創主로 등장하는 예는 전형적 구성이라고 할 정도로 흔한 전개이다. 때문에, 정암사 전설에서도 자장의 일생은 문헌과 구비의 구별없이 반드시 적기하는 요소로 받아들여졌던 것이 아닌가 싶다. 하지만 정암사가 역사성을 띠면서, 그 사찰 자체의 전설을 필요로 하게 되었고 이 절을 증거하는, 보다 구체적 담론을 필요로 하는 단계에 접어든다. 開山과 더불어 각 양의 사찰연기가 담당층 혹은 시대에 따라 다양하게 전승, 변이 되어왔음을 추론하기는 어려운 일이 아니다. 신라시기의 전설들과 무엇이 어떻게 달라지는지 구체적 거리감을 확인키 위해『삼국유사』의 기록과 비교할 겸,『江原道太白山淨巖寺事蹟』을 단락화시켜 보면 다음과 같다.

> 1 태백산은 영동과 관동 사이에 있는 깊은 산으로 웅장하여 다른 산에 비할 바가 아니다.
> 2 태백산 서쪽의 옛절 정암사는 자장율사가 세운 곳으로 청정하기 이를 데 없는 곳이라 하여 그렇게 이름지었다.
> 3 정암사에는 3탑이 유명했는데 자장율사가 모친에게 금, 은탑을 보여주기 위해 影池를 만들었다.
> 4 세존이 열반에 드실 때에 문수보살에게 자장율사가 중국에 유학오기를 기다렸다가 그로 하여금 유명한 곳에 탑을 세우라고 말씀하셨다.

사실 정암사전설의 창건 내력을 다른 것보다 상세히 전하는 편인『삼국유사』조차도 사적에 값할 서사적 기록은 드문 편으로, 조선후기 사적의 간행에 즈음해서는 서사성을 보다 충족시키는 담론이 채택할 가능성이 높아지게 된다. 사적이란 공식적으로 승사를 표방해야지만, 한편으로는 사찰의 神聖化라는 과제를 감당하지 않을 수 없다는 점을 상기할 필요가 있다. 사실의 기록을 전면에 두고서도 적지않은 寺誌가 설화적 요소를 소거하지 못하는 것은 이 점과 무관치 않은 것이다.

1은 사지의 서두 기록으로서는 전형적인 것으로 정암사 창사에 따른 명분을 地氣와 관련지어 전개하고 있다는 점에서 흥미롭다. 잠시 설화적 기사를 유보하고 사찰의 공간적 조건을 현시하는 것으로 서두를 열든가, 사찰의 명칭과 함께 간단한 유래를 적시하는 것이 보통이므로 정암사사적 역시 그런 전례를 따르고 있는 셈이다. 2는 아직은 설화 담론이 끼어들기 전으로 1과 마찬가지로 요약사실을 언급하는 데 머물고 있다. 3은 정암사에서 가장 특이한 유적으로 꼽고 있는 수마노탑과 더불어 금 · 은탑의 존재에 대해서, 그리고 자장이 모친을 위해 영지를 팠다는 등 색다른 화소가 삽입되어 있다. 『삼국유사』에서 없었던 내용으로 사중 혹은 민중들에게 비친 자장이란 고승이기 전에 아들로서, 어미에게 어떻게든 효도하고픈 한 아들의 처지를 넘어서지 못하고 있는 것으로 이해된다. 완연히 설화적 담론으로 방향을 전환시키려는 의도를 발견할 수 있는 부분이다.

4의 단계는 설화가 기록으로 성착하면시 후대에 형성된 설화적 성보를 더 보태는 부분이다. 이야기의 흐름상 창건의 계기가 어디서 왔는가를 반복함으로써 서사적 계기성을 훼손시키는 바 없지 않으나, 사찰의 영험성을 강조하고 싶은 열의가 서사적 논리를 부차적인 것으로 만들어 놓았다. 즉 석가모니가 열반에 들기 직전 문수보살에게 마지막 유언으로 장차 중국에 유학 올 해동의 자장을 거론하며 그를 통해 해동의 유명한 산에 탑을 세우도록 교시했고, 그렇게 건립된 것 중의 하나가 정암사 수마노탑이었다. 사찰연기설화는, 거듭 강조하지만 불교적 영험력을 확보한다는 의미에서 고승인 자장과의 결연을 넘어 석가모니와의 인연담까지 개입시켜 영험성을 대단한 정도로 높여나가고 있다.

사실, 이 정도로 불연성을 강하게 드러내는 이야기도 드물 것이다. 『삼국유사』에서 慈藏定律, 五臺山月精寺 五類聖衆, 臺山五萬眞身에서는 단지 정암사 창건만을 단편적으로 확인시키는 것과 비교할 때, 정암사 중심의 설화는 일단 전승이 미미해지거니와, 부처의 유지에 따라 수마노탑이 건립되었다는 강력한 불연성이 탑의 역사를 한층 신비스럽게 부조해주고 있다.

사적지는 여러 점에서 『삼국유사』 자장정률의 기록을 거의 그대로 등재했다할 정도로 대동소이하다. 다만, 화소의 선별, 서사적 핵심으로 보아 사적기의 적합성에 기여하는 쪽의 수용이라고 말할 수 있겠다. 그런데 서두에서 사적기로서의 전기적 논리성과 인과성을 중시한 변형태가 있어 아울러 주목된다. 즉 자장의 죽음과 관련된 자장정률 조의 마지막 부분이 특히 그러하다.

> ……문인이 나가서 거사를 꾸짖어 쫓으니 거사가 다시 말했다. "돌아가리라, 돌아가리. 我相을 지닌 자가 어찌 나를 볼 수 있겠느냐." 말을 마치자 삼태기를 거꾸로 들고 터니 강아지가 변해서 사자보좌가 되고 그 위에 올라앉아서 빛을 내고는 가 버렸다. 자장이 듣고 그제야 위의를 갖추고 빛을 찾아 재빨리 남쪽 고개로 올라갔으나 이미 아득해서 따라가지 못하고 드디어 몸을 던져 죽으니 화장하여 유골을 석혈 속에 모셨다.[8]

놀랍게도 僧團에서 큰 인물로 자리 매김된 자장이 我相을 떨치지 못했음은 물론 관음친견의 뜻을 이루지 못하고 불의로 사고로 숨졌다는 점을 폭로하고 있다. 일단 구비전승의 것을 그대로 따랐는지는 모르나 고승적 형상 대신 끝내 해탈에 실패했음을 비극적 사건을 통해 전함으로써 고일한 자취를 힘써 수습하던 공식적 기록들과는 큰 거리감이 있는 게 사실이다. 하지만 자장의 죽음에 관련된 충격적 사건에도 불구하고 자장에 대한 후대인들의 정서적 반응은 고승적 형상으로 되돌아가고 있는 것이 아닌가 생각하게 된다. 가령 다음 문헌설화를 보자.

---

8) 앞의 책, 권4, 「慈藏定律」. "門人出訶 逐之居士曰 歸歟 歸歟 有我相者 焉得見我 乃倒 簣拂之 狗變爲師子寶座 陞坐放光而去 藏聞之 方具威儀 尋光而趨登南嶺 已杳然不及 遂殞身而卒 茶毗安骨於石穴中"

"……(자장은) 몸을 가리고 가면서 사자에게 말하기를 내 몸을 이 방 안에 그대로 두어라. 六月 후에 돌아오리라. 어떤 외도가 와서 불사르고 자 하거든 응하지 말고 기다려라 하였다. 한 달을 지나서 한 중이 와서 그것을 듣고 크게 나무라면서 그 몸을 불살랐다. 얼마 후 공중에서 말하 기를 몸이 의지할 곳이 없으니 어찌하리오. 나의 유골을 암혈에 간직하 여 두고 와서 참견하는 이로 하여금 손으로 만지면 다 같이 왕생하리라 하였다."[9]

설화가 현실의 굴절일 수 있다는 측면에서 본다면, 자장의 말년에 불 미스런 사건이 발생했을 개연성마저 부정할 수 없게끔 하는 극적인 증 언이다. 진위 여부를 떠나 설화채록자들에게 이 점은 적지 않은 부담으 로 작용했을 가능성도 배제하기 어렵다. 다시 말해 고승답지 않게 불의 의 사고로 숨진 자장을 이후 세대들은 어떻게 수용할 것인가, 색다른 문제거리로 부상했으리라고 본다. 역사 인물일수록 담론은 그에 대한 호불의 평을 달게 마련이라면 자장도 긍정 아니면 부정적 형상 중 어느 하나로 기울어지지 않을 수 없는 국면을 맞게되는 바, 대체로 후대설화 는 성스러운 상을 회복시키는 쪽으로 시행되어 나갔다. 『겅암시사저』에 서 부처친견에 발분하던 그가 바로 앞에 나타난 문수보살을 간파하지 못하고 절벽에서 굴러 허망하게 죽었다는 것까지는 전승의 반복이라고 해도 계시적 유언을 상세하게 추가함으로써 자장은 위대한 고승의 면모 로 다시 돌아갈 수가 있었다. 다시 말해 자장은 우선 임종시에 정확한 예측으로 육신을 남기고 가지만 3개월 뒤에 다시 돌아올 것을 천명한 다. 외도가 와서 불사르려 해도 응하지 말라고 유언하기도 했는데 그의 죽음 뒤에 실제 그 일이 발생하게 된다. 다만 제자들이 이를 제대로 지 키지 못했을 따름이다. 죽은 뒤에 자장은 바위 사이에 유골을 봉안해

9) ≪江原道旌善郡太白山淨巖寺事蹟≫. "舍身而去曰 我身在室中 三月則還來矣 應有外 道來 欲燒之 不從留待 未過一月 有僧大責燒之 三月後空請曰 無身可托己矣 奈何 吾之 遺骨藏置巖穴 俾後參見手摩者 同願往生."

친견하러 온 자가 만지기만 하더라도 정토에 왕생할 수 있다는 점을 天
聲으로 전하는데 이같은 유언은 고승적 영험성을 재인식케하는 징표가
되고, 실제 입증됨으로써 전에 흠모하던 고승으로서의 상을 회복하는
계기가 되고 있다.

  사적기에서는 자장의 유골을 수습해 안치한 곳으로 정암사 조사전
남쪽 바위를 구체적으로 적시해놓았다. 게다가 자장의 유해를 안치한
두어 곳 있었는데, 그 하나가 정암사 조사전에서 오백 보를 내려간 길
가에 자장이 만들어놓은 占石이라 했으며, 이곳에 지나는 이가 돌을 던
져서 붙으면 좋은 징조요, 그렇지 아니하면 불길하다는 점까지 상세히
일러놓고 있다. 다른 한 곳은 위 장소에서 서쪽으로 십 리를 가면 나타
나는 육송정에는 율사가 심은 나무가 있다고 되어있다. 단편적 삽화를
무잡하게 개재시키다가 그것이 달라지는 것은 사지기록이 맨 마지막에
이르렀을 때이다. 『삼국유사』에서의 기록과 큰 변별성을 갖는 부분은
칡을 통한 길지의 발견 대목이다. 자장이 태백산에 들어와 탑 세울 터
를 열심히 찾았으나 종잡지 못하고 있을 때에 세 줄기 칡덩굴이 뻗어
나온 곳을 찾아 탑을 세우게 되었다는 내용이다.

  『삼국유사』의 자장 傳記가 이야기의 큰 축을 형성하면서도 사적에 오
면 그 앞뒤로 사찰연기의 정체성과 담론적 논리를 위해 단편적 화소들
을 적지 않게 보완하고 있음을 알 수 있었거니와, 이로써 창주의 傳記的
설화에서 寺誌的 설화로의 변이가 완연하게 그 색깔을 드러낸다.

5. 수마노탑과 문헌설화

  수마노탑에 대해서는 정암사 연기설화에서 전혀 언급이 없었던 부분
이다. 그럴 수밖에 없었던 것은 수마노탑이 양식상 고려 대에 건립된
것으로 보이며, 탑 설화 역시 정암사의 창건설화에 비해 훨씬 후에 등

장한 때문이다. 그 점에서 『속고승전』이나 『삼국유사』에 올라있는 아래와 같은 기사도 신중하게 읽지 않으면 안 된다.

> "(그는) 또한 별도로 십여 곳에 사탑을 세웠는데 하나를 건립할 때마다 나라 사람들이 합심해 숭앙하였다. 이에 자장은 '만약 내가 건립한 절에 영험이 있다면 기적이 나타날 지어다'라고 발원하자 문득 감응이 일어나……"10)

> "대체로 자장이 세운 절과 탑이 10여 곳인데 세울 때마다 반드시 이상스러운 상서가 있었기 때문에 그를 받드는 선남들이 거리를 메울 만큼 많아서 며칠이 안돼서 완성되었다."11)

위에 언급된 10여 곳에 세운 절과 탑은 수마노탑과는 상관없는 것으로 보아야 할 것이다. 그러나 정암사 연기설화가 어느 때부턴가 전승력이 약화되면서 수마노탑의 전설이 오히려 널리 입에 오르는 시기를 맞은 것 같다. 정암사와 수마노탑의 이야기에서 경계가 확실한 것은 물론 아니다. 오히려 유전하던 정암사 설화가 탑의 명성을 확보하는데 이바지하는 면이 없지 않았으므로, 절과 탑에 각각의 설화를 녹립시켜 선승시킬 까닭이 없었다. 수마노탑의 명성과 영험함을 전하는 파생담은 '**터잡기 → 공사 진척 → 영험의 현시 → 절의 쇠퇴 → 중건**' 등의 단계를 거치며 전개되거나 이중 한 두 화소에 비중을 두어 이야기가 퍼져나갔을 것이다. 수마노탑은 아니지만 자장이 당에서 귀국한 직후 착수한 다른 불사와 연관된 설화를 훑어보면 이런 계기적 구도는 훨씬 명확하게 드러난다. 자장이 그토록 여러 사찰의 건립에 주도적으로 참여할 수 있었던 것은 귀국시 당 황제로부터 받은 갖가지 佛寶의 인수자였다는 사실과 관련되어 있기도 하다. 설화 역시 이를 입증한다. "자장이 오대산에

---

10) 『續高僧傳』, 권24, 唐新羅國大僧統釋慈藏.
11) 『三國遺事』, 권4, 慈藏定律. "凡藏之締構寺塔 十有餘所 每一興造必有異祥 故浦塞供塡市 不日而成."

서 받아 가져온 사리 1백 과를 황룡사 탑 기둥 속과 통도사 계단과 또
대화사 탑에 나누어 모셨으니 이것은 못에 있는 용의 청에 따른 것이
다."12)라는 기록 등이 거듭해서 등장하는 것이다.

  상기한 것처럼, 자장은 당에서 유학을 마치고 들어온 후 전국 곳곳
에 여러 사탑을 건립하는데, 주도적인 역할을 담당한 것으로 되어있다.
그에게 寺塔 건립을 간곡하게 청한 인물은 다름 아닌 용이었다. 우선
중국 체류 시 대화지 가에서 만난 신인의 청이 있었고 그 후에 만난 용
왕은 "황룡사의 호법룡은 바로 나의 큰아들이요, 梵王의 명령을 받아
그 절에 와서 보존하고 있으니 본국에 돌아가거든 절 안에 구층탑을
세우라"13)고 건축의 규모까지 구체적으로 제시하였다. 수마노탑의 건
립기는 양식상 고려 시기의 것으로 보는 것이 일반적이다.14) 수마노탑
건립 후에는 필시 정암사지에 대한 이야기가 활발하게 따랐을 터인데
사지에도 자장에 의한 탑건립과 함께 그에 대한 영험담이 자연스럽게
끼어들었을 터이다. 특히 『삼국유사』에 단편적 기사를 윤색, 보완하여
보다 통일된 서사물로 갖추어 나가는 단계에서 우선 탑 건립을 석가모
니의 유훈에 두고 있는 것이 주목을 끈다. 후에 자장이 당나라에 유학
올 것을 예견하고 문수보살을 시켜 자장이 영험있는 신라의 명산에 탑
을 세우도록 매개하고 있는 것이다. 아울러 유지를 받들어 北臺 雲際寺
에서 만난 梵僧은 당 유학을 끝내고 돌아가는 자장에게 난해한 게송을
풀어주는가 하면 여러 佛具도 함께 전해주면서 "삼재가 이르지 못하는
곳에 이들을 나누어 봉안함으로써 나라를 복되게 하고 세상을 도우라.
그리고 태백산 갈반지에서 다시 만나자"15)고 약속한다.

---

12) 앞의 책, 권3, 「皇龍寺九層塔」. "慈藏以五臺所授舍利百粒 安分安於柱中 並通度寺戒
   壇 及大和寺塔 以副池龍之請."
13) 위의 책, "皇龍寺護法龍 是吾長子 受梵王之命 來護是寺 歸本國 成九層塔於寺中."
14) 강원도, 『강원도사찰지』, 1980, 140쪽.
15) 『江原道旌善郡太白山淨巖寺事蹟』, "並是世尊愼物可愼護之 師還煥本國 三災不到名
   勝處一一分藏 福國祐世再見鄕於太白三葛盤處."

여기서까지는 『삼국유사』의 전개와 흡사하다 해도, 수마노탑의 건립 과정에 대한 설명적 설화는 후대 파생된 것으로 본다. 다시 말해 정관 17년 자장의 귀국을 맞아 많은 佛寶를 신라에 보낸다는 풍문이 돌자 唐僧들이 이를 방해하고 나섰다. 하는 수 없이 자장은 계획을 바꾸어 은밀히 서해 길로 돌아오지 않을 수 없게 된다. 유학승이 서해를 통해 당나라를 출입하는 것은 비교적 현실을 반영한 것일 터인데 설화에서 는 이때의 용궁 초청 사건을 적극적으로 편입시켜 흥미와 함께 자장의 법력을 간접적으로 증거해주고자 했다. 즉 이때 서해 용왕은 오히려 절 호의 기회로 삼아 불사리 정골에 공양하고 자장에게 지단 목압침을 바 쳤다. 익히 고승의 법력을 깨닫고 있던 수계의 용왕으로서는 이미 법력 을 고일한 경지까지 높이고 고향으로 돌아가는 귀국승을 맞아들여 정 중한 접대와 함께 설법을 청하며 불심이 용궁에 미만하길 기원했다고 볼 수 있다.[16] 그런데 자장이 서해로 귀국 중 용궁의 초대를 받는 일은 그만의 독특한 체험이라고 하기 어렵다. 이는 유학 후 한결 성숙해진 법기를 입증하는 사건인 동시에 異界조차도 부처의 가르침을 펴이나 갈구하고 있음을 상징적으로 일종의 진형화된 모디브였다. 어히튼 고 승이 잠시 머물다가 떠나는 장소답지 않게 용궁은 자장에게 극진한 정 성을 아끼지 않는다. 그 중의 하나가 정암사에 수마노탑을 짓도록 해준 일이다. 용왕은 무수한 수마노 조각을 싣고 울진포에 정박한 후 신통함 을 발휘하여 근처 산에 수마노를 감추어 놓고 불탑건립의 자재로 쓰도 록 배려해준다.[17]

사찰건립에 용왕이 왜 그토록 호의를 베푸는 지에 대해서는 황룡사 구층탑 조를 훑어보면 이해가 될지 모르겠다. 중국 대화지에서 만난 용

---

16) 졸고, 「구법여행과 그 부대설화의 일 고찰」(『한국승전문학의 연구』, 민족사, 1992) 참조.
17) 『江原道旌善郡太白山淨巖寺事蹟』, "龍王 卽以瑪瑙無數片 載船到蔚珍浦 以龍王神力 將于此山"

왕은 자장에게 목압침을 주면서 신라의 국태민안을 위해 황룡사를 세울 수 있도록 모든 것을 아끼지 않겠다 약속한 적이 있다. 그런데 원래 사적기에서 본 바와 같이, 석존의 사리를 정암사 수마노탑에 봉안하고 이를 지키기 위해 적멸보궁의 건립을 청한 것이니, 수마노탑에 대한 설화적 전개는 퍽 자연스러운 편이다. 자장정률 등 자장의 전기가 상대적으로 정연한 생애기록에 경사되었다면, 후대에는 탑 조성을 주목함으로써 또 다른 설화를 파생시켰다고 생각할 수 있다. 절과 탑 등 사찰을 이루는 부속물에 고승 설화가 부연되는 것도 따지고 보면, 이런 맥락에서 보아야 의미가 제대로 파악되리라고 본다.

삼국시대의 유물과 그 설화, 고려시대 축조된 수마노탑과 그 부연설화는 서로 혼합되어 흘러오다가 수마노탑 중심의 파생담으로 나타났다면, 좀 상세히 과정을 유추해볼 필요가 있다. 『정암사사적』에는 이에 걸맞게 수마노탑의 건립이란 본디 석가의 유지에서 시작되었다는 범상치 않은 내력을 들어 불연을 강조하고 있다. 부처의 유지로 탑 건립의 당위성을 확보한 이후에 또 하나 탑 건립을 실천행으로 보여주는 것이 귀국 시 서해 용왕과의 조우였다. 특히 용왕의 큰아들이 황룡사 수호룡이라고 밝힌 데서 알 수 있듯, 용궁은 신라를 佛地로 인식하고 그 땅의 홍법을 위해 모든 지원을 아끼지 않았던 것이다. 불승을 존숭하는 당대적 분위기에다 난만한 당의 불교문화를 적극적으로 수입하던 시기의 정황과 함께 서해용왕과의 조우 및 그를 통한 고승의 이계 홍교의 원이 설화에 그처럼 굴절된 것으로 보인다. 조선후기에 이르기까지 신라에서 발원한 설화는 전승을 멈추지 않았다. 하지만 사탑에 대한 공식적 역사를 정립해야 한다는 자각도 싹텄음이 틀림없다.[18] 수마노탑 사적

---

18) 水瑪瑙塔重修誌 "我東方數千里名山勝地 有塔廟焉 有寺刹言 必皆有誌 誌者 誌其創修之緣 事功之寶也 今太白山淨巖寺之有是誌也 亦以浩劫之相尋 曆數之無常 而水瑪寶塔 轉次修造之一端也 (우리 東方 수천리의 명산 勝地에 塔廟가 있고 사찰이 있는데 반드시 다 기록이 있으니 그 創修의 인연과 事功의 사실을 기록함이다. 이제 太白山 淨巖寺에 이 寺誌가 있는 것은 또한 오랜 연대의 변천이 무상한 데 수마보탑

의 찬술에 대한 동의는 물론 내용적으로도 影池, 자장의 효 등에 대한 새로운 모티브를 개입시켜 전시대의 이야기와 달라진 모습을 보여주기도 한다.

그러나 『수마노탑사적기』는 『정암사사적』에 올라있는 사탑설화를 간략하게 인용하는 정도에 그칠 뿐 설화적 담론으로서의 확장의지는 미약하다. 그에 비해 『정암사지』에는 서사성이 강한 수마노탑 설화가 개입되고 있다. 대체로 불교설화의 운반자를 사중으로 볼 수 있으나 정암사지의 탑 설화는 민중적 세계관에 의거하여 전개되고 있다. 그것은 굳이 불교적 교리나 부처의 영험을 강조하지 않더라도 민중적 삶에서 느끼고 깨달은 바의 설화적 전개에 해당된다. 불교적 사고라면 속세에서의 혈연은 가능한 접어놓아야 옳을 것이다. 하지만 여기서는 이미 고승이 된 자장이 훌륭한 탑을 어떻게든 속세에 있는 어머니에게 보여드리고 싶은 자식으로서의 갸륵한 심정을 절실하게 포착하고 있다. 곧, 수마노탑, 금, 은탑을 건립하고 난 후 모친께 보여드리려 했으나, 뜻대로 되지 않자 影池에 세 탑이 그림자를 비치게 하여 모친의 원을 풀어드렸다고 했다.[19] 불교적 방편이 아니라도 민중적 삶의 시혜나 가르침이 민담에 엇섞여 또 다른 각편으로 나타날 수 있다면, 여기서는 민중설화가 사찰연기설화에 영향을 더 크게 미친 것으로 여길 만하다. 수마노탑 이외 금, 은탑에 따라 붙은 이야기도 같은 관점에서 살펴볼 수 있겠다.

　"그 가운데 三寶塔이 있으니 一은 金塔이오, 二는 銀塔이오, 三은 瑪瑙塔이다. 마노탑은 지금까지 보존되는 것이나 금, 은 二塔은 나타나지 않으니 산신령이 몰래 감춘 것인가. 복이 없는 자라 보기 어려운가. 산에 들어가 약초를 캐는 자가 혹 본다고 하는데 두 번 찾을 수 없다고 하니

───────────────

의 조성 중수의 일단을 기록함이다.)"

19) 『江原道太白山淨巖寺事蹟』, "慈藏律師께서 친히 영지를 동구에 파두고 그 어머니로 하여금 그 못에 비추는 세탑의 그림자를 구경하게 했다고 한다. 못 위에 삼지암이 있는데 옛적 못자리가 완연하였다. 이 어찌 다른 산과 같다고 하겠는가.(慈藏親鑿影池於洞口 使其母翫三塔 故池上有三池菴 池堰完存 然則 豈可與他山同一語哉.)"

과연 신기한 것이로다."20)

무엇 때문에 금, 은탑이 숨어버렸는지, 그리고 누구는 볼 수 있고 누
구는 그렇지 못한지, 찬자는 의아스럽게 여기고 있다. 현실적으로는 원
래부터 금, 은탑이 존재하지 않았으니 볼 수 없었던 것이 아닌가 하는
점부터 따질 일이지만, 그것은 설화적 발상이랄 수 없다. 설사 금, 은탑
이 없었다 하더라도 그것이 이야기되고 있는 한, 나름의 근거를 마련해
야 것이 설화전승의 원리에 부합된다. 위 찬자는 막연한 의문으로 그친
데 비해, 이보다 훨씬 후대에 등장한 구비전승들에서는 그 까닭을 다음
과 같이 밝혀놓고 있다.

> "자장대사는 태백산에 수마노탑을 세운 것이 아니고 금탑과 은탑도 세
> 웠다고 한다. 그런데 이 금탑과 은탑은 불교를 독실히 사람의 눈에나 보
> 이지 물욕이 있고 불교를 독실하게 믿지 않은 사람의 눈에는 보이지 않
> 는다고 한다."   (정선군 도연동면 고한리 정암사 김주지, 1963)21)

> "금대봉에는 금탑이 있고 은대봉에는 은탑이 있다고 하던데 물욕이 있
> 는 사람은 이런 탑들은 못본다고 합니다. 물욕이 없고 도심만 가진 사람
> 이 볼 수 있다는데, 옛날 우복당이란 사람이 노승과 다락에서 노는데 저
> 기 저것이 금탑이 아니냐 그러니까. 그 노승이 당신은 욕심이 없는 고로
> 금탑이 보인다고 하고서는 노승이 백학이 돼서 하늘로 날아갔다는 그런
> 이야기가 전해 내려옵니다."   (정선군 정선읍 봉양리 유환성, 1976)22)

현전하는 수마노탑을 두고 사람에 따라 이를 보고 못보고 하는 등의
내용을 붙일 필요가 없을지라도 금, 은탑의 해명을 위해서는 어떤 식으
로든 추가적인 설명이 요청되었을지 모른다. 누구나 볼 수 없고, 청정

---

20) 앞의 책. "於中有三寶塔 一金二銀三瑪瑙 瑪瑙于今守護者 金銀隱而不現無 乃山靈之
    秘藏歟 薄福者難見歟 入山採藥者或見 而再不訪 可謂靈奇也."
21) 임석재 편, 『한국구전설화－강원도편』, 평민사, 1989, 110쪽.
22) 임석재 편, 위의 책, 112쪽.

심을 가진 이에게만 현시된다는 점은 깨끗한 마음을 갖고 살라는 깨우침을 되새기게 하는 데 더없이 유효하다. 더군다나 불교설화인 바에야 더욱 적절한 모티브이다. 심마니 중에도 금, 은탑을 본 이가 아주 드물었다는 것은 우리가 아직 가보지 못했을 뿐, 분명 어딘 가에는 금은 탑이 존재한다는 점을 상기시켜 준다. 이미 사적기에서 본 바이지만, 자장이 세속에 있는 어머니를 잊지 못했을 뿐더러 아름다운 탑을 어떻게든 보여드리고 싶은 나머지 영지를 파 소원을 성취시켰다는 파생담까지 포괄한다면, 애초 설화는 정암사 역사를 증언하고자 한 寺衆들의 범주에 머물다가 점차 민중들의 바람과 가르침을 전하는 민담으로 바뀌어 간 것을 알 수 있다.

　정암사 사적이 정착되고 난 다음 위에서 언급한 바대로,『수마노탑중수사적』(1778)과『수마노탑중수지』(1874)가 뒤늦게 찬술되었다. 이들은 전시대에 풍성하게 전승되던 탑 설화와 달리 공식적 입장에서 연대기적으로 탑의 創修 역사를 객관적으로 남긴다는 데 뜻을 둠으로써, 정암사 사적이 보여준 설화성이나 서사성을 충족되지 못하는 한계를 노정하고 있다. 하지만 단편적이나마『삼국유사』이래 수마노탑의 전설에 어떤 유형이 있었으며 그것이 어떤 경로로 이어져 내려왔는지를 헤아리는 데 있어서는 주목할 대상이다. 다시 말해『삼국유사』이후『정암사사적』과 근래 채록된 정암사 연기설화, 혹은 수마노탑 설화 사이의 막연한 시공의 폭을 좁혀줄 뿐더러 상호 비교적 접점을 확보해준다는 점에서『수마노탑중수사적』및『수마노탑중수지』가 지닌 서사적 의미는 적지 않은 것이다.

6. 정암사연기설화의 민담적 변이양상

　『삼국유사』,『정암사사적』,『수마노탑지』등 3종류의 문헌설화는 신라 이래 정암사 연기의 변이담으로써, 일종의 전승사를 헤아리는데 퍽 유효한 대상들이다. 하지만 전승적 파생이 이것으로 끝나지는 않는다. 특히 그 대상이 되었던 정암사와 수마노탑이 현전하고 있으므로 윤색 과 굴절을 거듭하면서 현재를 포함해 미래에도 계속 이어질 것으로 여 겨진다. 구비와 문헌을 아우르는 전승양상에서 『정암사사적기』는, 일면 『삼국유사』의 내용을 승계하는 선에서 더 나아가 사중 간 관심과 호기 심을 환기하는 구비전승으로 바뀌어 나가는 것을 발견하게 된다. 임석 재의 『한국민간설화』 중에 수록된 각편을 사적기와 비교할 때 눈에 띄 게 민담적 요소가 강화되고 있음을 반증으로 삼을 수 있다. 정암사 설 화 중 각편 하나[23]의 줄거리를 제시해본다.

1 정암사와 수마노탑은 자장이 건립한 것으로 처음에 절 터를 찾지 못하 다가 칡덩굴이 뻗어나간 곳을 따라가 지금의 정암사 터에 자리를 잡았 다. 그래서 葛來寺라고도 부른다.
2 탑의 재료가 되는 수마노는 서해용왕이 울진포에다 부려다 놓았고 이 를 불력으로 정암사로 옮겨 탑을 쌓았다.
3 수마노탑 이외에도 자장은 금, 은 탑을 세웠으나 어머니가 이를 볼 수 가 없어 절 앞에 못을 파서 물에 비친 그림자를 보여드렸다.
4 금탑과 은탑은 태백산 어디에 있지만 누구도 장소를 모르는데 혹 심마 니 가운데 이를 본 사람일지라도 다음에 가면 탑이 없다고 한다.
5 자장이 갈옷차림에 강아지든 삼태기를 쓴 걸인을 내쫓았으나 알고보 니 문수보살이었다. 뒤늦게 자장이 그를 좇아 달려갔으나 영영 볼 수 가 없었다.

『삼국유사』가 자장의 전기적 사실에 퍽이나 주목하여 我相을 버리지 못하고, 그래서 각자가 되지 못했다는 충격적 결말을 전하고 있기는 하 나 기본적으로는 고승으로서의 자장이 남긴 자취를 한결같이 추적하고 있다. 사중들에 의해 다른 갈래로 전파된 정암사전설, 그리고 수마노탑

23) 임석재 편, 앞의 책, 109~111쪽.

에 이르기까지『삼국유사』소재 설화는 여전히 의미심장한 재질로 수
용되는 것은 분명하다. 그러나 3과 같이 자식으로서 모친에 대한 효를
강조하는 대목에서 본다면, 傳記 중심의『삼국유사』의 기록과 여러 면
에서 대조가 된다. 각편에 따라서는 창주로서 자장의 자취가 보다 퇴색
될 가능성까지 배제할 수가 없다. 위 각편은 정암사 주지로부터 채록한
것으로, 앞서 남아있던『정암사사적』의 내용을 그대로 반복하는데 그
치고 있다고 해도 과언이 아니다. 그러나 역시 앞의 문헌설화들이 전기
라든가, 사적기로서의 서사지향과 구별되는 구비문학만의 특징적 요소
들이 나타난다. 우선 정암사와 수마노탑의 건립 시기, 선후관계, 창건
주의 문제 등에 걸쳐 구체적 경계가 여기서는 퇴색되어 있거나 무시된
채 펼쳐진다는 것이다. 다만 전각과 탑의 건립에 있어 자장의 개입이
끈덕지게 따라붙는 것을 보면 이름높은 고승의 개입이 사찰의 신성성
을 높이는데 도움되는 요소로 수용했음을 보여준다. 결국 "『삼국유사』
→『강원도태백산정암사사적』→『수마노탑중수지』'로의 승계는 구비에
서 문헌으로의 정착, 그리고 문헌에서 다시 구비로의 발화가 거듭해서
이어져 나갔음을 증서해 주는 것이다.

　정암사 탑과 관련지어 흥미로운 내용은 수마노탑 말고도 금탑과 은
탑이 있다는 전제이다.『삼국유사』에 없던 이 정보는 사적기에 맨 처음
올랐다가 다시 구비전승에 나타난다. 그러나 후대 등장하는 구비의 각
편들은 문헌이나 구비의 구분이 없을 뿐더러 자장의 전기나 절과 탑의
내력, 어느 하나에 초점을 맞춰 전개되지 않는다는 특징을 갖는다. 구
비에서는『삼국유사』의 것과 사적기의 내용은 물론, 통일성과 논리성
을 초래한다는 점에 개의치 않고 단편적 삽화일지라도 거리낌없이 수
용해 나갔다. 정암사설화 가운데 정선군에서 채록된 또 다른 각편24)도
위 설화와 담론적 범위에서는 크게 다를 바가 없다.

---

24) 임석재 편, 앞의 책, 111~112쪽.

1 꿈에서 만난 한 스승이 자장에게 대송정에서 만나자고 하여 가보니, 갈
  분지에서 다시 만나자고 한 뒤 사라졌다.
2 구렁이가 또아리를 틀고 있던 갈분지에 탑을 세우는데 자꾸 쓰러져 기
  도를 한 결과 칡 세 가닥이 지금의 정암사 자리, 적멸보궁 자리, 수마
  노탑 자리로 뻗어나기에 각각 그 자리에 절과 탑을 세웠다.
3 서원장단이란 나무는 바람에도 쓰러지는 법이 없는데 자장대사의 지
  팡이라고 하는가 하면 사명당이 짚었던 지팡이라고도 한다.
4 늙은 거사가 자장 앞에 나타났으나 아상에 사로 잡혀 그가 문수보살인
  줄을 몰랐다가 뒤늦게 좇았으나 끝내 보지 못했다.
5 금, 은탑은 욕심있는 이는 볼 수 없는 것으로, 우복당이 노승과 함께
  놀다가 금탑을 보았다. 노승은 그를 칭찬한 뒤 백학이 되어 하늘로 날
  아갔다.

각편 2는 『삼국유사』에서 일부 소개되고 있으나 창건담에 한정되던
것과 달리 탑 건립담으로 핵심이 바뀌고 있는 경우이다. 신성한 불사일
수록 공사 중 장애가 끼어들게 마련임은 『삼국유사』의 여러 곳에서 확
인되는 바,[25] 수마노탑도 세울 때마다 자꾸 쓰러지는 불운이 닥쳤는데,
자장 앞에 신이한 현상으로 해결책이 제시되어 바란대로 불사를 매듭짓
는다. 좀더 자세히 말하면, 수마노탑을 세울 터를 알지 못해 애태우던
자장이 간절한 기도를 올렸고, 하룻밤 사이에 칡이 네 가닥으로 뻗어
그의 앞에 나타났다. 당연히 상서로운 계시로 여겨, 칡이 뻗어난 자리에

---

25) 예로 彌勒寺, 靈塔寺, 皇龍寺九層塔, 生義寺 등의 창사과정을 엿보기로 하자. 미륵사
   의 경우, 왕비가 무왕으로부터 사찰 건립의 허락을 받았으나 막상 미륵삼존상이 출
   현한 못을 메울 방도가 없어 애를 태우고 있는 중이었는데 知命法師와 평소 교류하
   던 신이 하룻 밤 사이에 이를 메워주었다. 皇龍寺 구층탑 건립의 경우는, 석공 阿非
   知가 고국인 백제의 멸망의 꿈을 꾼 뒤 작업의욕을 상실하고 있던 중에 갑자기 나
   타난 늙은 스님과 한 장사가 기둥을 세워주고 사라진다. 金大城이 지은 石佛寺 창건
   중에 일어난 사건도 같은 類이다. 석불사에 안치할 석불을 조성하다가 실수로 거석
   을 세 동강내고 만 대성이 상심하고 있을 때 홀연 천신이 나타나 전과 같이 만들어
   놓고 자취를 감춘다. 이로써 본다면, 창사과정의 장애 제시 및 이에 대한 조력자의
   출현 및 위기 극복은 불교설화에서 전형적 모티브로 수용되고 있음을 알 수 있다.
   (졸고, 「성소만들기와 설화의 구조」, 『한국승전문학의 연구』, 민족사, 1992, 236~
   237쪽 참조.)

절과 탑을 세운 것이 지금의 정암사 적멸보궁 수마노탑이라는 것이다. 이는 명칭연기를 해명하는 것이기도 하다. 일테면 '갈래'란 "칡갈(葛) 자, 올래(來), 그래 갈래 치길 하룻밤에 그렇게 올라갔다"[26]는 제보자의 말은 근방 사람들 누구나가 오래전부터 들어왔던 내력이다. 정암사 대신 근방사람들에게 귀에 익은 '갈래절'은 이처럼 터잡기 과정에서의 절과 칡을 제재로 한 민간어원적 성격을 지니고 있다. 적멸보궁과 관련된 흥미있는 전설이 단편적이나마 널리 퍼졌음을 미루어 알 수 있게 하는 대목이다. 佛骨을 모셨기에 따로 불상을 모시지 않았을 뿐인데 민중들은 나름으로 궁리해 까닭을 덧붙여 나가는 것도 흥미롭다. 즉 부처없이 적멸보궁 형태로 남아있는 것을 두고서도 부처를 부처소에 넣었기에 불상 없는 절이 되었다고 말하는가 하면[27] 또다른 민족신앙으로서 바위 사이 모셔진 자장의 두골에 대해서는 옛부터 '거기 가서 그 두골을 만지고 나오면 아들을 낳는다.' 속신까지 퍼져있었음을 확인하게 된다.[28]

전승이 거듭되면서 민중에게는 '수마노'란 말조차도 다르게 해석되곤 했는데, 『한국구비문학대계』에서의 '은탑, 금탑이 노는 수마노탑'이 그 한 예가 된다. 수마노가 무엇인가에 대해서는 "수만ᄒ라 하는데, 아마 늦을 만자일거야…… 그게 무슨 호자인지 내가 잘 몰라"[29]라고 하면서도 수마노가 바다에서 나온 돌을 가지고 만든 탑이란 정도의 이해는 가지고 있다. 하지만 각편에는 역사적 인물로서 창건주인 자장이 잊

---

26) 한국정신문화연구원, 『한국구비문학대계 2-8』, 1986, 784쪽.
27) 한국정신문화연구원, 위의 책, 784~785쪽. "그 절에 가며는 그 절도 아주 큰절 갈래절이 큰 절인데 부처가 없어. 지금도. (조사자 : 왜요?) 부처없는 없는 데는 거 뱄에 없어요. 절치고 부처없는데 있겠어. 거는 부처가 없어. 그런데 부처만 갖다 놓으면 그만 없어져. 부처는 없어지고 부처소(沼)란 데 또 있어, 거기서. (조사자 : 부처소?) 부처소. 그 전 그 처음 절터 잡은 거기서 조금 올라가서 그 개울가에 소가 이런 기 있었어. 지금은 다 맥히고 이랬으나, 소가 있었는데 부처만 절에 갖다놓으면 거 갖다 넣고, (조사자 : 누가 그렇게 거 갖다 놓아요.) 그래 누가 그랬는지 그거는 사람이 그래지 않았지. 안하고 부처만 갖다 놓으면 거 갖다 부처를 집어넣고."
28) 한국정신문화연구원, 위의 책, 786쪽.
29) 한국정신문화연구원, 위의 책, 786쪽.

혀지고 그저 어떤 중이 나이 많은 모친을 위해 못을 파고 그곳에 비친 금, 은, 수마노탑을 통해 대신 볼 수 있도록 했다고 전한다. 칡, 影池와 더불어 설화 담당층에게 정암사는 함백산보다 높은 곳에 위치하고 부처없는 사찰로서 강하게 인지되고 있음도 확인할 수가 있다.[30]

임석재 채록 각편에는 두 개의 새로운 화소가 추가되어 있는데, 서원장단에 대한 유래 및 해설과 우복당과 그 승에게 현시된 금탑이야기가 그것이다. 창주인 자장이나 사명대사가 짚었던 지팡이가 아직도 남아 있다는 것도 채록담에 끼어있다. 후자에서는 금탑의 출현여부와 탐심의 유무를 대응시켜서 탑이란 단순히 구경거리가 아니라 부처의 가르침을 전하는 상징체로서 이해하고 있음을 보여주고 있다.

구비 설화에서는 터 잡기에서 유래한 갈래라는 명칭연기와 함께 석혈에 봉안된 자장의 유골에 대한 후인들의 신앙적 영험성을 전하고 있다. 이 때문에 창주로서 자장의 역사적 자취보다는 정암사에 결부된 흥미소의 하나로 자장의 기능이 탈바꿈한 경우로 보아도 무방하다. 『구비문학대계』 소재 각편 2는 다시 수마노탑이 중심을 차지한다. 원래 구비 1에서 자장의 모친이 금, 은탑을 있도록 하기 위해 못을 팠다고 증언하고 있으나 여기서는 어느 중과 그 모친으로, 사실에 대한 검증이 흐려지면서 민담적 속성을 강하게 담지한다. 이밖에 근래 채록된 설화에 오면 물 위에 금, 은, 수마노탑이 노닐었다는 전언에 대한 회의적 시각이 나타나 설화수용에 있어 변화된 시대상을 보여주기도 한다.[31]

---

30) 한국정신문화연구원, 앞의 책, 786~787쪽. "그런데 거기기 힘함백산인지 산이름이 함백산인데, 산이름이 함백산인데 산이름이 함백산인데 태백산과 이기 마주서 있는데…… 칠미터가 태백산보다 높다는 산이 산이 묘하지요. 산능선이 거기 인제 갈래산, 갈래산인데 그 정암사라고. 근데 그 절이 없어. 참, 부처가 없어. [조사자 : 그 갈래사라고도 했었어요.?] 갈래절이라고 이러지. [조사자 : 갈래절이라고] 갈래절이라고 하는데, 이 절 이름은 정암사고."

31) 한국정신문화연구원, 위의 책, 787~788쪽. "……이제 들여다 보면 은탑, 금탑, 수만호 탑이 그 물속에서 논다는 기라. [조사자 : 거기서 논데요, 어유] 그래 그걸 보고 그 노인이 귀경하며 이래 했는다는데 수만호탑이 지금 이래 뵈키는데 은탑 금탑은 있긴 있다고 전설은 들었으나 뵈키질 않어……"

임석재 채록분이나『구비문학대계』각편들을 통해 우리는 역사적 사실은 퇴색되고 시간이 흐를수록 흥미 중심의 이야기로 전승양상이 달라져 가고 있음을 확인하게 된다. 정암사 및 수마노탑에 부연된 구비전승은 문헌전승을 그대로 답습하려는 수용의 측면이 있는가 하면 변이 내지는 또 다른 체험과 해석을 동원해 이를 부정하는 단계로까지 나가고 있음을 보는 것이다. 특히 부처소, 서원장단, 그리고 자장의 頭骨에 대한 신앙 등은 전승영역에서 크게 확장 내지 변이된 내용들이라고 할 수 있겠다. 이는 전승담에 대한 불완전한 기억 못지 않게 후대인들의 당대적 관심과 흥미를 반영하는 쪽으로 이야기가 변이되어 갔음을 시사해준다 하겠다.

7. 정암사연기설화의 계통적 흐름

정암사 연기설화는 7세기『속고승전』의 간접적인 언급, 그리고『삼국유사』에 4군데의 단편적 기사를 포함하여 근래까지 전승이 멈추지 않은 이야기라 할 수 있다.『삼국유사』는 무엇보다 자장의 생애를 수습한다는 의도와 목적성을 두고 초기 신라 불교를 정비하는 등, 그의 활약상에 주목함으로써 이후 정암사 연기의 후대전승에 결정적 단초를 제공한 것으로 밝혀졌다.『속고승전』에서 구체적으로 언급하지 않았던 정암사 창건 유래, 즉 갈반지나 칡덩굴을 터 점지 등의 흥미적 화소는 구비, 문헌설화 모두에 빠짐없이 수용되는 것으로 확인된다.

『삼국유사』 자장정률 조에 자장의 생애와 부언되어 단편적으로 산견되는 정암사연기는 유구한 전승적 공간을 넘어 1778년『江原道太白山淨嚴寺事蹟』으로 정리된다. 이 기록 역시『삼국유사』의 내용이 기저를 이루나 '성소 만들기'라는 의지가 뚜렷하고, 특히 수마노탑을 빼놓을 수 없는 담론적 대상으로 삼고 있어 주목된다. 게다가 석가 열반시, 정암사 창건을 유지로 남겼다는 점을 강조함으로써 사지의 영험력을 높이는 결정적 구실을 하고 있다. 고려시기 축조된 수마노탑은 사적기에서 단편적 설화를 풍성하게 소개하고 있고 이것은 翠巖 性愚가 1778년 찬술한『水瑪瑙塔重修事蹟』, 그리고 1874년 景雲以祉가 찬술한『水瑪瑙塔重修誌』를 통해 보다 상세하고도 객관적으로 기록된다.

하지만 위에서 살펴본 것처럼 5편의 문헌 설화는 모두 채록자가 승려의 신분인데다 弘敎에 유난히 관심을 집중하고 있어 순수한 의미에서의 민중적 설화와는 적지 않은 거리를 남기고 있다. 문헌설화가 그러하듯, 초기 문헌자료의 철저한 승계에다 이를 실증적으로 수용하려는 태도는 사적지와 탑중수지에 나타나는 독특한 점이다. 물론 민중 사이에 떠돌고 있는 설화를 역으로 수용한 흔적도 적지가 않은 것으로 보인다.

정암사 설화에 자장의 전기적 요소가 필요 이상으로 삽입된다든가, 죽음 직전의 부정적 형상에서 사후에는 신성한 상으로 이미지화되고 있음도 같은 측면에서 볼 일이다. 아울러 수마노탑 전설의 강화에도 불구하고 사실적 기사만 단편적으로 나열하고 있는 수마노탑의 중수담에서는 설화를 부분적으로만 삽입하고 있을 뿐, 객관성을 강조하면서 사실적 기록에 집착하고 있다.

60, 70년대 채록된 설화가 수마노탑 중심으로 치우쳤으나, 부연설화의 대부분은 정암사 사적기를 축으로 한 변이형에 해당한다고 해도 과언이 아니다. 다시 말해 창주로서 자장의 법력과 신통력, 수마노탑 건립에 관련된 영이성, 그리고 사람들의 탑 숭배 사고 등을 전해주고 있으나 후대 구비전승에서는 문헌에서 추구하던 역사 전승의 의무감에서 벗어나 설화 담당층인 민중의 보편적 관심을 충족시키는 데 유효한 화소들을 적극 수용하였다. 그것은 불교 사찰 고승에 대한 구체적 증언으로부터 민중적 흥미에 편승한 민담으로의 이행을 뜻한다. 따라서 구비전승물 4편은 대체로『삼국유사』와 정암사 사적을 바탕으로 적당히 뭉

뚱그린 것이지만, 민중설화로서의 특징 또한 적극적으로 수용함으로써 자장 전기의 연대기적 나열에서 정암사 혹은 수마노탑을 중심으로 전개된다는 특징을 갖게되었다. 우리는 여전히 자장을 설화의 주체로 인정하고 있는 것까지도 사탑의 영험성 혹은 유구성을 위한 擬歷史的 사실로 받아들인 결과임을 직시할 필요가 있다. 이에 따라 정암사, 수마노탑에 대해서 신성함이라는 효과가 발현될 수 있었음은 물론이다.

아울러 구비전승이 문헌전승에 비해 민담적 속성이 훨씬 강하게 나타나는 점을 지적하지 않을 수가 없다. 민중에게 거창한 역사 사실의 상기도 중요하지만, 그들은 자신들의 관심과 세계관을 드러내기 적합한 각편을 창작, 혹은 수습하여 설화적 변형을 적극적으로 모색해 나간 것이라고 하겠다. 가령 임석재 채록분이나 『구비문학대계』에서 서해용왕의 도움으로 수마노탑이 건립될 수 있었고 자장이 보통사람에게는 보이지 않은 금, 은탑을 어머니에게 보여드릴 셈으로 못을 팠다는 등의 삽입은 그 전형적인 사례에 속한다.

요약컨대, 정암사 연기설화는 삼국시대 이래 최근까지 담당자, 기록 매체, 서사의식에 있어 적어도 세 가지 층위를 유지하면서 전승되어 왔다고 할 수가 있다. 지금 남아있는 문헌으로만 한정할 때, 처음 제시한 9가지의 설화들은 이런 층위적 잣대를 내세우면, 시기별 유형화가 어느 정도 쉽게 드러낼 수 있다고 본다. 다시 말해 초기 불교에 이해가 깊은 승려로서 道宣이나 一然이 단지 정암사 설화를 파편적으로만 거론한 단계, 이를 바탕으로 삼아 정암사 사적과 수마노탑 중수 역사를 기록한 조선후기의 문헌설화로의 정착 단계, 마지막으로 정암사, 수마노탑의 구분 없이 사탑에 얽힌 흥미 화소를 폭넓게 수용하면서 더불어 조선후기 이후 민중들의 관심과 흥미영역을 확대, 편입하는 민중설화 단계로 그 담론적 계통성이 밝혀진다는 것이다.

(『동악어문논집』 37집, 동악어문학회, 2001)

팔상문학과 법주사의 팔상전

김 진 영

1. 서론

잘 아는 바와 같이 팔상(八相)은 불타의 일대기 중 요체만을 발췌·집약하여 신앙심을 고취하거나 교화의 방편으로 활용되던 전기(傳記)이다. 이러한 팔상은 이미 인도에서 경전의 찬집이나 미술의 부조(浮彫)로 나타나기 시작하여[1] 서역(西域)을 거쳐 중국에 유입된 뒤 중국의 불교문학에 크게 영향을 끼쳤다. 특히 당대(唐代)의 속강변문(俗講變文)이나 변상(變相)에서 이들의 유통 양상을 짐작할 수 있을 뿐만 아니라, 그것이 후대의 연행문학이나 서사문학의 발전에도 적지 않은 영향을 끼쳤다.[2] 따라서 팔상은 그만큼 문학사적인 의미가 남다름을 알 수 있다.

팔상은 적어도 우리나라에 불교의 유입과 함께 들어왔을 것으로 짐작된다. 아무래도 교조(敎祖)인 불타의 성웅담(聖雄譚)을 대중적으로 연설하는 것이 불교의 전파 및 교화에 효과적이었을 것이기 때문이다. 그렇

---

1) 인도의 경우 변상의 초기 형태는 탑의 기단 등에 이야기를 浮彫하면서 나타났다고 한다.(한국정신문화연구원, 『한국민족문화대백과사전』 9권, 웅진출판주식회사, 1991, 665쪽)

2) 王慶菽, 「試談'變文'的産生和影響」, 『敦煌變文論文錄』 上冊(明文書局, 1985), 255~271쪽.

지만 그것의 다변화된 모습은 고려대에 와서 확인할 수 있다. 고려대에 이미 변상으로 불화(佛畵)가 상당수 제작되었을 뿐만 아니라,3) 문학에서도 서사시형이나 변문계 소설양식으로 전개되었기 때문이다.4)

　팔상의 유입·전개는 우리의 서사문학이나 연행문학에서 상당한 의미를 갖기도 한다. 그것은 팔상의 유입·유통 과정에서 의례나 재의 등이 성행할 수 있었고, 여기에서 서사문학의 연행에 따른 연행 장르의 분화를 가져올 수 있었기 때문이다. 이를테면 동일한 선양(宣揚) 대상에 대하여 시각과 청각 등을 동원한 입체적인 교화 방편을 모색하다 보니 자연스럽게 팔상과 관련하여 다양한 연행문학이 성행할 수 있었다.

　팔상이 각 문화예술이나 문학장르에 끼친 영향을 감안하면, 이에 대한 논의도 다각적인 관점에서 이루어져야 한다. 말하자면 음악·미술·무용 등의 예술 분야에서 주목해야 함은 물론이거니와 재의나 연희 그리고 문학에 대한 논의도 심도 있게 진척시켜야 하겠다. 그래야만 팔상이 갖는 문화·예술사나 문학사적인 의미가 체계적으로 밝혀질 수 있기 때문이다.

　그간 이 팔상에 대해서는 미술이나 문학 방면에서 다수의 연구 성과를 거두고 있다. 미술에서는 회화나 조각·공예5) 그리고 건축 분야에서 연구 성과가 돋보인다.6) 문학 쪽에서는 게송이나 서사시에 대한 논의가 진행되는 일면,7) 강창문학·변문의 측면에서도 논의가 진척되어 이들이 후대의 소설이나 희곡문학으로 전개된 양상까지 구명(究明)하기

---

3) 홍윤식·윤열수, 『불화』, 대원사, 1989.
4) 박병동, 『불경전래 설화의 소설적 변모양상』, 역락, 2003, 215~225쪽.
5) 권오익, 「법주사 팔상전의 종합적 고찰」, 홍익대학교 대학원 석사논문, 1984.
　채태익, 「조선 후기 팔상도의 연구」, 홍익대학교 대학원 석사논문, 1984.
6) 김경표, 「팔상전의 구조 형식에 관한 연구」, 동국대학교 대학원 박사논문, 1987.
7) 이종찬, 『한국의 선시』, 이우출판사, 1985.
　史在東, 「<月印千江之曲>의 實相과 流通」, 『韓國文學流通史의 硏究』 제1권, 中央人文社, 2000, 517~546쪽.

도 하였다.8) 이제 이러한 논의를 토대로 문화예술과 문학의 상호 텍스트성을 감안하여 학제적 논의가 이루어져야 하리라 본다. 그것이 결국은 팔상이 보여주었던 문화적 실체에 근접하는 길이기 때문이다.

이에 본고에서는 팔상문학과 법주사의 팔상전의 관계를 살펴보고자한다. 즉 팔상문학과 팔상미술의 관계를 상호 텍스트적인 관점에서 조망해 보도록 하겠다. 이를 위해 먼저 팔상의 유입·전개양상을 살펴본다음, 팔상문학의 실태와 장르 양상을 문학론적인 관점에서 확인해 보겠다. 이러한 논의를 토대로 팔상문학과 법주사의 팔상전이 갖는 상호텍스트성을 검토하여 그 의미를 확인해 보도록 하겠다.

이와 같은 논의가 효율적으로 진행된다면, 한국에 유입된 팔상의 문학적 가치나 예술적 가치는 물론, 문화사적 위상까지 밝힐 수 있는 초석이 되리라 본다.

2. 팔상의 유입과 전개

팔상은 불타의 특출한 일대기를 크게 여덟 장면으로 집약·형상화한 것을 말한다. 따라서 이러한 팔상은 불타의 일대기와 관련된 것이기에 상당히 이른 시기에 어느 정도 전형성을 띠며, 불교 전파지마다유입·전개되었을 것으로 본다. 실제로 어떠한 종교든 간에 교조(敎祖)의 일대기는 남다른 면모가 있고, 이것이 해당 종교의 선양 방편으로

---

8) 史在東, 「팔상명행록의 硏究」, 『論文集』 8권 제2호, 忠南大學校 人文科學硏究所, 1981.
　　최호석, 「석가여래십지수행기」의 소설적 전개」, 고려대학교 대학원 석사논문, 1993.
　　朴光洙, 「팔상명행녹의 系統과 文學的 實相」, 忠南大 博士學位論文, 1997.
　　朴炳東, 「釋迦如來十地修行記 硏究」, 忠南大 大學院 博士學位論文, 1988.
　　김진영, 「팔상의 구조적 특성과 소설적 전이」, 『한국언어문학』 47, 한국언어문학회, 2001.

활용되게 마련이었다. 이를 전제하면 팔상은 불교 전파의 효율성을 고
려하여 불교 초전지(初傳地)마다 영향을 끼칠 수밖에 없었다. 그러면서
이들은 각국의 문학 분야에도 적지 않은 영향을 끼쳤다. 그것은 팔상
이 수순중생(隨順衆生)에 입각하여 충격적이면서도 감동적인 이야기 구
조로 형상화되었기 때문이다. 일찍이 중국에서는 팔상이 유입·번역
되는 과정에서 중국적 특성을 가미하여 팔상변문으로 찬성되었을 뿐
만 아니라, 그것이 강경(講經) 내지 속강(俗講)의 연본(演本)으로 유통되면
서9) 중국 연행문학의 발흥에도 일조하였다. 우리나라에서도 팔상의
유입·전개로 시가나 서사문학의 발전에 일정한 도움을 받았음은 물
론이다. 따라서 여기에서는 먼저 팔상의 유입과 전개 양상을 확인해
보도록 하겠다.

　불타 전기는 본생담(本生譚)과 현생담(現生譚)으로 나눌 수 있는데, 팔
상은 현생담에 해당하는 일대기를 말한다. 팔상은 불교 발생지인 인도
에서 먼저 찬집되고 그것이 불교 전파지마다 영향을 끼쳤다. 인도에서
는 본생담에 해당하는 불전(佛傳)이 이미 기원전에 구전이나 부조(浮彫)
등으로 유통되었거니와 현생담도 <바하바스타> 등으로 이미 기원전 2
세기경에 찬성되기도 하였다.10) 나아가 이들은 다양한 경전으로 찬집
되어 신앙의 대상이 되기도 하였다. 대표적인 것으로 <수행본기경>·
<과거현재인과경>·<불본행경>·<불소행찬> 등을 들 수 있다.11) 이
러한 불타 전기는 문학적 형상화로 인하여 다양한 문학세계를 여는 데
좋은 지침이 될 수 있었다. 이미 그들이 인도의 전통적인 이야기문학을
받아들여 불타의 본생담 및 팔상의 원천으로 삼았기 때문이다. 다만 팔
상의 경우 초창기에는 탄생과 출가 그리고 수도와 열반 등의 4개 상이
중심이었으나 점차 불타의 성웅적 행위를 찬양하는 차원에서 8개의 상

---

9) 박광수, 앞의 논문, 52~79쪽.
10) 박광수, 위의 논문 41~47쪽.
11) 박병동, 앞의 책, 57~73쪽.

으로 확장되어 전형성을 갖게 되었다.

인도의 불타 전기인 본생담이나 팔상은 중국에 들어와 한역되며 대중적인 확산을 가져 왔다. 불교 선전의 목적에서 다양한 연예승이나 신불자들이 강창 등의 구비 연행텍스트로 활용하면서 이른바 팔상 변문류가 창출되기에 이른다.[12] 팔상이 대중적인 연행물로 작용하는 일면, 이들이 중국의 실정에 맞게 문헌으로 정착되기도 하였는데, 대표적인 것이 ≪석가보≫나 ≪석가씨보≫·≪경률이상≫·≪석가여래성도기≫ 등을 들 수 있다.[13] 이들은 중국의 실정에 맞게 윤색된 것으로, 본생담과 함께 중국 속문학의 활성화에 기폭제 구실을 담당하였다. 이를테면 허구적 연설(演說)이나 표현문체·주제의식상에서 중국의 신문체인 변문(變文)을 창출하고 이들의 연행 과정에서 중국의 속문학·연행문학이 발흥하는 동인이 되었다. 실제로 중국에서는 불경을 번역하는 과정에서 팔상의 불타 전기가 번역·전승되며 허구(虛構)·가공적(架空的)인 전기문학(傳記文學)의 전범을 이루기도 하였다. 그러는 가운데 다른 계통의 서사문학에도 영향을 끼치게 된 것이다. 말하자면 팔상은 인물고사(人物故事)나 역사고사(歷史故事) 등이 변문·속문학으로 전개되는 데에 크게 기여하였던 것이다.[14]

우리나라에 불타 전기인 팔상이 유입된 것은 불교의 초전 시기일 가능성이 크다. 이미 불경의 상당수가 불타 전기를 형상화한 것이기에 그들의 유통과 함께 불타 전기의 대중적인 확산도 가능하였을 것이다. 적어도 삼국시대에 이 팔상이 각종 경전을 통하여 유입되었음은 물론, 당대(唐代)에 성행하던 팔상변문(八相變文) 등이 유입·전개되었을 개연성이 크다.[15] 실제로 이 시기는 불교를 국교(國敎)로 삼았을 뿐만 아니라,

---

12) 김진영, 『한국서사문학의 연행양상』, 이회문화사, 1999, 28~33쪽.
13) 박광수, 앞의 논문, 73~74쪽.
14) 중국의 경우 초기의 變文이 대부분 佛敎系 故事였으나, 점차 중국의 歷史 및 人物 故事가 유입되었다. 이는 불교계 변문이 중국의 俗文學 발전에 礎石이 되었음을 의미한다.

통치이념을 불교적인 세계관에다 두어 그 치자(治者)들이 대부분 불교적
인 왕호(王號)를 부여받기도 하였다. 특히 선덕여왕(善德女王)은 자신을
불타(佛陀)로 자임하고 그 부모의 명호(名號)를 불타의 부모인 정반왕과
마야부인으로 정하기도 하였다. 불타의 가피를 입어 그 위신력(威神力)
으로 국정에 임했음을 알 수 있다.16) 이는 역설적으로 당시에 팔상이
일반 민중들에게 보편화되어, 그것을 토대로 자신의 위신력을 제고하
여 용이한 통치를 도모한 결과라 할 수 있다. 따라서 적어도 삼국·통
일신라기에 팔상이 종교적인 목적에서 또는 통치상의 이념에서 그 필
요성이 대두되었고, 나아가 이것이 문학적으로도 발전하는 동인이 되
었을 것으로 본다.

삼국·통일신라기에 팔상이 성행했음을 방증하는 자료로 들 수 있는
것이 바로 승전이다. 잘 아는 것처럼 승전은 조사(祖師)나 국사(國師)·왕
사(王師)는 물론 기승(奇僧)들을 입전한 것으로, 상당수는 입전 의도가 불
전을 지향하고 있다는 점이다.17) 물론 하화중생(下化衆生)의 대중교화를
위한 서사에서는 속지향성(俗指向性)이 강하지만, 출생담(出生譚)이나 성
불담(成佛譚)·입적담(入寂譚) 등은 대부분 불전의 성지향성(聖指向性)을
따르고 있다. 이는 당시에 팔상이 불교계 전기문학의 전범을 보였기 때
문에 가능했던 것이다. 이와 같이 팔상은 여러 면에서 신라대에 성행할
충분한 여건을 확보하고 있었다.

팔상이 한국문학처럼 인식·성행했던 것은 아무래도 고려 후기에
이르러서 가능했을 것으로 본다. 실제로 이 시기에 이르러서 팔상이
문학적으로 독특한 성향을 드러냈기 때문이다. 말하자면 이 시기에 이
르러 팔상이 문면(文面)에 정착되며 변문(變文) 형태로 대두되었던 것이

---

15) 이것은 법주사의 팔상전이 이미 신라대에 축조되었다는 점에서도 확인할 수 있다.
16) 一然,『三國遺事』卷1 奇異 第2,「善德女王知幾三事」條 參照.
17)『三國遺事』소재 <元曉不羈>나 고려대의 <均如傳> 등에서 그러한 일면을 확인할
수 있다.

다. 특히 여말에 기록·전승된 팔상은 단형이기보다는 장형의 찬집(撰集) 형태가 주류를 이룬다. 즉 ≪석가여래십지수행기(釋迦如來十地修行記)≫나 ≪석가여래행적송(釋迦如來行蹟頌)≫ 등이 그것이다. 이 찬저에는 전생 담인 본생(本生)과 현생담(現生譚)인 팔상이 함께 집록되어 있다. 이들 중 팔상이 연행의 법화(法話)로 활용하기에 용이했을 것으로 보는데, 그것은 팔상의 단위에 따라 각종 재의(齋儀)나 행사(行事)에서 얼마든지 활용이 가능했기 때문이다. 이를테면 불탄재(佛誕齋)에서는 도솔내의상 (兜率來儀相) 및 비람강생상(毘藍降生相)이, 출가재(出家齋)에서는 사문유관 상(四門遊觀相)과 유성출가상(踰城出家相)이, 성도재(成道齋)에서는 설산수 도상(雪山修道相) 및 수하항마상(樹下降魔相)이, 열반재(涅槃齋)에서는 녹원 전법상(鹿苑轉法相) 및 쌍림열반상(雙林涅槃相) 등이 독립·활용될 수 있 었다.

고려대의 팔상은 조선조에 들어와 획기적인 변환을 겪게 된다. 그것 은 이들이 국문으로 조정(調整)·인출(印出)되면서 연행의 호조건을 갖추 었기 때문이다. 고려대까지의 팔상이 구비나 향찰·한문 등으로 전승 되어 그 유통에 일정한 한계가 있었지만, 조선조에 들어와 국문으로 간 행되면서부터 전승의 용이성을 확보하였다. 그것도 왕실(王室) 사업으로 간행되어 각 사찰에 보급·광역화되는 가운데, 말과 글에서 오는 괴리 감도 없어져 연행법화로 성행할 수 있었다.

실제로 국문으로 인행(印行)된 ≪월인천강지곡(月印千江之曲)≫·≪석 보상절(釋譜詳節)≫·≪월인석보(月印釋譜)≫ 등은 다양한 불교계 서사체 를 확보하고 있지만, 그것은 불타의 팔상(八相)을 기본 골격으로 하고 있다. 다만 그 기본 골격에 불타의 본생담(本生譚)이나 단형의 이야기가 삽화처럼 이입되어 있을 따름이다. 따라서 전체적으로는 팔상을 대장 편으로 찬성한 결과가 되었다. 이렇게 국문으로 편찬되면서 이들은 국 문문학의 초기 형태로서 후대 국문문학의 발전에도 좋은 지표가 되었 다. 이미 그 속에 찬집되었던 불타 전기 중 본생담들이 소설로서의 기

능을 다하며 후대의 본격 소설로 발전하였기 때문이다.18)

팔상은 조선 초에 국문문학의 기본 특성을 갖춘 후 조선 후기의 문
학으로 전개되는 가운데 주변의 여러 문학 양식에도 일정한 영향을 미
쳤다. 우선 이들은 시가문학이 가창(歌唱)·음영(吟詠)되는 데에도 좋은
지표가 되었음은 물론, 민요(民謠)나 가사(歌辭) 등으로 전개될 수도 있었
다. 게다가 산문문학에서도 국문문학의 전범을 보이며 수필(隨筆)·소설
(小說) 등으로 전개되는 가운데 불타의 영웅적 일대기는 그대로 영웅소
설류의 전형이 되어 그러한 소설류의 전반적인 틀에 영향을 끼칠 수
있었다.19)

그러면서도 이 팔상은 소설처럼 인식되면서 조선 후기까지 독특한
문학적 기능을 발휘하였다. 이른바 ≪팔상록(八相錄)≫이 그것으로, 이
찬저는 불타의 일생을 크게 여덟 개 상으로 조직·편성한 후 그곳에
다양한 이화(異話)를 넣음으로써 장편의 불전문학(佛傳文學)을 이룩하였
다. 이 팔상록류는 소설처럼 읽히는 가운데 신불 대중의 신앙심을 고양
했을 뿐만 아니라, 문학적인 감동을 주기도 하였다. 그렇기 때문에 필
요에 따라서는 팔상록류의 이야기 문학이 고전소설에 영향을 주기도
하였고, 역으로 고전소설의 작화(作話) 방법이 팔상록류의 찬술에 영향
을 끼치기도 하였다. 이들은 이렇게 영향의 수수관계를 거치면서 독특
한 문학양식을 이룰 수 있었던 것이다.

이상에서 보는 바와 같이 팔상은 불교 전파지마다 유통되면서 각국
의 문학에 나름의 영향을 끼쳤다. 중국에서는 팔상이 한역되는가 하면,
속강승들에 의하여 구비연행되기도 하였다. 그러다가 성당(盛唐) 시기에
변문(變文)으로 창출되어 중국의 속문학이나 연행문학의 발전에 일조하
게 된 것이다. 우리나라에서는 적어도 불교 초전(初傳)과 함께 팔상이

---

18) 사재동, 『불교계 서사문학의 연구』, 중앙문화사, 1996, 115~122쪽.
19) 김진영, 「불전과 고전소설의 상관성 고찰」, 『어문연구』 33, 어문연구학회, 2000,
    219~226쪽.

유입되었을 것으로 보이지만, 주변 정황에서 그 실태를 짐작할 따름이다. 다만 고려 후기에 와서 장편의 불전문학(佛傳文學)으로 찬집되는 가운데 팔상이 핵심을 이루면서 그 성행의 단면을 보이고 있다. 그러던 것이 조선 초에 국문으로 인출(印出)되면서 유통의 호기회(好機會)를 맞았을 뿐만 아니라, 실제적으로 그것이 각 사찰에 보급되어 활용되면서 국문 시가문학이나 산문문학의 초석이 되기도 하였다. 또한 팔상은 그 자체로서 조선 후기의 팔상록으로 연계되기도 하고, 지속적인 유통·변이를 거치다가 불타의 성웅적(聖雄的)인 면모가 고전소설 등에 영향을 끼치기도 하였다.

3. 팔상문학의 실태와 장르 양상

1) 팔상문학의 실태

팔상은 초극적인 희생을 통해 마침내 인류구제를 구현한 영웅담이다. 그런데 모든 경전(經典)에 문식(文飾)이 가미되지 않을 수 없듯이, 불전(佛傳)인 팔상도 문학적인 제반 특성을 함유하고 있다. 이러한 팔상은 운문 또는 산문이거나 간에 모두 불타를 신화·영웅적인 인물로 형상화하고 있다. 이를테면 天－人－天의 기본 골격을 바탕으로, 출생담이나 성장담·고행담·성도담·전법담·열반담 등을 특출하게 그리고 있다. 뿐만 아니라 그 주제의식이나 표현문체 또한 다양한 문학적 특성을 가지고 있다. 먼저 팔상의 내용을 제시한 다음 그 문학적 실상을 확인해 보도록 하겠다.[20]

---

[20] 다음에 제시한 내용은 ≪석가여래행적송≫과 ≪석가여래십지수행기≫ 10지의 <실달태자전>을 토대로 정리한 것이다.

兜率來儀相	염부제의 중인도 제국에 가피라국이 있다. 국왕인 정반왕은 선정을 베풀고, 마야부인은 단정 제일의 왕비로 부왕을 보필한다. 도솔천에서는 석가여래인 선혜보살이 염부제로 강림하기 위해 제 천주(天主)와 논의하여 가피라국의 부왕 부부에게 투태(投胎)하기로 한다. 백상(白象)을 타고 마야부인에 투태하니 이는 곧 마야부인의 태몽이다. 도솔천중이 태자 성불 후의 법륜을 듣기 위하여 대신·장자·거사 등에게 입태한다. 이를 축하하는 꽃과 음악이 하늘에 가득하다.
毘藍降生相	선혜보살이 투태한 지 10개월 만에 룸비니 동산에서 출생하고, 동시에 도솔천중도 태어난다. 태자가 태어나니 연꽃이 받들고, 향천(香天) 기악(伎樂)이 가득하며 광명이 삼천대천 세계를 비추는 상서로움이 나타난다. 이에 태자의 이름을 성인(聖人)인 실달(悉達)이라 짓는다. 향산의 대선(大仙) 등이 태자의 상모를 보고 모두 19세에 출가하여 정각을 이루리라 말한다. 하지만 마야부인은 태자 생후 7일 만에 사망하여 태자는 이모에 의해 양육된다. 태자는 7세에 배우지 않고 문리에 통달하며, 10세에는 제일의 용력자로서 성력(聖力)을 갖춘다. 17세에는 바람국 공주와 혼인하나 욕락에는 관심을 갖지 않고 선관(禪觀)에만 정념한다.
四門遊觀相	태자가 부왕에게 사문유관할 것을 요청하니 왕이 승낙하면서 시자들에게 거리를 깨끗이 할 것을 칙명한다. 태자가 사문을 나서니 생로병사로 고통 받는 인간이 있음을 알고 근심에 싸인다. 이때 한 사문(정거천인)이 지나가며 비구가 되면 모든 근심에서 벗어날 수 있다고 말한다. 태자가 귀궁(歸宮)하여 깊은 번민에 빠지니 부왕은 각종 즐거움을 동원해 태자를 회유한다. 마침내 태자가 출가를 고하니 부왕은 후사를 걱정하며 강력히 반대한다. 이에 태자가 야수부인의 배를 가리키며 6년 후 생남하리라 말한다. 부왕이 믿지 못하여 방비를 더하고 야수부인에게 보필에 신경 쓸 것을 당부한다.
踰城出家相	태자가 출가를 못하고 선관에만 열중할 때 제 천인(天人)이 출가를 권하며 유성(踰城)을 돕는다. 태자는 시자(侍者) 차익(車匿)과 함께 삼 유순을 지나 설산(雪山)에 닿고, 몸에 지닌 패물을 차익에게 주며 스스로 머리를 깎는다. 환궁한 차익이 그 사연을 말하니 부왕·이모·야수부인 등이 모두 슬퍼한다.

雪山修道相	태자는 수행을 위한 편답(遍踏)의 길로 들어선다. 우선 고행주의자(苦行主義者)와 배화주의자(拜火主義者)들을 만나 수행했으나 생로병사에서 자유로워지지 못함을 알고, 수정주의자(修正主義者)를 찾아 도움을 받는다. 그러나 이 역시 근본적으로 생로병사에서 자유로울 수 없었다. 이에 살육적인 고행에 드는데, 이때 교진여 등 5인이 보필차 왔지만 고행을 이기지 못하고 3인은 먼저 떠난다. 마침내 니련하(尼蓮河)에서 목욕하고 목녀에게 우유죽을 공영받으니 나머지 2인도 태자가 타락했다며 떠난다. 태자는 심신을 맑게 하고 나무 아래에서 중도(中道)의 방법으로 명상·수행한다.
樹下降魔相	태자가 반석(磐石) 위에서 명상에 의한 무고안온(無苦安穩)의 경지에 들려 하자 마왕(魔王)이 두려워하며 방해한다. 네 여인을 보내 태자를 유희하거나 장사(壯士)들을 보내 명상을 방해한다. 하지만 태자는 미동도 없이 마왕에게 항복을 받아 성등정각을 이룬다. 이때 음악이 울리고 꽃이 날리는 가운데 향을 사르며 천룡(天龍)이 공양한다.
鹿苑轉法相	태자가 정각한 후 범천·제석 등에게 전법륜(轉法輪)하고, 녹야원에서 교진여 등 5인에게 초전법륜(初轉法輪)을 행한다. 이후 46년간 <아함경(阿含經)>·<방등경(方等經)>·<반야경(般若經)>·<법화경(法華經)>·<열반경(涅槃經)> 등을 연교(演敎)한다. 이로 인해 팔계(八界)의 미혹 중생이 모두 보리심을 발하고 제 보살이 무명에서 벗어나는 등 득익자(得益者)가 무수하다.
雙林涅槃相	불타가 교화를 마치고 열반에 들 때 방광(放光)으로 모든 중생의 죄를 멸하고, 삼종관법으로 모든 경전의 묘법이 같은 것임을 말한 다음 우협으로 누워 열반한다. 이때 마야부인이 강래하니 태자가 보관(寶棺)에서 일어나 부인을 위로한다. 역사들이 보관을 옮기려 해도 움직이지 않다가 스스로 공중에 떠서 사성문을 편답하여 평득복리를 보인다. 마침내 다비코자 하나 가섭의 부재(不在)로 뜻을 이루지 못하다가 가섭이 가피라국으로부터 돌아오니 쌍족을 현시한 후 다비가 이루어진다. 사리는 8대 국왕이 균분(均分)하여 불탑으로 축조하고 영공(永供)한다.

이상에서 보는 바와 같이 불전은 크게 여덟 개 상으로 조직되어 있

다. 하지만 그 세부적인 내용이 분리·독립되면서 다양한 문학적 기능
을 수행하기도 하였다.[21] 여기에서는 이러한 기본 골격을 토대로 불전
이 가지고 있는 문학적 실태를 구조형태나 표현문체 및 주제의식을 중
심으로 확인해 보도록 하겠다.

첫째, 팔상의 구조형태이다. 팔상의 구조적인 특성은 다양한 관점에
서 조망할 수 있다. 그것은 팔상이 이미 고전 서사체에서 보이는 일반
적인 형태적 특징을 두루 담고 있기 때문이다. 말하자면 장회구조(章回
構造)나 적강구조 그리고 영웅서사구조나 환원구조를 구비하고 있다는
점이다.[22] 다만 여기에서는 구조형태에서 일반적으로 다루는 배경·인
물·사건의 관점에서 그 개략을 살펴보도록 하겠다.

먼저 팔상은 천문학적인 시공간적 배경으로 인하여 허구·가공의 이
야기문학을 지향하고 있다는 점이다. 이는 불타의 성웅적 면모를 신화
적으로 형상화하면서 나타난 특성이라고 할 수 있다. 어느 종교를 막론
하고 교조에 대한 이야기는 신화적으로 형상화되게 마련이다. 특히 그
것이 대중적인 기반을 가속화할수록 신이담·영웅담은 증폭되어 나타
날 수밖에 없다. 그런데 신화처럼 신이담이나 영웅담을 그리다 보면
자연스럽게 자연적인 세계를 벗어나기 일쑤이다. 말하자면 이야기 구
성의 인자들이 환상성을 띠며 다변화될 수 있다는 점이다. 따라서 현
세를 초월하여 초자연적인 세계, 즉 타계(他界)를 적극적으로 활용한다.
이는 주인공의 비상함을 증폭하기 위한 방편이기도 하다. 팔상에서는
그러한 공간으로 천상의 도솔천 등이 나타난다. 이러한 공간 배경은
이미 전기(傳奇) 문학에서 보편적으로 활용되는 곳이기도 하다. 즉 사
계(死界)·꿈·수중 등이 그것이다. 이는 팔상이 보이는 공간배경의 독

---

21) 중국의 變文 중 八相과 관련하여 '太子成道譚'을 다룬 작품이 많음에서도 확인할 수
있다. 이들은 강경법석 및 속강법석에서 話本으로 활용되었으리라 본다.
22) 김진영, 「팔상의 구조적 특성과 소설적 전이」, 『한국언어문학』 47, 한국언어문학회,
2001 참조.

특한 점이 다른 계통의 서사문학에 어느 정도 영향을 끼친 사례라 할 수 있다.

팔상은 시간 배경에서도 남다른 점이 있다. 팔상에서의 시간은 단절이 아니라 영속의 의미를 갖는다. 잘 아는 것처럼 이는 불교의 윤회관과 관련된 것이다. 이렇게 단절의 시간이 아니라 영속의 시간을 활용해야만 불타의 신이·특출함을 한껏 드러낼 수 있기 때문이다. 그래서 불타는 사멸하는 것이 아니라, 단지 공간상의 이동일 따름이다. 이러한 시간 배경은 신화소(神話素)에서 보편적인 것이지만, 이들이 후대의 서사문학이나 고전소설의 적강화소 및 천상회귀 등과 긴밀히 관련되었다는 점에서 주목되는 바가 크다.

이처럼 팔상의 시공간은 특출한 영웅인 불타의 진면목을 드러내기 위하여 타계가 불가결한 요소임을 알 수 있다. 즉 이계를 공간배경으로 활용하거나 영속적인 시간을 설정하면서 불타의 위신력이나 성웅적 면모를 부각하고자 한 것이다. 그런데 바로 이러한 시공간이 허구·가공적인 서사문학의 전범을 이루어 후대 문학의 시공간 구성에서 좋은 지침이 될 수 있었다.

다음으로 팔상의 주인공인 불타는 인류 구제를 서원하는 완벽한 영웅으로 형상화되어 있다는 점이다. 물론 팔상에는 다양한 인물이 등장하지만, 주인공인 불타의 행위가 핵심을 이루고 있다. 우선 불타가 초인적인 영웅이라는 점에서 주목되는 바가 크다. 물론 이러한 영웅이 되기 위해서는 자기희생을 철저하게 감수해야 한다. 실제로 불타는 왕세자의 자리를 버렸고, 나아가 출가하여 모진 고통을 기꺼이 감내하였다. 그러한 희생과 고통이 따른 후에야 비로소 무고안온의 정각에 들어설 수 있었다. 이와 같은 구조는 일반 역사계 영웅의 행적과 유사한 면이 없지 않다. 역사계 영웅들도 기아(棄兒)나 수련 등의 통과의례를 거치고 마침내 모든 사람이 인정하는 영웅이 되기 때문이다.

불타는 이에서 그치지 않고 자신이 깨달은 것을 전법륜(轉法輪)하는

데 심혈을 기울인다. 여기에서 그의 영웅적인 면모가 실질적으로 부각
된다. 영웅은 자족적(自足的)인 위치에 머물지 않고 항시 자신의 능력을
다른 사람을 위해 펼치는데, 불타는 그러한 면모를 이타행(利他行)으로
실천했다. 즉 인류 구제라는 큰 서원을 성취하기 위하여 부단한 노력을
기울인 것이다. 바로 이 하화중생에서 불타의 성웅적 진면목이 나타난
다. 이는 마치 역사계 영웅들이 자신의 축적된 역량을 왕이나 국가를
위하여 펼쳐 보였던 것과 같은 이치이다. 다만 차이가 있다면 불타의
영웅적 행위는 모든 인류를 대상으로 했다는 점에서 그 역량이 확대되
어 나타났을 따름이다.

이렇게 볼 때 팔상의 주인공인 불타는 특출한 능력으로 인류구제를
위하여 자신을 희생한 영웅이라 하겠다. 그런데 바로 이러한 영웅적인
인물이 후대 서사문학의 전범이 될 수 있었다는 점이다. 일반 구비신화
나 문헌신화는 물론이거니와 고전소설의 주요 인물이 이러한 영웅적인
실상을 보이기 때문이다. 바로 이 점에서 팔상에 등장한 인물, 즉 불타
의 문학적인 영향을 짐작할 수 있다.

또한 팔상은 여덟 개의 장회구조를 취하면서 완비된 사건전개를 보
인다는 점이다. 팔상이 장회구조로 되어 있음은 불타의 일생을 효율적
으로 표출하기 위함인데, 바로 그 점에서 긴밀한 사건구성을 읽을 수
있다. 실제로 팔상의 사건전개는 영웅의 일대기로서 손색없이 구비되
어 있다. 즉 발단 – 결연 – 상승 – 절정 – 하강 – 대단원이 충족되어 있다.
따라서 팔상은 서사문학적인 기본 조건을 충족하고 있는 셈이다.

발단은 도솔래의상과 비람강생상 전반부로 태자의 출생과 관련되어
있다. 즉 신화적인 강탄(降誕)으로 영웅적 일생의 시발을 마련하고 있다.
그렇게 함으로써 장차 인류구제에 크게 기여할 것임을 예견케 한 것이
다. 결연은 비람강생상 후반부로 태자가 출생하여 비범한 능력을 보이
는 부분까지이다. 태자는 특별히 배우지 않고도 문무(文武)에 통달하여
성력을 발휘하며, 자라서는 야수부인과 결혼한다. 따라서 이 부분은 이

야기의 실마리가 구체화되는 단계라 하겠다. 상승은 사문유관상과 유성출가상 부분이다. 이 부분에서는 인간에서 불타로 변환되는 사건을 급박하게 추진해 간다. 불타는 사문유관 후 인간의 생로병사에 대한 근원적인 문제를 두고 깊은 번민에 싸인다. 그러던 중 부왕의 반대에도 불구하고 제천(諸天)의 도움으로 유성출가하여 모진 고행길로 들어선다. 즉 통과의례적인 절차를 치밀하게 마련한 셈이다. 절정은 설산수도상과 수하항마상 부분이다. 태자는 출가 후 배화주의자나 수정주의자를 찾아다니며 수행하다가 마침내 중도의 명상법으로 모든 마귀를 굴복시키고 성등정각을 이룬다. 말하자면 인(人)에서 불(佛)로 완결되면서 성인·영웅으로서 완벽하게 탈바꿈하는 것이다. 하강은 녹원전법상 부분이다. 절정에서 고조되었던 감정이 불타의 긴 연교 과정을 통해 이야기가 하강 국면으로 접어든다. 인간에서 각자(覺者)로 극적인 변환을 보였지만, 그 깨달음을 대중적으로 펼치면서 종결을 지향하게 되는 것이다. 결말은 쌍림열반상 부분이다. 마침내 상구보리(上求菩提)와 하화중생(下化衆生)을 마친 후 입적의 신이담을 보이면서 신화적 일생담을 마무리 짓고 있다.

이렇게 볼 때 팔상의 사건전개는 이타행, 인류구제의 원대한 주제를 형상화하기에 족한 것이라 하겠다. 특히 영웅서사구조·장회구조를 보이면서 추진되는 사건이라는 데 주목되는 바가 크다. 그것은 이러한 사건전개나 서사구조가 우리의 서사문학, 특히 고전소설에서 일반화된 현상이기 때문이다. 여말·선초의 팔상에서 이러한 모든 면이 확보되었다는 점에서 그 문학사적인 의의를 찾을 수 있다.

둘째, 팔상의 표현문체가 매우 다양하게 구비되어 있다는 점이다. 그것은 팔상이 운문이나 산문 또는 산운교직으로 유통되었기 때문이다. 따라서 여기에서는 세부적인 수사법은 뒤로 미루고, 거시적인 운문구조나 산운교직 구조 나아가 대화체 등을 확인해 보도록 하겠다.

먼저 팔상은 운문체를 구비하고 있다는 점이다. 이러한 구조는 ≪석

가여래행적송≫이나 ≪월인천강지곡≫ 등에서 확인할 수 있는 것으로
가창연행에 적합한 문체라 하겠다. 그러한 실태를 ≪월인천강지곡≫의
일부 내용을 제시해 보면 다음과 같다.

어마님 短命ᄒ시나 열둘이 ᄌᆞ랄씨 七月 보롬애 天下애 ᄂᆞ리시니
아ᄃᆞ님 誕生ᄒ시고 닐웨 기틀씨 四月ㅅ 보롬애 天上애 오ᄅ시니
婆羅門 술ᄫᅳᆫ 말ᄋᆞᆯ 天神이 됴타 ᄒᆞᆯ씨 薩婆悉達이 일훔이시니
아바님 命엣 절을 天神이 말 이ᅀᅳᄫᆞᆯ씨 天神이 일훔이시니
相師도 술ᄫᅡᇦ며 仙人도 니ᄅᆞᆯ씨 나죵 分別ᄒᆞ더시니
七寶殿 ᄭᅮ미며 五百女妓 ᄀᆞᆯᄒᆡ샤 밤나ᄌᆞᆯ 달애더시니
四海ㅅ 믈이 여오나ᄂᆞᆯ 마리예 븟습고 太子ᄅᆞᆯ 세ᅀᅳᄫᆞ시니
金輪寶ㅣ ᄂᆞ라 니거늘 天下ㅣ 아ᅀᆞᆸ고 나라히 다 오ᅀᆞᄫᆞ니
蜜多羅ᄂᆞᆫ 두 글을 비화ᅀᅡ 알씨 太子ᄉ긔 말ᄋᆞᆯ 몯 술ᄫᆞ니
太子ᄂᆞᆫ 여쉰 네 글을 아니 비화 아ᄅᆞ실씨 蜜多羅ᄅᆞᆯ ᄯᅩ ᄀᆞᄅᆞ치시니
釋種이 술ᄫᅡᇦ더 太子 出家ᄒᆞ시면 子孫이 그츠리이다.
아바님 니ᄅᆞ샤ᄃᆡ 뉘 ᄯᅡᆯ을 ᄀᆞᆯᄒᆡ야ᅀᅡ 며ᄂᆞ리 ᄃᆞ외야ᅌᅵ리야
太子ㅣ 妃ㅅ 金像ᄋᆞᆯ 밍ᄀᆞᄅᆞ샤 婦德의 ᄯᅡᆯ이 金像을 쓰시니이다
執杖釋의 ᄯᅡᆯ이 金像이 ᄀᆞᆮᄒᆞ샤 水精을 바ᄃᆞ시니이다
사회ᄅᆞᆯ ᄀᆞᆯᄒᆡ야 지조ᄅᆞᆯ 몯 미다 님금 말ᄋᆞᆯ 거스ᅀᆞᄫᆞ니
아바님이 疑心ᄒᆞ샤 지조ᄅᆞᆯ 무르샤 나랏 사ᄅᆞᆷᄋᆞᆯ 다 뫼호시니
難陁 調達ᄋᆞᆫ 象ᄋᆞᆯ 티츠며 그우리혀고 둘희 힘이 달오미 업더니
太子ᄂᆞᆫ ᄒᆞ오ᅀᅡ 象ᄋᆞᆯ 나ᄆᆞ티며 바ᄃᆞ시고 둘희 힘ᄋᆞᆯ ᄒᆞᆫᄢᅴ 이기시니
제간ᄋᆞᆯ 뎌리 모ᄅᆞᆯ씨 둘희 쏜 살이 세 낟 붏쁜ᄢᅦ여더니
神力이 이리 세실씨 ᄒᆞᆫ 번 쏘신 살이 네 닐굽 부피 ᄢᅦ여더니
ᄯᅡ해 살이 ᄢᅦ여늘 醴泉이 소사나아 衆生ᄋᆞᆯ 救ᄒᆞ더시니
뫼해 살이 박거늘 天上塔애 ᄀᆞ초아 永世ᄅᆞᆯ 流傳ᄒᆞᅀᆞᄫᆞ니
고줄 노ᄒᆞ시며 白氎을 노ᄒᆞ샤 兩分이 ᄒᆞᆫᄃᆡ 안ᄌᆞ시니
곳 이슬 저즈리라 白氎 ᄠᅵ 무드리라 兩分이 갈아 안ᄌᆞ시니
無量劫 부톄시니 주거가ᄂᆞᆫ 거싀 일ᄋᆞᆯ 몯 보신ᄃᆞᆯ 매 모ᄅᆞ시리
淨居天澡鉼이 주근 벌에 ᄃᆞ외야ᄂᆞᆯ 보시고ᅀᅡ 안디시ᄒᆞ시니
東南門 노니샤매 늘그니 病ᄒᆞ니ᄅᆞᆯ 보시고 ᄆᆞᅀᆞᆷᄋᆞᆯ 내시니
西北門 노니샤매 주그니 比丘僧을 보시고 더욱 바ᄎᆞ시니

아바닚긔 말 슬봐 네 願을 請ᄒᆞ샤 지블 나아 가려터시니
太子ㅅ 손 자ᄇᆞ샤 두 눖믈 디샤 門올 자펴 막ᄌᆞᄅᆞ시니[23]

　이상은 불타가 생이지지(生而知之)의 특출함을 보이는 장면과, 난타·
조달과의 대결에서 성력을 보이는 내용이다. 또한 성장하여 사문을 유
관하고 출가를 결심하자 부왕이 후사(後嗣)를 걱정하는 장면도 들어 있
다. 그런데 이와 같은 시가 형태가 시종일관되어 서사시형으로 손색이
없음을 알 수 있다. 그런 점에서 이를 초창기 국문서사시로 간주할 수
있다.
　다음은 팔상의 산운교직 구조를 보도록 하겠다. 이러한 산운교직체
는 일찍이 불경에서 확보된 것으로, 이들이 연변 과정을 통해 변문이
나타날 수 있었다. 따라서 이러한 변문을 대중적으로 연행할 때에는 강
창연행이 수반되기 마련이었는데, 다음과 같은 산운교직체는 그러한
변문 내지 강창연행과 직접 관련된 것으로 볼 수 있다.

太子復出北門 練燈佛 度其太子 化作僧人 身被火焰袈裟 右手執錫杖 左
手執龍盆 太子見僧人 忙下馬恭身向僧人說偈

圓頂方袍相貌奇　　　　　　　身被法服作威儀
手擎錫杖行方便　　　　　　　出寓礬籠世上稀

太子說罷 向前恭手 問僧曰 生死事大 無常迅速 如何免得 僧人有擔錫杖
手托鉢盆 告太子說偈

僧人回語告諸君　　　　　　　生死元來各有因
富貴美華如幻夢　　　　　　　除非外道免沉淪

太子見說 告僧人曰 我是帝王子孫 父是淨飯王 母是摩耶 聞王豈無面目

---

23)《月印千江之曲》其31～其45.

人情 僧人見說 微微笑日 豈不聞 一長子家中大富 預修怕死 用陵素帛畫一
閻羅 天子終日用寶物 供獻祭祀禧告不死 忽一日長子病故 到閻王前 告日
我在世時 多曾預告聖上 如何不免 閻王答日報汝三信 一者髮白 二者老相
三者病生 如何不覺 陽極限滿 焉能免乎 僧人向太子道偈

光陰易邁景難論　　　　　　　亘古迄今有幾存
若用面情陰府斷　　　　　　　世間都作壽長人

尒時太子聽說 身毛皆竪 兩泪千行 告僧日生死輪回 無常殺鬼如何免脫
得證菩提 願師指示 僧人向 前 說偈

山僧直指報君知　　　　　　　辨道修行莫待遲
弃却皇宮并富貴　　　　　　　雪山六載證菩提

尒時僧人與太子說已 化道金光而去 太子念言 先見老病死(下略)[24]

이처럼 산운교직체가 발달되어 있다. 더욱이 불타의 일대기가 팔상
변문으로 유통될 수 있었음을 감안하면, 이러한 산운교직의 문체는 강
창연행의 연본적 속성을 방증하는 것으로 보아도 무방하리라 본다.

다음은 대화체를 살펴보도록 하겠다. 잘 아는 것처럼 대화문체는 서
사문학에서 기본적인 표현문체이다. 그렇지만 대화체는 어느 문화권을
막론하고 희곡에서 유래되어 후대의 소설문학에 영향을 끼친 것으로
보아야 하겠다. 그러한 점에서 팔상에서 다양한 대화체가 활용된 것은
그것이 성극(聖劇)에서 연행본, 즉 대본으로 활용되면서 나타난 특성으
로 볼 수도 있겠다.

淨居天人 化作一老人 白髮曲背 扶杖而行 太子問日
"此何人乎"
左右答日

---

24) ≪석가여래십지수행기≫ 제10지, <실달태자전>.

> "老人也"
> 又問
> "何爲老人"
> 答曰
> "昔日孩童 此第遷變 形枯色衰 謂之老人"
> 太子問曰
> "唯這一老 一切皆然"
> 從者答曰
> "人人悉爾"
> 太子聞語 心帶憂愁 我雖富貴 豈色此耶.25)

　　이상은 ≪석가여래십지수행기≫에 실린 <실달태자전> 중 사문유관(四門踰觀) 부분이다. 이렇게 한문 문장일지라도 대화체가 빈번하게 활용되고 있다. 더욱이 간명(簡明)한 대화체라서 연본(演本)으로서의 특성이 잘 드러나 있다.

　　셋째, 팔상의 주제의식이 이타행, 즉 인류구제로 형상화되어 있다는 점이다. 불타는 모든 사람이 선근(善根)을 닦아 안락(安樂)을 구할 수 있다고 설파한다. 이는 불타가 천상에서 내려오면서 의도한 것이기도 하다. 그리하여 그는 지상에서의 갖은 어려움 속에서도 성등정각(成等正覺)을 이룬 후 전법륜(轉法輪)에 심혈을 기울인다. 모든 중생을 안락의 세계로 인도하여 인류구제의 원대한 뜻을 실현한 것이라 하겠다. 그래서 자신을 희생하여 터득한 그 묘법(妙法)을 46년간 300여 회의 법문으로 설파한다.

　　불타는 자신의 보장된 안녕을 미련 없이 버리고, 인간이 생로병사(生老病死)로부터 자유로워지도록 하기 위하여 기꺼이 출가를 감행한다. 하지만 그 원만묘법(圓滿妙法)을 체득(體得)하기까지는 끝없는 고통만이 있을 따름이다. 그러한 고통을 6년 여간 치른 후 마침내 명상법에 잠

---

25) ≪석가여래십지수행기≫ 제10지, <실달태자전>.

겨 정각(正覺)을 이룬다. 정각을 이룬 후에는 모든 백성의 구제를 위해
이타행(利他行)을 실천한다. 말하자면 상구보리 후 하화중생의 이타행
을 실천하는 것이다. 이렇게 이타행으로 모든 백성에게 원만묘법의 진
리를 심어준 다음, 영원불(永遠佛)로서의 모습을 보인다. 이는 지상의
제도(濟度)를 지속하는 가운데 영속의 세계로 재편되었음을 의미하는
것이다. 이처럼 불전은 그 주제의식에 있어서 이타행이 핵심임을 알
수 있다.

이상에서 보는 바와 같이 팔상은 그 구조형태상의 배경·인물·사건
이나, 표현문체·주제의식 등이 모두 훌륭한 문학 작품으로 표출되어
있다. 특히 이러한 문학적 실태가 다양한 문학장르와 연계되어 있다는
점에서 그것의 문학장르사적 위상을 족히 짐작할 수 있다. 즉 시가사는
물론이거니와 서사문학사나 희곡사상에서 그 의미를 찾을 수 있다.

2) 장르 양상

불조(佛祖)인 불타의 성웅적 면모를 형상화하는 방법은 다양할 수 있
다. 말하자면 숭모의 대상에 대하여 여러 방법으로 형상화할 수 있다는
점이다. 그리하여 영산재(靈山齋) 등에서는 불타에 대한 경모심을 음악
을 통하여 표출하였거니와 미술에서는 조각·공예를 통하여 이른바 불
상(佛像)이나 불탑(佛塔)은 물론, 판각화(板刻畵)나 회화(繪畵)로도 형상화되
었다. 또한 불타의 영웅적 면모를 말과 글로 표현하여 팔상의 구비적
전개는 물론, 문헌적 유통을 가져오기도 하였다. 마침내는 이들이 총화
(總和)된 재의·의례 등의 연행예술·민속예술을 통해 불타에 대한 숭
앙심을 드러내기도 하였다. 이렇게 볼 때 팔상은 이른바 문화·예술과
긴밀히 관련되며 다양한 장르로 분화·전개될 수 있었다. 다만 여기에
서는 위와 같은 현상을 전제하면서 문학적인 분화·전개 양상만을 확
인하고자 한다. 말하자면 문학론에 입각하여 각 장르로 전개되었던 양

상을 살펴보도록 하겠다.

첫 번째로 들 수 있는 것으로 팔상의 시가문학적 양상이다. 팔상은 국한문을 막론하고 시가문학 형태로 유통·향유되어 왔다. 이러한 양상은 상당히 이른 시기부터 있었을 것이지만, 그것을 대할 수 있는 것은 고려 후기에 와서이다. 즉 운묵 무기가 찬한 ≪석가여래행적송(釋迦如來行蹟頌)≫이 그것이다. ≪석가여래행적송≫은 방대한 분량의 서사시로, 팔상과 함께 다양한 이야기가 문학적으로 형상화되어 있다. 그리하여 이들이 유통될 때에는 가창이나 음영을 수반할 수밖에 없었다. 그것은 당시의 독법이 그러했거니와 그렇게 해야만 교화에 효율적인 면이 있었기 때문이다. 또한 ≪석가여래십지수행기(釋迦如來十地修行記)≫의 제10지 <실달태자전>에서도 다양한 게송이 삽입되어 한시로서의 특성을 확보하고 있다.

고려대에 한시 형태로 시가적 양상을 보였던 팔상의 전통은 조선 초로 이어졌다. 잘 아는 것처럼 조선 초는 왕실을 중심으로 한 외유내불의 환경 속에서 소헌왕후의 명복을 빈다는 명목으로 국역·판각 활동이 활성화되었다. 바로 여기에서 ≪월인천강지곡(月印千江之曲)≫이 ≪용비어천가(龍飛御天歌)≫와 쌍벽을 이루는 악장으로 편찬되기에 이른 것이다. 이 ≪월인천강지곡≫은 석가의 전생에서부터 열반과 후세의 사정까지 설파한 대장편의 서사시이다. 이러한 국문서사시는 말과 글에서 오는 괴리감을 어느 정도 극복하여 필요에 따라 얼마든지 가창 유통될 수 있었다.[26] 또한 ≪월인천강지곡≫과 ≪석보상절(釋譜詳節)≫이 창조적으로 합편되어 창강단위(唱講單位)를 갖춘 ≪월인석보(月印釋譜)≫로 재편되면서 유통되기도 했는데, 이는 ≪월인천강지곡≫의 대장편이 적당한 분량으로 분절될 수 있음을 보여 준 사례라 하겠다. 따라서

---

26) 이러한 정황은 "上御思政殿 與宗宰諸將談論 令各進酒 又命永順君溥 授八妓諺文歌詞 令唱之 卽世宗所製 月印千江之曲"(『世宗實錄』 14年 5月 12日條)이라고 한 점에서 확인할 수 있다.

≪월인석보≫는 팔상의 국문서사시를 중단형의 시가형으로 분화·전개토록 하는 데 일조하였음을 알 수 있다.

팔상의 시가문학적 전통은 후대의 시가형에도 일정한 영향을 끼쳤을 것으로 보인다. 우선 조선 후기에 찬집·유통되었던 ≪팔상명행록≫ 등의 불전에 영향을 줄 수 있었다. 그렇지만 ≪팔상명행록≫의 문면에는 시가형이 많지는 않다. 아마도 소설과 같이 산문 중심으로 찬집하다 보니 일목요연한 서사시형을 구비하지 못한 것이라 하겠다. 그렇지만 이러한 전통은 불교가사나 구비연행본에 어느 정도 영향을 끼쳤을 것으로 본다. 이는 팔상의 삽화로 이입되었던 본생담(本生譚)이 서사무가로 활용된 점에서 짐작할 수 있다.

두 번째로 팔상은 그 자체로서 소설문학적인 양상을 보이기도 한다. 물론 본생담을 감안하면 그것의 소설문학적 면모가 배가될 것이지만, 현생담인 팔상을 중심으로 보아도 소설적 양상을 짐작하기에 충분하다. 먼저 앞에서 말한 ≪석가여래행적송≫의 산문 기술물을 연결시키면 성글긴 하지만, 어느 정도 서사성을 확보하게 된다. 그리하여 대장편소설과 같은 기본 구조를 구비하게 된다. 다만 이들이 얼마나 많은 문학적인 문식이 가미되었느냐가 문제일 따름이다. 반면에 ≪석가여래십지수행기≫의 제10지 <실달태자전>에서는 고도의 표현기교와 유기적인 산운교직은 물론, 대화체와 수사법이 발달된 문학적 표현이 돋보인다. 그리하여 이 작품은 국경을 초월한 소설문학으로서의 자질을 갖게 되었다. 적어도 이 작품이 팔상변문소설로서의 위상을 굳건히 확보하였기 때문이다. 다만 이 작품이 얼마나 우리의 문화감정에 맞게 문학적으로 형상화되어 있는가의 문제가 있을 따름이다.

이러한 전통은 그대로 조선조의 팔상 서사문학에도 연계되는데, 대체로 대중 취향성을 감안하여 국문으로 찬술되었다. 잘 아는 것처럼 조선 초의 ≪석보상절≫·≪월인석보≫ 등이 여기에 해당된다. 이들은 그 분량의 방대함으로 인하여 다양한 단편 삽화가 끼어 있지만, 거시적인 구조는 분명히 팔상의 그것을 효율적으로 운용하고 있다. 따라서 이들의 구조를 감안하고 보면, 양 찬저는 대장편 팔상서사문학이 되는 셈이다. 이와 같은 형태가 조선 후기에도 지속되었으니 팔상록류가 그것이다. 이들은 선초의 것들이 운문과 산문의 결합이 빈번했던 것과는 대조적으로 산문 위주의 찬술로 되어 있다. 이는 조선 후기에 와서 산문문학이 흥성하는 경향과 일치하는 현상이다. 말하자면 고전소설이 성행하게 되자 그러한 표현을 의식하여 산문 중심으로 독본 및 연행본을 찬술했던 것이다. 실제로 팔상록류는 고전소설의 유통과 큰 차이를 보이지 않았을 뿐만 아니라, 양자간에 영향의 수수관계로 인하여 큰 구별 없이 애독되기도 하였다. 그러기에 팔상록을 두고 소설이라는 말이 나올 수 있었던 것이다.

　세 번째로 들 수 있는 것이 희곡문학적인 양상이다. 잘 아는 것처럼 고전희곡은 기록 텍스트보다는 구비 텍스트에서 찾아야 한다. 이를테면 서사문학의 유통·연행 과정을 감안하면서 희곡문학적인 양상을 확인할 필요가 있다. 그런데 앞에서 확인했던 서사시형의 시가나 소설형의 산문서사 모두 신중을 대상으로 한 법회(法話)였다는 점이 주목된다. 불교계에서는 신중들에게 불교의 세계를 효과적이면서 가시적으로 보이기 위하여 종종 재의나 행사를 벌이곤 하였다. 그러한 현장에서 위의 서사텍스트를 활용하는 것은 아주 자연스런 일이다. 따라서 위의 작품들은 이른바 연행본·극본으로 유통될 좋은 조건을 가지고 있는 셈이다. 실제로 이들은 가창연행으로 향유되기도 하였으며, 필요에 따라서는 변문의 속성상 강창연행에서 활용되기도 하였다.27) 나아가 종합적인 연행 과정에서는 다수의 인물이 등장하는 가운데 대화극으로 유통될 수도 있었다. 이러한 전통은 적어도 고려대를 거쳐 조선 후기까지 지속되었을 것으로 보인다.

27) 김진영, 「불교계 강창문학 연구」, 충남대학교 대학원 석사논문, 1992, 90쪽.

조선 후기까지 불교의 각종 의례・행사에서 활용되었던 팔상은 이른
바 서구의 희곡 개념이 도입되자 곧바로 다양한 희곡으로 각색되었다.
이는 이미 오래 전부터 있어 왔던 전통 때문에 가능한 일이라 할 수 있
다. 실제로 20세기 초에 팔상과 관련된 희곡이 양산된다. 즉 팔상의 내
용을 적절히 각색하여 다수의 희곡을 창작하였으니 <出家>・<勝利의
새벽>・<宇宙의 빛>・<入山>・<不滅의 光>・<瞿夷仙女>・<盂蘭
盆>・<佛陀의 感化>・<獄中花> 등을 들 수 있다.[28] 이들은 팔상의
각 상을 극대화하여 희곡적 묘미를 살린 작품이다. 따라서 이들의 존재
를 감안할 때 적어도 고려나 조선시대에도 팔상을 융통성 있게 활용하
면서 희곡으로 각색했을 것으로 본다.

이상으로 팔상의 문학적 양상을 시가문학이나 소설문학・희곡문학
적인 측면에서 확인해 보았다. 이렇게 다양한 장르 양상을 보이는 것은
이들이 대중적인 연행법화로 활용된 결과라 하겠다. 여기에 문학론에
입각하여 수필이나 평론 등도 확인할 수도 있겠지만, 여기에서는 팔상
이 유통되면서 구현했던 대표적인 장르만을 언급하는 것으로 만족하고
자 한다.

4. 팔상문학과 법주사의 팔상전

앞에서는 팔상문학의 개략을 확인해 보았다. 여기에서는 문학으로
형상화되었던 팔상과 미술의 관계를 상호 텍스트적인 관점에서 조망해
보고자 한다. 불교 교조인 불타는 신라・고려를 거치면서 지고한 숭앙
의 대상이 되었음은 물론이다. 그러다 보니 그에 대한 다양한 선양 방
편을 찾을 수밖에 없었는데, 그것이 곧 음악・미술・무용・문학・연극

---

28) 송재일, 「한국 근대 불교희곡의 '팔상(八相)' 수용」(『고전희곡연구』 제2집, 한국고전
   희곡학회, 2001) 참조.

등으로 나타났다. 실제로 선양 대상인 불타는 하나일지라도 그것의 형상화를 위해 여러 방법이 원용되었다.

미술에서는 불상이나 불탑 등으로 형상화되기도 하고, 독존화나 영산회상도 등의 불화(佛畵)로도 형상화될 수 있었다. 불상(佛像)은 그 자체로서 불타의 외현적 표출이라는 점에서, 불타의 일생인 팔상과 다소의 상관성을 가질 수 있다. 또한 불탑도 사리 등을 안치하면서 불타를 대변·상징하는 조각 및 건축물이라 하겠다. 그리고 불화는 불타의 다양한 면모를 가시적으로 도상화한 것으로, 이에는 판각화(板刻畵)는 물론 채색화인 회화(繪畵)도 해당된다. 이 불화에서는 군상화(群像畵)이든 독존화이든 간에 불타를 비중있게 형상화해 놓고 있기 때문에 불타의 일생과 어느 모로나 연관될 수밖에 없다. 특히 팔상도(八相圖)는 불타의 일생을 체계적이면서도 구체적으로 표출했다는 점에서 불전(佛傳)인 팔상문학과 긴밀한 상호 텍스트성을 갖는다.

팔상은 음악이나 무용으로 표출될 수도 있다. 그러한 양상을 불교의 각종 의례나 재의에서 쉽게 확인할 수 있는데, 특히 영산재(靈山齋)가 주목된다. 여기에서는 음악적 요소로 범음(梵音)과 화청(和請) 등이 기세되고 있으며, 무용적 요소로는 불교음악과 관계되어 바라춤, 나비춤, 법고춤이 수반되기도 한다. 게다가 삼현육각·호적·취타 등의 악기까지 동원된다. 물론 이들이 팔상과 직접적인 관련은 적을지라도 영산재가 불타의 영산설법을 재현한 것이기에 팔상과 전혀 무관하다고만은 할 수 없다.

팔상은 말과 글로 형상화된 문학으로 전개되기도 하였다. 말로 형상화된 구비문학은 불교의 각종 의례나 행사에서 적극적으로 활용되면서 그 진가를 발휘할 수 있었다. 그리고 문자로 기록된 문헌유통은 앞에서도 살펴본 바와 같이 고려대의 작품을 비롯하여 조선 초의 국문불서 그리고 조선 후기의 팔상록류에 이르기까지 아주 다양하다. 그런데 이러한 팔상문학은 그것이 정태적인 독서물이나 감상물보다는 연행 중심의 동태적인 연행본 · 극본으로 유통될 수 있었다는 점에서 주목된다.

팔상은 재의나 의례 등으로 유통되기도 하였다. 이러한 재의 · 의례
는 이른바 재의극(齋儀劇)으로서 연극의 기본 속성을 확보하고 있다. 곧
불타의 출생과 관련된 불탄재(佛誕齋), 출가와 관련된 출가재(出家齋), 성
등정각과 연관된 성도재(成道齋), 그리고 불타의 입적과 관련된 열반재
(涅槃齋) 등이 모두 이에 해당된다. 이러한 재의는 형편에 맞게 시행될
수 있는데, 바로 앞에서 살펴보았던 팔상문학이 이들 재의와 관련된 언
어상관물로 작용할 수 있었다. 따라서 팔상은 재의극과 관련된 연극으
로 유통될 수 있었거니와 아울러 여기에서 활용되었던 팔상문학은 재
의의 언어상관물, 즉 팔상희곡의 면모를 드러낼 수 있었다.

위와 같이 팔상은 문화예술과 긴밀한 관계를 맺으며 다변화될 수 있
었다. 다만 여기에서는 팔상문학과 팔상미술 및 재의극의 관계를 살피
되, 그것을 속리산 법주사의 팔상전과 팔상도(八相圖)에 한정해서 논의
를 전개하도록 하겠다.

그림 1 법주사 팔상전

법주사의 팔상전은 유구한 전통에서 알 수
있듯이 팔상과 관련된 다양한 문화를 양산
해 왔다. 더욱이 법주사의 팔상전은 국내
유일의 목조탑이면서 그 내부에 팔상도를
봉안하고 있다는 점에서 건축사나 회화사
상에서도 주목되는 바가 크다. 특히 팔상도
(八相圖)는 이른바 팔상변상(八相變相)으로 팔
상변문(八相變文)과 긴밀한 관계를 맺고 있
다. 잘 아는 것처럼 변문이 있는 곳이면 변
상이 있음을 전제할 때, 법주사의 팔상도는 그에 상응하는 팔상변문이
구비든 문헌이든 간에 병치되게 마련이다. 실제로 법주사의 팔상도는
불타의 일생을 체계적으로 표출하면서 팔상변문의 내용을 거의 망라하
고 있다. 그리하여 문학인 팔상변문과 미술인 팔상변상이 적절히 호응

하고 있음을 알 수 있다.

법주사 팔상전의 변상도는 크게 네 벽면에 각각 두 개 상씩 모두 여덟 개의 상을 배치하고 있다. 먼저 도솔내의상·비람강생상에서는 불타의 강래(降來)와 탄생(誕生)을 다루고 있다. 잘 아는 것처럼 불타는 호명보살(선혜보살)로 도솔천에 상주하다가 인간구제를 위하여 백상(白象)을 타고 중인도 제국의 가피라국 마야부인에게 투태한다. 이는 곧 마야부인의 태몽이다. 이후 마야부인은 10개월 만에 무우수 가지를 잡고 우협(右脅)으로 태자를 낳는다. 태자는 생장하면서 문무(文武)에 무불통달(無不通達)하여 그 성력을 한껏 드러낸다. 그런데 이러한 내용을 팔상전의 팔상변상이 효율적으로 담고 있다는 점이다. 그리하여 그림 2만으로도 지상 강래와 신비한 출생 및 성장을 확인할 수 있다. 이는 팔상문학의 초반 부분을 팔상변상이 적절히 시각화한 것이다.

그림 2 도솔래의상 · 비람강생상   그림 3 사문유관상 · 유성출가상

사문유관상 및 유성출가상은 태자가 왕궁에서 벗어나 장차 각자(覺者)가 되기 위한 대전환을 보이는 부분이다. 태자는 부왕의 허락을 받고 사문(四門)을 유관(遊觀)한다. 부왕이 태자가 출행하기 전에 주변을 깨끗이 정비하도록 했지만, 태자는 제 천인(天人)의 응화(應化)로 인간의 생로병사를 목격한다. 이에 항시 인간의 근원적인 고통 때문에 고민하던 차에 하루는 정거천인 등 제 천인의 도움으로 출가를 결심한다. 그리고는 시자(侍者)만을 데리고 설산으로 출가하여 인간에서 불(佛)로 극적인 변

환을 도모한다. 설산에 도착한 태자는 스스로 머리를 깎고 지금까지 패
용했던 것들을 시자에게 주어 환궁하도록 당부한다. 출가를 알리는 시
자의 말을 듣고 부왕과 부인 등이 크게 걱정한다. 이와 같은 내용이 그
림 3의 변상도에 적절히 형상화되어 있다.

　설산수도상 및 수하항마상은 태자가 출가 후 살육적인 고행을 감내
하며 마침내 보리수 아래에서 명상법으로 깨달음을 얻는 부분이다. 태
자는 출가 후 배화주의자나 수정주의자를 찾아다니며 수행에 몰두했지
만, 그러한 것으로는 인간의 근원적인 고통에서 벗어날 수 없음을 알게
된다. 이에 니련하에서 목욕하고 목녀에게 우유죽을 공양받은 후 나무
아래 앉아 중도의 방법에 의해 깊은 명상에 잠긴다. 그러던 중 무고안
온(無苦安穩)의 정각을 이루려 하자, 마왕이 다급하여 미인으로 유혹하기
도 하고 장사들을 보내어 힘으로 위해하려 한다. 하지만 태자는 미동도
하지 않고 정진하여 마침내 성등정각을 이룬다. 이러한 내용이 그림 4의
변상도에 잘 용해되어 있다.

그림 4 설산수도상 · 수하항마상　　　그림 5 녹원전법상 · 쌍림열반상

　녹원전법상 및 쌍림열반상은 불타가 깨달은 바를 초천법륜 이후 46
년간 연교하고 마침내는 쌍림 아래에서 열반에 들기까지의 내용이다.
불타는 모진 고통을 감내하다가 정각을 이루고 그 깨달은 바를 교진여
등 5인에게 처음으로 설법한 후 46년간 각종 경전의 내용을 연교하여
무수한 중생을 구제한다. 그러다가 마침내 쌍림 아래에서 열반에 든다.

이때 마야부인이 강래(降來)하니 불타가 위로하고, 또한 가섭의 부재로 그가 찾아올 때까지 다비가 이루어지지 않는다. 마침내 그가 찾아오니 쌍족(雙足)을 현시한 다음 다비가 이루어진다. 이와 같은 내용은 그림 5에 잘 나타나 있다.

이상에서 보는 것처럼 법주사 팔상전의 팔상도는 불전인 팔상변문을 대부분 그림으로 형상화해 놓았다. 따라서 팔상변상만을 보고도 팔상의 전반적인 윤곽을 파악하기에 어려움이 없다. 변문이 있는 곳이면 변상이 조응하는 것이 상례이기에 양자간의 긴밀한 관계를 충분히 짐작할 수 있다. 이러한 관계를 고려할 때 법주사의 팔상전과 팔상문학을 통해 몇 가지 의미를 찾을 수 있으리라 보인다.

첫째, 팔상변문과 팔상변상을 통해 문학과 미술의 상호 텍스트성을 확인할 수 있다는 점이다. 잘 아는 것처럼 문학이 미술로 전개되는 것은 나름대로 여러 가지 의미를 가지고 있다. 문학은 읽거나 들어야만 감상할 수 있는데, 그것도 지속적인 추적적 사고가 필요하다. 그런데 문학을 시각화하면 복합적인 사고 작용보다는 즉물성(卽物性)·즉흥성(卽興性)이 강화되기 마련이다. 보기만 하면 해당 내용을 어렵지 않게 파악할 수 있기 때문이다. 따라서 문학을 시각화하는 일은 오랜 전통을 가지고 있다. 대부분의 종교 신화가 그러하거니와 무속신화에서도 동일한 모습을 보인다. 그렇기 때문에 불교에서도 다양한 그림을 활용하여 신앙 대상을 효율적으로 시각화한 것이다. 이른바 변상이 그것으로, 이들은 해당 경전이나 서사체를 일목요연하게 도출하는 특성이 있다. 이는 많은 사람들에게 불경이나 해당 서사체를 효율적으로 선파하려는 의도에서 파생된 것이다. 따라서 팔상변문을 통하여 팔상문학을 복원·재구할 수 있고, 역으로 팔상문학을 통하여 팔상변문을 상고할 수도 있다.

그런데 법주사의 팔상도가 바로 그러한 표현 의도에서 산출된 것이라는 점이다. 이를테면 불타의 일대기를 그림을 통해 효율적으로 선양

한 경우인데, 이는 문학의 시각화라는 점에서 읽거나 듣는 문학이기보
다는 보는 문학으로 작용할 수 있었다. 이렇게 함으로써 문맹인도 불타
의 일생을 체득하도록 하여 불교전파의 효과를 배가한 것이다.

　위와 같은 점을 염두에 둔다면, 법주사의 팔상변상과 팔상변문의 상
호 텍스트성은 견고할 수밖에 없다. 양자가 상보관계를 유지하면서 이
른바 교화나 전교의 상승효과를 거둘 수 있었기 때문이다. 더욱이 이
팔상변상을 배경으로 팔상문학을 연행한다면, 양자의 상호 텍스트성은
증폭되기 마련이다. 말과 그림을 통하여 듣거나 보면서 불타의 일대기
를 감동적으로 수용할 수 있기 때문이다.

　둘째, 팔상도를 통하여 팔상변문의 연본 내지 극본적 양상을 살필
수 있다는 점이다. 중국에서는 이미 당대에 변문이 있는 곳에 변상이
병치되어 변문의 연행본적인 실상을 대변하고 있다. 말하자면 변상을
배경도로 또는 연행의 소도구로 활용하면서 변문을 연행하여 소기의
목적을 거두었던 것이다. 이러한 전통은 우리나라에서도 확인할 수 있
는데, 팔상변상과 팔상변문을 필두로 <안락국태자경>과 <안락국태자
경변상도> 등의 본생담은 물론, 불경의 필사 및 간행시 삽화형태의 사
경화(寫經畵)나 판경화(板經畵) 등이 이에 해당된다. 이처럼 변상도는 해
당 경문이나 변문을 연행할 때 소도구 또는 배경도로 작용하였기에, 변
상도가 있는 곳이면 그에 상응하는 변문이 연행되면서 그 극본 내지
연본으로 활용되었음을 알 수 있다.

　팔상전의 팔상변상(八相變相)도 그와 같은 맥락에서 불타에 관한 다양
한 성극(聖劇) 의례에서 그 배경도로 기능했을 것으로 본다. 실제로 팔
상전을 배경으로 불탄재와 관련하여 도솔래의상이나 비람강생상이, 출
가재와 관련하여 사문유관상이나 유성출가상이, 성도재와 관련해서는
설산수도상이나 수하항마상이 그리고 열반재 등에서는 녹원전법상이나
쌍림열반상이 그 법화로 충분히 활용될 수 있다. 따라서 이 팔상도는
문학을 가시적으로 표출했다는 점에서 그 의미를 확인할 수도 있지만,

팔상변문의 연행배경 내지 소도구로 활용될 수 있었다는 점에서 더 큰 의미를 찾을 수 있다.

나아가 이 팔상변상은 그 자체로서 연행텍스트로 작용할 수도 있었다는 점이다. 이 변상도는 이미 팔상변문의 내용을 효율적으로 도상화했기 때문에 상당한 서사성을 확보하고 있다. 이를테면 그 자체로서 이야기 줄거리를 담보한 서사화(敍事畵)로 기능할 수 있었다. 따라서 이 변상도를 가리키며 불타의 일대기를 연행하면 훌륭한 그림연행 텍스트가 될 수 있다. 팔상문학이 재의의 언어상관물이라면, 팔상변상은 재의의 시각상관물이라 할 수 있다. 이는 팔상변상이 그 자체의 서사성으로 인하여 그림연행 텍스트로도 작용했음을 의미하는 것이다. 이는 팔상전의 팔상변상이 한국 연행문학사와도 관련될 수 있음을 시사하는 것이다.

이상에서 보는 바와 같이 법주사의 팔상전은 불교의 다양한 문화예술을 용해시키는 가운데, 팔상문학과 적절히 조응하고 있음을 알 수 있다. 그러다 보니 팔상전의 변상도는 팔상문학인 팔상변문과 공질적인 텍스트성을 갖게 되었다. 따라서 서로간에 영향을 주거나 받는 문화적 친밀성을 확보할 수 있었다. 특히 그것들이 합치된 상황에서 대중적으로 연행될 때 그 효과가 극대화되는데, 그러한 모습이 이른바 불탄재·출가재·성도재·열반재 등의 재의극으로 나타났다. 이러한 상황을 고려하면 팔상변상은 연행의 좋은 소도구 내지 배경으로 작용할 수 있었고 나아가 그 자체가 연행 텍스트로 기능할 수도 있었다. 이렇게 법주사의 팔상전 및 팔상변상은 팔상문학의 연행양상을 확인할 수 있다는 점에서 그 의의를 찾을 수 있다.

5. 결론

지금까지 팔상문학과 법주사의 팔상전에 대해서 살펴보았다. 이를

위해 팔상의 유입과 전개양상을 검토한 후 팔상의 문학적 실태와 장르
양상을 확인해 보았다. 이러한 논의를 토대로 팔상문학과 법주사의 팔
상전의 관계를 검토해 보았다. 이제까지의 논의를 결론 삼아 요약·정
리하면 다음과 같다.

첫째, 팔상의 유입과 전개는 상당히 이른 시기에 이루어질 수밖에
없었다. 팔상의 찬집은 인도에서 시작되었지만, 그것이 중국에 유입된
뒤 중국의 형편에 맞게 팔상변문으로 유통되면서 중국의 속문학·연행
문학에 많은 영향을 끼쳤다. 이와 마찬가지로 우리나라에서도 팔상이
이미 불경의 유입과 함께 전개되었을 것으로 본다. 이미 신라대에 치자
(治者)들이 불타를 염두에 두고 왕호를 짓거나 치민에 활용하였을 뿐 아
니라, 다양한 승전이 불전인 팔상을 지향한 점에서 짐작할 수 있다. 그
러던 것이 고려 후기에 이르러 다양한 팔상변문으로 유변되기 시작하
였으니 이른바 ≪석가여래십지수행기≫나 ≪석가여래행적송≫에서 그
실태를 확인할 수 있다. 이들은 조선조에 들어와 국문으로 찬역되면서
국문 팔상변문으로 작용했는데, ≪월인천강지곡≫이나 ≪석보상절≫·
≪월인석보≫ 등이 그것이다. 이들은 국음에 입각하여 가창·강창 등
의 연행을 거치면서 후대의 국문 시가나·소설에 영향을 끼쳤다. 그러
면서 기본적인 구조형태를 유지하다가 조선 후기의 ≪팔상록≫으로 이
어지기도 했다.

둘째, 팔상은 다양한 문학적인 실태를 보이면서 여러 장르로 분화하
였다. 팔상문학은 필연적으로 대중에게 연행될 수밖에 없는 속성을 가
지고 있다. 바로 이 점 때문에 팔상문학은 다양한 문학적 실태나 장르
양상을 보일 수 있었다.

팔상문학의 실태를 보면, 여덟 개의 상이 출생에서 열반에 이르기까
지 영웅의 일생담을 충족하고 있다. 이러한 기본 구조 속에 다양한 문
학적 실상을 구비하고 있다. 먼저 그 구조형태를 보면 무대배경이 독특
함을 알 수 있다. 이는 불교의 윤회관이 작용한 것으로, 이른바 타계나

영속적인 시간을 서사구성의 핵심 인자로 활용한 것이다. 공간배경을 보면 천상인 도솔천이 타계로서 허구·가공적인 요소로 자리하고 있거니와 시간배경에서도 영속적인 시간관념이 작용하여 영원회귀의 순환구조를 띠고 있다. 이는 전기(傳奇) 문학에서 즐겨 사용하는 배경이기도 하다. 또한 인물 면에서는 주인공인 불타가 출중한 성웅으로 형상화되어 전형적인 신화계 서사문학으로서의 속성을 보인다. 이러한 영웅 서사구조가 상당히 이른 시기에 전형성을 띠면서 유통되었기에 이들이 후대의 역사계 영웅소설에 영향을 끼쳤을 개연성이 크다. 그리고 팔상의 사건은 8개 상이 유기적인 조화를 이루는 가운데, 일대기적인 사건전개를 구비하고 있다. 이를테면 팔상을 기준으로 불타의 일생이 발단−전개−결연−상승−절정−하강−대단원의 기본 곡선을 준수하고 있다는 점이다. 그것도 치밀하게 조직되어 있어서 영웅서사문학으로서의 자질을 충족하고 있음을 알 수 있다.

팔상의 표현문체는 아주 다양하다. 그것은 이들이 연행법화로 활용되면서 상황에 맞게 탄력적으로 변용된 결과라 하겠다. 먼저 팔상문학은 운문체로 결구·유통되었다. 고려대의 팔상문학이나 조선 초의 《월인천강지곡》 등이 그것이다. 뿐만 아니라 이들은 산운교직체를 보이기도 한다. 이는 팔상이 이른바 팔상변문으로 유통된 양상을 대변하는 것이다. 고려대의 《석가여래십지수행기》의 <실달태자전>이 그 전형을 보이고 있다. 게다가 이 팔상문학은 아주 유기적인 대화체를 구비하기도 하였다. 대화체의 원형을 희곡문학에서 찾을 수 있기에, 적어도 이 대화체는 팔상의 극문학적 특성의 일단이라 하겠다.

팔상의 주제의식은 영웅담이라는 점에서 알 수 있듯이 이타행·인류구제로 형상화되어 있다. 물론 그것이 성등정각에 정점이 모아지기는 했지만, 궁극적으로는 고통받는 인류를 구원하는 데 목적이 있다. 따라서 팔상에서 형상화하고자 한 주제는 종교상의 구원·해탈임을 알 수 있다. 실제로 불타는 강래한 이후 출가하여 모진 고통을 감내하다가 마

침내 상구보리하고, 그 깨달은 바를 모든 중생을 위해 연교하면서 영웅
적인 삶을 살았다. 다만 일반 영웅소설의 주인공이 가문은 물론 사회나
국가를 위하여 능력을 발휘하는 것이라면, 팔상에서의 불타는 그러한
위대한 능력이 확대되어 인류구제를 서원할 따름이다.

　팔상은 다채로운 문학적 실태에 걸맞게 다양한 문학 장르로 전개되
었다. 우선 들 수 있는 것이 시가문학적 전개이다. 이 시가문학은 구비
유통 과정에서 가창서사물로 작용할 수 있었던 것으로, 대표적인 것이
앞에서 운문체로 언급되었던 작품들이다. 즉 ≪석가여래십지수행기≫
나 ≪월인천강지곡≫과 같은 찬집류가 이에 해당된다. 이들 모두 유통
과정에서는 가창이나 음영되며 법화로서의 기능을 다했을 것으로 본다.
그리고 팔상문학은 그 자체로서 소설문학적인 자질을 확보하고 있다.
이미 그것이 영웅서사구조를 보인다는 점에서 종교계 영웅소설적 양상
을 보일 수밖에 없다. 다만 역사계 영웅소설과의 차이라면 팔상이 성지
향적인 반면 역사계 영웅소설이 속지향성이 강할 따름이다. 따라서 팔
상의 소설문학적 양상은 그대로 후대의 영웅소설에 영향을 끼쳤을 것
으로 본다. 또한 팔상의 대중적인 연행상황을 감안할 때 희곡문학적 양
상도 짐작할 수 있다. 실제로 이들은 불탄재나 출가재, 성도재나 열반
재 등에서 그 텍스트로 활용될 수 있었다. 이는 재의극의 언어 상관물
로 결국은 재의극본적 성격을 드러낸다. 그렇기 때문에 서구의 희곡개
념이 도입되자마자 팔상을 기본으로 다양한 희곡이 창작·공연될 수
있었다.

　셋째, 팔상문학은 주변의 예술문화와 상보관계를 가지며 다양한 문
화·예술로 전개되었다. 특히 법주사의 팔상전은 불타 전기인 팔상을
염두에 두면서 축조한 것이기에 팔상문화가 한층 강화될 수밖에 없다.
이는 법주사의 팔상전·팔상변상과 팔상문학간에 긴밀한 상호 텍스트
성이 확보되어 있음을 의미하는 것이다. 법주사 팔상전의 팔상변상은
이미 불타의 일대기를 긴밀하면서도 구체적으로 형상화하고 있다. 이

를테면 팔상문학에서 주요하게 다루는 내용이 팔상변상에 조직적으로 펼쳐져 있다. 그리하여 양자간에는 읽는 문학의 보는 문학화 내지 보는 문학의 읽는 문학화가 성립될 수 있다.

양자의 친밀성은 불교의 재의·의례와 관련되어 팔상문학의 극문학적 전개를 확인할 수 있게 한다. 이와 같은 점은 팔상변상이 팔상변문의 연행배경이나 소도구로 활용될 수 있기 때문이다. 더욱이 법주사의 팔상은 그 치밀한 내용으로 인하여 그 자체가 연행 텍스트로 쓰였을 가능성이 충분하다. 변상이 변문과 긴밀히 관련되었던 점을 감안하면, 이 변상을 통해 변문의 연행문학화를 짐작할 수 있다. 이는 변문이 연행을 통해 희곡문학으로 전개될 수 있음을 의미하는 것이다. 실제로 팔상전을 중심으로 불탄재·출가재·성도재·열반재를 설행할 수 있는데, 이 재의는 재의극적 특성을 확보하고 있다. 그러기에 여기에서 그 법화로 활용된 팔상변문은 자연스럽게 재의극본적 성격을 드러낼 수밖에 없다.

(『불교문화연구』 4, 한국불교문화학회, 2004)

참고문헌

『世宗實錄』 14年 5月 12日條.

권오익, 「법주사 팔상전의 종합적 고찰」, 홍익대학교 대학원 석사논문, 1984.

김경표, 「팔상전의 구조 형식에 관한 연구」, 동국대학교 대학원 박사논문, 1987.

김진영, 『한국서사문학의 연행양상』, 이회문화사, 1999.

_____, 「불교계 강창문학 연구」, 충남대학교 대학원 석사논문, 1992.

_____, 「불전과 고전소설의 상관성 고찰」, 『어문연구』 33, 어문연구학회, 2000.

_____, 「팔상의 구조적 특성과 소설적 전이」, 『한국언어문학』 47, 한국언어문학회, 2001.

朴光洙, 「팔상명힝녹의 系統과 文學的 實相」, 忠南大學校 博士學位論文, 1997.

박병동, 『불경전래 설화의 소설적 변모양상』, 도서출판 역락, 2003.

사재동, 『불교계 서사문학의 연구』, 중앙문화사, 1996.

_____, 『韓國文學流通史의 研究』 제1권, 中央人文社, 2000.

_____, 「팔상명행록의 研究」, 『論文集』 8권 제2호, 충남대학교 人文科學研究所, 1981.

송재일, 「한국 근대 불교희곡의 '팔상(八相)' 수용」, 『고전희곡연구』 제2집, 한국고전희곡학회, 2001.

王慶菽, 「試談 '變文'의 産生和影響」, 『敦煌變文論文錄』 上冊, 明文書局, 1985.

이종찬, 『한국의 선시』, 이우출판사, 1985.

一 然, 『三國遺事』 卷第1 奇異 第2, 「善德女王知幾三事」條.

채태익, 「조선 후기 팔상도의 연구」, 홍익대학교 대학원 석사논문, 1984.

최호석, 「『석가여래십지수행기』의 소설적 전개」, 고려대학교 대학원 석사논문, 1993.

한국정신문화연구원, 『한국민족문화대백과사전』 9권, 웅진출판주식회사, 1991.

홍윤식·윤열수, 『불화』, 대원사, 1989.

한국인의 心像에 비쳐진 佛國寺

寺中記에서 異邦의 기록까지

이 광 우

1. 머리말 : 사찰의 문화적 의미

사찰은 정법 수행과 예불을 위한 성스러운 공간일 뿐만 아니라 다른 어떤 조형물보다도 심미적 가치를 지녔다고 할 수 있다. 이처럼 종교성을 띠면서도 더구나 심미적 가치를 함께 지닌 공간은 사람들을 잡아끄는 힘이 있다. 그것은 각처에서 모여든 순례자의 행렬일 수도 있고,[1] 경내에 가득찬 미적 가치를 발견하기 위해 찾아든 여행객의 발길일 수도 있다. 어떤 이유에서건 1883년에 조선을 방문했던 미국인 퍼시벌 로웰의 기록을 읽어보면 한국 사찰을 객관적인 시각으로 이해하는 데 조금이나마 도움이 될 듯싶다. 벽안의 이방인이 당시 한양 인근의 사찰을 둘러보고 기록한 감회는 '산 속 깊은 곳에서나 옛날의 영화를 그리워하듯 쓸쓸히 남아 있'었고, '함부로 발을 들이지 못하게 하는 준엄함과 웅장함이 있었으며, 수도하는 분위기와 잘 어울렸'다는 것이었다.[2] 이처럼 국내외인을 막론하고 신성한 장소인 사찰에 대한 관심과 호감

---

1) 게라르 두스 발델 레에우 저, 손봉호·길희성 역, 『宗敎現象學入門』, 분도출판사, 1995, 208쪽 참고.
2) 퍼시벌 로웰 저, 조경철 역, 『내 기억 속의 조선, 조선 사람들』, 예담, 2001, 156쪽.

은 고대 사회의 우주론적 가치관이 깔려 있다는 점에서 역사성을 띤
관습이라고 할 수 있다.

목월의 「佛國寺」³⁾를 읽다보면 바람 같기도 하고 물 같기도 한 어떤
기운이 불국사의 자하문짝을 밀치고 우리를 경내로 잡아끄는 분위기
가 난다. 그러나 시인은 추녀에 내걸린 예사로운 풍경에서 울려나오는
음향마저도 천년 넘게 곡진한 사연을 간직하고 있는 줄 뻔히 알면서
오직 고요와 정적만을 상상하라고 독자들을 다그친다. 이 절 안에서는
아무것도 손대지 말라고 당부한다. 시인이 방문했던 불국사의 자취는
이 시의 마지막 구절에서 바람 소리에 묻히더니 결국 역사의 여백으
로 사라지면서 묘한 뒷맛을 남긴다. 시인은 과연 이 시를 통해 무엇을
表象하려 한 것일까? 역설적으로 시인은 지난 천여 년 동안 한국인의
마음 속에 불국사가 어떤 형상으로 읽혀왔는지 보여주려 한 것은 아
닐까?

이 글은 목월이 공백으로 남겨둔 心像의 문제를 시대적으로 조명해
보려고 한다. 먼저, 국내외 여러 기록과 구전 전승물을 살펴보고, 개화
이후 조선의 불교 유적에 대해 일본인이 어떤 태도를 지니고 있었는지
이방인의 심상을 찾아 참된 가치에 대한 인식 문제를 제기해보려 한다.

2. 네 가지 심상

1) 창건 사적의 본의 : 연화장세계의 구현

불국사는 성스러운 공간이다. 수십 차례 災禍를 입고 숱한 전란에도

---

3) 전문은 다음과 같다. "흰 달빛 / 자하문(紫霞門) // 달 안개 / 물 소리 // 대웅전(大雄殿) /
큰 보살 / 바람 소리 / 솔 소리 // 범영루(泛影樓) / 뜬 그림자 // 흐는히 / 젖는데 // 흰 달
빛 / 자하문 // 바람 소리 / 물 소리." (박목월, 『山桃花』, 영웅출판사, 1955)

불구하고 重修와 重創을 거듭했던 사정은『佛國寺古今創記』에 잘 나타
나 있다.[4] 이밖에도『三國遺事』와『佛國寺事蹟』에 관련 내용이 전하고
있다.[5] 세 기록은 내용상 적지 않은 차이를 보이고 있지만, 이들 기록
으로 창건 사적의 대강을 짐작할 수 있다.[6]

一然의『三國遺事』에 의하면, 김대성은 토함산으로 사냥을 나갔다가
잡은 곰이 꿈에 귀신으로 나타나 절을 지어줄 것을 부탁하자 깨달은
바가 있어 長壽寺를 짓고, 이어서 현생의 부모를 위해 불국사를, 전세
의 부모를 위해 石佛寺를 지었다고 한다.[7] 그런데 이 기록은 김대성의
가계와 행적을 설화적 성격이 짙은 구성 방식으로 기술하고 있을 뿐만
아니라[8] 창건주 김대성이 개인적 발원에 의해 불국사를 初創한 것으로
적고 있다. 여러 연구에 의하면 김대성이 실존했던 인물이라는 것은 틀
림없다.[9] 그러나 불국사 창건 동기에 관해서는 김대성의 개인적 발원

4) 姜裕文은 1740년 活庵東隱이 쓴「慶尙道江左大都護府慶州東嶺吐含山大華嚴宗佛國寺
古今歷代諸賢繼創記」를 정리하여 540년의 開山부터 1805년의 비로전 중수까지 연표
를 작성했다. 姜裕文,『佛國寺古今創記』, 慶北佛敎協會, 1937, 1∼5쪽.
5)『古今歷代記』라고 제목을 단 기록이 있는데 이것은『佛國寺古今創記』를 일본으로 가
져가 東大寺圖書館에서 보관하던 것을 祇林寺 주지였던 沈賢淵師가 1935년 발견하
여 동대사도서관 서기였던 和田治가 필사하여 보내준 것이라고 한다. 위의 책,
34∼35쪽. 이밖에도 閔泳珪가 활자본으로 간행한『古今歷代記』가 있는데, 이것은 일
본인 渡邊彰이 소장하던 판본이다.(민영규,「佛國寺古今歷代記 解題」,『學林』3, 연세
대, 1954, 27쪽)
6) 관련 자료가 이미 사지총서로 간행되었다. 한국학문헌연구소 편,『佛國寺事蹟』·「佛
國寺古今刱記」·「佛國寺大雄殿重刱丹艧記」·「佛國寺志(外)」, 아세아문화사, 1983. 이
밖에도 김상현은 불국사와 관련한 문헌 기록들을 정리해둔 바 있다. 김상현,「불국사
의 문헌자료 검토」,『신라의 사상과 문화』, 일지사, 1999.
7) "旣長 好遊獵 一日登吐含山 捕一熊 宿山下村 夢熊變爲鬼訟曰 汝何殺我 我還啖汝 城
怖懅請容叔 鬼曰能爲我創佛寺乎 城誓之曰喏 旣覺 汗流被蓐 自後禁原野 爲熊創長壽
寺於其捕地 因而情有所感 悲願增篤 乃爲現生二親 創佛國寺 爲前世爺孃創石佛寺." 一
然,『三國遺事』孝善 제9,「大城孝二世父母 神武王代」條.
8) 閔丙河는「大城孝二世父母 神武王代」를 어머니에 대한 孝와 佛敎가 얽혀 성립된 이
야기 유형으로 보고 있다. (閔丙河,「三國遺事에 나타난 孝善思想」,『人文科學』3·4
合, 성균관대 인문과학연구소, 1973, 236쪽)
9) 李基白,「新羅 執事部의 成立」,『震檀學報』25·26合, 진단학회, 1964 참고.

에 의한 것이 아니라, 신라 왕실의 정치적 혈연 맥락에서 찾아야 한다는 주장이 최근 제기되었다.[10]

이보다 한층 복잡한 문제가 사적 기록에서 나타난다. 『佛國寺事蹟』에는 아도화상이 佛緣에 따라 불국사를 지은 것으로 되어 있고,[11] 『佛國寺古今創記』에는 『鷄林本記』를 인용하여, 法興大王의 어머니인 迎帝夫人이 출가하여 처음 불국사를 창건한 것으로 되어 있다.[12] 이 기록에 따르면 김대성은 重創한 것이 된다. 그런데 이 두 기록은 연대를 오기한 것과 작자의 진위 판별이 문제이며, 『삼국유사』와 『화엄사사적』의 내용과 혼동을 일으키는 등 잘못이 많아서 신빙성이 떨어지는 부분도 있다. 심지어 의도적으로 내용을 개작하기도 해서 후대에 加筆한 흔적이 역력하다.[13]

세 기록을 종합해보면 불국사는 화엄사상을 傳行하기 위해 왕실의 도움으로 불국정토를 건설하려는 전환기적 발상에서 창건되었다는 것만은 확실하다.[14] 구체적으로 밀교 계통의 금강계만다라에 근거한 배치 방식으로 보기도 한다.[15]

---

10) 최완수, 「불국사가 김대성의 개인사찰로 둔갑한 까닭」, 『신동아』 1월호, 동아일보사, 2001 참조.

11) "又有五百禪刹之墟 其第一日 妙吉坊 今佛國寺…(中略)…王許之 命興工始建 第一伽藍興輪寺 第一禪刹佛國寺…(中略)…此佛國寺之初創也. 第二十三 法興大王卽位元年 甲午梁天鑑十二年也." (한국학문헌연구소 편, 앞의 책, 8~11쪽, 동국대도서관본 참조.)

12) "法興大王母迎帝夫人 妃己尹(丑)夫人出家爲尼 名法流 行持律 今故或稱華嚴佛國寺或稱法流寺…(中略)…自此 佛法大行於世時 迎帝夫人 新創佛國寺." 「佛國寺古今創記」, 위의 책, 43쪽, 국립중앙도서관본 참조.

13) 한국불교연구원, 『佛國寺』, 일지사, 1974, 15~22쪽.

14) 신현숙은 산악을 숭배하던 신라인들이 사찰을 화엄세계로 장엄하기 시작하면서 가람 배치에 사상성이 담기게 되었다고 지적한다. (신현숙, 「慶州石窟庵과 佛國寺의 思想的 背景」, 『전통문화』 141, 전통문화사, 1984, 105~111쪽.)
拙稿, 「華嚴十刹緣起說話研究」, 동국대 석사논문, 1996

15) 홍윤식, 「新羅 華嚴思想의 社會的 展開와 曼荼羅」, 『三國遺事와 韓國古代文化』, 원광대출판국, 1985, 300~301쪽.

2) 지리지와 기행문에 담긴 조선 유학자의 심상 : 勝景의 발견

경주는 신라인들이 佛緣에 따라 구현한 정토이다. 특히 석굴암과 불국사를 잇는 토함산 지역은 그 사상적인 배경도 중요하지만 이곳을 찾은 외래인들에게는 勝景地로도 명성이 높다. 선초에 편찬된 『東國興地勝覽』은 전국의 물산을 체계적으로 정비하려는 국책 사업이라고 할 수 있는데, 특히 조선 후기에는 이 책의 체제와 유사한 방식으로 특정 지역을 권역화한 지방지가 활발하게 간행되기 시작 한다. 경주도 예외는 아니어서 官撰이나 私撰 방식으로 『동경통지』나 『경주지』, 『경주읍지』 등이 현전하며, 여러 문헌에서 불교 유적만을 간추려서 『梵字攷』나 申景濬(1712~1781)의 『伽藍攷』와 같은 사찰지를 만들기도 한다. 이들 문헌은 사찰의 소재를 파악하는 데는 주효하지만 구체적인 창건 사적을 확인할 수 없는 경우도 있다.

불국사에 대한 관심은 유학자들이 그곳을 직접 방문하고 지은 기행문에 잘 나타나 있다. 그 중에서 朴琮(1735~1793)은 그의 『鐺洲集』 「東京遊綠」에서 1767년 11월 경주에 도착하면서 시작된 경주 여행을 남기고 있다. 박종은 신라 시조 박혁거세의 후손으로, 경주에 도착하자마자 숭덕정에 참알하고 오릉, 계림, 첨성대, 봉황대, 포석정 등을 돌아보고나서 마침 기회가 생겨서 11월 27일에 불국사를 찾게 된다. 그는 자하문 밖에서 말을 내려 백운교를 걸어 오르면서 여러 석물의 새김과 정교하게 맞물려 배치되어 있는 것을 보고 신라인의 뛰어난 미의식에 깜짝 놀란다. 백운교, 청운교, 수미종각, 연화교, 칠보교, 다보탑, 석가탑, 대웅전, 무설전, 행랑 등등 그는 하나하나 본대로 이름을 적고 자세한 묘사를 하고 있다. 뿐만 아니라 법흥왕 27년에 초창한 이래로 여러 번 중창했던 사정을 寺中記에서 찾아 옮겨 적기까지 했다. 그는 이어서 석물과 누전이 대부분 없어졌어도 이와 같이 뛰어나고 아름다운데 신라 시대에 처음 창건했을 때 흥성했으리라는 것은 상상할 만하다고 하면

서 신라인이 된 듯한 환상에 사로잡히기도 한다.16) 그리고 말미에는 影
池에 얽힌 전설까지 스님의 말을 빌어 적어두었다.

이처럼 신라의 옛 도읍지를 찾게 된 조선 후기의 방문객은 순례자처
럼 이곳저곳을 살피고 매만지면서 감회에 젖은 순간 순간을 글로 옮겨
놓고 있다. 비록 전란을 겪으면서 옛 모습이 퇴색하기는 하였으나 박종
은 전각이 쇠락한 와중에도 정법의 창연한 색채를 잃지 않았던 심미적
표현 기교에 극찬을 아끼지 않았던 것이다. 이와 같은 유학자들의 서술
태도 덕분에 여러 분야에 걸쳐 불국사를 고증할 수 있는 근거 자료가
되기도 했다. 그러나 불국사 조영이 화엄불국토를 구현하려 했던 신라
인들의 심상을 반영하고 있다는 것을 그는 구체적으로 언급하지 않았
다. 그나마 사중기를 인용한 것은 그가 경주와 혈연주의적 친연성을 맺
고 있었기 때문이라고 할 수 있다.

또한 함경도 출신으로 그는 백두산도 유람했을 만큼 국토에 대한 남
다른 애착을 지니고 있었다. 그렇다면 그의 국토에 대한 관심은 어디서
비롯된 것일까? 그것은 중국 晉代의 陶淵明 이후로 발전해온 田園文學
의 낭만적 전통을 배제하고 치자의 도리를 산수유람의 승경에서 찾으
려 한 조선 중기 이후의 주자학적 전통을 이은 관습적 글쓰기 방식일
수도 있다. 한편 실학시대에 태동하기 시작한 유기체적 국토관과 민족
주의적 역사 의식을 반영한 결과로도 볼 수 있다.17) 또한 불국사에 대
한 세세한 관찰과 기록은 청나라의 고증학적 실용주의를 표방한 의식
에서 비롯되었다고 할 수도 있을 것이다.

그러나 그의 불국사 기행문은 실학자로서의 역사적 전망을 제시하지
못했다는 점에서 승경 묘사에 그친 한계를 보인다. 물론 최강현의 지적

---

16) "今踞法興王二十七年 爲一千二百四十年 寺之興廢 未知幾閱塵劫 而石物樓殿之十亡
而一存者 猶如是奇麗 則新羅初刱之盛 槪可想矣." (朴琮,「東京遊錄」,『鐺洲集』권15
遊錄, 국립중앙도서관본.)

17) 유기체적 국토관은 배우성,『조선 후기 국토관과 천하관의 변화』, 일지사, 1998,
29~39쪽 참조.

처럼, 기행문이 그렇듯이 문체 성격상 나타나는 한계일 수도 있다.[18] 그렇다고 하더라도 그는 경주에 도착해 박혁거세의 후예로서 예를 갖추고 불국사에서는 勝景을 발견한 놀라움을 글로 남기는데 주력했다는 점으로 미루어 그의 세계관을 짐작할 수 있을 따름이다. 따라서 박종의 기행문이 보여주고 있는 역사 의식과 서술 태도는 다분히 자족적 기록의 의미를 벗어나지 못했다고 할 수 있다.

조선 시대의 불국사 유람은 박종이 생존했던 시대뿐만 아니라 그 전후로도 여러 시인 묵객의 발길이 끊이지 않았음에도 불구하고 박종이 보여준 인식적 한계를 크게 넘지 못하고 있는 것처럼 보인다. 조선 유학자의 심상 속에서 불국사는 역사적 부침을 겪어온 古刹이면서, 古都의 閒情을 불러일으키는 대표적 승경지로서 인식되었던 것이다.[19]

그렇지만 경주에 대한 감흥과 인식은 비단 儒者들만의 몫이었다고 할 수 없다. 경주는 불연지이면서 전설의 땅이므로 골짜기 바위 하나하나에도 깊은 사연이 절절하다. 평범한 삶에 만족했던 민중들에게 경주는 어떤 모습으로 마음 속에 자리잡고 있었는지 민담을 통해서 살펴보고사 한다.

3) 민중의 염원 : 민담 세 편

『삼국유사』의 김대성 관련 기록은 불국사 창건열기설화라고 하기에는 석연치 않은 점이 있다. 예로부터 佛緣地이거나 靈異 發顯, 종교적

---

18) 최강현은 기행작품은 문학적 한계를 지닌 글이지만, 문학성과 역사성, 철학성의 집합체라고 평가하면서 인접학문의 연구 자료적 가치도 무시할 수 없다고 지적했다. (최강현, 「기행문학의 역사를 살핌」, 『홍익어문』 4, 홍익어문학회, 1985, 27쪽.)

19) 김상현은 이밖에도 李德弘(1541~1596)의 「東京遊綠」, 丁時翰(1625~1707)의 『山中日記』, 任必大(1709~1773)의 「遊東都錄」, 金相定(1722~1788)의 「東京訪古記」과 같은 기록을 영인자료로 소개하고 있다. (김상현, 「옛 慶州紀行文 세 편」, 『신라문화』 9, 동국대 신라문화연구소, 1992.) 이밖에도 金時習이나 金宗直, 李晦齋, 李磻溪 등이 詩韻을 남겼다.

異蹟, 孝善 등의 인연이 닿는 곳에 절을 짓게 마련이다.[20] 그런데 김대
성이 불국사를 창건한 것은 이승의 부모를 위한 공덕이었고, 부모를 위
해 절을 지었다는 점에서 효선편으로 분류해야 마땅하다. 그러니까 그
비중은 김대성의 효성을 강조하려는데 있는 것이라고 볼 수 있다.

일반적으로 창건의 동기와 내력을 밝혀둔 창사연기설화는 전란이
끝난 16세기 이후에 불교 유산을 복원하려던 고승들의 활발한 사지
편찬 사업이 전개되는 과정에서 뒤섞인 경우가 많다.[21] 그 과정에서
동일한 구조의 연기설화가 여러 사적기와 구전 전승물에 걸쳐 나타나
기도 한다. 상당량의 사찰연기설화는 지금도 寺下村을 중심으로 전승
된다. 그것은 불교설화라는 점에서 일반 세속설화와 구분할 수 있다.
그러나 민중들의 의식 속에서 사찰연기설화는 敎訓談이며, 靈驗談이기
도 하고, 人物談으로도 구연된다. 불국사 창건 유래에 관한 두 편의 민
담은 설화의 역사적 변천 과정을 통해서 민중의 심상을 읽을 수 있는
바탕이 된다.

「불국사와 오누이」에서 누이가 동생을 살리기 위해 동생에게 절을
짓고 누이는 그 아래에 연못을 파기로 약속을 했다. 그런데 동생이 깎
아놓은 기둥 하나를 누이가 몰래 숨겼다가 나중에 일을 모두 마치고
내놓았더니 동생이 분해서 못둑을 뛰다가 진흙 속에 빠져 사라졌다. 동
생이 세운 절이 불국사다라는 것이다.[22] 이 이야기는 영지와 불국사
연기설화가 결합한 이야기 구조로 짜여져 있다. 사찰 창건의 장엄한 불
력은 사라지고, 오누이가 내기 삼아 절을 지은 일을 이야기거리로 삼아
만든 것이다. 「김대성의 환생과 불국사 창건」은 불국사와 석굴암, 영지
에 관한 이야기가 하나로 되어 있다. 김대성을 흠모하던 주인집 아가씨

---

20) 홍순석, 「韓國佛事緣起說話研究」, 단국대학교 석사논문, 1979 참조.
21) 사지 간행의 역사적 맥락은 허홍식, 「韓國寺志의 刊行現況과 展望」, 『한국학문헌 연
구의 현황과 전망』, 아세아문화사, 1983, 176~179쪽 참조.
22) 『한국구비문학대계』(경북편) 7 - 15, 한국정신문화연구원, 1987, 387~388쪽.

와 그 집의 양녀가 원한으로 죽어 귀신이 되었는데 김대성도 얼마 있어 죽었다가 다시 태어났다는 것을 알았다. 김대성이 두 처자의 원한을 달래주기 위해 불국사를 짓기 시작했는데, 도중에 곰으로 변한 양녀가 달려들어 겨우 도망쳐 둘의 영혼을 절에 모시고 잘 달래주었다. 이 이야기는 『삼국유사』에서 장수사와 불국사, 석굴암을 짓게 된 내력이 원형담에서는 나타나지 않는 남녀간의 애정 문제로 바뀌면서 파격적인 이야기로 변질되었다.[23]「불국사의 창건 유래」는 「金現感虎」의 虎願寺 연기설화와 유사한 구조로 되어 있다.[24] 그런데 재미있는 것은 불법의 공덕으로 세운 사찰이기 때문에 '불국사'라고 칭명했다는 민중적 발상이다. 이 세 편의 이야기에서 불국사를 창건한 사실은 모두 일치하지만 그 방법은 서로 다르고, 심지어 다른 이야기와 합쳐서 변형된 경우도 있다는 것을 확인할 수 있다.

민중들은 불국사를 대화엄의 자취가 드리운 성소로 인식하고 있었거나, 명승지로서의 심미적 가치로 환원하여 받아들이고 있었던 것은 아닌 모양이다. 불국사 창건 내력에 관한 전설적 이야기는 그것이 사적 기니 기행문의 내용과 판이하게 다르다는 점에서 기일층 민중적인 염원을 담고 있다고 할 수 있다. 불교설화가 세속적으로 변질되는 현상은 그것이 민중적 소통방식으로 서사 구조가 개방된다는 점에서 긍정적이며, 또한 민주적 현상이다. 막히지 않고 소통이 가능한 개방형 구조야말로 민중의 무한한 삶의 원동력이며, 불교가 지향해야 할 만민평등의 진정한 가치라고 할 수 있다. 따라서 사물이 본질적으로 무상하다는 깨달음을 이들 민담 세 편을 통해서 확인할 수 있다.

다음으로 한일합병을 시작으로 본격적인 한반도 통치를 획책했던 일제강점기를 거치는 동안 불국사는 외래인의 심상 속에서 어떤 정서적 반응을 불러일으켰는지 살펴보기로 한다.

---

23) 『한국구비문학대계』(경북편) 7-2, 한국정신문화연구원, 1980, 280~282쪽.
24) 『한국구비문학대계』(경남편) 8-2, 한국정신문화연구원, 1980, 326~327쪽.

4) 異邦의 근대적 발상 : 개방성

공학박사 출신이었던 關野貞은 조선총독부의 위촉을 받아 두 명의
조수를 데리고 1909년 9월부터 12월까지 조선 반도를 순력하면서 문화
유적을 조사, 목록으로 작성하여 『朝鮮藝術之硏究』를 저술한다.[25] 그는
『朝鮮寶物古蹟名勝天然記念物要覽』를 통해서 국내에 산재해 있던 유
물, 유적, 명승, 천연기념물을 광범위하게 조사해서 순번을 매기고 일
일이 소재지와 간단한 설명을 덧붙이기까지 했다.[26] 관야정은 1910년
대에 조선총독부가 한반도를 식민화하려는 의도를 노골적으로 드러내
기 시작하면서 벌인 문화 유물 조사를 담당했던 공학분야 전문가였다.
이를 빌미로 조선의 문화유물에 대해 개인적으로 관심을 갖기 시작한
일본인이 많아진다는 점은 흥미롭다. 『삼국유사』나 「新羅國東吐含山華
嚴宗佛國寺事蹟」을 근거로 불국사와 석굴사의 연혁을 세세하게 밝히기
도 했던 柳宗悅과 같은 조선예술 예찬론자는 조선 예술에 대한 열정을
불태우면서 경주의 역사성과 사찰의 심미적 가치를 특히 강조하였
다.[27] 그는 균제미가 느껴지는 불국사와 호흡이 멎을 듯이 아름답게
새벽빛에 빛나는 석불사 좌상의 옆얼굴에서 강한 인상을 받았다.[28] 그
에게 경주는 '언제나 행복한 회고'로 남는 곳이었다.[29]

---

25) 關野貞, 『朝鮮藝術之硏究』, 발행지 불명, 1910. 이 책은 몇 년 후에 『朝鮮古蹟調査
略報告』로 출간되었다. 유홍준의 『나의 문화유산답사기』 3(창작과비평사, 1997,
251~253쪽)에는 關野貞이 1902년에 고건축 실태조사를 위해 한국에 왔다고 했고,
1904년 『조선건축 조사보고』라는 책자를 냈다고 했다. 필자는 유홍준이 제시한 자
료는 구해 보지 못했다.

26) 關野貞, 『朝鮮寶物古蹟名勝天然記念物要覽』, 朝鮮總督府社會敎育科, 1914.

27) 특히 석불사에 대한 그의 세련된 평가는 압권이라 할 만하다. 柳宗悅, 「석불사에 대하
여」, 『조선의 예술』, 동서문화사, 1977 참조. 원문은 1919년 『藝術』 6월호에 게재됨.

28) 존 카터 코펠도 그녀의 칼럼에서 석굴암을 걸작품에 비유하고, 불국사 두 탑의 역동
적 긴장관계에 관심을 기울였다. 존 카터 코펠 저, 김유경 엮어 옮김, 『한국문화의
뿌리를 찾아』, 학고재, 1999 참조.

29) 존카터 코펠 저, 위의 책, 129쪽. 일본인의 경주에 대한 관심은 이후로도 지속적으
로 기행문이 나올 만큼 적극적이면서 관습적이다. 加藤松林人이 경주를 방문하고

　일본인의 한반도에 대한 유적 조사가 활발해지고 상업적 개발 열기
가 뜨거워지면서 경주는 이방의 순례자들에게 관심의 대상으로 떠오른
다. 특히 대구-경주-포항간 輕便鐵道와 경주-불국사간 철도가 잇달
아 개통함으로써 경주를 본격적인 관광 도시로 육성하려는 의도를 천
명했다.[30] 특히 1938년 조선총독부에서는 불국사와 석불사를 특화하여
朝鮮寶物古蹟圖錄 제1권을 간행하게 된다.[31]

　이처럼 당시 일본인들은 무단으로 종교적 성소를 개방하여 상업적
이윤을 추구함으로써 조선을 수탈하려 했다는 점에서 비판받을 만하다.
그러나 그들의 상업적 논리는 조선 불교 문화 유적이 국제적인 관심을
불러일으킬 만한 중핵적인 가치가 있음을 스스로 인정한 결과라고 할
수 있다. 그들은 불국사가 수탈의 대상이 아니라 찬미와 경배의 대상이
며, 폐쇄적 방치보다는 개방적 개발을 필요로 한다는 점을 간파했던 것
이다. 常住不變의 절대적 진리일수록 개방적 태도를 지니면서 그 가치
를 발견하려는 노력이 요구된다는 것은 자명한 일이다. 일본인들이 불
국사에서 상징적 가치를 발견하고 개방하려 한 태도는 민담적 세계관
을 지닌 민중적 개방성과 다르지 않다. 이들이 추구하던 세계는 멀리
신라시대 창건주였던 김대성의 본의를 시대적 조류에 맞게 재해석해
놓은 것일 수도 있다. 그 세계가 얼마나 본의에서 멀고 가까운지는 중
요한 문제가 아니다. 時俗에 적절히 대응하면서 새로운 가치를 개척해
나가는 개방적 태도야말로 불국사에 걸맞은 미래지향적인 심상이라고
할 수 있다.

　지은 기행문도 이제까지의 글쓰기 틀에서 크게 벗어나지 않고 있다. 加藤松林人,
　『韓國の美しさ』, 學院出版部, 1973.
30) 奧田悌의 「緖言」에서 신라 고도인 경주를 세계적인 一大公園으로 만들려는 의도를
　읽을 수 있다. 奧田悌, 앞의 책, 4쪽.
31) 朝鮮總督府, 『佛國寺の石窟庵』, 京都 : 文星堂, 1938.

3. 가치 있는 것들을 위하여 : 결론을 대신하여

지금까지 필자는 네 가지 방향에서 불국사의 역사적 심상을 검토했다.
첫째, 창건의 본의가 담겨 있는 사중기와 관련 기록을 통해서 연화
장세계를 구현하려 했던 신라인들의 심상을 살펴보았다. 둘째, 지리지
와 기행문을 통해서 조선 유학자의 세계관, 곧 자족적인 승경에 만족하
는 유학자들의 심상을 살폈다. 셋째, 민담 세 편을 통해서 생기발랄한
민중들의 염원이 담긴 개방적 심상을 살폈다. 넷째, 일제 강점기에 일
본인들이 남긴 몇몇 문헌 자료를 통해서 조선 불교 유적지에서 국제적
인 심미적 가치를 찾으려 했던 이방인의 심상을 찾을 수 있었다.

네 가지 심상이 서로 일치하지 않는다고 해서 불국사를 창건할 당시
의 본의를 잃은 것이라고 하기는 곤란하다. 그것은 空時的 세계를 꿰뚫
는 보편적인 진리, 곧 無常性에 대한 인식적 기반을 우리에게 제공하고
있다. 불국사가 토함산 중턱에서 朝陽平野를 응시하면서 구현해 놓은
세계가 사바세계이거나 극락세계이거나 연화장세계이거나 그것은 개방
의 구조로 열려 있을 때만 가치를 지닌다. 그리하여 萬有無常의 진리
속에 常住不變의 절대적 진리여야 할 유일한 가치는 불국사 자하문이
민중의 가슴을 향해 활짝 열린 채로 불국사가 민중의 심상에 단단히
뿌리박히는 것이리라.

(『불교문화연구』1, 한국불교문화학회, 2003)

『朝鮮佛敎維新論』에 담긴 한용운의 세계관과 乾鳳寺와의 영향관계

이 홍 섭

1. 문제 제기

최근의 만해 한용운(1878~1944) 연구는 기존 연구결과의 틀을 크게 벗어나지 않는 선에서 되풀이되는 양상을 보이고 있다.

이는 일차적으로 승려이자 독립운동가로, 그리고 시인이자 소설가로 활동한 그의 폭넓은 행동반경에서 비롯된 것으로, 앞으로 여러 분야의 연구 성과들을 아우를 수 있는 새로운 시각과 통찰을 요구한다고 할 수 있다.

반복의 또 다른 원인은 한용운에 대한 접근이 지나치게 그의 파란만장한 행동의 결과에 초점을 맞추어 진행된다는 점에서도 찾을 수 있다. 그 결과 가계(家系) 및 출가동기가 과장되고 인간적, 사상적 성숙의 과정이 생략되는 등 많은 문제점이 파생되어 왔다.

한용운의 생애를 연대기적으로 살펴볼 때 가장 두드러진 것은 그가 당대의 그 누구보다도 왕성한 호기심과 지적 욕구를 지녔으며 이의 해소를 위해 힘든 순례를 마다하지 않았다는 점이다. 또한 서울이라는 대 사회적, 정치적 무대와 설악산을 중심으로 한 내면적, 정신적 거처 (건봉사, 백담사, 오세암 등)를 오가며 진퇴를 거듭했다는 점도 특기할 만하다.

특히 그의 생애에서 주목을 끄는 것은 『朝鮮佛敎維新論』이 쓰여진 1910년 이전의 그의 활동과 영향관계이다. 그가 1899년 집을 떠나 전전하다 1905년 출가한 점을 미루어 살펴볼 때 『朝鮮佛敎維新論』에 담긴 근대적 개혁사상이나 불교 이해는 약 10년간에 걸친 이 시기의 활동과 독서 편력, 그리고 교류관계에서 힘입은 바 크다고 할 수 있다. 결코 길다고 할 수 없는 이 기간 동안 당대는 물론 후대에도 큰 영향을 미친 이러한 대작을 쓸 수 있었던 동력이 과연 어디서 나왔는가를 분석하는 일도 한용운 연구의 한 과제라 할 수 있다. 이를 단지 한용운 개인의 왕성한 호기심과 집중력의 결과로 볼 것이냐, 아니면 누적되어 온 불교의 전통과 당대에 한용운이 교류, 섭취한 진취적 사고의 접맥 속에서 분출되어온 것이냐를 해명하는 작업은 한용운 연구는 물론 불교사상사 연구에서도 큰 의미를 지닌다. 따라서 한용운의 세계관의 형성과 문학관 및 정신을 이해하기 위해서는 그의 사상적 편력, 특히 출가전후의 지적 경험과 영향 관계, 그리고 진퇴의 과정을 면밀하게 분석해나가는 작업이 우선적으로 요구된다고 하겠다. 특히 그의 출가 사찰이자 『님의 침묵』이 쓰여진 백담사와 당대에 가장 선진적인 학풍을 지녔던 건봉사, 그리고 깨달음을 얻은 곳이자 『십현담주해』가 쓰여진 오세암의 정신사적 전통을 검토해 한용운에게 끼친 영향을 밝혀내는 것이 중요하다고 할 수 있다.

이 글은 이중 한용운의 근대사상 섭취와 독립운동에 큰 영향을 미친 건봉사의 전통과 학풍을 검토하고 그의 초기 사상사적 지평을 알 수 있는 『朝鮮佛敎維新論』을 분석, 이러한 초기 사상의 배경과 영향관계를 알아보고자 한다.

2. 건봉사의 근대적 학풍 및 항일정신과 그 영향

건봉사(520~)는 6·25전란으로 폐허가 되기 이전만 해도 국내 4대
사찰 중의 하나이자, 31본산의 하나였던 대찰로 한용운이 백담사로 출
가하던 1905년만 해도 사격(寺格)이 그대로 유지되고 있었다. 백담사는
현재 신흥사의 말사로 되어 있지만, 한용운이 활동할 당시만 해도 백담
사는 건봉사의 말사로 건봉사의 압도적 영향하에 있었다. 오랜 전통을
지닌 건봉사는 1465년 세조의 원찰(願刹)이 된 이래 불교가 크게 위축되
었던 조선시대에도 왕실의 보호를 받으며 끊임없이 사세를 확장해나가
다른 사찰에 비해 경제적인 여유가 있었고, 이를 바탕으로 많은 승려들
을 길러낼 수 있었다.

조선말과 일제시대 건봉사 승려들의 활동 중 가장 눈에 띄는 것은
교육운동과 항일운동이다. 건봉사는 1906년 사립학교인 봉명(鳳鳴)학교
를 설립(이듬해 폐교, 이후 부침을 거듭하다 1930년대 초 융성)하고, 1926년에
는 인천에 봉림(鳳林)학교(1921, 2년 후 폐교)를 설립했으며, 1926년에는
불교전문강원을 설립해 공비생(公費生) 30명을 선발[1]하는 등 꾸준히 근
대적 교육에 관심을 기울였다. 이런 노력에 힘입어 건봉사는 많은 근대
적 학승들과 민족지도자들, 그리고 사회주의자들을 배출할 수 있었다.

특히 봉명학교는 불교적 강론과 함께 일반학교의 수업에 해당하는
외사를 두루 가르친 근대적 사립학교로 문집 『글동산』을 간행하고 연
극공연, 연설회, 가장행렬 등과 스포츠 민속놀이 등을 펼치는 등 당시
로서는 매우 선구적인 근대적 교육방식으로 운영[2]되었다. 최초의 근대
적 불교단체인 불교연구회에 의해 명진학교가 설립된 것이 1906년임을

---

1) 한용운, 『乾鳳寺及乾鳳寺末寺史蹟』; 『韓龍雲全集 4』, 신구문화사, 1973, 243쪽.
2) 봉명학교의 교육제도에 관해서는 설산스님의 증언 기록(「만해선사의 오도송과 일화」,
   『萬海學報』 제2호, 만해학회, 1995, ; 「만해에의 회상」, 『萬海學報』 제4호, 만해학회,
   2002)과 한계전의 「만해 한용운과 건봉사 문하생들에 대하여」(『萬海學報』, 창간호,
   1992)를 참조.

감안할 때, 같은 해에 봉명학교가 설립되었다는 것은 건봉사 승려들의
교육에 대한 관심과 근대적 사고가 얼마나 크고 진취적이었는가를 짐
작할 수 있게 해준다.

건봉사의 이러한 근대적 교육에 대한 관심은 그냥 생겨난 것이 아니
라 당대 세계정세에 대한 관심과 진취적인 학풍에 의해 조성된 것으로
추측해볼 수 있다. 한용운이 읽고 난 뒤 당대의 세계정세와 근대사상에
눈뜬 것으로 밝힌 바 있는『瀛環地略』과『飮氷室文集』도 이러한 관심
과 학풍 속에 구할 수 있었던 것으로 보이며, 그가 일본으로 가 조동종
대학에서 일어와 불교를 배울 수 있었던 것도 이러한 풍토 속에서 가
능했던 것으로 추측할 수 있다. 이는 봉명학교를 졸업한 건봉사 승려들
이 대부분 서울로 유학가거나 일본 유학을 통해 공부를 계속했고, 건봉
사는 이들의 학비를 지급했다는 사실에서도 알 수 있다.

한용운은 이러한 분위기 속에서 건봉사를 크게 중창한 만화(萬化)스
님으로부터 용운(龍雲)이라는 법명과 만해(萬海)라는 법호를 받아 이를
평생 사용했으며, 당시 주지 대련(大蓮)스님으로부터 의뢰를 받아 건봉
사 및 건봉사 말사의 역사를 기록한『乾鳳寺及乾鳳寺末寺史蹟』(1928)을
편찬했다. 이외에도 최초의 선(禪)수업인 수선안거(首先安居, 1907)를 성취
한 곳도, 학암(鶴庵)스님으로부터『반야경』과『화엄경』을 수학한 곳도
건봉사였다.

『유신론』이 1910년 탈고된 점을 감안할 때 이 글 속에는 그가 건봉
사를 통해 접한 당대의 불교현실과 건봉사가 지닌 근대적 학풍 및 진
취적 사고를 담고 있는 것으로 추정할 수 있다. 한용운과 교류를 하며
그를 정신적 스승으로 모신 건봉사의 승려들이 대부분 독립운동가로
나서거나 사회주의자가 된 것은 이러한 풍토와 무관하지 않다.

교육운동과 더불어 주목되는 것은 건봉사의 항일 전통이다. 건봉사
는 일찍이 사명대사가 승군을 길러내고, 왜군에 의해 탈취 당한 석가모
니 진신 치아 사리를 다시 봉환해온 전통을 지니고 있었다. 조선말 의

병활동에 건봉사 승려들이 참가한 것은 이러한 전통의 연장선상에 있었다고 할 수 있다. 『독립신문』 1896년 8월 18일자에는 "강원도 건봉사 중 창기가 여주 의장(義將) 민용호의 비밀 서신을 가지고 운현궁으로 가다가 체포되어 8월 10일 한성재판소에서 재판을 받게 되었는데, 서신 내용은 원산항의 일인들과 각처 일병들을 쫓아내자는 것이었다"라는 기사가 실려 있고, 건봉사 출신 승려들의 여러 활동과 증언에서도 항일운동에 대한 각종 기록이 나타나고 있다.

이 가운데 한용운과 관련하여 주목되는 스님은 한용운과 동갑인 금암(錦巖)스님(1879~1943)[3]이다. 속명이 이교재(李敎宰)인 금암스님은 1879년 황해도 금천군 좌면 만호리에서 이기준의 장남으로 출생했으며 한학을 수학한 뒤 대한제국 윤참위의 천거로 군에 복무하던 중 군대해산으로 의병에 가담했다. 이후 이인영 대장의 휘하에서 전투에 참여하다 의병투쟁이 한계에 이르고, 부친이 일본 왜경을 살해한 사건에 연루되어 고문 끝에 숨지자 금암으로 개명하고 금강산 건봉사로 출가했다.

증언에 따르면 금암이 건봉사로 은신하기 이전에도, 고성군 현내면 미치진의 쑥고개 전투에서 일본의 원산수비대와 사흘긴의 치열한 전투 끝에 다리에 관통상을 입은 박영발이 건봉사에 은신하는 등 건봉사는 의병들의 은신처 역할을 톡톡히 해낸 것으로 기록되고 있다. 박영발은 뒷날 한용운에게 큰 영향을 받아 그의 선양사업을 펼치는 설산(雪山) 스님의 조부가 되는 인물이다.

금암과 한용운의 인연은 그가 일 년 앞서 숨질 때까지 지속되었다. 금암은 한용운에게 법호와 법명을 준 스승 만화 스님으로부터 사사받아 한용운과는 사형관계가 된다. 금암은 건봉사 사지를 편찬하는 한용운을 물심양면으로 지원했으며, 봉명학교에 한용운의 강연을 적극 유치해 후학들이 한용운의 정신을 따르도록 했다. 또한 독립투쟁을 위해

---

3) 이하 금암스님에 관한 자료는 설산 스님의 위 증언기록과 강원 영북지역 향토지인 『설악문화』 350호 (1998년 3월 2일자) 참조.

한용운을 중심으로 모인 불교비밀결사체 '만당'에 가입해 19명의 조직
원 중 한 명으로 활동하며 자금지원책을 맡았다. '만당'은 만해의 <조
선독립의 서>를 강령으로 삼아 활동했으며, 상해 임시정부와도 연락을
취하며 해외독립운동을 지원했다. 당시 건봉사의 감무를 맡은 금암은
조선 최고의 사찰로 부유했던 건봉사의 재산을 독립운동에 적극 활용
한 것으로 보인다.

그는 이외에도 금강갑계, 수성청년회, 명덕청년회, 봉서청년회를 조
직해 독립사상과 상부상조의 정신을 계몽하던 중 1934년 사월초파일
가장행렬 중에 일어난 만세사건으로 왜경에 연행되어 환속을 강요받고
승적을 박탈당했다. 간성으로 쫓겨나온 그는 양양, 인제, 고성을 중심
으로 기묘갑계를 조직해 독립정신을 고취하다 만해보다 일 년 앞선
1943년, 65세의 나이로 숨졌다.

이같은 금암의 행적은 설산의 증언과 최근 지역연구자들의 조사에서
밝혀졌다. 설산의 가계는 조부뿐만이 아니라 부친 박혜련(속명 돌쇠)도
독립운동 중 숨진 항일운동 집안으로 한용운은 생전에 설산을 '의병아
들'이라고 불렀다고 한다. 박혜련은 금암과 해외 독립군을 연결, 군자
금 지원 역할을 맡아 활동하다 1932년 신의주형무소에서 일경의 고문
에 의해 숨졌다.

이러한 기록과 증언들을 종합해볼 때 한용운의 근대적 개혁사상과
독립사상은 건봉사의 근대적 학풍과 항일정신에 영향받은 바가 크다고
할 수 있다. 봉명학교에 다니며 한용운을 흠모한 것으로 알려진 박종
운, 조영출, 조영암, 최재형, 박기호, 박설산 등이 독립운동과 사회주의
운동의 전면에 나서게 된 것도 이러한 건봉사의 전통 속에서 가능한
것이었다. 이러한 전통은 당대의 다른 사찰에서는 그 예를 찾아볼 수
없는 것으로 당시로서는 젊은 승려였던 한용운이 혁신적 내용을 담고
있는『朝鮮佛敎維新論』을 쓸 수 있는 정신적 기반이 되었다고 평가 할
수 있다.

3. 『朝鮮佛敎維新論』에 담긴 근대정신과 개혁사상

『朝鮮佛敎維新論』은 앞서 언급하였듯이 한용운이 출가한지 5년여 만인 1910년 32세의 비교적 젊은 나이에 쓴 그의 최초의 저작이다.

한용운은 12월 8일 이 글을 탈고(출간된 것은 3년 뒤인 1913년)했는데, 이는 한일합방이 체결(8월 29일)된 지 불과 3개월 여가 지난 때였다. 따라서 이 글에서는 그를 역사에 각인시킨 독립운동가로서의 면모나 시인으로서의 모습은 쉽게 찾아 볼 수 없다.

대신 이 글을 통해서 알 수 있는 것은 한용운이 자신 앞에 펼쳐진 세계를 어떻게 이해하고 있었으며, 그 이해의 뒤에는 어떤 사회적, 역사적 체험이 자리잡고 있었는가 하는 점이다. 이는 『朝鮮佛敎維新論』 출간 이후 파란만장하게 펼쳐지는 그의 삶을 이해하는 데 있어서 중요한 단초가 된다. 『朝鮮佛敎維新論』이 한용운을 연구함에 있어 중요한 자리를 차지하는 것도 바로 여기에 있다 할 수 있다.

그러나 그동안 『朝鮮佛敎維新論』은 승려로서의 만해를 이해하거나, 일제하 한국불교를 연구하는 데 주로 활용되어 왔다. 그 결과 『朝鮮佛敎維新論』은 불교연구의 영역으로 협소화되어 이후의 저작들과 연결되지 못한 채 고립화된 감이 없지 않다.

한용운의 생애를 연구할 때 『朝鮮佛敎維新論』 이전의 행보와 『朝鮮佛敎維新論』 이후의 행보는 구분할 필요가 있다. 한용운은 공식 출가는 1905년(백담사에서 연곡스님에게 득도)에 했지만, 이미 그 전인 1899년 집을 떠났다. 그 사이에 그는 절을 전전하기도 하고, 세계여행을 꿈꾸며 블라디보스톡을 다녀오기도 했다. 따라서 『朝鮮佛敎維新論』은 시대적으로는 1910년 이전 10년여의 당대 현실과 체험, 그리고 이로부터 형성된 세계관이 배어있다고 할 수 있고, 개인적으로는 20대와 30대 초반의 갈등과 번민이 녹아있다고 할 수 있다. 그러나 『朝鮮佛敎維新論』 이후의 삶은 일제의 국권 침탈과 국토 병탄이라는 절체절명의 벽 앞에서 하루하루를 견디어 나가는 처지로 바뀌게 된다. 그가 합병 바로 다음해인 1911년 망국의 울분을 참지 못해 만주로 망명해 독립지사들과 만난 것은 앞으로 펼쳐질 그의 행로를 상징적으로 보여준 사건이라 할 수 있다.

이 글에서 주목하고자 하는 것은 자유로운 몸과 정신으로 승속(僧俗)을 넘나들며 1900년대초를 통과해온 한용운에게 있어 근대는 어떤 모습으로 다가왔고, 그는 이를 어떻게 극복하고자 했는가 하는 점이다.

『朝鮮佛敎維新論』은 전체적으로 불교의 유신에 초점이 맞추어져 있지만, 글의 흐름은 문명과 야만이라는 이분법적 구도 위에 전개된다.

> 그럼에도 불구하고 성패가 하늘에 달려 있다고 말하는 사람은, 하늘 있음만 알고 사람 있음을 알지 못하는 것이라 하겠다. 그런 말을 꺼내기가 무섭게 그 성명이 이미 노예의 명단에 오르고 마는 것이니, 어찌 스스로 사랑하지 않음이 이같이 심할 수 있으랴. 만약 문명인으로 하여금 이런 말을 하는 사람을 오래 된 무덤 속으로부터 끌어내어 자유를 포기한 죄를 책망케 한다면 변호하고자 해도 변호할 길이 없을 것이다.[4]

> 이 '유신론'이 문명국 사람의 처지에서 보기에는 실로 무용지장물(無用之長物)로 비칠 것이다. 그러나 조선 승려의 전도를 생각하는 처지에 선다면 반드시 조금은 채택할 것이 없지도 않으리라 생각된다.[5]

위의 두 인용문이 선명하게 드러내고 있는 것은 한용운이 하늘에만 매달려 주체적이지 못한 삶을 노예의 삶이라 규정짓고, 이를 문명화되지 못한 삶의 범주에 넣고 있다는 점이다. 또한 문명국이란 '파괴를 통한 유신'이 필요 없는, 혹은 완성된 그 어떤 세계로 상정하고 있다는 것을 알 수 있다.

한용운은 곧이어 불교를 타종교 및 철학과 비교하여 뛰어난 점을 열

---

4) 만해사상실천선양회 편, 『만해 한용운 논설집』, 장승, 2000, 14쪽.
5) 위의 책, 16쪽.

거한 뒤 "다만 문명의 정도가 날로 향상되면 종교와 철학이 점차 높은 차원으로 발전하게 될 것이며, 그 때에는 그릇된 철학적 견해나 그릇된 신앙 같은 것이야 어찌 다시 눈에 띌 까닭이 있겠는가. 종교요 철학인 불교는 미래의 도덕, 문명의 원료품 구실을 착실히 하게 될 것이다"고 강조하고 있다.

이를 통해 알 수 있는 것은 한용운이 불교의 본래 면목과 힘이 온전히 드러나는 시간을 문명의 정도가 향상되는 시간과 동궤에 놓고 사유한다는 점이다. 따라서 그가 주장하는 유신이란 문명을 향한 유신이며, '야만의 파괴'를 위한 유신이라 할 수 있다. 따라서 그가 유신의 가장 첫번째 목표를 교육으로 삼고있는 것은 극히 자연스러워 보인다.

> 교육이 보급되면 문명이 발달하고, 교육이 보급되지 못하면 문명은 쇠미해지는 것이니 교육이 없다는 것은 야만, 금수가 되는 길이다. (중략) 무릇 문명은 교육에서 생기는 것이니, 교육은 문명의 꽃이요, 문명은 교육의 열매라 할 만하다.[6]

문명과 야만을 대립구도 속에 놓고, 야만의 세계를 문명의 세계로 이끌어 낸다는 것은 근대담론의 기본 사유구조이다. 또한 문명의 발전에 따라 불교의 진면목이 드러날 것이라는 주장의 배후에는 진화론적 사유방식이 내재되어 있다. 다음 구절은 이를 잘 보여준다.

> 사람이 종교를 믿는 것은 무엇 때문인가. 우리들의 가장 큰 희망이 여기에 있기 때문일 것이다. 희망은 생존과 진화의 밑천이라고도 할 수 있으리니, (중략) 필시 지옥을 연상시키는 생활과 야만이라고 할 수밖에 없는 행위가 나타나 참담하고 추악하기 끝이 없을 것이며, 그렇게 되면 소위 문명인들은 어느 외진 곳으로 피하여 숨을 죽이고, 생존의 의욕을 상실하고 말 것이다.[7]

---

6) 만해사상실천선양회 편, 앞의 책, 35쪽.
7) 위의 책, 17쪽.

한용운의 이러한 진화론적 사유방식은 근대 초기 지식인들 사이의 지배적 담론인 사회진화론과 그 맥을 같이 한다고 할 수 있다. 사회진화론은 19세기의 중심 패러다임인 다윈의 진화론에서 비롯된 것으로 제국주의의 식민지지배를 정당화하는 약육강식, 우승열패의 논리로 이어지고, 자본주의적 경쟁을 합리화하는 이론적 기반이 되어 왔다.

한용운이 19세기와 20세기 초반 동아시아를 지배하는 중심적 담론이 된 사회진화론의 영향을 받게 되는 과정은 명확치 않으나, 그가 『朝鮮佛敎維新論』과 산문(「최후의 5분간」)을 통해 언급한 중국의 사상가 양계초의 영향이 컸으리라는 추측은 쉽게 해볼 수 있다.

양계초는 당시 국내 지식인들 사이에 큰 영향을 끼친 사상가로 『飮氷室文集』, 『이태리건국삼걸전』 등으로 큰 반향을 일으킨 바 있다. 사회진화론은 1880년대 초 유길준에 의해 일본으로부터 처음 도입 소개되었으나 본격적으로 도입, 전파된 것은 양계초의 글을 통해서이다.[8] 한용운이 『朝鮮佛敎維新論』에서 거론한 칸트, 베이컨, 데카르트의 학설도 모두 『飮氷室文集』에 나온 내용을 그대로 번역한 것이라는 연구 결과[9]도 나와 있고, 『님의 침묵』 군말의 '장미화의 임이 봄비라면 마지니의 님은 이태리다'라는 구절에 등장하는 마지니가 『이태리건국삼걸전』의 주인공인 瑪志尼라는 사실도 밝혀진 바 있다.

사회진화론이 낳은 약육강식과 우승열패의 논리는 한용운이 당대 현실을 바라보는 기본적인 사유틀이 되고, 『朝鮮佛敎維新論』을 쓰게 된 촉발역할을 했음은 다음 구절이 잘 보여주고 있다.

　　서양 말에 '공법(公法) 천 마디가 대포 1문(一門)만 못하다'는 것이 있다. 이것을 철학적으로 부연해 말하면, 진리가 세력만 못하다는 이야기가 된다. 나는 처음 이 말을 들었을 적에 저도 모르게 그 말이 하도 속된지

8) 우림걸, 『한국개화기 문학과 양계초』, 박이정, 2002, 14쪽.
9) 김춘남, 「양계초를 통한 만해의 서구사상 수용」, 동국대학교 대학원 석사학위논문, 1984.

라 스스로 문명한 사람의 말에 낄 수 없다고 생각했었다. 그러나 세상의 풍조가 오늘날같이 경쟁이 심함을 보고 난 뒤에는 이 말이 속되지 않을 뿐 아니라, 요즘 세상의 문명의 불이법문(不二法門)으로 삼기에 족함을 알았다. (중략) 그러나 우열, 승패와 약육강식이 또한 자연의 법칙임을 부정할 길이 없다. 우수해지는 까닭, 열등해지는 까닭, 강해지는 까닭, 약해지는 까닭의 이치가 단순하지 않아서 장구한 시일을 두고 열거한 데도 다하기 어려운 일이나, 뭉뚱그려서 말하면 세력일 따름이라고 할 수 있다. (중략) 지금 다른 종교의 대포가 무서운 소리로 땅을 진동하고 다른 종교의 형세가 도도하여 하늘에 닿았고, 다른 종교의 '물'이 점점 늘어 이마까지 넘칠 지경이니, 조선 불교에서는 어찌할꼬.10)

위 인용문은 당대의 현실을 받아들여야 하는 한용운의 곤혹스러움을 보여주고 있다. '공법 천 마디가 대포 일문만 못하다'는 말은 문(文)을 우선시 하는 동양적 사유구조와는 완연히 배치되는 말이다. 한용운이 처음 이 말을 들었을 때 속되다고 생각했다는 고백은 서당에서 한학을 가르치기도 했던 그로서는 솔직한 토로가 아닐 수 없다. 그는 "이런 것은 굳이 말한다면 야만적 문명이라고나 해야 할 것이니, 적어도 도덕과 종교에 입각해 있는 사람이라면, 이를 찬양하지는 않을 것이다."고 진제한 뒤 "그렇기는 하나, 오늘 세력이 없어서 경멸받는 조선 승려의 자리에 있는 사람으로서는 미상불 한번 연구해 볼 필요는 있는 것이다"고 자위하고 있다.

한용운이 우승열패, 약육강식의 현실을 심각하게 받아들이고 불교유신을 통해 스스로 힘을 길러야겠다고 작심하게 된 배경에는 당시 제국주의 세력의 팽창, 특히 외래종교의 급팽창에서 느낀 위기의식 때문이다. 대한매일신보에 실린 다음 두 글은 당시의 상황을 잘 보여주고 있다.

일전에 본신보에 만군 예수교인이 다 대한국운을 위하야 하나님께 기도하였다 함을 임의 게재하였거니와 대체 종교가에서는 크게 공변되신

10) 만해사상실천선양회 편, 앞의 책, 53~55쪽.

하나님의 일체로 사랑하심을 극진히 몸받고 극진히 생각하야 넓이 사랑함으로 주의를 삼고 세계로써 생각하는 것인즉 일개인과 사회에서 애국하는 주의와 국가사상으로 더불어는 서로 같지 아니한지라. (중략)

그런 고로 만국 교인들이 공분의 마음과 서로 사랑하는 정에 감동되야 대한의 국운을 다시 니여 주시기로 하나님께 기도하니 대저 만국교인의 동정은 세계 사람의 같은 뜻이라. 이제 대한을 위하여 기도하는 주의는 반드시 나라의 독립과 백성의 자유를 회복하기를 원하야 비난 것이니 이것은 하나님이 도으시고 사람이 돕는 것이라.

슬프다. 대한동포는 이같이 고금의 드문 일을 보고 생각하야 자유할 정신을 가다듬어 독립할 기초를 세워 만국 교인의 기도하는 성의를 저버리지 말지어다.[11)]

본인은 본래 학문이 없고 지식이 부족함으로 학교에 들어가 공부하더니 학교에 재정이 궁색함으로 폐지가 되니 통분함을 이기지 못하야 어리석은 소견으로 두어마디 한탄하는 말을 우리 교우 동포에게 고하노라.

황천(천지신령)이 우리 대한동포 이천만 중에 만여명을 승려로 빼어놓으니 인종흠축도 가련하고 산중에서 염불한다 자칭하고 황금 같은 시간을 공연히 허송하며 단월(시주)에는 뜻이 없고 공짜에만 탐을 내어 조선심은 없어지고 타지심만 생겨나니 불교 일도 가련토다.

슬프다 대한 승려들이여. 지식 경쟁하는 이 시대에 문명사상 아조없이 문을 닫고 잠만 자며 정신없이 아미타불만 부르다가 병오년 삼월에 홍월초 리보담 두 고승이 여심으로 주선하야 명진학교를 설립하고 청년승도를 교육하다가 야만승도의 반대함으로 인하야 학교가 폐지 되었으니 무슨 일을 하겠으며 하인 동화 통도사에서 학교를 설립하고 청년승도를 교구한다하나 이삼백명을 교육하는 것에 지나지 못하리니 그 외에 만여명은 오히려 금같은 세월을 허송하니 청년시절 다지내고 백발노인 되고보면 열심한들 쓸데있으리오.

근일에는 여자사회도 발달하야 자선회를 조직하고, 조선병원도 설립할 계획이라 하거늘 소위 종교사회라고 이러한가. 야만 종족 그만 잊어버리고 문명계에 나아가서 일반 동포들과 손목잡고 강국 백성 되는 날에 숭배하면 승려 직책 아니될까.

11) 『대한매일신보』, 1907년 8월 22일자 논설.

　부처님은 자선으로 주장하시나니 불양답의 소출로 공양도 하려니와 각
사에서 사분의 삼만 학교 경비로 보용하면 넉넉할지니 쓸데없이 허비하
여 버리는 재산을 가지고 쓸데 있는 지식을 배양하는 것이 어떠하뇨[12]

　앞의 글은 만인 예수교인이 대한국운을 위해 하느님께 기도하였다는
기사를 뒤따른 사설로 나라의 독립과 백성의 자유를 회복하기 위해 기
도하는 교인의 성의를 저버리지 말자는 내용을 담고 있다. 이 사설은
당시의 기독교가 독립과 밀착하여 크게 신장하고 있음을 보여주고 있
는 사례이다.

　이에 반해 뒤의 글은 최초의 불교전문학교인 명진학교를 다니던 학
생이 이 학교가 재정난으로 문을 닫자 불교계의 현실을 비판하는 내용
을 담고 있다. 이 글 속에 나타난 불교계의 현실은 여성계의 움직임에
도 전혀 못 미치는 한심한 지경에 처해있다고 할 수 있다.

　위의 서로 대비되는 두 글은 당시 종교계의 실정을 선명하게 보여준
다. 초창기 서구 제국주의 세력의 첨병이라는 인식 속에 탄압 받았던
천주교는 1873년 대원군이 민씨 세력에 밀려나고 각종 조약이 체결되
면서 신앙의 자유를 보장받게 된다. 이러한 흐름과 선교사들의 적극적
인 선교활동으로 신도수가 급증하여, 황해도만 하더라도 1895년 600여
명이었던 신도 수가 7년이 지난 1902년에는 7,000명을 넘어선 것으로
나타났다. 이처럼 천주교가 선교에 박차를 가할 때도 불교는 조직의 정
비도 갖추지 못한 채 표류하고 있는 상황이었다. 『朝鮮佛教維新論』이
집필되던 1910년을 전후해서는 개신교의 선교가 두드러졌다. 이미
1884년을 기점으로 한국을 거쳐간 선교사는 1,529명에 달했으며, 이들
가운데 미국인이 1,059명으로 절대 다수를 차지했다. 개신교는 의료와
교육을 통해 선교 활동을 펼쳤는데, 개신교 학교의 경우 『朝鮮佛教維新
論』이 탈고되던 1910년에 이르면 전국적으로 882개교에 달하는 것으

---

12) 『대한매일신보』, 1908년 11월 15일자 독자투고.

로 조사13)되었다. 이는 유일한 학교마저도 재정난으로 문을 닫고만 불
교와는 비교가 되지 않는다.

한용운은 이같은 외래종교의 급성장세를 보며 승려들도 다른 종교인
의 포교하는 모습을 배워야 한다고 강조했다.

> 다른 종교인의 포교하는 모습을 보지 못했는가. 날씨의 춥고 더움과
> 길의 멀고 가까움에 관계없이 다 찾아가서 포교하며, 어느 곳 어느 사람
> 에게라도 다 가르쳐서 한 사람에 실패하면 다른 한 사람에게 포교하고
> 오늘 되지 않으면 또 내일에 노력을 계속하여 실패할수록 더욱 포교에
> 힘쓰니 이것이 열성이 아니고 무엇인가. (중략) 나는 다른 종교들이 융성
> 하여 오늘이 있음이 우연이 아님을 아는 자이다.14)

이처럼 『朝鮮佛敎維新論』은 약육강식과 우승열패가 지배하는 현실
앞에서 유신을 통해 불교를 새롭게 혁신하고자 하는 열망을 담고 있다.
동시대의 다른 지식인들처럼 사회진화론의 영향을 받은 한용운은 교육
과 포교방법의 혁신을 통해 불교를 문명의 차원으로 끌어올려야 한다
는 자각을 지니고 있었다.

4. 건봉사와 『朝鮮佛敎維新論』

『朝鮮佛敎維新論』은 전반부에 「서론」, 「불교의 성질」, 「불교의 주의」
등 글을 쓰게 된 사상적 기반을 서술한 다음 구체적인 개혁의 방안을
그 다음에 제시하고 있다. 한용운이 강조한 구체적 개혁대상은 승려의
교육, 참선, 염불, 포교, 사원의 위치, 소회(塑會), 각종 의식, 결혼문제,

---

13) 기독교의 신장과 선교활동에 관해서는 한국기독교사연구회의 『한국기독교의 역사』
　　(기독교문화사, 1992)와 이만열의 『한국기독교문화운동사』 (대한기독교출판사, 1987)
　　참조.
14) 만해사상실천선양회 편, 앞의 책, 57쪽.

주직(住職)의 선거법 등이다.

이 중에서 한용운이 특히 강조하고 있는 부분은 교육, 참선, 염불, 포교의 문제이다. 교육에 관해서는 앞서 언급했듯이 건봉사가 당대의 다른 사찰에 비해 선구적인 입장을 취하고 있었다. 한용운이 『乾鳳寺及乾鳳寺末寺史蹟』에서 꼼꼼하게 기록하고 있듯이 건봉사는 일찍이 봉명학교를 설립하고, 인천에 봉림학교(1921)를 열었으며, 불교전문강원(1926)을 개원하는 등 근대적 학교제도를 받아들였다. 1906년에 설립되어 이듬해 폐교된 봉명학교의 학제에 관한 기록은 남아있지 않지만, 1930년대를 전후한 학제에 관해서는 여러 증언들이 나와 있어 그 근대적 교육방식에 관해 알 수 있다.

한용운은 『朝鮮佛教維新論』에서 승려 교육의 급선무로 보통학과 사범학, 그리고 해외 유학을 강조하고 있는데 봉명학교는 이러한 한용운의 교육개혁안들을 대부분 운영방식에 반영했다. 중등과정까지 교육한 봉명학교는 불교강론뿐만 아니라 한용운이 강조한 보통학을 다채롭게 가르쳤으며, 졸업한 학생들은 불교계통의 학교인 혜화전문이나 일본 조동종의 본산인 고마사와 대학에 유학을 보내 공부를 계속할 수 있도록 지원했다. 이들이 훗날 근대 불교교육의 초석이 되었다는 사실로 미루어 살펴볼 때 한용운의 교육개혁방안은 건봉사의 근대교육에서 꽃을 피웠다는 것을 알 수 있다.

염불당을 폐지하고 염불을 개혁해야 한다는 한용운의 주장은 건봉사의 전통 속에서는 일대 파격이 아닐 수 없다. 건봉사는 758년 발징화상이 정신, 양신 등과 함께 염불만일회를 개설한 이래 염불만일회의 중심 도량이 된 전통을 지니고 있었다. 이 전통은 계속 이어져 내려와 한용운이 건봉사를 드나들던 1908년에는 제4회 만일회를 회향하고 제5회 만일회가 개설되기도 했다. 이로 미루어 살펴볼 때 한용운의 염불당 폐지 주장은 이러한 염불회의 폐해를 유심히 관찰한 결과 나온 것으로 이해할 수 있다.

한용운은 염불당 폐지를 주장하며 당시 상황을 비판하길 "지금 내가 말하는 것은, 중생들의 거짓 염불을 폐지하고 참다운 염불을 닦게 하겠다는 취지에서 발언한 것이다. 그러면 거짓 염불이란 무엇인가. 지금의 이르는 바 염불을 말함이니, 부처님의 이름을 부르는 것이 이것이다. (중략) 그러므로 참다운 염불이 아님을 두려워하여 이를 폐지하자고 주장하는 것은 거짓된 염불의 모임을 겨냥한 발언일 뿐이다. 동일한 불성을 지닌 엄연한 7척의 몸으로 대낮이나 맑은 밤에 모여 앉아 찢어진 북을 치고 굳은 쇳조각을 두들겨 가며 의미 없는 소리로 대답도 없는 이름을 졸음 오는 속에서 부르고 있으니, 이는 과연 무슨 짓일까. 이를 가리켜 염불이라 하다니, 어찌 그리 어두운 것이랴"[15]고 했다. 한용운이 비판적으로 묘사한 염불 모임은 아미타불을 부르며 극락왕생을 기원하는 염불만일회의 모습에 가깝다. 한용운이 교육이나 포교 등의 문제와 함께 염불의 문제를 거론한 것은 그가 그만큼 이 문제를 심각하게 받아들였다는 것을 의미하고, 그 발단은 건봉사의 전통과 현실을 깊이 고찰한 결과에서 나온 것임을 알 수 있다.

사원의 위치에 관한 문제에 있어 건봉사는 『朝鮮佛敎維新論』에서 강조하고 있는 도심 포교의 방안을 수용했다. 한용운은 절의 위치를 고칠 수 있는 세 가지 방책을 제시한 후 가장 하책(下策)이지만 실현 가능한 방안으로 "암자만을 폐지하고 본사에 합하고, 한 도 혹은 몇 개의 군에 있는 절들이 합동하여 요지에 출장소를 두어 포교, 교육 등의 일을 처리하는 경우"를 들고 있다. 그런 뒤 "승려 중에 있다면 내가 어찌하여 보지 못했으며, 없다면 불교계로서 어찌 없음을 참을 수 있으랴"[16]고 비판했다.

건봉사는 『朝鮮佛敎維新論』이 나온 뒤인 1913년 평양에, 1915년에는 간성에, 1921년 인천에 포교당을 각각 설립해 도심포교에 적극적으로

---

15) 만해사상실천선양회 편, 앞의 책, 51~52쪽.
16) 위의 책, 67~68쪽.

나섰다. 이러한 포교소 설치를 통한 도심포교활동도 당시에는 매우 희
귀한 사례로 한용운의 개혁방안이 일정부분 반영되었다고 볼 수 있다.
이는 이 시기 건봉사의 운영실권을 지닌 스님들이 한용운과 가까운 만
화, 금암, 대련스님 등이었다는 사실로 미루어 추측할 수 있다.

5. 결론

한용운의 개인적 체험들이 녹아있는 산문들을 살펴보면, 그가 당대
의 그 누구보다도 왕성한 질문과 호기심을 지녔으며, 이의 해결을 위해
자진해서 온갖 고난을 감수했음을 알 수 있다.

그가 승려가 된 것도 "서울서는 무슨 조약이 체결되어 뜻있는 사람
들이 구름같이 경성을 향하여 모여든다는 말"이 들려와 "이 모양으로
산 속에 파묻힐 때가 아니라는 생각으로 담뱃대 하나만 들고 그야말로
폐포파립(敝袍破笠)으로 표연히 집을 나와 서울이 있다는 서북 방면을
향하여 도보하기 시작"[17] 한 것이 계기가 되었다. 그는 노중에 "선정(前
程)을 위하여 실력을 양성하겠다는 것과 또 인생 그것에 대한 무엇을
좀 해결하여보겠다는 불같은 마음으로 한양 가던 길을 구부리어" 백담
사로 출가한다. 그는 출가 이후에도 『瀛環地略』이라는 책을 통하여 조
선 이외에도 넓은 천지의 존재를 알고 그곳에 가서나 뜻을 펴 볼까" 하
는 마음으로 원산에서 배를 타고 블라디보스톡을 다녀오고, "조선의 새
문명이 일본을 통하여 많이 들어오는 때이니까 비단 불교 문화뿐 아니
라, 새 시대 기운이 융흥(隆興)한다 전하는 일본의 자태(姿態)를 보고 싶
어"[18] 동경으로 가 조동종 대학에 입학한다.

---

17) 한용운, 「나는 왜 중이 되었나」, 전보삼 편저, 『만해 한용운 산문집 – 푸른산빛을 깨
치고』, 민족사, 1992, 56쪽.
18) 위의 책, 57쪽.

일찍이 한문에 통달해 고향 홍성에서 한학을 가르치던 그가 실력양
성과 인생에 대한 궁금증을 해결하기 위해 불교에 입문하고, 세계여행
을 꿈꾸며 러시아 여행길에 올랐다는 것은 당시로서는 파격이 아닐 수
없다. 이 파격적 행동을 가능케 한 것은 삶과 세계에 대한 왕성한 질문
과 호기심이었다.

『朝鮮佛教維新論』은 이 질문과 호기심에 대한 첫번째 답이자, 해소
라고 할 수 있다. 그가 체험한 1900년대는 약육강식과 우승열패가 지
배하고, "공법 천마디가 대포 일문만 못한" 시대였다. 한용운은 불교가
이러한 시대에 가장 문명화되지 못한 상태에 놓여 있다는 자각을 했고,
이를 사회진화론적인 관점에서 혁신하고자 했다. 그 인식과 자각의 결
과가 담긴 저작이 『朝鮮佛教維新論』인 것이다.

한편 『朝鮮佛教維新論』에는 그가 1905년 출가 한 이후 백담사, 건봉
사, 오세암 등 사찰을 오가며 집중적으로 체험하고 사색한 결과들이 반
영되어 있다고 할 수 있다. 특히 당시 전국적인 대찰이었던 건봉사의 진
취적이면서 근대적인 학풍과 항일운동의 전통은 『朝鮮佛教維新論』과 한
일합방 이후의 한용운의 행동에 큰 영향을 미쳤다는 것을 알 수 있다.

한용운이 『朝鮮佛教維新論』에서 개혁의 대상으로 삼은 교육, 참선,
염불, 사찰의 위치 등의 문제는 건봉사에서의 체험에서 기인한 바가 크
며, 한용운의 개혁안들은 이후 건봉사의 각종 활동에 일정부분 영향을
미친 것을 알 수 있다. 이러한 체험과 영향은 건봉사 특유의 전통과 진
취적인 풍토, 그리고 금암스님을 비롯한 당대 건봉사 스님들과의 교류
속에서 가능한 것이었다.

즉 『朝鮮佛教維新論』은 한용운의 왕성한 호기심과 모험정신, 그리고
건봉사 특유의 전통과 진취적인 풍토가 어우러져 탄생한 저작이라 할
수 있다.

(『한국어문학연구』 43집, 한국어문학연구학회, 2004)

참고문헌

한용운, 『乾鳳寺及乾鳳寺末寺史蹟』(『韓龍雲全集』 4, 신구문화사, 1973).

대한매일신보, 1907년 8월 22일자 논설.

대한매일신보, 1908년 11월 15일자 독자투고.

한용운, 「나는 왜 중이 되었나」, 전보삼 편, 『만해 한용운 산문집─푸른산빛을 깨치고』, 민족사, 1992.

만해사상실천선양회 편, 『만해 한용운 논설집』, 장승, 2000.

박설산, 「만해선사의 오도송과 일화」, 『萬海學報』 제2호, 만해학회, 1995.

_____, 「만해에의 회상」, 『萬海學報』 제4호, 만해학회, 2002.

김춘남, 「양계초를 통한 만해의 서구사상 수용」, 동국대학교 대학원 석사학위논문, 1984.

우림걸, 『한국개화기 문학과 양계초』, 박이정, 2002, 14쪽.

이만열, 『한국기독교문화운동사』, 대한기독교출판사, 1987.

한계진, 「만해 한용운과 건봉사 모하뱅들에 대하여」, 『萬海學報』 창간호, 1992.

한국기독교사연구회, 『한국기독교의 역사』, 기독교문화사, 1992.

제 3 부 ■ 언해 문학에 대한 조명

〈月印釋譜〉의 국어사적 위상*

김 영 배

I

세종 29년(1447)에 수양대군이 <석보상절>을 간행하여 부왕(父王)께 올리자, 이를 사람(賜覽)한 세종이 그 내용에 걸맞은 찬불가인 <월인천강지곡>(상·중·하 3권)을 짓게 되고, 수양대군이 왕위에 오른 후, 이 두 책을 대폭 침삭 합편해 낸 것이 <월인석보>이다.

<월인석보>는 540여 년 전인 세조 5년(1459) 7월에 ?전 25권이 이루어졌다. 당시로서는 방대한 분량이었던 이 거질(巨帙)은 세월이 흐르는 동안 산일(散佚)되어 완질로 전하지는 못하지만, 다행히도 이 문헌의 권 1·2가 초간본 아닌 복각본(선조 원년, 1568 풍기 희방사본)으로나마 일찍부터 전해져서, 그 권두에 실려 있는 '석보상절서'와 '어제월인석보서'를 통해서 저간의 사정을 알 수 있었다. 곧 다음에 인용하게 되는 서문을 통해서, <석보상절>은 소헌왕후의 추천(追薦)을 위한 것이었고, <월인석보>는 수양대군이 세조로 등극한 후, 위로는 부모의 선가(仙駕)를 위하고 요절한 세자 도원군(桃源君)의 명복을 기원함과 아울러 세조 스

* 이 논문은 2001년 11월 3일 계룡산 갑사 주최 제 2회 개산대제 기념 학술발표대회에서 발표한 것을 수정한 것이다.

스로도 삼도(三途)의 고통에서 벗어나기 위한 간절한 불심에서 비롯되었음을 알 수 있다.

(前略)

近間애 追薦ᄒᆞᅀᆞᆲ몰 因ᄒᆞᅀᆞ봐 이 저긔 여러 經에 ᄀᆞᆯ히여 내야 各別히 ᄒᆞᆫ 그를 밍ᄀᆞ라 일훔지허 ᄀᆞ로디 釋譜詳節이라 ᄒᆞ고 ᄒᆞ마 次第 혜여 밍ᄀᆞ론 바를 브터 世尊ㅅ 道 일우샨 이리 양ᄌᆞ롤 그려 일우ᅀᆞᆸ고 ᄯᅩ 正音으로ᄡᅥ 因ᄒᆞ야 더 飜譯ᄒᆞ야 사기노니 사ᄅᆞᆷ마다 수비 아라 三寶애 나ᅀᅡ가 븓ᄌᆞᆸ고 ᄇᆞ라노라

正統十二年 七月 二十五日(세종 29년, 서기 1447년) 首陽君 諱 序ᄒᆞ노라

― 釋譜詳節序 4ㄱ~6ㄴ, 月印釋譜 1 卷頭

(前略)

네 丙寅年에 이셔 昭憲王后ㅣ 榮養올 ᄲᅡᆯ리 ᄇᆞ려시ᄂᆞᆯ 셜버 슬쏣매 이셔 ᄒᆞ욣 바를 아디 몯ᄒᆞ다니 世宗이 날ᄃᆞ려 니ᄅᆞ샤디 追薦이 轉經 ᄀᆞᆮᄒᆞ니 업스니 네 釋譜를 밍ᄀᆞ라 飜譯호미 맛당ᄒᆞ니라 ᄒᆞ야시ᄂᆞᆯ 내 慈命을 받ᄌᆞᄫᅡ 더욱 ᄉᆞ랑호ᄆᆞᆯ 너비 ᄒᆞ야 僧祐 道宣 두 律師ㅣ 各各 譜 밍ᄀᆞ로니 잇거늘 시러 보디 詳略이 ᄒᆞᆫ가지 아니어늘 두 글워롤 어울워 釋譜詳節을 밍ᄀᆞ라 일우고 正音으로 飜譯ᄒᆞ야 사ᄅᆞᆷ마다 수비 알에 ᄒᆞ야 進上ᄒᆞᅀᆞᄫᅩ니 보몰 주ᅀᆞ오시고 곧 讚頌올 지ᅀᅳ샤 일후믈 月印千江이라 ᄒᆞ시니 이제 와 이셔 尊奉ᄒᆞᅀᆞᄫᅩᄆᆞᆯ 엇뎨 누기리오

(中略)

우ᄒᆞ로 父母 仙駕롤 爲ᄒᆞᅀᆞᆸ고 亡兒롤 조쳐 爲ᄒᆞ야 ᄲᅡᆯ리 智慧ㅅ 구루믈 투샤 諸塵에 머리 나샤 바ᄅᆞ 自性을 ᄉᆞᄆᆞᆺ 아ᄅᆞ샤 覺地를 믄득 證ᄒᆞ시게 호리라 ᄒᆞ야 녯 글워레 講論ᄒᆞ야 ᄀᆞ다ᄃᆞ마 다ᄃᆞ게 至極게 ᄒᆞ며 새 밍ᄀᆞ논 글워레 고텨 다시 더어 十二部 修多羅애 出入호디 곧 기튼 히미 업스며 ᄒᆞᆫ두 句롤 더으며 더러 ᄇᆞ리며 ᄲᅮ디 므슴ᄃᆞᄫᆞᆯ 닐욿ᄀᆞ장 긔지ᄒᆞ야

(중략)

西天ㄷ字앳 經이 노피 사햇거든 봃 사ᄅᆞ미 오히려 讀誦올 어려ᄫᅵ 너기거니와 우리 나랏 말로 옮겨 써 펴면 드륧 사ᄅᆞ미 다 시러 키 울월리니

(후략)

　天順三年 己卯 七月 七日 序(세조 5년, 서기 1459년)

　　　　　　　－月印釋譜序 10ㄱ～26ㄴ, 月印釋譜 1 卷頭

　그 동안 학계에서는 복각본 <월인석보> 권1·2를 연구 자료로 이용해 오다가 30여 년 전에야 이의 초간본이 발굴 공개되고(서강대 도서관 소장), 1972년에는 그 영인본이 나옴으로써 위와 같은 사실이 확인되어 연구에도 쉽게 이용하게 되었다. 그러나 전 25권이나 되는 분량이라서 초간본 이후에 부분적으로는 복각본이 중간된 경우는 있었어도 전질로 중간된 것은 없어서 현전본은 아직 초·중간을 합해도 전질이 차지 않는 실정이다. 광복 전인 60여 년 전 당시는 고작 권1·2(중간본), 7·8·13·14(초간본), 21(중간본)의 7권만이 알려져 있었다가(송석하 : 1942), 그 후 지난 반세기 동안에 초간본 권1·2를 비롯하여 권9·10·17·18(초간본), 권11·12(초간본), 권4, 22(중간본), 권15·19·23·25(초간본)에 이어 최근에는 권20(초간본, 강순애 : 2001)이 발굴됨으로써 이제는 전질의 1/5인 권3 5 6 16 24의 다섯 권이 낙질로 남아 있는 셈이다(부록 <월인석보 일람표> 참조).

　<월인석보>(이하 '이 문헌'으로 줄임)에 대한 연구는 국어학, 국문학, 불교학, 서지학 등 여러 방면에서 많이 축적되어 새롭게 제시할 것은 별로 없으나, 이 글에서는 먼저 '이 문헌'의 분량을 가지고 당시에 출판된 국어사 자료인 언해본 가운데서 '이 문헌'이 차지하는 비중을 생각해 보고, 둘째로는 근래 발굴된 권차(卷次) 중에서 아직 그 내용에 대한 연구 보고가 없는 권25를 주로 하여 그 표기·음운·어휘 분야를 살펴보며, 아울러 어휘 풀이와 관련된 이 문헌의 편찬 방식에 대한 필자 나름의 고찰을 통하여 '이 문헌'이 국어사에서 차지하는 위상을 정리해 보고자 한다.

II

잘 알려져 있는 바와 같이, 중세국어의 사적(史的) 연구는 훈민정음의 창제부터 15세기 말까지의 50여 년 사이에 이루어진 여러 언해 문헌을 기본 자료로 하여 이루어져 왔다. 이를 표로 보이면 다음과 같다.

표-1 간행 연도로 본 언해본 출판 현황

	書 名	刊行 年代	現傳本	總張數
1	龍飛御天歌	1447・1612	10卷 5冊	507장
2	訓民正音諺解本	? ・1459	月印釋譜 卷 1에 합철	15장
3	釋譜詳節	1447(활자본) 1561(목판본)	全 24卷 중 (초) 6・9・13・19・ 21・23・24 (중) 3・11	458장*
4	東國正韻	1448	6卷 6冊	277장
5	洪武正韻譯訓	1455	16卷 8冊 중 卷 3~16의 7冊	672장
6	月印釋譜	1459** 1542 1568…	全 25卷 (초) 1・2・7・8・9・10 ・11・12・13・14・15・17・18 ・19・20・23・25 (중) 1・2・4・21・22・23	2,042장
7	楞嚴經諺解	1461(활자본) 1462	10卷 10冊	1,157장
8	阿彌陀經諺解	?1461(활자본) 1464・1558	1冊	29장
9	蒙山法語諺解	1459와 1461 사이・1521	1冊	72장
10	法華經諺解	1463	7卷 7冊	1,542장
11	禪宗永嘉集諺解	1459・1464	上・下 2卷 1冊	291장
12	金剛經諺解	1464・1575	上・下 1卷 1冊	106장
13	般若心經諺解	1464・1495	1冊	69장
14	圓覺經諺解	1465・1575	10冊	1,148장

15	救急方(諺解)	1466 · 16세기 복각본	2卷 2冊	186장
16	牧牛子修心訣	1467	法語諺解와 합철	46장
17	法語諺解	1467 · 1500	牧牛子修心訣과 합철	9장
18	內訓	1475 · 1573	3卷 4冊	294장
19	分類杜工部詩	1481 · 1632	25卷 19冊	1,308장
20	三綱行實圖	1481 · 1581	3卷 1冊	111장
21	金剛經三家解	1482	5卷 5冊	303장
22	南明集諺解	1482	上 · 下 2卷 2冊	160장
23	佛頂心經	1485 · 1561	1冊	13장
24	救急簡易方	1489 · 16세기 중엽	8卷 중 卷 1 · 2 · 3 · 6 · 7***	571장
25	六祖法寶壇經 諺解	1496	上 · 中 · 下 3冊 중 上 · 中卷 2冊 복각본 下卷 1冊	328장
26	眞言勸供 · 三 壇施食文	1496	1冊	114장

총계 11,828장

* 張數는 현전본의 상태대로 낙장을 제외한 숫자임.
** 간행연대를 두 가지 적은 것은 앞이 初刊, 뒤가 重刊임을 나타냄.
*** 救急簡易方 권7은 故 金完燮님 소장으로 알려졌었는데, 高麗大學校 圖書館에 기증된 후 간행된 文庫目錄에는 이 책이 없다. 그래서 여기 상수의 세산은 현선 권 1, 2, 3, 6을 보아 약 120장으로 추정했다.

　이 표를 보면, '이 문헌'보다 간행이 앞선 것은 ＜훈민정음언해＞(그 간행연대는 아직까지 확실치 않으나, 적어도 ＜석보상절＞ 이전일 가능성이 많음)를 비롯하여 ＜용비어천가＞, ＜석보상절＞, ＜동국정운＞, ＜홍무정운역훈＞의 다섯 가지이다. 이 중에서 ＜동국정운＞과 ＜홍문정운역훈＞은 한자 운서로서 앞의 세 문헌과는 내용이 이질적이어서, 이를 제쳐 놓으면 국어학의 모든 부문의 연구 대상이 될 수 있는 것은 '이 문헌'까지 합해서 네 가지인 셈이다. 환언하면, 이 네 문헌은 15세기 중엽의 우리 국어를 유사이래 처음으로 문자로 정착시킨 것으로서, 당시의 우리 말 · 글의 여러 모습을 연구하는 데 있어서 다른 어떤 문헌보다 그 비중이 클 수밖에 없다는 것이다. 따라서 '이 문헌'은 그 간행시기로 보아서 정음 창제 당시의 국어사의 모든 자료를 제공하고 있는 더 없이 값진 문헌이 된다.

이와 같이 간행 시기로 보아 중요한 문헌이란 점에 더하여, '이 문헌'의 분량을 다른 문헌의 그것과 아울러 살펴보기로 한다. 이 표를 통틀어서 분량으로 본다면 2,042장의 '이 문헌'이 단연 첫째이고, 그 뒤를 1,542장의 <법화경언해>, 1,308장의 <두시언해>, 1,157장의 <능엄경언해>, 1,148장의 <원각경언해>의 차례가 된다. 이 <법화경언해>, <능엄경언해>, <원각경언해>는 모두 전질이 전하고, 이 중에서 <두시언해>는 초간본은 전질을 차지 않으나 중간본은 완질이 전해서 그 분량을 알 수 있으므로 유독 '이 문헌'만이 앞에서도 언급한 것처럼 초·중간을 합해도 완질이 되지 않는다. 그러면서도 분량으로 그만한 정도이니, 만일 전질이 다 전해지게 된다면 그 분량은 약 2,500장(未傳 5권, 각 권의 분량을 약 100장으로 계산)으로 추정되는바, 압도적으로 많은 분량에 담긴 자료 또한 풍부하다고 볼 수 있겠다.

여기에 한 가지 더 고려할 점은 '이 문헌'을 제외한 나머지 네 문헌은 모두 한문 원문에 토를 달고 언해한 것이나, '이 문헌'은 물론 원문이 한문을 번역한 것이면서도 다른 문헌처럼 한문 원문이 없이 언해문만 쓰였으므로 다른 문헌과 같은 기준에서 비교할 수 없다는 것이다. 어림짐작으로 해도 당시의 언해문 분량과 한문 원문의 분량의 비율을, 한문을 주로 쓰던 시대이므로, 설사 1 : 1로 본다 하더라도 '이 문헌'의 2,500장이란 분량은 다른 문헌의 5,000장 이상의 분량에 해당하는 자료를 가지고 있는 셈이다. 또 15·16세기를 통틀어 이른바 중세국어 연구에서도 표에 나타난 문헌 분량의 총계(11,828장)에 미전본(未傳本)을 현전본 기준으로 추정하여 합친 분량은 약 13,000장이 되는 데 비해서 '이 문헌'의 2,542장은 약 28%의 비율을 차지하는 것도 참고될 만하다. 이처럼 간행시기로 보나 문헌의 분량으로 보나 국어사 자료로서 초일급이라는 데 이의를 제기할 수 없지 않을까 한다. 조금 과장한다면, 15

세기 중반의 국어에 대한 연구는 질적, 양적인 면을 아울러 모두 '이 문헌'에서 시작되고 '이 문헌'에서 끝난다고도 할 수 있겠다.

Ⅲ

이 장에서는 '이 문헌'에 나타나는 표기 · 음운 · 문법 · 어휘의 각 부문에 걸쳐서 언급해야 할 것이나, 기존의 업적에 이미 상당한 연구가 이루어져 있으므로 여기서는 번거로움을 피해서, 근래 알려진 '이 문헌'의 권 25를 중심으로 간략히 살펴보기로 한다.

먼저 표기와 음운 부문에서 그 동안 많이 논의되었고 근래에도 계속 문제가 된 'ᄫ'에 대해서 알아본다. 이 글자는 주지하는 바와 같이 훈민정음 자음 17자(병서 포함 23자) 체계에는 들어 있지 않다. 세종대에도 문헌에 따라 그 쓰임이 달리 나타나지만, 대체로 1467년의 <목우자수심결>에 이르기까지 어휘에 따라서 제한적으로 명맥을 이어 오다가, 그 후의 문헌에서는 보이지 않게 된다. 그래서 힉자에 따라서는 "15세기 중엽이 음소 'ᄫ'가 잔존한 최후의 순간"(이기문 1972 : 126)이었다고 주장하기도 하고, 또는 이 글자는 세종 세조 시대의 비현실적인 문자로서, "남부 방언의 'ㅂ'음 유지형 낱말과 중부 방언의 'ㅂ'음 탈락형 낱말의 절충형을 표기하기 위해 겨우 20년간 쓰인 문자"(김동소 1998 : 112)라고 새로운 설을 내세우기도 하지만, 여기서는 다만 'ᄫ'이 쓰인 어휘를 확인해 보기로 한다. 위의 어느 설을 취하건 간에 이 글자가 쓰인 문헌이면 그 간행시기를 짐작할 수 있으며, 더 천착하면 제한적으로 쓰인 과정도 알 수 있으므로 권25에 나타난 'ᄫ'의 쓰임을 살펴보려는 것이다.

(ㄱ) 용언의 어간

① 가비야ᄫᆞ닐<15ㄱ, 숫자는 장차(張次), 앞쪽은 ㄱ, 뒤쪽은 ㄴ으로 줄임.

이하 같음>

② 고본<27ㄴ> 고보미<140ㄱ>

③ 누버<8ㄴ, 131ㄱ> 누버셔<92ㄴ> 누보며<131ㄱ>

④ 눌카본<23ㄱ>

⑤ 눗가보몰<21ㄴ>

⑥ 더러본<16ㄴ, 140ㄴ, 141ㄱ> 더러버<74ㄱ>

⑦ 둗거보며<18ㄱ>

⑧ 맛フ보신<80ㄴ>

⑨ 멀터본<42ㄱ> 멀터보이다<97ㄴ>

⑩ 보드라보며<5ㄴ, 25ㄴ> 보드라보신<80ㄴ> 보드라보시며<119ㄴ>

⑪ 볼보싫<101ㄴ>

⑫ 受苦ㄹ비ᄡ셔<78ㄱ>

⑬ 쉬보니라<20ㄴ>

⑭ 술보디<11ㄴ, 140ㄴ, 141ㄱ> 술봏샤디<45ㄴ> 술본대<56ㄱ> 술 바놀<58ㄱ> 술본<82ㄱ, 87ㄱ> 술보리니<101ㄴ> 술보리이다 <124ㄱ>……

⑮ 어려보니<20ㄴ, 96ㄴ, 106ㄱ>

⑯ 어즈러본<106ㄱ>

⑰ 열보며<18ㄴ> 열본<22ㄱ> 열보미<23ㄴ>

(ㄴ) 부사화 접미사

① -이 : 무거비<15ㄱ> 어러비<27ㄱ>
　　　　 戒다비<116ㄴ> 罪다비<35ㄴ> 뜯다비<45ㄴ>
　　　　 法다비<56ㄱ> 願다비<76ㄴ> 苦ㄹ비<59ㄱ>

② -디비
　　　　 밍フ디비<23ㄴ> 뵈디비<26ㄱ> 내좃디비<35ㄴ>
　　　　 化出ᄒ디비<42ㄴ> 나디비<44ㄱ>

(ㄷ) 명사화 접미사

-의 : 치뵈<15ㄴ>

(ㄹ) 선어말어미 '-습/습/줍-'

① -습-

저슙바<14ㄱ, 98ㄴ>　　　　세슙본<14ㄱ>

下直ᄒᆞ슙ᄂᆞ니<14ㄱ>　　　　디니슙보리니<32ㄱ>

오슙바<32ㄱ, 109ㄴ>　　　　爲ᄒᆞ슙바<34ㄱ>

ᄒᆞ슙바<34ㄱ>　　　　對答ᄒᆞ슙보디<34ㄴ>

施ᄒᆞ슙ᄫᆞ라<38ㄱ>　　　　施ᄒᆞ슙본<45ㄴ>

보슙ᄫᆞ니<45ㄴ, 50ㄱ, 101ㄱ, 119ㄴ, 121ㄱ>

보슙ᄫᆞ니<46ㄴ, 96ㄱ, 101ㄴ, 118ㄱ>

보슙ᄫᆞ며<50ㄴ, 100ㄱ>　　　　스슙바<51ㄴ>

供養ᄒᆞ슙바<53ㄱ>　　　　노쓰바ᄂᆞᆯ<63ㄴ>

布施ᄒᆞ슙ᄫᆞ리라<65ㄱ>　　　　歡喜ᄒᆞ슙바<65ㄴ>

供養ᄒᆞ슙ᄫᆞ며<66ㄱ, 102ㄱ>　　　　그리슙바<66ㄱ>

그리슙ᄫᆞ려<66ㄱ>　　　　그리슙ᄫᆞ라<66ㄱ>

供養ᄒᆞ슙ᄫᆞ니<66ㄴ>　　　　보슙본<79ㄴ, 96ㄱ>

보슙뱃더니<80ㄱ>　　　　내슙ᄫᆞ려<88ㄴ>

담ᄫᆞ니라<89ㄱ>　　　　ᄒᆞ슙ᄫᆞ지라<89ㄱ>

ᄒᆞ슙ᄫᆞ료리오<98ㄱ>　　　　세슙ᄫᆞ니<99ㄱ>

ᄒᆞ슙본<100ㄴ>　　　　ᄒᆞ슙ᄫᆞ니이다<101ㄱ>

보슙바<101ㄱ, 103ㄴ>　　　　세슙ᄫᆞ니라<101ㄴ, 102ㄴ, 103ㄴ>

가슙ᄫᆞ리이다<109ㄱ>　　　　가슙ᄫᆞ라<109ㄱ>

가슙ᄫᆞ리라<109ㄱ>　　　　드슙ᄫᆞ라<109ㄴ>

ᄒᆞ슙ᄫᆞ리니<109ㄴ>　　　　ᄒᆞ슙ᄫᆞ라<111ㄴ>

디니슙ᄫᆞᆯ씨<113ㄱ>　　　　보슙ᄫᆞ리잇가<118ㄴ>

보슙ᄫᆞ니잇가<119ㄴ>　　　　가줄비슙ᄫᆞᆲ<119ㄴ>

보슙ᄫᆞ시니잇고<120ㄱ>　　　　ᄒᆞ슙ᄫᆞ며<138ㄴ>

② -습-

낫스ᄫᆞ라<37ㄴ>　　　　돕스ᄫᆞ샤<46ㄴ>

뒷습다가<54ㄱ>

③ -줍-

받ᄌᆞ바<4ㄱ>　　　　듣ᄌᆞ본<10ㄱ>

받ᄌᆞᄫᆞ라<36ㄱ, 50ㄱ, 52ㄴ>　　　　받ᄌᆞ바ᄂᆞᆯ<38ㄱ>

묻ㅈᄫᅥ샤티<47ㄱ>	받ㅈᄫᅩ리라<63ㄱ>
받ㅈᄫᅩ려<65ㄱ>	받ㅈᄫᅡ사<67ㄴ>
졷ㅈᄫᅩᆫ<94ㄴ>	받ㅈᄫᅩᆫ<100ㄴ>
받ㅈᄫᅩ리이다<124ㄴ>	듣ㅈᄫᅩ니<134ㄴ>

(ㄱ)의 보기는 모두 용언 어간의 활용형에서 'ᄫ'이 쓰인 것인데, 이들은 거의 예외 없이 현대어에서 ㅂ불규칙용언들이다.[1] 이렇게 어간말음 'ㅂ(ᄫ)'이 '이 문헌'에는 한결같이 활용형에서 'ᄫ'으로 씌었으나, 이 어형들이 1461·2년(활자본, 목판본)의 <능엄경언해>에만 오더라도 '가ᄫᅵ야오닐, 고온, 누워…'와 같이 'ᄫ'이 'ㅇ' 또는 '오/우'로 바뀐다.[2] (ㄴ)의 부사화 접미사도 차이는 있으나마 '-다이, -디워, -리이'로 바뀌며,[3] (ㄷ)의 선어말어미 '-ᅀᅳᆸ-'은 <능엄경언해>에서라면 'ᄒᅀᅡᄫᅡ>ᄒᅀᅡ와, ᄒᅀᅡᄫᅩ리오>ᄒᅀᅡ오리오, 놋ᄉᆞᄫᅡ라>놋ᄉᆞ오라, 돕ᄉᆞᄫᅡ샤>돕ᄉᆞ와샤, 받ㅈᄫᅡ>받ㅈ와, 받ㅈᄫᅩᆫ>받ㅈ온…' 등과 같이 각각 '-ᅀᅩ오-, -ᄉ오-, -ㅈ오-' 등으로 바뀌어 나타나게 된다. 이로 보아도 '이 문헌'의 언어 상태는 정음 창제 시대의 모습을 잘 보여 주는 귀중한 자료임을 거듭 확인하게 된다.

문법 부문은 이미 전하는 '이 문헌'의 다른 권차와 별로 다른 것이 없으므로 줄이고, 어휘 부문에서 권25에 나오는 새로운 어형을 살펴보기로 한다. 우선 그 낱말을 차례로 정리하되, 이 낱말이 사전에 실릴 경우를 고려해서 그 기본형과 품사를 보이고 현대어의 뜻을 적은 다음 예문과 그 출처를 보이는데, 편의상 방점과 동국정운식한자음은 줄였다.

---

1) ⑪ '불ᄫᅮ싫', ⑰ '열ᄫᅩ며' 등은 현대어에서 규칙용언이다.

2) <능엄경언해>에는 '직벽[磧](5 : 72)만 남아 있다. 1467년의 <목우자수심결>에 일부 예가 남아 있는 것은 문자의 보수성에 의한 것이다. 예 : 어즈러ᄫᅵ(목우자 7), 수ᄫᅵ(목우자 14) 등.

3) 1481년에 간행된 <삼강행실도>에 'ᄫ'이 그대로 쓰인 것(義ᄅᆞᄫᅵ. 烈 : 12)은 이 문헌의 원고가 세종 생존시에 이루어진 데 그 원인이 있다. <삼강행실도>의 번역 연대에 대하여는 고영근 (1991)을 참조.

그리고 나서 이 낱말이 종래에 전하는 문헌에 전혀 나타나지 않았다든가, 또 종래의 문헌에 씌었다 하더라도 활용형이 다르다든가, 또는 사전에 실려 있는 용례가 '이 문헌'보다 후에 나온 것이라든가 하는 문제 등을 밝히려 한다. 여기에 참고한 옛말 사전은 반세기 가까운 역사를 가진 고 유창돈님의 <이조어사전>(연세대 출판부, 1964)과 한글학회 <우리말큰사전>의 제4권 「옛말과 이두」(어문각, 1992)와 고 남광우님이 냈던 <고어사전>(일조각, 1960)을 대폭 증보한 <교학 고어사전>(교학사, 1997)의 셋이다. 그러므로 혹 관견의 소치로 근래 발굴된 고문헌을 통해 이미 새로 소개된 어휘 자료가 여기에 언급되는 것과 중복되는 것이 있을 수도 있겠다.

(ㅁ) 새로운 낱말

① 겨피다 동 겹치다.

重複은 겨필씨라<17ㄱ>

cf. 빗난 돗골 겨펴 질오<法諺 2 : 72>

이 말은 <법화경언해>에 실려 있으므로 새로운 것은 아니나, '이 문헌'의 예가 앞서므로 사전에 실을 때는 이 보기를 먼저 실어야 할 것이다.

② 눇두렁 명 논두렁.

이 葉相은 눇두렁을 表ᄒ니<24ㄱ>

cf. 塳 논드렁<物譜 耕農>

종래 고어사전에는 15 · 6세기 문헌의 쓰임은 보이지 않고 18세기의 <物譜>의 보기만 실렸으므로 '이 문헌'의 예를 중세국어 어휘로서 추가해야 할 것이다.

③ 누웨 명 누에.

蠶은 누웨라<42ㄱ> 누웨롤<43ㄴ> 누웨<44ㄱ>

cf. 누에 爲蠶<훈민 用字例>

누베 <경북(이상규 2000 : 171)>, <함북의 대부분(김태균 1986 :

137)>⁴⁾

이 말은 <훈민정음언해>에서조차 현대어와 표기로는 같은 어형을
보이는바, 경북방언이나 함북방언의 '누베'형으로 보아 '누베>누
뵈>누웨'의 변천을 겪은 것으로 보인다. 사전에 새로운 표제어로
추가할 것이다.

④ 눌실 명 날실.

⑤ 시실 명 씨실.
  經絲는 눌시리라<42ㄴ>
  緯絲는 시시리라<42ㄴ>
  cf. 시 눌히 곧디 아니ㅎ고<飜老 下 : 62>
  <번역노걸대, ? 1515>의 '시, 눌'은 사전에 실렸어도 그 합성어인 '눌
  실, 시실'은 없으므로 새로운 표제어로 실어야 하겠다.

⑥ 뎌도리 명 집비둘기.
  鴿온 뎌도리라<51ㄱ>
  이는 '뎌돌+이라' 또는 '뎌도리+ ∅ 라'로 분석할 수 있겠는데, 전자보
  다는 후자를 취하려 하며, 뜻은 한자의 뜻에 따라 '집비둘기'로 보아,
  이도 고어사전에 새로 추가해야 할 것이다.

⑦ 뎌어긔 대 져기. 저곳.
  뎌어긔 닐오디<24ㄱ>
  cf. 뎡어긔<杜초 11 : 16>
  <두시언해>의 표기보다 '이 문헌'의 것이 더 옛 모습으로 보이며 연
  대로도 앞서는 것이므로 추가해야 할 것이다.

⑧ 도ᄅ다 명 돌리다. 돌게 하다.

---

4) 사용지점은 두 번에 걸친 조사를 구별하여 다음과 같이 한글과 한자로 구별해 놓았
  다. 성진, 길주, 경성, 부령, 경원, 온성, 종성, 회령. 城津, 鶴上, 鶴中, 鶴西, 吉州, 東
  海, 下古, 漁浪, 羅津, 富居, 靑岩, 富寧, 雄基, 慶源, 南陽, 穩城, 鍾城, 會寧, 判乙, 花
  豊, 三社, 延上, 富山.

부텼 皁衣 甚히 져그니 어딋던 차 <u>도ᄅ리오</u><31ㄴ>

cf. 車匿이 돌아 보내샤<釋 6 : 4>

知音ᄒ리ᄂ 爲ᄒ야 머리를 도ᄅ라(知音爲回首)<杜초 8 : 5>

이 동사의 활용형이 정음표기로 가장 오래된 예는 위에 보인 <석보
상절>에서 찾을 수 있다. 그러나 그 어간의 본 모습이 분명하게 나타
난 것은 <두시언해>초간에서 볼 수 있다. 따라서 기본형의 어간 형
태가 분명하게 나타난 예는 '이 문헌'의 '도ᄅ리오'가 시대적으로 더
앞선 것이다.

⑨ 딩침[句針] 몡 ┐
　　　　　　　　　├ 각각 바느질 법의 한 가지.
⑩ 횡침[一列針] 몡 ┘

　<u>딩침이라</u><26ㄱ>

　<u>횡침이라</u><26ㄱ>

종래에는 두 명사가 같이 쓰인 <역어류해>(1690, 下 : 6)의 예가 실렸
는데, '이 문헌'의 표기를 15세기 중엽 어휘로 실어야 할 것이다.

⑪ 말아ᄋᆞᆮ 몡 말아웃.

　量ᄋ 크니ᄂ 서 마롤 받고 ~ 져그닌 <u>말아오ᄃ</u> 받ᄂ니<55ㄱ>

'말아오ᄃ'은 '말+가ᄋᆞᆮ+ᄋᆞᆯ'로 분석되며 뜻은 물론 '말아웃을'이나,
'말+가ᄋᆞᆮ'에서 'ㄹ' 아래 'ㄱ' 약화 또는 'ㄱ' 탈락이라는 음운변화가
있으므로 합성명사로 보아 고어사전에 올려야 할 것이다.

⑫ 므거ᄫᅵ 문 무겁게.

　白衣ᄂ <u>므거ᄫᅵ</u> 니부믈 즐기ᄂᆞ니라<15ㄱ>

cf. 丘山ᄀ티 <u>므거이</u> 녀기리로다<杜초 18 : 13>

고어 사전에 'ᄫᅵ'이 쓰인 어형이 없었으므로 '므거ᄫᅵ'는 정음 창제 초
기 어형으로 새로 사전에 실려야 할 것이다.

⑬ 변ᄌᆞ(邊子) 몡 물건의 둘레에 대는 꾸미개.

　緣은 옷 <u>변ᄌᆡ라</u><26ㄱ>

cf. 치마애 <u>변ᄌᆞᄅ</u> 도ᄅ디 아니ᄒ더시니(裙不加緣)<內訓 2 上 : 44>

청서피로 가는 변스ᄒ고(藍斜皮細邊兒)<杜초 상 : 28>
<內訓>이 1475년 간행된 책이므로 '이 문헌'의 표기가 그에 앞선다.

⑭ 슷글다 [동] 곤두서다.
터러기 <u>슷그러</u> 커늘<108ㄱ>
cf. <u>슷그러</u> 숑 悚<유합 下 : 15>(선조 9년, 1576년)
종래에는 16세기 후반의 <유합>의 예가 실려 있는데, 15세기 중반의
'이 문헌'의 표기를 추가로 실어야 할 것이다.

⑮ 쩌디우다 [동] 꺼지게 하다.
뎌 宮殿을 <u>쩌디워</u> 큰 모시 ᄃ외에 ᄒ야ᄃ<48ㄱ>
사전에 '쩌디다'는 실려 있어도 그 사동사인 '쩌디우다'는 없으므로
새로 표제어로 추가해야 할 것이다.

⑯ 좃다 [동] 쪼다. 새기다.
銘은 <u>조술</u>씨라<51ㄱ>
이 동사의 보기로는,
ᄲᆯ로 <u>조ᅀᅡ</u> 낸 後에<救急 下 : 33>
가 실려 있는바, <구급방>보다 앞선 시기의 표기가 나왔으므로 이를
사전에 실어야 할 것이다.

⑰ 지즐우다 [동] 지지르다.
惡王ᄋᆞᆯ <u>지즐워</u> 주겨든<48ㄱ>
cf. 세혼 有情을 <u>지즐우며</u> 쩌디여 生애 잇게 ᄒ는 젼칙오(三壓溺有情
    處 生故)
   <원각 上 1의 2 : 86>
<원각경언해>보다 앞선 시대의 표기로 추가할 것이다.

⑱ 치뷔 [명] 추위.
ᄒᆫ 오시 <u>치뷔</u>를 몯 ᄀᆞ리오<15ㄴ>
cf. 모기 벌에며 더뷔 <u>치뷔</u>로 셜버ᄒ다가<석보 9 : 9ㄴ>
<월인석보>의 이 표기는 처음 보이는 것으로 종래 '칩다'에서 파생

명사 '치뷔'로 되었다고 보았다. 그러나 이 '치뷔'형이 나타남으로써
오히려 당시의 다른 형용사 파생명사와 일관되게 설명할 수 있게 되
었다. 곧 '형용사 어간+접사 익/의'로 이루어진 '노픠, 기릐, 기픠'와
같은 어휘와 동일 유형의 파생 명사임을 알 수 있다. 이렇게 보면 <석
보상절>의 '더뷔'도 그 이전에는 '더뵈'로 씌었을 가능성을 배제할
수 없다.

⑲ (내) 해 囤 (내) 것.
　둘흔 迦葉佛 오시오 하나흔 내 해라<45ㄴ>
　cf. 내 해 본디 사니라(我的是元買的)<飜老 下：15>
　이 말도 <번역노걸대>의 보기보다 앞선 것이므로 사전 예문의 순서
　로 먼저 실어야 할 것이다.

　이 밖에도 새로운 어형으로 보이는 것이 다섯 가량 있으나, 미심한
점이 있어 줄였다. 이 19개 중에서 '③ 누웨, ④ 눌실, ⑤ 시실, ⑥ 더
도리, ⑪ 말아온, ⑫ 므거뷔, ⑮ 꺼디우다, ⑱ 치뷔'의 8개는 기존의 고
어사전 표제어에 없는 것이므로 새로이 표제어로 추가해야 할 것이고,
나머지 11개는 표제어로는 실려 있는 것이니 그 출전이 '이 문헌'보디
뒤지는 것이므로 마땅히 '이 문헌'의 용례를 앞세워 보여야 할 것이다.
　이로써 우리는 '이 문헌'에 쓰인 어휘가 여러 방면에 걸쳐 있음을 확
인할 수 있는데, 새로 알려지는 '이 문헌'의 낙질 권차에 계속 새로운
어휘가 발굴되는바, '이 문헌'의 국어사적 가치를 새삼 확인하게 된다
(김영배 1985, 안병희 1987, 김동소 1997·1999).
　다음은 어휘 풀이와 관련된 '이 문헌'의 편찬 방식에 대하여 살펴보
기로 한다. 아래에 '이 문헌' 권1의 '월인천강지곡'의 첫 부분(1, 2장)과
'석보상절'의 첫 부분(4, 5, 6장)에서 <월인천강지곡>의 큰 글자인 본문
에 대한 작은 글자 두 줄로 된 협주(夾註)와, 상절(詳節) 부분의 중간 글
자 본문 중간에 작은 글자 두 줄로 된 협주만을 뽑아서 일반 어휘와 불
교용어로 나누어 적고, 그 현대어 풀이를 제시하여 이들을 서로 대비해

보기로 한다.

(ㅂ) 협주의 어휘

① 巍巍ᄂᆞᆫ 놉고 클 씨라
　　cf. 巍巍는 높고 큰 것이다.

② 邊은 ᄀᆞᅀᅵ라
　　cf. 邊은 가(가장자리)이다.

③ 萬里外ᄂᆞᆫ 萬里 밧기라
　　cf. 萬里外는 만리 밖이다.

④ 千載上온 즈믄 힛 우히라
　　cf. 千載上은 천 년 전이다.

⑤ 深山온 기픈 뫼히라
　　cf. 深山은 깊은 산이다.

⑥ 小ᄂᆞᆫ 져글 씨라
　　cf. 小는 작은 것이다.

⑦ 城은 자시라
　　cf. 城은 잣[城]이다.

⑧ 園은 東山이라
　　cf. 園은 동산이다.

⑨ 五ᄂᆞᆫ 다ᄉᆞ시오 百온 오니라
　　cf. 五는 다섯이고 百은 백이다.

⑩ 甘蔗ᄂᆞᆫ 프리니 시믄 두어 힛자히 나디 대 ᄀᆞᆮ고 기리 열자 남죽ᄒᆞ니
　　그 汁으로 沙糖ᄋᆞᆯ 밍ᄀᆞᄂᆞ니라
　　cf. '감자'는 풀이니, 심은 지 두어 해째 나되, 대나무 같고 길이가 열
　　　　자 남짓하니, 그 즙으로 사탕을 만드느니라.

이하의 현대어 풀이는 吉祥(1998)에 따른 것이다.

⑪ 阿僧祇ᄂᆞᆫ 그지업슨 數ㅣ라 ᄒᆞᄂᆞᆫ 마리라
　　cf. 아승기 : 무수(無數)·무량수(無量數)라고 한역(漢譯)함.
　　　　'셀 수 없다'는 뜻. 무량의 수. ……

⑫ 劫은 時節이라 ᄒᆞᄂᆞᆫ ᄠᅳ디라
　　cf. 겁 : 인도의 시간적 단위 중 가장 긴 것.
⑬ 菩薩ᄋᆞᆫ 菩提薩埵ㅣ라 혼 마ᄅᆞᆯ 조려 니ᄅᆞ니 菩提ᄂᆞᆫ 부텻 道理오 薩埵
　　ᄂᆞᆫ 衆生ᄋᆞᆯ 일울씨니 부텻 道理로 衆生 濟度ᄒᆞ시ᄂᆞᆫ 사ᄅᆞᄆᆞᆯ 菩薩이시다
　　ᄒᆞᄂᆞ니라
　　cf. 보살 : '보리살타'의 약어라고 중국에서는 해석하지만, 아마도 중
　　　　국에 전해질 때, 속어로 bot-sat라고 한 것을 '보살'이라고 음역한
　　　　듯함.
⑭ 瞿曇ᄋᆞᆫ 姓이라
　　cf. 구담 : 인도의 성(姓) 이름.
⑮ 婆羅門은 조ᄒᆞᆫ ᄒᆡᆼ뎌기라 ᄒᆞᄂᆞᆫ 마리니 ᄆᆡ해 드러 일 업시 이셔 ᄒᆡᆼ뎌기
　　조ᄒᆞᆫ 사ᄅᆞ미라
　　cf. 바라문 : ① 사제자(司祭者)…주로 힌두교 성전의 학습 교수나 다
　　　　　　　양한 제사를 치르는 것을 직책으로서 하고 있는 자.
　　　　　　② 단지 인도에서 온 수행자의 뜻.
⑯ 坐禪은 안자셔 기픈 道理 ᄉᆞ랑홀 씨라
　　cf. 좌선 : 앉아서 바른 선(禪)을 수행하는 것.
⑰ 精舍ᄂᆞᆫ 조심ᄒᆞᄂᆞᆫ 지비라
　　cf 정사 : 수행에 정련(精錬)하는 자가 있는 집이라는 뜻. 시인(寺院).
⑱ 前世生ᄋᆞᆫ 아랫 뉘엣 生이라
　　cf. 전세생 : 태어나기 이전의 세계.

　위의 ①~⑩은 일반적인 것으로 cf.는 필자의 옮김이고, ⑪~⑱은 최
근 불교사전에서 인용한 불교용어 풀이이다. 여기 참조로 적은 현대어
풀이와 비교해 보면 '이 문헌'의 풀이가 오늘날의 방식과 다르지 않아
조금도 생소하지 않음을 알 수 있다. ④·⑤·⑦·⑨에서 몇몇 고유어
가 현대어에서는 사어(死語)가 되어 한자어로 대체된 것은 한자어 세력
확산의 결과이고, ⑧의 '東山'도 당시에 이미 글자대로의 뜻이 아니라
오늘날과 같은 '마을 부근의 낮은 언덕이나 산'의 뜻으로 전이된 것으
로 볼 수 있다.
　불교 용어 중에서 일반인에게도 많이 알려져 익숙한 낱말인 ⑯ '좌

선'의 풀이를 보면 '이 문헌'에서는 '앉아서 깊은 도리(道理)를 생각하는 것이다'라고 했는데, '깊은 도리(道理)'와 '생각하는 것'의 불교사전 풀이는 각각 '바른 선(禪)'과 '수행(遂行)하는 것'이다. 여기서 사전의 풀이는 '선(禪)'이란 말의 뜻을 알아야 '좌선'의 뜻을 이해할 수 있게 되어 있지만, 이에 비해 '이 문헌'의 풀이에 쓰인 '도리'는 일반용어여서 당시의 풀이로는 이 방법이 더 낫지 않은가 한다. '생각하는 것'에 대하여 불교사전 풀이에서는 '수행(遂行)하는 것'이라 하였는데, 이것도 '수행'이란 한자어를 알아야 이해되는 것이니, '이 문헌'의 풀이가 더 쉬운 것이 아닌가 한다. 물론 전부가 다 그렇다고는 할 수 없겠으나 한문 원문을 번역함에 있어서, 더구나 그 문자가 갓 만들어진 새로운 글자여서 오늘날 같은 사전이 없던 시절이었으므로, 번역문의 체재를 여러 가지로 시험했을 것이다. 그리하여 '이 문헌'보다 12년 앞선 <석보상절>에서 이런 방식을 시험했고 '이 문헌'에 이르러서는 대대적으로 협주가 더 보태지게 된 결과인 것이다(김영배 1974 · 1975). 결국 '이 문헌'을 편찬함에 있어서 편자는 독자들이 한문으로 된 경전을 보다 쉽게 읽을 수 있도록 문장 속에 낱말 풀이를 적당히 협주로 처리하여 간단한 국어사전과 불교사전까지 아울러 고려하였다고 생각하게 된다.

협주는 이런 짧은 것이 대부분이지만, 예외적인 것도 있으니, '이 문헌'의 새로 소개된 권 20 61ㄱ~91ㄱ의 30장분은 太子須大拏經을 완역, 협주 처리하였고(강순애 2001 : 13), 이미 알려진 권 8의 89ㄴ~103ㄴ의 <안락국태자전>, 권23 63~98장의 36장 분에는 <목련경>과 <우란분경>을, 권25 14ㄱ~57ㄱ의 43장 1면 분(전권의 약 1/3)에는 위의 것보다 더 길게, 삼의(三衣, 僧伽梨, 鬱多羅僧, 安陀會)와 육물(六物, 三衣에다가 鉢多羅, 泥師檀, 漉水囊을 더한 것)에 관한 자세한 설명을 협주로 처리한 것도 있다.

'이 문헌'에 쓰인 협주를 정리한다면, 상당히 방대한 분량의 낱말 풀이 자료가 될 것이다. 물론 당시의 모든 어휘를 빠짐없이 수록했다고는 할 수는 없지만, 15세기 중엽의 국어사전과 불교사전의 재료로서 큰 손

색이 없다고 해도 지나친 말은 아닐 것이다. 이런 관점에서도 '이 문헌'
은 동시대의 다른 문헌보다도 더 값진, 귀중한 문헌임을 알 수 있다.

IV

위에서 논의한 것을 정리함으로써 마무리를 대신하려 한다.

첫째, '이 문헌'은 언해 자료 중 간행 시기로 보아 정음 창제 후 여
섯 번째의 자료이지만, 전 25권이란 거질에 총 2,500장 가량(이는 한문
원문이 없는 언해문만이므로 실제로는 다른 문헌의 5,000장에 맞먹을 수 있음)이
란 분량, 15 · 16세기 언해 문헌 총 분량의 28%를 차지하는 것으로 국
어사 자료로서는 초 일급의 문헌이라는 데 이의가 없을 것이다.

둘째, 표기와 음운에서 많은 연구가 된 'ㅸ'자를 근래 알려진 '이 문
헌'의 권25에서 어떻게 씌었는가를 검토한바, 정음 창제 당시의 어형대
로 실사나 허사에 그대로 널리 씌었음을 알 수 있고, 권25에 새로 알려
진 어휘 19개 중에서 기존의 고어사전에 없는 것이 8개인데, 이는 표제
어로 추가되어야 할 것이며, 나머지 11개는 사전에 있는 예문이 '이 문
헌'보다 후의 것으로 되어 있어서 표제어 다음 제일 앞에 실어야 할 것
이다. 이처럼 기존의 여러 문헌에 없는 어휘가 새로 공개되는 권차(卷
次)마다 나타나므로 그만큼 '이 문헌'의 가치는 더해진다.

이와 아울러 '이 문헌'의 본문 중간에 작은 글자 두 줄로 처리된 협
주는, 독자가 쉽게 이해할 수 있도록 한 일반 한자어와 불교용어의 풀
이인데, 이는 간편한 국어사전과 불교사전을 아우른 편자의 고려였다
고 이해된다.

이러한 논의 결과를 두고 볼 때, '이 문헌'은 국어사에 있어서 동시
대의 다른 문헌에 비하여 질적 · 양적인 모든 면에서 타의 추종을 불허
하는 귀중한 자료의 보고임을 새삼 확인하게 된다.

참고문헌

강순애(1998) 새로 발견된 初槧本 <月印釋譜> 권25에 관한 연구, 『書誌學研究』 16, 서지학회.

_____(1999) 무량사 번각본 <月印釋譜> 권23에 대한 연구, 『서지학연구』, 서지학회.

_____(2000) 새로 발견된 初槧本 <月印釋譜> 권20에 관한 연구, 『書誌學研究』 21, 서지학회.

고영근(1991) 삼강행실도의 번역 연대, 『김영배선생 회갑기념논총』, 경운출판사.

_____(1993) 「석보상절」, 「월인천강지곡」, 「월인석보」, 『국어사 자료와 국어학 연구』, 문학과지성사.

김동소(1997) <月印釋譜> 권4 연구, 『月印釋譜 권4』 영인, 경북대학교 출판부.

_____(1999) <月印釋譜> 권19의 국어학적 연구, 입겿연구모임 월례강독회 65차 발표회.

김영배(1972) 『釋譜詳節 第23·4 注解』, 一潮閣.

_____(1973) <釋譜詳節> 제13 底經考, 『睡蓮語文論集』 창간호, 부산여대 국어교육과.

_____(1974) <釋譜詳節> 제9와 <月印釋譜> 제9, 『수련어문논집』 2, 부산여대 국어교육과.

_____(1975) <釋譜詳節> 解題, 『國語國文學論文集』 9·10, 동국대 국어국문학과.

_____(1975) <釋譜詳節> 제19에 대하여-<月印釋譜>와 <法華經諺解>와의 비교를 중심으로, 『부산여자대학 논문집』 2집, 부산여자대학.

_____(1975) 신발견 <月印釋譜> 훼손본에 대하여, 『국어국문학』 68·69, 국어국문학회.

_____(1985) <月印釋譜> 제22의 어학적 고찰, 『語文學論叢』 김일근 박사 회갑기념.

_____(1986) <釋譜詳節> 제3의 誤刻과 稀貴語, 『金起東博士回甲紀念論叢』.

_____(1991) 佛經諺解와 中世國語研究, 『佛敎와 歷史』 李箕永博士古稀紀念論

叢, 한국불교연구원.

_____(1993)『역주 月印釋譜 제7·8』, 세종대왕기념사업회.

_____(1994)『역주 月印釋譜 제9·10』, 세종대왕기념사업회.

_____(1998) <月印釋譜>의 편찬,『佛敎學論叢』月雲스님古稀記念, 東國譯經院.

_____(1999)『역주 月印釋譜 제11·12』, 세종대왕기념사업회.

_____(2000)『國語史資料研究－佛典諺解 중심』, 月印.

남성우(1993) <月印釋譜>의 國語學的 意義,『震檀學報』75, 震檀學會.

송석하(1942) <月印釋譜考>『書物同好會會報』17.

안병희(1987) <月印釋譜> 제11·12에 대하여,『국어생활』9, 국립국어연구소.

_____(1992)『國語史資料研究』, 문학과지성사.

_____(1993) <月印釋譜>의 編刊과 異本,『진단학보』75, 진단학회.

이종찬(1984) 敍事詩 <釋迦如來行蹟頌> 고찰,『東岳漢文學論集』창간호, 東岳漢文學會.

정연찬(1972) <月印釋譜> 제1·2 해제,『月印釋譜 권1·2』영인, 서강대 인문과학연구소.

정우영(1995) <15세기 국어 문헌자료의 표기법 연구>, 동국대 대학원 박사논문.

길 상(1998)『불교대서전』(상·하), 홍법원.

김태균(1986)『함북방언사전』, 경기대 출판부.

남광우(1997)『교학 고어사전』, 교학사.

유창돈(1964)『이조어사전』, 연세대 출판부.

이상규(2000)『경북방언사전』, 태학사.

한글학회(1992)『우리말큰사전』4「옛말과 이두」, 어문각.

부록 : 월인석보 일람표

권차 초중간	장 수	내 용	월인천강지곡	소장처	비고
1(초)	15 8(-1) 6 26 1	世宗御製訓民正音 八相圖 釋譜詳節序 御製月印釋譜序 牌記		서 강 대학교 도서관	
	52 총108(-1)	釋迦譜 권1 釋迦賢劫初姓瞿 曇緣譜 제2 등	기1~11		
2(초)	총 79	釋迦譜 권1 釋迦降生釋種成 佛緣譜 제4 등	기12~29	위와 같음	21之1・2 22之1・2(추가)
3	전하지 않음		추정 (기30~66)		
4(중)	66 (?67・68낙장)	釋迦譜 권1 釋迦降生釋種成 佛緣譜 제4, 釋迦氏譜 등	기67~93	대 구 金秉九님	
5	전하지 않음				
6	전하지 않음				
7(초)	78	釋迦譜 권2 釋迦從弟阿那律 跋提出家記 제11, 釋迦從弟 孫陀羅難陀出家緣記 제12 佛說觀佛三昧海經/佛說阿彌 陀經 등	기177~211	동 국 대학교 도서관	54之 1・2・3(추가)
8(초)	104	佛說無量壽經/安樂國太子經	기212~250	위와 같음	
9(초)	63 (1~3낙장)	藥師瑠璃光如來本願功德經	기251~260	金敏榮 님	
10(초)	122 (82낙장, 123 이하 낙장)	釋迦譜 권2 釋迦父淨飯王泥 洹記 제15, 釋迦姨母大愛道 出家記 제14 大方便佛報恩經 권5 大雲輪請雨經 권2 등	기261~266 (267・268・2 69・271 낙장)	위와 같음	35 上・中・下 36 上・中・下 (추가)
11(초)	130	妙法蓮華經 序品 제1 方便品 제2	기273~275	湖巖美 術館	84之1・2 (추가)

12(초)	51	妙法蓮華經 譬喩品 제3	기276~278	위와 같음	
13(초)	(1ㄱ낙장) 총 74	妙法蓮華經 信解品 제4 藥草喩品 제5 授記品 제6	(279·280 낙장) 기281~282	연 세 대학교 도서관	
14(초)	81 (82이하 낙장)	妙法蓮華經 化城喩品 제7	기283~293	위와 같음	
15(초) (잔권)	(1~49낙장) 50~71ㄱ (71ㄴ~76낙장) 77~84 (85이하 낙장)	妙法蓮華經 五百弟子授記品 제8 授學無學人記品 제9 法師品 제10 見寶塔品 제11	(294·295 낙장) 기296~302	誠嚴 古書 博物館	
16	전하지 않음	妙法蓮華經 提婆達多品 제12 (추정) 勸持品 제13 安樂行品 제14 從地踊出品 제15			
17(초)	(1~10낙장) 11~93 (71낙장)	妙法蓮華經 如來壽量品 제16 分別功德品 제17 隨喜功德品 제18 法師功德品 제19 常不輕菩薩品 제20	기310~317	닝 상 월정사 (구 홍천 壽陀寺)	
18(초)	87 (87ㄴ이하 낙장)	妙法蓮華經 如來神力品 제21 囑累品 제22 藥王菩薩本事品 제23 妙音菩薩品 제24	기318~324	평 창 월정사 (구 홍천 壽陀寺)	
19(초)	125장	妙法蓮華經 觀世音菩薩普門品 제25 陀羅尼品 제26 妙莊嚴王本事品 제27 普賢菩薩勸發品 제28	기325~340	고령군 가 야 대학교	

20(초)	117 (15,82ㄴ,83ㄱ, 118장 이하 낙 장)	佛祖統紀 권5, 景德傳燈錄 권1, 雜阿含經 권41 大方便佛報恩經 권1·2·5 등	기341~411	개인 소장	
21(중)	총 222* (+시주기2)	釋迦譜 권2 釋迦母摩耶夫人 記 제16 地藏菩薩本願經 釋迦譜 권3 優瑱王造釋迦栴 檀像記 제23, 波斯匿王造釋 迦金像記 제24 大方便佛報恩經 권3 忍辱太 子本生談, 鹿母夫人本生談 등	기412~429	沈載完 님 李丙疇 님	
22(중)	(1~37낙장) 38~109	大方便佛報恩經 권4 惡友品 제6	기445~494	삼 성 출 판 박물관	
23(초)	(1~15낙장) 16~106	法苑珠林 권30, 釋迦譜 권4 釋迦雙樹般涅槃經 제27 目連經·盂蘭盆經 등	기497~524	삼 성 출 판 박물관 (초) 영 광 불갑사 (중)	
24	전하지 않음				
25(초)	143 (1·2·144 이 후 낙장)	經律異相 권13, 景德傳燈錄 권1 法苑珠林 권35, 釋迦譜 권 3·5 등	기577~583	장흥군 寶林寺	

* 중간본 권21 중의 하나인 융경(隆慶)3년(1569)판의 판목 46장(11장 산일)이 계룡산 갑
사(甲寺)에 보관되어 있음. 보물 제582호.

〈長壽經諺解〉에 대하여

김 무 봉

1. 서론

　〈長壽經〉은 불교의 생명관, 곧 생명 존중 사상을 가장 뚜렷하게 보여주는 경전 중의 하나이다. 이 경전에는 살아 있는 생명에 대한 畏敬은 물론이고, 아직 세상에 태어나지 않고 胎內에 있는 생명체에 대해서도 그 존엄성을 해치시는 안 된다는 내용이 담겨 있다. 부모가 한 때의 그릇된 생각으로 墮胎의 죄를 범했으면 죽은 태아를 위해 반드시 영가 천도의 기도를 하도록 가르치는가 하면, 인위적으로 생명을 해친 부모들이 자기들이 저지른 잘못에 대한 과보인 이른바 短命報를 사면받기 위해 어떠한 참회의 과정을 거쳐야 하는가에 대해서 자세히 교설하고 있다. 〈장수경〉의 갖은 이름 「佛說長壽滅罪護諸童子陀羅尼經」은 아마도 그런 연유에서 붙어진 것으로 짐작된다.

　이 경전이 처음 漢譯된 시기는 7세기 후반이다. 北印度 罽賓國(迦濕彌羅)의 佛陀波利에 의해서이다. 우리나라에서는 고려 충렬왕 4년(至元 15년, 1278 A.D)에 조성된 경전이 현전 最古의 책인 듯하다. 당시에 만들어진 책판이 지금도 가야산 해인사에 소장되어 있다. 이후 고려말과 조선조를 거치면서 한문본 수종이 간행되었고, 이때 간행된 板本들 및 寫經

들이 오늘에 전한다.[1] 특히 1796년(嘉慶 1년, 정조 20년) 경기도 양주 불암사에서 간행된 책에는 뒤에 본문의 독음문 및 정음 발문이 있어서 연구자들의 시선을 끌어 왔다. 이렇듯 한문본이 수 차례 간행된 점에 비추어 훈민정음이 창제된 이후 이른 시기에 간행된 언해본이 전해지지 않는 것은 쉽게 수긍할 수 없는 일이었다.

게다가 19세기 말과 20세기 초에 언해된 책 몇 본이 오늘에 전해지는 사실도 훈민정음 창제 후 비교적 이른 시기에 간행된 언해본이 있었을 가능성을 상당히 높게 시사하는 것이었다.

그러던 차 1998년 南權熙 교수에 의해 16세기 중엽에 간행된 것으로 보이는 언해본 1책이 발굴·소개되었다.[2] 그러나 그 보고에서는 서지 사항과 일부의 書影만이 제시되었을 뿐이어서 빠른 시일 안에 책 전체가 공개되기를 기대해 왔다. 마침 2000년 5월에 경북대학교 출판부에서 남권희 교수의 '해제'와 김종택 교수의 '표기 및 음운'에 대한 연구를 붙여서 책 전체를 영인·공개하였다.

이로써 <장수경언해>가 16세기 중엽 경에 이미 간행되었었다는 사실을 다시 확인할 수 있었다. 이 책[3]의 출현으로 우리는 현전하는 국어사 자료가 매우 드문 시기인 16세기의 자료 하나를 더하게 되었다. 80여 장에 달하는 이 책을 통해 우리는 당시의 표기 및 음운, 문법, 어휘 등의 연구에 적지 않은 도움을 얻을 수 있을 것으로 생각한다. 더욱이 19세기 말과 20세기 초에 간행된 책들과의 비교 연구가 가능해졌다는 점에서도 큰 수확이다. 어떻든 이 자료를 통해 우리는 16세기 국어사의 정밀한 연구에 좀 더 가까이 다가서게 되었다. 아쉬운 점은 이 책에는 刊記가 없어서 정확한 간행 연대 및 간행지를 알 수 없다는 사실이다.

---

1) 한문본 <장수경>의 판본 및 현전 현황은 金慈仁(1995)와 南權熙(2000)에 소상히 설명되어 있다.
2) 「국어사연구회」 1998년 하계 발표회(1998. 7. 24. 연세대학교) 발표요지 참조.
3) 16세기 중엽에 간행된 것으로 보이는 <장수경언해>를 이 논의에서는 '이 책' 또는 '이 자료'로 부른다. 이하 같다.

간기가 간행 당시부터 없었던 것인지, 아니면 간기가 있었을 맨뒷장을 포함하여 뒷부분의 일부가 낙장이 되어서 뒷날 보사하여 첨부하는 과정에서 누락된 것인지 현재로서는 확실치 않다. 다만 16세기 간행된 刊本들의 대부분이 맨뒷장에 간기를 가지고 있는 점으로 미루어 원 책 맨뒷장에는 간기가 있었을 가능성이 높다. 간행 연대에 대해 남권희 교수는 서지사항의 검토를 통해서 16세기 초반에서 중반 사이에 간행된 것으로, 김종택 교수는 언어사실의 고찰을 통해서 16세기 중엽 경에 간행된 것으로 추정하고 있다.[4] 간행지에 대해서는 아직 아무런 단서를 잡을 수가 없으나, 방언형의 반영 여부 등 언어사실에 대한 종합적인 고찰을 통해서 어느 정도 그 윤곽을 파악할 수 있을 것으로 본다.

우리는 이 자료의 형태서지, 언해체제, 언어사실 등을 면밀하게 검토함으로써 16세기 국어사의 정밀한 기술에 어느 정도 기여할 수 있을 것으로 생각한다.

이 논의는 이러한 목적에서 출발한다. 제2장에서는 '서지사항 및 언해체제'에 대해, 제3장에서는 '언어사실, 특히 음운현상과 문법사항'을 중심으로 살필 것이나. 논의 내상은 이번에 공개된 사료에 국한하고, 그 외 19세기 말과 20세기 초에 간행된 자료들에 대해서는 뒷날을 기약한다.

2. 서지사항 및 언해체제

2.1. 서지사항

필자는 아직 책 실물을 접하지 못했다. 따라서 책의 크기 등 실사에 의해서만 파악할 수 있는 형태 서지의 일부는 영인본에 붙어 있는 남

---

4) 김종택(2000)은 이 책의 간행 연대 추정에 신중하다. 그 논의에서는 언어사실에 대한 분석과 비교 연구 등 보다 면밀한 고찰을 거친 후 연대 추정이 이루어져야 한다는 견해를 보이고 있다.

권희(2000)를 참고할 것이다. 우선 영인본을 통해서 알 수 있는 이 책의 형태 서지적 특성을 간단히 살펴보면 다음과 같다.

1권 1책의 목판본이다. 印面으로 일별한 책의 보존 상태는 다소 불량하다. 여기저기 침윤 흔적이 있고 하단 일부는 훼손이 심해 해독이 어려운 곳도 있다. 영인된 본문의 면수는 모두 81장이다. 원책은 원간 초쇄본인 듯 인쇄된 문면이 양호한 편이다. 그러나 앞 표지와 앞쪽 2장, 뒤 표지와 뒤쪽 2장은 후대에 누군가에 의해 보사 · 첨부된 흔적이 역력하다. 서체와 체제, 표기 등이 원책과 상당부분 다르게 되어 있다. 필사하여 첨부된 이 부분은 앞쪽 권두에만 언해문을 두었을 뿐, 뒤쪽 권말에는 정음 독음문과 언해문을 생략한 채 한문 원문만을 실어 놓았다. 필사된 부분은 판심에 서명이나 장차 표지가 없다. 판식 자체가 달라진 것이다. 그런데 실제 낙장된 장수는 보사 · 첨부된 장수인 2장과는 달랐을 것이다. 앞쪽은 王室祝壽文이나 變相圖 등이 없었다고 가정할 경우 낙장된 장수와 첨부된 장수가 똑같이 2장이겠지만, 뒤쪽은 보사 · 첨부되어 있는 2장보다 많을 수밖에 없다. 앞쪽의 경우, 보사 · 첨부된 2장의 나빗간에 아무런 장차 표지가 없다고 하더라도, 이어지는 원책의 장차가 2부터 시작되므로 앞쪽 본문 중 2장이 낙장되었다는 점에는 별다른 문제가 없다. 또한 필사된 부분의 체제도 원책의 체제와 가깝도록 경원문과 정음 독음문, 그리고 언해문의 차례로 배열하였다. 다만 정음 독음문에 구두 권점을 두지 않았고, 언해문이 원책에서와는 달리 한 줄로 되어 있으며 글자 수와 글자의 크기에서는 차이가 난다. 그러나 책 뒤쪽 79장 뒷면 다음에 이어지는 '爾時 世尊 告文殊師利菩薩'부터 '一心頂禮 歡喜奉持'에 이르는 꽤 긴 분량, 곧 576字는 정음 독음문이나 언해문 없이 원문만으로 2장이 필사 · 첨부되어 있다. 판식이나 언해체제 등을 고려하면 이 부분이 원책에서는 약 6~7장 정도의 분량이 되었을 것이니, 낙장된 부분은 跋이나 施主秩 등이 없었을 경우 刊記를 포함하여 대략 7~8장 정도가 아니었을까 한다. 따라서 원책은

표지나 호지 부분을 제외하면 본문만 86~87장 정도의 분량이었을 것
으로 추정한다.[5]

　그러면 이러한 보사·합철이 이루어진 시기는 언제쯤이었을까. 우리
가 판단하는 보사의 시기는 원책이 간행되고 상당한 시간이 경과한 후
이다. 그 판단의 근거 중 하나는 책의 앞뒤가 훼손될 정도의 시간의 경
과이고,[6] 다른 하나는 1장 뒷면에 나와 있는 언해문의 표기가 원책의
표기와는 많이 다르다는 사실이다. 보사한 부분 1장 뒷면의 언해문 '이
ㄱ투니를 ~ 니르시더시니'에 나오는 표기들과 원책의 같은 단어에 대
한 표기의 확연한 차이는 각각의 표기 시기를 짐작케 해주는 중요한
근거가 된다. 그 외에 보사한 부분의 정음 독음에는 구두 권점이 없다.
그리고 언해문이 원책에는 경 본문보다 한 칸 아래쪽에 작은 글자 두
줄 한 행으로 되어 있는데 비해, 보사한 부분에는 경 본문보다 두 칸
아래쪽에 조금 큰 글자 한 줄 한 행으로 되어 있는 등의 뚜렷한 차이가
보인다. 또 경 본문과 언해문의 배열도 원책과 달라진 듯 여백 활용이
정연하지 못하다.[7]

---

5) 필자가 권두의 왕실축수문이나 변상도, 권말의 발이나 시주질 등을 제외한 원책의 분
량을 이렇게 산정하는 근거는 다음과 같다.
　낙장된 부분의 글자 수는 모두 576자이다. 576자에 대한 정음 독음의 글자 수도 576
자가 될 것이니 권말서명을 제외한 경 본문만 1152자가 된다. 원책 한 장당 배열된
글자 수는 여백없이 경원문과 독음만이 있을 경우, 15字×18行이니 270자가 된다. 따
라서 경 본문과 독음만 쓰였을 경우 4.27장이 소요된다. 이것을 행수로 계산하면
76.8행이고, 언해문은 경 본문과 독음문 10행당 대략 두 줄로 3행이 되니, 76.8행의
언해문은 23.04행이 된다. 이를 장수로 환산하면 1.28장이 된다. 따라서 낙장 부분은
본문만으로 최소 5.55장이 되니, 여백을 감안하면 6~7장 정도일 것이요, 여기다 당
시에 간행된 다른 책들에서 흔히 볼 수 있는 刊記 1장만을 보태어 계산하면 7~8장
정도가 낙장이 되었을 것으로 짐작한다.
6) 이러한 판단이 합리적인 근거에 바탕을 둔 것은 아니다. 다만 원책의 전반적인 보존
상태와 불서에 대한 일반의 태도 등을 감안하여 내린 결론이다.
7) 1면 뒷장의 마지막 부분이 '－니르시더시니'로 끝났는데, 2행의 여백을 두고, 2장 앞
면 1행에 다시 'ㄹ시니라'를 쓴 사실을 가리킨다. 2장에서는 원책과 체제를 맞추려고
노력한 흔적이 보인다. 1장 뒷면과는 달리 언해문의 글자도 작은 글자로 바꾸고 본문
보다 한 칸 내려서 쓴 점 등이 그러하다. 이 외에도 보사·첨부한 부분에는 원책과

보사한 부분과 원책에 모두 나오면서 표기가 달라진 단어를 찾아서
그 형태를 비교해 보면 다음과 같다.

(1) ㄱ. 듯ᄉ오니 (1ㄴ−2행)   cf. 듣ᄌ오니 (11ㄴ, 23ㄱ, 31ㄱ …)
    ㄴ. 부쳐님이 (1ㄴ−2행)   cf. 부텨 (3ㄴ, 7ㄴ, 10ㄴ …)
    ㄷ. 즁(中)의 (1ㄴ−3행)   cf. 듕에 (23ㄱ, 49ㄱ, 60ㄱ …)
    ㄹ. 쳔뇽(天龍) (1ㄴ−6행)   cf. 텬(天) (31ㄱ)
    ㅁ. 사람와 (1ㄴ−4행)   cf. 사ᄅᆞᆷ (14ㄴ)
    ㅂ. 흔 듸 (1ㄴ−4·5행)   cf. 흔 ᄃᆡ (31ㄴ, 54ㄱ)

예문(1)의 왼편은 보사한 부분의 언해문에 나오는 예이고, 오른편은
왼편과 같은 단어의 원책 언해문에서의 예이다. 양쪽의 비교에서 우리
는 표기 및 음운의 변천을 살필 수 있다. (1ㄱ)은 '듣−[聽]'의 종성
'ㄷ'이 이 시기에 와서 'ㅅ'으로 표기되었다는 사실을 반영한 것이고,
(1ㄴ), (1ㄷ), (1ㄹ)은 구개음화가 반영된 표기이다. (1ㄴ)은 비어두음절
에서, 그리고 (1ㄷ), (1ㄹ)은 어두음절에서 구개음화된 예이다. (1ㅁ), (1
ㅂ)은 비어두음절에서 'ᄋ'의 변화를 반영한 것이다. 종성에서의 'ㄷ>
ㅅ'과 구개음화의 일반화, 그리고 'ᄋ>아', 'ᄋ>으'로의 변천은 모두
17세기 이후에 나타나는 현상들이다. 근대국어시기의 대표적인 음운현
상이 반영된 표기이다. 구개음화는 어느 지역의 언어가 반영되었느냐
에 따라 그 연대 추정에 다소간 차이가 있겠지만 비어두음절에서의
'ᄋ'의 변화, 종성에서의 'ㄷ>ㅅ'으로의 변천 등을 종합적으로 고려하
면 보사의 시기는 17세기 중반 이후로 생각된다.

책의 크기는 세로 30.1cm, 가로 20.8cm이다. 판식은 일정치 않고 다
소 차이가 난다. 사주 쌍변인 장과 단변인 장이 섞여 있다. 3장부터 16
장까지는 쌍변이고, 17장부터 79장까지는 단변이다.[8] 반곽은 세로

다르게 되었을 것으로 보이는 부분이 있다. 한자음이 틀리게 된 곳도 있고, 본문 한자
의 앞 뒤 순서가 바뀐 곳도 있다.
8) 보사·첨부된 부분은 원책의 판식과 다르게 되어 있으므로 이러한 논의에서는 제외한다.

20.9cm, 가로 16.1cm이다. 매면은 유계 9행인데, 계선이 뚜렷하지 않다. 특히 언해문의 계선은 보이지 않는 곳이 많다. 판심은 상하내향흑어미인데 흑어미 위아래의 간격이 넓다. 위쪽 흑어미 바로 아래에 판심서명인「長壽經」이 있고, 아래쪽 흑어미 바로 위에 장차가 있다. 판심은 3장부터 8장까지는 白口, 9장부터 79장까지는 상하 모두 大黑口이다. 권두와 권말 일부가 낙장이었던 관계로 變相圖와 王室祝壽文, 跋文이나 刊記 그리고 사찰본이었다면 施主秩 등이 있었는지의 여부는 알 길이 없다. 표지는 나중에 개장된 것이고 앞·뒤의 결장 부분도 보사·첨부되었으므로 서외제 및 권두, 권말 서명의 원책과의 일치 여부도 현재로서는 확실치 않다.

2.2. 언해체제

이 책의 언해 체제는 15세기에 간행된 많은 불경언해서들과 다를 뿐아니라, 16세기에 간행된 다른 불경언해서들과도 다르게 된 부분이 있다. 가장 큰 특성은 경 본문과 언해문만 있고 구결이 현토된 문장이 없다는 점이다. 경 본문은 설화자, 화자, 청자의 구분없이 좀 큰 글자로 행의 맨 처음에서 시작하여 한 행에 한 자씩 모두 15자가 배정되어 있다. 오른쪽에 한문 원문을 두고 왼쪽 바로 옆에 역시 구결이 달리지 않은 정음 독음문을 배열하였다.

이러한 체제는 <野雲自警序>(松廣寺板, 1577년 간행) 게송 부분과 일치한다. 그런가 하면 15세기 말에 간행된 <三壇施食文>(1496년 간행)의 게송 부분과는 좀 다르다. <三壇施食文>은 정음 독음문이 먼저 나오고 그 다음에 한문 원문이 나온다. 또 이 책과 비슷한 시기에 간행된 것으로 보이는 <聖觀自在求修六字禪定>(1560년 간행)도 다라니 부분은 정음 독음이 앞서고, 그 왼쪽에 한문 원문이 나오는 점이 이 책과 다르다.

정음 독음으로 된 문장에는 오른쪽 아래에 권점으로 구두를 표시했다.9) 구결문이 없으므로 한문 원문과 독음문 다음에 언해문을 두었는데, 본문보다 한 자 내려서 작은 글자로 한 행에 두 줄씩, 곧 쌍행으로하였다. 언해문은 한 줄에 24~28씩 배열했다. 그러니까 <장수경언해>는 경 원문과 정음 독음문을 한 행씩 나란히 배열해 놓고, 나중에 내용에 따라 대문을 나눈 후, 대문을 중심으로 언해를 한 것이다.

또 하나 특기할 만한 것은 언해문 속에 용어 설명에 해당하는 '註'가들어가 있는 점이다. 15세기에 간행된 불경언해서나 16세기에 간행된다른 불경언해서들에서도 용어 설명은 협주 형식으로 되어 있으나, 이책에서는 아무런 표지 없이 언해문 속에 포함하였다. 아마도 이 책의언해문이 협주 형식으로 되어 있어서 그렇게 된 것으로 보이는데, 색다른 방식임엔 틀림없으나 정독하지 않으면 구분이 쉽지 않다.

> (2) 일홈을 닐온 늄시니 「늄스는 알픠 세존 셜법ᄒ시논 이롤 거즈이라 ᄒ
> 던 파스릭왕의 여슷 신해라」 이러ᄒᆫ 즁둘ᄒᆫ(名曰六師 此比丘等) <61ㄴ>

예문 (2)의 밑줄친 부분은 '六師'에 대한 설명인데, 언해문 가운데 아무런 표지 없이 삽입되어 있다. 15세기나 16세기에 간행된 다른 언해서들 같으면 협주로 처리되었을 부분이다. 따옴표와 밑줄은 필자가 한것이다. 원문은 띄어쓰기 없이 종서 2줄로 되어 있다.

3. 어학적 고찰

이 책에서 우리의 주된 연구 대상이 되는 부분은 작은 글자로 한 행에 두 줄씩 배열되어 있는 언해문이다. 언해문에는 극히 일부를 제외하

---

9) 정음 독음문에는 대부분 구두 권점이 표시되어 있으나 그렇지 않은 곳(62ㄴ-63ㄴ)도 있다.

면 방점이 찍혀 있지 않다. 방점을 둔 곳은 두어 군데 정도에 지나지 않는다.[10) 언해문이 이 책에서처럼 두 줄로 된 경우는 매우 드물다. 16세기에 간행된 다른 언해서에서는 그 예를 찾기가 쉽지 않다. 언해문이 두 줄로 되어 있기 때문에 용어 해설의 방식 등으로 널리 쓰이던 이른바 협주가 이 책에서는 글자 크기에 아무런 차이가 없이 언해문 가운데로 들어가 있다. 물론 15세기에 간행된 일부 불경언해서처럼 흑어미로 표시를 두지도 않았다. 이 점이 이 책의 언해 방식이 가지는 독특함이다. 또 하나 지적할 수 있는 것은 언해문에 한자가 전혀 쓰이지 않은 점이다. 언해문에 한자가 쓰이지 않고 정음만 있는 책은 <성관재구수육자선정>(1560년간), <부모은중경언해>(송광사판, 1563년간), <선조판 여씨향약언해>(1574년간), <계초심학인문, 발심수행장, 야운자경서>(송광사판, 1577년간), <중간 경민편>(1579년간) 등이다. 이 책들 중 방점이 찍혀 있지 않은 문헌은 <성관자재구수육자선정>이다.[11)

물론 <장수경언해> 전체로 보면 방점이 전혀 찍히지 않은 것은 아니다. 이미 김종택(2000 : 269)에서 지적한 바와 50여개의 한자 독음에 방점이 찍혀 있다. 이러한 현상은 이 책의 편찬자가 방점의 기능에 대해 인식을 달리 하고 있음을 반영한 것으로 생각한다. 방점 표기에 있어서의 혼란상을 이 책은 뚜렷이 보여주고 있다. 앞에서 밝힌 대로 이 책은 구결문 없이 바로 언해문을 두었기 때문에 설화자 · 화자 · 청자의 구분이 없다. 그런 구분 없이 경 본문은 책의 맨 처음에서 시작하고 언해문은 그보다 한 자 아래쪽에서 시작했다. 이 책의 화자와 청자는 대체로 부처와 문수사리보살, 보광정견여래와 전도여인, 파사닉왕과 여인, 파사닉왕과 정혜, 의왕보살과 세존, 천마파순과 그의 세 딸, 세존과

---

10) 이 책 언해문 부분에 찍힌 방점은 ' : 이 이룰 ~ 잘 : 신히 맛다 잇디 몯홀가 ~ 그 러훈 : 죵죵앳 디혜 가진' (5ㄱ), '국왕이 : 도 옷 업스시면'(76ㄴ) 정도이다.

11) 방점이 찍히지 않은 최초의 언해본 등 방점 표기와 관련된 문헌에 대해서는 안병희 (1977) 참조.

나찰, 뇌고지천과 세존, 금강역사와 세존 등이다. 따라서 내용은 세존이 문수사리 등에게 행하는 교설, 또는 문수사리 등이 세존에게 묻거나 교설을 청하는 형식으로 되어 있다. 이런 까닭으로 종결어미 중 설화자의 설명 부분은 '－더라, －리러라, －더니라' 등으로 되어 있다. 세존이 교설하는 부분은 '－니라' 또는 '－노라'로 끝난다. 문수사리 등이 고하는 부분은 'ᄒᆞ쇼셔'체 '－쇼셔'나 '－이다'로 끝난다. 선어말어미도 존경법 선어말어미 '－시－'나 겸양법 선어말어미 '－ᅀᆞᆸ－'이 주류를 이룬다. 이 장에서는 김종택(2000)에서 다루지 않은 음운 부분과 문법현상을 중심으로 고찰하고자 한다.

모음동화

● 역행동화

<장수경언해>에서 기구격 조사 'ᄋᆞ로/으로'는 대부분 '오로'로 실현되었다. 역행동화를 반영한 표기인데, 16세기에 간행된 정음 문헌들에서 흔히 볼 수 있다. 이 책에는 역행동화를 반영한 표기가 대부분이지만 그렇지 않은 예도 보인다.

(3) 양오로 <30ㄴ, 50ㄱ>, 몸오로 <15ㄱ>, ᄆᆞᅀᆞᆷ오로 <38ㄴ, 39ㄴ, 56ㄱ>, ᄉᆞ방오로 <54ㄱ> / ᄉᆞ방으로 <42ㄴ>, ᄉᆞ럼호모로 <67ㄴ>, 슬프호모로 <67ㄴ>

구격 조사의 역행동화 현상은 명사는 물론 명사형어미 다음에서도 나타난다.

그런가 하면 'ᄃᆞᄫᅵ－>ᄃᆞ외－'가 '도외－'로 표기된 형태도 이 책에서 쉽게 볼 수 있다. 이 역시 역행동화가 반영된 표기인데, 15세기 문헌에도 더러 나타난다. 이 책에서 'ᄃᆞ외－'는 보이지 않고 대부분 '도외－'로 실현되었으나, '도의－' 또는 '도이－'의 형태도 보인다. 특기할 만한 것으로는 현대어에서와 같은 '되－'의 형태가 이때 이미 나타난다는 사실이다.

(4) ㄱ. 도외니 <22ㄱ, 23ㄱ>, 도외며 <3ㄴ>, 도외미 <3ㄴ>, 도외시
던 <24ㄱ>, 도외여 <39ㄴ>, 도욀 <32ㄱ>, 도욀시 <67ㄴ, 72
ㄴ>

ㄴ. 도의게 <10ㄱ, 50ㄴ>, 도의니 <15ㄱ>, 도의도록 <54ㄱ>, 도
의디 <31ㄴ, 54ㄱ>, 도의며 <4ㄴ, 72ㄴ>, 도의모로 <72ㄴ>,
도의샤 <31ㄱ>, 도의시과녀 <5ㄱ>, 도의여 <22ㄱ, 31ㄴ>

ㄷ. 도여 <40ㄱ, 50ㄱ, 54ㄱ, 72ㄴ, 76ㄴ>, 도여셔 <3ㄴ, 40ㄴ, 44
ㄴ>

ㄹ. 되여 <15ㄱ, 40ㄴ>, 되오져 <50ㄴ>

위에서 말한 대로 '도외-'는 15세기에 간행된 언해서인 <구급방언
해>(1466년간), <내훈>(1475년간) 등에서 볼 수 있고, '도의-'는 16세기
초에 간행된 문헌인 <번역 박통사>와 <번역 노걸대> 등에서 볼 수
있는 표기이다. '도이-'는 이 책에는 용례가 흔치 않으나 17세기초에
간행된 언해서인 <동국신속삼강행실도 열녀도>(1617년간) 등에 널리 쓰
었다. 이 책에는 '도외 ', '도의 ', '도이 ' 등 세 가지 형태가 다 보
인다. 17세기 정음 문헌에 일반적으로 쓰이던 '되-'가 이 문헌에 나타
난다는 사실은 문헌의 연대 추정에 시사하는 바 있다.

◦ 'ㅣ' 모음 역행동화

<장수경언해>에는 'ㅣ' 모음 역행동화가 반영된 표기가 몇몇 보인
다. 당시 중앙어에서의 동화를 반영했을 것으로 짐작되는 예와 방언을
반영한 표기일 가능성이 있는 예 등이다. 형태소 내부에서의 동화는 말
할 것도 없고, 용언 활용형에서의 예도 보인다.

(5) ㄱ. 싀이 <10ㄱ, 15ㄱ, 50ㄴ> / 스이 <10ㄱ, 22ㄱ>
싀이로셔 <39ㄱ>, 싀이예 <32ㄱ, 40ㄱ, 44ㄴ>

ㄴ. 사르미로시이다 <14ㄴ>, <15ㄱ>
　 ㅎ데이다 <11ㄴ>

　(5ㄱ)은 형태소 내부에서의 'ㅣ' 모음 역행동화를 반영한 예이다. 'ㅅ이'가 15세기 중반, 곧 훈민정음 창제 직후 간행된 정음문헌에서는 'ㅅㅿㅣ'였으나, 15세기 말에 간행된 정음문헌인 <두시언해>(1481년간)나 <구급간이방>(1489년간) 이후 간행된 16세기 문헌 대부분에 'ㅅ이'로 표기되었다. 이 책에는 'ㅿ'이 쓰였으나 이 단어는 'ㅅ이'와 'ㅅ이'에 'ㅣ' 모음 역행동화를 반영한 표기인 '시이'가 쓰였다.12) 16세기 후반에 간행된 문헌인 <선가귀감언해>(1569년간)와 <칠대만법>(1569년간) 등에는 'ㅅㅿㅣ'가 'ㅅ시'로도 표기되었다. (5ㄴ)은 공손법의 선어말어미 '-이-' 앞에서의 예이다. 이 책에 그 용례가 드문 편이다.13)

　반면 '뉘읓-[懺悔]'은 이 책에서 대부분 '뉘잊-'으로 나타난다. 이는 방언형일 가능성이 높다. 15·16세기 정음문헌 중 '뉘읓-'이 '뉘잊-'으로 표기된 예는 흔치 않다. 드물지만 '누잊-'(11ㄴ)의 예도 보인다.

　(6) 뉘으츠시고 <63ㄴ>, 뉘이처 <7ㄴ>, 뉘이처도 <8ㄱ>, 뉘이츠며
　　　<14ㄴ>, 뉘이츠몰 <18ㄴ>, 뉘잇고 <62ㄱ, 65ㄱ, 69ㄴ>, 뉘잇기
　　　롤 <18ㄴ>, 누이츠면 <11ㄴ>

자음동화

　<장수경언해>에서는 아직 원순모음화나 t구개음화가 반영된 표기예를 볼 수 없다. 한자어나 고유어 모두에서 마찬가지다. 원순모음화는 보다 후대에 나타난 현상이어서 그렇다 하더라도 구개음화는 16세기 중반 이후의 문헌인 <몽산화상육도보설>(1567년간),14) <촌가구급방>

---

12) <장수경언해>에는 'ㅿ'이 'i, j' 앞이라는 환경에서는 나타나지 않는다. 김종택(2000
　　: 261) 참조.
13) 이 책에는 초성에 'ㆁ'이 쓰이지 않아서 '-이-'는 '-이-'로 실현되었다.
14) <몽산화상육도보설언해본>의 구개음화에 대해서는 백두현(1991)과 김무봉(1996)

(중간본 1571~1572년간)[15] 등에 나타나는 사실로 보아 이 책의 간행 연대
나 간행지의 추정에 참고가 될 것 같다.

<몽산화상육도보설언해>에서 구개음화가 반영된 단어와 <장수경언
해>에서 같은 단어를 대비해 보면 다음과 같다.

(7)

<몽산화상육도보설언해>(1567년간)	<장수경언해>
ㄱ. 부처끠 <30ㄴ>	부텻긔 <3ㄴ, 7ㄴ>, 부텻끠 <3ㄴ…>
ㄴ. 帝釋(졔셕)긔 <39ㄴ, 40ㄱ>	텬뎨셔긔 <31ㄱ>
ㄷ. 弟子(졔ᄌᆞ) <40ㄱ>	뎨지 <50ㄴ, 57ㄱ, 61ㄴ, 78ㄱ>

(7ㄱ)은 한자에서 기원했지만 15세기 문헌부터 '부텨'로 표기해 왔던
말이고, (7ㄴ), (7ㄷ)은 주로 한자로 쓰였던 단어들이다. <장수경언해>
에는 위에 제시한 단어들뿐 아니라 어떠한 경우에도 t구개음화가 반영
된 예를 볼 수 없다.

다만 자음동화 중 'ㄷ ∙ ㅅ>ㄴ' 동화가 일반화된 현상으로 나타난다.
형태소 경계에서는 말할 것도 없고, 사잇소리 위치에서의 비음화도 보
인다. 특히 문법형태소인 과거시상의 선어말어미 '－앳/엣－'에서 'ㅣ'
가 탈락된 '－앗/엇－'의 비음화가 상당수 보인다. 종성 'ㅅ, ㄷ'이 모
두 비음화로 나타나는 현상은 종성위치에서의 'ㅅ'의 음가와 관련해 주
목된다. 그러나 그 외 비음동화의 예는 보이지 않는다.

(8) ㄱ. 묻노라(<묻노라, 4ㄴ), 언ᄂ니라(<얻ᄂ니라, 66ㄴ), 언ᄂ니(<얻
ᄂ니, 22ㄱ)

ㄴ. 진논(<짓논, 18ㄴ), 안논(<앗논, 60ㄱ), 인논(<잇논, 38ㄴ)

ㄷ. 닐웬니예(<닐웻 니예, 31ㄱ)

참조.
15) <촌가구급방>의 구개음화에 대해서는 안병희(1978) 참조.

ㄹ. 완노라(<왓노라, 15ㄱ), 사란논(44ㄴ), 드런논(<드럿논, 50ㄴ),
　　가젼논(<가졋논, 57ㄱ)

(8ㄱ)은 용언어간 말음 'ㄷ'의 비음화를 반영한 표기이고, (8ㄴ)은 용
언어간 말음 'ㅅ'의 비음화를 반영한 것이다. (8ㄷ)은 사잇소리 'ㅅ'의
비음화, (8ㄹ)은 과거시상의 선어말어미 '-앗/엇-'의 비음화가 반영된
표기이다.

격조사

앞에서 말한 대로 <장수경언해>는 경 편찬자인 설화자의 해설과,
장수·멸죄를 기원하는 내용을 주제로 한 화자·청자의 담화로 구성되
어 있다. 이러한 경의 성격 때문에 문장 구성이 다양하지 못하다.16) 세
존이 문수사리나 전도여인에게 타이르거나 가르치는 문장이 있는가 하
면, 역으로 그들이 보광정견여래나 세존에게 묻거나 가르침을 청하는
문장이 있다. 어떻든 설화자에 의한 설명부분과 담화 형식의 문장에 주
어와 호칭어 등이 있어서, 일반 격조사는 물론 호격조사의 사용빈도가
높다.

격조사의 형태는 15세기 정음문헌 이래의 형태와 별 차이가 없다.

● 주격조사

주격조사는 선행체언 말음의 음운론적 조건에 따라 달리 실현된다.
선행체언 말음이 자음이면 격조사는 '이'로 실현되고, 선행체언 말음이
'i, j' 이 외의 모음이면 'ㅣ', 선행체언 말음이 'i, j'이면 주격조사가 문
장 표면에서 생략되었다.

---

16) 이러한 현상은 언해문이 가지는 특성이기도 하다. 특히 경전 언해문은 한문 경전에
구결을 달아 번역한 것이므로 그 유형이 다양하지 못하다. <장수경언해>는 구결문
이 없이 이루어진 언해라고 하더라도 원문을 옮긴 것이므로 이 범주에서 벗어나지
않는다.

(9) ㄱ. 이 : 비치 <3ㄱ>, 사ᄅᆞ미 <3ㄴ>, 셰존이 <3ㄱ>, 마파슌이
     <50ㄴ>
   ㄴ. ㅣ : 내 <5ㄱ>, 네<60ㄴ>, 부톄<54ㄱ>, 신쥐<60ㄱ>
   ㄷ. ø : 우리 <53ㄴ>, 무리<54ㄱ>, ᄡᅳᆯ 디<50ㄴ>, 아히<60ㄱ>,
     보광여러<31ㄴ>

구결문 없이 언해문만 있는 이 책에서는 고유어나 한자어 모두에서
주격조사는 같은 형태로 나타난다. (9ㄱ)은 고유어의 주격조사가 연철
로 표기되어 있는데 비해, 한자어에서는 분철로 표기된 예를 보여 주고
있다. (9ㄴ)의 '내, 네'는 각각 대명사 '나, 너'에 주격조사 'ㅣ'가 결합
된 형태이나, 이 책에서 '내, 네'가 각각 1인칭대명사, 2인칭대명사 단
독으로 나타나기도 한다. 의존명사 '배'도 마찬가지다. (9ㄷ)은 자립명
사와 의존명사 모두에서의 예이다. 한자어의 경우에도 예외가 아니다.

◯ 서술격조사
서술격조사도 선행체언 말음의 음운론적 조건에 따른 통합의 형태가
주격조사와 같다. <장수경언해>에 나타나는 서술격조사 각각의 형태
를 찾아보면 다음과 같다.

(10) ㄱ. 이 − : 권속이며 <61ㄴ>, 젹신이라 <64ㄴ>, 거즛이라 <61ㄴ>
   ㄴ. ㅣ − : 배니 <60ㄴ>, 파가패라<60ㄱ>, 거시며<66ㄱ>
   ㄷ. ø − : 혼 가지라<63ㄴ>, 새라<66ㄴ>, 쟝긔며<71ㄱ>

(10ㄱ)은 선행체언 말음이 자음인 경우인데, 구결문이 없어서 언해문
의 예만 볼 수 있다. 한자어 다음에서의 분철이 눈에 띈다.[17] '거즛이
라'는 체언말음이 모음이지만 '거즛+이라'의 변이형이어서 '−이라'가
된 것으로 보인다. (10ㄴ)은 선행체언 말음이 'i, j' 이외의 모음일 때의

---

17) <장수경언해>의 표기, 특히 연철과 분철에 대해서는 김종택(2000 : 260~261) 참조.

통합형인데 고유어와 한자어 모두에서 똑같이 실현된다. (10ㄷ)은 선행
체언 말음이 'i, j'인 경우인데 역시 고유어와 한자어의 예가 다 보인다.

 ◑ 호격조사
  호격조사는 존칭의 호격조사 '하'와 평칭의 '아', '야/여' 등 모든 형
태를 다 볼 수 있다. 그런데 이 책에는 모음 다음에서 'ㅣ야/ㅣ여'의 형
태도 나타난다.

  (11) ㄱ. 여러하<3ㄴ>, 셰존하<57ㄱ>, 대왕하<39ㄴ>
      ㄴ. 대왕아<39ㄴ, 40ㄱ>
      ㄷ. 뎐도야<18ㄱ, 18ㄴ, 31ㄴ>
      ㄹ. 뎐되야<18ㄴ>, 문슈야<60ㄴ>, 금강륵시여<60ㄴ>

  15세기 이래의 정음문헌에서와 별 차이가 없다. 다만 모음 다음에서
(11ㄷ), (11ㄹ)과 같이 '야/여'와 '이야/이여'의 표기가 나타나는 점이 특
이하다. 이 책에서 '文殊'와 '顚倒'의 한자 독음은 각각 '문슈'와 '뎐도'
이다.
  그 밖에 다른 격조사들도 15세기 이래의 정음문헌들에서 보이는 격
조사들과 형태와 용법에서 큰 차이가 없다. 격조사의 생략이 여기저기
에 보이는 점도 마찬가지다. 모음조화가 지켜지지 않은 표기가 많다는
점이 차이라면 차이이다. 여격조사 중 이전 문헌에서 'ㅅ+그에(긔/게)'
의 형태로 쓰였던 것은 이 책에서 모두 '끠'로 나타난다. 여격조사는
이 외에 'ᄃ려'가 쓰인 정도이다.

  특수곡용어
  명사가 곡용할 때 명사어간이 자동적으로 교체하는 단어 중 'ㄱ'곡
용형은 그 용례가 흔치 않으나 대체로 전시대의 용법을 그대로 보여주
고 있다. 그러나 그 용법에 혼란을 일으킨 경우도 보인다.

‘ㅎ’곡용어는 15세기 이래의 모습을 그대로 간직하고 있으나 전시대에서와 같이 곡용에 ‘ㅎ’이 나타나지 않은 예도 있다.

‘ㄹ’ 특수 곡용의 예도 보인다.

> (12) ㄱ. 남기며<76ㄴ> / 남긔도<15ㄱ>
>
> ㄴ. 나라홀<32ㄱ, 63ㄴ>, 갈뫼히며<15ㄱ>, 짜홀<23ㄱ>, 우흐로 는<3ㄴ>
>
> ㄷ. 길홀<66ㄱ, 74ㄱ>, 술홀<10ㄱ, 31ㄱ>/술과<54ㄱ>, 둘히<18 ㄴ>
>
> ㄹ. 대신둘히며<40ㄱ> / 대중두리<7ㄴ>
>
> ㅁ. 홀롤[一日]<15ㄱ>

(12ㄱ)은 ‘ㄱ’곡용의 예인데 ‘남긔도’는 이전 시기의 문헌에서는 ‘나모도’로 쓰였던 것이다. ‘ㅎ’곡용어는 이 책에서 명사 어간 말음이 모음인 경우와 ‘ㄹ’인 경우의 예가 보인다. 그런데 (12ㄷ)의 ‘술과’, (12ㄹ)의 ‘-두리’처럼 ‘ㅎ’이 탈락한 경우도 많이 보인다. (12ㅁ)은 ‘ㄹ’ 특수 곡용의 예인데 이 책에는 그 용례가 드물다.

◦ 접미사

＜장수경언해＞에서 가장 두드러진 파생어 형성을 보이는 접사는 사동접미사이다. 접미사 ‘-이’에 의한 구성인데, 사동의 겹침으로 해석되는 파생법이다.

> (13) ㄱ. 힝이고<5ㄱ>, 힝이고져<49ㄴ>, 힝이ㄴ니<68ㄴ, 75ㄴ>, 힝이마<18ㄱ>, 힝이며<54ㄱ>, 힝이쇼셔<8ㄱ>
>
> ㄴ. 싀이거나<18ㄴ>, 싀이샤<63ㄴ>

(13ㄱ)의 ‘힝이-’형 사동사와 (13ㄴ)의 ‘싀이-’형 사동사는 위에서 열거한 용례 이외에도 그 활용형이 많다. 이 책에서 매우 생산적이다.

선어말어미

선어말어미를 경어법 선어말어미, 시상 선어말어미, 의도법 선어말어미 등으로 나눌 때, 이 책에는 경어법 선어말어미의 쓰임이 두드러진다. 앞에서 말한 대로 담화의 화자·청자가 평교간이 아니기 때문일 것이다.

의도법 선어말어미는 비록 일부의 동요가 있기는 하지만 15세기 이래의 문헌에서와 크게 달라진 것이 없고, '-앗/엇-'이 과거 시상의 선어말어미로 정착한 듯 쓰임이 자연스럽다.

> (14) ㄱ. 비출내시니<3ㄱ>, 니르샤터<4ㄴ>
>   ㄴ. 잇ᄉ오니<3ㄴ>, 묻ᄌᆞ기롤<3ㄴ>, 향ᄒᆞᄉᆞ와<3ㄴ>
>   ㄷ. 원ᄒᆞᅌᆞ노이다<8ㄱ>, 소멸케ᄒᆞ링잇가<5ㄱ>

(14)는 위에서부터 차례로 존대법, 겸양법, 공손법 선어말어미가 사용된 예이다. 이 책에서 화자와 청자는 세종과 문수사리의 관계처럼 평교간이 아니다. 당연히 선어말어미는 주체를 존대하거나 겸양의 의미를 담은 것들이 대부분이다. 또 청자를 존재하는 이른바 공손법 선어말어미의 등장도 빈번하다.

이 책에는 과거 시상의 선어말어미 '-앳/엣-'에서 'ㅣ'가 탈락한 '-앗/엇-'의 사용이 보편화되어 있다. 단일 형태의 선어말어미로 정착한 듯하다.

> (15) ㄱ. 하ᄂᆞᆯ 우희 갓고<3ㄴ>, 안잣다가<3ㄴ>
>   ㄴ. 드럿다가<72, 78ㄱ>
>   ㄷ. 완노라<15ㄱ>, 드런논<50ㄴ>

(15ㄱ), (15ㄴ)은 각각 과거 시상의 선어말어미 '-앗/엇-'이 이 책

에서 어떻게 활용되고 있는지를 보여주는 예이다. (15ㄷ)에서처럼 이미
비음동화의 과정을 거친 예까지 반영하고 있다.

종결어미

종결어미는 그 문헌의 성격에 따라 다르게 나타날 수밖에 없는데,
<장수경언해>에는 화자·청자로 등장하는 인물이 달라지면서 종결어
미도 조금씩 다르게 나타난다. 평서형, 의문형, 감탄형, 명령형, 그리고
약속형 등의 어미가 이 문헌에 보이는 종결어미의 유형이다. 문형 구성
이 비교적 단조로운 편이어서 종결어미의 유형도 몇 가지로 정리된다.
설화자의 진술은 대체로 회상형인 '−더라'로 되어 있고, 명령문 중 세
존 등에게 교설을 청하는 형식에서는 'ᄒᆞ쇼셔'체가 많다. 그러나 세존
의 교설부분에서는 'ᄒᆞ라'체 명령문도 보인다.

● 평서형
(16) ㄱ. 가히 자혀 혜오미 어렵더라<3ㄴ>
　　 ㄴ. 그 지론 얻게 몯ᄒᆞᄂᆞ니라<8ㄱ>
　　 ㄷ. 이제 묻ᄌᆞᆸ고져 ᄒᆞ노이다<3ㄴ>
　　 ㄹ. 사ᄅᆞ미 얼그리 다 ᄀᆞ잣데이다<7ㄴ>

평서형은 (16ㄱ)처럼 설화자가 화자·청자 사이에 끼어들어 해설하
는 형식을 취하는 문장 등에 주로 나타나는데, 이 책에서는 부처님에
대한 예찬의 문장이 주로 그렇다. 따라서 과거 회상의 선어말어미로
'−더−'가 선행하여 회상형식을 취하고 있다. (16ㄴ), (16ㄷ), (16ㄹ)은
각각 보광정견여래 등과 전도 여인이 대화하는 내용이다. 그래서 청자
에 대한 공대와 하대의 형식으로 되어 있다.

● 의문형
의문형도 묻는 사람이 누구냐에 따라 그 형식이 달라진다. 세존이나
파사닉왕이 묻는 문장과 전도 여인 등이 묻는 문장이 구분된다. 그러나

주로는 문수사리나 전도 여인이 묻는 문장이어서 '一잇가'형 의문문이 많은데, 이 책에서는 초성에 'ㆁ'이 쓰이지 않아서 '一ㅇ잇가'의 형태를 띠고 있다.

> (17) ㄱ. 모돈 악어불 쇼멸케 ᄒᆞ링잇가<5ㄱ>
> 나쁜 ᄒᆞᆫ 사ᄅᆞ미 이 슈고롤 맛ᄯᆞ링잇가<12ㄴ>
> ㄴ. 므ᅀᅳ일로 원망ᄒᆞ야 우던다<39ㄱ>
> ㄷ. 이리 슬허 셜워ᄒᆞᄂᆞᆫ 소리 잇거뇨<38ㄴ>
> ㄹ. 뉘 너롤 보채더냐<39ㄱ>

(17ㄱ)은 청자에게 공손히 묻는 ᄒᆞ쇼셔체 의문형이고, (17ㄴ)은 ᄒᆞ라체의 회상의문형이다. (17ㄷ), (17ㄹ) 역시 ᄒᆞ라체의 의문형이다. 그러나 이 책에는 ᄒᆞ쇼셔체 의문형이 월등히 많다. (17ㄴ), (17ㄹ)은 모두 바사닉왕이 여인에게 묻는 말이고, (17ㄷ)은 혼자 자문하는 말이다.

● 감탄형

이 책에서의 감탄형도 15 · 16세기의 다른 문헌에서처럼 감동법 선어말어미 '一도一'에 설명어미가 결합한 형태와 선어말어미 '一ㅅ一'에 의한 것이 보이는데, 그 예가 드물다.

> (18) 셩ᄉ 즁싱ᄃᆞᆯ 롤 릉히 졔도ᄒᆞ리로다<19ㄱ>
> 이 사ᄅᆞ믄 격션ᄒᆞᆫ 사ᄅᆞ미로쇠이다<14ㄴ>
> 일체 즁싱ᄃᆞᆯ히 큰 스슝이랏다<60ㄴ>

● 명령형

명령형은 문수사리 등이 세존에게 교설이나 죄의 소멸을 청하는 형식이어서 ᄒᆞ쇼셔체 명령형이 주류를 이루나 ᄒᆞ라체 명령형도 보인다. ᄒᆞ라체 명령문은 역으로 세존 등이 문수사리나 전도여인에게 명령하는 내용이다.

(19) ㄱ. 여러하 내 니르논 배롤 드르쇼셔<3ㄴ>
　　　슈고롤 먼케 히이쇼셔<8ㄱ>
　　ㄴ. 내 누니 갑시 업스니 네 주고져 시븐 대로 ᄒ라<31ㄱ>
　　　일쳇 즁싱 열 가짓 고기롤 머그니 문슭야 반ᄃ시 알라<68ㄴ>

◦ 약속형

<장수경언해>에는 약속형 문장이 드물다. 어미 '-마'에 의한 약속
형이 보이는데 15세기 이래의 정음문헌에서와는 달리 의도법 선어말어
미 '-오/우-'가 선행하지 않는다. 각각 전자는 사동접미사의 통합으
로, 후자는 어간이 모음 '우'로 끝나기 때문으로 보인다.

(20) ㄱ. 너희롤 악도앳 이롤 머리 여희게 히이마<18ㄱ>
　　ㄴ. 네 달라혼 양보로 앗기디 아녀 주마<30ㄴ>

◦ 기타

이 책에는 주목할 만한 어휘가 몇몇 보인다. 원문에 '設使'로 되어 있
는 말은 언해문에서 대부분 '가ᄉ'<14ㄴ, 50ㄴ, 64ㄴ, 68ㄴ, 69ㄴ 등>
로 바뀌었다. 또 '밍골-'이 '밍들-'<14ㄴ>로 쓰인 예도 보인다. '즁
싱'이 '즘숭'<40ㄱ, 66ㄴ, 71ㄱ>으로 표기되기도 했다. 그리고 현대어
'뽑아내다, 발라내다'의 직접적 소급형 '볼아내-'<30ㄴ, 31ㄱ>도 보
인다.

4. 결론

지금까지 16세기 중엽경에 간행되었을 것으로 추정되는 <장수경언
해>의 서지사항과 언해체제, 언어사실 등을 고찰하였다. 이 책은 경북
대 출판부에서 영인·공개하면서 형태서지와 표기 및 음운에 대한 연
구를 첨부하였다. 그로 인해 책의 성격과 표기법 등 일부가 밝혀졌다.

이 논의는 영인본에 실리지 않은 내용을 주로 하여 책의 성격, 언해체제, 음운현상과 문법사실들 중 특기할 만한 내용을 중심으로 고찰한 것이다. 논의에서 결과된 내용을 요약하여 결론을 삼는다.

(1) <장수경언해>는 <장수경>이라는 불교 경전을 번역한 책이다. 우리는 훈민정음 창제 이후 갑오경장 무렵까지 우리글로 번역한 책을 대체로 언해본이라고 하는데, 언해본은 간행 연대에 따라, 그리고 번역 대상이 되는 원전의 성격에 따라 조금씩 다르게 만들어졌다.

그런데 이 책 <장수경언해>는 15·16세기에 간행된 언해본 중 좀 특이한 언해 양식을 가진 책이다. 우선 정음으로 현토된 구결문이 없다는 점을 지적할 수 있다. 대부분의 언해서가 정음이 현토된 구결문을 두고, 그 뒤에 언해문을 두는데 비해 이 책은 경 원문과 그에 따른 정음 독음문만을 한 행씩 배열하였다. 독음문에는 오른쪽에 구두 권점을 두었다. 글자의 크기는 원문과 독음문이 같다. 언해문은 작은 글자 두 줄로 하였다. 특기할 것은 '註'를 언해문 속에 포함시켜서 본문을 번역한 내용과 주가 혼재되어 있다. 그리고 또 하나는 방점이 극히 일부에만 찍혀 있다는 점이다. 50여 개에 달하는 한자 독음과 5개 정도의 언해문 글자에만 찍혀 있는 점으로 보아 이 책 편찬자는 방점의 기능에 대한 인식이 다른 문헌 작성자와 달랐던 것으로 생각된다.

그리고 문장의 구성에는 설화자, 화자, 청자의 구분없이 내용에 따라 대문을 나누고, 대문을 중심으로 언해를 했다.

(2) 표지를 제외하고도 책의 맨앞과 맨 뒤 2장씩이 보사·첨부되어 있는데, 앞쪽 2장은 원책의 언해체제와 비슷하고 원책의 장차가 3에서 시작하므로 왕실 축수문이나 변상도 등이 없었을 경우를 가정하면 호지를 제외한 본문은 2장이 낙장이었을 것이다. 그러나 뒤쪽은 다르다. 우선 뒤쪽 2장은 정음 독음문과 언해문 없이 원문만으로 2장이 필사되어 있다. 이를 원책의 분량으로 환산하면 7~8장 정도가 된다. 따라서

뒤쪽에 跋文이나 施主秩 등이 없었을 경우 刊記를 포함하여 7~8장 정도가 낙장이 되었을 것으로 보인다. 그러므로 원책은 모두 86~67장 정도였을 것이다. 보사·첨부한 부분은 언어사실로 미루어 17세기 중반 이후에 이루어진 것으로 본다.

(3) <장수경언해>의 문장은 경 편찬자인 설화자의 해설과 화자, 청자의 담화로 되어 있다. 화자와 청자는 세존과 문수사리보살, 보광정견여래와 전도여인 등이다. 이들의 대화는 평교간에 이루어지는 것이 아니므로 'ᄒᆞ쇼셔'체와 'ᄒᆞ라'체의 극명한 대조를 보이고 있다. 설화자에 의한 문장은 회상 형식의 '-더라, -더니라, -리러라'로 되어 있다. 선어말어미는 '-시-'나 '-ᅀᆞᆸ-'이 주류를 이룬다. 특기할 만한 것으로는 과거 시상의 선어말어미 '-앗/엇-'이 단일형으로 정착되었다는 점이다.

(4) 음운 현상으로는 구격조사 'ᄋᆞ로/으로'가 역행동화 현상을 반영한 '오로'로 실현된 점이 특기할 만하다. 또 'ᄃᆞ외-'는 '도외-'로 실현되었고, 일부는 '도의-'나 '도이-'로 나타난다. 17세기 이후 일반화된 모습을 보이는 '되   기 이 문헌에 니타난다. 'ㅣ' 모음 역행 동회를 반영한 'ᄉᆞ이 → 싀이', 'ᄉᆞ이다 → 싀이다', '더이다 → 데이다'의 출현도 두드러진다. 자음동화는 종성 'ㅅ, ㄷ'의 비음화가 보편적인 현상으로 나타난다.

(5) 주격·서술격조사의 형태는 15세기 중반 이후의 형태와 달라진 것이 없어서 선행 체언 말음의 음운론적 조건에 따라 '이, ㅣ, ø' 및 '이-, ㅣ-, ø-'로 실현되었다. 이 책에는 대화가 많아서 상대를 부르는 말이 많은데 호격 조사는 '아, 야, 하' 등이 15세기 이래의 형태 그대로 쓰였으나 다소 혼란의 양상을 보이기도 한다.

선어말어미를 존경법 '-시-', 공손법 '-이-', 겸양법 '-ᅀᆞᆸ-' 등이 널리 쓰였다. 또 과거 시제의 '-앳/엣-'에서 'ㅣ'가 탈락한 '-앗/엇-'의 정착이 주목된다.

종결어미는 평서형, 의문형, 명령형, 감탄형, 약속형 등의 문형이 보인다. 대체로 'ㅎ쇼셔'체와 'ㅎ라'체의 문장들이다.

이상의 논의를 거치면서 알 수 있는 것은 <장수경언해>의 언어사실 중 어떤 부분은 16세기 이른 시기의 표기와 형태를 보이고, 어떤 부분은 중반 이후의 표기와 형태를 보여서 정확한 연대 추정이 쉽지 않다. 그러나 형태서지와 언해 체제, 음운현상과 문법형태를 종합하여 고려하면 이 책은 16세기 중반 무렵에 간행된 것으로 본다. 어떻든 이 자료를 통해 우리는 16세기 국어사 연구에 좀 더 가까이 갈 수 있게 되었다. 그런 점에서 이 책은 국어사연구 자료로서의 가치가 크다. 다만 이 문헌에 처음 등장하는 어휘와 방언이 반영된 것으로 보이는 방언형 등은 더 연구가 필요한 부분이다. 차후의 과제로 남긴다.

(『동악어문논집』 36집, 동악어문학회, 2000)

참고문헌

김무봉(1995), 반야심경언해의 문법,『반야심경언해의 국어학적 연구』, 대흥기획.
_____(1996), 몽산화상육도보설언해본 해제, 국어국문학논문집 제 16집, 동국대
  국어국문학과.
김영배·김무봉(1998), 세종시대의 언해,『세종문화사대계 1』, 세종대왕기념사
  업회.
김영배(2000),『국어사자료연구』, 월인.
김자인(1995),『불설장수멸죄호제동자다라니경』, 한길.
김종택(2000), 장수경언해의 표기와 음운,『장수경언해』(영인본), 경북대 출판부.
남권희(1991), 몽산화상육도보설언해본의 서지적 고찰, 어문론총 제 25호, 경북
  어문학회.
_____(1998), 자료 소개, 국어사 연구회 1998년 하계 발표회 발표요지.
_____(2000), 불설장수멸죄호제동자다라니경 언해본의 서지,『장수경언해』(영인
  본), 경북대 출판부.
배묘찬(1967),『장수멸죄경』, 영산 실상사.
백두현(1991), 몽산화상육도보설의 국어학적 연구, 어문론총 제 25호, 경북어문
  학회.
안병희(1977), 중세어 자료 '육자신주'에 대하여, 이숭녕선생 고희기념 국어국문
  학논총, 탑출판사.
_____(1978), 촌가구급방의 향명에 대하여, 언어학 3, 한국 언어학회.
_____(1992),『국어사자료연구』, 문학과 지성사.
홍윤표(1993),『국어사 문헌자료 연구』, 태학사.
경북대학교 출판부(2000),『장수경언해』(영인본).

원각경언해의 표기법과 어휘*

정 우 영

1. 서론

「圓覺經」은 북인도 계빈(罽賓)의 고승인 佛陀多羅(覺救)가 한역한 것으로 알려져 있는데, 그 정식 명칭은 大方廣圓覺修多羅了義經(대방광원각수다라요의경)이다.[1] 9세기 당나라에서는 대방광원각다라니(大方廣圓覺陀羅尼)를 비롯하여 다섯 가지 다른 이름으로도 불렸으며,[2] 우리나라에서도 '대방광원각경, 원각수다라요의경, 원각요의경' 등 여러 이름으로 불렸지만 '원각경'이란 약칭이 가장 일반화되어 있다(이하 '원각경'으로 줄여 부른다). 이 경은 중국에서 만들어진 僞經으로 보는 학자가 많고 문헌학적으로 의문시되고 있다. 그러나 그 내용이 대승(大乘)의 참뜻을 잘 표현하고 있어 한국과 중국에서 널리 유통되었으며, 우리나라 불교 전문

---

 * 이 논문은 『불교어문논집』 8집(한국불교어문학회, 2003)에 실려 있던 「圓覺經諺解 연구」를 수정·보완한 것임.
1) 한역자와 한역 연대에 대하여는 이설이 많다. 경(經)의 제목에 '經'(sutra)과 '修多羅 (수다라)'가 중복 사용된 것과 같은 이유로 당나라 초기의 위찬(僞撰)이 아닌가 간주되기도 한다. 전해주·김호성(1996 : 99) 참조.
2) 배휴(裵休)가 지은 '略疏序'의 주해를 보면, ① 대방광원각다라니(大方廣圓覺陀羅尼), ② 수다라라의(修多羅了義), ③ 비밀왕삼매(秘密王三昧), ④ 여래결정경계(如來決定境界), ⑤ 여래장(如來藏) 등이 나타난다.

講院에서 「금강경」·「수릉엄경」·「대승기신론」 등과 함께 4교과 과정의 필수과목으로 채택되어 온 禪宗의 주요 경전이다.[3]

이 경에 대한 대표적인 주석서로는 당나라 圭峰宗密(780~841)의 「大方廣圓覺經大疏」·「大疏鈔」·「略疏」·「略疏鈔」 등과 함허득통(涵虛得通)의 「圓覺經說誼」 등이 있으나, 종밀의 것을 제일로 꼽는다. 이 연구의 대상인 『원각경언해』는, 규봉종밀의 「大方廣圓覺經大疏鈔(대방광원각경대소초)」를 저본으로 하여 조선 世祖가 구결을 단 「御定口訣圓覺經」을 대본으로 慧覺尊者 信眉·孝寧大君·韓繼禧 등이 우리말로 번역하고, 黃守身 등이 새기고 박아 세조 11년(1465, 成化 원년) 刊經都監에서 10권으로 간행한 목판본 자료이다.[4]

이 책의 분량은 1140여 장(오늘날 개념으로 약 2300쪽)으로 비교적 많은 편이지만, 같은 간경도감판 불경언해 「능엄경언해」나 「법화경언해」에 비해 개별 문헌 연구는 거의 없는 형편이다. 완질의 복각본(1575년 安心寺本)은 소개되어 있지만 원간본(또는 원간본의 후쇄본)은 거의 소개되지 않았고, 또 연구자들이 이 자료에서 호감을 가질 만한 주제를 발견하지 못한 데 원인이 있지 않았나 싶다.

국어학적 측면에서 이 문헌에 대한 인용은 주로 국어 표기법의 변화와 관련한 음운·표기법의 변화 원인과 의의를 논하는 자리에서 자주 나타난다. 대표적인 것으로 이기문(1963, 1972)과 이익섭(1963, 1992), 이현규(1976), 지춘수(1986), 정우영(1996가, 2002가) 등이 있다.

이 책을 서지적 측면에서 간명하게 소개한 것으로는 안병희(1979)와 김영배(2000)가 있으며, 판본의 소장 현황과 표기법의 특징 등을 해제

---

3) 이 책은 '大方廣圓覺修多羅了義經'이라는 명칭처럼 "크고[大], 방정하고[方], 광대한 [廣] 원각(圓覺)을 설명하는 것이 모든 수다라(修多羅) 중에서 으뜸이 되는 경(經)"이라는 뜻으로서, 至高한 깨달음의 원융불이(圓融不二)한 경지인 원각(圓覺)을 돈교(頓教)적인 측면에서 밝히고, 그 수행과 깨달음의 길을 점교(漸教)적 측면에서 단계적으로 제시하고 있어, 불교 수행에 기본적인 틀을 제시한 중요한 경전으로 평가되고 있다.
4) 현재 원간본(또는 원간본의 후쇄본)은 완질이 전해지지 않는다. 판본 현황은 서울대학교규장각(2001)과 정우영(2002) 참조.

형식으로 기술한 것으로는 한재영(1993)이 있다. 최근에 진행된 역주 작업으로 정우영(2002)에서는 간략한 해제와 함께 권1(새 자료)을, 김동소(2002)에서는 권2를, 최기호(2004)에서 권3을, 이유기(2005)에서 권4를 대상으로 현대역에 영인 자료를 부재, 간행하였다.

근래 15세기 국어의 口蓋音化를 논하는 글에서 강신항(1983), 이동석(2002) 등은 『원각경언해』에 나타난 일부 표기를 그 구체적인 증거로 적시한 바 있다. 이 글에서 원간본을 실사하여 그 사실 여부를 확인해 보고하고자 한다(§2.5 참조).

이처럼 『원각경언해』는 국어 표기법과 음운사 연구 자료로 자주 인용되면서도 개별 문헌 연구는 거의 이루어지지 않았다. 이 글은 정우영(2003)을 수정 증보하여, 표기법과 음운, 어휘를 중심으로 이 문헌에 나타난 언어 사실과 역사적 변화 과정을 좀더 소상히 밝혀 국어사 자료로서의 위상을 가늠하고, 훈민정음 반포 이후에 간행된 관판 한글문헌들에 어떤 의도가 계획돼 있었는지를 거시적으로 파악하기 위한 예비 작업을 하는 데 목적이 있다.

이 글은 모두 4장으로 구성된다. 제1장에서는 『원각경』과 『원각경언해』의 성립 문제를 개관하고 선행연구 검토와 논의의 필요성을, 제2장에서는 표기법과 음운을 연계하여 논하되, 주로 역사적인 관점에서 변화 과정 및 특징적 표기 사실을 6항목으로 나누어 기술한다. 제3장에서는 이 책에 나타난 이른바 쌍형어를 조사·보고하고(§3.1), 새로운 어휘와 희귀어들을 선별하여 예문과 함께 제공한다(§3.2). 제4장에서는 이 글에서 논한 내용을 요약하고 앞으로의 과제를 제시한다.

2. 원각경언해 표기법의 특징과 역사

국어 표기법의 역사에서 『원각경언해』가 차지하는 위상은 'ㆆ'과 각

자병서 표기법이 폐지되어 가는 하나의 전환점이 되는 문헌이라는 점
이다. 1446년 訓民正音이 반포되어 1465년 이 문헌에 이르기까지 국어
표기법에 나타난 큰 변화를 약술하면 대체로 다음과 같다.[5]

훈민정음 표기법은 1446년 음력 9월에 나온「훈민정음」한문본에서
규정되고, 훈민정음 초기문헌들을 통해 규범화·실용화되는데, 1461년
활자본과 1462년 목판본「능엄경언해」(10권)에 오면 고유어 표기에 이용
되던 'ㅸ'이 'ㅗ/ㅜ/ㅇ' 등으로 전격 교체된다.[6] 이를 기점으로 고유어 표
기에 사용되던 字素(grapheme) 'ㅸ'은 1463년「법화경언해」에는 전혀 사
용되지 않는다. 한편, 동국정운 한자음은 대체로 1485년「관음경언해」·
「영험약초」에 이르기까지 쓰였지만,「법화경언해」에 이르러 불교 관련
한자어의 한자음 일부가 수정된다. 이 한자음은 그 후 1464년「선종영
가집언해」부터 1467년「목우자수심결언해」까지 철저히 적용된다.[7]

국어 표기법의 역사에서 1465년『원각경언해』에 이르러 가시적으로
눈에 띄는 변화는 구결문 및 언해문(한자음 표기 제외) 표기에 'ㆆ'과 각
자병서가 폐지된다는 사실이다. 이 문헌 이후부터는 이 원칙이 일괄적
으로 적용되고 있으므로 국어 표기법의 역사에서 이 문헌을 '규범문헌
(規範文獻)'이라 부를 만하다.

이 장에서는 선행 연구들에서 특징적 사실로 거론된 ① <ㆆ>과 각
자병서의 폐지, ② 방점 표기에 대해 역사적 변화 과정 및 의의를 살펴
보고, ③ 사이시옷 표기와, 당시 음운현상을 반영한 것이라 해석되고
있는 ④ 모음조화 표기, ⑤ 구개음화 표기, 그리고 ⑥ 기타 이 문헌 표
기법의 특징을 공시적·통시적 관점에서 이해하고자 한다.

---

5) 좀더 자세한 경위는 정우영(2005 : 293~326) 참조.
6) '직·벽'[礫.조약돌](능5:72, 3회)과 구결문에 나오는 '-ㅿㅸ-'(無上悲誨ㅎㅿㅸ라. 능7:7
   ㄴ) 두 예뿐이다. '직·벽'이 1464년「영가집언해」에는 'ㅈ·역'(상105ㄱ)과 '직·역'(하
   73ㄴ)으로,『원각경언해』에는 'ㅈ·역'(상2-2:124ㄱ)으로 반영되었다.
7)「능엄경언해」에서 국어표기법의 '제1차 개정'이 이루어졌다고 파악하였다. 15세기
   국어 표기법의 변화에 대한 전반적 이해는 정우영(2005 : 293~326) 참조.

2.1. 〈ㆆ〉과 각자병서의 폐지

'ㆆ'은 훈민정음의 초성 후음 전청자로서 "挹字初發聲"의 음가를 지닌 후두폐쇄음 /ʔ/이고, 훈민정음의 五音 전탁자인 'ㄲ虯, ㄸ覃, ㅃ步, ㅉ慈·ㅆ邪, ㆅ洪'은 각각 "○字初發聲"의 음가를 지닌 초성 자모들로서 각자병서로 문자화되었다. 이들은 주로 동국정운음과 홍무정운역훈음 등 改新 한자음의 표기를 위해 사용되었다.

'ㆆ'은 개신 한자음의 초성은 물론 종성 표기에도 쓰였으며, 국어를 위해서는 사이시옷(하놇뜯, 快쾡ㆆ字쫑) 표기와 관형사형어미 '-ㄹ'과 후행어의 통합 표기(갏길) 등에 사용되었다. 한편, 'ㄲ, ㄸ, ㅃ, …' 등 6개 각자병서도 개신한자음의 초성 표기를 위해 사용되었으며, 국어에서는 어두음 'ㅆ(쏘다)·ㆅ(혀다)'과, 관형사형어미(-ㅭ)와 초성이 무성평음인 후행어의 통합 표기에서 음운론적 이형태「-ㄹ+ㄲ·ㄸ·ㅃ·ㅉ·ㅆ」에, 그리고 비어두음절 초성의 'ㅉ[조쫍다. 隨]·ㅆ[조쌉다. 稽首]' 등이 '좃줍다, 좃숩다' 등과 수의적으로 사용되었다.

그러나 『원각경언해』 10귀 1140여 쟝(약 2300폭)에는 'ㆆ'과 각자병서가 동국정운 한자음 표기에만 사용되었을 뿐 (1가)처럼 국어음 표기를 위해서는 사용되지 않았다. (1나) '飮흠ㆆ字쫑'가 유일한 예외이다. 각자병서도 모두 폐지되었으며 이것의 변형된 표기가 (1다, 라, 마)에 몇 개 발견될 뿐이다. 이하 방점은 특별한 경우에만 표시한다. ㄱ은 앞면, ㄴ은 뒷면을 나타낸다.

(1) 가. <u>소아쇠</u>(射.상1-1:113ㄱ), <u>몯홀디라도</u>(하3-2:81ㄱ), 볼 것 업스니
　　　 라(상2-2:35ㄴ)
　　 나. 注즁中듕엣 <u>飮흠ㆆ字쫑</u>와 得득字쫑와는 (상1-1:116ㄴ)
　　 다. 엇뎨 修슣行혱이 이시리오 <u>홇가</u> 저흐샤 (상2-1:110ㄴ)
　　　 (구결문) 恐…何有修行이리오 <u>홇가</u> ᄒ샤 (상2-1:110ㄱ)
　　 라. 經경이 그리 <u>홇가</u> 저허(經이 恐文繁ᄒ야) (상2-2:136ㄱ)

마. 또 어느 제 다시 迷몡홇고 (상2-3:27ㄴ)

바. 甚씸홇까(영가,상102), 므스기사 홇꼬 (금강,사실4)

　　受쓯辱쇽홇가 (삼강,열27ㄱ), 어느 法법을 得득홇고 (월13:54)

(1가)는 앞선 시기 문헌에서는 각각 '쏘아사, 몯홇디라도~몯홀띠라도, 봃것~봀껏' 등으로 표기되던 것이었다. 사이시옷 표지로 쓰인 (1나) 후음 전청자 'ㆆ'[ʔ]은 무성평음인 후행 음절 초성의 후두화 'ㅉ[ʦˀ]'를 위해 사용한 경우이다.8) (1다, 라, 마)의 '홇가, 홇가, 홇고'는 현실 언어에서는 각각 '홀까, 할까, 할꼬'와 같은 발음으로 실현되지만, 이 문헌에서 각자병서를 원칙적으로 폐지함으로써 발음과 표기의 불일치를 보상하려는 변형 표기이다. 다시 말하면 (1바)처럼 그것이 폐지되기 전에는 '홇가~홀까, 홇가~할까, 홇고~홀꼬' 등으로 표기에 융통성이 있었으나,9) 한자음 표기를 제외한 모든 표기에서 각자병서를 폐지함에 따라 '홀가, 할가, 홀고'로만 적게 되자 표기만으로는 된소리로 내기 어렵게 되자, 그 심리적 보상으로 후행 음절 초성자와 같은 'ㄱ'을 선행 음절말에 합용병서하는 방식으로 변형시켜 된소리 발음을 유도한 것이라 생각된다.10) 각자병서를 쓰지 않는 원칙이 적용된 「내훈」(1475), 「두시언해」(1481)와 「구급간이방언해」(1489) 등에도 이와 유사한 예들이 나

---

8) 「훈민정음언해」의 사이시옷 표기는 매우 이론적이어서 "那낭ㆆ字쭝"(5ㄴ)처럼 선행 음절 말음의 전청자로 적었다. (1가)는 '歃흠ㅂ字쭝'처럼 <ㅂ>을 쓰는 것이 옳다. cf. 侵침ㅂ字쭝(훈언7ㄱ)

9) 동일 문헌에 나타나는 이런 양상을 두고 "원칙이 없고 혼란스러운 표기법"이라고 평가하는 경우가 있다. 그러나 훈민정음 표기법의 목표가 "표기의 발음=正音[이상적 표준발음]의 실현"이라는 사실을 제대로 이해한다면, 같은 장의 바로 앞뒤에서 두 가지 표기가 나타나는 것은, 표기자(언해자)에게 어느 것이나 선택해 쓸 수 있도록 '융통성'을 부여한 것이라고 해석하는 것이 타당하다. 두 가지 표기방법이 허용될 수 있었던 기저에는, 어떤 표기이든 실제 음성적 실현은 각각 [hʌlkˀa], [halkˀa], [hʌlkˀo]로 표면형들이 같았기 때문일 것이다.

10) 1933년 「한글 맞춤법 통일안」에서 '-ㄹ께'로 적던 것을 1988년 「한글 맞춤법」에서 '-ㄹ게'로 적도록 바꾼 뒤에도 '-ㄹ께'처럼 복고적으로 적는 것도 이와 유사한 현상이라 하겠다.

타난다. 예컨대, 맍숩(내,서7ㄱ), 一定홇고(두초3:47), 그르 므러 샹홇가 저
프니라(구간3:10ㄴ) 등.

'ㆆ'과 각자병서의 공식적 폐지가 『원각경언해』에서 이루어졌다는
사실은 국어표기법 연구에서 통설처럼 굳어져 있다. 그러나 이것의 시
행에 준비(시험) 기간이 있었고, 두 자소가 약간의 시차를 두고 점진적
으로 진행되었다는 논의는 거의 없다. 'ㆆ'을 없앤 표기가 좀더 이른
문헌에서부터 발견된다. '-ㄹ' 다음에 'ㆆ' 또는 각자병서를 쓰지 않
은 표기는 예는 아주 적지만 「석보상절」부터 나타난다. 'ㆆ' 폐지가 눈
에 띄게 반영된 것은 신미(信眉)가 번역한 「몽산화상법어약록언해」(1459
년경)의 구결문 표기부터이다.11) 예컨대, ·홀·디니·라(몽33ㄱ), ·홀·딘·댄
(몽33ㄱ) 등. 이런 표기는 앞선 시기의 구결문 표기 "合·햅用·용·홇디·
면"(훈언12ㄱ) 등과는 확연히 다른 것이다. 이 전통은 「능엄경언해」
(1461,2)에도 계승되어 언해문에까지 확대되는데 그 수를 헤아리기 어렵
다. 구결문에서 'ㆆ'을 쓰지 않는 원칙은 「법화경언해」(1463)에도 그대
로 이어지며, 세조 10년(1464)에 간행된 「영가집언해」·「금강경언해」·
「반야심경언해」등 불경언해의 구결문에는 'ㆆ'과 각자병시기 전혀 없
는 표기만 나타난다.12) 'ㆆ' 폐지라는 표기법 개정의 준비가 시행 1년

---

11) 일반적으로 「몽산화상법어약록언해」는 1467년에 간행된 문헌으로 알려져 있으나,
    음운·표기법·언해 체제 등으로 보아 1459년경에 성립·간행된 것으로 추정한다
    (김무봉 1993). 15세기 문헌 중 원고는 세종대에 이루어졌으나 간행은 성종대에 이
    루어진 「삼강행실도언해」가 이와 유사한 경우이다(고영근 1991). 국어표기법 변화
    의 큰 흐름을 파악하려면 문헌을 간행연대 순으로 단순하게 나열해 기술해서는 안
    되며, 표기법이나 언어상태가 간행 당시 문헌들과 유별날 경우 원고가 성립된 연대
    를 다시 추정해 기술해야 한다. 관판문헌의 출판은 내외적 사정에 따라 간행이 늦어
    지는 경우가 흔히 있기 때문이다.
12) 세조 10년(1464)에 나온 목판본 「아미타경언해」는 이 때 이루어진 별도의 원고가
    아니다. 세조 7년(1461) 이전에 世祖가 번역하여 간행한 활자본을 목판본으로 바꾸
    어 간행한 데 불과하다. 따라서 이를 세조 10년의 국어표기법 원칙이 적용된 문헌이
    라 기술해서는 안 된다. 단순하게 간행연대만 보고 표기법을 연구하는 경우를 종종
    보는데, 문헌 간행시기와 당대의 문헌들에 반영된 표기법이 다른 경우는 간행과 관
    련된 전후 사정을 면밀히 검토하여 연구하지 않으면 잘못된 결론이 나올 수 있다.

전에 완료되었음을 의미한다(정우영 1996가 : 56).

한편, 각자병서를 쓰지 않는 경향은 「능엄경언해」 활자본(1461)부터 나타난다. 구결문에서 어미 '-ㄹ' 다음에 'ㅆ'이 아주 간헐적으로 나타나고, 'ㄸ'이 한두 예가 나타날 뿐 전반적으로 폐지된 모습을 보인다.13) 이것은 1462년의 목판본에도 그대로 이어지고, 1463년의 「법화경언해」의 언해문에서는 6종의 각자병서가 모두 이용되었지만, 구결문에는 'ㅆ'만 간혹 쓰일 뿐 나머지 각자병서는 일절 쓰이지 않는다. 세조 10년(1464) 「영가집언해」를 비롯한 불경언해의 구결문에서는 어떤 종류의 각자병서도 찾아볼 수 없다. 그 1년 뒤 세조 11년(1465) 『원각경언해』 전 10권에서 'ㆆ'과 각자병서는 동국정운 한자음 표기를 제외하고 언해문과 구결문에서 모두 사라진다. 훈민정음 표기법이 성립된 지 불과 20년만의 일이다.14)

'ㆆ'과 각자병서 폐지의 공과(功過)에 대한 학계의 평가는 조금 다르

---

13) 「능엄경언해」의 구결문과 언해문에 뒤섞여 나타난다. 출처는 목판본으로 대신한다.
   (구결문) 非…知ㄹ식(1:72ㄱ), 吸塵홀씨(3:2ㄴ), 何知홀따(4:128ㄱ), 修…홀젯(9:40ㄴ)
   (언해문) 아로미아닐식(1:72ㄱ), 드리혈씨(3:2ㄴ), 엇데앓다(4:128ㄱ),…닷굴젯(9:41ㄴ)
14) 그런데 문자의 보수성으로 처리하기 어려운 두 문헌이 있다. 成化3년(1467)에 간행된 「목우자수심결」(46장)과 여기에 합철돼 있는 「사법어」(9장)가 그것이다. 전반적으로 『원각경언해』에서 개정된 표기법을 따르고 있긴 하지만 반례가 여럿 발견된다. 'ㅸ'과 'ㆆ', 그리고 각자병서(ㅆ, ㆀ)가 무원칙하게 사용돼 있다. 이는 「능엄경언해」(10권, 2300여쪽)에 나타난 'ㅸ' 반례(2개)나 『원각경언해』(10권, 약2300쪽)에 나타난 'ㆆ' 반례(1개)에 비하면, 전체 장수(55장)에 비해 적은 양이 아니다(모두36개).
   현재로서는 「사법어」・「목우자수심결」에 반례가 많은 이유를 해명키 어렵다. 구결문은 1464년 표기법이 적용돼 있으나, 'ㅸ' 사용은 1461,2년 즈음의 모습을, 'ㆆ'과 각자병서(ㅆ・ㆀ)는 혼란스러우며 1464년 이전과 이후의 모습을 동시에 보여준다. 표기법의 관점에서 보면, 「사법어」는 1461년 이전이나 그 즈음, 「목우자수심결」은 전자보다는 좀 늦게 1463년경에 번역되었을 가능성이 크다. ①~④는 반례(36개) 목록이다. ① ㅸ:총5회. 수비(법어2ㄱ) 어즈러비(법어5ㄴ)(목7ㄱ), ② ㆆ:총16회. 無뭉ㆆ字쫑(법어5ㄴ), 니릃(법어6ㄱ), 마롫디니라(법어5ㄴ), 홇디언뎡(법어2ㄴ), ③ ㅆ:총14회. 말쏫매(목6ㄴ), 아니홀씨(목2ㄴ), ④ ㆀ:1회. 믜ᅇᅥᆫ(법어2ㄴ) 등.
   1464년에 간행된 문헌 표기법과는 다른 「아미타경언해」(목판본) 표기법의 특수성이 활자본의 발견으로 해명된 것처럼 두 자료에 대한 의문도 언젠가는 풀릴 날이 오리라 기대한다.

다. 'ㆆ'은 동국정운음 표기에서 파생된 부가적인 용법이므로 이 자소
의 폐지에 대하여는 이의가 없다. 그러나 각자병서에 대하여는 그간
"급격한 변화, 극적인 변화, 공식주의적인 무리, 과잉조처…" 등으로
평가되어 왔다(지춘수 1986, 이익섭 1992). 된소리로서의 위치가 확고했던
일부 각자병서(ㅆ·ㆅ)까지 일괄 폐지한 것은 지나친 처사였는지도 모른
다. 그러나 무성자음의 각자병서[전탁자]는 이원적인 음가, 즉 국어음에
서는 경음[된소리]이요, 동국정운 한자음에서는 유성무기음(또는 유성유기
음)의 두 가지 음가를 반영코자 한 것이다. 문자 정책상 이것의 단일화
가 더 시급한 문제로 제기됐을 것이며, 그 결과 이를 국어음 표기에서
폐지하는 방향으로 개정(改定)한 것이라 이해된다.

앞서 살펴본 것처럼, 'ㆆ'과 각자병서를 폐지한 개정 작업은 종래의
주장처럼 "극적으로, 급격하게" 단시일 내에 급조된 조치가 아니라, 실
제로는 1450년대 말 구결문에서부터 시험 운용되었다. 이것의 개정은
적어도 5, 6년간의 시험기를 거쳐 혼란과 불편을 최소화하는 선에서 신
중하게 점진적으로 진행되었던 것이다. 그러나 『원각경언해』에서 행해
진 국어표기법의 개정은 국어음 표기에서 폐지하는 정도에 미물렀고,
정작 이들 자소의 모태라 할 수 있는 동국정운 한자음[외래적인 요소] 표
기에서는 청산하지 못한 상태에 있으므로, 『원각경언해』에서 시행된
국어 표기법 개정은 미완(未完)의 개정(改定)이라 평가할 수 있다.

2.2. 방점 표기

『원각경언해』의 방점 표기는 훈민정음 반포 초기문헌인 「훈민정음
언해」·「석보상절」 등과는 조금 다르지만 간경도감본 불경언해서와는
크게 다르지 않다. 정음 초기문헌은 구결문과 언해문 모두에 방점을 찍
었으나 이 책에는 언해문에서만 사용되었다(§2.6 참조).

'방점'을 성조 표시라고 해석할 때, 어절의 말음절 위치에서 거성(1

점)으로 표기되던 것이 평성(0점)으로 표기되는 경향을 보인다.15) 정음 초기문헌에는 체언에 조사가, 용언 어간에 어미가 통합된 경우에 한 어절의 끝음절에서 대개 거성으로 나타나는 것이 일반적이었는데 이 책에서 그 변화가 두드러지게 나타난다.

원간본의 판목을 그대로 이용해 인쇄한 「원각경서」 전 84장을 대상으로, 이를 '제1기문헌'인 정음 초기문헌 표기형과 개신형으로 나누어 (2)에 제시한다. 장벽(∥)을 기준으로, 앞은 제1기문헌 표기형이고 뒤는 개신형이며, 괄호 안은 보수형과 개신형의 횟수이다.

(2) 제1기 문헌과의 비교
　　가. 주격 : ·뜨·디[석6:2ㄴ] (2) ∥ ·뜨디(3), 일·후·미[석9:29ㄱ](1) ∥ 일
　　　　·후미(15)
　　나. 처격 : :ᄀ·ㅐ[석24:7ㄴ] (0) ∥ :ᄀㅐ(3)
　　다. 보조사 : :세·흔[석21:51ㄱ] (1) ∥ :세흔(2)
　　라. 부사 : 그·러·나[석9:10ㄴ](2) ∥ 그·러나(6), 반·ᄃ·기[석,서5ㄴ](0)
　　　　∥ 반·ᄃ기(6),:엇·뎨[석6:11ㄱ](4) ∥ :엇뎨(5), 비·르·서[석11:1ㄴ]
　　　　(1) ∥ 비·르서(1)
　　마. 부사형 : :업·서[석9:34ㄴ] (3) ∥ :업서(4)
　　바. 관형사형 : :업·슨[석6:41ㄱ] (2) ∥ :업슨(3)
　　사. 제1음절 어간이 상성인 2음절어 : 어절 말음절의 평성화(0점)가
　　　　일반적 경향
　　　　:아·디[석9:13ㄴ] (2) ∥ :아디(7), :셰·여[석9:19ㄴ] (0) ∥ :셰여(1)
　　　　cf. :이·리[석6:9ㄱ] (3) ∥ :이리(0),:버·디[석6:19ㄴ] (3) ∥ :버디(0)
　　아. 쏜·호미(서27ㄴ), 구·스리(서29ㄴ), 나·토미(서39ㄱ), 바·ᄅ리(서
　　　　39ㄱ), ·횟·비치(서40ㄱ), 아·ᄃ리(서46ㄴ), 아·로미(서46ㄴ), ·누

---

15) 「반야경언해」(금강경언해)에서 그 같은 경향이 보이며, 이 문헌을 기점으로 1464년
　　이 제1기와 제2기로 성조가 바뀌는 분수령이라 파악하였다(김완진 1973). 이러한
　　경향은 이보다 두어 달 앞서 나온 「영가집언해」에서부터 시작된다(정우영 1996나).
　　정음 초기문헌부터 면밀히 조사하면 제1기문헌ㅡ「석보상절」과 「월인천강지곡」ㅡ
　　에서도 관형사형의 방점 표기에 이 같은 변화가 보인다. 이에 대하여는 차재은
　　(1997) 참조.

니(서47ㄴ), 사·교미(서50ㄱ), 달·오미(서50ㄱ), 靈·호미(서50ㄱ),
뙤·호미(서60ㄴ), 莊嚴·호미(79ㄴ), 感·호미(79ㄴ) 외 다수.

(2가), (2아)에서 보다시피, 제1기문헌 표기와 비교해보면 주격의 평
성화가 주조를 이룬다(한재영 1993 : 156). 그 밖에 체언에 처격조사나 보
조사가 통합된 경우, 그리고 일부 부사나 용언의 부사형, 관형사형 상
당수에 그 같은 경향이 나타난다.

이 어말 평성화의 개신파가 이미 「영가집언해」를 비롯하여 1464년
에 간행된 간경도감판 불경언해서에 반영되어 있는데, 그 중 「반야심
경언해」가 가장 보수적이다(정우영 1996나). 이듬해에 나온 『원각경언해』
에는 그 같은 경향이 더욱 확산되었음이 확인된다. 특히 2음절로 된 어
절에서, 용언 어간과 어미 '-아/어, -디' 결합시 첫음절이 상성(2점)이
면 끝음절은 평성(0점)으로 표기되는 경향이 우세하다. 명사인 경우는
다소 보수적이지만, (2나, 다, 마, 바, 사)에서처럼, 제1기문헌에서 '상·
거'(2점·1점)에 거의 예외가 없는 것과는 아주 대조적이다. 이 변화가
국어사적으로 어떤 의미가 있는지 아직 분명하지만, 성음 주기문헌
에 적용하고자 했던 성조 표기원칙에 변화가 온 것만은 틀림이 없다.

2.3. 사이시옷 표기

발화의 최소 단위인 어절에서 선행 음절의 종성이 유성음이고 후행
음절 초성이 무성자음(ㄱ, ㄷ, ㅂ, ㅅ, ㅈ)일 때 실현되는 경음화 현상을
사이시옷 표지로 나타내었다. 이 책에서는 (3가)처럼 네 가지 방법이
사용되었다.

(3) 가. ① 世솅間간ㅅ法법(상2-3:32ㄱ), ② 品픔ㅂ字쫑(하2-2:20ㄴ), ③
飮흠ㆆ字쫑 (상1-1:116ㄴ), ④ 者쟝ㅈ字쫑(상2-2:51ㄴ)
cf. 得득字쫑(상1-1:116ㄴ)

나. 見견ㅈ字쫑(상2-2:69ㄱ), 契켕ㅈ字쫑(상1-2:18ㄴ), 佛뿛ㅈ字쫑
　　(상1-2:37ㄱ), 相샹ㅈ字쫑(하1-1:45ㄴ), 性셩ㅈ字쫑(하1-1:45ㄴ),
　　我앙ㅈ字쫑(하3-1:2ㄱ), 異잉ㅈ字쫑(하3-2:52ㄱ), 伊힁ㅈ字쫑(하
　　2-2:19ㄱ), 正졍ㅈ字쫑(상1-2:97ㄴ), 鍠꽝ㅈ字쫑(하2-1:47ㄴ)

(3가)의 ①은 정음 초기문헌부터 쓰이던 일반적인 방식으로 전후 음
운 환경에 관계없이 <ㅅ>을 표지로 쓴 것이며, ②는 일찍이 「용비어
천가」와 「훈민정음언해」에서 시도된 표기 방식으로 선행어 말음이 유
성음인 경우에 끝소리 'ㅁ'과 동일한 서열(양순음)의 전청자 <ㅂ>을 표
지로 쓴 것이다. ③은 ②를 원용한 방법으로 후음 전청자 'ㆆ'을 무성
음인 후행 음절 초성(ㅈ)의 후두화 부호로 쓰고 있다. ④는 이 문헌에
다수 나타나는 사이시옷 표기 방식으로서, 뒤 음절 초성과 동일한 문자
<ㅈ>을 사용하였다. 이것은 표기자(언해자)가 목표로 하는 발음, 가령
"見견ㅈ字쫑" → [견쯩], "契켕ㅈ字쫑" → [계쯩] 등처럼 음성표면형
[쯩]에 가장 가까운 소리를 낼 수 있도록 독자를 유도·지시하는 데 적
합한 표기 방법이라 여겼던 것 같다.[16] (3나)는 ④와 같은 방식이 사용
된 표기 목록의 일부이다.

2.4. 모음조화 표기

모음조화(母音調和)는, 일반적으로 형태소의 첫 모음에 따라 그 첫 모
음과 같은 부류의 모음이 뒤따르는 동화현상의 하나이다. 전통적으로
중세국어의 모음은 양성모음(ㅏ, ㅗ, ㆍ)과 음성모음(ㅓ, ㅜ, ㅡ)으로 분류
하는데, 'ㅣ'는 중성모음이라 하여 두 모음 부류와 비교적 자유롭게 어

---

16) 「법화경언해」와 「영가집언해」에도 이 같은 방법이 사용되었다. 萬먼ㅈ字쫑(법화
　　2:31ㄱ), 可캉ㅈ字쫑(법화2:49ㄴ). 想샹ㅈ字쫑(영가,하76ㄱ), 緖쎵ㅈ字쫑(영가,하93
　　ㄱ) 등. '字'의 동국정음음은 '쫑'로서 초성은 'ㅉ'이지만, 이 때의 각자병서[전탁자]
　　는 경음이 아니라 유성무기음(또는 유성유기음)이며, 현실한자음으로는 평음 'ㅈ'이
　　었다는 점을 상기할 필요가 있다.

울릴 수 있었다. 이 같은 현상은 '나모, 구룸'처럼 주로 한 단어의 내부
에서 나타나지만, 체언과 조사(운/은, 올/을 등), 용언 어간과 어미('-아/-
어'계 어미)가 연결될 때에도 선행하는 어간의 모음에 따라 규칙적으로
교체 실현되었다(곽충구 1999 : 152~153).

이 책에 나타난 '모음조화' 표기 경향은 훈민정음 초기문헌의 그것
에 비해 규칙성이 약해졌다.[17] 위의 원칙에서 벗어난 경우를 체언과
조사(운/은, 올/을)의 연결을 중심으로, 동일한 체언으로서 비교할 수 있
는 경우로 한정해 「ㄱ」줄만 (4)에 제시한다. 빗금의 앞은 원칙에 맞는
경우이고 뒤는 예외이며, 숫자는 출현한 횟수이다.

(4) 覺각운(7)/은(1), 境경을(31)/올(4), 空콩운(3)/은(1), 過광患환올(2)/을
(2), 功공올(6)/을(1), 權권을(4)/올(1), 根근本본운(1)/은(1), 根근本본올(23)/
을(3). 합계 : 정상(77회. 85%)/예외(14회. 15%) cf. 句궁는(20)/눈(13)

한자어 체언과 조사가 결합한 경우를 고유어의 경우와 동등하게 해
석하기는 어렵지만, 「용비어천가」등 초기문헌에 나타난 예외가 4.2%
인 데 비해, 「능엄경언해」등 간경도감판 불경언해에서는 평균 13% 정
도로 증가했으며, 특히 '눈/는, 롤/를'의 경우는 예외가 각각 약 67%,
60%가 되는 환경도 있어(한영균 1994 : 66, 84) 모음조화의 규칙성이 상실
된 것으로 해석하기도 한다. 일부 사실만으로 이 현상을 무어라 단정하
기는 어렵지만, 음운현상으로 보든 표기법의 한 기제(機制)로 보든 모음
조화 원칙을 지키려는 경향은 보이지만 둘 다 철저히 지켜졌다고 보기
는 어렵다.

후기 중세국어 문헌에 나타나는 모음조화는 실재하던 음운현상의 하
나로 믿어지고 있지만, 한국어 변천사라는 거시적 관점에서 보면 섣불
리 판단하기 어려운 여러 가지 문제가 있다. 먼저, 훈민정음 창제와 함

---

17) 전통적으로 '모음조화'는 음운현상의 하나로 간주해 왔으나, 근래 표기법의 일종으
로 파악하고자 하는 견해가 새로이 제기되었다. 김동소(1998, 2003 : 66~69) 참조.

께 수립된 국어표기법의 목표가 단순히 당시의 한양말[국어]을 문자화하려는 데 있었느냐, 아니면 당대의 국어를 반영은 하되 "모든 지역의 사람들이 모두 통해(通解)할 수 있는 소리" 즉 正音으로 통일하려는 데 있었느냐[18] 하는 기본적인 전제도 아직 깊이 있게 인식되어 있지 않다. 이에 대한 인식 여하에 따라 종래 통설이라 여겨 오던 여러 주제는 다시 증명되어야 할 처지에 놓일지도 모른다.

모음조화도 재논의가 필요하다고 판단되는 주제이다. 첫째, 「훈민정음」에는 모음(중성) 제작과 운용에 음양이론을 주축으로 하는 철학적 배경이 강하게 반영되어 있는데, 당시 주변국의 표기이론도 참고하여 훈민정음 표기법이 성립되었을 가능성이 있다. 둘째, 국어사적으로 'ㆍ'가 고대국어 자료에 존재했다는 근거를 찾기 어려우며 향가·「계림유사」·「향약구급방」·「조선관역어」 등 국어사 자료에 모음조화가 적극적으로 반영되었다는 증거를 확보하기 어렵다. 셋째, 정음 창제 초기문헌, 특히 첫 문헌인 「용비어천가」에서 가장 철저히 지켜지고 그 이후 문헌에서는 점차 약화된다. 넷째, 16세기 이후 서민들의 언어가 반영된 자료에서는 뚜렷한 규칙성을 발견하기 어렵다는 점이다.

이 같은 의문점들을 포괄적이고 거시적인 안목으로 재음미하면, 모음조화가 15세기 당대에 엄격하게 지켜지던 국어 음운현상이었다고 기정 사실화하는 것은 재고의 여지가 있다. 조심스럽기는 하지만, 15세기 한글문헌에 나타난 '모음조화'는, 정음 학자들이 철학적 음양이론을 배경으로 몽고 등 주변국의 음양대립 표기이론까지 참고하여(김동소 2003), 그들이 가장 이상적인 표준발음[正音]이라고 판단한 '모음조화' 현상을 표기법으로 제정하고 이를 적극적으로 문자화함으로써, 궁극적으로는

---

18) 訓民正音 창제에 지대한 영향을 준 「洪武正韻」(1374)의 범례에 명시된 '正音'이란 용어의 정의를 눈여겨 볼 필요가 있다. "오방의 사람 모두가 능숙하게 통하여 이해할 수 있는 것, 이것이 '정음'이다[五方之人皆能通解者斯爲正音也]." 이 같은 내용은 「훈민정음언해」(1ㄱ)와 「석보상절서」(5ㄴ)에도 거의 비슷하게 명시되어 있다. 이에 대한 이해는 정우영(2005 : 305~307) 참조.

모음조화가 지켜지는 국어로 통일하려 했던 것이 아닐까 가정해볼 수도 있다. 표기법을 제정할 때의 언중들의 발음 현실은 미약하기는 하지만 어느 정도의 경향은 있었던 것으로 판단된다. 앞으로 훈민정음 제정에 관한 연구가 좀더 새로운 안목으로 조명되면 그 진실이 좀더 분명히 드러나리라 생각한다.

2.5. 구개음화 표기

근래 15세기 국어의 구개음화(口蓋音化) 현상을 논하면서 『원각경언해』의 (5가, 나)를 그 구체적인 증거 자료로 인용해 왔다(강신항 1983, 이동석 2002). '저커니'에 대한 '져커니', '처섬'에 대한 '쳐섬'과 같이 치음 'ㅈ, ㅊ' 뒤에서 단모음과 상향이중모음이 혼기된 예가 1465년 원간본에 나타난다는 것이다. 이것이 사실이라면, 15세기 중반기 국어에 구개음화 현상이 존재했으리라는 가설은 이 증거들에 의해 강한 지지를 받을 수 있다. 따라서, '구개음화' 논의를 위해 선행연구에서 적시된 증거 (5가, 나)의 사실 여부를 확인해줄 필요가 있다. 현전 판본들을 모두 조사한 결과, (5가, 나)와 (5가', 나')의 두 가지 표기 자료가 공존함을 발견하였다.

(5) 가. 가·줄·비건·댄 百·빅官관·이 ·오히·려 宰:징相·샹·올 <u>저커·니</u>
     百·빅姓·셩·이·엇·데 天텬子:중·롤 親친·히 ㅎ·리·오 [如百寮ㅣ
     尙畏宰相커니 百姓이 豈親天子ㅣ리오] (상2-3:40ㄱ7~8줄)

  가'. 가·줄·비건·댄 百·빅官관·이 ·오히·려 宰:징相·샹·올 <u>져커·니</u>
     百·빅姓·셩·이·엇·데 天텬子:중·롤 親친·히 ㅎ·리·오 [如百寮ㅣ
     尙畏宰相커니 百姓이 豈親天子ㅣ리오] (상2-3:40ㄱ7~8줄)

  나. 그·러나 覺·각心심·이 ·처섬 ·셔 ·히미 손·지 微밍弱·약홀·시
     理:리ㅣ 모·로·매 靜:쪙을 取:츙·ㅎ·야 安한詳쌍·히 ㅎ·야·사(하
     2-1:17ㄱ7~9줄)

  cf. [然覺心이 初建ᄒ야 力尙厎微홀시 理宜取靜安詳ᄒ야사](하

2-1:16ㄱ8~9줄)

나'. 그·러나 覺·각心심·이 ·처엄 ·셔 ·히·미 손·지 微밍弱·약홀·시
理:리ㅣ 모·로·매 靜:쪙·을 取:츙·ᄒ·야 安한詳썅·히·ᄒ야·ᅀᅡ
(하2-1:17ㄱ7~9줄)

판본 조사 결과, 인용한 자료 (5가)와 (5나)는 모두 1575년 전라도 安
心寺本에만 나타나는 표기이며, 이와 다른 표기 (5가', 나')는 원간본 또
는 원간본의 후대 인출본에 나타난 자료임을 확인하였다.[19] (5가) 「上
二之三」은 1465년 원간본의 1472년 인출본인데, 현재 동국대학교 중앙
도서관에 「213.18 원11ㅅ.v.2」로 소장되어 있다(§4. 사진 1참조). 둘을 대
조해본 결과, 방점에는 아무런 차이가 발견되지 않으나, 안심사본의 한
문 및 한글 서체의 미적 감각이 후자에 훨씬 못 미치며, 특히 한자 '畏'
에 대한 번역 '져커니'가 원간본 '저커니'의 오각임이 확연히 드러난다.

다음 (5나) 「下二之一」은 1465년 원간본인데, 서울대 규장각에 「일
사貴 294.33 W49bd」로 소장되어 있다. 둘을 대조해본 결과, (5나) 서체
의 조형미가 떨어짐은 물론이고 '初'에 대한 번역이 '처엄'이 아니라
'처엄'으로 되어 있어 이 또한 복각본에서 오각한 것임이 분명해졌다
(§4. 사진 2참조).

위와 같이, 15세기 국어에서 ㅈ구개음화가 완료됐다는 중요한 증거
로 제시된 자료들이, 사실은 복각본의 오각을 원간본의 그것으로 과신
하여 잘못 인용한 것들이다.[20] 문헌자료에 의존할 수밖에 없는 역사음
운론 연구에서 원간본 여부의 판단과 정밀한 관찰이 얼마나 소중한 일

---

19) 1465년 원간본과 원간본의 1472년 후쇄본은 구결문 및 언해문 내용에는 전혀 차이
가 없다. 두 판본은, 권두에 "御定口訣"과 "慧覺尊者臣信眉孝寧大君臣補仁順府尹臣
韓繼禧等譯"이란 글귀가 있고 없음으로 구별한다. 이 글귀들이 원간본의 '서'에는
각각 4행·5행에, 나머지 권에는 3행·4행에 들어 있으나, 원간본의 후쇄본에는 이
것이 모두 제거되었다. 1575년 안심사본에는 이 글귀가 없으므로, 1472년 후쇄본의
복각본이라 하겠다.
20) 원간본이 없을 경우, 복각본을 원간본과 등가로 여기는 경우가 종종 있는데, 음운사
연구에서 보조자료로는 쓸 수 있으나 결정적인 증거로 이용하는 것은 적합하지 않다.

인가를 일깨워주는 교훈적 사례이다.

15세기 ㅈ구개음화와 관련하여 강신항(1983)의 자료를 재검토한 이동석(2002 : 153~154)은 5개의 증거를 들고 있다. ① 몬져 : 몬저(능, 목), ② 잘익 : 쟈릭(자회), ③ 저ᄒ니 : 져ᄒ니(원), ④ 조개 : 죠개(자회), ⑤ 처섬 : 쳐섬(원) 등. 자료를 검토해보면, 「목우자수심결」은 복각본일 가능성이 크며, 「훈몽자회」는 16세기 자료이고, 『원각경언해』는 복각본 자료이다. 5개 중에서 「능엄경언해」의 '몬져' 1개 정도만 유의적 자료로 볼 수 있다. 15세기 국어 문헌자료에는 오각 및 오기로 처리할 수 있는 많은 예가 발견된다. 이런 사정을 감안할 때, 유독 'ㅈ' 뒤에 오는 상향이중모음과 단모음의 혼기만 유의적 자료로 인정하고, 그렇지 않은 것은 버리는 태도는 부분의 지나친 확대 해석이라는 점에서 공평한 연구태도라 하기 어렵다.

이상과 같이, 극소수의 자료로 15세기 ㄷ구개음화 현상의 존재를 주장하는 것은 현재로서는 수용하기 힘들다. 굳이 이 복각본 자료 (5가, 나)에서 국어사적 의미를 찾으려 한다면, 연구자는 16세기 후반 전라도 시방에서 간행된 국어시 자료 ─「몽산화상육도보설」·「야운자경」·「발심수행장」·「계초심학인문」·「사법어」 등─ 에 이미 ㄷ구개음화를 보여주는 예들이 발견되고, 『원각경언해』 원간본의 '저커니'에 대한 '져커니', '처섬'에 대한 '쳐섬' 표기가 1575년 全羅道 安心寺 복각본이란 점을 통합적으로 고려할 필요가 있다. 그렇다면 (5가, 나)는 복각할 당시 전라도 방언에서 이미 ㅈ구개음화가 완료되었고 ㄷ구개음화는 진행 중에 있었다는 의미 있는 증거로 해석될 수도 있을 것이다.

2.6. 기타 표기법의 특징

『원각경언해』의 표기법은 'ㅸ'과 'ㆆ', 그리고 각자병서의 폐지(한자음 제외) 등을 제외하면 15세기 후반 간경도감판 불경언해가 보여주는 일반적 표기 경향과 별로 차이가 없다. 앞에서 다루지 못한 항목들을 묶어 정리하면 (6)과 같다. (6가, 가')는 구결문과 언해문의 표기 방식이고, (6나)는 초성 합용병서, (6다, 다')는 종성 표기, (6라, 라')는 불교 관련 용어의 한자 주음 양상이다.

(6) 가. (구결문) 惑病이 既多ᄒᆞᆯᄉᆡ (하1-1:6ㄱ)
가'. (언해문) 惑·ᅘᅬᆨ病·뼝·이ᄒᆞ·마할·ᄉᆡ(하1-1:6ㄴ)
나. (ㅅ계병서) ᄭ(ᄭᅮᆷ. 夢) ᄯ(ᄯᅡᆷ. 汗) ᄲ(ᄲᅧ. 骨) ᄮ(없음)
(ㅂ계병서) ᄠ(ᄠᅦ. 筏) ᄡ(ᄡᅵ. 種) ᄧ(ᄧᅡᆨ. 件) ᄢ(ᄢᅮᆯ. 蜜) ᄣ(ᄣᅢ려. 碎) ᄩ(없음).
다. 막디(하1-1:51ㄴ), 글과[← 긄과](상1-1:69ㄱ), 갑디[← 갚디](서14ㄱ), 긋디[← 긏디](서61ㄱ), ᄀᆞᆺ고[← ᄀᆞᆽ고](서81ㄱ), 닛게[← 니ᇫ게](하101:24ㄱ)
cf. 니ᅀᅮ[續](상1-2:107ㄴ), ᄇᆞᅀᅡ[碎](상1-2:14ㄴ)
다'. 막ᄂᆞᆫ(상2-2:96ㄴ), 건너[← 걷너](상1-2:45ㄱ), 낟ᄂᆞ니[← 낱ᄂᆞ니](상2-1:30ㄴ), 잡ᄂᆞᆫ(서68ㄱ), 업ᄂᆞᆫ[← 없ᄂᆞᆫ](하1-1:59ㄴ), 긋ᄂᆞᆫ[← 긏ᄂᆞᆫ](상1-1:67ㄴ), 닛ᄂᆞᆫ[← 니ᇫᄂᆞᆫ](상1-1:81ㄴ)
라. 解脫[:ᅘᆡᆼ·톼ᇙ](서57ㄴ), 般若[·바ᇙ:샹](서78ㄱ), 阿難[·ᅙᅡᇙ난](서10ㄱ)
阿耨多羅三藐三菩提[ᅙᅡᆼ·녹당랑삼·먁삼뽕똉]의 '藐'[·먁](하3-1:86ㄱ)
라'. 解脫[:갱·톼ᇙ](능6:19ㄱ), 般若[반:샹](능1:20ㄱ), 阿難[·항난](능5:6ㄱ)
阿耨多羅三藐三菩提[항·녹당랑삼·막삼뽕똉]의 '藐'[·막](능6:80ㄱ)

(6가) 구결문 표기에는 한자 주음은 없고 한자만 제시돼 있으며, 한글 구결에는 방점을 사용하지 않았다. 구결문의 한글에 방점을 표시함과 하지 않음이 15세기 문헌자료의 성립연대를 가늠하는 표지로 간주되기도 하는데, 이 같은 방식은 1461년「능엄경언해」활자본부터 시작되었다.[21] 그러나 (6가') 언해문은 국한혼용을 원칙으로 하되, 한자에는

21) 간행 및 성립 연대를 알 수 없는「아미타경언해」활자본의 구결문을 예로 든다.
(가) 如是我聞·ᄒᆞ·ᅀᆞᄫᆞ·니(활자본. 아미 1ㄴ)
(나) 如是ᄅᆞᆯ我聞·ᄒᆞ·ᅀᆞ오·니(활자본. 능1:18ㄴ)(목판본. 능1:22ㄴ)
(다) 如是ᄅᆞᆯ(한문주해)我聞ᄒᆞᅀᆞ오니 (법화 1:18)

동국정운음을 주음 표시하였고 모두 방점을 사용하였다. 앞서 살펴본 대로 각자병서는 한자음에만 사용됐을 뿐 한글 표기에서는 '할씨(← 할 씨)'처럼 사용되지 않았다.

다음, (6나) 초성 합용병서는 간경도감본 불경언해와 전혀 차이가 없 다. 'ㅺ'(싸히)은 「석보상절」에서 시험적으로 사용되고 폐기된 것으로 보이며, 'ㅳ'은 이 책에는 용례가 없으나 1482년 「남명집언해」 등에서 는 여전히 쓰인다. 예. ㅳ 골히요리니[剖析](남, 상15ㄴ).

(6다, 다) 종성(음절말 자음)은 원칙적으로 「훈민정음해례」 종성해에 제시된 "ㄱㆁㄷㄴㅂㅁㅅㄹ八字可足用" 규정과 15세기 음절 끝소리 규 칙에 따라 표기하였다. 다만, 어간 기저형의 종성이 치음 'ㅅㅈㅊㅿ'인 경우에는 같은 서열의 전청자 'ㅅ'으로 표기하였지만, 'ㅿ'을 기저형으 로 하는 일부 용언은 후음 'ㅇ' 앞에서 'ㅿ'으로도 표기하였다. 김동소 (2003 : 78~80 및 98~99)에 의하면, '닛우'[績]는 '닛우'와 '니우', '븟아' [碎]는 '븟아'와 'ㅸ아'로 실현되던 당시 지방과 서울의 언어 사실에 기 초하여 절충적 어형을 만들어 이같이 표기한 것이라 해석될 수 있다.

(6라)는 불교 관련 한자어의 주음 양상이다. (6라') 「능엄경언해」와 비교하여 수정된 것이 분명한데 이것은 1463년 「법화경언해」에서 이루 어졌다. 『원각경언해』에는 수정 한자음이 그대로 적용되었지만, 「동국 정운」에 등재되어 있지 않아 결국 소속될 운서가 없는 한자음으로 남 게 되었다. 이것은 1467년 「목우자수심결」까지 쓰이다가, 끝내 1482년 「금강경삼가해」·「남명집언해」에 이르러 다시 1463년 이전의 (6라')와 같은 한자음으로 환원되고 만다.22)

(라) 如是我聞호ᅀᆞᆸ보니 (목판본. 아미 1ㄴ)
활자본에는 구결문에도 (가)처럼 방점을 찍었으나, 1464년에 간행된 (라) 목판본에는 그것이 제거되었다. 현전 문헌자료 중 구결문에서 방점을 찍지 않은 문헌의 상한은 (나) 1461년 「능엄경언해」이므로, 「아미타경언해」 활자본은 대체로 1459년 「월인석 보」 이후 1461년 「능엄경언해」 활자본보다 앞선 시기에 성립·간행되었으리라는 추 정이 가능하다.

3. 어휘

　15세기 우리말 어휘 목록은, 훈민정음 반포 후 1465년『원각경언해』
보다 앞서 성립·간행된 「석보상절」·「월인석보」·「능엄경언해」·「법
화경언해」 등 방대한 분량의 불경언해를 통해 상당량을 확인할 수 있
다.『원각경언해』도 1140여장이나 되는 문헌이므로 기대되는 바가 크
지만, 한자어로 된 불교 용어는 많이 등장하나 고유 어휘는 다양하지
않다. 책 내용이 추상적인 데 기인한다. 다행스런 것은, 난해한 불경 본
문을 백가서를 동원해 주해하면서 생활 주변에서 흔히 볼 수 있는 구
체 어휘를 활용해 비유로 설함으로써 이전 문헌에서 보기 어려운 어휘
를 접할 수 있게 된 점이라 하겠다.
　3.1에서는 이른바 '쌍형어'에 해당되는 어휘를 찾아 이 책에 사용된
실상을 알아보고자 한다. 앞으로 관판문헌에서 훈민정음 표기를 통해
달성하려던 목표를 어휘의 측면에서 이해하기 위한 예비 작업이다. 3.2
에서는 앞 시기에 간행된 문헌에서 보이지 않던 새 어휘, 사전에 아직
등재되지 않은 어휘, 출현 빈도가 드문 어휘를 표제어로 하여 예문과
그 의미를 제시한다.

3.1. 이른바 쌍형 어휘

　쌍형어(雙形語, doublet)란 이숭녕(1957)에서 처음 제기되었고, 15세기 국
어와 중세국어를 대상으로 김성규(1998)와 김영일(2001)에서 좀더 깊이
있게 다루어졌다. 전자에서는 쌍형의 분포를 통해 문헌이 반영하고 있
는 중앙 방언형과 여타 방언형을 음운론적 관점에서 살폈고, 후자에서

---

22) 수정된 한자음을 동국정운음으로 되돌린 데에는 1468년 세조의 승하, 1471년 간경
　　도감 폐지로 인해 한자음 개정 주체세력이 와해된 것도 하나의 원인이 되었을 것이
　　다. 자세한 것은 정우영(1996가) 참조.

는 15세기 자료에 나타난 170여 개 어휘항을 중심으로 쌍형어의 공통 어원, 형성 기제와 유형에 관해 다각도로 살폈다.

15세기 자료에 쓰인 어휘를 「두시언해」 시기까지 국한해 조사해보면 단일 어휘와 쌍형 어휘가 대다수를 차지하는 것이 사실이다. 제한적으로 사용되었음은 감지되나, 어휘가 3개 또는 4개 이상인 경우도 존재한다. '쌍형어'란 용어는 보통 "같은 뜻을 나타내되 음운 연쇄가 유사한 2개 이상의 어휘류"를 포괄적으로 가리키는 개념으로 사용된다. 어형 생성이 반드시 쌍형으로만 이루어진 것도 아니고 용어와 개념도 일치하지 않으며, 어휘의 실상을 모두 포괄하지도 못하므로 '쌍형어'는 잠정적으로 '복수통용어(複數通用語)'라는 용어로 바꾸어 쓸 필요가 있다.

이 책에 사용된 복수통용어를 조사해 제시하고, 어휘간의 관계를 어떻게 해석해야 할지 고민해보기로 한다. 앞에 예를 보이고, 뒤에 설명을 붙인다.

(1) 가ᅀᆞ며-/가ᅀᆞ멸-[富] : ¶① 구틔여 가ᅀᆞ며 奢侈ᄒᆞ야ᅀᅡ 비르서 일우미 豐足 아닐시(하3-2:89ㄴ). ② 그리 가ᅀᆞ멸며 쓰니 너부믄[义富義博은] (서79ㄴ)

(1) '가ᅀᆞ며-'와 '가ᅀᆞ멸-'은 둘다 [가멸다. 부유하다]는 뜻을 가진 어휘이다. ①에서 어간 '가ᅀᆞ며-'를, ②에서 '가ᅀᆞ멸-'을 확인할 수 있다. 둘은 제3음절 말음에 'ㄹ'이 있고 없음에 차이가 나며 15세기 문헌에 공존하지만, 전자는 「석보상절」·「월인석보」 등 정음 초기문헌에서 간헐적으로 나타나며,23) 후자는 일반형이라 할 만큼 출현 빈도가 많고 점차 이것으로 통일되어 가는 경향을 보인다. 기원적 선후관계를 문증하기는 어렵지만 전자에 'ㄹ'이 붙어 후자가 형성된 것으로 추정된

___
23) 居士ᄂᆞᆫ 쳔량 만히 두고 가·ᅀᆞ·며 사는 사ᄅᆞ미라(석9:1ㄴ). 閻浮提天下ㅣ 가·ᅀᆞ며·고 (월1:46ㄱ)

다. 16세기 중반부터 '가ᄋ멸다' 형으로 변모되어 근대국어 시기에 '가
음열-~가멸-' 등과 공존하다가 현대 표준어에 '가멸다'[가ː멸다]로
정착되었다.

> (2) 갈/갈ㅎ[刀] : ¶① 갈로(하2-2:10ㄱ), 갈와(상2-1:46ㄴ). ② 갈ㅎ로(상
> 2-2:148ㄱ), 갈콰(하3-1:118ㄴ)
> (3) 니르-/니를-[至] : ¶① 사ᄅ미 쟜간 川原에 니르거나(상1-2:136
> ㄱ). ② ᄒ마 온 會예 當ᄒ야 根 니그니 다 니를어늘(상1-2:96ㄱ)

(2)의 ①에서 '갈'을, ②에서 '갈ㅎ'을 추출할 수 있다. 표기자(언해자)
가 선택하는 기저형에 따라 조사의 연결이 달라진 것이며 둘은 신형과
구형의 차이로 이해된다. (3) '니르거나'는 '니르-+-거나'로, '니를어
늘'은 '니를-+-거늘'로 분석된다. 어간에 두 어형이 있었음을 인정
할 수밖에 없다. 이는 "일정한 공간에 다다라 미치다"는 뜻의 '러' 불
규칙용언 '이르-[至]'에 이어진다.

> (4) 다ᄋ-/다ㅎ-[盡] : ¶① 親히 갓가이 ᄒ야 命을 다ᄋ며 모믈 업게
> ᄒ샴 둘히라(상1-1:15ㄴ). ② 한 芯蒭ㅣ 목수믈 다ㅎ며(하3-1:88ㄴ)
> (5) 더으-/더ㅎ-[加] : ¶① 더으며 더룸 업스니라 (상1-1:49ㄴ). ② 무
> ᄉ물 決ᄒ야 證코져 ᄒ야 功을 더ㅎ며 (하3-2:61ㄴ)

"다하다[盡]"는 뜻에 (4) '다ᄋ-'와 '다ㅎ-'가, "더하다[加]"는 뜻에
(5) '더으-'와 '더ㅎ-'가 공존함을 확인한다. 이 책에는 '다ᄋ-, 더으
-'가 대부분이고, '다ㅎ-(2회), 더ㅎ-(5회)'는 극소수이다. 유추에 의
해 각각 '다ㅎ-, 더ㅎ-' 형으로 재구조화하여 현대어에 이른 것이다.

> (6) 바롤/바ᄅ[海] : ¶① 바롨므른 (서39ㄱ). ② 바ᄅ보비 (서79ㄱ). cf.
> 바ᄅ 우흿 들구를(두초 9:24)

(6) '바롤'의 어말음 탈락형이 '바ᄅ'라고 기술하기는 쉽지만, 음운환

경이 유사하고 「두시언해」에 '바ᄅᆞ'(9:24) 형도 공존하므로 사이시옷에 의한 'ㄹ' 탈락 현상으로만 설명하기는 어렵다. [海]를 뜻하는 15세기 어휘는 '바다ㅎ'와 함께 三重語가 존재하는 셈이다.

(7) 불무/붊[冶] : ¶① 불무로(상1-2:17ㄴ), 불무는(상1-2:17ㄴ). ② 붊괴 (상2-3:33ㄱ)

(7) '불무'와 '붊'은 음운의 유사성으로 보아 동원어(同源語)일 가능성이 있다. 종전대로 단일 기저형을 설정하면 '불무로, 불무는'과 '붊괴' 같은 사뭇 다른 곡용 양상을 자연스럽게 설명하기 어렵다. (7)은 '불무'와 '붊'이 복수통용어로 존재한 것을 반영한 것이다.[24]

(8) 삭/삯[芽] : ¶① 神足은 ·삯:남 ᄀᆞᆮ고 五根은 불휘 남 ᄀᆞᆮ고(상2-2:118 ㄴ). ② 穀食둘홀 저저 내요매 ·삯·과 ·삯·괘 ᄢᅵ롤 브터 나고(상 1-2:14ㄴ)

(8) 현대어 "싹"을 뜻하는 '삭'이 휴지(#) 잎에서, '삯'이 무성자음 앞에서 나타난다. 휴지와 무성자음이 음운론적으로 等價라고 처리하기 어려운 경우이다. 이 시기 언해서에서 기저형의 종성이 'ㄳ, ㅄ'인 체언은 용언 '없-'과는 달리 이런 환경에서도 탈락한 예를 찾기 어렵다.[25] '삭'은 음소적 표기이거나 오각이요, '삯'은 형태적 표기라고 해석하지 않는 한 '삭'과 '삯'은 복수통용어로 존재했다고 보는 것이 일관성이 있다.

(9) 새박/새배[晨] : ¶① 새바기 거우루로 ᄂᆞᆾ출 비취오(서46ㄴ). ② 어린 사ᄅᆞ미 새배 華 보다가(상2-3:27ㄴ)

---

24) 김영일(2001 : 131~132)은 이른바 '-k-곡용형' 설명을 위해 가상적 재구형을 설정하는 기존 논의의 불합리성을 지적하고, '불무~붊그' 같은 두 어형을 상정하였다.
25) 값 기드리ᄂᆞ니(법화2:187), 값 업슨(법화4:44). 「구급방언해」(16세기 복각본)에 "낙줄와 낛미ᄂᆞ를 ᄢᅳ러"(상48) 같은 예외가 있다. cf. 낛줄(두초 6:31, 21:13)

(9) "새벽"을 뜻하는 '새박'이 「소학언해」와 「한중록」 등에 제한적
으로 쓰인 반면, '새배'는 「목우자수심결」·「두시언해」를 비롯하여
15, 16세기 문헌에서 다수 발견된다. 근대국어 문헌에는 '새볘, 새벽'
등이 더 출현한다. 이숭녕(1981 : 96)은 둘의 형성 관계를 '새배+접미사
−k>새박'으로 도식화하고, '새배'의 음절구조는 'saipa-i'이고 끝의 /-i/
는 접미사인데, 'saipa+접미사 -k>saipak'으로 '새박'이 형성됐다고 설
명한다. 음운연쇄의 유사성으로 보아 어원이 같았을 개연성은 있어 보
인다. 그러나 '새배'가 '새박'보다 고형이라는 증거를 확보할 수 있을지
의문이다. '새박'의 세력이 약하긴 하지만 각각 독립된 어휘항으로 존
재했다고 본다.

위에서 보았듯이, 『원각경언해』에 나타난 쌍형어는 모두 9개이며 매
우 제한적으로 사용되었다. 이런 특수성은 이 책이 간경도감(刊經都監)에
의해 편찬된 관판문헌인 점을 고려할 때, 관(官)이 지향하는 언어 및 문
자 정책의 어떤 이상적인 목표를 달성하기 위해 인위적·의도적인 통
제 속에서 간행된 것과 관련이 있지 않을까 한다. 앞으로, 표기법 및
어휘 문제를 '正音'의 실현이라는 거시적 관점에서 새롭게 접근해 볼
필요가 있다.

3.2. 어휘와 의미

이 책에 나타난 새 어휘 및 희귀어의 목록 선정은 김동소(2001)와 「21
세기 세종계획」 역사자료 CD, 그리고 최근까지 발견·소개된 문헌의
어휘 자료를 활용하였다. 예문은 가나다 순서로 한글 맞춤법에 준해 어
절 단위로 띄어 쓰되, 방점은 관련 어절에만 표시하고,26) 언해문은 한

---

26) 방점(성조)은 어간에 결합하는 형태소의 종류나 음절수에 따라 기본성조가 달라지므
로, 표제어가 용언일 경우는 어간에 '−다'를 붙이지 않는 것이 바람직하다. 그러나

자음까지 제시하며, 출처는 해당 어휘가 들어있는 장(張)을 앞뒷면으로
나누어 표시한다.

　　(1) ·그{·몸+ㅅ}밤27) : 그믐밤[晦夜]. ¶ 天텬上쌍애 구룸 흐터ᅀᅡ 둘 나
돗ᄒᆞ며 鏡경中듀ᇰ에 ᄢᅴ 다 아ᅀᅡ 불고미 現현ᄐᆺᄒᆞ야 혼갓 구룸 업수믈 곧
일후미 ᄃᆞ리라 아니ᄒᆞᄂᆞ니 ·그·{몸+ㅅ} 바·미 구룸 업수믈 ᄃᆞ리라 일훔
아닌ᄂᆞᆫ 젼ᄎᆞ라 [如天上雲散月出 如鏡中垢盡明現 非但無雲便名月也 晦夜
無雲不名故](상1-1:56ㄴ9) cf. ·그무·메 가 주그리라 ᄒᆞ니(삼강,효21ㄴ). 晦
·그·몸:회 (자회,상1ㄴ).28) ·그몸날(두초15:31ㄴ)

　　(2) 그우·실·ᄒᆞ·다 : 벼슬살다. 벼슬하다. ¶아ᄒᆡ 처ᅀᅥᆷ 나 六륙根ᄀᆞᆫ과 四
ᄉᆞ肢징와 百ᄇᆡᆨ節ᄀᆞᆶ왜 다 ᄀᆞ자 졋 머기며 飮음食씩 머겨 길어 漸쪔漸쪔
즈라 出츓身신ᄒᆞ며 그우·실·홈 ᄀᆞᆮᄒᆞ·니 [又如孩子初生 六根四肢百節頓具
乳哺飮食養育 漸漸成長出身入仕](상1-1:111ㄱ9) cf. 後薨에 그위·실·ᄒᆞ·야
三삼公공ㅅ 벼슬 니르리 ᄒᆞ니라(삼강, 효17ㄴ)

　　(1) '그{·몸+ㅅ}밤'은 '그·몸[晦]'과 '밤[夜]'이 결합한 합성명사로
"그믐날의 밤"을 뜻한다. 사이시옷<ㅅ>은 [그·몸빰]으로 발음하도록
지시하는 후두폐쇄음[?]의 기능을 가진 표지이다. 구성요소의 하나인
'그몸'에 대해 말하면, '그몸'도 존재하지만 15세기에는 '그몸'이 일반
적이다. 17세기 이후에는 '그믐'이 나타나 공존하다가 오늘날의 표준어
'그믐'으로 고정되기에 이른다. 현대어 '그믐'은 국어사의 일반적 변화
유형과는 달리 '그믐~그몸>그믐'으로 비원순모음화하여 정착된 경우

─────────────

기존 사전 형태로 만들기 위해 성조변동 규칙을 적용하지 않고, 어간의 기본성조에
'－다'(거성점)만 기계적으로 붙여 제시한다.
27) {·몸+ㅅ}은 '무+ㅆ'으로 결합된 자절(字節)인데, '훈글'에서 처리하지 못해 부득이
{ }로 묶어 표시하였다.
28) 예산문고본 「훈몽자회」(단국대 동양학연구소와 대제각 영인 자료)에는 '그믐'처럼
보이나 '그몸'으로 판독한다. 「훈몽자회」에서 '몸'은 '므－ㅁ'의 간격이 '井 우믈졍
(상3ㄱ), 徑路 즈름씰(상3ㄴ)"에 보이는 '믈, 름'자의 '므－ㄹ, 르－ㅁ'의 간격에 비
해 지나치게 넓다. 따라서, 원 활자본에는 '그몸'이었는데 인쇄할 때 먹이 제대로 묻
지 않아 '믐'처럼 보이는 것이라고 판단한다. 이 자료를 저본으로 하여 새로운 체제
로 제작한 동경대본 「훈몽자회」에 '그몸'으로 판각되어 있는 것도 참고할 만하다.

라 하겠다.

(2) 예문에서 '出身ᄒ-'는 '立身ᄒ-, 出世ᄒ-' 등과 유의어로서 "성공하다" 정도의 뜻이다. '그우실'은 "관직, 벼슬" 등을 뜻하며, 한문의 '入仕'에 대한 번역이므로 '그우실ᄒ-'는 "관직에 나아가다, 벼슬하다" 정도의 뜻으로 파악한다. 「삼강행실도언해」에 나타나는 변이형 '그위실'과는 동의어로서, "속이다"는 뜻의 'ᄀᆞ시다'(두초24:52)와 '긔시다'(두초3:10) 관계처럼 비활음화를 반영한 어형과 그렇지 않은 어형의 관계에 있다.

(3) :깁섯·다 : 비단을 짜듯이 서로 섞다. ¶諸졍輪륜을 :깁섯·ᄃᆞ·시 單단과 複복과 圓원과로 닷게 ᄒᆞ시며 【諸졍輪륜을 :깁섯·다 호몰… [諸輪을 綺互히 單複圓修케 ᄒᆞ시며](서60ㄴ) cf. 綺 :깁:긔(자회, 중15ㄱ)

(4) ·ᄀᆞ래·춤 : 가래침. ¶·ᄀᆞ래·춤·과 곳믈와 고롬과 피와 쏨과 液역과 [唾涕膿血津液](상2-2:27ㄴ) cf. ᄀᆞ래춤 밧다[吐痰] (역어유해,상37)

(5) 둘의 : 둘레[周]. ¶이 河행ㅣ 阿항耨뇩池딩ㅅ 東동面면을 브터 흘러 나ᄂᆞ니 처엄 象썅口쿻에 나ᄂᆞ니 둘:의 四ᄉᆞᆼ十씹里링니 金금몰애 섯거 흐르며 [此河ㅣ 從阿耨池東面ᄒᆞ야 流出ᄒᆞᄂᆞ니 初出象口ᄒᆞᄂᆞ니 周ㅣ 四十里니 金沙ㅣ 混流ᄒᆞ며](상2-2:154ㄴ) cf. 둘에(월8:13)(능6:16)

(6) 마·치 : 망치[杵]. 당목(撞木). ¶萬먼鈞균 부피 星셩樓륳에 ᄀᆞ료몰 受쓩ᄒᆞ야도 마·치·롤 뮈·워 ᄒᆞᆫ 번 ·툐·매 [如萬鈞之鏞이 星樓에 受礙라도 搖杵一擊에](하2-1:49ㄱ)

(3) '깁섯다'는 ':깁'[綺]과 섞는다는 뜻의 '셧-'[互]이 결합한 합성어로 이해해 "섞어짜다"(유창돈 1964) 또는 "비단 짜듯이 얼기설기 섞다"(남광우 1997)는 뜻으로 이해하기도 하고, 비단을 뜻하는 ':깁'과 '셧-'을 두 단어의 통사적 구(句) 구성으로 이해하기도 한다(한글학회 1992). 예문 바로 뒤의 "제륜이 '깁섞는다' 함은 이십오륜이 펼침이 있고 모아짐이 있어서 혹은 먼저 하기도 하고 후에 하기도 하며, 혹은 함께 하여 <u>서로 섞는 것이 (마치) 비단[錦]이나 깁 (짜는 것과) 같으니라</u>"(서60ㄴ)는

협주문을 참고할 때[29] '깁'과 '셨-'은 상호 '분리성'이 인정된다. 이 기준에 따라, '깁셨다'는 '깁 # 셨다'와 같이 구 구성으로 처리하는 것이 일관성이 있다.

(5) '둘의'는 한자 '周'에 대한 번역으로 현대어 "둘레"에 대응된다. 동의어인 '둘에'는 「월인석보」와 「능엄경언해」・「금강경삼가해」 등에 나타나나 '둘의'는 이 책에만 나타나는 희귀어이다. '둘:의'는 구결문 '周ㅣ'의 대역이고 거성인 주격 'ㅣ(i)'와의 축약형이므로, 기본성조는 '둘의'(평-평)라 하겠다. 복각본 및 원간본의 1472년 후쇄본이 똑같으며, 현재 모든 고어사전류에 등재되어 있지 않다.

(6) '마·치'는 한자 '杵'에 대한 번역으로서, 오늘날의 '마치, 망치, 몽치' 중에서 음운의 동일성에 근거하면 '마치', 용도로 보면 '망치'에 대응될 수 있다.[30] 예문-만균(萬鈞)이나 되는 아주 큰 종[鏞], 즉 범종(梵鐘)을 치는 나무 막대-에 적합한 용어는 '망치'이다. 그러나 오늘날 사찰에서는 그것을 당목(撞木)이라 부르며, 망치가 닿는 일정한 자리를 당좌(撞座)라 부른다.

(7) :묏·괴 : 살쾡이. ¶狸링는 :묏·괴·라(상1-2:129ㄴ) cf. 狸숡리 俗呼野貓(자회, 상10ㄱ)

'묏괴'는 ':뫼[山]+ㅅ+:괴[猫]'로 구성된 합성명사로서 이 책에서 유일하게 나타난다. ':괴'는 「계림유사」에 "猫曰 鬼尼"로 음사되었으며 (강신항 1980 : 54~55), 15세기 문헌에는 「능엄경언해」에 ':괴'(8:122)가 처음 보인다. 한자 '狸'의 새김은 「훈몽자회」에서는 "숡"이라 하고 속칭

---

29) 諸輪을 깁셨다 호문 二十五輪이 펴미 이시며 뫼호미 이셔 시혹 몬져 ㅎ며 後에 ㅎ며 시혹 흔쁴 ㅎ야 서르 셧구미 錦과 깁괘 굳ㅎ니라 (서60ㄴ)
30) ① 마치 : 쇠뭉치에 자루를 맞추어서 못을 박거나 무엇을 두드리는 데 쓰는 연장.
② 망치 : 단단한 물건이나 불에 단 쇠를 뚜드리는 데에 쓰는 연장. 마치보다 자루가 길다.
③ 몽치 : 짤막하고 단단한 몽둥이. 한글학회(1992) 참조.

은 야묘(野猫) 즉 '들고양이'라 한 점을 참고하여 고양이과의 산짐승 '살
쾡이'에 대응시켰다. '猫'에 대한 「계림유사」의 "鬼尼"와 「능엄경언해」
·「원각경언해」의 ':괴'를 어휘사적으로 기술할 때, 15세기 자료에 이
것밖에 보이지 않는다 하여 전국이 이 어휘로 통일되었다고 단정하고,
후자를 전자의 직접적 계승으로 간주, '鬼尼(*고니)＞괴'로 도식화하는
것에는 동의하기 어렵다. 현대국어 방언에 '고내이·고내이·고내이·궤내
이·고이' 등과 같이 다양하게 존재하는 방언형을 고려할 때, 각기 다른
두 방언형을 반영한 것이라고 이해하는 것이 좀더 객관적인 태도일 것
이다.

(8) ·믌그·릇 : 물그릇. ¶가줄비건댄 히 도다 世·솅間간앳 조흔 ·믌그·릇
中듕에 너비 비취욤 ᄀᆞᆮᄒᆞ샴 等등이니 [譬如日出普照世間淨水器中等이
니](하3-2:60ㄱ)

(9) 바·늜·놀ㅎ : 바늘끝[針鋒]. ¶부톄 迦강葉셥ᄃᆞ려 무르샤디 兜듛率
솛天텬에셔 혼 芥갱子중롤 그우리고 閻염浮뿡提똉예 바·늜·놀·홀:세여
芥갱子중ㅣ 바·늜·놀·해 맛게 호미 이 이리 어려우녀 쉬우녀[佛問迦葉
從兜率天輥一芥子 於閻浮提竪一針鋒 使芥子投於針鋒 此事難易](서69ㄴ)

(10) ·반되·블 : 반딧불.¶·반되·브·를 가져 須슈彌밍山산 ᄉᆞ로려 ᄒᆞ야
도[如取螢火ᄒᆞ야 燒須彌山ᄒᆞ야도](상2-3:40ㄴ) cf. ·반되爲螢(정음해례:용
자). 螢·반·도형(자회, 상11ㄴ)

(8) '·믌그·릇'은 '水器'에 대한 번역으로서 당시 사이시옷의 음운론
적 기능으로 볼 때, 발음은 오늘날처럼 [믈끄륻]으로 실현되었을 것이
다. '믈'과 '그릇' 사이에 사이시옷 표지를 쓴 것은 이 같은 발음을 유
도·지시하는 기능을 문자화한 것이라 해석된다. 사이시옷 개재 현상
을 근거로 합성명사로 처리한다.

(9) '바·늜·놀ㅎ'은 한자어 '針鋒'에 대한 번역으로서 '바늘의 날' 즉
"바늘의 날이 선 끝"을 가리키는 말이다. 보기 드문 어휘이다. (10) '·반
되·블'은 '螢火'에 대한 번역으로 '·반되'와 '·블'의 합성어이다. 구성요

소 '반되'는 15세기 문헌에 일관되게 나타나며, 「훈몽자회」에는 '반도', 근대국어 문헌에는 '반디, 반듸, 반대' 형도 출현해 공존하였다. 현대어 방언 어휘에 '반대뿔, 반디, 반디불, 반디뿔, 반딧불' 등이 쓰이는 것으로 조사되었다.

    (11) **봄놀·이·다** : 뛰놀게 하다. ¶噫흿라 巴방歌강는 和황호리 한디라 似쑝量량이 나비 무숨몰 **봄놀·이·고**[噫라 巴歌는 和衆횅이라 似量이 騰 於猿心이오](서64ㄱ) cf. 봄노라 깃거[踊躍](육조,상79). 翔 봄:놀샹(자회,하 3ㄴ). 踊온 봄뇔씨오(월2:14)

    (12) **불무 / 붊** : 풀무[冶]. ①¶**불무·**로 千쳔萬먼金금ㅅ 그릇 像쌍올 노겨 혼 마신 金금 밍ㄱ롬과 곧고 (상1-2:17ㄴ). ② ¶그럴시 비록 **붊·긔** ᄉ라 노교몰 브트니 金금의 性셩은 모로매 本본來링 이쇼몰 알리로다[故知 雖假爐冶銷鎔호니 金性은 要須本有ㅣ로다](상2-3:33ㄱ)

    (13) **브스름** : 부스럼[瘡]. ¶가줄비건댄 사ᄅᆞ미 ᄭᅮ메 모맷 **브스르·믈** 보아 醫힁員원을 무르며 藥약 求꿓호다가[如人이 夢見身瘡호야 問醫求藥 호다가](상2-1:50ㄴ-51ㄱ)

    (14) **·ᄠᅩ·로** : 따로. 남달리. ¶靈령호며 通통호야【卓돡온 **·ᄠᅩ·로** 난:양 ·이·라】호오사 잇는 거시니(서2ㄴ) cf ·ᄠᆞ·로(석6:7ㄱ)

    (11) '봄놀·이-'는 "뛰놀다"는 뜻의 '봄놀-'에 사동접사 '-이-'가 통합된 사동사이다. 「월인석보」·「능엄경언해」·「내훈」·「금강경삼가해」·「남명집언해」 등에는 '봄:뇌-'가 쓰였고, 「두시언해」·「육조법보단경언해」·「훈몽자회」 등에 '봄놀-'이 쓰였다. 현대어 '뽐내다'의 어원이 여기서 비롯되었을 가능성이 있다. (12) '불무'와 '붊'은 한자 '冶' 즉 "풀무"를 뜻하는 동의어이다. 둘 다 이 책에 처음 나타난다.

    (14) 'ᄠᅩ로'는 'ᄠᆞ로'의 제2음절 '로'에서 'ㅗ'의 영향으로 제1음절 'ᄠᆞ'가 'ᄠᅩ'로 원순모음화한 것을 반영한 어형이다. '밧ㄱ로'(월2:53) 또는 '밧ㄱ로'(월10:8)가 '밧고로'(월19:15ㄱ)로도, 'ᄒᆞ녀ㄱ로'(석6:3)가 'ᄒᆞ녀고로'(구방,하77) 등으로 수의 변동한 것과 동일한 현상이다.

(15) **새박** : 새벽[晨]. ¶演연若샹達땷多당ㅣ 믄득 **새바·기** 거·우루·로
느출 비취·오 거우룻 가온딧 머리의 눈섭과 누니 어루 보몰 둧고[忽於晨
朝 以鏡照面 愛鏡中頭眉目可見](서46ㄴ)

(16) **:세닐·굽** : 이십일[21].¶後薈는 三삼觀관을 서르 니수미니 每밍一
ꥑ觀관으로 머리 사마 나몬 둘흘 兼겸ㅎ야 서르 니서 닐구블 일워 **:세닐·
구빌·시** 二싱十씹一ꥑ輪륜이 잇거든 [後는 交絡三觀이니 每以一觀으로
爲頭ㅎ야…交終成七ㅎ야 三七故로 有二十一輪커든](하2-2:14ㄱ)

(16) ':세닐·굽'은 구성요소 '세'와 '닐굽'이 대등한 가치를 지닌 숫자
이다.「석보상절」에는 날짜 표시어로 ':세닐·웨'가 쓰였는데,[31] 둘의 차
이점은 '세·닐굽'은 곱한 숫자 '이십일(二十一)'이 '갯수'를 나타내는 것
임에 대해, 후자 '세·닐웨'는 후행 요소에 날짜 관련 수사 '닐웨[七日]'
가 있으므로 결국 둘을 곱한 결과가 '스무하루[21일]'라는 '날쉬[日數]'를
가리키도록 구성되었다는 점이다.「원각경서」에는 "三七이 二十一이
드외느니라"(서60ㄴ)가 보이는데, 전통적으로 구구셈이 사용된 흔적을
언해문에서 확인하게 된 점에 의의가 있다.

(17) **:솔** : 과녁[的]. ¶활소기 비호리 처섬 활살 자바 곧 **:소래** 뜨들 보
내오 親친ㅎ며 버을며 멀며 갓가온 ㅁ디롤 짓디 아니ㅎ느니 [如學射初把
弓矢 便註意在的 不故作親疎遠近節級不免經](상1-1:113ㄱ) cf. 布坍把子
솔(역어유해,상20)

(18) **·외·발**[獨足]. ¶·**외바·랫** 두 머린 觀관이니 白삑澤띡 그링
中듕에 山산精졍이 이쇼디 머리 붑 곧ㅎ야 두 ㄴ치 이셔 앏뒤흘 흔ᄢᅴ 보
ㄴ니 이는 靜쪙과 幻꽌과롤 둘흘 비취샤 두 利링롤 ㄱ즈기 뮈우샤미 두
머리 곧고 單단寂쪅觀관은 ·**외·발** 곧호몰 가줄보미라[獨足雙頭觀이니 白
澤國中에 有山精ㅎ더 頭ㅣ 如鼓ㅎ야 有兩面ㅎ야 前後롤 俱見ㅎ느니 此는
喩靜幻을 雙照ㅎ샤 二利를 齊運ㅎ샤미 如雙頭ㅣ오 單寂觀은 如獨足也
ㅣ라](하2-2:21ㄴ) cf. 孤島·외:셤(용5:42)

(19) **쟈래** : 자라[鼈]. ¶海힝中듕엣 고기와 쟈래·왓 ·무리 種죵類륑ㅣ

各각別별홀 곧호야[海中魚鼈之流 族類各別] (상2-2:84ㄱ)

(17) ':솔'은 한자 '的'에 대한 번역으로 "무명 같은 천으로 만든 과녁"을 가리키는 우리 고유어이다. (18) '·외·발'은 명사 '외[獨]'와 '발[足]'의 합성어로 "하나뿐인 발"을 뜻하는 현대어 '외다리' 정도에 대응될 수 있다. 아직 보고된 적이 없으며 사전에 등재되지도 않은 희귀어이다.

(19) '쟈래'는 오늘날의 "자라"로서, 「두시언해」·「남명집언해」·「구급간이방언해」와 「훈몽자회」 등 15세기와 16세기 초 문헌에 주로 쓰이다가 점차 줄어든다. 「신증유합」을 비롯하여 「시경언해」·「동의보감」·「태산집요」·「동국신속삼강행실도」·「왜어유해」·「물보」 등 16세기 중반 이후 17, 18세기 문헌들에서 '쟈라'가 증대된다. 후자는 'ㅈ'구개음화를 거쳐 '자라'로 재구조화한 후 오늘날에 이른 것이다.

(20) **조·지·다** : 조지다. 틀어 매다. ¶冠관은 머·리 **조·져** 冠관 슬시니 나히 스믈힌 저기라 [冠(去聲)謂束髮戴冠(平聲)即年二十當冠(去聲)帶之歲也](서67ㄴ)

(21) **주여·미** : (술) 지게미. ¶오직 糟좀粕곽을 맛보다니 【糟좀粕곽은 술 주여·미·라[唯味糟粕者酒糟麻粕也](서68ㄱ) cf. 糟는 쥐여·미·오(법화1:195). 酒糟 숡주여미(구간6:65)

(22) **지·즐·우·다** : 억누르다. 누르게 하다. ¶有융情쩡을 **지·즐우·며** 빼디여 四숭生셩애 잇게 ᄒᆞᄂᆞᆫ 전ᄎᆞ오 [壓溺有情處四生故](상1-2:86ㄱ). cf. 壓지·즐:울·압(자회,하5ㄴ)

(23) **촉촉ᄒ·다** : 촉촉하다[潤]. ¶支징體톙 보·ᄃᆞ라·오·며 **촉촉홀·시라** [支體柔潤홀시라] (하3-2:28ㄱ) cf. 슬히 ᄀᆞ마니 촉촉ᄒᆞ도다 [肌膚潛活若](두초14:2)

(24) **타·락** : (낙타난 소나 말 등의) 젖. 타락(駝酪). ¶歌강羅랑邏랑는 예셔 닐오매 열·운 **타·락**·이·니 닐오디 처섬 胎팅예 이신 제 父뿡母뭉ㅅ 精졍과 피를 바다 七칧日싏 前쪈에 열운 **타·락** 곧ᄒᆞ니라[歌羅邏者 此云薄酪 謂初在胎時 受父母精血 七日已前如薄酪也](상2-2:26ㄴ) cf. 酪·락은

타酪·락·이·오(월10:120ㄱ). 駝:약대타(자회, 상10ㄴ), 酪타·락·락(자회, 중 11ㄱ)

(20) '조·지-'는 한자 '束'에 대한 번역으로 "(상투나 낭자 따위를) 틀어서 죄어 매다"는 뜻의 타동사 '조지다'의 15세기 어형이다. (21) '주여·미'는 "술을 거르고 남은 찌꺼기" 즉 '지게미'에 대응되며, '쥐여· 미'와는 음운론적 변이형태로서 그 음성 실현은 각각 [tsu·jəmi], [tsuj·jə mi]이다. 음절 분단 경계의 차이에 따라 제1음절 'u'에서 제2음절 'jə (여)'의 반모음 'j'로 옮겨가면서 제1음절 말음에 'j'가 인식되어 적은 것 이 '쥐여미'요, 그렇지 않은 것이 '주여미'이다.

(22) '지·즐·우-'는 고어사전류 모두 '기운을 꺾어 누르다'는 뜻의 "지지르다"로 대응시켰다. 어휘 의미가 같고 음운변화의 역사성에 비추 어 관련성은 있지만 문법 기능까지 정확히 대응되는 것은 아니다. 「목 우자수심결」의 '지즈룸'에서[32] 명사형어미 '-ㅁ(um)'을 제거하면 '지 즐-'이 남는데, 「구급방언해」에 쓰인 피동사 '지·즐·이-'를 고려하 면[33] '지·즐·우-'는 '지·즐-'[壓]에 사동접미사 '-·우-'가 통합된 사 동사로 파악하는 게 옳다. 여기서는 "누르게 하다" 또는 "억누르다" 정 도로 풀이한다.

(23) '축축ᄒ다'는 한자 '潤'에 대한 번역으로서, "물기가 있어서 조 금 젖은 듯하다"는 뜻의 '촉촉하다'에 그대로 이어진다. 유창돈(1964)에 서는 "따스하다"로 풀이하였으나 그렇게 보아야 할 근거는 약하다.

(24) '타락'은 이미 「월인석보」에 '타酪·락'이 나타나므로 새 어휘라 고 말하기는 어려우나 순한글 표기로는 흔치 않은 예라서 소개한다. 유 창돈(1964)은 '타락(酡酪)'으로 풀이하였다. 각 구성요소가 유의관계에 있 는데 굳이 '타酪'처럼 '한글+한자'로 혼합 표기할 이유가 있었을까 의

---

32) 몸과 ᄆᆞᅀᆞᆷ과롤 긋눌러 돌히 플 지·즈·룸·ᄀᆞ티 ᄒᆞ야[撲伏身心ᄒᆞ야 如石壓草ᄒᆞ야](목 25ㄴ)

33) 둘혼 담 지즐이니오 세흔 므레 ᄲᅡ디니오[二曰墻壁壓迫 三曰溺水](구방,상25)

심된다. "酪(락)은 낙타의 젖으로 만드는 것인데 지금은 소나 말 젖으로 만든다"(1 : 8)는 「물명고」의 기록에서[34] '타락'의 어원은 "낙타의 젖" 즉 '駝酪'임을 알 수 있다. '駝酪'이라 쓰게 되면 "낙타의 젖"으로 특수화되기 때문에 이를 피해 '타酪' 또는 '타락'이라 쓴 것이라 생각한다. 따라서 이 당시의 '타락'은 "낙타를 비롯하여 소나 말 등의 젖"을 가리키는 말로 의미가 확대되어 쓰인 것이라 판단된다. cf. :쇠타·라·골(牛酪) (구방, 하43ㄴ).

4. 결론

『원각경언해』는 국어표기법과 음운사 연구 자료로 자주 인용되면서도 개별 문헌 연구는 거의 이루어지지 않았다. 본고는 이 책의 표기법과 어휘를 중심으로 이 문헌에 나타난 언어 사실과 역사적 변화 과정을 밝혀 국어사 자료로서의 위상을 가늠하고, 훈민정음 반포 이후에 간행된 관판 한글 문헌에 어떤 의도가 개재되어 있있는지를 서시석으로 파악하기 위한 예비 작업을 하는 데 목적이 있다. 본론의 주요 내용을 요약해 결론으로 삼는다.

4.1. 원각경언해 표기법의 특징과 역사

표기법의 변화를 음운과 관련하여 6개 항목으로 나누어 공시적·통시적 관점에서 기술하였다.

(1) 〈ㆆ〉과 각자병서의 폐지 : 10권 1140여 장에서 동국정운 한자음 표기에만 사용됐을 뿐 국어음 표기를 위해서는 사용하지 않았다. '歙흠

---

34) 酪 駝乳所成 今亦牛馬乳造 타락 (물명1 : 8)

ㆆ字쭝'가 유일한 예외이며, 각자병서는 완전 폐지됐고, '흙가~흙가~흙고'와 같은 변형된 표기 몇 개가 발견될 뿐이다. 후자는 각자병서 폐지에 따른 일종의 심리적 보상을 위한 변형 표기이다.

(2) 방점 표기 : 어절의 말음절 위치에서 거성(1점)이 평성(0점)으로 표기되는 경향이 나타난다. 주격의 평성화가 주를 이루며, 체언에 처격 조사나 보조사가 통합된 경우, 일부 부사나 용언의 부사형, 관형사형 등에서도 정음 초기문헌보다 상당히 많이 발견된다. 정음 초기에 적용하고자 했던 성조 표기원칙에 어떤 변화가 왔음을 의미한다.

(3) 사이시옷 표기 : 앞 음절 말음이 유성음이고 뒤 음절 초성이 무성자음(ㄱ, ㄷ, ㅂ, ㅅ, ㅈ)일 때 실현되는 경음화 현상을 4가지 사이시옷 표지로 나타냈는데, 특히 '者쟝ㅈ字쭝, 見견ㅈ字쭝'처럼 뒤 음절 초성과 동일한 문자 <ㅈ>을 써서 경음 [ㅉ]의 발음을 유도한 표기가 다수 사용되었다.

(4) 모음조화 표기 : 한자어와 조사(ㅇ/은, ㆍㄹ/을)의 연결 실태를 조사한 결과, 정음 초기문헌에 비해 모음조화 원칙을 지키려는 경향은 남아 있지만 규칙성은 약해졌다. 이것을 음운현상으로 볼 것인지, 표기법의 한 기제로 볼 것인지는 훈민정음 제정에 관한 새로운 연구가 진행되면 좀더 분명히 드러날 것이다.

(5) 구개음화 표기 : 15세기 국어에 구개음화 현상이 존재했다는 증거로 제시된 예들을 원간본에서 확인할 결과(사진 1, 사진 2), 1575년 전라도 安心寺에서 복각할 때 오각한 자료를 연구자들이 원간본의 것이라 과신하여 잘못 인용한 것임을 확인하였다. 현재 15세기 ㄷ구개음화 현상의 존재를 수용하기는 힘들며, 이들 오류는 오히려 16세기 후반

전라도 방언에서 구개음화의 존재를 입증하는 유의적 자료로 해석될 가능성이 있다.

(6) 기타 표기법의 특징 : 언해문에는 방점과 한자음을 표시하였으나, 구결문에는 방점과 한자음 및 각자병서를 사용하지 않았다. 초성 합용병서는 간경도감에서 간행한 한글문헌의 표기와 변함이 없다. 종성(음절말 자음)은 팔자가족용법과 15세기 음절 끝소리 규칙에 따라 표기되었다. 불교 관련 한자의 주음은 1463년 「법화경언해」에서 수정된 한자음을 따랐다.

4.2. 어휘

(1) 이른바 쌍형 어휘 : 이 책에 사용된 쌍형어는 모두 9개이며 매우 제한적으로 나타난다. 이런 특수성은 이 책이 관판문헌이므로, 간경도 감이 지향하는 언어 및 문자 정책의 어떤 이상적인 목표를 달성하기 위해 인위적·의도적인 통제 하에 진행된 것과 관련이 있을 것이다. 검토를 통해 쌍형어들은 당시에 두 개의 독립된 기저형으로 공존한 것으로 보았다.

(2) 새 단어 및 희귀어 : 모두 24개를 찾아내었다. 희귀어로는 고어 사전에 실리지 않은 '둘의'[둘레]를 비롯하여, 묏괴[살쾡이], 바ᄂᆞᆯ놀ᄒ[바늘끝. 針鋒], 외발[외다리. 獨足] 등이 있다. 그 밖에 고어사전류에서 잘못 풀이한 내용들을 여러 증거로써 바로잡았다.

앞으로 이 책의 원간본을 적극 발굴, 활용하여 방점 표기들을 통계 처리하여 성조 변화의 경향을 역사적인 측면에서 재해석할 필요가 있다. 아울러 간경도감에서 간행된 한글문헌들의 표기법과 어휘가 통일성 있게 나타나는 특수성에 대해 좀더 깊이 있게 연구한다면 간경

도감에서 운용한 언어·문자정책의 대강이 밝혀질 수 있으리라 전망
된다.

사진 1 상2-3 : 40앞면

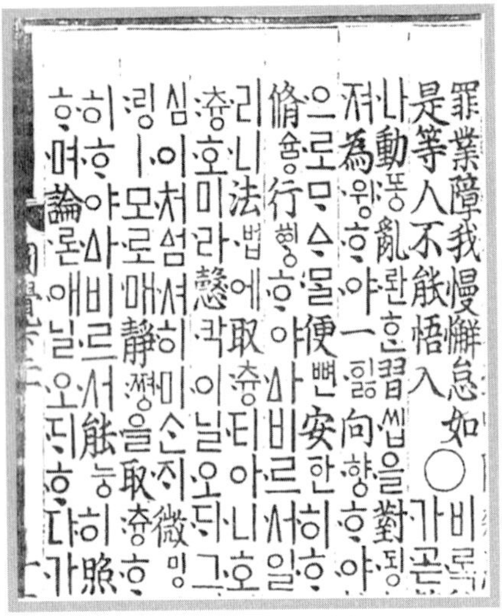

사진 2 하2-1 : 17앞면

참고문헌

강신항(1980), 「계림유사 '고려방언'연구」, 성균관대출판부.

_____(1983), 치음과 한글표기, 「국어학」 12, 국어학회.

고영근(1991), 삼강행실도의 번역연대, 「김영배선생 회갑기념논총」, 경운출판사.

곽충구(1999), 모음조화와 모음체계, 「새국어생활」 9-4(겨울), 국립국어연구원, 150~159.

김동소(1998), 「한국어 변천사」, 형설출판사(수정 제4쇄).

_____(2000), 「석보상절 어휘 색인」, 대구가톨릭대출판부.

_____(2001), 「<원각경 언해> 어휘 색인」, 대구가톨릭대출판부.

_____(2002), 「역주 원각경언해 2」, 세종대왕기념사업회.

_____(2003), 「중세 한국어 개설」, 한국문화사.

김무봉(1993), <몽산화상법어약록언해>의 국어사적 고찰, 「동악어문논집」 28, 동악어문학회, 105~138.

김성규(1998), 중세국어의 쌍형어에 대한 연구, 「전농어문연구」 10, 서울시립대 고이고문학과, 175~203.

김영배(2000), 「국어사자료연구」, 월인.

김영일(2001), 15세기 국어 쌍형어의 고찰, 「한글」 251, 한글학회, 91~141.

김완진(1973), 「중세국어성조의 연구」, 한국문화연구소, 1977, 탑출판사.

김월운(1994), 「원각경 주해」, 동국역경원.

남광우(1997), 「교학 고어사전」, (주)교학사.

박재연(2001), 「고어사전」, 이회.

서울대학교규장각(2001), 「규장각소장어문학자료」(어학편 해설), 태학사.

안병희(1979), 중세어의 한글 자료에 대한 종합적 고찰, 「규장각」 3, 서울대 도 서관.

_____(1998), 간경도감의 언해본에 대한 연구, 월운스님 고희기념 「불교학논총」, 논총간행위원회, 603~628.

유창돈(1964), 「이조어사전」, 연세대 출판부.

이기문(1963), 「국어표기법의 역사적 연구」, 한국연구원.

_____(1972), 「국어음운사연구」, 한국문화연구소(1977, 탑출판사).

이동석(2002), 15세기 국어의 ㄷ구개음화 현상 고찰, 「한국어학」 15, 한국어학회, 143~160.

이숭녕(1957), 어간쌍형설의 제기, 「서울대논문집」(인문・사회과학편) 6, 83~106.

_____(1981), 「중세국어문법」(개정증보판), 을유문화사.

이유기(2005), 「역주 원각경언해 4」, 세종대왕기념사업회.

이익섭(1963), 15세기 국어의 표기법 연구, 「국어연구」 10, 국어연구회.

_____(1992), 「국어표기법연구」, 서울대출판부.

이현규(1976), 훈민정음 자소체계의 수정, 「조선전기의 언어와 문학」, 한국어문학회 편, 형설출판사, 139~168.

전해주・김호성(1996), 「원각경・승만경」, ―본래성불・여래의 길―, 민족사.

정우영(1996가), 「15세기 국어 문헌자료의 표기법 연구」, 동국대 박사학위논문.

_____(1996나), 반야심경언해의 표기법에 대한 음운론적 고찰(II), 「동악어문논집」 31, 동악어문학회, 77~109.

_____(2002), 「역주 원각경언해 서」, 세종대왕기념사업회.

_____(2003), 원각경언해 연구, 「불교어문논집」 8, 한국불교어문학회, 119~158.

_____(2005), 국어 표기법의 변화와 그 해석, ―15세기 관판 한글문헌을 중심으로―, 「한국어학」 26, 293~326.

지춘수(1986), 「국어표기사연구」, 경희대 박사학위논문.

차재은(1997), 어말평화를 다시 생각함, 「한국어학」 5, 한국어학회, 195~225.

최기호(2004), 「역주 원각경언해 3」, 세종대왕기념사업회.

한글학회(1992), 「우리말 큰사전」(1~4), 어문각.

한영균(1994), 「후기중세국어의 모음조화 연구」, 서울대 박사학위논문.

한재영(1993), 원각경언해, 「국어사 자료와 국어학의 연구」, 문학과사상사, 145~158.

홍윤표 외(1995), 「17세기 국어사전」, 태학사.

『염불보권문』의 어휘 연구

이 유 기

1. 머리말

이 글에서는 慶北 醴泉 龍門寺本『念佛普勸文』(1704년, 이하『普勸』이라 약칭함)에 쓰인 어휘를 고찰하되, 범위를 제한하여 파생법과 합성법, 친족 어휘, 날짜 관련 어휘, 數詞, ㅎ말음체언의 실태, 그 외 문법·의미·어휘사적인 면에서 수복을 요하는 어휘 및 방언에 대하여 살펴보고자 한다.[1]『普勸』은 분량은 크지 않으나, 18세기 초의 경북 방언을 반영하고 있다는 점에서 국어사적으로 중요한 문헌이다. 이 책은 金英培 외(1996)에서 영인되었다. 필자는 金英培 외(1996)에서「語彙」란 제목으로『念佛普勸文』에 나타난 어휘들에 대하여 살펴본 바 있는데, 이 글은 그 글의 改稿가 되는 셈이다. 이 글에서는 특히 형태 분석 및 어휘사적인 검토에 많은 관심을 기울이게 될 것이다.

金英培 외(1996)에서 영인된 자료에는『普勸』끝에「臨終正念訣」과「父母孝養文」이 붙어 있는데, 이 자료들은 修道寺本 자료이므로 보조 자료로 이용하되,「父母孝養文」은「臨終正念訣」의 뒤에 붙어 있고 張次

---

[1] 경상도 지역의 방언에 대한 연구 성과는 다른 지역에 비하면 월등히 풍부하다고 할 수 있지만, 어휘론 분야의 연구 성과는 황무지에 가깝다(李相揆1992 : 196).

도 이어져 있으므로, 이 글에서는 이 둘을 구별하지 않고 모두 「臨終」
으로 표시하기로 한다.

2. 단어의 구성

『普勸』에 쓰인 파생어와 합성어를 살펴보고자 한다. 단일어는 논의
에서 제외하기로 한다.

2.1. 파생법

접사 중 상당수는 어근에서 변화한 것이다. 이런 점이 파생어의 식
별을 어렵게 한다. 그러나 이 점에 있어서 사동접미사·피동접미사·
형용사화접미사·부사화접미사 및 동사나 형용사를 명사로 파생시키는
접미사 등에서는 크게 문제될 것이 없어 보인다.[2] 여기서는 『普勸』에
쓰인 파생어를 접두사에 의한 파생어와 접미사에 의한 파생어로 크게
나누어 기술하기로 한다. 영접사에 의한 파생은 따로 記述한다.[3]

2.1.1. 접두파생

『普勸』에서는 접두사에 의한 파생어가 많이 확인되지 않는다. 그러
나 이것은 특이한 것이 아니다. 중세국어와 현대국어에서도 접두사의
종류는 접미사에 비해 훨씬 적다.

　　　(1) 가. 억- : 억머구리(관형격조사 통합형) 42ㄴ

---

2) 중세국어에는 피동접미사가 많지 않았다. 능격동사가 피동사에 대용되는 경우가 많
　았기 때문이다(고영근1987 : 155).
3) ø접사의 개념에 대하여는 宋喆儀(1992 : 266)을 참조할 것.

　　나. 잡(雜)-ː 잡예아기 29ㄴ
　　다. 헛(虛ㅅ)-ː 헌말쏨 11ㄱ, 13ㄱ, 22ㄴ
　　라. 져-ː 져ᄇ리릴실 40ㄱ

　(1가~라)는 모두 접두사에 의한 파생명사이다. '머구릐'는 '머구리'(蛙, 개구리)에 관형격조사가 붙은 것이다. 유정 명사의 말음 /i/가 관형격조사 '-ᄋᆡ/의' 앞에서 탈락하는 것은 중세국어와 근대국어에서 두루 나타나는 현상이다. 물론 기원적으로 '머구리'는 '아비, 어미' 등 /i/로 끝나는 많은 유정 명사와 같이 명사 '머굴'에 접사 '-이'가 결합한 것일 가능성이 있으나, '머구리ᄃᆞ려'(법화 3 : 156)로 보아 이미 중세국어 이전 시기에 '머구리'란 어형이 형성되었음을 알 수 있다. '억머구리'는 현대국어 표준어에서는 '악머구리'로 변화하였다. 『표준국어대사전』에서는 현대국어 '악머구리'를 "잘 우는 개구리라는 뜻으로 '참개구리'를 이르는 말."이라 풀이하고 있다. '억머구리'의 '억-'은 '억세다'의 '억-'과 같은 것으로 생각된다. (1나, 다)는 한자어가 접두사로 쓰인 경우이나, 물론 (1다)의 사이시옷의 존재는 애초에 이 어휘가 명사 '허(虛)'와 명사 '말쏨'이 결합한 합성어였음을 시사하나, 자립성이 없는 '허, 헛-'을 어근으로 보기는 어렵다. (1라)는 'ᄇ리-'에 접두사 '져-'가 결합한 것이다. '져-'는 분포가 매우 좁은 접두사인데, 동사 '지-[負, 擔]'의 활용형이 접두사로 굳어진 것으로 보인다. 高永根(1987 : 149~150)은 '져-'의 의미를 '남의 기대에 어긋나게'의 뜻으로 기술하였다.

2.1.2. 접미파생

A. 명사(체언)파생

　(2) -ᄉᆞᆷ
　　가. 말ᄉᆞᆷ : 5ㄴ, 11ㄱ(2회), 13ㄱ(2회), 14ㄱ, 14ㄴ, 17ㄴ, 22ㄴ, 30
　　　　ㄱ, 39ㄴ, *41ㄱ, 43ㄴ
　　나. 헌말ᄊᆞᆷ : 11ㄱ, 13ㄱ, 22ㄴ

'-숩/슴'은 접미사이다. '말쏩/말슴'은 중세국어에서는 [높임]의 의미로 쓰이지 않는 경우가 많았으나, 근대국어에서는 [높임]의 의미가 확립되었다. 위 예는 모두 [높임]의 장면에서 '말쏩/말슴'이 쓰인 것이다.

> (3) 미타 감웅도애 닐오더 듕원국 경됴 따 사던 사롬 일홈미 방재라 과글리 주거셔 시왕쩨 가셔 보인대 왕이 닐오디 그더 젼에 혼 늘근 사롬을 넘불ᄒ라 권ᄒ니 그 사롬이 그더의 <u>말슴</u>을 신ᄒ야 듯고 넘불ᄒ다가 그더의 몬져 주거 셔방의 가시니 그더도 눔을 넘불 권혼 덕으로 극낙국의 <u>갈쇠다</u> ᄒ대(17ㄴ)

예문 (3)은 '시왕'(十王)이 죽은 '방쟈'에게 하는 대화에서 쓰인 것인데, 문말 구성이 '갈쇠다'(중세국어 '가리로소이다'의 발달형)로 실현된 것으로 보아 [높임]의 장면임을 확인할 수 있다. 이와 달리 卑者가 尊者에게 하는 말을 '말슴'이라 한 곳도 보인다. 아래 (4)는 '-네'를 논의하기 위해 가져온 예문이나, 여기에 '말슴'이 卑者가 尊者에게 하는 말을 가리키는 용법으로 쓰이고 있다.

> (4) -네
> 어루신네 41ㄱ : 이보소 <u>어루신네</u> 이 내 말슴 드러 보소

'어루신네'는 [혼인하다]를 의미하는 동사 어간 '어루-'에 높임 선어말 형태소 '-시-'와 동명사어미 '-ㄴ'이 통합하여 이루어진 동명사가 굳어진 파생어 '어루신'에 접미사 '-네'가 붙은 것이다. '어루신'은 중세국어 문헌에서는 확인된 적이 없고, 『朴通事諺解』(1677)에 나타난다.

> (5) 가. 므슴 됴흥신 <u>얼우신하</u>(朴通 上58ㄱ)
> 나. <u>얼우신하</u> 허믈 마ᄅ쇼셔(朴通 上58ㄴ)

홍윤표 외(1995)에 '어론/어룬/얼온/얼운'은 등록되어 있으나, '어루
신'과 '어루신네'는 등록되지 않았다. '-네'는 높임말에 붙는 복수접
미사로 규정되고 있으나, 높임의 대상이 아닌 경우에도 '-네/내'가 사
용된 예를 중세와 근대 문헌에서 많이 발견할 수 있다. 해당 예문이
다수의 독자를 대상으로 한 것이어서, 이 '-네'는 복수접미사로 보이
기도 한다. 현대국어에서 '-네'의 '높임성' 여부는 지역 또는 개인에
따라서 다른데, 중세국어나 근대국어에서도 마찬가지였을 가능성이 있
다. '-네/내'의 의미와 어원 및 방언적 차이는 앞으로 정밀하게 연구할
필요가 있다. 李基文(1991 : 49)은 '-내/네'가 蒙古文語의 복수접미사
'-nar/ner'와 관련이 있을 것으로 보면서, 17세기의 '-내'는 높임의 의
미가 약한 것으로 보았다.

  (6) -ㅁ
    가. 즐거옴 5ㄴ
    나. 여룸(農事) 13ㄱ

  '즐거옴'은 동사 '즐기다'에서 파생된 형용사 '즐겁다'가 명사화한
것이다. '여룸'은 '열다'에서 파생된 것이다. 그러나 『普勸』에는 '여룸'
이 [夏]의 의미로 쓰인 곳도 있다(5ㄱ). '여름/여룸'(夏)은 원래 '녀름'이
었던 것이 頭音法則의 발생 및 모음 'ㆍ'의 음가 혼란(상실)에 따라 어형
이 변화한 것이다. 이에 따른 동음이의어의 대립은 '열미'가 '여룸[實]'
을 대신하게 되면서 해소된다. '열미'는 18세기 초 문헌으로 추정되는
『倭語類解』(下 : 6)에서 나타난다.

  (7) -울
    얼굴(體) 39ㄱ

  '얼굴'은 동사 '얽-'(構)에 명사파생접미사 '-울'이 붙은 것인데,

『普勸』의 '얼굴'도 중세국어와 같이 [體]를 의미한다. 그러나 17세기 국어에서도 '얼굴/얼골'은 현대국어와 마찬가지로 [面]을 의미하는 경우가 일반적이다.

B. 동사파생

가. 사동접미사

(8) −이₁−

가. 긋티거나 7ㄱ   나. 노기다 42ㄴ   다. 머기다 42ㄴ
라. 주기다 42ㄴ   마. 쌔다 42ㄴ   바. 올리다 21ㄴ

여기서는 (8가, 마)에 대해서만 언급하기로 한다. 중세국어와 근대국어의 '긏다'는 자동사와 타동사에 두루 쓰이는 능격동사였다. 중세국어의 使動詞 '그치다'는 이 '긏다'에서 파생된 것이다. '그치다'는 근대국어에서 흔히 '긋치다'로 적혔는데, (8가)의 '긋티다'는 과잉교정으로서 이 시기에 이 지역의 구개음화가 이미 완성되었음을 보여 주는 예이다. '곤티지'(14ㄴ)와 '곤쳐'('다시'라는 뜻의 파생부사: 42ㄴ), 그리고 현대 동남방언의 경우로 보아 이 지역에서는 '⁇근치다'(止)가 쓰였을 법하나 예가 없다. (8마)의 '쌔−'는 '빠−(<섄−)'에 사동접사 '−이−'가 결합한 것이다.4) 종래의 사전에는 '빠히다/빠히다' 또는 '빠이다/빠이다' 등이 수록되었을 뿐 '쌔다'는 수록되지 않았다. 홍윤표 외(1995)에서는 17세기 자료인 '내 쎄여 內庭에 드러'(女訓 上:27ㄱ)의 '쎄다'를 타동사로 기술하였으나, 이는 피동사를 잘못 기술한 실수이다.

『普勸』끝에 붙어 있는 「臨終正念訣」에는 '뵈히샤'(臨終3ㄴ)와 '어즈려'(臨終3ㄴ)가 보인다. 前者는 표면적으로는 '−히−'로 나타나 있으나, 이것은 모음충돌 회피로 인해 '−히−'에 유추된 것일 뿐, '−이−'를

---

4) 중세국어의 '빠다'는 능격동사였던 것으로 보인다. 이 어휘의 어근을 '섄−'로 볼 것이냐 '빠−'로 볼 것이냐 하는 문제는 후술하기로 한다.

썼어야 할 것이다.5) 後者는 부사 '어즐'에 사동접사 '-이-'가 쓰인 것이다. 어근 '어즐'은 그 예가 많지 않아, 불규칙어근으로 보거나 첩어성 부사 '어즐어즐'이 첩어성을 상실한 것으로 보기 쉬우나, 『勸念要錄』에 타동사로 쓰인 예가 보인다(어즈지 아니호미니, 勸念33ㄱ). 현대국어에서 중앙어 '어지럽히다'의 동의어로 '어질다'가 폭넓게 쓰이고 있는 사실이 타동사 '어즐다'가 있었음을 확인시켜 준다.

    (9) -히₁-(사동)
        가. 불키리라 39ㄱ   나. 안치고 21ㄴ   다. 쩌피시고 42ㄴ

위 예들은 사동접사 '-히-'가 쓰인 것들이다. (9가, 나, 다)는 각각 형용사어근, 자동사어근, 타동사어근에 '-히-'가 쓰인 것이다.

    (10) 가. -오-
        ① 사로리짜 21ㄴ   ② 사로시니 42ㄴ
        나. -호-
        ㄱ초시고(具) 42ㄱ

(10가)는 사동접사 '-오-'를 보여 주는데, 중세국어 시기라면 '-ᅌᅩ-'가 쓰였던 것이다.6) (10나)에는 사동접사 '-호-'가 들어 있는데, 중세국어에서는 'ㄱ초다[藏]'와 동음이의어였다. 중세국어의 'ㄱ초다

---

5) 파생접미사 '-이/ㅣ-, -기-, -히-'는 기원적으로 같은 것이었을 가능성이 있지만, 중세국어와 근대국어에서는 음운적 조건에 따라 구별되어 쓰였다. 즉 어근 말음이 'ㅊ, ㅸ, ㅿ, ㄹ'인 경우에는 '-이-'가, 어근 말음이 모음인 경우에는 'ㅣ'가, 어근 말음이 무성 평음인 'ㄷ, ㅂ, ㅈ'인 경우에는 '-히-'가, 어근 말음이 'ㅁ, ㅅ'인 경우에는 '-기-'가 쓰였다(安秉禧·李珖鎬 1990 : 130~131).

6) 하나의 어근에 상이한 사동접사가 선택적으로 쓰이는 경우 의미적으로 구별되는 일이 있다. '사르다'는 '죽게 된 사람을 살려 내다'를 의미하고, '살이다'는 '주거(住居)시키다'를 의미한다. '일우다'는 '성취'(일반적 의미)를 나타내고, '이르다'는 '건물을 세우다'(특수 의미)를 나타낸다. '도르다 : 돌이다' '기르다 : 길이다' '니르다 : 닐이다'도 마찬가지다. cf. 허웅(1975 : 171~173).

[藏]'는 'ᄀ초다'로도 쓰이다가 근대국어에서 'ᄀᆞᆷ초다'로 바뀌었고(cf. 머추다>멈추다 ; 고티다>곤티다), 중세국어의 'ᄀ초다[具]'는 'ᄀ초ᄒᆞ다'로도 쓰이다가 근대국어에서 'ᄀ초다'로 단일화된다.

나. 피동접미사

(11) −이₂−(피동)
줌기다(沈) 39ㄴ, 41ㄴ

중세국어에서는 '줌다/ᄌᆞᄆᆞ다/ᄌᆞᆷ다'가 능격동사로서 자동사와 타동사로 두루 쓰이는 한편, 자동사 '줌기다'도 쓰였다. 그런데 중세국어에서는 '줌그다' 외에 '줌ᄀᆞ다'도 타동사로 쓰였다. 여기서 우리는 현대국어의 '저물다'도 음운 현상 면에서 이 어휘류와 관련이 있음을 알 수 있다. 이 어휘류의 상호관계를 시대적 · 방언적으로 연구하는 일도 필요할 것으로 생각된다. '줌ᄀᆞ다'에서 'ㄱ'이 탈락한 'ᄌᆞ물다'는 확인되지 않지만, '졈글다 : 져믈다'로 볼 때 존재 가능성이 짐작된다. 『普勸』에 등장하는 '사모랍다'가 현대 경상도 남부 지역의 '상그랍다'와 대응되는 사실도 동궤이다.7)

「臨終正念訣」에 나타나는 '얼믜흰'의 '−히−'는 피동접미사 '−이−'의 異表記로서, 앞에서 제시한 '뵈히샤'와 함께 모음충돌회피를 위한 유추 현상으로 보아야 할 것이다.

(12) 이 몸이 괴롭기는 모진 아업이 얼믜흰 타시니(3ㄴ)

(13) −히₂−(피동)
잡히다 20ㄱ, 22ㄴ, 41ㄴ

'−히−'도 '−이−'와 마찬가지로 사동 · 피동에 다 쓰였다. 피동접

---

7) 기원을 거슬러 올라간다면 '사모랍다'나 '상그랍다'에서 형용사화접미사 '−압−'을 분석하는 것도 가능할 것이다. '사모랍다'의 의미에 대하여는 後述하기로 한다.

미사의 용례가 많지 않은 것은 중세국어와 마찬가지로 근대국어에서도 능격동사가 많았기 때문으로 보인다. '비최다'(인간애 디은 죄는 염나대왕 업경덕예 낫낫치 비최엿고, 42ㄱ)는 『普勸』에서 자동사로 쓰이고 있지만, 근대국어 시기에 '비최다/비취다'는 타동사로도 많이 쓰였다.

C. 형용사파생

(12) -업-
　　가. 어즈러워 3ㄱ
　　나. 즐거온 12ㄴ
　　다. 므셔워 22ㄴ　무서워 10ㄱ　무섭다 30ㄱ

(12가)는 타동사 '어즐-'에 '-업-'이 붙어 형용사로 파생된 것이고, (12나)는 동사 '즐기-'에 '-업-'이 붙어 형용사로 파생된 것이다. (12다)는 어근 '므시/무시-'에 '-업-'이 붙은 것인데, 동사 *'므시다'는 근대국어에서 좀처럼 발견되지 않지만, 중세국어에 '므싀-'가 있었고, 현대 국어에 감탄사 「무시라」가 있으므로 규칙어근 *'므시-'의 존재를 가정할 수 있다.8) 그런데 '주그늘 므셔워'(22ㄴ)의 '므셔워'는 목적어를 취하고 있다. *'므시-'에 '-어'가 붙는다면 '므셔'가 되어야 하겠는데 '므셔워'로 표기되어 있는 것은 이전 시기의 동사 *'므시-'가 소멸하면서 '므시업-'이 동사로도 쓰이고 형용사로도 쓰였던 것이 아닌가 생각하게 한다. 형용사가 동사로 쓰이는 경우로는 '셜워'(31ㄴ, 35ㄱ, 35ㄴ)도 있다. 이 경우는 자동사인지 타동사인지 확인하기 어려우나, 중세국어에서는 '셜워'가 타동사로 쓰인 경우를 확인할 수 있다(더우믈 셜워, 杜初 12 : 10).9) 대응되는 동사를 가지는 '즐겁다, 슬프다' 등은 이런 용법으로 쓰이는 일이 없는 것으로 보아, 이 현상은 대응되는 동사

---

8) 현대국어 '무시-'는 '-라' 외의 활용어미와 통합하지 않기 때문에 '무시라' 전체를 감탄사로 보아야 할 것이다.

9) 李賢熙(1994 : 287)에서는 이런 형용사를 동사적 심리동사로 규정하였다.

의 유무에 따라 결정되었던 것으로 보인다. 심리형용사가 동사로도 쓰이는 이 현상은 중세국어에 '-어/아 하다'가 형성되지 않았던(後述) 데에 말미암는 것으로 보인다.

'두터히[厚]'(臨終6ㄴ)에도 형용사화접미사 '-업-'이 들어 있다. 이와 같이 공시적으로는 형용사화접미사 '-업-'을 분석하기가 쉽지 않은 단어들이 많이 있는데, 현대국어의 '어렵다, 더럽다, 싱그럽다, 싱겁다' 따위도 이에 속한다.

(13) -롭-
    가. 종요롭짜 臨終3ㄴ   종요로오며 臨終4ㄴ
    나. 슈고로온 35ㄱ
    다. 망영되다 41ㄱ

(13가)는 한자어 '宗要'에 '-롭-'이 붙은 것이다. 이 어휘는 15세기에도 이미 나타나는데, 고유어 '조술'도 함께 쓰였다. 『楞嚴經諺解』의 '조술'(2 : 95)과 『般若心經諺解』의 '조ᄉᆞ른윌'(8)이 그 예이다. '-롭(롭)-'은 중세국어에서 대개 '-롭(룹)-'으로 쓰였는데, 母音이나 'ㄹ'로 끝나는 어근 뒤에 쓰였고('ㄹ'로 끝나는 어근 뒤에 '-롭(룹)-'이 쓰이면 어근의 'ㄹ'은 탈락하였다), 子音으로 끝난 어근 뒤에서는 '-돕(둡)-'이 쓰였다. '-롭(룹)-'의 모음이 '오'로 바뀌는 현상은 중세국어에도 이미 나타나지만(겨르로ᄫᆡ, 釋詳 13 : 20), 일반화된 것은 근대국어에 와서의 일이다. 중세국어에서는 조사 '-ᄋᆞ로'도 '-오로'로 나타나는 현상이 많은데, 이는 /ㆍ/의 음소 자격이 중세국어에서부터 이미 흔들리기 시작하였음을 시사하는 것으로 보인다. (13다)의 '-되-는 중세국어 '-둡-'의 변이형 '-ᄃᆞᄫᅵ-'가 변한 것이다. 동사 'ᄃᆞᄫᅵ(ᄃᆞ외)-'와 접미사 '-ᄃᆞᄫᅵ-'는 서로 관련이 있는 것으로 보이는데, 이에 대한 상론은 미루기로 한다.

(14) 불규칙어근+－ᄒᆞ－

　　가. 만ᄒᆞ－　　　3ㄱ, 10ㄱ, 12ㄴ, 13ㄴ, 14ㄱ, 19ㄴ, 22ㄴ, 28ㄴ,
　　　　　　　　　　29ㄱ, 38ㄴ

　　　만만ᄒᆞ－　　2ㄴ, 3ㄴ, 5ㄴ, 6ㄱ, 6ㄴ, 8ㄱ, 9ㄱ, 15ㄴ, 22ㄱ,
　　　　　　　　　　22ㄴ, 30ㄴ, 34ㄴ

　　나. 슬ᄒᆞ야셔(厭)　16ㄴ
　　　슬커나(厭)　　31ㄱ, 34ㄴ
　　다. 거록ᄒᆞ시매　17ㄱ

　『普勸』에는 '만ᄒᆞ－'를 강조한 '만만ᄒᆞ－'가 매우 많다. 소위 방임형 구문인 경우에는 '만만ᄒᆞ－'만 나타나고(만만ᄒᆞ야도, 만만히 ᄒᆞ야도), '만ᄒᆞ－'가 전혀 나타나지 않는 것도 이 책의 이런 표현 특징을 고려할 때 이해될 수 있다. '만ᄒᆞ－, 만만ᄒᆞ－'에 '－고'가 붙은 경우는 언제나 '만ᄒᆞ고, 만만ᄒᆞ고'로 적히며(만ᄒᆞ고 10ㄱ ; 만만ᄒᆞ고 5ㄴ, 6ㄴ), '만ᄒᆞ－'에 '－다'가 붙은 경우는 언제나 '만타'로 적히는(9ㄱ, 14ㄱ) 것도 특이하다. 홍윤표 외(1995)에 의하면 17세기 자료에서는 前者와 後者 모두 '만코' '만타'로만 썼었다. 또『普勸』에는 '만만'과 'ᄒᆞ－' 사이에 '무수'(29ㄱ), '무궁'(7ㄴ) 등이 개입하는 예도 있는데, 이 때에는 '만만'을 부사로 처리해야 할 것이다. (14나)의 '슬ᄒᆞ－'는 타동사로 쓰인 것인데, 형용사 '슳－'과는 구별된다(제4장). (14다)는 불규칙적어근 '거록'에 '－ᄒᆞ－'가 붙은 것이다.[10]

　D. 부사파생

　　(15) －이
　　　가. 이리 42ㄱ(＝이 곳으로), 臨終 4ㄴ(＝이렇게), 臨終 7ㄴ(＝이렇게)

---

[10] 副詞에 'ᄒᆞ－'가 붙은 경우로는 '다하셔'(6ㄴ) '못ᄒᆞ려니와'(29ㄱ) '엇지ᄒᆞ야'(20ㄱ)가 있다. 이 중 前者는 「다＋ᄒᆞ＋아＋셔」로 구성된 것이다. '(죠하) 아니며'(13ㄱ)는 副詞 '아니'와 'ᄒᆞ며'의 결합으로 보아야 한다. '아모커나'(28ㄴ)는 대명사 '아모'에 'ᄒᆞ거나'가 결합한 것이다. 이들은 정도의 차이는 있지만 모두 합성어적 성격이 강한 것들이다.

　　나. 그리(=그렇게) 5ㄱ, 21ㄴ
　　다. 져리 21ㄱ(=저렇게), 42ㄱ(=저 곳으로)
　　라. 만만히 2ㄴ, 3ㄱ, 3ㄴ, 6ㄱ, 8ㄱ, 22ㄱ, 22ㄴ
　　마. 부즈런니 3ㄱ
　　바. ᄀ득기 17ㄱ
　　사. 대되 34ㄴ, 35ㄱ
　　아. 우이 41ㄴ

　　(15가~다)의 '이리' '그리' '져리'에서 '-리'를 접사로 기술하기도 하나, 이들은 「이러ᄒᆞ-」, 「그러ᄒᆞ-」, 「져러ᄒᆞ-」에 부사화접사 '-이'가 붙은 것이 본래의 의미를 잃으면서 다른 의미로 쓰인 것이라 생각된다. 「이러ᄒᆞ-」, 「그러ᄒᆞ-」, 「져러ᄒᆞ-」는 지시대명사 '이, 그, 저(뎌)'에서 파생된 것으로 보이지만, 형태적인 면이나 의미적인 면에서 그 생성과정을 설명하기가 쉽지 않다. '그저'(21ㄱ)도 지시대명사 '그'에서 파생되었을 것으로 생각되나 '-저'의 접사적 성격을 규정하기 어렵다. (15라)는 「만만ᄒᆞ-」에 부사화접사 '-이'가 붙은 것이다. (15마)의 '부즈런니'는 부사화접미사 '-이'가 명사 '부즈런/브즈런'에 붙은 것인지 형용사 '부즈런ᄒᆞ-'에 붙은 것인지 판단하기가 쉽지 않다. 15세기에 '브즈런'이 명사로 쓰인 예도 있기 때문이다(法華6 : 125ㄴ). 그러나 근대국어에서는 명사 '브즈런'이 잘 보이지 않고 '브즈런히'는 흔히 보이므로(東新 烈1 : 17), 형용사 '브즈런'에 '-이'가 붙은 것으로 보아야 하겠다. 중세국어 자료이기는 하나, 부사화접미사 '-이'와 바로 결합하는 명사 어근 '낫나치, ᄀ근그티, 그릇그르시, 겹겨비, 念念이' 등이 'ᄒᆞ-'와 결합하지 않는 사실을 고려할 필요가 있다. (15바)의 'ᄀ득기'는 중세국어에서 'ᄀᄃ기' 또는 'ᄀ득히'로 나타나던 것인데, 'ᄀ득히'의 중철 표기라 할 수 있을 것이다. 중세국어에서 부사화접미사 '-이'와 '-히'는 수의적으로 교체되었다(安秉禧 1967 : 241). (15사)의 '대되'는 공시적으로는 '大都'에 접사 '-이'가 붙은 것이라 할 수 있지만, 중세국

어에서는 일반적으로 '대도히'로 표기되던 것이므로 /ㅎ/의 약화에 따른 표기로 볼 수도 있을 것이다. (15아)의 '우이'는 '우습게' 또는 '가볍게'의 뜻을 나타내는데, 중세국어 '웃빙'의 발달형으로 보인다. 이 '우이'를 「웃+이(사동접사)+이(부사화접사)」로 보기는 어렵다. 타동사 어간에 부사화접사가 붙는 것은 일반적인 조어법이 아니었던 것으로 보이기 때문이다.[11]

「臨終」에 나오는 '두터히'(厚, 臨終6ㄴ)는 '두텁-'에 '-이'가 붙은 '두터이'를 표기한 것인데, /ㅎ/의 개입은 모음충돌을 회피하기 위한 것이다. '두텁-'은 파생명사 '두틔/두터'(救方 上 71)로 보아 '둩-'에 '-업-'이 붙어서 형용사화한 것이다.

    (16) -오
      가. 너모 43ㄱ   나. 도로 31ㄴ   다. 모도 42ㄱ
      라. 더옥 31ㄴ, 39ㄴ… 마. 바로 3ㄴ, 34ㄴ

'-오'는 '-이'와 달리 타동사에도 자유롭게 통합한다. (16가~라)는 모두 동사에 '-오'가 붙어서 副詞가 된 것이고, (16마)는 형용사에 '-오'가 붙어서 부사로 파생된 것이다. (16라)는 동사 '더으다'에서 부사로 파생된 것이다. '더옥/더욱'을 파생부사 '더'에서 다시 파생된 것으로 보기는 어렵다. '-오/우'는 동사나 형용사에만 붙지 부사에는 붙는 일이 없기 때문이다. '-ㄱ'은 강조의 보조사로 기술하는 것이 좋을 것이다. '-ㄱ'을 접사로 본다면 '더옥'에는 두 개의 접사가 있는 셈이 되는데, '-ㄱ'의 접사적 성격을 규정하기 어렵다. (16마)는 중세국어에서는 영파생에 의한 '바루'로 나타나던 것인데, 여기서는 변화한 모습을

---

11) 드물기는 하나, 다음 예문의 '드리, 드리'는 타동사에 부사화접사(또는 부동사어미) '-이'가 붙은 것이다.
  ㄱ. 혼 귓거싀 저픈 양올 드리 니르샤 = 擧諸鬼可畏之狀(法華 2 : 122)
  ㄴ. 旄頭ㅣ 紫微예 드러 좌시니 = 旄頭慧紫微(杜初 6 : 21)

보여 준다.

(17) -재
    즉재 6ㄴ, 7ㄴ, 8ㄴ, 20ㄴ, 22ㄴ

'즉재/즉제'는 한자어 '卽'에 접사 '재/제'가 붙은 것이다. 이 단어는
중세국어의 '즉자히'에 소급된다. 중세국어의 '-자히'에는 두 가지가
있었다. [상태 유지]를 나타내는 의존명사 '-자히'와 數詞에 쓰이는 접
미사 '-자히/재/자'가 그것이다. 후자는 '-차히'로 쓰이는 것이 일반
적이었다. '즉재'의 '-재'는 접사로 보아야 할 것이다.
  그 밖에 'ㅎ여금'(臨終 6ㄴ)에서 '-곰'의 발달형인 '-금'이 확인된다.
그러나 이 '곰'은 보조사로 처리해야 할 것이다.12)

2.1.3. 영접사 및 조사와 어미에 의한 파생

파생어 중에는 영접사에 의한 파생어와 조사·어미에 의한 파생어도
있다. 이들도 체계상 접미사에 포함되는 것이지만 편의상 여기서 따로
기술한다.

A. 영접사에 의한 파생

(18) 가. 하 17ㄱ   나. 가르 41ㄴ

위 예들은 중세국어에서도 흔히 나타는 것으로서 영접사에 의한 파생
부사이다. '하'는 현대국어에서 보조사 '-도'가 붙은 '하도'로 대체되었
다. 그러나 현대국어 '하도'는 [이유]나 [원인]을 나타내는 구문에서만
쓰이는 점에서 중세국어나 근대국어의 '하'와 다르다. '가르'는 동사 '가
르다'에서 영접사에 의해 파생된 부사이다. '가르-'가 쓰인 '가르집고'

---

12) 安秉禧·李珖鎬(1990 : 200)는 근대국어 자료에서 '-곰'이 나타나지 않는 것으로
    기술하였다.

따위를 합성어로 볼 수 없다는 점은 2.2.2.에서 지적하게 될 것이다. 영접사에 의해 파생된 '가르'는 앞에서 살펴본 '바로'와 대조적이다.

수관형사는 수사에서 파생된 것으로 볼 수 있을 것이다. 수사 '흐나ᅙ, 둘ᄒ, 세ᄒ…'에 '흔(21ㄱ), 두(30ㄱ), 세(30ㄱ)'가 대응되는데, '두, 세'의 경우 'ㄹ, ㅅ, ᄒ'이 탈락하는 것은 음운론적으로 자연스럽게 설명되겠지만, '흔'은 사정이 다르다. 이는 수사 '흐나ᅙ'의 古形인 '*ᄒ둔'(河屯)과 관련되는 것으로 보인다.

B. 조사와 어미에 의한 파생

원래는 다른 기능을 지닌 형태소가 접사화한 경우도 있다. 조사나 어미에 의한 관형사, 부사, 조사의 파생이 그것이다.

가. 관형사
(19) ─ 온
　　가. 다룬 3ㄱ, 5ㄱ, 9ㄱ, 18ㄱ, 29ㄴ, 30ㄱ, 34ㄴ, 35ㄱ, 43ㄴ
　　나. 모든 2ㄱ(3), 3ㄱ,4ㄴ, 5ㄱ, 6ㄴ, 9ㄱ, 9ㄴ, 14ㄴ, 15ㄴ, 22ㄱ
(20) ─ ㅣ
　　가. 어늬 13ㄱ, 40ㄴ
　　　　어니 39ㄴ
　　나. 제 11ㄱ, 16ㄱ, 18ㄴ, 20ㄱ, 28ㄱ, 32ㄱ, 35ㄱ

(19가, 나)는 형용사 어간 '다르다'와 동사 어간 '몬─'에 관형사형어미 '─온'이 붙은 것인데, 이것이 관형사로 굳어졌기 때문에 '─온'은 접사적 기능을 얻게 되었다. (20가, 나)는 대명사에 관형격조사가 붙은 것인데, 이 '─의/ㅣ'는 접사적 기능을 얻지 못한 것으로 보인다.

나. 부사
(21) ─아
　　가. 다 2ㄱ, 2ㄴ, 3ㄴ, 5ㄱ…(이하 생략)
　　나. 모다 14ㄴ, 29ㄱ, 30ㄴ, 31ㄱ, 35ㄴ, 38ㄴ

(21가)의 '다'는 동사 '다♀-'에 붙은 어미 '-아'가 부사화접사의 기능을 얻게 된 경우이다. 그러나 부사 '다'는 동사 '다♀다'의 활용형 '다'와 형태상으로 구분이 되지 않는다.13) (21나)의 '모다'도 동사 '몯다'의 활용형이 부사로 굳어진 경우이다. 부사 '더'도 동사 '더으-'에 붙은 어미 '-어'가 부사화접사의 기능을 얻게 된 경우인데, 『普勸』에는 '더옥'은 나타나나, '더'는 나타나지 않는다.

　　다. 조사
　(22) -어/아
　　　　가. 븟터 15ㄴ
　　　　　　(을)븟터 32ㄱ
　　　　나. 드려 4ㄱ, 4ㄴ, 13ㄴ, 15ㄱ, 17ㄱ, 18ㄴ, 20ㄱ, 28ㄱ, 32ㄱ
　　　　　　더려(臨終 7ㄴ)
　　　　다. 이나 3ㄴ, 4ㄱ, 8ㄱ, 13ㄱ, 29ㄱ, 30ㄴ, 35ㄱ, 38ㄴ, 42ㄱ…
　　　　라. 이라도 8ㄱ, 13ㄴ…
　　　　마. 나마 15ㄴ
　　　　바. 흔티 臨終4ㄱ

　'-븟터'는 출발점을 표시하는 보조사인데, '븥다[附]'의 활용형에서 파생되었다. 목적격조사 '-을'이나 부사격조사 '-로'가 이에 앞서기도 한다. '-드려'는 동사 '드리다'의 활용형에서 파생된 보조사인데, 이 조사의 앞에도 목적격조사 '-ㄹ'이 붙는 일이 있다.
　'-이나/ㅣ나/나'는 서술격조사 어간에 활용어미가 통합한 것이지만 보조사로 쓰이는 일이 있다. '-이라도'(3ㄴ, 6ㄱ…) 역시 '-이나'와 같은 과정에 의해 파생된 조사이다. '-이나마'(셜흔 히나마 불도를 위흐시다가, 15ㄴ)는 '이(주격조사)+남-(동사어간)+아(어미)'로 구성된 보조사이다.

---

13) 다음 예문의 '다'는 동사 '다♀-'의 활용형이다.
　(예) 그 어머니 그 쏠 동네의 마를 듣고 나무아미타불을 낫밤 업시 넘흐더니 나히 다 극낙세계예 가셔 나다 흐시니라(16ㄴ)

이 '‒이나마'와 동일한 의미를 지니는 것으로 보이는 현대국어의 '남
짓'은 사전에서 의존명사('남짓하다'는 형용사)로 기술되고 있다. 1747년
의 문헌인 『松江歌辭』(星州本)에 '半이나마 늘거셰라'(1 : 17)에서는 '이'
의 존재를 보여 주고 있다.

보조사 '‒훈틴'(내훈틴 오느 이눈, 臨終 4ㄱ)는 종래의 사전에 수록되지
않았다. 홍윤표 외(1995)에서만 [한 곳에], [함께]의 의미를 나타내는 부
사 '훈틴'를 수록하고 있을 뿐이다. 현대 경상도 방언에서는 '한테'가
[한 장소에], [함께]를 뜻하는 말로 쓰이는데, 여기에 '‒다가'가 결합
할 수 있고, 제2음절 '테'가 장모음으로 실현되므로, 이는 「명사+조사」
로 기술해야 할 것이다. '‒훈틴'는 「훈ㅎ(수관형사)+딕(명사)」의 통합에
의해 합성명사가 먼저 형성된 후, 여기에 특수처소부사격조사 '‒의'가
통합한 어형이 조사로 굳어진 것으로 보인다. 경상도 방언에서 '한테'
가 보조사로 쓰일 때에는 高中調로 실현되면서 두 음절 사이에 휴지가
없는 데 비해, 「명사+부사격조사」로 쓰일 때에는 「체언+하고」에 후행
히면서, 低中調로 실현되고 두 음절 사이에 휴지가 놓인다. 근대국어에
서 '훈틴'가 보조사로 쓰이는 예가 많이 발견되지 않지만, 나른 조사의
개입이 없이 체언 바로 뒤에 '훈틴'가 연결된 다음 예는 보조사의 분화
가능성을 시사한다. 그러나 여기서는 [‒유정] 명사인 '무덤'에 '‒훈
틴'가 쓰인 점이 현대국어의 경우와 다른 점이다.

(23) 쏘 아븨 무덤을 옴겨 어믜 무덤 훈틴 묻고(東新孝 3 : 10)

2.2. 합성법

합성어의 식별에 있어서 어려운 점은 句(phrase)와 합성어를 구별하는
일인데, 지나간 시대의 언어를 대상으로 할 경우에는 이 문제가 더욱
심각하다.

2.2.1. 체언

체언합성어를 대등합성어와 종속합성어로 구분한 다음 가나다 순으로 보이기로 한다.

(24) 체언합성어
　　가. 대등합성어
　　　　a. 가지가지 14ㄴ, 42ㄱ
　　　　b. 낫밤 15ㄴ, 16ㄴ, 20ㄴ(2회), 29ㄱ
　　　　c. 오뉴월 42ㄴ
　　　　d. 하늘짜 40ㄱ
　　　　e. 힉돌 40ㄱ
　　나. 종속합성어
　　　　a. 간나희(童女) 16ㄱ
　　　　b. 강믈 5ㄱ
　　　　c. 거즛말42ㄱ ; 거즛것 39ㄱ, 40ㄱ ; 거즛썻35ㄴ, 40ㄱ ;
　　　　　　거죽것10ㄱ－ㄴ ; 거죽썻30ㄱ
　　　　d. 구리쇠 42ㄴ
　　　　e. 금믓 18ㄴ
　　　　f. 년곳봉이 6ㄴ ; 화곳봉이 8ㄴ
　　　　　　cf. 년곳 6ㄴ, 8ㄴ, 18ㄴ ; 년화곳 5ㄴ, 7ㄱ, 7ㄴ, 16ㄱ, 18ㄴ
　　　　g. 눈믈 臨終4ㄴ
　　　　h. 딤째 39ㄴ,14ㄱ
　　　　i. 마당씨 20ㄴ
　　　　j. 목숨 41ㄱ
　　　　k. 바단믈 5ㄱ 14ㄱ
　　　　l. 션역킈 4ㄴ
　　　　m. 쇠방마치 42ㄱ
　　　　n. 쇠사술 20ㄴ, 21ㄱ, 42ㄱ
　　　　o. 쇠채 42ㄱ
　　　　p. 어제날 20ㄱ
　　　　q. 예적 14ㄴ

    r. 일웬날 7ㄱ

    s. 집사룸 18ㄴ, 19ㄱ, 臨終4ㄱ, 臨終4ㄴ

    t. 쳥셕쌀 42ㄱ 한도 41ㄴ

    u. ᄒᆞᄅ사리(昆蟲名, [하루살이]) 41ㄴ

    v. ᄒᆞ론날 15ㄴ, 20ㄱ

    여기서는 이 중 몇 가지에 대해서만 언급하기로 한다. (24가)의 '낫밤'은 현대국어와 반대의 통합 순서를 보여 주고 있다. 그러나 중세국어와 근대국어를 통틀어서 보면, '낮밤/낫밤'과 '밤낮/밤낫'은 모두 많이 사용되었고, 발생의 선후를 판단하기도 쉽지 않다.

    (24나)의 '간나희'에 대하여는 「갓(妻)+아히」에 '-ᄋᆞ'이 삽입된 것으로 보는 견해가 있다(河野六郎 1945 : 195,205 ; 李基文 1991 : 112~113). '거즛말, 거즛것'의 '거즛'은 '것' 앞에서 '거즛/거즉/거죽'으로 나타나는데, 末音 /ㄱ/은 동화현상을 표기에 반영한 것이고, 모음 /ㅜ/는 그 빈도로 보아 誤記는 아니고, 부주의에 의한 발음이 표기법에까지 반영된 것으로 보인다. '거즛 몸'(19ㄴ)과 '거즛 다짐'(42ㄱ)은 句(phrase)로 보아야 할 것이다. '곳봉이'는 중세국어에서 주로 '곳부리'로 나타나던 것인데, 근대국어에서는 '곳봉이' 또는 '곳봉오리'로 나타나는 것이 보통이다. 중세국어에서는 '묏부리, 묏봉오리' 등에서 보는 바와 같이 '부리'와 '봉오리'가 같은 뜻으로 쓰이는데, 後者는 한자어 '峰'에 견인된 것으로 보인다. '구리쇠'는 '쇠'가 의미적으로 '구리'를 포함함을 알게 해 준다. '금못'은 '금못'의 과잉교정이다. 중세국어의 'ᄋᆞ'에 현대 경상도 방언의 '오'가 대응되는 경우가 많은 사실과 관련되는 현상이라 생각된다.

    '딤째'는 '짐대'(長竿)의 과잉교정인데, '딤/짐'은 원래 '荷'를 뜻하는 말이었다(梁柱東 1954 : 325). '대'는 '빗대'(돛대) 및 '막다히/막대'의 '다히/대'와 같은 것으로서, 實辭로 보인다.[14] 종래의 사전에 '짐대, 짒대'는

---

14) 현대국어 '막대기'의 '대기'는 '다히>다기>대기'의 변화 과정을 겪었을 것으로 보인다.

등록되어 있으나 '딤째'는 등록되지 않았다.

'쇠방마치'는 '쇠'와 '방마치'가 통합한 것이다. '방마치'와 '방망치'의 선후관계는 분명하게 확인되지 않으나, 前者에 /ㅇ/이 첨가되어 後者가 형성되고, 여기서 다시 '방망이'와 '망치'가 분화되었을 가능성이 크다. '쇠사슬'은 중세국어에 '쇠사슬'로 나타나므로 /ㅅ/의 비음운화에 의한 과잉교정이다. '집사롬'은 '가족'을 의미하는 합성어이다. '집안사롬'(臨終3ㄴ)도 같은 뜻을 나타낸다. '쳥셕쌀'은 현대국어 '칼'(刀)의 古形이 '갈ㅎ'이었기 때문에 '갈ㅎ'의 'ㄱ'이 무성자음 뒤에서 硬音으로 바뀐 것이다. 'ㅎㄹ사리'는 16세기 초에도 이미 나타난다(蜉 : ㅎㄹ사리 부, 訓蒙字會 上 23). '한도'는 '環刀'가 와전되어 '한'(大)과 '도'(刀)의 통합으로 인식된 결과 생겨난 말로 볼 수 있다.

2.2.2. 동사

A. 통사적 합성어

(25) 명사+동사
    가. 병들다 7ㄴ, 8ㄴ, 18ㄴ, 19ㄴ, 28ㄱ, 29ㄴ
    나. 내암나다[냄새나다] 臨終4ㄱ
    다. 모욕ᄀᆞᆷ다 20ㄴ
    라. 병보다[看護하다] 臨終4ㄱ
    마. 여롬짓다 13ㄱ

(25가, 나)는 명사에 자동사가 붙은 것이고, (25다, 라, 마)는 명사에 타동사가 붙은 것이다. (25가)는 '벙들다'로 적힌 경우도 있는데(18ㄴ), 誤記일 것이다. '즁병들다'(41ㄱ)는 句로 보는 것이 좋을 듯하다. (25다)는 현대국어의 '먹'이 '목욕'에서 발달한 것임을 보여 준다.

(26) 동사+동사
    가. 나오다 20ㄴ, 41ㄱ, 42ㄴ cf. 나다 41ㄴ

나. 낫타나다 21ㄴ, 42ㄱ
다. 둘러메다 42ㄱ
라. 둘러셔다 42ㄱ
마. 믈러셔다 20ㄴ
바. 써나다 臨終 5ㄱ
사. 도라가다 臨終 3ㄴ

(26나)는 '낱-'과 '나-'의 통합이다. '낱다'는 '나다' 또는 사동접사 '-오-'와 통합되어 나타나는 일이 많다. '사겨 내어(14ㄴ)는 '飜譯해 내어'의 뜻인데, '-아/어 내다'는 句構成으로 보아야 할 것이다. 이 구성은 중세국어에서도 발견된다(月釋1 : 27).

중세국어와 근대국어에서는 '-ㅎ(다)'에 의한 파생이 현대국어보다도 더 생산적이었다.15) 여기서는 몇 가지 예만 뽑아서 간략하게 논의하고자 한다.

(27) 어근+-어 ㅎ-
가. 동사
a. 죠하ㅎ고 17ㄴ, 30ㄱ
b. 슬퍼ㅎ며 28ㄴ
c. 저허ㅎ야 臨終5ㄱ
d. 즐겨ㅎ면 3ㄴ 즐겨ㅎ던이(= -ㅎ더니) 22ㄱ
나. 형용사
멀거케 6ㄴ

(27가-a)는 형용사 '죻-'에 '-아 ㅎ-'가 붙어 동사가 된 것이고, (27가-b)는 파생형용사 '슬프-'에 '-어 ㅎ-'가 붙은 것이다. 「臨終正念訣」에는 '쓸허ㅎ며'(悲, 臨終6ㄴ)가 보이는데, 이것은 동사 어간에 '-어 ㅎ-'가 붙은 것이다. 『普勸』에는 동사 '슬ㅎ-'가 나타나지만(16

---

15) '이홀'(이로운, 15ㄱ)이 좋은 예이다.

ㄴ), 이는 [厭]을 뜻하는 말이다.

형용사 '멀거케'는 「멀거ᄒ게」의 축약인데, '훤하게 (알다)'란 의미를 나타낸다. 현대국어에서도 '저 애는 속이 멀겋다'(='나이에 비해 조숙하다.' 또는 '사태에 대하여 다 알고 있다.'는 뜻)와 같은 표현에서 유사한 의미가 확인된다.

현대국어에서는 '-하(다)'가 「좋다→좋아하다, 밉다→미워하다」와 같이 형용사를 타동사로 바꾸는 일이 있지만 중세국어에서는 이런 현상이 없었다. 그런데 『普勸』에서는 '죠하ᄒ-(17ㄴ, 30ㄱ)' '슬퍼ᄒ-' 등이 나타나므로 이 현상은 근대국어 시기에 생겨난 것으로 볼 수 있을 것이다.16) 또 중세국어와 근대국어에서 많이 쓰인 '거머ᄒ다, 퍼러ᄒ다' 따위의 형용사는 오늘날 '거멓다, 퍼렇다' 따위로 축약되었으나, 타동사화의 기능을 갖는 「-아/어 하-」는 '-앟/엏-'으로 축약되는 일이 없다(宋喆儀 1992 : 227~228).17)

(28) 비통사적 합성어
    가. 셜도ᄂ듸 39ㄴ
    나. 후리치고 39ㄱ18)
    다. ᄭᅵ쳐[깨우쳐] 40ㄴ
    라. ᄃᆞ니고 5ㄴ
    마. 얼믜힌 臨終3ㄴ

위 예들은 모두 비통사적 합성어이다. 'ᄃᆞ니고'는 동사 '니다'가 근대국어에도 존재하므로 합성동사로 처리하는 데에 문제가 없다. '얼믜

---

16) 宋喆儀(1992 : 227)는 이 현상이 현대국어 시기에 생겨난 것으로 추정하였다. 그러나 「됴화ᄒ다」가 『同文類解』에서 확인된다(上33).
17) 'ᄒ다'는 어미 '-아/어' 뒤에 붙기도 하고 어근 뒤에 바로 붙기도 하는 데 비해 보조용언 '디다'는 항상 '-아/어' 뒤에서 나타난다는 차이점이 있다.
18) '후리티다'는 '빼앗다'를 의미하다가 근대국어 시기에 '내던지다'란 의미도 얻게 된다. 여기서는 後者의 뜻을 나타낸다.

힌'의 '-히-'(='-이-'에서 유추된 것)는 피동접미사이므로 궁극적으로는 파생어에 속하나, '얼믜-'가 합성어이므로 여기에 함께 제시한다.

비통사적 합성어와 「어간파생부사+동사」는 신중히 구별되어야 한다. 한 예로 '가ᄅ 집고'(41ㄴ)의 '가ᄅ'는 '가ᄅ다'(分)라는 동사에서 영접사에 의해 파생된 부사이다. '가ᄅ'가 파생부사라는 사실은 '가ᄅ' 다음에 名詞가 오는 경우를 보아 알 수 있다.[19] 다음 (29)의 '가ᄅ'는 부사로서 명사와 합성된 것이다. 부사가 명사적 용법을 보인 예로 처리할 수 있다.

(29) 통티 몯홀 곧이 잇거든 가ᄅ주 내여(小診 凡 1)

2.2.3. 형용사

(30) 가. 슬디다 19ㄴ
　　 나. 모지다 臨終3ㄴ
　　 다. 다흠없다 40ㄱ
　　 리. 속졀없다 39ㄱ, 臨終4ㄱ
　　 마. 덧젓없다 臨終4ㄱ
　　 바. 만만ᄒ다 5ㄴ, 6ㄴ, 15ㄴ…

(30가~라)는 체언에 용언이 붙어서 형성된 합성형용사이다. 이 중(30가, 나)는 「주어+서술어」 구성으로 이루어진 합성어이다.[20] '덧젓

---

19) 종래의 사전에서는 ' : 갈다[耕]' 외에 '갈다[分]'도 표제어로 잡은 일이 있었으나, '가ᄅ다[分]'를 표제어로 잡고 '갈아'는 불규칙활용(가ᄅ+아 → 갈아)으로 처리하는 것이 옳다고 생각한다. 만약 어간이 '갈-'이었다면 '짚다/집다'와 통합할 경우에 'ㅇ'가 나타날 수 없기 때문이다. 句構成이라면 부사화접미사 '-오' 또는 어미 '-아'가 붙을 것이고, 합성어라면 어미 '-아'가 붙거나(통사적 합성어) 아무 어미도 붙지 않을(비통사적 합성어) 것이다.
高永根(1987 : 149~150)에서는 '가ᄅ-'를 접두사로 기술하였다. 한편 '가ᄅ[갈래], '가롤[分派]', '가롤[脚]', '가리[楸]', '가리[水派]'도 모두 그 기원이 같은 것임에 틀림없다. '가ᄅ다'에서는 다시 [分, 支]와 [横]의 의미가 분화된다.
20) '슬디다'는 중세국어에서 '슬지다'로 나타나므로 과잉교정이다.

[常]'은 불규칙적 어근이다. (30바)는 의미의 강조를 위해 형용사 앞에
동일 형태소가 중복된 것으로서 그 예가 아주 많은데, 특이한 합성이다.
　이 밖에 관형사로는 수관형사 '열두'(42ㄴ)가 있고, 대명사로는 '이
것'(臨終4ㄱ)이 있다. '이보소'(41ㄱ)는 감탄사로 굳어진 것이다. 다음의
'-아지다' 형 단어는 본용언과 보조용언의 구성이다.

　　　(31) -아지다
　　　　　가. 머러지다 40ㄱ
　　　　　나. 조바지다 42ㄱ
　　　　　다. 싸지다(拔) 13ㄴ

　위 예들 중 (31가, 나)는 각각 형용사 '멀-'와 '좁-'에, (31다)는 자
동사 '싸-'에 '-아지다'가 붙은 것이다. 현대국어에서는 '빠다[拔]'가
일부 지역에서 자동사로 쓰이고 있다. 종래의 사전 중에는 '싸다[選,
拔]'의 어간을 '쌘-'로 잡은 경우도 있으나, '싸-'가 옳다(김영신
1975/1988 : 313). 이 동사의 어간을 '쌘-'로 잡게 되면, 15세기의 '싸혀
-'는 「쌘-+아+혀-」의 구조가 되는 셈이다. 그러나 이것은 '혀-'
가 어간에 바로 통합하는 성질을 지니고 있다는 사실에 비추어 볼 때
옳지 않다. 중세국어의 '니르혀-'도 사동접사 '-으-'에 '혀-'가 바
로 통합한 것이다. '쌘다[選]'는 1748년에 간행된 『同文類解』(上 44ㄱ)에
나타나지만, 이 예는 과잉교정일 것이다.

3. 어휘의 의미 유형별 고찰

　여기에서는 『普勸』에 나타난 친족어휘, 날짜 관련 어휘, 수사, ㅎ말
음체언 등에 관하여 살펴보기로 한다.

3.1. 친족어휘

친족어휘는 방언적 차이는 있지만, 통시적 변화는 그리 크지 않은 편에 속한다. 친족어휘를 기술함에 있어서는 호칭과 지칭을 구분할 필요가 있으나, 언어 현실에서는 구별되지 않는 경우가 많으므로 여기서는 특별한 경우가 아니면 나누지 않기로 한다. (32 아)는 친족어휘는 아니지만 여기에 포함시키기로 한다.

(32) 친족 어휘
　　가. [아버지] : 아바님 16ㄱ
　　나. [어머니] : a. 어머님 16ㄱ, 19ㄱ　b. 어마님 16ㄱ　c. 어먼이 16ㄱ
　　　　　　　　　d. 어마니 16ㄱ　e. 어머니 16ㄴ
　　다. [부모] : 부모 28ㄴ(2회), 31ㄴ
　　라. [남편] : a. 지아비 20ㄱ, 28ㄱ　b. 저아비 28ㄴ
　　　　　　　　c. 그딕 20ㄱ(2회), 20ㄴ(2회), 28ㄴ
　　마. [아내] : a. 졔지비(主格) 28ㄱ　b. 졔집 32ㄱ
　　바. [누이] : 누우 19ㄱ
　　사. [장모] : 가싀엄의(관형격) 19ㄴ
　　아. 기타 : a. 어루신네 41ㄱ　b. 아즈미 19ㄱ

(32가)의 '아바님'은 중세국어와 같은 어형이다. '아버님'은 『癸丑日記』(p.88)에 출현하나, 이는 필사본으로서 정확한 연대를 알 수 없는 자료이다. 평안 방언에서는 '아바지'와 함께 '아바니'가 넓은 분포를 지니고 쓰인다(金英培 1978/1984 : 177). (32나)의 '어머님/어마님'도 중세국어의 경우와 크게 다르지 않은 모습을 보여 주고 있다.

(32다)의 '父母'는 고유어 '어버싀'에 해당하는 한자어의 사용을 보여준다. 『飜譯朴通事』에는 '어버싀'와 '父母'가 공존하고 있다(上 50, 51).

(32라)의 '지아비'는 직접적으로는 [家長, 族長]의 뜻인 '짓아비'(二倫 初 1518년 : 30)로 소급되는데, '짓'은 '집+ㅅ'으로 이루진 것이다. '저아

비'는 같은 面에 2회나 쓰인 것으로 보아 誤記가 아니라 방언형이라 생
각된다.

(32라)에의 '그디'는 남편에 대한 호칭으로 쓰였는데, 중세국어에서
도 이런 용법이 나타난다(月釋 1 : 11). '그디'는 '그'와 '디'의 합성으로
이루어진 것인데(劉昌惇 1971 : 267), 중세국어에서 '그디'와 '너'는 같은
문맥에서 서로 교체되기도 하였다(釋詳 6 : 8~9).

(32마)의 '제집'은 중세국어에서 '겨집'으로 나타나는데, [여자]와 [아
내] 두 가지 의미를 다 지니고 있었다. '자기 집'이란 뜻으로는 '제
집'(18ㄴ)이 쓰였다.

(32바)의 '누우'는 중세국어에서 '누의'였는데, 근대국어에도 이 어형
이 많이 쓰였다. 그런데 여기 쓰인 '누우'는 오늘날 경상도의 광범위한
지역에서 쓰이고 있는 누부'와 다르다는 점에서 흥미롭다. 예천 지역에
서는 현대에도 '누부'가 안 쓰이는 것으로 조사되었다.

(32사)의 '가싀엄의'는 관형격조사와 통합한 어형인데, 한글학회(1992)
에는 '압'(아비), '엄'(어미)과 함께 '가싀엄'이 표제어로 등록되어 있다.[21]
현대 평안도 전역에서 '丈人'을 '가시아바지'라 하고 '丈母'를 '가시오
마니'라 한다(金英培 1978/1984 : 178).

(32아)의 '어루신네'도 호칭어로 쓰인 것이다. 李基文(1991 : 49)은 '-
내/네'가 蒙古文語의 복수접미사 '-nar/ner'와 관련이 있을 것으로 보
면서, 17세기의 '-내'는 높임의 의미가 약한 것으로 보았다(cf.2.1.2.).
'아즈미(아즈미)'는 '아자비'와 함께 『鷄林類事』에까지 소급되는데, 이
두 어휘는 대체로 父系와 母系에 구별없이 사용되었다.

    (33) 가. 伯叔亦皆曰了(丫)查秘
        나. 叔伯母皆曰了(丫)子彌
        다. 姨妗亦皆曰了(丫)子彌   *'了'는 '丫'의 誤字임.

---

21) 劉昌惇의 『李朝語辭典』에는 이들 모두 등록되지 않았다. 한편 『靑丘永言』(原刊本
   65)에는 '어마'(呼格形)가 보인다.

'아자비, 아즈미'는 각각 '앗+아비, 앗+어미' 구성이다. '앗-'의 原義는 [少]였는데, 후에 [從系]의 의미가 파생되어 傍系인 경우에도 사용되었다.22)

4. 날짜 관련 어휘

날짜 관련 어휘도 큰 변화를 겪지 않는 어휘류에 속하는 것으로 생각된다. 날짜 관련 어휘에는 두 가지 종류가 있다. 절대적 기간을 나타내는 (34가)류와 발화시를 기준으로 하여 날짜를 상대적으로 표시하는 (34나)류가 그것이다. 『普勸』은 이 어휘류에서 특별한 점을 보여 주지 않는다. 조사와의 통합형은 본문에 나타나 있는 대로 옮긴다.

(34) 날짜 관련 어휘
　　가. 절대적 期間을 표시하는 어휘
　　　　a. 1일 : <나복형> ᄒᆞᄅᆞ 39ㄴ, 40ㅣ, 42ㄴ
　　　　　　　　<곡용형> 홀니런가 42ㄴ ; 홀라나 3ㄴ
　　　　　　　　<합성어> ᄒᆞ론날 15ㄴ
　　　　b. 2일 : <곡용형> 잇트리런가 42ㄴ ; 닛트나나 3ㄴ
　　　　c. 3일 : <단독형> 사흘 6ㄴ, 20ㄴ ; 삼일 20ㄴ
　　　　　　　　<곡용형> 사ᄒᆞ리나 3ㄴ, 사ᄒᆞ리니 21ㄴ
　　　　d. 5일 : <단독형> 닷쇄 3ㄴ
　　　　e. 7일 : <합성어> 일웬날 7ㄴ, 16ㄱ
　　　　f. 年 : (두) 히 28ㄱ ; (삼) 년 21ㄴ, (삼천) 년 20ㄴ
　　나. 날짜를 상대적으로 표시하는 어휘
　　　　a. 오롤(今日) 30ㄴ
　　　　b. 어제날 20ㄱ
　　　　c. 너일 20ㄴ, 30ㄴ

22) 이 어휘들은 李基文(1991 : 56~64)에서 자세하게 논의되었다.

(34가—a)의 '흐ᄅ'는 이 시기에도 특수한 곡용을 보이고 있다.[23] '사ᄋ올'은 1489년의 『救急簡易方』(1 : 103) 이후 잘 나타나지 않고, '사흘'은 『杜詩諺解』(初刊本)에도 쓰인 것으로 보아(11 : 52), 15세기 말에 '사ᄋ올'이 '사흘'로 교체되었다고 볼 수 있을 것이다. (34나—a)의 '오ᄅ올'은 '오늘'(朴通事新釋諺解 1 : 35ㄱ)의 異表記이다.

5. 數詞

> (35) 數詞
> 가. 혼낫도 8ㄱ
> 나. 두 9ㄱ, 28ㄱ, 32ㄱ, 39ㄴ, 42ㄴ(모두 수관형사)
> 다. 세히 20ㄴ ; 세 18ㄴ(수관형사)[24]
> 라. (열)례혜 16ㄱ ; 네다ᄉ시 41ㄴ
> 마. 엿슷 39ㄱ
> 바. 아홉 19ㄴ
> 사. 열 3ㄴ, 22ㄴ(2회), 29ㄱ
> 아. 셜혼 15ㄴ, 39ㄴ, 42ㄴ
> 자. 쉰 19ㄴ
> 차. 네쉰 18ㄴ

(35가)의 '혼낫'에 대하여는 두 가지 추측이 가능하다. 첫째는 수관형사 '혼'과 의존명사 '낟/낱/낫'의 통합으로 보는 것이고, 둘째는 '혼낱'('흐낱'의 重綴)의 異表記로 보는 것이다. 문맥(션ᄉ을 혼낫도 아니 ᄒ고 악ᄉ을 만만히 ᄒ여도)으로 보아 둘째 해석이 더 자연스럽다. 그렇다면 '흐나토/흐낫토' 또는 '혼나토/혼낫토'로 적었어야 옳았겠지만,[25] 氣性이 두

---

23) '흐ᄅ'의 어원에 대해서는 李基文(1991 : 82~84)를 참조할 것.
24) 이 예는 '세 살'에 나타나는 것인데, 이 '살'은 1783년의 『字恤典則6』에 이르기까지 '설'로 적히던 것이다.

드러지지 않아서 표기에 반영되지 않은 것으로 보인다. (35다)와 (35라)
에서는 아직 語末의 'ㅎ'이 유지되고 있음을 보여 주고 있다. (35마)는
이 당시에 '여슷'으로 나타나는 것이 일반적이다. 중세국어의 '여슷'과
비교하면 형태소 내부의 모음조화 파괴라 할 수 있을 것이다. (35차)는
중세국어에 '여쉰'으로 나타나는 것인데, 근대국어에서는 '여슌/예슌'으
로 적히는 것이 일반적이다. 이 밖에도 『普勸』에는 '만'(5ㄱ, 29ㄴ), '십
만'(18ㄴ) 등 한자어로 된 數詞도 보인다.

6. ㅎ말음체언

이 책에는 'ㅎ'말음체언의 용례가 비교적 풍부하다.[26] 'ㅎ말음체언'
은 음운론적 조건에 의해 'ㅎ'이 나타나기도 하고 안 나타나기도 하므
로 자동적 교체에 속하는데, 80여 개의 어휘가 있는 것으로 알려져 있
다.[27] 『普勸』에 나타나는 어휘 중 중세국어에서 'ㅎ말음체언'이었던 어
휘들을 모두 조사하여 'ㅎ'이 유지되고 있는 것, 'ㅎ'이 소멸한 것, 확

---

25) 이 책보다 약간 뒤에 간행된 『朴通事新釋諺解』(ᄒᆞ나흘 1 : 15ㄱ, ᄒᆞ나토 1 : 32ㄱ)에
   서 'ᄒᆞ낳'은 語末의 'ㅎ'을 유지하고 있다.
26) 'ㄹ곡용명사'로는 'ᄒᆞᄅᆞ'(홀리나 3ㄴ ; 홀니런가 42ㄴ)가 확인되고, 'ㄱ곡용명사'로
   는 '나모'(남글 14ㄱ)이 확인된다. 후자는 현대 방언에서도 광범한 분포를 지니고 있
   는 것이기 때문에 당연한 것으로 여겨진다. 'ㄱ곡용명사'는 'ㅎ말음체언'과 달리 비
   자동적 교체에 속한다. 비자동적 교체를 보이는 동사로는 다음 예도 발견된다.
   (예) 심거셔(14ㄱ) ; 시무시소(40ㄱ), 시무시며(42ㄴ), 시모ᄂᆞᆫ(7ㄱ)
   자동적 교체와 비자동적 교체의 개념과 종류에 대하여는 李基文(1962 : 121~122)와
   安秉禧 · 李珖鎬(1990 : 146~153)을 참조할 것.
27) 이는 종래 'ㅎ종성체언, ㅎ말음체언, ㅎ곡용어, ㅎ말음명사, ㅎ특수명사' 등으로 불
   려 왔다. 梁柱東(1965 : 129)은 'ㅎ'을 조사의 요소로 간주하여 'ㅎ조사'로 부르는
   등 의견이 분분하였다. 명칭뿐 아니라 'ㅎ'의 성격에 대하여도 ① 'ㅎ'을 체언의 끝
   요소로 보는 견해, ② 'ㅎ'을 조사의 요소로 보는 견해, ③ 'ㅎ'을 개입음으로 보는
   견해 등 세 가지로 나뉘어 있다. 'ㅎ'을 체언의 요소로 본다면 'ㅎ말음명사, ㅎ특수
   명사, ㅎ말음체언' 등이 적설하다.

인할 수 없는 단독형으로 구분하기로 한다.

(36) ㅎ말음체언

   가. 'ㅎ'이 유지된 것

      a. 길해 41ㄴ ; 길힐쇠 41ㄴ

      b. 나히 16ㄱ, 18ㄴ, 19ㄴ

      c. 돌히라도 13ㄴ

      d. 뒤헤 20ㄴ 뒤흘 28ㄴ

      e. (열)레헤 16ㄱ

      f. 세히 20ㄴ

      g. 쇼히 22ㄱ ; 쇼히나 7ㄱ, 10ㄱ

      h. 안해 18ㄴ

      i. 우흔 14ㄴ ; 우희 12ㄴ, 18ㄴ(2회)

   나. 'ㅎ'이 소멸된 것

      a. 나죄 12ㄴ, 30ㄴ

      b. 술과 21ㄴ ; 술디거든 19ㄴ

      c. ᄀᆞᆯ과 5ㄱ

      d. 겨을과 5ㄱ

      e. 코와 39ㄱ ; 코과 39ㄴ

      f. ᄆᆞ의나 13ㄱ, 29ㄱ

   다. 확인할 수 없는 것

      a. ① 경됴 짜 사던 사룸 17ㄴ

        ② 셩됴 짜 사룸 22ㄱ

        ③ 딘양 짜 사룸 28ㄱ

      b. 삼계바다 건네리라 39ㄴ ; 화장바다 건네저어 40ㄴ

      c. 냥군 고을 (간나희) 16ㄱ

      d. 훈낫도 8ㄱ

위의 세 가지 분류는 표면적으로 드러난 현상을 중심으로 이루어진 것인데, 예가 충분하다고 할 수는 없으나, 다음과 같은 차이점에 주목 해 봄직하다.

첫째, 명사의 음절 수를 본다면, (36가)類는 모두 1음절이고, (36나)類는 (36나-b, e)를 제외하면 모두 2음절 어휘이다. 둘째, (36가)류는 모두 모음조사와 연결되어 있으나, (36나)류는 (36나-a, f)를 제외하면 모두 자음조사 또는 휴지와 연결되어 있다. (36나-e)의 '-와'에는 반자음 [w]가 들어있으므로 자음조사에 속한다. 이 '-와'가 음운론적으로 자음으로 시작되는 조사에 속한다는 것은 'ㄱ'곡용명사의 교체에서도 확인된다.

적은 예이지만 이 두 가지 요인이 모두 'ㅎ말음체언'의 어휘별 변화 순서에 영향을 미쳤을 것으로 볼 수 있을 것이다. 실제로 겹받침 어휘와 홑받침 어휘를 막론하고 'ㅎ'말음을 가진 1음절 어휘는 자음조사와 연결되거나, 합성어를 이루어 음절 수가 늘어나지 않는 경우에는 'ㅎ'을 유지하려는 경향을 나타내고 있다. 1음절 어휘라 하더라도 자음조사와 연결될 때에 'ㅎ'이 나타나지 않는 것은 어말의 'ㅎ'이 청각적으로 상당히 약화된 사실을 암시하는 것으로 보이고, 'ㅎ' 외의 어말자음은 가지고 있는 (36가-a, c, h)를 제외하고 보면, 모음조사 앞에서 'ㅎ'이 출현하는데, 이는 모음충돌 회피 현상으로 볼 수 있을 것이다.[28] 특히 다음 예는 동일한 어휘가 모음조사와 연결될 때에는 'ㅎ'이 나타나거나 'ㅎ' 대신 'ㅇ' 받침이 쓰이는 데 비해, 자음조사와 연결될 때에는 'ㅎ'이 탈락되는 경우인데, 이는 우리의 추정을 뒷받침하는 좋은 예이다.

> (37) 가. 모음조사와 연결된 경우 : 따히 5ㄱ, 짱애 28ㄱ
> 　　　나. 자음조사와 연결된 경우 : 따과 40ㄱ, 하롤따과 40ㄱ

명사(체언) 단독체인 (36다)류에서 'ㅎ'이 나타나지 않는 것은 중세국

---

[28] (36나-f)는 모음조사와 연결되어 있으나, 2음절 명사이기 때문에 받침 'ㄹ'과 함께 'ㅎ'이 탈락한 경우이다.

어 이래의 일반적인 사실이다. '쌍'은 『普勸』에서 '짱애'(28ㄱ)로 표기되
는 일이 있음에도 불구하고, (36다-a)에서 'ㅇ'이 나타나지 않은 사실
자체가 말음 'ㅎ'이 완전히 소멸한 것이 아님을 암시한다.[29] 운문인
(36다-b)에는 목적격조사가 생략되어 있고, (36다-c)에는 관형격조사
가 생략되어 있다.

7. 기타 어휘 및 방언

『普勸』에 쓰인 어휘 중 문법·의미·어휘사적인 면에서 주목을 요하
는 몇 가지 예들에 대하여 논의하기로 한다. 앞에서 이미 논의된 어휘
및 방언에 대하여는 가능한 한 다시 언급하지 않는다. 각 어휘들을 가
나다順으로 정리하여 기술하기로 한다. 일련 번호를 새로 붙인다.

> (1) ㄱ장
> 가. ㄱ장 죄 만흔 사롬이 주글 째예 나무아미타불 열 번 ᄒᆞ면(13ㄴ)
> 나. 져 사롬이 ㄱ장 어진 사롬미니(21ㄴ)
> 다. 극낙셰계 어듸 인ᄂᆞᆫ고 이 희 지ᄂᆞᆫ 션역킈 이시더 ㄱ장 머다(31ㄱ)
> 라. 디옥 고샹 슈ᄒᆞ기 ㄱ장 슈고로온 줄 아지 못ᄒᆞ니(35ㄱ)

여기 쓰인 'ㄱ장'은 모두 [매우]를 뜻하는 부사이다. 중세국어의 'ㄱ
장'은 조사로서 [도착점]을, 부사로서 [한껏], [완전히] 등을 표시하였는
데, 근대국어에 와서 오늘날과 같은 [最]의 뜻으로도 쓰이게 된다.

> (2) 거록ᄒᆞ다
> 대비의 념불 공븨 하 거록ᄒᆞ시매(17ㄱ)

---

29) (36다-a)의 '짜'에는 현대 경상도 방언에서 'ㅏ, ㅑ' 등으로 끝나는 명사 뒤에 쓰이
는 부사격조사 '-아'가 들어 있을 가능성도 배제할 수 없다.

이 단어는 현대국어에서 [성스럽다], [위대하다]의 의미로서 초인간적인 속성을 표현할 때 쓰인다. 그러나 중세국어와 근대국어에서는 [장하다], [대단하다]의 의미를 표시하였다.

(3) 건듯

청풍이 건듯 부니(40ㄴ)

이 단어의 의미를 종래의 사전에서는 [얼핏]으로 풀이하고 있다. 그러나 이 단어는 현대국어 '건들거리다'의 '건들'을 연상하게 한다. 즉 '건듯'은 '건들'에 'ㅅ'이 첨가되면서 'ㄹ'이 탈락한 것일 가능성이 있다고 생각되는 것이다.

(4) 고모 · 고상

가. 고모 5ㄴ, 7ㄴ, 8ㄴ, 15ㄱ, 40ㄱ

나. 고상 12ㄴ, 21ㄱ, 35ㄱ, 43ㄱ

1) 고모

① 니 사롬이 주거 엉혼니 극낙셰계 나면 틸보 모새 년화고초로 사롬이 되여 나셔 졋도 먹지 아니ᄒ고 졀로 크고 한 고모는 다 업고 즐거오믄 만만ᄒ고(5ㄴ)

② 살며 주그며 병들며 ᄒ는 고모도 다 면ᄒ고(7ㄴ)

③ 나셔 늘그며 병드러 죽는 고모롤 면치 못ᄒ고15ㄱ

④ 살며 늘그며 병들며 죽는 고뫼 다 업다(40ㄱ)

⑤ 병들며 죽는 고모(8ㄴ)

2) 고상

① 디옥게 드어 고상을 슈ᄒ고(12ㄴ)

② 제 목의 우리 디옥 고상을 슈ᄒ야도 ᄎᆞ마 미야 가지 못홀 쩌시니(21ㄱ)

③ 디옥 고상 슈ᄒ기 ᄀᆞ장 슈고로온 줄 아지 못ᄒ니(35ㄱ)

④ 슬푸다 디옥 고상 슈홀 저긔 그 뉘라셔 디신홀고(43ㄱ)

'고모'와 '고상'은 이 문헌에만 나타나는 특징적인 것이다. 이 중 '고 상'은 현대국어에서도 널리 쓰이지만 '고모'는 현대 예천 지역에서도 확인되지 않는다. 위에 제시한 것이 모든 용례인데, 이 두 어휘는 표면 상 분명하게 구별되어 쓰인다. '고모'는 '삶의 근원적인 고통'을 나타내 는 데에 비해 '고상'은 '現世의 業에 대하여 來世에 가해지는 징벌의 고통'을 나타내고 있는 것이다. '고상'은 한자어 '苦生'인데, '고모' 역 시 한자어 '苦冒'가 아닐까 생각된다.

> (5) 긔특(奇特)
> ① 주그실 짜예 긔특훈 향내 대궐 듕에 ᄀ득기 나니(17ㄱ)
> ② 긋 째예 긔특훈 향내 만히 나고(19ㄴ)
> ③ 긔특훈지라 네의 무르미 종요롭짜(臨終3ㄴ)

이 단어는 중세국어에서는 [奇異], [特異]란 뜻을 나타내다가 근대국 어에 와서 현대국어에서와 같은 의미를 나타내기도 하는 것으로 보인 다. 그러나 근대국어에서도 현대국어와 같은 의미로 쓰인 것이 많이 발 견되지는 않는다. 위 예 중 ①, ②는 중세국어에서와 같은 의미로서 쓰 인 것이고 ③은 현대국어와 같은 의미로 쓰인 것이다.

> (6) 나다
> 동네 나히 열레해 나셔 주거 셔방의 갓다가 일웬날만애 다시 도라
> 와셔 그 어마님께 아로디(16ㄱ)

여기 쓰인 '나다'는 의미면에서 주목을 요한다. 현대국어에서 '나다' 는 매우 다양한 의미를 지니는데,[30] 중세국어나 근대국어 문헌에서는 이처럼 다양한 의미가 확인된 바 없고, 특히 위에 제시된 예의 '나다' 와 같은 용법은 종래의 고어사전류에서 전혀 소개된 바 없다. 여기에

---

30) '나다'의 의미를 『표준국어대사전』(국립국어원)에서는 본동사인 경우 30가지, 보조 동사인 경우 4가지로 나누었다.

나타난 용법은 현대국어에서 '열 살 난 아들'과 같이 '살'과 '나다' 사이에 아무런 조사도 쓰이지 않는 현상과 대조적이다. 더구나 현대국어에서는 조사가 쓰이지 않아도 직관으로는 주격조사가 생략된 것으로 이해되는데, 여기서는 '-에'가 쓰인 것이 특이하다.

다음 ①의 '나다'는 '되다' 뒤에 쓰여 마치 현대국어에서 [완료]의 의미를 지니는 [놓다]와 비슷한 의미로 쓰인 것으로 보기 쉬우나, 다른 예문들과 비교하여 보면 '태어나다'의 의미로 해석된다.[31]

> ㉠ 쪼 니 사룸이 주거 영혼니 극낙셰계 나면 틸보 모새 년화고츳로 사룸이 되어 나셔 졋도 먹지 아니ᄒ고 절로 크고 한 고모는 다 업고 즐거오믄 만만ᄒ고(5ㄱ-ㄴ)
> ㉡ 극낙셰계 가셔 틸보못 가온대 년화 곳츳로 몸이 되여 잇다가 일웬날 디내야 년곳치 픠면 사롬이 나셔(7ㄴ)
> ㉢ 내 극낙국의 가셔 보니 아바님과 형님과 나과는 년화고지 니신이 후에 가면 다시 사룸미 되여 나려니와(16ㄱ)

위 예문이 '나다'는 공통석으로 극닥 왕생, 즉 연꽃으로 테어났다가 연꽃에서 다시 인간으로 태어나는 과정을 기술하고 있다.

> (7) 나므래다/나무래다/나모래다
> 가. 불법 나므랜 죄로(10ㄱ)
> 나. 불법 나무랜 죄로(10ㄴ)
> 다. 안로슉의 넘블호믈 나모래야 우스며 보시 션사을 아니ᄒ고(20ㄱ)
>   * (7다)의 '호믈'은 字劃이 분명치 않음.

이 어휘는 현대국어에서는 일반적으로 특정 인물을 목적어로 삼는데, 제시된 예에서는 인간 외의 대상을 목적어로 삼고 있다. 즉 현대국

---

31) 현대국어의 보조동사 '놓다'는 [완료]뿐 아니라 [전제], [조건]의 뜻도 나타내는데, 유사한 의미를 드러내는 표현으로 '가지고'가 있다.

어에서 '나무라다'의 목적어가 될 수 있는 것은 일반적으로 [+human] 명사인데, 위 예문에서는 [−human] 명사가 '나므래다/나무래다'의 목적어로 사용된 것이다. 현대국어에서 '정부/학교를 나무라다.'와 같은 문장이 適格한 문장으로 받아들여지기는 하지만, 이 때의 '정부'는 '정부에 소속되어 종사하는 행정가', 즉 '인간'의 집합으로, '학교'도 '교직원의 집합'으로 이해된다. '나무라다'의 목적어가 되는 것은 擬人化된 '정부, 학교'인 것이다. 그것은 '시책, 정책, 방침' 등이 '나무라다'의 목적어가 될 수 없음을 보아 알 수 있다.

그런데 '佛法'은 추상명사일 뿐, 의인화된 것이 아니므로 『普勸』에 쓰인 '나므라다'는 목적어 선택 제약에 있어서 현대국어와 차이를 보인다는 결론을 내릴 수 있다.

    (8) 내
        내훈틱 오느 이는 다몬 나을 위ᄒᆞ야 염블ᄒᆞ고(臨終 4ㄱ)

1인칭 대명사 형태 '나'가 '내'로 나타나 있음을 볼 수 있다. 그러나 목적격조사 앞에서는 '나'가 쓰이고 있어서, '내훈틱'의 '내'는 '훈틱'가 원래 명사 '딕'를 구성 요소로 갖고 있는 사실에 말미암는 것으로 보이기도 한다. 그러나 공시적으로는 '내'가 대명사이고, '−훈틱'는 보조사이다.

    (9) 내암[냄새](臨終4ㄱ)

이 어휘는 '내옴'(朴通 重 50 ; 東新 烈 2 : 43) 또는 '내옴새'(漢清 387)로도 나타나는데, 현대 경상도 방언의 '내암'과 부합한다.

    (10) 돌(鷄)
        쇼과 돌과 만히 잡고 영장 인ᄉᆞ나 잘ᄒᆞ쟈(30ㄴ)

이 '둙'이 '닭'의 방언인지는 분명치 않다. 현대 경북 방언 전체에서 '닭'이 널리 쓰이고 있기는 하다. 그러나『普勸』에는 당시에 이 지역에서 '둙'이 쓰였을 것으로 확신하기 어렵게 하는 것들이 있다. 용언의 활용형 '볼고'(붉+고, 5ㄱ)에서도 어간 末音 /ㄱ/이 나타나지 않지만, 이는 '불가'(5ㄴ)로 보아 어간말 겹받침 /ㄺ/의 /ㄱ/을 다음 음절의 頭音 /ㄱ/ 앞에서 생략하는 것이『普勸』의 표기법임을 알 수 있기 때문이다. 그러므로 '둙'의 존재를 확인하기 위해서는 /ㄱ/이 결여된 '둘'이 모음 조사와 통합한 예를 찾아야 하겠는데, 이 책에는 그러한 예가 없다. 安秉禧 (1989/1992 : 32~33)는『杜詩諺解』重刊本에 나오는 '둘'을 誤字로 지적한 바 있다(이는 이웃지비 갓가와 둘가히 서르 오몰 니르니라(杜重 11 : 12ㄱ)).

(11) 다짐
　가. 시왕께 잡혀 드러 츄열 다짐 시비쟝단 가지가지 무르실 지(41
　　ㄴ－42ㄱ)
　나. 어듸 가 혼 말이나 거즛 다짐 후올손고(42ㄱ)

'다짐'은 吏讀에서는 '侤, 侤音', 중세 · 근대 한글 자료에서는 '다딤'으로 나타난다.

(12) 둏다/죻다
　가. [好, 快, 喜]를 뜻하는 경우
　　a. 됴화[好] 17ㄴ　　됴흔[好] 17ㄴ
　　b. 죠하[快] 5ㄱ　　죠코[快] 5ㄴ　　죠흔믄[快善] 5ㄴ
　　　죠해[喜] 13ㄱ　　죳타[樂] 13ㄱ　　죠히[好] 40ㄴ
　나. [治癒]를 뜻하는 경우
　　죠코[治癒] 28ㄴ　　죠코[治癒] 8ㄴ　　죠흐둘[治癒] 19ㄴ
　　죠흐며[治癒] 臨終 4ㄱ

'둏다'와 '죻다'는 한 단어의 異表記이다. (12가－a)와 (12가－b)는 의

미적 有緣性이 크므로 '둏다/좋다'의 의미는 두 가지로 大別할 수 있다. (12가)는 형용사로 쓰인 것이고 (12나)는 동사로 쓰인 것이다.[32] 『普勸』에서도 이 단어는 '조타[淨]'(14ㄴ, 20ㄴ)와 구별되는데, 이는 아직 치음 /ㅈ/의 경구개음화가 완성되지 않았기 때문일 것이다.

> (13) 마동
> 3ㄴ, 5ㄱ, 8ㄱ, 11ㄱ, 15ㄴ, 29ㄴ, 35ㄱ, 39ㄴ, 40ㄱ

'-마동'은 경상도 북부 지역의 특징적인 조사이다. 현대 경상도 남부 지역에서는 '-마정/마장/마당'이 쓰이고 있다(金永信1982 : 17). 부사격조사 또는 접속조사 '-캉'(='-과'), 보조사 '-부텅'(='-부터'), 의문문의 문말 구성에서 쓰이는 '-ㄴ강' '-ㄴ공' 등을 보아 알 수 있듯이, 어말에 붙는 /ㅇ/은 경상도 방언의 특징이다.[33]

> (14) 말다
> 가. 념불 마는 듕싱드라(39ㄴ)
> 나. 우리도 인간애 나왓다가 념불 말고 어이홀고(40ㄴ)

여기서는 '말다'가 단순한 [부정]을 나타내고 있다. 다음은 『普勸』에서 '말다'가 [금지]를 뜻하는 말로 쓰인 곳이다.

---

32) (12나) '좋다'가 동사인 것은 여기에 '-ᄂᆞ-'가 통합할 수 있는 사실에서도 알 수 있다고도 한다. 그러나 '-ᄂᆞ-'가 과연 동사에만 통합될 수 있는가 하는 것은 더 연구해 보아야 할 과제이다. '곶 됴코 여름 하ᄂᆞ니'(龍歌 : 1)에서 '하ᄂᆞ니'를 동사로 보는 경우도 있으나 수긍하기 어렵다. 현대국어에서도 '-느-'는 동사표지로 보기 어려운 점이 많다. 徐泰龍(1991)은 현대국어를 중심으로 상태동사와 '-느-'의 통합이 존재함을 입증하였다.
33) 다음이 그 예이다.
  (예) 가는 안 갈라는강?(그 애는 안 가려는가?)
     머 할라 카는공?(무엇을 하려고 하는가?)
  이 어법은 독백체일 가능성이 있다.

10ㄴ, 29ㄱ, 29ㄴ, 30ㄱ, 35ㄴ, 31ㄱ, 34ㄴ, 35ㄴ, 38ㄴ, 42ㄴ, 43ㄴ
臨終3ㄴ, 臨終4ㄱ(2회), 臨終4ㄴ(2회), 臨終7ㄴ(3회)

중세국어의 '말다'는 [금지] 외에 단순한 [부정]도 나타내는 경우가
많았으나, 근대국어에 오면 後者의 의미는 상당히 줄어든다. 현대국어
에서도 '갈까, 가지 말까?' '그가 떠나지 말았으면 좋겠다.' '가든 말든
물'과 같은 문장에서 단순한 [부정]을 의미하는 경우가 있으나, 이런
용법은 중세국어뿐 아니라 근대국어에 비해서도 더 제한적이다. '철수
말고 영희 네가 오너라.'에서는 명사 뒤에 '-말고'가 직접 연결되었고,
이 '-말고'는 다른 어미의 통합이 불가능하기 때문에 보조사로 처리해
야 할 것이다. 그러나 (14나)의 '말고'는 비록 체언에 직접 통합하기는
하였으나, 보조사로 처리할 수 없다. 의미 면에서도 [제외]의 뜻을 지닌
현대국어 보조사 '-말고'와 다를 뿐 아니라, '념불'이 동작성 명사로서
'말고'의 목적어로 해석되며, (14가)에서 보듯이 '말-'이 '-ㄴ-'와 통
합하고 있기 때문이다. 그러나 (14나)는 현대국어의 보조사 '-말고'의
형성 동기를 암시해 준다는 점에서 주목될 만한 것이다.

(15) 몽다
　　가. 부톄과 보살과 어진 사람만 모화 니시며(5ㄱ)
　　나. 흐론날 시왕등이 모화셔 공ᄉ흐시다가(20ㄱ)
　　다. 그 톄 …주거 갈 째예 그 모혼 사롬 등이 보니 아미타불 뒤흘
　　　　조차 가더라 흐시다(28ㄴ)

'몽다' 계열의 어휘들은 좀 복잡한 관계를 지니고 있다. 종래 사전에
기술된 내용을 정리하면 다음과 같다.

　㉠ 중세국어
　　자동사 : 몯다
　　타동사 : 모도다, 뫼호다

ⓛ 근대국어

　　자동사 : 모되다

　　타동사 : a. 몯다, 모도다/모도오다

　　　　　　b. 몷다, 모호다

　　근대국어의 타동사로만 기술된 '몯다'는 자동사임이 분명하다.[34] 문
제는 근대국어의 '몷-, 모호-' 각각의 형태론적 성격 및 이 두 어휘
의 관계이다.

　　'몷다'는 종래의 사전에서 타동사로 소개되었으나, 여기에 제시된
'모화, 모화셔, 모혼' 등은 모두 자동사이다. 그런데 이들의 어간 형태
를 '모호-'로 잡을 수는 없을 것이다. 그럴 경우 중세국어의 타동사
'뫼호다'가 이 시기에 와서 자동사 '모호다'로 변한 사실을 설명하기도
어렵게 된다. 그러므로 '모화, 모화셔'의 어간 형태는 '몷-'이며, 이 두
활용형에 들어있는 '오'는 모음충돌을 피하기 위한 반자음 [w]를 표기
한 것으로 생각된다(cf. 놓-+아→ 노화, 18ㄱ). 반자음의 개입은 /ㅎ/이 음
성적으로 거의 실현되지 않았던 데에 말미암는 것으로 보인다. 그런데
'모혼'의 '-오-'는 사정이 다르다. 이 '-오-'는 관형사형 어미 앞에
붙던 대상 활용의 선어말 형태소일 것이다.

　　(16) 뭇다

　　　　무어14ㄱ

　　[쌓다], [만들다]를 의미하는 이 어휘의 어간이 종래의 辭典類에서
모두 다르게 記述되어 있다. 南廣祐(1971)에서는 '무스-'로, 劉昌惇

----

34) 홍윤표(1995)에서 '몯다'를 타동사로 기술하였다. 『普勸』에 쓰인 파생부사 '모도'와
　　'모다', 파생관형사 '모돈'의 형성 과정은 단순한 공시적 기술만으로 해명되는 것은
　　아니겠지만, '몯다'가 자동사여야만 의미면에서 합리적으로 설명될 수 있을 것이다.
　　모도(부사)　：42ㄱ
　　모다(부사)　：14ㄴ, 29ㄱ, 30ㄴ, 31ㄱ, 35ㄴ, 38ㄴ
　　모돈(관형사)：2ㄱ(3), 3ㄱ, 4ㄴ, 5ㄱ, 6ㄴ, 9ㄱ, 9ㄴ, 14ㄴ, 15ㄴ, 22ㄱ

(1964)에서 '믓-'으로, 한글학회(1992)에서는 '무으/무-'로 기술되어 있는 것이다. 비록 15세기 문헌에 '무으리니'(釋詳 6 : 27) '무읈(月曲 156)' 등이 있으나, '믓샇다'(野雲 50)로 보아 劉昌惇(1964)의 記述이 가장 정확한 것으로 생각된다. 16세기 초의 자료에서는 '무ᅀᅥ'가 보인다(朴初 上 31). 그러나 15세기에 '무으리니, 무읈'이 쓰였다는 것은 'ᅀ'의 음소 자격에 회의를 갖게 한다.

　　(17) 무으다
　　　　번로심 볘쳐 노코 지혜로 비롤 <u>무</u>에 삼계 바다 건네리라(39ㄴ)

　이 '무에'는 海印寺本(29ㄱ)에서는 '무어'로 표기되었다. 劉昌惇(1964)은 이 '무어'의 기본형을 '믓다'로 간주하고 '쌓아 올리다'로 풀이하였으나, 이는 '(배를) 저어'란 뜻으로 쓰인 것이다. 이 의미는 [움직이다]의 주변 의미에 속하는 것이다. [움직이다]를 의미하는 '무으다'는 다음 예문에서도 확인된다.

　　㉠ 六師이 무리 閻浮提예 가ᄃᆨᄒ야노 내 바랫 ᄒᆫ 디리롤 몯 <u>무으리니</u> 므슷 이롤 겻고오려 ᄒᄂ고(釋詳6 : 27)
　　㉡ 閻浮提 ᄀ둑ᄒᆫ 外道ㅣ ᄒᆫ 터럭 몯 <u>무읈</u> 둘 須達이 듣고(月曲156)

　그러나 '무으-'의 활용형이 '무에'로 나타나는 것은 이해하기 어렵다. 誤記가 아닌가 생각된다.

　　(18) 보채다
　　　　가. 귀신도 <u>보채디</u> 못하고(31ㄱ)
　　　　나. 귀신도 <u>봇채지</u> 못ᄒ고 = 鬼神不能害(11ㄱ)

　이 단어는 중세국어 자료에서는 '보차다/보차이다/보채다'로 나타난다. 현대국어에서는 [성가시게 하다]를 뜻하지만, 중세국어와 근대국어에서는 객체에게 중대한 危害를 가하는 경우에도 쓰였다.

> (19) 븐
> 쏘 사룸이 다 닐오디 이 국을 죳타 ᄒ건니와 극낙국에ᄂ 빅 븐에
> 훈 븐도 못ᄒ다 ᄒ시니(13ㄱ)

이 '븐'은 '番'이 아니라 '分'이다. 위 예문은 '세상 사람이 다 現世를 좋은 세상이라고 생각하지만 극락에 비하면 百分之一에도 못 미친다.' 는 뜻으로 쓰인 것이다. 그러므로 이 '븐'은 '분'을 과잉교정한 것이다. 원순모음화는 17세기 후반에 가서 완성된 것으로 알려져 있는데, '븐' 은 이 시기에 이 지역에서 원순모음화가 거의 완성되었음을 입증하는 것으로 보아야 할 것이다. '덕븐'(13ㄴ)도 원순모음화에 따른 과잉교정 의 예이다.

> (20) 사모납다/사모랍다
> 가. <u>사모라온</u> 사룸과 더러온 사룸과 네인과 즘싱 등이 다 업고 부
> 톄과 보살과 어진 사룸만 모화 니시며(5ㄱ)
> 나. 극히 <u>사모라온</u> 사룸도 념불ᄒ면 아미타불 덕븐에 디옥을 면코
> 셔방 간다 ᄒ시니(13ㄴ)
> 다. 져리 <u>사모라온</u> 사룸을 엇졔 미지 아니ᄒ고 (21ㄱ)
> 라. 져 사룸미 <u>사모납지</u> 아니ᄒ고 실로 어딘 사룸미네다(21ㄱ)

'사모납다/사모랍다'는 어느 사전에도 실려 있지 않은데,[35] 현대 경 상도 남부 지역의 '상그랍다'와 관련이 있는 것으로 보인다. '상그랍다' 는 아래 예문에서 보듯이 [산만하다], [팔자(운명)가 아주 나쁘다], [난폭 하다] 등을 뜻한다.

> ㉠ 정신이 상그랍다.

---

35) 劉昌惇(1964)에는 '사오라온'만이 채록되어 있다.

   ⓛ 팔자가 상그랍다.
   ⓒ 가(그 애)는 상그랍다.

'사모랍다'는 현대에도 경상도 예천·안동·영풍(영주, 풍기) 지역에서 쓰이는데, '너무 사모랍게 굴지 마라.'에서와 같이 [난폭하다], [악하다] 의 의미로만 쓰인다.

  (21) 살
       옹이는 쟝항의 손즈 일홈미라 세 살 머거 죽다 흐시니라(18ㄴ)

나이에 쓰이는 단위성 의존명사 '살'(歲)은 종래의 고어사전에 수록되지 않았다. 17세기국어 사전인 홍윤표 외(1987)에도 '설'만이 나와 있다. 『普勸』에서 'ㅏ'와 'ㅓ'의 혼용은 거의 없는 것으로 보아 이 어휘의 모음 교체가 이 시기에 일어났음을 알 수 있다.

  (22) 새배
    가. 날마동 새배 나무아미타불 열번을 흐거나(8ㄱ)
    나. 그덕 닉일 <u>새배</u> 그 십 뒤헤 □□러 올라가셔 아미타텽부를 모
       셔다(20ㄱ)
    다. 왕낭이 그 말 듯고 즉재 <u>새배</u> 저러 가셔 아미타텽부를 모셔다
       가 셔벽 상애 걸고(20ㄴ)
    라. 그 사롬이 유복흐샤 <u>새배</u>마동 넘불 열번을 흐면 셔방의 갈라
       흐시고(3ㄴ)

위 예 중 (22가, 나, 다)에서는 '새배'가 부사어로 쓰였다. 그러나 '새 배'를 부사로 볼 수는 없다. (22라)의 '마동'이 조사 뒤에 쓰이는 일이 없고, 근대국어에서 '새배'가 '-로, -(이)며' 앞에 나타는 일이 흔함을 보아 공시적으로는 (22가, 나, 다)의 '새배'가 명사 '새배'에 특수처소부 사격조사 '-익'가 붙은 것임을 알 수 있다. 통시적으로 보면, '새배'는 '새벽'과 특수처소부사격조사 '-의'의 통합형에서 /ㄱ/이 탈락한 '새

볘'에서 변화한 것일 가능성이 있다. '새배' 또는 '새볘'는 중세나 근대
문헌에서 광범위하게 나타난다.

  (23) 아젹[朝]
      12ㄴ, 40ㄱ

현대국어에서는 제2음절이 단모음화된 '아적'이 경남 · 전남 · 제주 ·
함남 지역에서 쓰이고 있다. 『普勸』의 異本 중에도 海印寺本에 수록된
「西往歌」에만 '아젹'이 나타난다(海印寺本의 다른 내용에는 '아츰'만이 나타
난다). 이 어휘가 다른 지역에서도 쓰이지 않는 것은 아니지만 경상도
지역에서 넓은 분포를 지닌 것임은 틀림없다.

8. 맺음말

  이 글에서는 1704년에 경상도 예천 龍門寺에서 간행된 『念佛普勸文』
에 쓰인 어휘를 조어법, 친족어휘, 날짜 관련 어휘, 수사, ㅎ말음체언,
그 밖에 의미적으로 특이하거나, 종래에 잘못 파악된 어휘 및 방언에
대하여 주로 통시적인 관점에서 살펴 보았다. 그러나 문헌에서 방언을
확인하는 일은 그리 쉽지 않다. 상식적으로 보아, 글에서는 방언의 사
용을 자제하였을 것으로 보이기 때문이다.
  한 어휘의 형태 구조를 기술하기 위해서는 공시적 관점과 통시적 관
점의 적절한 적용, 그 시대의 조어법 전반에 관한 이해, 방언 현상에
대한 지식이 전제되어야 할 것이다. 이 글에서 시도한 형태 분석은 이
런 점에서 음미할 필요가 있다.
  이 책에 나타난 특이한 어휘 몇 항에 대하여 기술함으로써 맺음말에
대신하기로 한다.

1) '만만ㅎ-[多]'가 흔히 쓰이는데, 여기에 '-고'가 통합하면 '만만ㅎ고'로 적히며, '-다'가 통합하면 '만타'로 적힌다.

2) '고모'와 '고상'은 이 문헌의 특징적인 어휘이다. '고모'는 '삶의 근원적인 고통'을 뜻하고, '고상'은 '현세의 業에 대한 응보로 내세에 당하게 되는 징벌의 고통'을 뜻한다.

3) '긔특(奇特)'이 현대국어에서와 같이 '말이나 행동이 신통하여 귀염성이 있다'를 뜻하는 경우가 발견된다.

4) '나다'가 '나히 열레헤 나셔'에서 보는 바와 같이 부사격조사 '-에' 뒤에 쓰이는 일이 있다.

5) '나므래다/나무래다/나모래다'가 [-animate] 명사를 목적어로 취한 경우가 보인다.

6) 종래의 사전에 실리지 않은 '사모납다/사모랍다'란 어휘가 보이는데, [난폭하다, 악하다]를 뜻한다.

7) 나이의 단위를 가리키는 '살'이 쓰였다. 이 책에서 /ㅏ/와 /ㅓ/의 혼용이 없는 것으로 보아, 시기에 이 어휘의 모음 교체가 완성된 것을 알 수 있다.

8) '슬ㅎ다'는 동사로, '슳다'는 형용사로 쓰였다.

(『한국어문학연구』 41집, 한국어문학연구학회, 2003)

참고문헌

金英培(1978/1984), 「平安方言의 舊相」, 『平安方言研究』, 東國大 出版部.

金英培 외(1996), 『念佛普勸文의 國語學的 研究』, 東岳語文學會.

김영신(1975/1988), 「「簡易辟瘟方」연구」, 『김영신교수논문집 국어학연구』, 第一
     文化社.

_____(1982), 「慶南 方言의 屈曲論的 研究」, 『韓國方言學』 2, 韓國方言學會.

_____(1984ㄴ), 「18세기 경상도방언을 반영하는 佛書에 대하여」, 『牧泉兪昌均
     博士還甲紀念論文集』.

金泰均(1986), 『咸北方言辭典』, 京畿大學校 出版局.

朴炳采(1973), 「簡易辟瘟方 解題」, 『民族文化研究』 7. 高麗大 民族文化研究所.

徐泰龍(1991), 「狀態動詞와 {-느-}의 統合關係」, 『金英培先生回甲紀念論叢』,
     慶雲出版社.

宋喆儀(1992), 『國語의 派生語形成 研究』, 太學社.

劉昌惇(1971), 『語彙史研究』, 선명문화사.

李基文(1959/1978), 『十六世紀 國語의 研究』, 塔出版社.

李基文(1991), 『國語 語彙史 研究』, 東亞出版社.

李相揆(1992), 「경북방언 연구의 성과와 전망」, 金英培 편, 『南北韓의 方言 研
     究』, 慶雲出版社.

梁柱東(1962), 『國學研究論攷』, 乙酉文化社.(『梁柱東全集』 3, 東國大出版部에
     再收.)

梁柱東(1965), 『增訂 古歌研究』, 一潮閣.

安秉禧·李珖鎬(1990), 『中世國語文法論』, 學研社.

李基文(1962), 「中世國語의 特殊 語幹 交替에 대하여」, 『震檀學報』 23.

劉昌惇(1964), 『李朝語辭典』, 延世大學校 出版部.

홍윤표 외(1995), 『17세기 국어사전』, 太學社.

釋譜詳節과 月印釋譜의 구성방식과 그 의미
석보상절 권11과 월인석보 권21을 중심으로

김 기 종

1. 머리말

釋譜詳節(이하 釋詳으로 표기함)과 月印千江之曲(이하 月曲), 그리고 月印釋譜(이하 月釋)는 한글 창제 직후의 작품이라는 점과, 崇儒抑佛의 시대에 제작된 釋尊의 일대기라는 점 등에서 일찍부터 학계의 주목을 받았으며, 국어학·국문학·불교학·서지학 등 여러 분야에서 많은 논의가 있어 왔다. 그 중에서도 중세국어의 실상을 究明하기 위한 국어학적 연구가 가장 활발히 이루어졌고, 본격적인 연구의 토대가 되는 이들 작품에 대한 해제 역시 주로 국어학자들에 의해 작성되었다. 이에 비해 국문학과 불교학 분야의 논의는 활발하지 못한 형편이라고 할 수 있는데, 이러한 현상은 무엇보다도 세 문헌의 全卷이 발견되지 않아 그 일부만이 전하고 있다는 점에 기인한 것으로 보인다.

釋詳은 수양대군이 자신의 어머니인 昭憲王后의 명복을 빌기 위해 중국의 대표적 佛傳인 僧祐의 『釋迦譜』를 중심으로 하고 『法華經』·『大方便佛報恩經』·『藥師經』·『地藏經』·『阿彌陀經』 등의 大乘經典을 편입시켜 1447년(세종 29)에 편찬·간행한 것1)으로, 총 24권 가운데 권 3·6·9·11·13·19·20·21·23·24의 10권만이 현재 전하고 있다.2) 月曲은 세종이 자신의 명으로 이루어진 釋詳을 보고 지은 찬불가로, 세종 당대에 上·中·下의 세 권으로 분책되어 간행되었으나,3) 현재는 1960년에 발견되어 학계에 알려진 『月印千江之曲 上』만이 전한다. 이 단행본 月曲 上에는 其194까지의 노래가 실려 있다. 그리고 月釋은 세조가 月曲을 본문으로 삼고 釋詳을 해설 삼아 합편한 것으로, 첨삭 및 증수의 과정을 거쳐 1459년(세조 5)에 간행되었다. 1990년 이후로 발견되지 않고 있는 釋詳과 달리, 月釋은 근래에도 새로운 卷次가 잇따라 발견되어4) 총 25권 중 권3·5·6·16·24를 제외한 20권5)이 전하고 있으며, 月曲은 377.5曲6)이 수록되어 있다.

그런데, 이들 釋詳과 月釋의 현전본 중에는 그 저본과 내용이 대응되는 卷次가 다수 보이고 있어 주목을 요한다.7) 저본과 내용이 대응되

---

1) 현전 月印釋譜 권1에 수록된 「釋譜詳節 序」의 완성연대는 正統 12년(1447) 7월 25일인데, 이 연월일이 간행연대인지, 아니면 원고의 완성연대인지는 확실하지 않다. 이에 대한 기존의 논의는 김영배, 「월인석보의 편찬」, 『불교학논총』(월운스님 고희기념논총), 동국역경원, 1998, 579~581쪽에 잘 정리되어 있다.

2) 권3과 권11은 16세기 중엽의 중간본이고, 나머지는 초간본이다.

3) 이러한 사실은, 1935년 황해도에서 발견된 초간본 釋詳 4책(권6·9·13·19) 중, 권9의 책장 사이에 '月印千江之曲 中'이란 版心題가 있는 落張이 끼여있는 것으로 알수 있다. 月曲의 완성 및 간행연대는 아직까지 논란의 여지가 있는 부분으로, 이에대한 선행 연구자들의 견해는 김기종, 「월인천강지곡의 배경과 구성방식 연구」, 『불교어문논집』 4, 한국불교어문학회, 1999, 160~163쪽에 자세히 정리되어 있다.

4) 釋詳 권20과 권21은 1990년에 학계에 소개되었다. 月釋의 경우는 1995년에 권25, 1999년에는 권19, 그리고 2001년에는 권20이 발견되어 학계에 소개되었다.

5) 이중, 초간본은 권1·2·7·8·9·10·11·12·13·14·15·17·18·19·20·23·25의 17권이고, 중간본은 권1·2·4·7·8·17·21·22·23의 9권이다. 초간본과 중간본이 모두 전하는 月釋은 권1·2·7·8·17·23의 6권이 된다.

6) 단행본 月曲 上과 曲次가 중복된 노래는 75곡이다. 月釋 권9에 수록된 其260은 낙장으로 인해 그 後節만이 전하고 있으므로, 0.5곡으로 처리한 것이다. 한편, 月釋 권25에는 月曲이 其583까지 실려 있어, 月曲은 총 583曲의 노래로 되어 있음을 알 수 있다.

7) 釋詳 권9와 月釋 권9, 釋詳 권11과 月釋 권21, 釋詳 권13과 月釋 권11, 釋詳 권19·20과 月釋 권17·18, 釋詳 권21과 月釋 권19, 釋詳 권24와 月釋 권25가 그것이다. 釋詳 권9와 月釋 권9는 藥師經이 저본이고, 釋詳 권13·19·20·21과 月釋 권11·17·18·19는 法華經이 저본이다. 釋詳 권11·月釋 권21과 釋詳 권24·月釋 권25는 釋迦譜와 여러 佛典을 저본으로 하고 있다.

는 釋詳과 月釋의 비교를 통해, 釋詳이 月釋으로 합편되는 구체적인 양상뿐만 아니라, 釋詳과 月釋 각각의 편찬방식 및 텍스트의 성격을 더욱 잘 파악할 수 있기 때문이다. 지금까지 釋詳과 月釋의 비교 연구는 대체로 『법화경』이 저본인 권차들을 대상으로 하여 두 문헌의 어휘 · 저경 수용 양상 · 번역 태도 · 문장 구조의 차이 등을 중심으로 논의되어 왔으며, 몇몇 논의는 주목할만한 성과를 보이기도 했다.[8] 그러나, 여러 경전이 저본인 권차를 대상으로 한 논의와, 釋詳과 月釋이 차이를 보이는 이유에 대한 해명이 거의 없었다는 점은 문제점으로 지적할 수 있다.

그러므로, 이 글은 釋詳과 月釋이 텍스트로서 갖는 성격을 究明하기 위한 작업의 일환으로, 釋詳 권11과 月釋 권21의 구성방식의 차이점과 그 의미에 대해 살펴보는 것을 목적으로 한다. 이를 위해, 2장에서는 釋詳 권11과 月釋 권21의 서지 · 내용 · 저본 등의 기본적인 사항을 알아보고, 3장은 두 텍스트의 구성방식을 삽화의 배열과 저본 수용의 측면으로 나누어 비교 고찰하고자 한다. 4장에서는 3장에서 이루어진 논의를 바탕으로 釋詳과 月釋의 텍스트 구성방식의 차이점과 그 의미에 대해 살펴보도록 하겠다.

---

8) 대표적인 연구업적으로, 김영배의 다음과 같은 논의를 들 수 있다.
   김영배, 「釋譜詳節 第十三 底經考 -法華經諺解 卷一과의 比較」, 『수련어문논집』 창간호, 부산여대 국어교육과, 1973.
   김영배, 「釋譜詳節 第九와 月印釋譜 第九-그 對校를 중심으로」, 『수련어문논집』 2, 부산여대 국어교육과, 1974.
   김영배, 「釋譜詳節 第十九에 대하여-月印釋譜와 法華經諺解와의 比較를 中心으로」, 『논문집』 2, 부산여대, 1974.

2. 텍스트의 개관

1) 釋詳 권11의 구성과 저본

釋詳 권11은 심재완 교수의 소장본으로 1959년에 축소 영인되어 학계에 소개되었다.[9] 세종 당대에 간행된 여타의 현전 釋詳과는 달리, 이 釋詳 권11은 권3과 함께 1561년(명종 16) 전라도 無量寺에서 간행된 복각본이다.[10] 제1장부터 제43장까지 결락이 없이 완전하나, 권말서명과 시주질이 있었을 것으로 보이는 제44장은 낙장되었으며, 판본의 일부에 誤刻과 손상된 부분이 있다.

이제 구체적인 논의에 앞서, 釋詳 권11을 구성하고 있는 각 삽화의 내용과 그 저본을 도표로 정리하여 제시하면 아래와 같다.

표 1 석보상절 권11의 구성과 저본[11]

삽화의 내용	張次	저 본	해당 月曲
㉮忉利天爲母 설법	1ㄱ1 ~1ㄱ6	釋迦譜 優塡王造釋迦栴檀像記 第23 [增一阿含經]	其412 ~414
	1ㄱ6 ~3ㄴ5	釋迦譜 釋迦母摩訶摩耶夫人記 第16 [佛昇忉利天爲母說法經]	
㉯地藏經 설법	3ㄴ5 ~5ㄱ6	地藏菩薩本願經(唐 實叉難陀 譯) 忉 利天宮神通品 第1	其415
	5ㄱ6 ~10ㄱ4	地藏菩薩本願經 分身集會品 第2	其416 ~417

9) 발견 경위와 서지 등에 대한 구체적인 사항은 심재완, 「釋譜詳節 第十一에 對하여」(『논문집』 2, 청구대, 1959)에 자세히 소개되어 있다.

10) 김영배·김무봉, 「세종시대의 언해」, 『세종문화사대계1 어학·문학편』, 세종대왕기념사업회, 1998, 335쪽.

11) 釋詳은 1면 8행, 매행 15자의 본문과 쌍행 細字의 협주로 되어 있는데, 釋詳의 협주는 해당 문구에 대한 설명이나 어휘에 대한 사전적 해설이 주를 이루고 있으므로, 협주를 따로 표시하지 않고 각 삽화의 張次에 포함시켰다. 한편, 張次 항목의 'ㄱ'은 앞면을, 'ㄴ'은 뒷면을 나타내고, 그 뒤의 숫자는 행을 나타낸다. 곧 ㉮의 張次 '1ㄱ6~3ㄴ5'은 제1장 앞면 6행부터 제3장 뒷면 5행까지를 의미한다. 뒤에 제시할 <표 2>도 이와 같다.

㉰優塡王과 波斯匿王의 佛像 造成	10ㄱ4 ~10ㄴ7	釋迦譜 優塡王造釋迦栴檀像記 第23 [增一阿含經]	其418 前節	
	10ㄴ7 ~11ㄱ3	釋迦譜 波斯匿王造釋迦金像記 第24 [增一阿含經]		
㉱석존의 閻浮提 귀환	11ㄱ3 ~13ㄱ6	釋迦譜 釋迦母摩訶摩耶夫人記 第16 [佛昇忉利天爲母說法經]	其418 後節 ~419 前節, 其420	
㉲金像의 佛事 付囑	13ㄱ6 ~14ㄴ4	釋迦譜 優塡王造釋迦栴檀像記 第23 [觀佛三昧海經]	其419 後節, 其421	
㉳七寶塔이 땅에서 솟아 나옴	14ㄴ4 ~17ㄱ8		其422 ~424	
㉴忍辱太子의 孝養行(칠보탑이 땅에서 솟아 나온 인연)	17ㄱ8 ~24ㄱ5	大方便佛報恩經(失譯人名) 卷3 論議品 第5	其425 ~429	
㉵鹿母夫人의 功德行(摩耶夫人이 석존을 낳게 된 전생 인연)	24ㄱ5 ~43ㄴ			

釋詳 권11은 석존이 釋提桓因의 청으로 忉利天에 가서 어머니인 摩耶부인에게 설법하고 그 곳에 찾아온 지장보살에게 미래 중생의 제도를 부촉했다는 내용과, 도리천에서의 설법을 마치고 염부제로 귀환하는 과정, 그리고 석존과 마야부인의 전생 공덕에 관한 이야기로 되어 있다. 위 도표의 삽화 중, ㉳는 석존의 前身인 인욕태자가 자신의 눈동자와 골수로 아버지의 병을 낫게 하였다는 삽화 ㉴의 도입부이므로, 이 ㉳는 ㉴의 삽화에 포함되어야 하지만, 여기에서는 月釋 권21과의 비교 논의를 위해 ㉴와 구분하였음을 미리 밝힌다.

저본에 있어서는 『대방편불보은경』 권3 논의품 제5가 가장 많은 분량을 차지하고 있고, 그 외에 『지장보살본원경』과 『석가보』 석가모마하마야부인기 제16·우전왕조석가전단상기 제23·파사익왕조석가금상기 제24가 편입되어 있다. 『약사경』이나 『법화경』 같은 단일 경전을 저본으로 하고 있지 않는 釋詳의 현전본 중에서, 위의 <표1>처럼 텍스트를 구성하고 있는 삽화들의 저본이 모두 확인되는 권차는 이 釋詳 권11이 유일한 예에 속한다. 釋詳은 月釋에 비해 저본의 내용을 축약 내지는 요약하고 있으며, 意譯에 가까운 번역 태도를 보이고 있어, 직접적인 대본을 찾는데 많은 어려움이 있다.

한편, 釋詳 권11을 구성하고 있는 이들 저본의 내용 및 성격에 대해 살펴보면 다음과 같다. 먼저, 『대방편불보은경』은 7권 9품으로 된 譯者 未詳의 경전으로, 석존이 大方便으로 부모의 은혜에 보답하고 惡友를 사랑하며 慈善을 행하는 것 등에 대해 설한 내용으로 되어 있다. 序品 第1과 孝養品 第2를 제외하고는 각 품의 내용이 서로 연결이 되지 않아 마치 여러 경전을 모아 놓은 것 같다. 이 경전은 현전 釋詳과 月釋을 구성하고 있는 여러 佛典 중에서 석가보와 법화경 다음으로 그 분량 면에서 큰 비중을 차지하고 있는데, 釋詳 권11 외에도 月釋 권10·20·22 등에 서품 제1·효양품 제2·惡友品 第6 전체와 慈品 第7의 일부가 편입되어 있는 것이다.12) 이러한 점은 出家者 보다는 在家者들의 세속생활과 관련이 있는 경전의 내용에 기인한 듯 하다.

중국 唐의 實叉難陀가 번역한 1권 13품의 『지장보살본원경』은 줄여서 『지장경』이라고도 하는데, 釋詳 권11에는 忉利天宮神通品 第1과 分身集會品 第2의 두 품만이 抄錄되어 있다. 지장보살의 본생·본원·공덕과 지옥의 종류 및 고통 등을 그 주요 내용으로 하고 있는 이 경전은, 특히 중생들이 고통받는 모습을 地獄苦를 통해 나타내 보이고 아울러 그들을 구제하는 방법을 제시하고 있다는 점에서, 주로 懺悔業障과 罪業消滅을 위한 목적으로 신앙되었다.

끝으로, 『석가보』는 중국 梁의 僧祐가 편찬한 佛傳으로, 세계의 형성에서부터 석존의 일대 사적, 그리고 열반 후의 佛法 弘布에 이르기까지

12) 구체적으로, 자품 제7의 일부 내용이 月釋 권10과 권20에 보이고, 서품 제1·효양품 제2의 전체가 권20에 편입되어 있다. 그리고 권22에는 악우품 제6 전체의 내용이 본문뿐만 아니라 협주에도 실려 있다.

의 일들을 여러 경전에서 발췌·정리하여 34개의 항목으로 나누어 서술하고 있다.[13] 각 항목의 소제목 옆에는 그 내용의 출전이 된 경전을 밝히고 있는데, 편찬자는 명기된 경전 외에도, 해당 대목과 관련이 있거나 유사한 내용의 다른 경전을 발췌·인용하고 있다. 이해의 편의를 위해, 釋詳 권24의 중심 저본으로, 소제목 옆에 '出 雜阿含經'이라고 명시되어 있는 아육왕조팔만사천탑기 제31를 예로 들어 보이면,『석가보』제31은 잡아함경 → 아육왕전 → 잡아함경 → 아육왕전 → 잡아함경 → 비유경 → 잡아함경 → 아육왕전 → 잡아함경 → 대아육왕경 → 가섭어아난경 → 잡아함경 → 법익경 → 잡아함경 → 법익괴목인연경의 내용과 순서로 되어 있음을 알 수 있다. 중심 경전인 잡아함경을 중심으로 아육왕전·비유경·법익경 등의 경전이 삽입되어 있는 것이다. 釋詳 권11의 저본 중의 하나인 우전왕조석가전단상기 제23의 경우도 소제목 옆에 명기된『증일아함경』외에『관불삼매해경』의 관련 내용이 인용되어 있다. 釋詳 및 月釋의 저본에 관한 기존의 논의에서는『석가보』가 저본일 경우, 해당 항목만을 제시하고 있는데, 위의 사실을 염두에 둔다면 <표1>에서처럼『석가보』를 구성하고 있는 경전들까지 구체적으로 제시해야 되리라고 본다.

2) 月釋 권21의 구성과 저본

月釋 권21은 세조 당대의 원간본이 전하지 않는 대신, 16세기에 간행된 3종의 복각본이 전하는데, 1542년(중종 37)의 안동 廣興寺本·1562년(명종 17)의 순창 無量崛本·1569년(선조 2)의 논산 雙溪寺本이 그것이다. 광흥사본의 책판은 燒失되어 전하지 않고 광복 이전의 후쇄본이 많이 남아 있다. 무량굴본 역시 책판은 현재 전하지 않지만 그 판본이 동

---

13)『석가보』는 高麗本인 5권본과 宋·元·明本인 10권본이 있는데, 10권본은 고려본의 釋迦降生釋種成佛緣譜 第4를 증보한 결과 권수가 늘어난 것이다.

국대·연세대·호암미술관 등에 소장되어 있다. 쌍계사본의 경우는 충청도 한산의 白介萬家의 시주로 조성되어 쌍계사에서 간행된 것으로, 책판은 현재 공주 갑사에 소장되어 있다.14)

이 3종의 이본 외에도, 1762년(영조 38) 두류산 見性庵에서 '地藏經諺解'란 이름으로 간행된 중간본이 있는데, 권두 서명은 '지장보살본원경언희권샹 월린천강지곡제이십일 셕보샹제이십일'로 되어있다.15) 현전 月釋에서 이본이 4종이나 전하는 것은 이 月釋 권21이 유일한 예에 속한다. 이러한 점은 月釋 권21에 편입되어 있는 『지장경』의 영향으로, 지장신앙이 조선중기 이후 대중들 사이에서 성행하였음을 보여주는 一例라고 하겠다.

본고에서는 4종의 판본 중, 판본의 상태가 양호하고 제1장부터 제222장까지 어떠한 결락도 없는 광흥사본을 대상으로 하여 논의를 진행하고자 한다. 무량굴본은 제211장이 낙장되었고, 쌍계사본은 40장의 결락이 있기 때문이다. 광흥사본은 1983년 홍문각에서 영인되었다.

月釋 권21의 구성과 저본에 대해 살펴보기에 앞서, 그 내용을 도표로 정리하여 제시하면 아래와 같다.

표2 월인석보 권21의 구성과 저본16)

삽화의 내용	張次	저 본
·月曲 其412~417	1ㄱ~3ㄴ5	
ⓐ忉利天爲母 설법	3ㄴ6~4ㄱ7	釋迦譜 優塡王造釋迦栴檀像記 第23 [增一阿含經]
	4ㄱ7~8ㄱ7	釋迦譜 釋迦母摩訶摩耶夫人記 第16 [佛昇忉利天爲母說法經]

14) 이 세 판본에 대한 구체적인 사항은 심재완, 「月印釋譜 第二十一 異本考 ─ 無量崛板 소개를 中心으로」(『논문집』 5, 청구대학, 1962)를 참고할 것.
15) 안병희, 「月印釋譜의 編刊과 異本」, 『진단학보』 75, 진단학회, 1993, 193쪽.
16) 月釋은 1면 7행, 매행 15자의 본문과 쌍행 細字의 협주로 되어 있는데, 협주는 단형·중형·장형으로 나눌 수 있다. 장형의 협주에는 삽화가 편입되어 있기도 하지만, 月釋 권21에는 그러한 협주가 없으므로, <표1>과 마찬가지로 따로 표시하지 않았다.

ⓑ地藏經 설법	8ㄱ7~188ㄱ5	地藏菩薩本願經(唐 實叉難陀 譯)
	68ㄴ7~73ㄱ4	大乘大集地藏十輪經(唐 玄奘 譯) 卷1 序品 第1
·月曲 其418~424	188ㄱ6~191ㄱ6	
ⓒ優塡王과 波斯匿王의 佛像 造成	191ㄱ7~191ㄱ1	釋迦譜 優塡王造釋迦栴檀像記 第23 [增一阿含經]
	191ㄴ1~192ㄱ2	大方便佛報恩經(失譯人名) 卷3 論議品 第5
	192ㄱ2~192ㄴ4	釋迦譜 優塡王造釋迦栴檀像記 第23 [增一阿含經]
	192ㄴ4~193ㄱ2	釋迦譜 波斯匿王造釋迦金像記 第24 [增一阿含經]
ⓓ六師外道의 석존 비방	193ㄱ2~200ㄱ7	大方便佛報恩經 卷3 論議品 第5
ⓔ석존의 閻浮提 귀환	200ㄱ7~203ㄴ4	釋迦譜 釋迦母訶摩耶夫人記 第16 [佛昇忉利天爲母說法經] 大方便佛報恩經 卷3 論議品 第5
ⓕ金像의 佛事 付囑	203ㄴ4~205ㄱ3	釋迦譜 優塡王造釋迦栴檀像記 第23 [觀佛三昧海經]
ⓖ석존의 蓮花色 比丘尼 훈계	205ㄱ3~206ㄱ4	宗門聯燈會要(唐 悟明 集) 卷1
ⓗ七寶塔이 땅에서 솟아 나옴	206ㄱ4~211ㄱ2	大方便佛報恩經 卷3 論議品 第5
·月曲 其425~429	211ㄱ3~213ㄱ3	
ⓘ忍辱太子의 孝養行	213ㄱ4~222ㄴ1	大方便佛報恩經 卷3 論議品 第5

위의 <표2>를 통해, 月釋 권21은 내용과 저본에 있어 釋詳 권11과 거의 일치하고 있음을 알 수 있다. 그러나, 그 구성에 있어서는 몇몇 차이를 보이고 있는데, 마야부인의 전생담인 <표1>의 삽화 ㉮녹모부인의 공덕행이 없는 대신, 釋詳 권11에 없던 ⓓ육사외도의 석존 비방과 ⓖ석존의 연화색 비구니 훈계에 관한 삽화가 새로 편입되어 있는

것이다. 그리고 저본에 있어서도, 釋詳 권11이 『지장경』 全 13품 가운데 도리천궁신통품 제1과 분신집회품 제2의 두 품만을 抄錄하고 있음에 반해, 月釋 권21은 13품 전체를 빠짐 없이 수록하고 있는 차이를 보인다. 또한 月釋 권21의 『지장경』 부분 중, 閻浮衆生業感品 第4와 地獄名號品 第5 사이에는 唐 玄奘 譯의 『大乘大集地藏十輪經』[17) 序品 第1의 일부가 인용되어 있다.[18) 釋詳 권11과 月釋 권21의 이러한 차이점들은 3장에서 구체적으로 살펴볼 것이다.

주지하다시피, 月釋은 釋詳과 月曲이 첨삭 및 증수의 과정을 거쳐 합편된 것으로, 세종 당대에 간행된 釋詳 및 月曲과는 다른 모습을 보이고 있다. 月曲의 경우는, 단행본 月曲 上과 月釋 권1·2·4·7에 수록된 같은 曲次 및 내용의 노래들에 대한 비교를 통해, 月曲이 月釋으로 합편되면서 달라진 점을 알 수 있다. 곧 세종 당대의 표기에는 변화가 없으면서도 漢字 독음의 위치는 달라졌고, 노래 속의 어려운 語句에 대한 협주가 새로 첨가되었으며, 노랫말의 일부에 손질이 가해지기도 하였다.[19) 그리고, 단행본 月曲 上의 其176부터 月釋에는 그 曲次가 한 곡씩 늘어나 있다. 月釋 권7은 其177로 시작하고 있는데, 이 其177은

---

17) 8권 10품의 『大乘大集地藏十輪經』은 흔히 『지장십륜경』이라고 줄여 부르는데, 大·小乘 二乘의 융화로써 지장신앙 내지는 지장보살의 본원이 현세적으로 이루어질 것을 강조한 경전이다.

18) 참고로, 그 부분을 月釋과 저본에서 옮겨오면 다음과 같다.
具足水火吉祥光明大記明呪摠持章句ㅣ라 내 過去 殑伽沙 等 佛世尊의 이 陀羅尼롤 親히 받ᄌᆞ바 受持ᄒᆞ니 能히 一切 白法을 增長케 ᄒᆞ며 一切 種子 根鬚 芽莖 枝葉 華果 藥穀 精氣 滋味롤 增長ᄒᆞ며 雨澤올 增長ᄒᆞ며 有益ᄒᆞᆫ 地水火風올 增長ᄒᆞ며 喜樂올 增長ᄒᆞ며 財寶롤 增長ᄒᆞ며 勝力올 增長ᄒᆞ며 一切 受用ᄒᆞᆯ 資具롤 增長ᄒᆞ며 이 陁羅尼ᄂᆞᆫ 能히 一切 智慧롤 猛利케 ᄒᆞ야 煩惱賊올 ᄒᆞ야ᄇᆞ리ᄂᆞ니이다 ᄒᆞ시고 즉재 呪를 니르샤ᄃᆡ (이하 陁羅尼ᄂᆞᆫ 생략함)
所謂有具足水火吉祥光明大記明呪摠持章句 我於過去殑伽沙等佛世尊所 親承受持此陀羅尼 能令增長一切白法 增長一切種子根鬚芽莖枝葉華果藥穀精氣滋味 增長雨澤 增長有益地水火風 增長 喜樂 增長財寶 增長勝力 增長一切受用資具 此陁羅尼能令一切智慧猛利破煩惱賊 即說呪曰 (『大正新修大藏經』 第13冊, 726쪽)

19) 안병희, 「월인천강지곡 해제」, 문화재관리국, 1992, 4~5쪽.

단행본 月曲 上의 其176인 것이다. 그 이유에 대해 대부분의 선행 연구
자들은 不傳 月釋 권5나 권6에서 1곡이 새로 추가되었기 때문인 것으
로 보고 있다.[20] 여기에서, 月釋 권21에 수록된 月曲을 주목해야 할 필
요성이 제기된다.

　月釋 권21에는 月曲 其412～429의 18曲이 수록되어 있는데, 月釋에
서 새로 편입된 삽화들에 관한 노래는 찾을 수 없다. 또한 釋詳에 비해
그 분량이 170여장 늘어난『지장경』의 경우도, 제1품과 제2품의 내용
만이 각각 其415와 其416～417에 노래되고 있을 뿐이다. 석존의 일대
기라는 전체 문맥에 맞게『지장경』제1·2품이 초록되어 있는 釋詳 권
11과 달리, 月釋 권21에는 13품 전체뿐만 아니라『지장십륜경』의 다라
니까지 편입되어 있지만, 증보된 내용에 해당하는 새로운 月曲은 보이
지 않는 것이다.『지장경』을 중시하고 있는 月釋의 편자가 이에 대한
月曲을 새로 짓지 않았다는 사실은, 釋詳의 내용이 증보된 여타의 月釋
에서도 月曲은 새로 추가되지 않았음을 짐작하게 한다.

　이 月釋 권21 외에, 내용과 저본이 대응되는 현전본 중의 하나인 月
釋 권25 역시 새로 편입된 삽화들의 내용에 해당하는 月曲은 보이지
않는데, 이를 통해서도 月釋의 편자는 합편의 과정에서 月曲을 새로 짓
지 않았음을 확인할 수 있다. 그러므로, 현전 단행본 月曲 上과 月釋에
보이는 曲次의 차이는, 月釋 권5나 권6에 1곡이 새로 지어졌기 때문이
아니라, 不傳『月印千江之曲 中』또는『月印千江之曲 下』에 수록되었
던 노래가 曲次만 바뀌어 月釋 권5나 권6에 옮겨진 결과로 보아야 할
것이다.[21]

20) 허웅·이강로,『註解 月印千江之曲 上』, 신구문화사, 1962, 8쪽의 "月曲의 其175와
　　其176 사이에, 月印釋譜에서는 한 章을 더 첨가했던 것이 아니었던가 생각된다. 아
　　마 이것은 月釋 권6의 끝 章이 되어 있었으리라 추측된다"는 견해가 대표적이다. 이
　　러한 견해는 근래에도 김동소,「월인석보 권4 연구」,『월인석보 제4』, 경북대출판부,
　　1997, 138쪽과 김영배, 앞의 논문, 593쪽 등에서 되풀이되고 있다.
21) 안병희, 위의 논문, 문화재관리국, 1992, 5쪽에서도, "다만 이 차이가 노래 본문의

3. 釋詳 권11과 月釋 권21의 비교 고찰

1) 삽화의 배열 양상

논의의 편의상, 釋詳 권11과 月釋 권21의 삽화 배열 순서를 앞장의
<표1>과 <표2>에서 옮겨오면 다음과 같다.

    (1) ㉔도리천위모 설법→㉕지장경 설법→㉖우전왕과 파사익왕의 불
상 조성→㉗석존의 염부제 귀환→㉘금상의 불사 부촉→㉙칠보탑이
땅에서 솟아 나옴→㉚인욕태자의 효양행→**㉛녹모부인의 공덕행**
    (2) ⓐ도리천위모 설법→ⓑ지장경 설법→ⓒ우전왕과 파사익왕의 불
상 조성→**ⓓ육사외도의 석존 비방**→ⓔ석존의 염부제 귀환→ⓕ금상
의 불사 부촉→**ⓖ석존의 연화색 비구니 훈계**→ⓗ칠보탑이 땅에서 솟
아 나옴→ⓘ인욕태자의 효양행

(1)은 釋詳 권11, (2)는 月釋 권21의 삽화 전개의 양상이다. (1)과 (2)
의 비교를 통해, (1)의 삽화 ㉛가 (2)에 없고, (1)에 없던 ⓓ와 ⓖ의 삽화
가 (2)에 새로 첨가되었음을 알 수 있다. 곧 月釋 (2)는 釋詳 (1)의 삽화
배열 순서를 따르면서도, 새로운 삽화 ⓓ와 ⓖ를 각각 ㉖와 ㉗ 사이,
㉘와 ㉙ 사이에 편입하고, ㉛의 삽화는 생략한 것이라 정리할 수 있다.

月釋 (2)에서 제외된 釋詳 (1)의 삽화 ㉛녹모부인의 공덕행은, 마야부
인의 前身인 녹모부인이 5백 벽지불을 공양하고 많은 善業을 닦았다는
내용으로,『대방편불보은경』권3 논의품 제5가 저본이다. 釋詳 권11의
삽화 ㉙~㉛는 모두 논의품 제5가 저본으로, '㉙→㉚→㉛'의 순서
또한 저본에 의한 것이다. 이 ㉛의 삽화는『지장경』全品과 새로운 삽
화들의 편입 등으로 인해 月釋 권21에는 실리지 못하고, 다음 권차인

수정처럼 새로 1수를 지어 추가한 것에 말미암지 않을까 할뿐이다. 그러나 月印釋譜
에서 일어난 釋譜詳節의 卷次 조정에 따라 月印千江之曲 권 中 이하의 1수가 앞으
로 옮겨간 사실도 배제할 수 없다"라고 하였다.

月釋 권22의 앞부분으로 자리를 옮긴 것이라 보여지는데, 실상은 그렇지 않아 문제가 된다.

16세기 중엽의 복각본인 현전 月釋 권22는『대방편불보은경』권4 악우품 제6이 그 저본으로, 석존의 前身인 善友태자가 慈悲力으로 提婆達多의 전신인 惡友太子를 제도했다는 단일 삽화로 되어 있고, 제1장부터 제72장까지의 張次가 결락 없이 전하고 있기 때문이다. 그러나, 月釋 권22의 月曲은 其445로 시작하고 있어 月釋 권21의 마지막 曲次인 其429 이후의 15곡이 보이지 않는다는 점과, 張次 표시만으로 보면 落張이 없지만 권말서명 아래에 '總百九張'이라고 되어 있다는 점에서, 이 月釋 권22는 원간본의 상당부분을 떼어버리고 복각한 것임을 알 수 있다.[22] 그러므로, 현전 月釋 권22는 원간본의 36장[23]을 떼어내고 제37장을 제1장으로 하여 간행한 것으로, 이 원간본 36장에 바로 삽화 ㉑와 이에 대한 月曲 其430~444가 수록되었을 것이라고 추정할 수 있다. 이러한 추정은 원간본 月釋 권22가 발견되어야 그 진위 여부를 알 수 있겠지만, 현전 月釋이 어디에서도 ㉑의 삽화를 찾을 수 없다는 점에서 그 가능성은 크다고 하겠다.[24]

다음으로, 月釋 (2)에 새로 편입된 삽화 ⓓ육사외도의 석존 비방과 ⓖ석존의 연화색 비구니 훈계에 대해 살펴보겠는데, 우선 삽화 ⓓ의 본문과 저본을 인용하면 아래와 같다.

---

22) 안병희, 「月印釋譜의 編刊과 異本」, 『진단학보』 75, 진단학회, 1993, 192쪽 참고.

23) 복각본 月釋 권22의 장수가 72장이고 부기된 총 장수는 109장이므로 원간본에서 떼어낸 장수는 37장이 되어야 하지만, 저본과의 대조를 통해 현전 月釋 권22의 제24장 뒷면과 제25장 앞면 사이에 1장 분량의 글이 빠져 있음을 알 수 있다. 그러므로, 원간본에서 떼어낸 장수를 36장이라고 한 것이다.

24) 또한 삽화 ㉑의 저본으로 볼 때, 그 분량에 있어서도 현재 전하지 않는 원간본 36장에 해당할 것으로 보인다. 삽화 ㉑는 釋詳 권11의 張次로 24ㄱ5~43ㄴ8인데, 月曲 및 협주의 분량뿐만 아니라, 축약의 태도를 보이고 있는 이 삽화가 月釋으로 편입되면서 저본에 충실했을 것이라는 점까지 감안한다면 충분히 원간본 36장의 분량에 해당되기 때문이다.

(3-1) 그 쁴 優塡王이 六師를 블러 무로디 如來 어듸 겨시뇨 六師ㅣ
즉재 술보디 大王하 아르쇼셔 瞿曇 沙門이 正히 幻術의 드욀 ᄯᆞᄅᆞ미니
幻化의 法은 眞實호 體 업스니 大王하 아라쇼셔 우리 그레 네 圍陁典에
닐오디 千年 二千年에 당다이 훈 幻人이 世間애 나리라 ᄒᆞ얫ᄂᆞ니 瞿曇
沙門이 正히 그 사ᄅᆞ미니이다 …(中略)… 모돈 사ᄅᆞ미 비록 六師ㅣ 마ᄅᆞᆯ
드러도 大地 뮈디 아니톳 ᄒᆞ야 ᄆᆞᅀᆞ미 金剛 ᄀᆞᆮᄒᆞ야 如來ᄅᆞᆯ 渴望ᄒᆞ야 울
워ᅀᆞᆸ오미 목몰라 믈 먹고져 홈 ᄀᆞᆮ더니

—月釋21 : 193ㄱ2~200ㄱ7

(3-2) 爾時大王召諸六師 卜問如來爲何所在 爾時六師卽作是言 大王當
知 瞿曇沙門正是幻術所化作耳 幻化之法體無眞實 大王當知 我等經書四圍
陁典 說言千年二千年 當有一幻人世出 瞿曇沙門正是其人 …(中略)… 衆人
聞已 譬如大地不可虧動 大衆渴仰如來 雖聞六師作如是說 心如金剛無有增
減 渴仰如來渴須飮25)

—大方便佛報恩經 論議品 第5

(3-1)은 外道의 六師가 석존이 도리천에 가서 없는 틈을 타 優塡王
과 대중들에게 석존과 佛法을 비방하고 있는 ⓓ의 삽화 중, 그 처음과
끝부분을 옮긴 것이고, (3-2)는 저본인 논의품 제5의 일부이다. 이 (3
-1)은 ⓒ우전왕과 파사익왕의 불상 조성과 ⓔ석존의 염부제 귀환의
삽화 사이에 실려 있다.

ⓓ의 삽화가 月釋 권21에 새로 편입된 이유를 해명하기 위해서는,
釋詳 권11과 月釋 권21의 삽화 배열 양상을 저본의 측면에 주목하여
다시 살펴볼 필요가 있다. 이에, 앞의 釋詳 (1)과 月釋 (2)를, 그 저본을
중심으로 하여 제시하면 다음과 같다.

(4) ㉮석가보 제23＋석가보 제16 → ㉯지장경 제1·2 → ㉰석가보 제23
＋석가보 제24 → ㉱석가보 제16 → ㉲석가보 제23 → ㉳·㉴·㉵대방편

---

25) 『大正新修大藏經』 第3冊, 136~137쪽.

불보은경 논의품 제5

　(5) ⓐ석가보 제23＋석가보 제16 → ⓑ지장경 → ⓒ석가보 제23＋대방
편불보은경 논의품 제5＋석가보 제24 → ⓓ논의품 제5 → ⓔ석가보 제16
＋논의품 제5 → ⓕ석가보 제23 → ⓖ종문연등회요 권1 → ⓗ·ⓘ논의품
제5

　위의 釋詳 (4)와 月釋 (5)를 통해, 『지장경』을 제외한 저본들의 내용
은 각각의 삽화에 분산되어 있음을 알 수 있다. 釋詳 (4)를 예로 들면,
『석가보』 제16과 제23의 내용이 각각 ㉮·㉣와 ㉮·㉡·㉢에 실려 있
고, ㉢~㉨의 삽화는 『대방편불보은경』 논의품 제5의 내용으로 되어
있다. 곧, 『석가보』 석가모마하마야부인기 제16은 『佛昇忉利天爲母說法
經』이 그 출전으로, 석존이 도리천에서 어머니에게 설법했다는 내용과
석존이 설법을 마치고 염부제로 돌아오는 내용으로 되어 있는데, 이 저
본의 내용이 분리되어 전자는 삽화 ㉮도리천위모 설법을, 후자는 ㉣석
존의 염부제 귀환 삽화를 구성하고 있는 것이다.

　또한, 『석가보』 우선왕조식가전단싱기 제23은 우전왕이 佛像을 조성
했다는 내용의 『增一阿含經』 聽法品 제36이 출전인 삽화와, 석존이 불
상에게 후세의 佛事를 부탁했다는 내용의 『觀佛三昧海經』 觀四威儀品
제6이 출전인 삽화로 되어 있는데, 이 삽화들은 각각 ㉢우전왕과 파사
익왕의 불상 조성과 ㉤금상의 불사 부촉에 편입되어 있다. 그리고 『증
일아함경』 출전의 내용 중, 『석가보』 제23의 도입 부분인 "釋提桓因請
佛 至三十三天爲母說法 世尊念四部之衆 多有懈怠皆不聽法 我今使四衆
渴仰於法 不告四衆復不將侍者 如屈申臂頃 至三十三天"[26]의 구절은 삽
화 ㉮의 1ㄱ1~1ㄱ6에 "釋提桓因이 부텻긔 請ᄒᆞᅀᆞᄫᅩᄃᆡ 忉利天의 가샤
어마님 위ᄒᆞ샤 說法ᄒᆞ쇼셔 世尊이 사ᄅᆞᆷ 아니 알외샤 ᄒᆞ오ᅀᅡ 忉利天에

---

26) 『大正新修大藏經』 第50冊, 66쪽.

가샤"로 축약되어 실려 있다.『대방편불보은경』논의품 제5의 경우는, 앞에서 이미 언급했듯이, 그 내용이 순서대로 삽화 ㉺~㉜에 수록되어 있다.

이러한 釋詳 권11의 삽화 배열은 석존의 도리천 설법이 주된 내용이거나 배경으로 되어 있는,『지장경』을 포함한 위 저본의 삽화들을 그 시간적 순서에 의해 분리하여 전체적인 문맥에 맞게 재배열한 것이라고 하겠는데, 月釋 권21 역시 釋詳 권11과 같은 양상을 보이고 있다. 그러나, 月釋 (5)에서 보듯,『석가보』가 저본인 몇몇 삽화에는『대방편불보은경』논의품 제5의 일부 내용이 첨가되어 있다. 새로 편입된 삽화 ⓓ 외에도, ⓒ우전왕과 파사익왕의 불상 조성과 ⓔ석존의 염부제 귀환의 삽화에서 논의품 제5의 일부 내용이 보이는 것이다.

ⓒ와 ⓔ의 삽화에 첨가된 내용은 새로 편입된 삽화 ⓓ와 함께, 석존이 도리천에서 염부제로 돌아온 직후의 설법인 ⓗ·ⓘ 이전의 내용으로, ⓒ와 ⓓ는 석존이 도리천에 있을 때의 이야기이고, ⓔ에 첨가된 구절은 석존이 염부제로 귀환할 때의 광경이다. 곧, 이 ⓒ~ⓔ와 ⓗ~ⓘ는 저본인 논의품 제5의 내용 전개에 따라 月釋 권21의 문맥에 맞게 첨가 또는 편입된 것이다.

결국, 月釋의 편자는 釋詳 권11의 삽화 배열 양상을 따르면서도, 釋詳 권11에『지장경』의 경우와 마찬가지로『대방편불보은경』논의품 제5의 일부 내용만이 수록되어 있는 점을 미흡하다고 여겨, 논의품 제5의 나머지 내용 또한 시간적 순서에 따라 釋詳의 삽화들 사이에 삽입 또는 첨가한 것이라 할 수 있다. 그러므로, 삽화 ⓓ는 저본에 충실하려는 月釋 편자의 편찬 태도로 인해 月釋 권21의 문맥에 맞게 새로 편입된 것이라 하겠다. 삽화 ⓒ와 ⓔ에 새로 첨가된 논의품 제5의 구체적인 내용은 다음 항에서 살펴볼 것이다.

끝으로, ⓖ석존의 연화색 비구니 훈계 삽화와 그 저본을 제시하면 다음과 같다.

(6-1) 世尊이 ᄂᆞ려오싫 제 四衆八部ㅣ 다 空界예 가 마ᄌᆞᆸ더니 蓮花色 比丘尼 너교ᄃᆡ 나ᄂᆞᆫ 숭의 모밀ᄊᆡ 당다이 大僧 後에 부텨를 보ᅀᆞᆸ거니 神力을 ᄡᅥ 轉輪聖王이 ᄃᆞ외야 千子ㅣ 圍繞ᄒᆞ야 못 처ᅀᅥᆷ 부텨 보ᅀᆞ바 願 치오니만 ᄒᆞ니 업다 ᄒᆞ야ᄂᆞᆯ 世尊이 ᄀᆞᆺ 보시고 구지즈샤ᄃᆡ 蓮花色 比丘尼 네 엇뎨 大僧 건너 날 보ᄂᆞᆫ다 네 비록 내 色身을 보아도 내 法身을 몯 보ᄂᆞ니 須菩提 바횟 소배 便安히 안자셔ᅀᅡ 도ᄅᆞᅘᅧ 내 法身을 보ᄂᆞ니라

－月釋21：205ㄱ3~206ㄱ4

(6-2) 世尊(九十日 在忉利天宮 爲母說法 及辭天界而)下時四衆八部 俱 往空界奉迎 有蓮花色比 丘尼 作念云 我是尼身 心居大僧後見佛 不若用神 力 變作轉輪聖王 千子圍繞 最初見佛 果滿其願 世尊纔見 乃訶云 蓮花色 比丘尼 汝何得越大僧見吾 汝雖見吾色身 且不見吾法身 須菩提在岩中宴坐 却見吾法身[27]

－宗門聯燈會要 卷1

(6-1)은 전륜성왕으로 변신하여 마중 나온 연화색 비구니를 석존이 ᄭᅮ짖고 있는 내용인 삽화 ⑧의 전문이고, (6-2)는 저본인『종문연등회 요』권1의 관련 부분이다. 괄호 안의 구절을 제외하고는 6-1)과 일치 함을 알 수 있다.『종문연등회요』는 唐나라의 悟明이 찬집한 전 30권의 禪宗史書로, 七佛 이하 역대 조사들의 행적과 禪法語를『전등록』·『광 등록』등의 여러 禪史에서 뽑아 모아놓은 책이다. 위의 (6-2)는 권1의 '見在賢劫 第四尊 釋迦牟尼佛' 항목에 있는 내용으로,『전등록』에 없는 것으로 보아 현재 전하지 않는『광등록』에서 옮긴 것이라 짐작된다. 『종문연등회요』가 저본인 삽화는 현전 月釋 중에서 이 삽화 ⑧가 유일 한 예에 속하고,『석가보』및『대방편불보은경』의 어느 곳에서도 이와 유사한 내용을 찾을 수 없다.

그렇다면 삽화 ⑧가 月釋 권21에 새로 편입된 이유는 무엇일까? 그

---

27)『(新纂)大日本大藏經』제79권, 14쪽.

이유는 삽화 ⓒ의 저본 및 그 출전과 관련이 있다. 앞에서 언급했듯이, ⓒ우전왕과 파사익왕의 불상 조성 삽화의 저본은『석가보』제23・제24로, 제23의『관불삼매해경』부분을 제외하고는『증일아함경』청법품 제36이 그 출전이다. 바로 이 청법품 제36에 삽화 ⑧와 유사한 내용이 있는 것이다. 곧 아래의 인용문 (7)이 그것이다.

> (7) 時優鉢華色比丘尼 聞如來今日當至閻浮提僧迦尸池水側 聞已便生此念 四部之衆國王大臣 國中人民靡不往者 設我當以常法往者 此非其宜 我今當作轉輪聖王形容往見世尊…(中略)…爾時尊者須菩提還坐縫衣 是時優鉢華色比丘尼 作轉輪聖王形 七寶導從至世尊所…(中略)…爾時世尊與彼比丘尼 而說偈言 善業以先禮 最初無過者 空無解脫門 此是禮佛義 若欲禮佛者 當來及過去 當觀空無法 此名禮佛義[28]

—增一阿含經 卷28 聽法品 第36

(7)은 ⓒ의 삽화에 이어, 四部 八衆이 석존을 맞이하는 각각의 모습에 대해 서술하고 있는 청법품 제36의 끝부분에 해당한다. 전체적인 내용의 유사함에도 불구하고, 비구니의 이름이 '蓮花色'의 音譯인 '優鉢華色'으로 되어 있고, 대응되는 구절이 없다는 점에서 역시 삽화 ⑧의 저본이 아님을 알 수 있다. 다만, 이를 통해 다음의 추정이 가능하다. 곧 月釋의 편자는 석존의 염부제 귀환에 관한 이야기를 마무리하고자 하는 의도에서, 장황한 내용의 (7) 대신 이를 요약한 듯한 삽화 ⑧를 석존의 설법이 시작되는 ⓗ 앞에 수록하였다는 것이다. 이러한 추정은 앞에서 살펴본 삽화 ⓓ의 경우를 고려한 것으로, 月釋의 편자는 釋詳을 增修하는데 있어, 여러 경전으로 구성되어 있는『석가보』가 저본인 경우, 그 저본뿐만 아니라『석가보』를 구성하고 있는 경전의 내용까지 검토하였음을 알 수 있다.[29]

---

28)『大正新修大藏經』第2冊, 707~708쪽.

29) 이러한 사실은 月釋 권25에서도 확인된다. 자세한 내용은 김기종,「釋譜詳節과 月印

2) 저본의 수용 양상

釋詳 권11과 月釋 권21은 삽화의 배열뿐만 아니라, 사건과 주제가
같은 삽화의 구체적인 내용에 있어서도 많은 차이를 보이고 있다.

(8) 釋提桓因이 부텻긔 請ᄒᆞᅀᆞᆸ오디 忉利天의 가샤 어마님 위ᄒᆞ샤 說法
ᄒᆞ쇼셔 世尊이 사ᄅᆞᆷ 아니 알외샤 ᄒᆞ오ᅀᅡ 忉利天에 가샤

－釋詳11 : 1ㄱ1～1ㄱ6

(9) 釋提桓因이 부텻긔 請ᄒᆞᅀᆞᆸ오디 三十三天의 가샤 어마님 爲ᄒᆞ샤 說
法ᄒᆞ쇼셔 ㉠世尊이 너기샤디 四部衆이 해 게을어 다 法을 듣디 아니ᄒᆞᄂᆞ
니 내 이제 四衆을 法에 渴望ᄒᆞ야 울월에 호리라 ᄒᆞ시고 四衆ᄃᆞ려 아니
니ᄅᆞ시고 ᄒᆞ오ᅀᅡ 볼 구피라 펼 ᄊᆞᅀᅵ예 忉利天에 가샤

－月釋21 : 3ㄴ6～4ㄱ7

(10) 釋提桓因請佛 至三十三天爲母說法 世尊念四部之衆 多有懈怠皆不
聽法 我今使四衆渴仰於法 不告四衆復不將侍者 如屈申臂頃 ㅗㄷ二十三天[30]

－釋迦譜 第23

위의 (8)과 (9)는 석존의 도리천 설법에 관한 삽화인 釋詳 ㉮와 月釋
ⓐ의 도입부이고, (10)은 앞 항에서 인용한 바 있는 『석가보』 제23의
관련 부분이다. (9)의 밑줄 친 ㉠은 (8)에 전혀 없는 구절로, 석존이 四
衆에게 알리지 않고 혼자 도리천에 간 까닭에 대한 내용이다. (8)에 없
고 (9)에 있는 이 ㉠은 저본인 (10)의 '世尊念四部之衆 多有懈怠皆不聽
法 我今使四衆渴仰於法'을 직역한 것임을 알 수 있다. 또한, (8)에 보이
지 않는 (9)의 '볼 구피라 펼 ᄊᆞᅀᅵ예'란 문구는 (10)의 '如屈申臂頃'에

釋譜의 구성방식 비교 연구－석보상절 권24와 월인석보 권25를 중심으로」, 『한국어
문학연구』 41, 한국어문학연구학회, 337～338쪽을 볼 것.
30) 『大正新修大藏經』 第50冊, 66쪽.

해당한다. 곧 釋詳 (8)은 저본의 일부 내용을 생략한 것이고, 月釋 (9)는 저본을 빠짐없이 그대로 옮긴 것이라 할 수 있다.

이러한 저본 수용의 차이는 (8)과 (9) 외에도, 釋詳 권11과 月釋 권21의 여러 대목에 보이고 있는데, 그 예를 하나 더 제시하면 아래와 같다.

(11) 그 쁴 大衆이 이 寶塔올 보고 疑心ᄒᆞ야 엇던 因緣으로 이런 寶塔이 ᄯᅡ해서 소사나거뇨 ᄒᆞ더라 그 쁴 如來 三昧로셔 나거시ᄂᆞᆯ

－釋詳11 : 16ㄴ5～17ㄱ1

(12) 그 쁴 大衆이 이 寶塔올 보고 疑心ᄒᆞ야 엇던 因緣으로 이 寶塔이 ᄯᅡ해서 소사나거뇨 ᄒᆞ더니 ㉡諸聲聞衆 舍利弗 等이 ᄆᆞᅀᆞᆷᄀᆞ장 스랑ᄒᆞ야도 ᄯᅩ 모ᄅᆞ며 娑婆世界예 녜브터 住ᄒᆞ신 菩薩摩訶薩이 彌勒菩薩애 니르리 ᄯᅩ 모ᄅᆞ더시니 그 쁴 六師ㅣ 너교디 ᄯᅩ 엇던 因緣으로 이 寶塔이 잇거뇨 ᄒᆞ다가 무르리 이시면 내 모ᄅᆞ려시니 몰롬덴 엇데 ᄯᅩ 일흐믈 一切知見이로라 ᄒᆞ려뇨 ᄯᅩ 너교디 瞿曇이 엇데 ᄲᆞᆯ리 大衆 爲ᄒᆞ야 이 이ᄅᆞᆯ 펴 니ᄅᆞ디 아니커뇨 ᄒᆞ더니 그쁴 如來 三昧로셔 나거시ᄂᆞᆯ

－月釋21 : 209ㄱ3～210ㄱ6

(13) 爾時大衆見此寶塔從地踊出 心生疑網 以何因緣有此寶塔從地踊出 ㉢諸聲聞衆舍利弗等 盡思度量亦復不知 舊住娑婆世界菩薩摩訶薩 乃至彌勒菩薩亦復不知 爾時六師作是念 復何因緣有 此寶塔 若有人來問我者 而我不知 若不知者 云何復名一切知見 復作是念 瞿曇何不速爲大衆敷演斯事 爾時如來出于三昧31)

－大方便佛報恩經 論議品 第5

釋詳 (11)과 月釋 (12)는『대방편불보은경』논의품 제5가 저본인 삽화 ㉛와 ⓗ 중, 대중들이 땅에서 솟아 나온 칠보탑을 보고 그 인연에 대해 궁금해하고 있는 대목이다. (13)은 저본의 관련 부분을 인용한 것

---

31)『大正新修大藏經』第3冊, 137쪽.

이다. (12)는 (11)의 '그 쁴 大衆이 이 寶塔올 보고 疑心ᄒᆞ야 엇던 因緣
으로 이런 寶塔이 짜해셔 소사나거뇨 ᄒᆞ더라'와 '그 쁴 如來 三昧로셔
나거시ᄂᆞᆯ' 사이에 (11)에 없는 ⓛ 부분이 첨가되어 있는 모습을 보이고
있는데, 이 ⓛ은 저본인 (13)의 ⓒ을 직역한 것이다. (8) · (9)의 경우와
마찬가지로, (11)은 저본의 일부 대목을 생략하였고, (12)는 저본의 내
용을 그대로 옮기고 있음을 알 수 있다.

결국, 釋詳 (8) · (11)과 月釋 (9) · (12)는 釋詳과 月釋 편자의 저본 수
용 태도의 차이점을 보여주는 것으로, 같은 佛典을 저본으로 하면서도
釋詳의 편자는 삽화의 주제 형성과 관련이 있는 내용만을 발췌하여 삽
화의 문맥에 맞게 옮기고 있으며, 月釋의 편자는 저본의 내용 그대로를
충실하게 옮기고 있는 것이다. 釋詳 권11과 月釋 권21에 보이는 이와
같은 저본 수용의 양상은 현전 釋詳과 月釋 전체의 여러 대목에 걸쳐
나타나 있는 중요한 특징으로 지적할 수 있다.

한편, 앞 항에서 언급했듯이, 月釋 권21에는 『석가보』가 저본인 몇몇
삽화의 경우, 『석가보』의 내용 위에 다른 경전의 내용이 새로 첨가되어
있는데, 그 구체적인 양상을 釋詳 권11의 삽화와 함께 보이면 아래와
같다.

(14) ㉠그 쁴 人間애 이셔 부텨 몯 보ᅀᆞᄫᅡᆫ디 오라더니 ⓛ優塡王돌히 阿
難ᄋᆡ그에 가 무로ᄃᆡ 如來 어듸 겨시니잇고 阿難이 솔보ᄃᆡ 大王하 나도
如來 겨신 ᄃᆡ를 모ᄅᆞᅀᆞᄫᅵ이다

－釋詳11：10ㄱ4～10ㄴ1

(15) 그 쁴 人間애 이셔 부텨 몯 보ᅀᆞᄫᅡᆫ디 오라더니 ⓒ大目揵連이 神力
이 第一이로ᄃᆡ 神力을 다 ᄡᅥ 十方애 求ᄒᆞᅀᆞᄫᅩᄃᆡ 모ᄅᆞ며 阿那律陀ㅣ 天眼
이 第一이로ᄃᆡ 十方 三千大千世界ᄅᆞᆯ 다보다가 몯보ᅀᆞᄫᆞ며 五百大弟子애
니르리 如來 몯보ᅀᆞᄫᅡ 시름ᄒᆞ야 ᄒᆞ더니 優塡王돌히 阿難이 그에 가 무로
ᄃᆡ 如來 어듸 겨시니잇고 阿難이 솔보ᄃᆡ 大王하 나도 如來 겨신 ᄃᆡ를 모

ᄅᆞᆸ스비이다

　　　　　　　　　　　　－月釋21 : 191ㄱ7～192ㄱ6

　　(16) 是時人間不見如來久 優塡王等至阿難所日 如來爲何所在 阿難報日
大王 我亦不知如來所在[32]

　　　　　　　　　　　　　　　　　　　　　－釋迦譜 第23

　　(14)와 (15)는 우전왕과 파사익왕의 불상 조성에 관한 삽화 ㉣와 ⓒ
의 도입부로, 우전왕 등이 석존의 제자인 阿難에게 석존의 소재를 물어
보는 내용이고, (16)은 저본인 『석가보』 제23의 관련 부분이다. 앞에서
살펴본 (8)·(11)과는 달리, 釋詳 (14)는 저본인 (16)의 일부를 생략하거
나 축약하지 않고 온전히 옮기고 있다. 이에 비해 月釋 (15)에는 (16)에
없는 내용이 보이는데, 釋詳 (14)의 ㉠과 ㉡에 해당되는 구절 사이에
밑줄 친 ㉢이 삽입되어 있는 것이다.

　　이 ㉢은 석존의 제자인 大目揵連과 阿那律陀 등이 석존의 행방을 찾
았으나 알 수 없었다는 내용으로, 『대방편불보은경』 논의품 제5에서
그 대목을 찾을 수 있다. 곧 ㉢은 논의품 제5의 "大目揵連神力第一 盡
其神力 於十方推求 亦復不知 阿那律陀天眼第一 遍觀十方三千大千世界
亦復不見 乃至五百大弟子 不見如來 心懷憂惱"[33]를 옮겨 와 직역한 것
이다. 이 구절은 우전왕과 파사익왕의 불상 조성이라는 삽화 ⓒ의 주제
와 직접적인 관련은 없지만, 불상을 조성하는 계기가 된 석존의 부재를
강조하기 위해 논의품 제5에서 채택되어 『석가보』 제23의 내용 사이에
옮겨진 것이라고 할 수 있다.

　　(17) 그저긔 世尊이 辭ᄒᆞ시고 그 寶階로 ᄂᆞ려오더시니 梵天이 蓋 자바
四天王과 두 녀긔 셔 ᄉᆞᆸ고 四衆이 놀애 블러 讚嘆ᄒᆞᅀᆞᄫᅡ∨조쫍ᄫᅡ 오더니

---

32)『大正新修大藏經』第50冊, 66쪽.
33)『大正新修大藏經』第3冊, 136쪽.

∨하ᄂᆞᆯ 풍뤼∨虛空애 ᄀᆞ독ᄒᆞ야 곳비 비ᄒᆞ며 香 퓌우고∨길 잡ᄉᆞᆸ거니 미
조ᄍᆞᆸ거니 ᄒᆞ야 ᄂᆞ려오더라

—釋詳11 : 12ㄴ3~13ㄱ3

(18) 그제 世尊이 辭別ᄒᆞ시고 그 寶階로 ᄂᆞ려오더시니 梵天이 蓋 자바
四天王과 두녀긔 셔 ᄉᆞᆸ고 四部大衆이 歌唄로 讚嘆ᄒᆞᅀᆞᆸᄫᅥ며 (無量 百千諸
天이) 조ᄍᆞ더니 (如來 큰 光明 펴샤 神力으로 感動ᄒᆞ샤) 하ᄂᆞᆯ 풍류 (百千
萬種을 ᄒᆞ야) 虛空애 ᄀᆞ독ᄒᆞ야 곳 비ᄒᆞ며 香 퓌우며 (一切天과 一切 龍
鬼神 乾闥婆 緊那羅 摩睺羅伽 人非人 等이 다 모다) 길 잡ᄉᆞᆸ거니 미조ᄍᆞᆸ
거니 ᄒᆞ야 ᄂᆞ려오시더라

—月釋21 : 202ㄱ8~203ㄱ8

(19) 爾時世尊與母辭別 下蹋寶階梵天執蓋 及四天王侍立左右 四部大衆
歌唄讚嘆 天作妓樂充塞虛空 散花燒香導從來下[34]

—釋迦譜 第16

『서가보』 제16이 저본인 삽화 ㉣와 ㉢ 중, 석존이 도리천에서 염부
제로 내려오는 광경에 대해 묘사하고 있는 위의 釋詳 (17)과 月釋 (18)
은, 앞의 (14) · (15)에 비해 복잡한 양상을 보인다. 月釋 (18)의 괄호 안
은, 저본인 (19)를 온전히 옮기고 있는 釋詳 (17)에 없는 내용으로, (17)
의 '∨' 표시에 순서대로 삽입한 듯한 모습을 보이고 있다.

月釋 (18)에 새로 첨가된 괄호 안의 내용은 『대방편불보은경』 논의품
제5의 관련 부분에서 인용한 것인데, 곧 "無量百千諸天 隨從如來放大光
明 神力感動作天伎樂百千萬種 乃至一切天一切龍鬼神乾闥婆緊那羅摩睺
羅伽人非人等 一切大衆皆"[35]이 그것으로, '無量百千諸天 隨從如來放大
光明 神力感動作天伎樂百千萬種'과 '乃至一切天一切龍鬼神乾闥婆緊那羅

---

34) 『大正新修大藏經』 第50冊, 55쪽.
35) 『大正新修大藏經』 第3冊, 137쪽.

摩睺羅伽人非人等 一切大衆皆'로 나뉘어 실려 있다. 이 구절은 月釋 (15)의 ㉢와 마찬가지로 삽화의 주제와는 상관없이 석존이 염부제로 귀 환하는 장엄한 광경을 더욱 강조하기 위해 釋詳 (17)의 사이사이에 첨 가된 것이라 할 수 있다.

4. 텍스트 구성방식의 차이점과 그 의미

이상, 釋詳 권11과 月釋 권21의 구성방식을 삽화의 배열과 저본 수 용의 양상을 중심으로 살펴보았는데, 지금까지의 논의 내용을 다음과 같이 정리할 수 있다.

釋詳 권11은 석존의 도리천 설법이 주요 내용 또는 배경이 되는『釋 迦譜』제16・제23・제24와,『지장보살본원경』・『대방편불보은경』논 의품 제5의 일부를 삽화 단위로 분리하여 그 시간적 순서에 따라 재배 열하고 있으며, 저본의 수용에 있어서는 채택된 저본의 삽화 중, 釋詳 삽화의 주제 형성과 관련되는 내용만을 문맥에 맞게 발췌・요약하고 있다. 이에 비해, 月釋 권21은 釋詳 권11의 저본과 순차적 구성방식을 따르면서도, 釋詳 권11에서 제외되었던 저본의 삽화 및 내용을 축약 또 는 생략 없이 저본의 모습 그대로 옮기고 있다.

이와 같은 釋詳 권11과 月釋 권21의 구성방식의 차이점은 釋詳 및 月釋 편자의 편찬 태도, 더 나아가서는 두 텍스트의 편찬 동기 및 목적 의 차이에 기인한 것이라 할 수 있다. 텍스트를 편찬하게 된 동기와 목 적에 의해 편찬자의 편찬 태도가 결정될 것이기 때문이다.

釋詳과 月釋의 편찬 동기 및 목적은 月釋 권1에 수록된「御製月印釋 譜序」에 잘 나타나 있다.

(20) ㉠옛날 병인년에 소헌왕후가 빨리 돌아가셔서 설움과 슬픔으로

어쩔 줄을 모르고 있었는데, 세종이 나에게 말씀하시기를, "追薦에 轉經만한 것이 없으니 네가 釋譜를 만들어 번역함이 마땅하다"고 하셨다. 내가 慈命을 받고 생각을 더욱 넓게 하여 승우와 도선의 두 律師가 각각 譜를 만든 것을 얻어 보았으나 상략이 같지 않았다. 두 책을 합하여 석보상절을 만들어 이루고, 정음으로 번역하여 사람마다 쉽게 알게 하여 진상하였더니 보시고 곧 찬송을 지으시되 이름을 월인천강지곡이라고 하시니, 이제 와서 높이 받들기를 어찌 소홀히 하겠는가? …(中略)… ○우러러 聿追를 생각하건대, 모름지기 일을 마저 이루어냄을 먼저 해야 할 것이니, 萬幾가 비록 많으나 어찌 겨를이 없겠는가? 자지 않고 음식을 잊어 해가 다 가며 날을 이어, 위로 돌아가신 부모를 위하고 亡兒를 함께 위하여 빨리 지혜의 구름을 타고 諸塵에서 멀리 벗어나 바로 自性을 꿰뚫어 알아 覺地를 문득 證하게 하기 위하여, 옛 글에 강론하여 가다듬고 지극하게 추궁하며 새로 만드는 글에 고쳐 다시 더하였다.[36]

(20)은 「어제 월인석보 서」의 일부로, ○은 釋詳, ○은 月釋과 관련된 내용이다. 이 ○과 ○을 통해, 釋詳은 병인년(1446년, 세종 28)에 세상을 떠난 소헌왕후의 追薦을 위해 먼저 한문으로 편찬한 뒤에 정음으로 번역한 것이고, 月釋은 세조가 돌아가신 부모와 죽은 아들이 自性을 깨달아 윤회의 굴레에서 벗어날 수 있게 하기 위해 釋詳과 月曲을 증수·합편한 것임을 알 수 있다.

위의 인용문 가운데, 특히 "追薦에 轉經만한 것이 없으니 네가 釋譜를 만들어 번역함이 마땅하다"라는 세종의 언급은 주목할 필요가 있다. 이 언급은 釋詳의 편찬 목적을 보여주기 때문이다. '轉經'은 轉讀으로, 經文의 전체 내용을 모두 읽는 것이 아니라, 그 주요 대목만을 골라 읽는 것을 뜻한다. 한정된 시간 안에 되도록 많은 경전을 읽어 공덕을 짓

---

36) 昔在丙寅 昭憲王后 奄棄榮養 痛言在疚 罔知攸措 世宗謂予 薦拔無如轉經 汝宜撰譯 釋譜 予受慈命 益用覃思 得見祐宣二律師 各有編譜 而詳略不同 爰合兩書撰成釋譜詳 節 就譯以正音 俾人人易曉 乃進賜覽 輒製讚頌 名曰月印千江 其在于今 崇奉曷弛 … (中略)… 仰思聿追 必先述事ㅣ 萬幾縱浩 豈無閑暇 廢寢忘食 窮年繼日 上爲父母仙駕 兼爲亡兒 速乘慧雲 逈出諸塵 直了自性 頓證覺地 乃講劘研精於舊卷 檃括更添於新編

기 위해 그 주요 대목만을 읽는 것이라 할 수 있다.

그런데, 세종실록의 기사에는 소헌왕후의 명복을 빌기 위한 寫經佛事가 이루어져 寫經된 佛經이 완성되고 그 佛經들에 대한 두 차례의 轉經法會가 베풀어졌다는 내용이 보인다.[37] 그리고 전경법회가 끝난 지 약 두 달 뒤인 12월 2일 條에는 "命副司直金守溫增修釋迦譜"라는 기사가 있다.[38] 轉經法會가 있은 지 얼마 안되서 釋詳의 편찬이 시작되었다는 것은 세종의 언급대로 釋詳이 轉經과 밀접한 관련이 있음을 보여주는 것이라 할 수 있다. 이에, 다음과 같은 추정이 가능하다. 곧 세종이 소헌왕후의 추천을 위한 轉經法會를 통해, 여러 경전을 펼쳐놓고 직접 주요 대목을 골라 읽는 轉經 방식의 불편함을 목격한 뒤, 하나의 책으로도 轉經이 가능한 대본을 만들어 이후의 추천의식에 사용할 목적으로 釋詳의 편찬을 命하였다는 것이다.[39] 그리하여, 釋詳의 편자는 삽화의 주제와 관련이 없는 저본의 내용 일부를 생략하거나 축약하고 있는 구성 방식을 취한 것이라 할 수 있다.[40]

月釋의 편찬은, 釋詳이 轉經을 위한 대본이었다는 사실과 밀접한 관련이 있다. 현재 국립도서관에 소장되어 있는 초간본 釋詳 권6·9·13·19는 본문이 내용 단락에 따라 절단되어 있고, 月曲의 落張이 권6과 권9의 해당 부분에 첨부되어 있는데,[41] 이를 통해 月釋의 편찬이 釋

---

37) 전경법회에 관한 내용은 세종 28년 5월 27일과 10월 15일 條의 기사에 나온다.

38) 釋詳의 편찬 경위에 관해서는 아직까지 논란의 여지가 있는데, 그 핵심은 실록기사에 나오는 '佛經'과 '釋迦譜'에 대한 해석의 문제이다. 필자는 이 '佛經'을, 寫經佛事를 위해 조성된 寫經으로, '釋迦譜'는 승우의 『釋迦譜』를 가리키는 것으로 본다. 그리고 '增修釋迦譜'는 『석가보』의 내용을 중심으로 여러 佛典의 내용을 석존의 일대기로서의 문맥에 맞게 선택·배열하는 것을 뜻한다고 생각한다. 결국, 이 기사는 현전 釋詳의 모본인 한문본 釋詳의 편찬이 시작되었음을 알려주는 것이라 하겠다.

39) 김기종, 「釋譜詳節의 저경과 저경 수용 양상」, 『서지학연구』 30, 서지학회, 2005, 179쪽.

40) 여러 연구자들에 의해 지적되어 온 釋詳의 문체적 특징, 곧 여타의 언해서들에 비해 한자어보다 고유어의 비중이 높고, 직역보다는 의역이며, 문장의 길이가 길다는 점 등은 釋詳이 전경을 위한 의식의 대본으로 편찬되었다는 필자의 주장을 뒷받침한다.

41) 이호권, 『석보상절의 서지와 언어』, 태학사, 2001, 39쪽.

詳이 간행된 직후부터 시도되었음을 알 수 있다. 비록 이 시도는 중단되어 편찬 및 간행은 세조대에 이루어지지만,[42] 소헌왕후의 추천의식과 釋詳의 간행이 완료된 직후에 月釋의 편찬이 시도되었다는 점은, 月釋이 의식용 대본인 釋詳을 보완하여 釋詳과는 다른 성격의 佛書를 만들고자 하는 의도에서 계획되었음을 보여주는 것이라 할 수 있다. 그리고 그 의도는, 현전 月釋이 저본을 중시하여 그 내용을 저본의 모습 그대로 옮기고 있다는 점과, 번역의 태도가 직역이고 고유어보다 한자어의 비중이 크다는 점 등을 통해, 독서물로서의 성격을 강화하는데 있었음을 짐작할 수 있다.

결국, 釋詳은 대체로 추천의식에 모인 청중들에게 들려지는 것을 목적으로 편찬된 것이고, 月釋은 추천의식과 상관없이 주로 한자를 읽을 수 있는 독자층에게 석존의 생애와 불교의 교리를 알릴 목적으로 편찬된 것이라 할 수 있다. 그리하여 釋詳 권11과 月釋 권21의 구성방식은 釋詳과 月釋의 이러한 편찬 목적으로 인해 차이를 보이게 된 것이라 하겠다.

한편, 月釋 권25의 협주에는 승려의 생활과 밀접한 내용이 보여 주목을 요한다. 月釋 권25의 14ㄱ6~57ㄱ7에 편입되어 있는 협주[43]는 가섭존자가 아난에게 석존의 僧伽梨衣를 전하고 입멸하였다는 구절에 대한 주석인데, 여기에 승가리의를 포함한 三衣의 명칭·재료·크기·만드는 방법·사용법·입는 방법 등에 대한 설명과, 袈裟의 영험 및 위력에 대한 9편의 삽화가 포함되어 있다. 이 협주의 내용 가운데, 승려의

---

42) 어떤 이유에서인지 확실하지 않으나, 釋詳과 月曲을 합편하려는 시도가 중단되었으므로 釋詳 권6·9·13·19의 4책이 현재 전하게 된 것이다.

43) 참고로, 협주의 처음 부분을 보이면 다음과 같다. "三衣 六物을<六物은 여슷가짓 거시니 僧伽梨와 鬱多羅僧과 安陁會와 鉢多羅와 尼師壇과 漉水囊괘라> 부톄 가지라 ᄒᆞ시니라 四分에 닐오ᄃᆡ 삼셰 如來 다 이런 오ᄉᆞᆯ 니브시ᄂᆞ니라 僧祇예 닐오ᄃᆡ 三衣ᄂᆞᆫ 賢聖 沙門의 보라미라 四分에 닐오ᄃᆡ 結使가진 사ᄅᆞ미 袈裟 니부미 몯ᄒᆞ리라. 賢愚經에 닐오ᄃᆡ 袈裟 니븐 사ᄅᆞ모 반ᄃᆞ기 生死애 ᄲᆞ리 解脫올 得ᄒᆞ리라. 章服儀예 닐오ᄃᆡ 苦海ᄅᆞᆯ 걷나ᄂᆞᆫ ᄇᆡ며 生涯ᄅᆞᆯ 푸케 ᄒᆞᄂᆞᆫ 드리라 (이하 생략)".

의복인 三衣에 대한 자세한 설명은 在家信者에게는 크게 필요하지 않은 것으로, 月釋의 편자가 재가신자보다는 승려 계층을 주요 독자로 염두에 두었으며, 승려 계층의 교육까지를 고려하여 편찬한 것임을 짐작하게 한다.

5. 맺음말

이 글은 저본과 내용이 대응되는 釋詳과 月釋의 여러 현전본 중, 여러 경전으로 구성되어 있는 釋詳 권11과 月釋 권21을 대상으로, 두 텍스트의 구성방식의 차이점과 그 의미에 대해 살펴보았다.

먼저, 2장에서는 釋詳 권11과 月釋 권21의 서지 사항을 간략하게나마 알아본 뒤, 두 텍스트를 구성하고 있는 삽화들의 내용과 저본을 도표로 정리하여 제시하였으며, 저본들의 성격 및 내용에 대해 살펴보았다. 그리고, 月釋 권21에는 釋詳 권11에 없던 새로운 삽화 및 내용이 첨가되었음에도 첨가된 내용에 대한 月曲은 보이지 않는 사실을 근거로, 月釋의 편자는 月曲을 새로 짓지 않았으며, 단행본 月曲 上과 月釋에 수록된 月曲의 曲次 차이는 月釋에서 새로운 月曲이 추가되었기 때문이 아니라, 不傳『月印千江之曲 中』또는『月印千江之曲 下』에 수록되었던 노래가 曲次만 바뀌어 月釋 권5나 권6으로 이동한 결과임을 추정하였다.

3장은 釋詳 권11과 月釋 권21의 구성방식을 삽화의 배열과 저본 수용의 측면으로 나누어 비교 고찰하였다. 그리하여 釋詳 권11은 저본들의 내용을 시간적 순서에 의해 삽화 단위로 분리하여 釋詳의 전체 문맥에 맞게 재배열한 다음, 삽화의 주제 형성과 관련되는 저본의 내용만을 발췌·요약하고 있으며, 月釋 권21은 이러한 釋詳 권11의 삽화 배열 양상을 따르면서도 釋詳에서 생략되었던 삽화 및 내용을 저본에서 찾아 저본의 내용 그대로 충실히 옮기고 있음을 밝혔다.

4장에서는 釋詳 권11과 月釋 권21의 구성방식이 차이를 보이고 있는 이유를 두 텍스트의 편찬 목적의 차이에 주목하여 살펴보았다. 그 결과, 釋詳은 追薦儀式인 轉經法會에서 많은 승려들이 함께 소리 내어 읽는 대본으로 쓰일 것을 염두에 두고 편찬되었으므로 저본의 내용을 요약 또는 축약하고 있는 구성방식을 취한 것이고, 月釋은 의식용 대본인 釋詳을 보완하여 독서물로서의 성격을 강화하기 위해, 釋詳에서 제외되었던 저본의 일부를 저본 그대로 복원시켰으며, 번역 태도에 있어서도 저본의 문장을 직역한 것이라고 보았다.

한편, 본고에서는 釋詳 권11이 月釋으로 합편되면서 그 권차가 달라진 이유에 대해서는 어떠한 언급도 하지 않았는데, 月釋에서 이루어진 釋詳 권차의 재조정 문제는 不傳 釋詳의 내용 및 저본을 재구할 수 있을 때 그 해결이 가능하기 때문이다. 不傳 釋詳을 포함한 釋詳의 전모는, 현재 20권이 전하고 있는 현전 月釋과, 釋詳 권7까지의 내용으로 보이는 단행본 月曲 上, 그리고 저본과 내용이 대응되는 현전 釋詳과 月釋 각각에 대한 비교 논의를 통해 그 대강을 파악할 수 있을 것이라 여겨진다. 이러한 남은 문제들에 대해서는 추후 별도의 논고를 통해 다루고자 한다.

(『한국문학연구』 26집, 동국대 한국문학연구소, 2003)

한국문학연구신서 제14권

불교문학 연구의 모색과 전망

인 쇄   2005년 11월 25일
발 행   2005년 12월 1일

엮은이   동국대학교 한국문학연구소
발행인   이 대 현
편 집   권 분 옥

발행처   도서출판 역락
          서울 성동구 성수2가 3동 301-80
등 록   1999년 4월 19일 제303-2002-000014호
전 화   3409-2058, 2060 / 팩스 3409-2059
홈페이지 http://www.youkrack.com

ISBN   89-5556-446-5-93810

값 20,000원